dtv

Janet Lewis

Verhängnis

Roman

Aus dem amerikanischen Englisch
von Susanne Höbel

Mit einem Nachwort
von Julia Encke

dtv

Von Janet Lewis ist bei dtv außerdem lieferbar:
Die Frau, die liebte (28155, 14724)
Der Mann, der seinem Gewissen folgte (28190, 14763)

**Ausführliche Informationen über
unsere Autorinnen und Autoren und ihre Bücher
finden Sie unter www.dtv.de**

Deutsche Erstausgabe 2020
dtv Verlagsgesellschaft mbH & Co. KG, München
© 1959, 1987 Janet Lewis
Die Originalausgabe erschien erstmals 1959 unter dem Titel
›The Ghost of Monsieur Scarron‹ bei Doubleday and Company.
Die Übersetzung fußt auf der Ausgabe von 2013,
erschienen bei Swallow Press/Ohio University Press.
© der deutschsprachigen Ausgabe:
2020 dtv Verlagsgesellschaft mbH & Co. KG, München
Gesetzt aus der Janson
Satz: Uhl+Massopust GmbH, Aalen
Druck und Bindung: CPI books GmbH, Leck
Printed in Germany · ISBN 978-3-423- 28233-8

Auch diesmal möchte ich der John Simon Guggenheim
Memorial Foundation für das 1950 bewilligte Stipendium
danken, das mir die neuerliche Reise nach Frankreich
ermöglicht hat.

Janet Lewis

Dieses Buch ist für Dan

I

Der Buchbinder Jean Larcher saß mit seiner Frau und seinem Sohn beim Abendessen. Es war Ostersonntag, der in diesem Jahr des Herrn, dem Jahr 1694, und dem einundfünfzigsten Jahr der Herrschaft Louis' XIV., auf den elften April fiel. Sie saßen an dem mit weißem Leinen gedeckten Tisch in einem der vier Zimmer, die Larcher in der Rue des Lions in Paris mietete, in einem Haus, das selbst damals schon alt war. Das Zimmer, das als Küche, Wohnzimmer und Verkaufsraum diente, war sehr klein. Trotz des Steinfußbodens und des riesigen altmodischen Kamins hatte es eine gewisse Eleganz, die Eleganz der vergangenen Generation. Die Proportionen waren gut.

Vor dem Fenster, dessen Läden noch nicht geschlossen waren, schwand langsam das Zwielicht aus dem bewölkten Frühlingshimmel. In der Küche wurde es unmerklich dunkler, während die Familie Larcher das Brot brach und ihre Suppe aß. Als Jean den Löffel neben die leere Schüssel legte und sich auf seinem Stuhl zurücklehnte, stellte er überrascht fest, dass die Gesichter der anderen, obwohl ganz nah, nur noch undeutlich zu erkennen waren. In den Ecken der Küche war es schon dunkel. Selbst die Kohlenglut im Kamin leuchtete nur noch mattrot. Aber durch das vergitterte Fenster sah er die Straße, im Gegensatz zum Zimmer, in hellem Licht, was ihm bewusst machte, dass die Tage länger wurden, und das stärkte seine Zuversicht: Der Frühling hielt Einzug, der Winter lag hinter ihnen.

Der Winter war schwieriger gewesen als sonst, mit Entbehrungen und Missständen weit über das normale Maß hinaus. Bei der bitteren Kälte war die Seine zugefroren. Die Stadt, die über den Fluss versorgt wurde, musste tagelang in einer Art Belagerungszustand ausharren, und die noch größere Knappheit zu einer Zeit, als schon lange Mangel an Getreide und Brot herrschte, brachte immenses Leid über die Bevölkerung. Mit dem einsetzenden Tauwetter wurden die Boote und Kähne von den aufbrechenden Eismassen zusammengeschoben oder von der Gewalt des plötzlich frei strömenden Wassers gegen die Brückenpfeiler gedrückt, worauf sie zerbarsten und sanken. Jean Larcher hatte diese Verwüstung mit eigenen Augen gesehen. Die Rue des Lions lag in der Nähe des Flusses. Den ganzen Winter über waren obdachlose, kranke und hungernde Menschen durch die Straßen gezogen. Wo immer auf den Märkten Brot verkauft wurde, hatte es Schlägereien gegeben; und obwohl die Reichen weiterhin uneingeschränkt im Wohlstand lebten und anlässlich der Verheiratung ihrer Töchter große Gelage und Feste veranstalteten, ging es Geschäften wie dem seinen nicht gut. Der König führte Sparmaßnahmen ein, Sparmaßnahmen waren üblich geworden, wenn schon nicht bei Hochzeiten, so doch bei gut gebundenen Büchern. Jetzt aber war der Winter vorbei, und die Familie Larcher hatte ihn überstanden.

Sie hatte ihn sogar mit einem kleinen Gewinn überstanden und ein »Osterei« zurücklegen können. Die Familie war zur Beichte und zur heiligen Kommunion gegangen und hatte an diesem Ehrentag überdies gut gegessen. Auf dem Tisch lag eine weiße Leinendecke, es hatte Weißbrot gegeben, Suppenhuhn mit Lauch und zum Nachtisch Walnüsse mit Rosinen.

Jean Larcher war ein frommer Mann. Im Frühling hielt er so gewissenhaft und pflichtbewusst die Fastenzeit ein, wie er übers Jahr seine Geschäftsbücher führte, und wenn er das Gefühl hatte, dass alles in Ordnung war, genoss er bei aller Gottesfurcht eine stille Zufriedenheit. Er war von kräftiger Statur mit breiten Schultern und einem Gesicht, das eher kantig war als rund und einfache, aber angenehme Züge hatte; sein Haar wurde an den Schläfen schon grau, und um den Mund lagen ein paar deutliche Falten. Er füllte den Armlehnstuhl ganz aus. Was den Gewinn aus seinem Geschäft anging, der steckte in Form von zwei Pistolen in den tiefen Taschen seiner langen Wollweste. Von Zeit zu Zeit vergewisserte er sich mit den Fingerspitzen, dass sie noch da waren.

Ihm gegenüber saß seine Frau, sie hatte beide Unterarme auf den Tisch gelegt und den mit einer weißen Leinenhaube bedeckten Kopf geneigt. Um sich zu wärmen, hatte sie die Ellbogen mit den Händen umfasst und drückte die Unterarme an die Brust. Die üppigen Rüschen ihrer Sonntagsbluse fielen ihr über die Hände wie ein Muff, und das Weiß von Haube und Ärmeln war deutlicher zu sehen als ihr Gesicht. Die fächerförmigen Rüschen der Haube wippten bei jeder Kopfbewegung.

Jean brauchte das Gesicht seiner Frau nicht zu sehen, er kannte ihre Züge: das runde Kinn, die grauen Augen mit den schweren Lidern und den dichten Wimpern, den Mund, der immer schon, seit ihrer ersten Begegnung, zartrosa aus der gleichmäßigen Blässe ihres Gesichts hervortrat. Er kannte das Gesicht auch von der Berührung her, fest und kühl. Die glatte Haut war von keiner Krankheit entstellt.

Das Gesicht seines Sohnes, der näher bei ihm saß, war im Zwielicht klarer zu erkennen, aber schwieriger zu deuten. Er kannte dessen Maske sehr gut, mit Zügen, die seinen eigenen glichen, die junge, flaumige Haut, die Pockennarbe, eine einzige, zwischen den dichten, glatten Augenbrauen – er wusste, dass sie da war, obwohl er sie nicht sehen konnte. Er wusste es, denn er hatte viele Stunden am Bett des kleinen, fiebrigen Jungen gesessen und dessen Hände gehalten, um zu verhindern, dass er sich kratzte. Aber was hinter dieser Maske vor sich ging, welche brennenden Ideen den jungen Mann zu Taten drängten, die sein Vater missbilligte, darüber wusste er weniger gut Bescheid. Der Junge kam ihm beinah wie ein Fremder vor. Wann es zu dieser Veränderung gekommen war, konnte er nicht sagen, aber er hatte sie verständlicherweise an dem Tag bemerkt, als der Junge aus der Lehre nach Hause kam. Seitdem arbeitete Nicolas als geprüfter Geselle im Geschäft seines Vaters, jedoch ohne die Zufriedenheit, die sein Vater sich erhofft hatte. Jean hatte seinen Sohn in einer der besten Werkstätten der Stadt in die Lehre gegeben, nicht nur, damit der Junge ein besserer Handwerker würde als sein Vater, sondern auch, damit er unter strengerer Aufsicht lernte, als sein Vater sie aufgrund väterlicher Zuneigung üben konnte. Dem Jungen hatte er den zweiten Grund nie erklärt, noch hatte er zu seiner Frau davon gesprochen – ihm widerstrebte es, diese Schwäche einzugestehen.

Der Junge war im Begriff, eine Walnuss zu knacken, und zog die Stirn kraus. Sein Vater sah es und wusste, dass es nichts mit der Nuss zu tun hatte. Wieder spürte er das Unbehagen, das ihn in letzter Zeit seinem Sohn gegenüber oft befiel, und um es zu vertreiben, sagte er nach einem tiefen Luftholen:

»Das Leben ist gut.«

Er sagte es mit fester Stimme, als würde diese Festigkeit der Aussage Wahrheit verleihen. Seine Frau hob den Blick und lächelte ihm kurz zu.

»Das Leben ist hart«, korrigierte sie ihn. »Die Suppe war gut.«

»Na ja«, stimmte er ihr zu, »die Suppe war nicht schlecht.«

»Ich gebe dir nur deine eigenen Worte zurück, Jean. Das Leben ist hart. Aber ich hätte nichts dagegen, für meine Suppe gelobt zu werden.«

»Ich lobe dich für die Suppe, Maman«, sagte Nicolas.

Marianne lächelte ihrem Sohn zu, und Jean schwieg. Er dachte, dass er sie in all den Jahren oft genug für ihre Kochkünste, ihre Sparsamkeit und ihre vielen anderen guten Eigenschaften gerühmt hatte. Es wären lauter überflüssige Worte gewesen, hätte er ihr gesagt, was sie ohnehin wusste. Stattdessen zog er jetzt die zwei Pistolen aus der Westentasche. Auf der Straße blieb ein Fußgänger vor dem Fenster stehen und betrachtete die dort ausgelegten Bücher, die Kunden in den Laden locken sollten. Der Mann ging weiter, und erst als deutlich war, dass er nicht hereinkommen würde, legte Jean die Münzen auf den Tisch, bedeckte sie aber mit den Händen.

»Was hast du da?«, fragte Marianne. »Silber?«

»Goldmünzen«, sagte Jean und nahm die Hände hoch. »Gefällt dir das?«

»Natürlich gefällt mir das.«

»Dann nimm sie«, sagte Jean. »Näh sie in die blaue Seidenrolle ein.«

»Und die Miete?«, frage Marianne.

»Ist bezahlt.«

»Und die Rechnung für Leder bei Pincourt?«

»Auch bezahlt.« Er gestattete sich ein bedächtiges Lächeln. »Es ist doch eine Freude, hin und wieder ein bisschen Geld beiseitelegen zu können.«

Nicolas entgegnete abrupt: »Es wäre auch eine Freude, es auszugeben.«

»Nicolas!«, rief seine Mutter in tadelndem Ton. Sein Vater, erstaunt und vor den Kopf gestoßen, antwortete dennoch ganz sachlich:

»Aber wir brauchen es nicht auszugeben. Bereitet es Freude, Geld auszugeben, das man nicht ausgeben muss?«

»Ja«, sagte Nicolas und fügte dann, um seiner Bemerkung die Spitze zu nehmen, was aber die Sache nur schlimmer machte, hinzu: »Wenigstens vermute ich, dass es so sein könnte. Bisher habe ich diese Erfahrung noch nicht gemacht.«

»Auf diese Erfahrung kannst du auch gut verzichten«, sagte Jean. »Eine andere Erfahrung, die du nicht kennst, ist die, Geld zu brauchen, wenn man keines hat.«

Nicolas blickte stumm in die leere Schüssel vor sich. Jean sah von seinem Sohn zu seiner Frau, die den Kopf wieder gesenkt hatte und ihre Rüschen betrachtete. Von ihr bekam er keine Hilfe. Mit seiner breiten Hand schob er – nicht sehr geschickt – ein paar verstreute Nussschalen auf dem Tischtuch zusammen und warf sie in seine Schüssel. Die beiden goldenen Pistolen lagen unberührt auf dem weißen Leinen. Er betrachtete sie und versuchte, das Gefühl der Befriedigung wieder wachzurufen, mit dem er sie dorthin gelegt hatte. In verändertem Ton sagte er:

»Nun, mein kleiner Colas, was würdest du denn mit zwei Pistolen machen?«

»Ich würde reisen. Du weißt, dass ich reisen würde.«

»Mit zwei Pistolen kämst du nicht sehr weit.«

»Bis nach Lyon würde ich kommen. Oder nach Rouen. Dann würde ich arbeiten. Ich könnte eine Menge lernen.«

»Und was würdest du in Rouen lernen, das du in Paris nicht besser lernen könntest?«

Darauf antwortete Nicolas nicht. Er sah seine Mutter an, die seinen Blick erwiderte und leicht lächelnd den Kopf schüttelte. Jean, der in den Blickwechsel nicht einbezogen war, wusste, dass die Diskussion beendet war. Sie hätte gar nicht erst aufkommen sollen. Er streckte die Hand nach den Münzen aus, bedachte sich dann aber anders und faltete seine große Leinenserviette, legte sie mit bedächtigen, präzisen, dabei leicht tastenden Bewegungen an ihren Platz und erhob sich. Die Zufriedenheit war seinem Abend genommen. Am Kamin fühlte er im Halbdunkeln nach Tabak und Pfeife und steckte beides in die Jackentasche. Dann

ging er, hinter seiner Frau entlang, zur Tür und nahm den Hut
vom Haken. Mit der Hand auf der Klinke sah er zurück zu den
beiden Menschen am Tisch. Sie hatten sich nicht geregt, sie hatten nicht aufgesehen. Sie wussten, wohin er ging.

Als er gegangen war, brachen in dem stillen Raum ein paar
Kohlenstücke im Kamin mit einem hellen Klicken auseinander.
Eine kleine Flamme sprang auf und brannte munter eine Weile
lang. Langsam begann Marianne, den Tisch abzuräumen. Die
beiden Pistolen ließ sie unter ihrer Schürze in die Rocktasche
gleiten. Nachdem sie die Tischdecke abgenommen, gefaltet und
weggelegt hatte, holte sie einen eisernen Kerzenständer mit
einer Talgkerze, stellte ihn auf den Tisch und zündete die Kerze
mit einem Papierspan an, für den sie Feuer vom Kamin nahm.
Das Flämmchen im Kamin erlosch. Jetzt übernahm die rußige
gelbe Flamme der Kerze die Aufgabe, das Zimmer zu erhellen.

Als Marianne die hölzernen Fensterläden schloss, wurde die
Spiegelung der Kerzenflamme in der Scheibe von ihrer Gestalt
verdeckt, und sie sah durch das Glas, dass Wind aufkam. Staub
trieb durch die Straße, Strohhalme wurden aufgewirbelt. Der
Himmel war fast dunkel. »Bald gibt es Regen«, dachte sie und
setzte sich wieder auf ihren Platz, wie zuvor die Unterarme auf
den Tisch gelegt und die Arme an die Brust gedrückt. Zu dem
jungen Mann mit dem hübschen, schmollenden Gesicht neben
sich sagte sie:

»Du hast ihm die Freude verdorben.«

»Er ist wie der Geizige in dem Stück«, sagte Nicolas.

»Nein, der Geizige ist unvernünftig. Das ist dein Vater nicht.
Er weiß« – sie zögerte und suchte nach den richtigen Worten –,
»er weiß, was wahrer Mangel ist.«

»Du verbündest dich mit ihm.«

»Nein«, sagte sie wieder. »Aber ich bin mit dem Gedanken,
dass du uns verlassen willst, auch nicht glücklich.«

»Vor einer Weile warst du dafür.«

»Und du warst bereit, noch zu warten.«

»Warten ist schwer. In der Lehre habe ich mich darauf gefreut, meine Abschlusspapiere zu bekommen und ein freier Mann zu sein. Jetzt bin ich Geselle, aber ich bin genauso wenig mein eigener Herr wie damals als Lehrling.«

»Ein Kind ist natürlicherweise an den Vater gebunden.«

»Ich bin kein Kind mehr.«

»Du warst einverstanden, dass ich den Zeitpunkt abwarte, um mit ihm zu sprechen.«

»Das hatte ich vergessen«, sagte er. »Das Geld hat mich wieder darauf gebracht. Er ist vielleicht nicht wie der Geizige in dem Stück, aber wenn er von Geld spricht, tut er so, als gäbe es nichts Wichtigeres auf der Welt.«

»Er hat große Angst vor Krankheit, vor dem Alter.«

Der junge Mann fiel ihr ungeduldig ins Wort.

»Das weiß ich doch alles. Er redet dauernd von Unglücken und Krankheiten und seinem Alter. Krankheit ist unvorstellbar bei ihm. Er ist stark wie eine Eiche.«

»Trotzdem ist er nicht mehr jung.«

»Aber er ist nicht alt.«

»Er ist so alt wie der König. Und der König, finde ich, ist alt.«

»Der König ist fünfundfünfzig.« Nicolas nahm es ganz genau.

Der Docht der Talgkerze war zu einem langen schwarzen Haken heruntergebrannt und lehnte am Kerzenrand, die Flamme flackerte unstet. Der Junge nahm ein Messer aus der Tasche und zog es aus dem Futteral, richtete damit den Docht auf und kürzte ihn. Bei dieser kleinen Aufgabe wich die Verärgerung aus seinem Gesicht. Es wurde weicher, und seine Mutter wagte einen weiteren Vorstoß:

»Du könntest versuchen, ihn zu verstehen.«

»Warum?«, sagte der Junge in aller Ruhe. »Er versucht auch nicht, mich zu verstehen.«

»Das weißt du nicht.«

»War er überhaupt mal jung?«

Marianne antwortete nicht sofort. Sie blickte lange in die runde gelbe Flamme, dann sagte sie mit einem Seufzen: »Er war ein erwachsener Mann, als ich ihn kennenlernte.«

»Dann ist er doch älter als du«, sagte der Junge neugierig.

»Viel älter. Als ich ihn geheiratet habe, war ich so alt wie du jetzt.«

»Und trotzdem findest du, dass ich zu jung bin, um allein aus Paris wegzugehen.«

»Darum geht es doch nicht«, sagte Marianne. »Er hat sich so darauf gefreut, mit dir in der Werkstatt zu arbeiten. Er tut etwas für dich, das sein Vater nicht für ihn tun konnte, und er findet, du bist ihm dafür nicht richtig dankbar. Damit kommt er nicht zurecht.«

Nicolas, der die Klinge des Messers mit den Fingern gereinigt hatte, legte es auf den Tisch und drehte es spielerisch hin und her. Es war ein seltsames Messer und dafür gemacht, Leder zu schneiden; es hatte eine sehr scharfe Klinge und einen Griff aus Elfenbein oder Knochen, der in der Form eines Krokodils geschnitzt war; die Schnauze schloss sich um die Klinge, und der Schwanz ringelte sich unter dem Bauch, sodass die Form des Reptils gut in der Hand lag. Seine Mutter sah Nicolas zu und sagte:

»Er hat dir sein bestes Messer gegeben. Er liebt dich.«

»Er mag eine geschwungene Klinge lieber«, sagte der Junge ungnädig.

»Sein Vater hat ihm nichts geschenkt, soweit ich weiß.«

»Oh, ich weiß, dass er mich liebt«, sagte Nicolas, aber sein

Ton war gereizt. »Ich sage auch nicht, dass er mich nicht gut behandelt. Ich will doch einfach nur eine Weile von hier weg – sechs Monate höchstens. Wenn ich woanders arbeiten würde, könnte ich so viel lernen – vielleicht nicht immer über die Buchbinderei. Was weiß ich denn schon von der Welt? Ich kenne nur die beiden Viertel St. Jacques und St. Paul und die Rue des Lions, das Haus hier.«

Er brach ab, überwältigt von der Unmöglichkeit, das Ausmaß seiner inneren Unruhe zu erklären oder auch nur in Worte zu fassen. Der Wind hatte einen Moment lang nachgelassen. Auf der Straße war es so still wie in dem Zimmer, in dem sie saßen. Als wollte sie das Thema wechseln, begann Marianne:

»Weißt du noch, als du klein warst, bevor du in die Lehre gekommen bist, als wir alle, dein Bruder und deine Großeltern, hier zusammen gelebt haben?«

Nicolas runzelte die Stirn. »Ich erinnere mich an eine Menge Beerdigungen. Warum?«

Sie zuckte mit den Schultern. »Ich dachte, dann würdest du es vielleicht besser verstehen.« Es war der falsche Weg. Sie hätte wissen sollen, dass es keinen Sinn hatte, seine Kindheit zu erwähnen. Selbst, wenn er die Erinnerung daran zuließ, dachte sie, welche Erinnerungen könnte er haben, die denen seines Vaters oder ihren eigenen glichen?

Der Junge erwiderte: »Ich verstehe genug. Er hat mir mein Handwerk beigebracht – oder mir beibringen lassen. Jetzt soll ich bei ihm arbeiten, ob als Lehrling oder Geselle ist gleichgültig, denn er ist immer der Meister.«

»Am Ende wirst du der Meister sein. Seine ganze Arbeit ist schließlich für dich.«

»Ich möchte sein Ende nicht vorzeitig herbeireden«, sagte der junge Mann.

In seinem aufgewühlten Zustand war es ihm unmöglich stillzusitzen, und er stand auf und ging zum Kamin und wieder zurück. Dann blieb er neben seiner Mutter stehen. »Ich sehe das Gute an seinem Plan«, sagte er mit gefasster und vernünftiger Stimme. »Und ich bin bereit, an seiner Seite zu arbeiten. Aber verstehst du denn nicht? Wenn ich den Rest meines Lebens hier, in diesem Geschäft, zubringen soll, muss ich erst ein bisschen in die Welt hinausgehen. Warum kann er mir nicht seinen Segen geben und mich ziehen lassen? Umso schneller bin ich zurück.«

»Er sagt, er braucht deine Hilfe.«

»Dann soll er einen Gehilfen anheuern.«

»Er will einen Sohn.«

»Wenn er keinen Sohn hätte, müsste er sich einen Gehilfen nehmen, ganz einfach. Aber er hat ja einen Sohn, nicht wahr? Er ist zu geizig, einen Gehilfen anzuheuern.« Diese Worte schleuderte er so verächtlich und heftig heraus, dass Marianne plötzlich genau so zornig war wie der Junge.

»Du hast kein Recht, so zu sprechen!«, entgegnete sie aufgebracht und erhob sich, sodass er nicht mehr auf sie hinunterblicken konnte.

»Ich habe anscheinend überhaupt keine Rechte, solange ich zu Hause wohne«, gab er ebenso heftig zurück. »Dann kann ich auch gehen. Und ich brauche ihn nicht um Erlaubnis zu bitten. Ich komme einfach nicht zurück.«

Zornesröte war ihm ins Gesicht gestiegen, und Marianne sah Tränen in seinen Augen, Tränen des Zorns, dennoch Tränen, in den Augen dieses Jungen, der so groß, wenn auch nicht so kräftig war wie sein Vater. Plötzlich verging ihrer beider Zorn. »Ich besorge ihm einen Gehilfen. Das kann nicht schwierig sein. Wird er mich dann ziehen lassen?«

»Ich kann ihn fragen«, sagte Marianne.

»Ich will doch nur sechs Monate frei umherziehen«, sagte

der Junge, und da er auch jetzt wie schon zuvor nicht ausdrücken konnte, warum er so dringend diese Freiheit brauchte, wandte er sich ab und nahm, wie sein Vater es getan hatte und fast mit derselben Bewegung, seinen Hut von dem Haken an der Wand. Seine Mutter machte keine Anstalten, ihn zu hindern. Als er die Tür zur Tordurchfahrt aufzog, fuhr ein starker Stoß frischer, feuchter Luft in die Küche, aber Regen war keiner zu hören. Einen Moment blieb Nicolas im Schatten der Durchfahrt stehen und stellte den Kragen seiner Jacke hoch. Dann schob er die Hände in die Taschen und trat auf die Straße hinaus. Im nächsten Moment war er aus dem Blickfeld verschwunden. Seine Mutter sah ihm nach und dachte: »Wenn er sich so aufführt, könnte es eine Erleichterung sein, ihn nicht in der Werkstatt zu haben.« Und dann: »Es ist erstaunlich, wie sehr er seinem Vater ähnelt und doch im Verhalten ganz anders ist.«

Jean war in den Goldenen Pflug gegangen. Das Wirtshaus wurde von vielen Bauersleuten frequentiert, die entweder auf dem Landweg oder dem Fluss mit ihren Waren in die Stadt kamen, um sie hier auf den Märkten zu verkaufen. Es stand im Schatten der Bastille an der Ecke des breiten Boulevard St. Antoine und der Rue du Petit-Musc, die zum Fluss führte. Jean musste von der Rue des Lions bloß in die Rue du Petit-Musc einbiegen, dann war er schon beim Goldenen Pflug.

Im Schankraum des Wirtshauses hatte er seinen Lieblingsplatz. Er konnte einen Weinbrand bestellen und für einen Sou eine Zeitung ausleihen, in der mit dem *privilège du Roi* einige wenige Nachrichten aus dem Ausland und reichlich Neuigkeiten vom Königlichen Hof gedruckt wurden. Er konnte dort lesen und in Ruhe seine Pfeife rauchen. Und obwohl es teurer war, seinen Weinbrand hier zu trinken statt zu Hause, war es billiger, eine Zeitung auszuleihen, als sie zu kaufen.

Das Schild Zum Goldenen Pflug quietschte im Wind, als er in den Hof trat. Wie seine Frau dachte auch er, dass der Wind Regen verhieß, was zu begrüßen wäre. Das Land brauchte dringend Regen. Er setzte sich auf seinen Platz in der Ecke und bestellte den Weinbrand. Ohne ein Wort von ihm brachte der Wirt ihm die *Gazette de France*, die Jean aufschlug, noch bevor er seine Pfeife gestopft hatte. Auf diese Weise gab er dem Wirt und den anderen Gästen am Tisch zu verstehen, dass ihm nicht nach einem Gespräch zumute war.

Während er den gedrehten Tabak aus der Tasche nahm und ein paar Scheiben abschnitt, las er, dass die Türken sich in Ungarn zu einer Armee von einhunderttausend Mann, die Tartaren nicht mitgezählt, aufgestellt hatten. Mit seinem breiten Daumen verrieb er den Tabak in der Handfläche, dann blätterte er ein paar Seiten weiter und las von neuen und härteren Steuern, die in England auf Salz, Seife und Leder erhoben wurden. Die Heringsfischer protestierten gegen die Salzsteuer. Er stopfte die Pfeife und zündete sie an, und als sie sauber zog, las er in den Nachrichten aus England weiter, dass der Fürst von Oranien wieder einen Feldzug nach Flandern plante und die Engländer mit äußerster Umsicht eine Flotte aufrüsteten. Zur Bemannung der Flotte, hieß es weiter, würden Kutterführer von der Themse zwangsrekrutiert. Der Krieg, der während des Winters unterbrochen worden war, würde bald an allen Fronten frisch entbrennen, in Flandern, in Katalonien, in Savoyen und auf dem Meer. Die Engländer, dachte Jean, waren den Krieg sicher genauso leid wie die Franzosen.

Er konnte sich nicht vorstellen, dass der französische König Kutterführer von der Seine gewaltsam rekrutieren würde. Andererseits hatte er gehört, dass in der Bauernbevölkerung Soldaten für die königliche Armee ausgehoben wurden, und das Gleiche galt in den Städten für junge Handwerker und andere

Männer, die gesund waren und keine Arbeit hatten. Jean stellte sich vor, Nicolas wäre in den Provinzen unterwegs und könnte keine Arbeit finden: Er wäre einer der Ersten, die eingezogen würden. Oder der Junge könnte womöglich, wenn er mittellos wäre, der Verlockung von Sold und Abenteuerlust nicht widerstehen und sich freiwillig melden. Nicolas hatte keine Vorstellung, was es bedeutete, als Fußsoldat zu kämpfen. Sein Vater war nicht sehr zuversichtlich, dass Nicolas außerhalb von Paris eine feste Anstellung finden würde. Dies waren keine günstigen Zeiten. Jean spürte, wie sich seine Niedergeschlagenheit verstärkte. Der Tabak schmeckte nicht mehr süß. Er griff nach dem Weinbrand, der ihm gewöhnlich den ganzen Abend reichte, und leerte das Glas in einem Zug.

Er konnte sich mit der Haltung seines Sohnes nicht abfinden. Der Junge wusste zu wenig von der Wirklichkeit. Er kannte weder die Bedeutung von Gefahr noch, wie sein Vater ihm beim Essen zu sagen versucht hatte, die Tragweite von Mangel.

Jean dachte an seine eigene Kindheit, die inzwischen weit zurücklag. Er hatte nie davon gesprochen, auch nicht zu Marianne, als sie frisch verheiratet waren. Er wollte das vergessen. Sein Vater war nicht Buchbinder gewesen, so fein war sein Beruf nicht, sondern Schuster und ein ehrlicher Mann. Es gab keinen Grund, warum er nicht ein ordentliches Auskommen hätte haben sollen. Schuhe brauchten die Menschen immer. Vielleicht hatte seine Mutter recht gehabt: Die Werkstatt seines Vaters lag im zweiten Stock – ein besseres Ladenlokal konnte er nicht bezahlen –, und wer, fragte sie, steigt schon zwei Treppen hinauf, um sich die Schuhe reparieren zu lassen, wenn er das Gleiche für denselben Preis ohne jedes Treppensteigen bekommen konnte?

Als sein Vater starb, gab seine Mutter alles, was sie besaß, aus, um ihn unter die Erde zu bringen. Sie hatte den gesamten Hausstand verkauft, nur die Kleider nicht, die sie am Leib trugen. Dann gab sie ihren Sohn bei einem Meister in der Rue St. Jacques in die Lehre, weil sie wollte, dass er ein besseres Handwerk lernte als sein Vater. Manchmal dachte Jean, das sei ein Fehler gewesen und er wäre ein besserer Schuster geworden, aber er wurde Buchbinder, und jetzt war sein Sohn auch Buchbinder, und so schlecht fuhren sie damit nicht.

Aber für ihn als kleinen Jungen war es ein hartes Leben gewesen. Weil seine Mutter nicht die volle Summe für die Lehre bezahlen konnte, wurde mehr von ihm verlangt und er bekam weniger als die anderen Jungen in der Werkstatt. Er hatte ein Strohlager auf dem Dachboden, gleich unter den Dachziegeln, wo er sommers wie winters schlief. Vor Sonnenaufgang stand er auf und kehrte die Werkstatt. Seine Mutter sah er nur selten. Sie tat, was sie konnte, die arme Seele. Sie arbeitete viele Stunden, um für seinen Unterhalt dort, wo er etwas lernen konnte, aufzukommen, und sparte sich das Geld vom Munde ab. Eines Tages – vielleicht war sie aus Erschöpfung nicht schnell genug auf den Füßen gewesen oder ihr war vor Hunger schwindlig geworden – wurde sie von einem Karren erfasst und überrollt. Jean durfte sie sehen, bevor sie beerdigt wurde. Er war noch keine zehn Jahre alt.

Nach vielen Jahren schloss er seine Ausbildung ab und wurde von Bourdon als Geselle eingestellt. Bourdon, der damals noch nicht Altmeister der Buchbinderzunft war, erwies sich als freundlicher Meister. Jean arbeitete hart, und wenn er einen Sou hatte, den er nicht ausgeben musste, legte er ihn zur Seite. Schließlich kam der Tag, da Mariannes Eltern ihm eine Mitgift für ihre Tochter anboten, die dem Betrag entsprach, den er brauchte, um seinen Meisterbrief zu kaufen und ein eigenes Geschäft zu eröffnen. Das war eine große Ehre für ihn. Und er hatte sich den Schwiegereltern gegenüber als ehrenhaft erwiesen und sie im Alter bei sich aufgenommen. Marianne hatte sie in ihren letzten Krankheiten gepflegt, und er war für eine ordentliche Bestattung aufgekommen. Die Abmachung beruhte auf Gegenseitigkeit, so, wie sie es sich gewünscht hatten. Und was Marianne anging, so hatte er sie geliebt und liebte sie noch immer. Sie hatte nicht nur ihre Mitgift ins Geschäft eingebracht, sondern auch ihr Wesen, ihren fröhlichen und unbeschwerten Umgang mit den Kunden, und ihm hatte sie ein warmes Zuhause gegeben.

Sie hatten ihren Kummer gehabt. Nicolas war das einzige Kind, das ihnen blieb, Nicolas, der nicht zu würdigen vermochte, was sie alles für ihn getan hatten. Jean empfand das als tiefe Ungerechtigkeit, dazu kam die Angst vor dem, was seinem Sohn in diesen ungewissen Zeiten fern von zu Hause zustoßen könnte. Er sollte seinem Sohn nicht verbieten müssen, von zu Hause wegzugehen. Sein Sohn müsste bleiben wollen. Er verlangte nach einem zweiten Glas Weinbrand und stopfte sich abermals die Pfeife.

Einige Zeit darauf hörte er jemanden seinen Namen sagen und sah auf. Die hohe, nasale Stimme der Wirtin war über dem allgemeinen Gemurmel gut zu vernehmen.

»Neulich bin ich Ihrem Sohn begegnet, Mademoiselle Larcher. Ich hätte ihn beinah nicht erkannt. Wenn er mich nicht angesprochen hätte, wäre ich wie eine Fremde an ihm vorübergegangen. Wir sehen uns zu selten, dabei wohnen wir doch so nah beieinander. Ich bin übrigens zum zweiten Mal Großmutter geworden, wussten Sie das? Ah, an den Kindern merken wir unser Alter.«

Über die Schulter der Wirtin in ihrem hellgrünen Mieder hinweg sah Jean seine Frau, die kleine adrette Figur in gedecktem Blau und Braun gekleidet, die jetzt den Schal von Kopf und Schultern wickelte. Ihre Aufmerksamkeit galt der Wirtin.

»Hat es angefangen zu regnen?«, fragte die Wirtin jetzt.

»Ein paar Tropfen nur.«

»Wahrscheinlich zieht es vorüber. Schade. Die Leute hier reden von nichts anderem als davon, dass wir Regen brauchen. Ihr guter Mann sitzt in seiner Ecke.«

Marianne sah zu Jean hinüber. Er senkte den Blick und sah sie nicht an, als sie an seinen Tisch kam. Sie setzte sich neben ihn, Abendluft stieg aus ihrer Kleidung. Er nahm ihre Gegenwart mit einem kurzen Blick zur Kenntnis, dann las er weiter. Er wusste, warum sie gekommen war. Er würde das Gespräch nicht eröffnen, das hatte er beschlossen.

Er spürte, wie sie sich leicht an ihn lehnte und dann gerade hinsetzte. Er sah ihre Hand auf dem Tisch. Dafür brauchte er die Augen nicht von seiner Lektüre zu heben. Die Hand schnipste ein paar Tabakkrümel weg, ihr Zeigefinger schnellte wie eine Feder am Daumen entlang nach vorn. Die Hand schob die Krümel zusammen und formte daraus ein Bällchen, das sie zu Boden fallen ließ, dann nahm sie sein Glas, das sie, ohne es anzuheben, am Stiel ergriff und erst im Uhrzeigersinn, dann dagegen drehte. Schließlich verschwand die Hand aus seinem Sichtfeld, und seine Frau sagte leise:

»Hast du gehört, was sie gesagt hat? Wie schnell sie sich verändern!«

Larcher blätterte eine Seite um und strich die Zeitung glatt. Um sie herum war Stimmengemurmel. In ihrer eigenen Küche hätten sie nicht mehr für sich sein können. Sie waren so sehr für sich, dass er ohne Schutz vor ihr war. Dann sagte sie, was er schon halbwegs erwartet hatte:

»Könnten wir uns ein paar Monate lang einen Gehilfen leisten?«

»Das müsstest du wissen«, sagte er, ohne aufzusehen. »Du machst die Buchhaltung.«

»Ich sage, ja.«

»Mir würde es nicht gefallen.« Er hatte schon öfter einen Gehilfen eingestellt, aber es war nie richtig gut gegangen. Das müsste sie eigentlich noch wissen. Sie sagte:

»Ich habe Angst, dass er ohne deine Zustimmung geht.« Obwohl sie sich um einen leichten Ton bemühte, hörte er die Besorgnis in ihrer Stimme, und es war wie ein Echo seiner eigenen Ängste. Dennoch erwiderte er verständnislos:

»Würde er das tun?«

»Er würde –« Sie zögerte. »Er würde es nicht planen. Aber er könnte eines Tages einfach losgehen. Und dann würde er aus Angst nicht zurückkommen. Oder aus Stolz.«

»Das wäre sehr töricht.«

»Ja. Aber das heißt nicht, dass er es nicht tun würde.«

Sie hatte gesagt, was zu sagen sie gekommen war. Er wünschte, sie würde ihn jetzt allein lassen. Er musste nachdenken, und er konnte nicht ungehindert denken, wenn sie neben ihm saß, auch wenn sie sich noch so still verhielt. Und sie verhielt sich ein paar Minuten lang sehr still. Dann sagte sie, mit Betonung auf dem dritten Wort:

»Würdest du erwägen, einen Gehilfen einzustellen?«

»Ich würde es erwägen«, sagte er mit der gleichen Betonung, aber er wusste, dass er geschlagen war.

Marianne stand auf. Dann beugte sie sich vor, nahm Jeans Weinbrandglas und trank es aus. Er sah ihre Hand, die das Glas mit einer präzisen Bewegung auf den Tisch stellte; während des Gesprächs hatte er nicht ein einziges Mal seine Augen zu ihrem Gesicht gehoben. Als sie ging, sah er ihr nach, immer noch, ohne den Kopf zu heben, unter den gesenkten Augenbrauen heraus. Sie ging mit elastischem Schritt, und als sie sich zwischen den engen Tischen hindurchwand, war die Drehung ihrer Taille wendig und geschmeidig.

Er blieb noch lange allein sitzen, weit über die Stunde hinaus, zu der er gewöhnlich das Wirtshaus verließ. Als er aufbrach, füllten immer noch düstere Gedanken seinen Kopf. Immer noch war aus seiner Sicht das Vorhaben seines Sohnes leichtsinnig und unverantwortlich, und er empfand dessen Haltung als undankbar. Und von seiner Frau fühlte er sich im Stich gelassen. Gleichzeitig war seine innere Düsternis von Zärtlichkeit für beide, seinen Sohn und seine Frau, durchzogen. Er dachte, wenn der unvernünftige Wunsch seines Sohnes schon einen von ihnen dreien unglücklich machte, warum dann nicht ihn? Ja, das wäre sogar das Beste, denn schließlich war er der Vater, richtig?

Der Wind war abgeflaut. Jean ging den vertrauten Weg durch die Dunkelheit. Es war nach dem Abendläuten. Kein Lichtschimmer drang durch die Fensterläden. Lediglich die Straßenlampe, die über der Kreuzung der Rue des Lions und der Rue du Petit-Musc hing, war neblig verschleiert. Jean ging mit gesenktem Kopf, die Hände tief in die Taschen seines langen Rocks vergraben, und hörte nichts außer den eigenen Schritten auf dem Kopfsteinpflaster. Die klamme Luft drang unter dem Mützenrand und dem Jackenkragen an seine Haut.

Das Tor zur Hofeinfahrt war verschlossen. Er schloss auf, hinter sich wieder zu und ging weiter in den Innenhof des Gebäudes, in dem er zwei Räume im Erdgeschoss mietete, Küche und Werkstatt, und zwei im Stockwerk darüber. Große Müdigkeit und ein Gefühl tiefer Einsamkeit erfüllten ihn, als er die Treppe hinaufstieg, die Hand auf dem schmalen Eisengeländer. Er kannte die Windungen und Höhe der Stufen auswendig. Auf dem Treppenabsatz im ersten Stock musste er eine weitere Tür aufschließen. Hier schlief Nicolas, außerdem lag Material für die Werkstatt in diesem Zimmer. Das Fenster, von dem aus man bei Tageslicht in den Hof blicken konnte, war geschlossen, die Fensterläden ebenfalls. Es war so dunkel in dem

Zimmer wie in seiner Jackentasche. Er ging hindurch, bis an die Tür zu seinem Schlafzimmer. Dort blieb er stehen und lauschte. Er glaubte, leises Atmen zu hören, und wartete, bis ein tieferer Atemzug ihn überzeugte, dass es keine Einbildung war. Nicolas war zu Hause, dachte er, und er dankte Gott und ging ins Zimmer nebenan.

Er zog die Schuhe und genähten Strümpfe aus und hängte sein Jackett, das klamm war vom Dunst des Flusses, über die Stuhllehne. Das Fenster ging, wie das in der Küche im Erdgeschoss, zur Straße hinaus, und die Läden waren geschlossen. Jean stand in völliger Dunkelheit, aber er brauchte nichts zu sehen. Er wusste, wo die Möbel standen und wie alles angeordnet war. Unter seinen Füßen spürte er das glatte Fischgrätparkett – das Haus stammte aus der Zeit der vergangenen Generation und war gut gebaut. Mit drei Schritten war er beim Bett. Die Vorhänge darum waren aus dichter Baumwolle, deren Dunkelrot im gewölbten Faltenwurf zur Farbe getrockneten Bluts verblichen war. An der Seitenwand war ein offener Kamin mit hohem Sims und einem Kaminschutz aus bemaltem Holz vor der Feuerstelle. Neben dem Kamin stand eine Eichentruhe mit einem sicheren Schloss, auf der eine gewebte, zu einem Blaugrün verblichene Decke lag. Und an der Wand darüber hing eine mit Weihwasser gefüllte weiße Porzellanmuschel, um die ein Rosenkranz aus dunklen Perlen, jede so groß wie eine Hagebutte, gewunden war. Den grünen Zweig über der Muschel, der erst vor einer Woche gesegnet worden war, hatte er selbst dort aufgehängt. In der Truhe lag sein Geld, das in Rollen aus Stücken alter Seide, alten Brokats und schweren Segeltuchs eingenäht war. Den Schlüssel zu der Truhe hatte er bei sich. All dies stellte seine Sicherheit dar, für dieses Leben und für das nächste. Die Porzellanmuschel und der Rosenkranz standen zwischen ihm und den Anfechtungen der Hölle, desgleichen das

Skapulier, das er mit den Fingern berührte, als er sein Hemd gegen das Nachthemd tauschte; und die goldenen Pistolen, die Écus und selbst die bescheidenen Livres standen zwischen ihm und dem Armenhaus. Er band die Nachtmütze unter dem Kinn mit einer Schleife zu, fand den Spalt im Bettvorhang und stieg ins Bett, wo er sich zwischen den kalten groben Leinenlaken unter den schweren Wolldecken vorsichtig ausstreckte, den Kopf aufs Kissen legte und ihn seiner Frau zuwandte.

Marianne war da, er hörte ihren Atem, gleichmäßig und leicht, als schliefe sie. Falls sie wirklich schlief, würde er sie nicht wecken, aber er hoffte, dass sie noch wach war. Eine Weile lag er still, starrte in die Dunkelheit und wartete auf eine Regung seiner Frau, aber sie rührte sich nicht. Vorsichtig drehte er sich auf die Seite und streckte die Hand zu ihrem Kopf aus. Er ertastete ihre gestärkte Nachthaube, legte ihr seine Hand ans Gesicht und streichelte es sanft, strich mit dem Zeigefinger über die warme, glatte Haut zwischen Kinn und der harten Schleife der Haube. Falls sie die Liebkosung spürte, ließ sie es sich nicht anmerken. Mit einem kleinen Bedauern zog er die Hand zurück und drehte sich zum Schlafen um. Sein letzter Gedanke, bevor er einschlief, war der an die zwei Pistolen, die er auf den Esstisch gelegt hatte, und er spürte Besorgnis. Wo waren sie? Dann fiel ihm ein, dass Marianne sich ihrer zweifellos angenommen hatte, und er war beruhigt und schlief ein.

2

Es war an ebendiesem Abend kurz vor Sonnenuntergang, als Paul Damas auf die Place des Victoires stieß. Er hatte den Platz nicht gesucht, sondern sich vielmehr verlaufen. Aber nachdem er in einem Gewirr enger und übel riechender Straßen umhergeirrt war, kam er plötzlich bei dem durch seine Klarheit und raumgreifende Symmetrie bestechenden Platz heraus und wusste sofort, wo er war. Von der Place des Victoires hatte er schon in Auxerre gehört, der Stadt, aus der er kürzlich und zum ersten Mal nach Paris gekommen war.

Die großen Stadtpaläste der Reichen und Adligen mit ihren gleichförmigen eleganten Fassaden bildeten einen Kreis um den Platz, in dessen Mitte das Standbild des Königs mit der geflügelten Victoria aufragte – zur Feier seiner Siege, weshalb es diesen Platz überhaupt nur gab. Die beiden Figuren erhoben sich auf einem Sockel von weißem, blau geädertem Marmor, lebensgroß und von Kopf bis Fuß vergoldet. Die unmittelbar hinter dem König schwebende Victoria hielt ihm einen goldenen Lorbeerkranz übers Haupt. Während Paul das Standbild betrachtete, umkreisten ein paar Schwalben es und flogen dann davon.

An diesem Feiertag herrschte auf dem Platz reger Abendverkehr. Es waren zwar keine Marktkarren unterwegs, aber Straßenverkäufer boten Essen und Getränke feil, und Höker mit allerlei Tand zogen über den Platz. Reiter und Kutschen, darunter auch ein paar Sechsspänner, steuerten rechts und links, ganz nach Belieben, um das Standbild herum. Die Abendsonne blinkte auf poliertem Zaumzeug, auf den Kutschenfenstern und den Wappen an den Kutschentüren, auf der vergoldeten Statue. Eine in alte Tücher gewickelte Frau mit einer Schürze darüber und einem Bauchladen, den sie sich um den Hals gehängt hatte, blieb vor Paul stehen und fragte mit spitzer Stimme, die er schon als typisch pariserisch zu erkennen gelernt hatte: »Ein Samtband für die Liebste?« Auf ihrem Tablett lagen Liebesknoten und Spitzenbänder aller Art, bunt wie eine kleine Blumenschau. Mit stechenden Augen blickte sie forschend in sein Gesicht und ging dann, ohne seine Antwort abzuwarten, weiter. Er würde nichts kaufen.

Die Sonne verzog sich hinter ein taubengraues Wolkengebilde und verlieh ihm einen goldenen Strahlenkranz. Ein Wind kam auf, so leicht, als hätten die kreisenden Schwalben ihn hervorgerufen, eine sanfte, nach Regen riechende Brise. Paul atmete tief ein, um seine Lungen von dem Gestank der Gassen zu reinigen, durch die er gekommen war, und lockerte mit einer gewohnheitsmäßigen Bewegung den Druck des Riemens auf der Schulter, an dem der Lederbeutel mit seiner gesamten Habe hing.

Er war Buchbinder. Der Beutel enthielt die Werkzeuge für seinen Beruf, soweit man sie tragen konnte, ein reines Hemd und ein wenig Geld – sehr wenig Geld. Er wollte in diesem Moment lieber nicht daran denken, wie wenig es war, sondern sich an dem berühmten Pariser Treiben erfreuen.

Nachdem er Auxerre eines Morgens zwischen Aufstehen und Frühstück unter dem Druck bestimmter Umstände verlassen hatte, die er in diesem Moment auch lieber, und sogar noch lieber als seine missliche finanzielle Lage, vergessen wollte, war er ohne jegliche Vorbereitung nach Paris kommen. Er hatte nämlich – es war ganz leicht gewesen, fand er, als er Zeit hatte, über das Abenteuer nachzudenken – die Frau seines Arbeitgebers verführt, und die hatte ihn nach wenigen Wochen der Sinnesfreuden aus nur ihr selbst bekannten Gründen an den Meister verraten. Nach einiger Überlegung war er zu dem Schluss gekommen, dass sie es von Anfang an so geplant hatte. Das hatte seine Eitelkeit zutiefst verletzt. Andererseits befreite es ihn weitgehend von Schuldgefühlen dem von ihm hintergangenen Mann gegenüber, der nie anders als freundlich zu ihm gewesen war, denn bei längerem Nachdenken schien es ihm eindeutig, dass in dem Verhalten der Frau der viel größere Treuebruch lag. Sie hatte ihn verführt. Diese Schlussfolgerung erlaubte es ihm, die sonnigen Tage während der Fahrt mit der Fähre auf der Seine zu genießen – die sanfte Landschaft im milden Grün, der blaue Horizont, hier und da von spitzen, dornenförmigen Türmen durchstochen, der Geruch des Wassers – und sich frei genug zu fühlen, mit einem hübschen Mädchen vom Lande, das einen Säugling im Arm hielt und sich in Paris als Amme verdingen wollte, Zärtlichkeiten auszutauschen. Die Landschaft glitt vorüber, Stunde um Stunde, Tag um Tag, das Wasser gurgelte unter dem Kahn, der mit der Strömung fuhr, und Paul Damas sagte sich, dass er immer schon nach Paris wollte, als begabter Handwerker werde er in der Provinz nicht genügend gewürdigt, in Paris könne er sich ein besseres Leben aufbauen, als es ihm in Auxerre möglich gewesen wäre. Alles habe sich zum Besten gewendet.

Doch als er in der Rue St. Jacques, dem Zentrum des Buchhandwerks, nach Arbeit zu suchen begann, fiel es ihm gar nicht so leicht, in Paris Würdigung zu finden, denn er hatte kein Empfehlungsschreiben von seinem Meister. Seine restlichen Papiere waren in Ordnung, aber es gab genug Gesellen, die in der Rue St. Jacques ausgebildet worden waren und die wenigen Stellen füllen konnten, die es in diesen schlechten Zeiten gab. Dazu kam, dass er nach zwei Tagen in der Stadt von Durchfall heimgesucht wurde. Niemand hatte ihn davor gewarnt, das Flusswasser zu trinken, aber natürlich blieb ihm gar nichts anderes übrig. Die meisten Brunnen in der Stadt wurden von Wasser aus der Seine gespeist. Die Pariser, die in ihrer Kindheit nicht am Flusswasser gestorben waren, hatten im Laufe der Zeit eine Widerstandsfähigkeit dagegen aufgebaut.

Wie alle Menschen aus der Provinz hatte Paul Angst, ausgeraubt oder betrogen zu werden, und bei Frauen fürchtete er sich vor Ansteckung. An jeder Straßenecke standen Reklametafeln, die Mittel gegen Geschlechtskrankheiten anpriesen und versprachen, dass ein Mann geheilt werden konnte, ohne unbedingt das Haus hüten zu müssen. Jedes Mittel wurde als billig, leicht anzuwenden und wirkungsvoll empfohlen, doch statt Damas zu beruhigen, bestärkten die Aussagen ihn nur darin, noch vorsichtiger zu sein. Weil er fürchtete, zu genau darüber befragt zu werden, warum er sein früheres Arbeitsverhältnis verlassen hatte, war er Menschen gegenüber zurückhaltend. Er schloss keine Bekanntschaften und ließ sich selten auf ein Gespräch ein. Nur einmal, als er sich länger mit einem jungen Drucker unterhielt, war es fast wie der Beginn einer Freundschaft, denn der Mann stammte aus Lyon, weshalb er gewissermaßen ein Landsmann von Paul war. Die Frau des Meisters war nicht zugegen, und der Drucker, ein freundlicher Mann mit einem extrem hageren und hässlichen Gesicht, freute sich, den jungen Mann aus Auxerre kennenzulernen; er ließ seine Arbeit eine Weile ruhen und gab Paul Damas lauter Ratschläge, wie sie ein Fremder in der Stadt einem anderen Fremden geben konnte. Abgesehen von dieser Begegnung, war Paul für sich geblieben, und an diesem Festtag, bei dem fröhlichen Treiben der Menschen in den Straßen, die das Ende der Fastenzeit feierten, spürte er seine Einsamkeit.

Er sah, wie die Frau mit dem Bauchladen voller Spitzenbänder und Liebesknoten von der Menge verschluckt wurde, und bemerkte dann einen alten Mann, der mit einer Leiter aus derselben Menge hervortrat. Er war kein Arbeiter. Er hatte eine Perücke und einen mit Federn besetzten Hut auf, und sein Rock war aufwendig mit geflochtenen Bändern und Knöpfen verziert. Es war der Kontrast zwischen dem hageren, etwas zittrigen Alten, gebeugt unter dem Gewicht der Leiter, und seinen würdevollen Bewegungen, bei denen man denken konnte, er vollzöge einen religiösen Akt, der Pauls Aufmerksamkeit erregte. Er folgte dem Mann mit neugierigen Blicken, um zu sehen, welchen Weg er einschlug.

Am Rande des Platzes lehnte der alte Mann die Leiter an eine Marmorsäule einer Säulentriade, die mit Bronzemedaillons behängt und von einer Laterne gekrönt war. Der alte Mann rüttelte an der Leiter, um den Stand zu prüfen, und begann, langsam hochzusteigen. Paul fiel auf, dass er weniger fest auf seinen Füßen stand als die Leiter auf ihren. Trotzdem kam der Alte heil oben an, und nachdem er die Klappe der Laterne geöffnet hatte, zog er ein paar Kerzenstumpen aus den Halterungen und steckte sie in seine Rocktasche. Er setzte frische Kerzen auf und zündete sie an, dann schloss er die Laterne mit größter Sorgfalt und begann den Abstieg. Niemand hatte ihm Beachtung geschenkt. Die Laterne füllte sich mit weichem, gelbem Licht, und nachdem der alte Mann wieder auf dem Pflaster angekommen war, klappte er seine Leiter zusammen und verschwand in der Menge.

Jetzt sah Paul, dass um den Platz verteilt vier solcher Laternen standen, und die anderen drei waren noch dunkel. Sobald ihre Kerzen angezündet waren, würde das Standbild des Königs von allen Seiten beleuchtet. Und wenn auch in den Fenstern der Paläste rundum Licht erstrahlte, wäre der Platz von einem Lichterkranz umgeben. Was für ein prächtiger Anblick das wäre, dachte Paul, und weil das Anzünden der Laternen sein Interesse an der Statue noch steigerte, ähnlich wie beim Anzünden der Kerzen im Theater, bevor das Stück beginnt, bewegte er sich jetzt durch den regen Verkehr zu dem Eisengitter hin, das den Sockel umgab. Hinter dem zwei Meter hohen schmiedeeisernen Zaun war der Marmorboden glatt und glänzend; davor jedoch waren die Pflastersteine mit Unrat aller Art übersät, und mit Papierfetzen, die vom Wind aufgewirbelt und gegen das Gitter geblasen wurden, wo sie erst hängen blieben und dann, wenn die Bö abflaute, zu Boden fielen. Um das Gitter herum standen in kleinem Abstand Prellböcke als Begrenzung für Kutschen und Karren, und in diesem Bereich zwischen Gitter und Prellböcken konnte Damas sicher stehen und die Statue betrachten, ohne befürchten zu müssen, dass er unter die Räder kam. Niemand sonst hatte sich der Statue genähert. Damas hatte die Mitte der Place des Victoires für sich, eine Privataudienz mit dem goldenen König.

Paul war ein schlanker junger Mann in einem hellbraunen Anzug, und jetzt legte er den Kopf in den Nacken, um die Skulpturen weit über sich besser sehen zu können. Die Knöpfe an seinem Rock standen offen, denn beim Gehen war ihm warm geworden, und so war seine rostbraune Weste zu sehen, die so lang war wie der Rock. Er trug weder eine Perücke noch eine Feder in seinem braunen Filzhut. Mit dem Daumen unter dem Riemen seines Beutels milderte er den Druck auf seiner Schulter. Trotz des Verkehrslärms, der ihn jetzt auf allen Seiten umbrandete, hörte er das Zwitschern der Schwalben über sich, als abermals ein Schwarm um die Statue flog und verschwand. Die taubengrauen Wolken, die aus seinem Blickwinkel den Hintergrund des Standbilds bildeten, waren dunkler geworden und zogen nach Westen. Bei der doppelten Bewegung von Wolken und Vögeln schien es so, als bewegte sich die Statue ebenfalls.

Der König war als junger Mann dargestellt, möglicherweise

nicht älter als der junge Handwerker, der zu ihm aufsah. Er trug seinen Krönungsstaat, sein Blick war ruhig, sein Antlitz heiter und von der hinter ihm schwebenden Victoria nicht beunruhigt. Aber das war nicht alles. Neben dem König und der Victoria gehörten zu dem Standbild noch weitere Figuren, die an den vier Ecken des Sockels auf dem Marmorboden hockten, vier überlebensgroße Bronzeskulpturen, gekettet und in Unterwerfung und Gram gebeugt. Durch sie wurde das Standbild zu einer Pyramide, sie stellten die Basis dar, während der goldene Lorbeerkranz den Scheitelpunkt bildete.

Es gab eine in den Marmor gemeißelte, vergoldete Inschrift, dazu bronzene Reliefs in Form von Plaketten und Medaillons und eine Vielzahl anderer Details, die Damas nicht verstand, die ihn aber interessierten. Das Standbild war in seiner Gesamtheit nicht nur ein Werk der ausufernden Fantasie eines Bildhauers, sondern auch der törichten Verschwendung von Mitteln eines Stifters. Das würde ein außerordentliches Gesprächsthema hergeben, wenn er nach Auxerre zurückkehrte.

Aber er wusste, er würde nie nach Auxerre zurückkehren. Lieber würde er verhungern. Bei diesem Gedanken an seine Lage wurde ihm eiskalt, und obwohl er den Blick weiterhin auf die Statue gerichtet hielt, war er nicht mehr bei der Sache. Gefangen in traurigen Grübeleien, verlor er alles Zeitgefühl und schreckte erst auf, als eine Stimme an seinem Ohr sagte:

»Und, bewundern Sie es?«

Die Dämmerung hatte sich auf den Platz gesenkt. Das Licht, in dem Paul die Statue jetzt sah, war das der vier Laternen auf den Marmorsäulen. Er wandte sich um, der alte Laternenanzünder stand neben ihm, jetzt ohne die Leiter. Der Mann hatte die Hände in die Rocktaschen versenkt und das Kinn in den Kragen gezogen, und mit dem schräg gelegten Kopf und dem Blick seiner blanken Augen aus den Schatten seines federbesetzten Hutes glich er einem alten Vogel. Er war eine traurige und zugleich lächerliche Figur. Paul war erneut von der Einzigartigkeit seines Erscheinungsbildes beeindruckt. Ihm tat der alte Mann leid, und die Ablenkung von seinen eigenen Gedanken war ihm nur recht. Er antwortete freundlich:

»Warum auch nicht? Es ist ein edles Kunstwerk.«

»Da haben Sie recht«, sagte der alte Mann mit einem Seufzer. »Ein edles Kunstwerk und ein edler Gegenstand. Und doch, von all den Menschen, die heute Abend hier auf dem Platz sind, haben nur Sie und ich Augen dafür.«

Er sprach so, als wären sie beide schon seit Langem miteinander bekannt und teilten eine Loyalität und einen Kummer. Pauls Bewunderung war geringer, als der alte Mann vermutete, doch er sah keinen Grund, das zu erwähnen. Ihm fiel auf, dass der Rock des Mannes zwar einst prachtvoll gewesen war, aber nach jahrelanger Benutzung schäbig aussah. Die Perücke war vor zehn Jahren in Mode gewesen. Ihre schwarzen Locken stachen grotesk von der faltigen Haut ab und wirkten vor dem grauen Stoppelwuchs der Wangen absurd künstlich. Zudem saß sie schief auf dem Kopf des Alten, sodass an der einen Schläfe ein paar Strähnen grauer Haare hervorlugten. Auch der Hut mit der fleckigen Schnalle und der zerrupften Feder hatte bessere Zeiten gesehen, und sein Stil war so veraltet wie die Perücke. Trotz alldem haftete seiner Kleidung eine gewisse Pracht an. Sie war nicht zusammengewürfelt, sondern von jemandem entworfen worden, der ein Auge für Prunk hatte und dem unbekannten glanzvollen Mäzen oder Dienstherrn huldigen wollte.

Der alte Mann ließ sich die prüfenden Blicke des jungen Mannes ohne Unbehagen gefallen und empfand sie offenbar als Freundlichkeit. Er fragte höflich, aber nicht unterwürfig:

»Sind Sie vielleicht ein Student der schönen Künste? Oder ein Gelehrter?«

»Ich bin Buchbinder«, sagte Paul Damas.

»Dann können Sie zweifellos lesen«, sagte der Alte. »Sind Sie fremd in Paris?« Paul bejahte das. »Sie sind Franzose, vielleicht aus Vézelay, oder aus der Nähe? Das höre ich an Ihrer Stimme. Aber in den letzten Jahren gibt es in Paris natürlich keine Fremden mehr, nicht, seit Krieg ist. Es gab Zeiten, da konnte man Menschen aus aller Herren Länder vor diesem Standbild antreffen. Ihnen habe ich mich manchmal als nützlich erwiesen. Ich würde es als Freundlichkeit betrachten, da Sie lesen können, wenn Sie mir die Inschriften vorlesen würden.«

Paul fühlte sich geschmeichelt und wandte sich dem Sockel zu. Die Laternen warfen genug Licht auf die goldenen Buchstaben. Er las wie gewünscht:

»*Viro Immortali*‹, das heißt, ›dem Unsterblichen‹.«

»Ja, ja, dem Unsterblichen«, wiederholte der Alte, griff nach Pauls Ellbogen und rückte näher. »Lesen Sie weiter, bitte.«

»›Louis dem Großen‹«, fuhr Paul fort. »›Dem Vater und Heerführer dieser Armee. Dem allzeit vom Glück Begünstigten.‹« Der Alte unterbrach Paul nicht noch einmal, sondern drückte bei jeder Zeile, die Paul vorlas, dessen Ellbogen. »›Zum ewigen Gedenken‹«, sagte Paul zum Abschluss der Übersetzung. Der Alte seufzte zufrieden.

»So ist es«, sagte er, ließ den Ellbogen los und klopfte Paul auf die Schulter. »Was für eine schöne Inschrift! Und ich weiß, dass Sie das richtig vorgelesen haben, denn auf der anderen Seite steht dasselbe auf Französisch. Auch das kann ich nicht lesen, aber ich kenne das alles auswendig. Trotzdem, das Lateinische klingt schöner, finden Sie nicht? Es hat einen besseren Klang. Es klingt prachtvoller. Ich werde nie müde, es zu hören. Und Sie haben eine gute Stimme für das Lateinische, eine wohlmodulierte Stimme, mein Freund. Ich glaube durchaus, Sie können sich einen Gelehrten nennen. Und die Szenen der Reliefs, haben Sie die beachtet? Erkennen Sie die? Es sind vier Stück, auf jeder Seite des Sockels eine, es lohnt sich, sie anzusehen. Das hier ist die Überquerung des Rheins – sie bedarf keiner Erklärung. Und hier ist die Eroberung von Franche-Comté … unser Triumph über die Spanier … hier kommen wir zu der Unterzeichnung des berühmten Vertrags von Nimwegen. Alles wunderbar ausgeführt. Sehen Sie, dass der König auf einem dreiköpfigen Hund steht. Das ist der Kerberos des Dreibunds. Der König – oder sollen wir sagen, Monsieur Desjardins – ist mit der Triple-Allianz angemessen verfahren. Die Statue ist von Monsieur Desjardins, das wissen Sie vielleicht, und wurde in seinem Atelier in Paris gegossen.«

Er hielt inne, um Luft zu holen, und Paul gab ihm ein Stichwort:

»Die Sklaven – was stellen die dar?«

»Ah, die geketteten Gefangenen. Sie sind namenlos, aber jeder Franzose, und wir sind Franzosen, wir beide, muss sie auf Anhieb erkennen. Sie stellen nämlich die Nationen dar, die sich im letzten Krieg der Macht des Königs beugen mussten – Österreich, Preußen, Spanien und Holland. Ist es nicht, alles zusammen betrachtet, ein überaus feines Standbild?«

»Wirklich sehr fein«, sagte Paul. Er hatte das unbehagliche Gefühl, dass der alte Mann ein paar Münzen als Gegenleistung für diese Auskünfte erwarten würde und dass er selbst nichts annehmen sollte, wofür er nicht zu bezahlen bereit war – und es könnte einen peinlichen Moment geben –, doch in dem Gesicht des alten Mannes war ein solches Leuchten entstanden, dass es undankbar gewesen wäre, ihm nicht zuzuhören.

»Ich könnte Ihnen noch mehr erzählen«, sagte der Alte, »wenn Sie Zeit hätten. Ich könnte Ihnen die Bedeutung der Bronzemedaillons an den Säulen erklären, auf denen die Laternen stehen, und da Sie neu in Paris sind, würde Sie das vielleicht nicht langweilen.« Er reckte das Kinn, ein schmales Kinn über einem sehnigen Hals, beides voll grauer Stoppeln, und deutete mit der Hand auf die Menschen um sie herum. »Sie kommen, um sich zu amüsieren. Aber wer kommt schon, um den König zu sehen, ihren Gastgeber? Nur ein Fremder wie Sie und ein alter Mann wie ich. Die Menschen missbrauchen den Platz für Glücksspiele und Diebstähle und das Singen unanständiger Lieder, sie beachten den König nicht. Aber ich war hier an dem Tag, als vor diesem Standbild Weihrauch verbrannt wird, derselbe Weihrauch, der auch in den Kirchen unserer Heiligen Frau und denen ihres Sohnes verbrannt wird.« Hier bekreuzigte er sich rasch. »Er wurde vor der Statue des Königs verbrannt, als wäre er selbst ein Gott, was er in gewissem Maße ja ist. Und den König selbst, mein Freund, ihn sah ich da drüben sitzen, auf einem kleinen Podium unter einem Baldachin, in einem Sessel, so als wäre er zu Hause, mit dem großen Federhut auf dem Kopf und sein Bein vor sich ausgestreckt. Damals stand noch nichts von alldem.« Mit einer ausholenden Armbewegung zeigte er auf die Paläste um den Platz. »Die alten Paläste waren gerade erst abgerissen worden, das Hôtel d'Eméré und das Hôtel Senecterre. Aber damit der Kreis vollständig war, wurden da, wo Lücken waren, bemalte Leinwände aufgestellt, mit Bildern von den noch zu bauenden Häusern. Wie ein Schmuckkästchen, und das kostbare Juwel, ah, das war das Standbild, so neu wie der neueste Louisdor.«

Er brach mit einem spitzen Lachen ab. »Das ist ein Scherz, mein Freund, der goldene Louis. Und dann die Laternen. An jenem Abend vor acht Jahren hatte ich nicht die Ehre, sie anzuzünden, aber seitdem, mit der Ausnahme von einem Monat, habe ich es jeden Abend getan.« Wieder griff er nach Pauls Ellbogen. »Und wissen Sie, wer für all die Kerzen aufkommt?«, fragte er. »Der Marquis de la Feuillade, der auch die Statue bezahlt hat. Jetzt ist er schon seit drei Jahren tot, trotzdem bezahlt er immer weiter. Aber ich bin derjenige, mein Freund, der über sie wacht und darauf achtet, dass die Kerzen ersetzt werden, bevor sie zu tropfen beginnen. Ja, ich wechsle sie eigenhändig aus. Die Kerzen brennen die ganze Nacht hindurch, wussten Sie das? Von Sonnenuntergang bis Sonnenaufgang brennen die Kerzen in den vier Laternen. Ich zünde sie an, und der Marquis bezahlt die Rechnung.«

Paul spürte an seiner Schulter das Zittern des alten Mannes, sei es vor Kälte oder aus Stolz. Die Hand umfasste Pauls Ellbogen fester, und der Alte fuhr fort:

»Ich kann zwar die Inschrift nicht lesen, wohl wahr, aber seien Sie gewiss, dass ich die Bedeutung kenne, denn ich war hier an dem Tag, dem Tag der Weihung. Es gab Musik, Weihrauch, eine große Prozession, ein Feuerwerk vor dem Hôtel de Ville, in den Straßen wurde getanzt. Ist es nicht eine großartige Idee, dass das Standbild des Königs niemals im Dunkeln steht? Der Sonnenkönig! Der Marquis befand, der Sonnenkönig dürfe nie im Dunkeln stehen, und alle haben applaudiert. Jetzt machen sie darüber Witze, und die Diener der Großen und Vornehmen erzählen mir, ihre Herrschaften wollten dafür sorgen, dass die Lichter gelöscht würden, denn sie lockten lauter Gesindel in die Stadt, das unter den Fenstern der Reichen zu viel Lärm mache. Ah, mir geht es wie den Reichen, mich widert dieses Gesindel auch an. Warum fegt der Monsieur de La Reynie, der so mächtig ist und ein Mann des Königs, sie nicht alle vom Platz, so wie er seine Leute den anderen Unrat, ha, die Pferdeäpfel und alles, wegfegen lässt? Wer sind die denn? Sind sie besser als der Rest? Sie sagen, sie würden mir demnächst meine Arbeit wegnehmen. Gut ... also ... ich kann alleine leiden, das ist meine Sache. Aber muss ich auch wegen der Beleidigung gegen den König weinen?«

Von der Entrüstung war seine Stimme kräftiger geworden. Plötzlich, bei dem Gedanken an diese Ungerechtigkeit überwältigt, brach er ab, und als er wieder zu sprechen begann, war seine Stimme verändert.

»Meinen Sie«, fragte er bekümmert, »dass sie das tun können? Im Testament des Marquis steht klar und deutlich, dass die Kerzen jede Nacht brennen sollen und dass demjenigen, der sich darum kümmert, eine festgelegte Summe bezahlt wird. Gesetze gelten in Frankreich doch noch, oder nicht? Kann man denn einfach den Letzten Willen des Marquis ändern?«

Vom Gesetz verstand Paul nichts, aber aus Mitleid sagte er, wenn ein Testament vom Parlament akzeptiert worden sei, könne es nicht außer Kraft gesetzt werden, und da Paul sowohl Lateinisch als auch Französisch lesen konnte, glaubte der alte Mann ihm. Er lockerte seinen Griff um Pauls Ellbogen, hielt ihn aber weiter fest, in Freundschaft. Paul spürte das leichte Gewicht an seinem Arm, dankte dem alten Mann für sein Gespräch und fügte hinzu, er schätze sich glücklich, einen Menschen kennengelernt zu haben, der bei der Widmung zugegen war.

»Sie sind sehr freundlich«, sagte der Laternenmann sanft. »Sehr freundlich. Es war um diese Jahreszeit, an einem kalten Frühlingstag wie diesem, aber die Sonne schien und die Statue glitzerte. Das Gold und die Edelsteine an den Gewändern der Festgäste hätten Sie geblendet.« Seine Stimme verklang voller Traurigkeit und Nostalgie. Dann sagte er mit einem altmodischen Knicks: »Aber ich halte Sie auf«, und er nahm die Hand von Pauls Arm.

Der Moment des Abschieds war gekommen, und von einer Bezahlung war nicht die Rede gewesen. Der alte Mann machte ein, zwei Schritte zurück und wartete darauf, dass Paul ging.

»Sie halten mich nicht auf«, sagte Paul. »Ich bin ohne Ziel unterwegs.«

»Ah«, sagte der alte Mann, »ein junger Kerl wie Sie – Sie sollten auf dem Weg zu einem guten Essen sein, zu einer hübschen Freundin und einem warmen Bett. Was jedoch mich angeht, so arbeite ich in der Nacht. Für mich ist jetzt Frühstückszeit. Allerdings habe ich noch kein Frühstück gehabt.«

Er lächelte schwach. Er bettelte nicht um Almosen, er war auf seine Würde bedacht. Aber Paul sagte aus seiner Einsamkeit heraus und in Dankbarkeit für die in Freundschaft vermittelten Vertraulichkeiten: »Dann lade ich Sie zum Frühstück ein.«

Er hatte gesprochen, ohne zu überlegen oder an den Zustand seiner Finanzen zu denken. Erst danach machte er hastig einen Überschlag und kam zu dem Schluss, dass seine Barschaft reichen würde, um dem alten Mann ein warmes Getränk zu spendieren. Der Wind blies jetzt heftiger und trieb ein paar Regentropfen mit sich, und der alte Mann stellte seinen Rockkragen hoch. Er sagte:

»Sie sind sehr großzügig. Aber das ist nicht nötig. Überhaupt nicht nötig.«

»Es wäre mir ein Vergnügen«, sagte Paul.

Der alte Mann zögerte einen winzigen Moment länger und sagte dann, zwar würdevoll, aber so geschwind, wie eine Katze auf eine Maus zuspringt:

»Da Sie mich so bedrängen, nehme ich die Einladung an.«

In der Nähe war ein Kaffeeverkäufer. Paul sah ihn langsam mit einer Kranenkanne über der Schulter und einigen Bechern an seinem Gürtel durch die Menge gehen. Er hob die Hand, um auf sich aufmerksam zu machen, aber der Alte sagte:

»Nein, keinen Kaffee.«

»Lieber Suppe?«

»Nichts hier auf dem Platz. Was man auf der Straße kauft, ist schmutzig. Bei mir spielt das keine Rolle, aber Sie würde es krank machen, weil Sie nicht an die Stadt gewöhnt sind. Kommen Sie.«

Er nahm Paul bei der Hand und ging geradewegs durch die Menge.

Niemand schien die paar niedergehenden Tropfen zu bemerken, und als Paul und der alte Mann den Rand des Platzes erreichten, war der Schauer auch schon fast vorüber. Der Wind hatte ihn vertrieben. Plötzlich hörte Paul ein dunkles Grollen, das aus der Straße zu kommen schien, in die sie einbogen, und die Menschen rannten auf den Platz hinaus. Paul spürte noch das Ziehen der Hand, als der Alte sich mit den fliehenden Menschen zum Platz wandte, dann entglitt sie ihm, und er verlor den Mann aus den Augen. Und während er wie dumm mitten auf der Straße stehen blieb, sah er zwei Fackelträger auf sich zurennen. Unmittelbar dahinter kamen die ersten beiden Pferde eines Sechsspänners. Paul sprang zur Seite und schaffte es mit Glück, zu der Ecke des Hauses zu gelangen, dessen Fassade auf den Platz hinausging, und auf den Rundstein zu springen, der den scharfen Winkel des Gebäudes schützte. Er klammerte sich wie ein Äffchen an der Mauer fest, während das Gespann ganz nah an ihm vorbeidonnerte und die Kutsche ihn beinahe gestreift hätte, und als das Hinterrad durch die Gosse rollte, spritzte Straßenschmutz hoch und klatschte ihm auf Wange und Schulter.

Mit zitternden Knien stieg er von seinem erhöhten Platz und wischte sich mit dem Ärmel seines Rocks über die Wange. Er rückte den Hut gerade, richtete den Schulterriemen seiner Tasche und sah sich nach dem alten Mann um. Die Menschen, die aus der Straße getrieben worden waren, kehrten zurück, offenbar ganz unbekümmert, so als wären sie nicht soeben einem plötzlichen Tod entronnen, und Paul spürte eine Berührung am Ellbogen.

»Hier entlang«, sagte der alte Mann.

Sie gingen weiter. Die Straßen wurden dunkler, wenige Menschen waren hier unterwegs. Paul spürte Glasscherben unter den Schuhen. Er hörte die Stimme des alten Mannes an seinem Ohr, der leise und entrüstet sagte:

»Diese Rohlinge! Sie bewerfen die Laternen mit Steinen, damit sie im Dunkeln ihrem Raubgeschäft nachgehen können. Hier sollte jede Straße Diebesgasse genannt werden. Halten Sie Ihre Tasche immer gut geschützt, wenn Sie in diesem Viertel sind.«

Der Wind hatte aufgefrischt. Über ihren Köpfen schwangen quietschend die Ladenschilder. Es regnete nicht mehr, aber der Wind war kalt. Paul verlor die Orientierung. Er wusste nicht, wie sie gegangen, noch, wo sie angekommen waren, als der alte Mann stehen blieb und eine Tür aufstieß. Nach der Dunkelheit draußen war Paul beim Betreten des warmen, stickigen Raums halb blind von dem grellen Licht der Talgkerzen.

Die Wärme war überaus willkommen. Er setzte sich dem alten Mann gegenüber an einen langen blanken Tisch, dessen Holz von der vielen Benutzung so glänzend poliert war, dass sich jede Flamme mit ihrem Flackern darin spiegelte. Es war ein einfaches Wirtshaus mit vielen Gästen und einer freundlichen Atmosphäre, und die Luft war von Rauch und Dampf fast undurchdringlich. Paul sah die Menschen am Tisch durch einen goldenen Dunst. Er fühlte sich unerklärlich gewärmt und geborgen. Sein Tischnachbar warf ihm einen prüfenden Blick zu, der weder freundlich noch unfreundlich war, und aß weiter seine Suppe. Paul bekam eine Schüssel vorgesetzt, desgleichen der alte Mann, gefüllt mit der Tagessuppe. Sie wurden nicht gefragt, was sie essen wollten. Die Bedienung, eine junge, schlanke Frau mit einer hohen festen Brust, beugte sich zu dem alten Mann hinunter und sprach einen Moment lang mit ihm. Wo war er so lange gewesen? War er krank gewesen?

»Krank niemals«, sagte der alte Mann und nahm mit zittrigen Fingern den Löffel in die Hand. Pauls Tischnachbar warf zwischen zwei Happen ein: »Ihm fehlt nichts, was ein Essen nicht heilen kann.«

Das Mädchen lächelte und sah Paul an. Paul erwiderte den Blick, und weil er so müde war, vergaß er zu lächeln, aber er wandte den Blick auch nicht ab, denn er fand sie reizend, und schließlich zuckte sie die Schultern und ging weiter.

Die Suppe war heiß, dick und nahrhaft und enthielt ein paar Fleischbrocken. Es war das erste Mal seit Pauls Ankunft in Paris, dass er in einem Raum eine Mahlzeit aß. Die Suppe und das ihn umfangende Gefühl von Geborgenheit stärkten ihn. Er kam sich weniger wie eine Katze im Regen vor und gratulierte sich zu der Verschwendung seiner Mittel. Auch der alte Mann sah belebt aus. Er legte den Löffel hin und rief mit frisch erwachter Selbstgewissheit nach Brot.

»Kein Brot heute Abend, Laternenmann«, sagte die junge Bedienung.

»Mein junger Freund hat mich eingeladen«, sagte der alte Mann und zeigte auf Paul.

»Gibt trotzdem kein Brot«, sagte das Mädchen. »Mittags gab es Brot, aber das ist weg.«

»Wer bittet in Paris schon um Brot?«, fragte eine tiefe Stimme hinter Paul. »Der muss ein Dummkopf sein, oder ein Fremder.«

»Ein Fremder ist er, das stimmt«, sagte der alte Mann. »Und da sollte er freundlicher willkommen geheißen werden. Meine Kreditwürdigkeit hat ein wenig gelitten, das weiß ich, aber mein Freund hier wird mit Barem bezahlen.«

»Mit deiner Kreditwürdigkeit hat es nichts zu tun, Laternenmann. Sondern damit, dass es kein Brot gibt.«

»Es macht doch nichts«, sagte Paul zu dem alten Mann. »Wer braucht Brot, wenn die Suppe so gut ist?«

»So ist es«, sagte die tiefe Stimme hinter ihm. »Wir müssen bedenken, Laternenmann: Der Mensch lebt nicht vom Brot allein.« Dann brach die Stimme in Gesang aus. Sie war etwas heiser, dabei aber erstaunlich reich und wohlmoduliert. Die Melodie kam Paul bekannt vor, aber die Worte waren ihm neu. Der Sänger artikulierte sie mit Nachdruck.

»Weißes Brot ist viel zu teuer,
Guten Wein gibt's selten nur,
Münzen hat fast keiner mehr
Und sicher ist uns nur der Tod.

Sterben kostet trotzdem noch,
Dem Priester schulden wir das Geld.
Frauen gibt es viele hier,
Aber reich macht uns das nicht.«

Der Alte aß seine Suppe und hörte dem Vortrag mit einer Miene äußerster Missbilligung zu. Am Ende des Gesangs gab es lautes Gelächter und Applaus, und es wurde nach einem neuen Lied gerufen. Paul fiel in den Applaus ein, worauf der alte Mann ihm einen vorwurfsvollen Blick zuwarf. Der Sänger brachte den Tumult zum Verstummen, indem er dreimal mit dem Löffel auf den Tisch schlug und erneut anhob. Als er zum Refrain kam, stimmten fast alle mit ein.

»Die Maintenon, die fromme Hure,
Schickt unseren Louis in den Krieg.

Sie hält ihn an der kurzen Leine
Und lässt uns in Armut darben.

Diradon und diradon,
Die berühmte Hure, die Maintenon.«

»Die Maintenon«, rief eine Stimme, als das Lied zu Ende war, »einmal habe ich selbst einen Stein auf ihre Kutsche geworfen.«

»Das haben Sie geträumt. Sie kommt nie nach Paris. Sie fürchtet sich vor Paris.«

»Ah, aber es war ihre Kutsche.«

»Dann war sie leer.«

»Sie saß drin, glauben Sie mir. Die Jalousien waren zugezogen.«

»So viel Gesang«, sagte die junge Bedienung munter, »das verlangt nach Wein. Wer trinkt heute Abend Wein? Laternenmann, mögen Sie Wein trinken?«

Der alte Mann sah von seiner Suppenschüssel auf und antwortete mit vorwurfsvoller Stimme: »Er ist gegen die Religion, und Sie ermuntern ihn noch.« Das wurde mit einem einzelnen Lachen quittiert, auf das allgemeines amüsiertes Gemurmel folgte. Doch der alte Mann ließ sich so leicht nicht beirren. »Er hat ein loses Mundwerk, dieser Balladensänger, und seine Freunde auch. Eines Tages holt er uns noch die Polizei ins Haus, dann wird es Ihnen leidtun. Wenn der Tag kommt, werden Sie mich nicht mehr so dumm finden.«

»Niemand nennt Sie dumm«, sagte das Mädchen. »Und was die Polizei angeht – das hier sind alles Freunde.«

»Nicht dumm«, sagte der Balladensänger. »Nein, er ist einfach ein klein wenig verrückt. Er redet Unsinn, meine Freunde. Er will mir den Beruf vergällen. Wie soll ich leben, wenn ich nicht singen kann? Habe ich etwas gegen seine Laternen? Die sind doch dumm, so gesehen, seine Laternen. Dieser Alte hier ist der Meinung, dass vier Laternen es mit der Sonne aufnehmen können.«

»Er soll einem ehrlichen Beruf nachgehen«, sagte der alte Mann fest. »Er soll einen ehrlichen Beruf ausüben und aufhören, gegen die Religion zu reden, dann höre ich auch auf, etwas gegen ihn zu sagen, obwohl er mich persönlich beleidigt, und den König dazu, sowie eine ehrenwerte Dame, die unseren Respekt verdient.«

»Gegen die Religion«, sagte der Balladensänger und fragte allgemein in den Raum hinein: »Bin ich mit einem kleinen Liedchen gegen die Religion? Ich habe nicht einmal angefangen, gegen die Religion zu sein – wie er es nennt.« Er hob seine Stimme nicht, aber sie dröhnte gut hörbar durch den ganzen Raum, sie rollte unter den Tischen her und erreichte alle Ecken. Paul sah sich nach dem Mann um, der so frei heraus sprach und so gut singen konnte.

Der Mann, ohne Hut und Perücke, gedrungen und schlecht rasiert, mit einem wilden Schopf weißer Haare, das drahtig wie eine Pferdemähne war, hatte die Fäuste fest vor sich auf den Tisch platziert und begegnete Pauls Blick mit heiterer Herausforderung. Paul war entsetzt von dem Anblick, denn der Mann war schrecklich entstellt. Das eine Auge war völlig zugeschwollen, und die gerötete und entzündet triefende Schwellung zog die Wange hoch wie mit Zugbändern.

»Vier Laternen, die es mit der Sonne aufnehmen können«, wiederholte der Balladensänger und fixierte Paul mit seinem guten Auge. »Wird Zeit, dass wir den Titel ändern. Die Sonne scheint längst nicht mehr so hell wie einst. Der Sonnenkönig wird zum König der vier Laternen.« Seine Stimme veränderte sich, jetzt sprach er in schmeichlerischem Ton. »Die Kriege des Königs sind also der Grund für unsere Armut? Gut, dann sorgen meine Lieder dafür, dass wir den Frohsinn nicht verlieren. Wir brauchen Heiterkeit und Freude, um unser Leid zu ertragen. Ich sorge für Heiterkeit. Deshalb bin ich ein großer Patriot.« Er sah sich nach Bestätigung heischend um, den Mund zu einem breiten Lächeln verzogen. Niemand sprach. Er schlug mit dem Zinnkrug auf den Tisch. Wieder veränderte sich sein Gesichtsausdruck, alle Heiterkeit war daraus gewichen, nur ein kleiner Funke blieb in seinem guten Auge. Seine Stimme wurde leise, nahm einen samtenen Ton an, wie die Stimme eines Hundes, und dann veränderte sie sich wieder, wurde die einer Katze, heiser und rau. Jetzt sprach er im Ton eines Priesters am Altar, und Paul, der ihm zuhörte, lief es kalt den Rücken hinunter.

»Vater unser, der du bist in Marly«, sagte der Balladensänger, »ruhmreich ist ein Name längst nicht mehr. Dein Reich neigt sich dem Ende. Dein Wille geschieht nicht mehr, weder zu Land noch zu Wasser. Unser täglich Brot erbitten wir nicht von dir, aber vergib uns unsere Schuld, so, wie auch du die Schuld deiner Generäle vergibst. Und führe uns nicht in die Revolte, sondern erlöse uns von dem Bösen. Amen.«

Im Raum blieb es still. Kein Löffel klapperte, niemand hustete, kein Fuß regte sich, aber in der Stille, die auf das Vaterunser des Balladensängers folgte, hörte man, wie der alte Mann tief einatmete und dann zu weinen anfing. In einer Ecke sagte eine Stimme: »Amen.« Die Stimme der jungen Bedienung durchschnitt die Stille.

»Sie sind hartherzig. Er ist ein alter Mann. Er tut Ihnen kein Leid an.«

»Er ist ein Relikt«, sagte der Balladensänger mit seiner natürlichen Stimme. »Soll er doch endlich die Vergangenheit hinter sich lassen. Soll er aufhören, sich mit Geistern zu unterhalten – den Geist des Monsieur Scarron ausgenommen.« Er lachte laut, und einige andere, die offenbar das Geheimnis kannten, fielen ein. Der Laternenmann hatte ein nicht sehr reinliches Taschentuch hervorgezogen und wischte sich damit würdevoll Augen und Nase.

»Monsieur Scarron?«, sagte das Mädchen. »Kann mir einer sagen, wer das war?«

»Ungebildete Tochter des Volkes«, sagte der Balladensänger, »er war einer von uns. Trotz seiner adligen Abstammung war er einer von uns. Brotlos. Bettelarm. Ein Rebell und eine Zumutung für den verstorbenen Kardinal. Wie die Zeit vergeht! Sie sind alt genug für die Liebe, aber zu jung, um etwas über die Mazarinade zu wissen! Sie machen mir mein Alter bewusst. Und ich habe Sie zum Erröten gebracht! Ein Triumph! Ein Entzücken!«

»Aber Monsieur Scarron?«, beharrte das Mädchen in seiner Verlegenheit.

»Ach, natürlich. Scarron. Der arme Teufel, ein Krüppel, sein Körper zu einem Z verbogen. Ein großer Possenreißer, offenbar bereits in Vergessenheit. Verfasser des *Roman Comique* und von Komödien, aus denen Molière sein Handwerk lernte. Und zu Lebzeiten Ehemann der Frau, die jetzt, da er tot ist, die Witwe Scarron ist.«

»Oh, jetzt weiß ich«, sagte das Mädchen und sang ein Stück aus einem Lied: »*La Veuve Scarron, la Sainte Maintenon.*« Als sie bemerkte, dass sie den alten Mann damit ebenfalls quälte, verstummte sie.

»Wenn ich's recht bedenke«, sagte der Balladensänger, »komme ich zu dem Schluss, dass der Geist des Monsieur Scarron keine gute Gesellschaft für unseren Laternenmann wäre. Dem König wäre er nicht recht, folglich auch dem Laternenmann nicht.«

Der alte Mann machte keine Anstalten, darauf etwas zu erwidern. Das wäre so gewesen, als wollte man einer anrollenden Atlantikwelle Einhalt gebieten, indem man ihr entgegenspuckt. Er saß mit gesenktem Kopf da, und das Mädchen sagte mitleidig zu dem Balladensänger: »Können Sie ihn nicht in Ruhe lassen? Sie haben Ihren Spaß gehabt.«

»Wahrlich, einen guten Spaß«, sagte der Balladensänger umgänglich. »Ich spendiere ihm einen Wein, ihm und seinem jungen Freund hier.«

»Seinen Wein trinke ich nicht«, sagte der Alte, ohne den Kopf zu heben.

»Geben Sie ihm trotzdem Wein«, sagte der Balladensänger.

»Ich bezahle für seinen Wein«, sagte Paul, doch als die Tafel mit der Rechnung gebracht wurde, musste er das Innere seiner Tasche nach außen stülpen, um sie zu begleichen.

Er gab sich heiter, heiterer, als ihm in Wahrheit zumute war, und machte die Bemerkung, dass er den Rest der Nacht zusammen mit den Bettlern im Eingang von St. Eustache verbringen werde.

»Die Steine von St. Eustache sind kalt«, sagte der Balladensänger.

»Aber ich bin dort in Gesellschaft«, sagte Paul.

»In schlechter Gesellschaft. Sie haben ein weiches Herz, meine Hübsche. Können Sie dem jungen Mann nicht ein warmes Bett geben?«

Bevor das Mädchen antworten konnte, sagte der alte Mann leise zu Paul: »Sie sollen in meinem Bett schlafen. Ich brauche es erst Morgen früh wieder. Die Unterkunft ist einfach, aber das Bett ist sauber. Die Laken werden einmal im Monat gewechselt.«

»Ein leichtfertiges Angebot, Laternenmann«, sagte der Balladensänger. »Ich hatte mich schon über den Gestank gewundert. Jetzt sehe ich, dass es Ihr junger Freund ist. Wollen Sie diesen stinkenden Menschen in Ihr reinliches Bett lassen?« Der alte Mann errötete, aber der Balladensänger sagte zu Paul: »Sie sind von der berühmten Pariser Gosse getauft worden. Die Kutschen der Vornehmen schleudern den Schlamm hoch hinauf. Sogar auf Ihrer Schulter sind ein paar Spritzer gelandet.«

Dann hörte er unvermittelt mit dem ganzen Unsinn auf, zündete sich seine Pfeife an und befragte Paul nach seiner Arbeit, seiner Mittellosigkeit und seinen Plänen. Paul gab vorsichtig Auskunft. Der Balladensänger hörte zu, während der Rauch an seiner Nase vorbei aufstieg, sodass der Mann hin und wieder sein gutes Auge zudrücken musste und den Kopf von einer Seite zur anderen bewegte, wie ein angeketteter Bulle. Am Ende gab er diesen knappen Rat.

»In Paris gibt es jede Menge Buchhandlungen. Verschwenden Sie nicht Ihre Zeit damit, in all den kleinen Geschäften vorzusprechen. Gehen Sie zum Altmeister der Gilde, er ist für Sie verantwortlich.«

»Bourdon ist zurzeit nicht in der Stadt«, sagte jemand.

»Dann gehen Sie zu Mademoiselle Bourdon, sie ist für Ihre Zwecke ein genauso guter Mann wie ihr Ehemann. Mit der Mütze in der Hand und einem Kompliment. Ziehen Sie ein sauberes Hemd an, wenn Sie eins haben. Sie sind ein ehrlicher Kerl und sehen nicht übel aus. Sie wird Arbeit für Sie finden. Und noch ein Rat, da Sie ein ehrlicher Kerl sind. Halten Sie sich von der Polizei fern, auch wenn Ihnen die Geldbörse gestohlen wird. Die Polizei!« Er hob seinen Krug. »Auf die Polizei, ein notwendiges Übel.« Er trank, setzte den Krug wieder ab und lächelte Paul mit einem listigen Blinzeln seines guten Auges zu. Dann erschlaffte sein Gesicht. Er war müde und wandte sich dem Mann neben sich auf der Bank zu: »Was sitzt du da und gaffst wie ein toter Fisch?«

Es war schon spät, als Paul und der Laternenmann das Lokal verließen. Der Alte schob seine Hand in Pauls Armbeuge und führte ihn, wie er es auch zuvor getan hatte, durch die Dunkelheit, in eine Straße, dann in die nächste und durch eine Tür, die in ein stockfinsteres Vestibül führte.

»Bleiben Sie stehen«, sagte der Alte. Paul spürte das klamme

Mauerwerk auf der einen Seite. Auf der anderen machte der Alte mehrere seltsame Bewegungen, als er in seinen Taschen nach seiner Zunderbüchse und einem Kerzenstumpen suchte. Plötzlich traten die schmalen zittrigen Hände und das zerfurchte, eingesunkene Gesicht aus der Dunkelheit hervor, und der gespitzte Mund blies auf die Flamme. Trotz des Zitterns war der alte Mann geschickt, und als ihm heißes Wachs über die Finger lief, zuckte er nicht zusammen. Er sah Paul durch die flackernde Flamme an und sagte mit Stolz:

»Dies ist echtes Spermazet, das benutzen sie auch in Versailles. Wachs, kein Talg. Kerzen für einen König. Gehen Sie vor mir die Treppe hinauf, wenn ich Sie bitten darf. Dann können Sie besser sehen, und das Licht scheint Ihnen nicht ins Auge.«

Die Treppe führte steil nach oben, und Paul stieg gehorsam die Stufen hinauf, der alte Mann hinter ihm her. Der gelbe Schein flackerte über die Wände und die ausgetretenen Stufen, auf denen trotz der vielen Benutzung die harten Erhebungen der Astknoten geblieben waren. Die Stufen waren unebenmäßig, und die fleckigen Wände schienen sich einander zuzuneigen. Pauls Schatten fiel gebrochen auf die Stufen und stieg mühsam vor ihm die Treppe hinauf.

Dann machte die Treppe eine Biegung, führte in die entgegengesetzte Richtung weiter und kam abermals zu einer Biegung, und an jeder Biegung war eine Tür, jedoch kein Treppenabsatz. Die Schritte der Männer hallten auf dem Holz zwischen den kahlen Wänden, und nachdem sie um die erste Biegung gegangen waren, hörte Paul hinter sich den keuchenden Atem des alten Mannes. Auf den verputzten Wänden lag Feuchtigkeit. Nach einer Weile hörte Paul auf zu zählen, wie oft sie die Richtung gewechselt hatten. Er sah sich in die Region der verlorenen Seelen aufsteigen, ein umgekehrter Abstieg in eine kalte

Vorhölle, fern von allem Lebendigen, so klamm die Luft, so alles verschlingend der Schatten, in den die Flamme ihr kleines Licht stieß. Der warme, helle Raum des Wirtshauses, die Stimmen, der Geschmack von Essen und Wein, all das rückte in weite Ferne. Beklommenheit breitete sich in ihm aus und wuchs zu Panik an. Er wollte sich umwenden, hinunterrennen und dieser Höllentreppe entkommen, aber dann würde er unweigerlich über den alten Mann fallen. Und der wurde immer langsamer, hielt an, um Luft zu schöpfen, und stieg dann weiter, konnte aber aus Atemnot nicht sprechen. Auch Paul keuchte. Die Treppe endete vor einer geschlossenen Tür. Vielleicht war es der siebte Stock, vielleicht der fünfte, jedenfalls ging es nicht höher. Als der alte Mann wieder zu Atem gekommen war, sagte er:

»Sie können eintreten. Es ist nicht abgeschlossen.«

Dann ging er an dem jungen Mann vorbei zu einem Tisch, ließ einen Klecks Wachs auf die Tischplatte tropfen und stellte die Kerze hin, und Paul sah, dass sie unter dem Dachfirst waren. Die Möblierung bestand aus einem Tisch, einem Dreifuß und einem Bett ohne Himmel. Von einem Haken im Dachbalken hing ein großes Tuch, das wie ein Zelt über das Bett gespannt werden konnte. Von den Decken auf dem Bett ging ein saurer, muffiger Geruch aus, der Geruch des alten Mannes. Nichts sonst konnte man in dem Zimmer sehen. Der Kerzenstummel, wenn auch aus Spermazet, erhellte nicht die Ecken.

Mit einer Geste gab der alte Mann Paul zu verstehen, dass er ihm hiermit sein Zimmer überließ, und wandte sich zum Gehen. Von der Tür aus sagte er: »Machen Sie sich keine Gedanken um mich. Ich habe seit vielen Jahren nachts nicht geschlafen, der Körper gewöhnt sich daran. Außerdem ist es eine Freude, den Sonnenaufgang zu sehen, die Vögel und das frühe Licht auf dem Lorbeerkranz des Königs.« Er lächelte liebenswürdig, tippte zum Abschied an seinen Hut und schickte sich an zu gehen. Doch da war noch etwas, das er sagen wollte und das er zuvor wegen der Wortgewalt des Balladensängers nicht hatte ausdrücken können. Deshalb drehte er sich ein letztes Mal um.

»Ich übe ein Ehrenamt aus. Es ist ein bescheidenes Amt, aber ich übe es, wenn auch nicht unmittelbar, im Dienste des Königs aus. Die des Königs spotten, tun unrecht. Sie dürfen diesen Liedern und Reden keine Beachtung schenken. Paris ist voll davon, so, wie die Gossen nach einem Regen voll sind mit schlammigem Unrat, und beides ist widerlich. Der König ...« Er atmete tief ein und sprach mit gekräftigter Stimme weiter. »Der König ist eine heilige Person. Er ist Priester der Kirche und mit heiligem Öl gesalbt, mit einem Wunderöl. Wer sonst lebt heute, der Kranke mit seiner Berührung heilen kann? Das müssen Sie bedenken. Wer seiner spottet, begeht eine große Sünde, und der Himmel wird sie dafür bestrafen. Und was Madame de Maintenon angeht, so stimmt es vielleicht, dass sie die Geliebte des Königs ist, aber selbst in den Schmuddelliedern erkennt man an, dass sie den König zum Guten beeinflusst hat.«

3

»Vater unser, der du bist in Marly«, so ging das Vaterunser des
Balladensängers. Aber in dieser Osternacht war der König nicht
in Marly, auch nicht in einem seiner anderen Schlösser, in die
er sich manchmal zur Erholung zurückzog. Er war in Versailles.
Am Anfang der Karwoche war er dorthin zurückgekehrt, um
seine Aufgaben bei den religiösen Zeremonien zu versehen. Er
hatte eine anstrengende Woche hinter sich. Er hatte gebetet,
Buße getan, die Füße der Armen gewaschen, Almosen ausgeteilt, Menschen durch Handauflegen geheilt; außerdem hatte
er wegen seiner jüngsten Tochter größte Sorgen ausgestanden.
Sie litt unter einer geheimnisvollen Krankheit, für die die Ärzte
des Königs keinen Namen hatten, eine Krankheit zudem, die
der König nicht, wie die Skrofulose, durch Handauflegen heilen
konnte. Vor Ostern kam es zur Krise, das Fieber brach, und jetzt
war das Mädchen auf dem Wege der Besserung, aber niemand
konnte sagen, was die Krankheit ausgelöst hatte, noch, wie das
Mädchen gerettet worden war, es sei denn, es waren die Gebete
der Madame de Maintenon und des Königs, die die Rettung gebracht hatten.

Als der gute Bontemps, der erste Kammerdiener des Königs,
am Morgen nach Ostern im königlichen Schlafgemach das
Lever des Königs vorbereitete, dachte er in milder Gelassenheit über diese Dinge nach. Er betrachtete die Besorgnis des
Königs mit väterlicher Anteilnahme und dessen Stoizismus mit
Bewunderung. Er hatte dem geschwollenen Fuß des Königs
eigenhändig in den Schuh geholfen. Er wusste, dass Stehen für
den König eine Strafe war, und eine noch größere Strafe war

es, in einer Prozession den Weg von der Dorfkirche in Versailles zur Orangerie des Schlosses, wo die Heilung der Kranken stattfand, zurücklegen zu müssen. Wiederum größer wurde die Strafe durch das Gewicht der Robe, die der König während der Zeremonie trug; sie war aus blauem Samt mit einem Futter aus Hermelin genäht und über und über mit kleinen goldenen Schwertlilien bestickt; dazu kam das Gewicht des goldenen Kragens vom Orden des Heiligen Geists. Unter dem Gewicht dieser Ausstattung und der anhaltenden Schmerzen von dem gichtigen Fuß war der König zwischen den Kranken umhergegangen und hatte die Worte des Rituals endlos wiederholt: *Le Roi te touche, Dieu te guérisse.* Im Verlauf der Zeremonie hatte er die Worte zweitausendmal gesprochen, und am Schluss hatte er Bontemps gestanden, dass all seine Kraft aufgebraucht sei. Er habe gespürt, wie alles Tugendhafte aus ihm wich, ähnlich, wie es auch unserem Heiland ergangen sei, in dessen Gedenken er handle. Von seinen Sorgen um die Duchesse de Chartres hatte er nicht gesprochen. Bontemps vermutete, dass der König, wie jedes Mal, wenn die Kinder der Madame de Montespan betroffen waren, sich selbst die Schuld gab und die Krankheit des Kindes als Strafe für dessen sündige Empfängnis betrachtete.

Wie üblich hatte Bontemps die Nacht auf einer schmalen Strohmatratze am Fuße des königlichen Prunkbetts zugebracht. Die Matratze war weggetragen worden, und in dem Kamin mit Marmorumrandung war ein Feuer angezündet worden, das leise knisternd brannte. Bontemps zog die Vorhänge vor dem langen Fenster auf und schlug die bemalten Läden zurück. Kaltes Licht strömte ins Zimmer. Der Hof unter ihm lag in tiefem Nebel.

Das Bett des Königs, das hinter einer vergoldeten Holzbalustrade auf einem Podest stand, war ein mit rotem Damast bezogener Kasten, um den herum die Vorhänge straff zugezogen waren; oben an den Ecken steckten weiße Federn von

Straußen und Königsreihern. Während die Reiherfedern wie kräftige Fontänen steil in die Höhe ragten, beugten sich die Straußenfedern hinunter wie plätschernde Wellen. Die Vorhänge hingen glatt und reglos um das Bett. Das Zimmer war gerichtet. Bontemps lauschte einen Moment und hörte im Vorzimmer des Königs ein verhaltenes Murmeln, aber hinter dem Damastvorhang blieb es vollkommen still. Er öffnete die Tür gegenüber dem Vorzimmer und ging in den Grand Salon, wo das eigentliche Lever des Königs vonstattengehen würde.

Auch hier brannten Feuer in den beiden Kaminen an den Schmalseiten des Raumes. Sie wärmten kaum die kalte Luft, aber das kümmerte Bontemps nicht. Strömten erst die Menschen zum fünften und letzten Entrée des Lever herein, würde die Luft in dem Raum schnell stickig und heiß werden. Bontemps durchquerte den Raum mit Schritten, die auf dem weiß-goldenen Savonnerie-Teppich lautlos waren, und blieb zwischen den beiden Kaminen stehen, wo er die *chaise percée* des Königs einen knappen halben Meter weiter zur Mitte des Salons zog. So stand der Toilettenstuhl auf einer Linie mit dem mittleren Fenster und überdies exakt auf der Mittelachse des gesamten Schlosses. Das tat er zu seiner eigenen Genugtuung, aber auch zu der des Königs. Im Laufe der Jahre hatte er die Leidenschaft des Königs für Symmetrie in Teilen übernommen. Jetzt ging er zu den Kabinetten auf der anderen Seite des Salons, wo er ein paar Worte mit den Herren der Ankleide und mit dem königlichen Barbier wechselte, und nachdem er sich überzeugt hatte, dass auch da alles bestens bestellt war, ging er wieder in den Salon und blieb vor dem mittleren Fenster stehen, von dem aus man auf den schmalen Balkon mit Blick auf die Cour de Marbre treten konnte. In wenigen Minuten würde er den König wecken.

Als erster Kammerdiener des Königs und Gouverneurs des

Dorfes und Schlosses von Versailles übte er seine Pflichten mit Ernst und Ruhe aus. Er hatte seine eigene Methode dafür gefunden. Er setzte immer genügend Zeit an. Er rechnete mit allen möglichen Notfällen, die deshalb nicht eintraten, weil er Vorkehrungen veranlasst hatte, sie zu vermeiden. Da er deshalb nie unter Druck geriet, bewahrte er zu allen Zeiten – und die konnten sehr beschwerlich sein – eine innere Ruhe und trat mit der ihm naturgemäßen Freundlichkeit auf. Während er vor dem Fenster stand, die Hände hinter dem Rücken verschränkt, und auf den nebelverschleierten Hof hinunterblickte, sinnierte er, dass die Menschen in dem Moment, da sie unter Druck gerieten, oft die Beherrschung über ihre Worte und Taten verloren und höchst bedauerliche Dinge sagten und taten, und das war zu beklagen. Am Hofe gab es genügend absichtliche Missgunst, da konnte man auf versehentlich aufkommende Missgunst verzichten.

Er wusste, dass er der gute Bontemps genannt wurde. Zweifellos hatte ursprünglich das Wortspiel *le bon* Bontemps zu diesem Beinamen geführt, aber er schmeichelte sich mit dem Gedanken, dass der Name keinen Bestand hätte, wenn er nicht verdient wäre. Er glaubte, dass er trotz seiner langen Jahre im Dienste des König und seiner Nähe zu ihm, wodurch er unweigerlich mit allen höfischen Intrigen in Berührung kam, am Hof keine Feinde hatte. Er war Trauzeuge des Königs bei dessen heimlicher Eheschließung mit Madame de Maintenon gewesen, ein Ereignis, das inzwischen zehn Jahre zurücklag. Seit über zehn Jahren begegnete er der Missgunst am Hof mit Takt und Nachsicht. Inzwischen war er ein alter Mann, was ihn mit Stolz erfüllte, und er beabsichtigte, seinen tadellosen Ruf bis zum Ende zu bewahren. Diesem Ende sah er so entgegen, wie man an einem warmen Sommertag dem Sonnenuntergang entgegensah – als etwas, das weder zu fürchten noch zu vermeiden war. Und wenn es ihn verlangte, sich mit Erbitterung zu manchem Missbrauch von Begünstigungen oder zu anderen verstörenden Angelegenheiten zu äußern, was in letzter Zeit immer häufiger der Fall war, rief er sich in Erinnerung, dass seine Tage endlich waren. Dass er das, was ihn grämte, nicht mehr lange würde hinnehmen müssen, war für ihn, so seltsam es scheinen mochte, eher tröstlich als bedrückend. Ja, dachte er, als er in den Nebel blickte, die Missgunst des Hofes war immer um ihn, so wie die Armen, und mit einem Lächeln, das für einen so liebenswürdigen Mann erstaunlich grimmig war, gestattete er sich den Gedanken, dass es am ehesten die Mitglieder der königlichen Familie waren, die zu Missgunst neigten.

Unterdessen war der Duc d'Orléans, der Bruder des Königs, der am Hof einfach Monsieur genannt wurde, von seinen Räumen im Orléans-Flügel des Schlosses auf dem Weg zur Halle der königlichen Wache. Bei der Treppe der Königin kam er den Dienern, Höflingen und anderen Dienstboten, die auf den Marmorstufen treppauf, treppab eilten, in die Quere. In Versailles gab es keinen Dienstbotenaufgang; Holz, Wasser, Speisetabletts, Abfall und Toilettenkübel, alles wurde über dieselbe breite Treppe befördert, und diejenigen, die auf dem Weg zum Lever des Königs waren, schlängelten sich langsam und vorsichtig durch die Menge der Dienerschaft.

Wo das Gedränge am größten war, musste Monsieur stehen bleiben. Er sah niemanden, mit dem er hätte sprechen wollen, und etliche, die er zu meiden wünschte. Er gähnte und blickte über die Menschen vor sich hinweg in die Ferne. Sein früherer Überdruss angesichts der Verpflichtung, zum Lever seines Bruders so früh aufstehen zu müssen, war inzwischen in Gewohnheit übergegangen. Ihm hätte etwas gefehlt ohne diese Pflicht. Aber am Abend zuvor war es spät geworden, und er hatte nicht ausgeschlafen. Sein Verstand war noch umnebelt. Die Schicht von Puder und Rouge auf seinem Gesicht war vom Vortag, und der intensive Geruch einer nicht mehr frischen Veilchenpomade ging von ihm aus. Er hatte eine leidenschaftliche Vorliebe für Parfum, Schmuck, Musik und junge Männer, die er so verehrte wie andere Männer Frauen. Er war Anfang fünfzig, ein kleiner Mann mit Bauchansatz, der Plateauschuhe trug und stets eine grazile Haltung einnahm, selbst wenn er im Halbschlaf war.

Er war ein hübscher junger Mann gewesen, attraktiver als sein Bruder, und auch in seinem verlebten Erscheinungsbild waren noch Reste jener jugendlichen Reize zu erkennen. Einst war er sehr beliebt gewesen, so beliebt, dass sich der König zu Maßnahmen, verbrämt als Gunstbezeigungen, veranlasst sah, um diese Beliebtheit einzudämmen. Das führte dazu, dass Monsieur viel freie Zeit hatte, freie Zeit im Übermaß. Er langweilte sich, und es nutzte ihm gar nichts, sich beim König darüber zu beklagen. Die Zeiten, da sie zusammen im königlichen Bett geschlafen und getobt und die Laken zerrissen und Kissenschlachten veranstaltet hatten und sich sogar, in ihrer Ausgelassenheit und zur Entrüstung der alten La Porte, angepisst hatten, diese glücklichen Zeiten waren lange vorbei und nutzten ihm überhaupt nichts.

Jetzt war er oben an der Treppe zwischen zwei geschlossenen Türen angekommen. Zu seiner Linken war die Tür zur Salle des Gardes, zur Rechten die zu den Räumen der Madame de Maintenon, die er nur selten betrat. Seine Freundschaft mit der Dame genügte lediglich der Form. Weder er noch Madame, seine Frau, hatten der Maintenon für die Rolle verziehen, die sie bei der Eheschließung zwischen dem Duc de Chartres und der jüngsten außerehelichen Tochter des Königs gespielt hatte. Auch dem König hatte er dafür nicht verziehen. Nicht, dass Monsieur oder Madame unter dem unglücklichen Leben ihres

Sohnes zu leiden hatten; nein, es war die Beleidigung gegen den Zweig der Orléans, die Beschmutzung des Orléans-Blutes mit einem im doppelten Ehebruch gezeugten Mädchen, die die Empörung beider Eltern in seltener Eintracht hervorrief. Inzwischen herrschte nur in diesem einen Punkt zwischen ihm und seiner Frau Einigkeit. Monsieur wandte der Tür zu seiner Rechten den Rücken zu und blickte die Treppe hinunter, wo er Monseigneur, den Grand Dauphin, sah, den einzigen rein königlichen Sohn, der mit gesenktem Haupt die Stufen erklomm, gefolgt von seinem Sohn, dem Kleinen Dauphin und Duc de Bourgogne.

Diesen beiden machten die Menschen im Treppenhaus Platz, was sie zuvor für ihn nicht getan hatten. Monsieur nutzte den Moment und schloss sich ihnen an, als sie ihn passierten. Er folgte ihnen durch die Salle des Gardes in die Salle du Grand Couvert, wo der König dinierte, wann immer er das öffentlich tat.

Hier, auf einem Tisch am Eingang des Raums, stand ein kleines vergoldetes Silbergefäß in der Form eines Schiffsrumpfes. Darin lag die Serviette des Königs. So, wie die höfische Etikette verlangte, dass jedermann, der am Bett des Königs vorbeiging, sich verneigte, ungeachtet, ob der König darin war oder nicht, so bestimmte sie auch, dass man sich vor der *nef du Roi* verneigte. Insbesondere die Mitglieder der königlichen Familie waren dazu angehalten. Also wartete Monsieur, bis Monseigneur seinen mit Federn besetzten Kopfputz abgenommen und sich tief vor dem rot glänzenden Gefäß mit der Serviette seines Vaters verneigt hatte.

Der junge Duc de Bourgogne, der hinter seinem Vater, dem Monseigneur, ging, setzte, wie er es gelernt hatte, das linke Bein vor, beugte das rechte und führte seinen Hut in einer zögernden Halbkreisbewegung vom Kopf zum Bauch. Die Geste war unbeholfen. Der Junge brauchte mehr Florettstunden. Mit einem schwachen Lächeln gestattete Monsieur, dass der Junge mit seinem Vater das Zimmer verließ, dann ging er auf die *nef* zu und huldigte ihr mit gekonnt lässiger Anmut. Als er sich wieder zu seiner vollen Größe erhoben hatte, ruhte sein Blick einen Moment länger als nötig auf dem goldenen Schiff und auf den Schweizergarden in den blau-roten Uniformen, die es bewachten. Erst dann setzte er den Hut wieder auf seine Perücke und ging weiter.

Das letzte Vorzimmer war das kleinste und dunkelste und dabei das vollste der drei. Hier gab es kein flackerndes Kaminfeuer. Licht fiel allein durch ein ovales Fenster hoch in der Wand ein, das zu einem kleinen düsteren Innenhof hinausging. In diesem engen, kalten Zimmer ohne Ausblick warteten die bedeutendsten Männer Frankreichs darauf, dem König ihre Aufwartung zu machen.

Beschwingten Schrittes betrat Monsieur dieses Zimmer. In dem Moment, da er sich vor der *nef* verbeugt hatte, war er vollends erwacht. Er sah sich mit erwartungsvollem Blick um, bemerkte Monsieur de Mailly, den königlichen Almosenpfleger, der unter dem hohen Fenster sein Brevier las, begrüßte mit geübter Verquickung aus Anmut und Zurückhaltung den Leibarzt des Königs und seinen Staatssekretär, die bei seinem Eintritt ihr Gespräch unterbrochen hatten, ging durch das Zimmer und blieb neben Monseigneur und dem jungen Dauphin stehen. Die Schweizergarden bewachten die Tür zum Zimmer des Königs. Monseigneur wartete, dass er zu seinem Vater vorgelassen wurde, und hatte seinen Hut unter die Achsel und die Hände in den Muff gesteckt. Mit einem Nicken nahm er die Anwesenheit von Monsieur zur Kenntnis und legte dann sein fülliges Kinn in das Spitzengeflecht seines Halstuchs. Der junge Dauphin blickte zu Boden.

Auch der König wartete hinter den schweren Vorhängen seines großen Bettes, dass es acht Uhr wurde. Er war an diesem Morgen nach dem Ostersonntag müde und außergewöhnlich bedrückt aufgewacht. Er wachte in völliger Dunkelheit und aus reiner Gewohnheit auf. Er hatte sich die Gewohnheit zum Diener gemacht, weshalb er sich der Stunde sicher war, obwohl er vor seinen Augen, als er sie aufschlug, nur Schwärze sah. Kein Geruch, kein Geräusch des Frühlingsmorgens drangen zu ihm, noch waren Hinweise auf Aktivitäten in seinem riesigen Schloss zu vernehmen. Er war sich seines verschwitzten, verklebten Körpers unter dem Berg von Federbetten bewusst. Er lag auf dem Rücken, sein Kopf ruhte auf einem riesigen Federpolster, und als er das Bein streckte, spürte er seinen schmerzenden Gichtfuß. Jetzt fiel ihm die vergangene Woche wieder ein, und er rief sich die Pläne für die Gegenwart in den Kopf. Er wusste, dass Bontemps ihn in wenigen Minuten wecken würde. Er schloss die Augen und sah vor sich in der schalen, unbewegten Dunkelheit sein Problem: die eigene körperliche Erschöpfung und das verarmte Frankreich. In seinem Kopf waren sie ein und dasselbe.

Frankreich ist zu einem großen, trostlosen Armenhaus verkommen. Die Wörter hallten in seinem Kopf wider. Er hatte sie in einem Brief gelesen. Niemand hatte es gewagt, sie laut vor ihm zu sprechen, und auch er hatte sie bisher zu niemandem gesagt, noch hatte er jemandem den Brief gezeigt, nicht einmal Madame de Maintenon. Die Wörter artikulierten zu scharf, was ihm selbst bewusst war, und kamen begleitet von Vorwürfen, Anschuldigungen und Ratschlägen.

Der Brief war ihm vom Duc de Beauvilliers übergeben worden, einem Mann, den er schätzte, doch der Duc war nicht der Verfasser, darin war sich der König sicher. Auch glaubte er, dass de Beauvilliers nicht über den genauen Inhalt des Briefs Bescheid wusste. Der Brief war nicht unterschrieben, dennoch hatte der Schreiber ganz offensichtlich weder seine Schrift noch seinen Stil zu verstellen versucht. Die Wörter waren ihrem Duktus nach der Stimme des Verfassers so ähnlich, als wäre er selbst im Zimmer. Es handelte sich eindeutig um den jungen Abbé Fénelon, den Hauslehrer des kleinen Dauphin, Enkel des Königs.

Der Brief verletzte den König besonders, weil er seine eigene tiefe Besorgnis um sein Königreich und das Mitleid, das er mit seinem Volk verspürte, nicht zur Kenntnis nahm. Der Brief beleidigte ihn, weil er sich anmaßte, ihn, den König, über Dinge zu unterrichten, die ihm sehr wohl bekannt waren. Der Brief unterbreitete ihm Ratschläge, wie er sein Königreich führen solle, dabei war das den lieben langen Tag sein Metier. All dies schien ihm unerträglich. Der Brief regte zudem an, er solle Madame de Maintenon um Rat fragen, als ob er nicht längst wüsste, welchen Rat sie ihm erteilen würde, und als wäre er nicht imstande, auch ohne sie weise zu herrschen.

Sie betete um Frieden. Und hatte er nicht den ganzen Winter über Verhandlungen für einen Frieden geführt? Dass sie ergebnislos geblieben waren, hatte ihm ebenso viel Kummer bereitet wie Madame de Maintenon.

Während er umgeben von muffiger Dunkelheit in seinem Bett lag, spürte er, wie ihm sein Verdruss bitter aufstieß, bitterer noch als beim ersten Lesen des Briefes – Wann war das gewesen? Vor ein paar Wochen, Monaten? –, denn er hatte ihn nicht vergessen können. Er hatte den Brief zu seinen Privatpapieren gelegt, aber die Wörter verfolgten ihn. Und immer, wenn er in Versailles war, hatte er bei seinen Levers die intensiv brennenden Augen des jungen Priesters gesehen, forschend und selbstgewiss. In diesen außergewöhnlichen Augen hatte nicht nur eine Herausforderung geleuchtet, dachte der König, sondern auch der Wunsch nach Märtyrertum, als wartete Fénelon nur darauf, entlarvt und für seine Dreistigkeit beschuldigt und bestraft zu werden. Aber der König hatte nicht die Absicht, die Beleidigung öffentlich zu machen. Er hatte den Abbé auf Wunsch von Madame de Maintenon als Hauslehrer für den Prinzen eingestellt. Fiele Fénelon in Ungnade, würde sie das als Unfreundlichkeit gegen sich selbst empfinden, und dann gäbe es Tränen und Kopfweh, ihr schreckliches, ewiges Kopfweh, und die angenehmen Gespräche, die sie mit dem Abbé zu führen pflegte, hätten ein Ende. Zudem brachte die Arbeit Fénelons mit dem jungen Dauphin gute Ergebnisse, und der König war derzeit nicht bereit, die Bildung seines Enkels zu unterbrechen. Fénelon war also zunächst in Sicherheit. Und dem König blieb keine andere Wahl, als seinen Verdruss zu bezähmen. Eine Maxime, die er als Kind hatte abschreiben müssen, fiel ihm wieder ein, und er war sich ihrer Ironie durchaus bewusst: *Le pouvoir des rois est absolu; ils font ce qu'ils veulent.* Den Satz hatte er zwanzigmal abgeschrieben. Aber er hatte dazugelernt. Könige tun nicht das, was sie wollen, sondern das, was sie müssen.

Bontemps, der aus dem mittleren Fenster des königlichen Salons blickte, sah eine Kutsche in die Cour Royale, wo nur wenige Kutschen erlaubt waren, einfahren. Sie verschwand hinter dem Vorsprung des Gebäudes rechts aus seinem Blickfeld, und als sie wieder hervorkam, sah er, dass zwei Frauen darin saßen. Eine trug ein Kapuzencape aus schwarzem Samt. Ihr Gesicht konnte er nicht sehen, aber er wusste, dass es Madame de Maintenon war, die mit ihrer Zofe auf dem Weg zur Messe in St. Cyr war. Der Nebel hatte die Kutsche verschluckt, bevor sie das Tor erreichte. Im nächsten Moment hörte Bontemps hinter sich die ersten silbrigen Schläge der Uhr. Gemessenen Schrittes ging er zum Schlafgemach des Königs, und beim achten Glockenschlag zog er die Bettvorhänge zurück.

Auf dem hohen Polster, beschattet vom Betthimmel und ein-
gefasst von einem weißen *bonnet de nuit*, lag ein graues Gesicht
voller Bartstoppeln und mit pockennarbiger, faltiger Haut, einer
langen Nase, schlaffen Wangen und einem unbewegten Mund,
der die ausgeprägten Unterlippen der Bourbonen hatte – und
nur die dunklen Augen waren wach und lebendig. Sie sahen
Bontemps aufmerksam, aber ohne ein Lächeln an.

»Sire, ich hoffe, Sie haben gut geruht.«

Auf die übliche Frage gab der König die übliche Antwort,
und seine Stimme war kräftig und ernst. »Danke, ja. Und Sie,
mein guter Bontemps?« Der Tag hatte begonnen.

Der König richtete sich im Bett auf und hob die Arme, damit Bontemps ihm das verschwitzte Nachthemd ausziehen
konnte. Bontemps rieb den König mit einem warmen, trockenen Handtuch ab, half ihm in ein frisches Nachthemd, nahm
ihm die Nachthaube ab und setzte ihm stattdessen die kleine
Perücke für das Erste Entrée des Lever auf. Als der König sich
aufrichtete, war ihm einen Moment lang schwindelig, aber das
ging vorüber, während Bontemps ihm die Schultern abrieb,
und er erwähnte es nicht. Das Lever begann mit dem Entrée
Familiale, dem Eintritt der männlichen Mitglieder der königlichen Familie. Der König hatte seinen Kopf wieder ans Polster
gelehnt und reichte seinem Sohn die Hand, der sie küsste, ein
paar Worte murmelte und sich wieder hinter die Balustrade zurückzog. Jetzt trat der Duc de Bourgogne vor. Er war blass und
schmächtig und hatte die schlechte Haltung eines Kindes, das
zu schnell gewachsen war. Er verneigte sich, drückte seine Lippen auf die Fingerknöchel seines Großvaters und wäre zurückgetreten, hätte der König die Hand des Kindes nicht in seiner
eigenen festgehalten.

»Monsieur Fénelon hat mir nur Gutes über dich berichtet«,
sagte der König ernst.

Das Kind errötete und hätte gern seine Hand zurückgezogen, traute sich aber nicht. Der König spürte das kleine Zucken und ließ die Kinderhand los, aber die spontane Geste machte ihn traurig.

»Sag mir, bist du mit Monsieur Fénelon so zufrieden wie er mit dir?«

»Oh, ja, Sire«, sagte der Junge mit Eifer.

»Dann richte ihm von mir aus, dass du deine Ertüchtigung nicht zugunsten deiner Studien vernachlässigen darfst.«

Monsieur begrüßte seinen Bruder, der Duc du Maine küsste seinem Vater die Hand, und so vollendeten die Mitglieder des königlichen Haushalts ihr Entrée.

Der Grand Chamberlain schlug die Decken auf dem königlichen Bett zurück, der König schwang die bloßen Beine heraus, und der Grand Chamberlain kniete sich hin und zog dem König die Pantoffeln an, während Bontemps ihm einen Morgenmantel überlegte. Monsieur de Mailly reichte ihm eine vergoldete Porzellanmuschel mit Weihwasser. Der König bekreuzigte sich und sprach ein Gebet. Dann stand er auf und ging unter Schmerzen ins nächste Zimmer, wo er sich auf die *chaise percée* setzte. Die kleine Schar der Familienmitglieder und Höflinge folgte, und die Männer des Entrée des Brevets wurden einzeln eingelassen. Nachdem der Toilettenstuhl fortgetragen und durch einen roten samtgepolsterten Sessel ersetzt worden war, wusch der König sich die Hände, dann wurde er rasiert. Einigermaßen erfrischt erhob er sich, ließ sich die Hosen hochziehen und setzte sich wieder, damit ihm die Pantoffeln ausgezogen und Seidenstrümpfe über die Beine gestreift werden konnten.

In Hose und Morgenmantel beantwortete der König die Fragen seines Leibarztes. Seine Gesundheit war nicht seine persönliche Angelegenheit, sondern die des Staates. Er gab geduldig Auskunft, während Fagon die übliche Liste der Fragen durchging und die Antworten in seinem Büchlein vermerkte. Fagon machte Aufzeichnungen von allem, was im Zusammenhang mit der Gesundheit des Königs stand, selbst von der Häufigkeit und Beschaffenheit der königlichen Ausscheidungen im Verlauf der letzten vierundzwanzig Stunden. Der Arzt war bucklig und asthmatisch und sein Körper so verformt, dass sein Kopf mitten auf der Brust zu sitzen schien. Wollte er nach oben blicken, musste er den Kopf zur Seite drehen. Seine Augen waren sehr dunkel, und die verdrehte Stellung des Kopfes verlieh seinem Blick einen listigen Ausdruck. Er hatte olivfarbene Haut, unregelmäßige Züge und gelbe, kariöse Zähne. Sein dunkles Haar war glatt und dünn, und er trug einen schmucklosen, hellbraunen Anzug. Er war äußerst intelligent und scharfzüngig, ein Meister bissiger Aphorismen, und der Eifer, mit dem er die Gesundheit des Königs überwachte, war zweifellos sehr groß. Der König vertraute ihm. Monsieur hingegen verabscheute ihn – weil er so hässlich war, weil der König ihm vertraute und weil dieses Vertrauen auf die Empfehlung von Madame de Maintenon zurückging.

Der Grand Chamberlain, das in weißen Taft eingewickelte Hemd des Königs in Händen, wartete, dass Fagon fertig würde, aber der stellte eine Frage nach der anderen und keuchte zwischen jedem Satz wie ein kurzatmiges Pferd. Schließlich sagte der König sehr höflich:

»Ich sage es noch einmal, teurer Monsieur Fagon, ich habe nicht das Gefühl, krank zu sein. Aber ich bin sehr müde.«

»Ganz, wie ich vermutet habe, Sire«, sagte der Bucklige. »Ich empfehle Seiner Majestät, vor dem Rat eine Tasse Bouillon zu trinken, und ich empfehle weiterhin, den Rat vor der Messe zu halten.«

Der König erklärte sich mit einer Geste einverstanden. Es traf zwar zu, dass er sich nicht krank fühlte, aber seine tiefe

Niedergeschlagenheit hatte eine große Erschöpfung zur Folge. Ihm ging Fénelons Brief nicht aus dem Sinn. *Frankreich ist zu einem großen, trostlosen Armenhaus verkommen.* Er fürchtete sich vor dem Moment, da er dem Blick des jungen Priesters wiederbegegnen würde, in der Gewissheit, dass er völlig machtlos war, die Hand gegen ihn zu heben. Machtlos, aufgrund seiner eigenen gewissenhaften Selbstbeherrschung. Unterdessen ging das Lever weiter.

Der Duc du Maine und sein Bruder, der Comte de Toulouse, halfen ihrem Vater aus dem Morgenmantel, den sie dann zu zweit wie einen Vorhang zwischen ihn und die Anwesenden hielten, während Monseigneur dem König das Nachthemd auszog. Monseigneur nahm das in weißen Taft eingewickelte Hemd vom Grand Chamberlain entgegen, dann hielten Monseigneur und Bontemps je einen Ärmel so, dass der König hineinschlüpfen und das Hemd anziehen konnte. Darauf wurde der Morgenmantel fallen gelassen, und der versammelte Hof wurde des Königs ansichtig, während Bontemps und Monseigneur zu seinen Seiten niederknieten und die Hemdbänder an den Handgelenken zubanden. An dem Tag trug der König das Hemd ohne Rüschenkragen, da er in Halbtrauer war. Ihm selbst war das völlig entfallen, aber Bontemps hatte ihn daran erinnert.

Während all der Schritte vor und zurück, der Verneigungen und Handreichungen und des Ab- und Anlegens – in einer Art ritualisiertem Gruppentanz – vor all den Menschen, die ihn umschwirrten, und den ausgestreckten Händen, die ihn bedienten, ohne dass er selbst Anweisungen geben musste, war der König frei, seinen eigenen Gedanken nachzuhängen. Und obwohl er in seinem Kopf die Angelegenheiten zu ordnen versuchte, die er in Kürze dem Rat unterbreiten wollte, kehrte sein Denken immer wieder zu den Anschuldigungen des François de Salignac de la Mothe-Fénelon zurück. Er suchte in der Menge nach dem Abbé und fürchtete sich, seinem Blick zu begegnen, doch als er sein Gesicht nicht fand, spürte er einen dumpfen, atembeklemmenden Zorn in sich aufsteigen. Er musste sich in großer Sicherheit wägen, der junge Abbé, wenn er nicht zum Lever des Königs erschien.

Das Erstickungsgefühl verstärkte sich. Die Luft schien verbraucht. Tatsächlich und dabei kaum verwunderlich war es in dem Raum sehr stickig. Beim Entrée de la Chambre und dem Entrée Générale hatten sich um die dreihundert Männer in den Räumen gedrängt; nur wenige hatten kürzlich ein Bad genommen, und die meisten benutzten Pomade. Der König hatte eine starke Abneigung gegen jede Form von Parfum, was gemeinhin bekannt war, aber nicht beachtet wurde.

Jetzt wurde die kleine Perücke vom Lever abgenommen, und der König bekam die große Perücke aufgesetzt, worauf im Lever eine Pause eintrat. Der König wartete auf die Bouillon. Die Bouillon stand immer bereit, ob der König darum bat oder nicht, auch die Diener mit weißen Stäben waren bereit, und andere Personen, deren Aufgabe es war, dem König die Bouillon zukommen zu lassen. Aber Menschen können sich nicht mit der Geschwindigkeit von Gedanken bewegen. Es dauerte also eine Weile, bis ein Page mit dem Auftrag zum Küchentrakt gelaufen war und sich anschließend eine Prozession vom Küchentrakt in Bewegung gesetzt hatte und den Weg durch den Hof, die Marmortreppe hinauf, durch drei Vorzimmer hindurch bis in den Grand Salon zurückgelegt hatte. Monsieur de Mailly, dessen Pflicht und Privileg es war, dem König das Schiff mit der königlichen Serviette zu präsentieren, begab sich in den Salon du Grand Couvert, wo er, das Schiff in Händen, auf die Prozession aus der Küche wartete.

Der König war nun im Hemd und überblickte die Herren

seines Hofes. Seine Augen, die unter dem rasierten Schädel und der weißen Nachthaube klein und knopfartig gewirkt hatten, erschienen im Schatten der kastanienbraunen Lockenperücke groß und samten. In der Art, wie sie wachsam auf den Mitgliedern des Hofes verweilten und in die bedächtige, ungescheute Betrachtung der Höflinge vertieft waren, lag etwas Katzenhaftes. Jeder Einzelne der Anwesenden wollte vom König bemerkt werden, und jeder Einzelne empfand zugleich eine gewisse Unbehaglichkeit, wenn der königliche Blick auf ihm ruhte. Der König hielt weiterhin Ausschau nach dem Abbé Fénelon, fand ihn aber nicht.

Der kleine Duc de Bourgogne, der neben dem Monseigneur stand, trat ständig von einem Fuß auf den anderen und hielt den Kopf gesenkt. Sein Mund schien unglücklich. Dem König fiel wieder das eifrige: »Oh, ja, Sire« ein, die Antwort auf seine Frage, ob der Junge mit Monsieur Fénelon zufrieden sei, und er dachte: »Der Abbé stiehlt mir die Zuneigung meines Enkels.«

Der Blick des Königs fiel auf Monsieur de Pontchartrain, den Innenminister, eine alerte, elegante Gestalt ganz in seiner Nähe, der in der Haltung eines Vogels verharrte, bereit, im nächsten Moment von seinem Ast aufzufliegen, und als Pontchartrain den Blick des Königs auffing, nutzte er den Moment und begann ein Gespräch mit ihm. Die Pause im Lever hatte sich zu sehr in die Länge gezogen.

»Mir ist zu Ohren gekommen, Sire«, sagte er, »dass der alte Monsieur de Valavoire gestorben ist.«

Nach einem winzigen Zögern antwortete der König: »Das tut mir leid. Er war doch der Gouverneur von Sisteron.«

»So ist es, Sire.«

»Es ist lange her, dass wir ihn am Hofe gesehen haben.«

»Er war achtzig Jahre alt, Sire, and Sisteron ist weit von Versailles entfernt.«

»Er bedarf keiner Entschuldigung. Er hat der Krone tapfere Dienste erwiesen.«

»Und vom verstorbenen Kardinal dafür ein Brevet erhalten«, sagte Pontchartrain, dem die Ausgaben des Hofes eine große Sorge waren, »über fünfzigtausend Livres, die bei seinem Tod erlöschen.«

»Achtzig ist ein gutes Alter«, erwiderte der König und nahm erneut die Suche nach dem Gesicht des Lehrers seines Enkels auf. Die Luft im Raum war mittlerweile unerträglich stickig geworden. Sein Blick fiel jetzt auf ein Gesicht, das in ihm den Gedanken an frische Luft, freien Himmel und Wohlbefinden weckte. Mit einem Finger gab er dem Besitzer des Gesichts ein Zeichen, er möge sich ihm nähern.

»Monsieur la Violette«, sagte der König, als der Jäger vor ihm stand, »wir haben Sie vermisst.«

»Wenn Monseigneur in Choisy weilt, muss ich bei ihm sein«, antwortete La Violette.

»Dennoch«, sagte der König höflich. »Aber mit Ihrer Erlaubnis werde ich Monseigneur heute bitten, Sie mir auszuleihen.«

Monseigneur gab mit einer Verbeugung sein Einverständnis. Auch La Violette verbeugte sich, tief und aus der Hüfte heraus, und richtete sich danach ohne Mühe wieder auf. Er war gut einen Meter achtzig groß und stand wunderbar aufrecht. Der König sprach weiter:

»Wir werden heute auf die Jagd gehen.«

»Wie Sie wünschen, Sire.«

»Wie wird der Tag aller Voraussicht nach?«

»Gewiss recht angenehm. Auf meinem Weg hierher hörte ich das Zwitschern der Lerchen über dem Nebel, und der wird sich bis Mittag verziehen. Wir werden einen guten Nachmittag für die Fasanen haben.«

»Um drei brechen wir auf.« Der König lächelte La Violette

freundlich zu, und der, in der Annahme, das Gespräch sei beendet, trat einen Schritt zurück. Doch der König hielt ihn auf.

»Monseigneur berichtet mir, Sie seien kürzlich achtzig geworden. Es wäre ein großer Verlust, wenn alle Höflinge ab achtzig meines Hofes fernblieben.« La Violette verbeugte sich wieder, aber der König wollte ihn noch nicht gehen lassen. »Ihre Haltung ist die eines jungen Mannes. Würden Sie mir den Rücken zukehren, und ich hätte Sie noch nie zuvor gesehen, würde ich Sie für einen Mann von zwanzig halten. Sagen Sie mir doch, wie halten Sie sich so jugendlich.«

»Ich gehe mit dem König auf die Jagd«, sagte La Violette, »oder mit Monseigneur, und ich verdünne meinen Wein nie mit Wasser.«

Jemand lachte. Der König lächelte nicht einmal.

»Ich habe gehört«, sagte er, »Sie trinken auch nie eine Bouillon, weil Wasser darin ist.«

»Das stimmt, Sire. Bouillon besteht zum größten Teil aus Wasser. Deshalb schwächt sie den Körper.«

»Ich bin das Opfer von Monsieur Fagon, der mir befohlen hat, jeden Tag eine Tasse Bouillon zu trinken.«

»Geraten, Sire, nicht befohlen«, murmelte Fagon mit pfeifendem Atem. Der König beachtete den Einwurf nicht.

»Wenn Sie nicht eine so schlechte Meinung von meiner Bouillon hätten, wäre ich versucht, sie mit Ihnen zu teilen.«

Unter seiner braunen Haut errötete der alte Jäger, aber er ließ sich nicht aus der Fassung bringen und antwortete schlicht: »Ihre Majestät mag tun, wie es Ihr beliebt, aber ich, ich bin ein gewöhnlicher Mensch, und ich finde, dass Bouillon den Körper schwächt.«

Der König erlaubte ihm, sich zurückzuziehen, und im selben Moment machte die Menge vor den weißen Stäben der Diener Platz, denn die Bouillon wurde gebracht. Vier Männer – der

75

königliche Almosenpfleger, der königliche Butler, der königliche Vorkoster und ein weiterer Höfling, der die Aufgabe hatte, dem König einen Teller unter das Kinn zu halten, während er die Bouillon trank – bildeten um den König herum einen Halbkreis. Dieses Amt war erst kürzlich Monsieur de Mailly übertragen worden, und seine neue Aufgabe hatte noch nichts von ihrer Feierlichkeit eingebüßt. Er war aufgeregt. Was, wenn er stolperte? Oder wenn er plötzlich niesen musste? Ohne einen Fehltritt entbot er seine Ehrerbietung, und dann wartete er, immer noch aufgeregt und das Schiff in seinen ausgestreckten Händen haltend, dass Monsieur seinen Teil des Rituals vollführte.

Doch Monsieur war abgelenkt. Er schien seine Aufgabe vergessen zu haben. Plötzlich besann er sich, lächelte seinem Bruder zu und salutierte dem Schiff, und nachdem er die Spitzenmanschetten von den Handgelenken geschüttelt hatte, hob er geziert die königliche Serviette heraus. Die Handgelenke noch immer frei von Rüschen, wie bei einem Kartenspieler, der zeigt, dass er nichts im Ärmel verbirgt, wandte er sich seinem Bruder zu, verneigte sich abermals tief und reichte ihm die Serviette.

Der König schüttelte die Serviette und legte sie sich über die Knie, und während er sie schüttelte, fiel ein kleines Heft heraus, glitt über den Fußboden und blieb vor seinem Schuh liegen. Monsieur de Mailly sah deutlich, wie es an der diamantenen Schnalle lehnte, aber weil er das Schiff hielt, konnte er sich nicht danach bücken. Monsieur hingegen war allem Anschein nach vor Überraschung erstarrt. Pontchartrain machte einen Satz nach vorn, aber der König war schneller. Er hob das Heft auf und betrachtete es.

Monsieur de Mailly wurde von einem plötzlichen Unwohlsein befallen, und sein Magen zog sich krampfhaft zusammen. Nie hatte jemand zu ihm gesagt, er solle die Serviette prüfen, bevor er sie in dem Schiff darbot, und das Schiff selbst wurde

Tag und Nacht bewacht. Er blickte zu Monsieur hinüber, sah in dessen Miene jedoch keinerlei Anzeichen von Entsetzen, sondern nur einen Ausdruck amüsierten Interesses. Aber Monsieur war natürlich einer der Privilegierten. Seine gelassene Haltung war für Monsieur de Mailly nicht unbedingt beruhigend. Und Monsieur selbst, nun, der sah, wie sich in der Miene des Königs große Heiterkeit ausbreitete, eine zu große Heiterkeit, die alsbald in Eisigkeit erstarrte. Monsieur war mit dem Ausdruck vertraut. Sein dünnes Lächeln gerann.

Die Aufmerksamkeit des Königs war von einer Illustration gebannt, die auf den ersten Blick das Standbild auf der Place des Victoires abzubilden schien. Doch etwas stimmte an der Darstellung nicht. Die Statue des Königs stand auf dem Sockel, so weit war es richtig, und an den Ecken des Sockels waren vier Gestalten zu sehen, aber weder stellten sie die Gefangenen dar, noch lagen sie in Ketten. Stattdessen waren es Frauenfiguren – die vier Frauen, die der König geliebt hatte –, und sie hielten ihrerseits den König in Ketten. Um diese Deutung unmissverständlich zu machen, hatte der Kupferstecher die Namen dazugestellt: Madame de Montespan, La Duchesse de La Vallière, La Duchesse de Fontanges und Madame de Maintenon. Eine sinnvolle Ergänzung, denn die Gestalten hatten keine Ähnlichkeit mit den lebenden Personen. Kalter Zorn stieg im König auf, doch er ließ sich nichts anmerken. Er schlug das Heft auf und begegnete auf dem Titelblatt einer weiteren und noch größeren Beleidigung.

Monsieur Scarron Apparu à Madame de Maintenon, las er in großen Druckbuchstaben und dann, in kleinerer Schrift, *et les Reproches qu'il lui fait sur ses amours avec Louis le Grand. A Cologne chez Jean le Blanc. MDCXCIV.*

Es war bemerkenswert, mit welcher Leichtigkeit, welcher Dreistigkeit sie ihn beschuldigten und beleidigten, mit diesen anonymen Heften, den Briefen ohne Unterschrift, Männer wie Fénelon und Jean le Blanc, die nicht den Mut besaßen, ihm diese Beleidigungen ins Gesicht zu sagen. Hans Weiß. Hans Blanko. Hans Niemand. Es gab so viele von ihnen, und es lohnte sich nicht, dass er seinen Zorn an sie verschwendete. Trotzdem war er verletzt.

In dem Moment hörte er Monsieur hüsteln und mit seidigster Stimme sagen:

»Die Bouillon wird kalt.«

Der König blickte auf. Er sah das schwache Lächeln von Monsieur, die Bestürzung in der Miene von Monsieur de Mailly. Dass Monsieur de Pontchartrain Anstalten machte, ihm das Heft abzunehmen, beachtete er nicht. Er schlug es auf seinem Knie zu.

»Die Bouillon ist immer kalt«, sagte der König und griff nach der Tasse. Das Lever ging weiter.

Der König zog sich den Rock an und ließ das Heft in die Jackentasche gleiten, in die es passte, als wäre es dafür gemacht. Er wählte ein Rüschentuch und band es sich selbst um. Er nahm ein Taschentuch, Handschuhe, einen Hut, einen Spazierstock. Das blaue Band des Ordens vom Heiligen Geist wurde ihm über die Schulter und quer über die Brust gelegt. Das Abzeichen des Ordens hing an einem Knoten unter seiner linken Hand. Das Schwert wurde durch die dafür vorgesehene Aussparung in seiner Jacke gesteckt, sodass er die linke Hand auf den mit Edelsteinen besetzten Knauf legen konnte. Und so stand er endlich, die Linke auf dem Schwert, die Rechte auf dem Griff des langen Stocks, und versammelte mit Blicken die Mitglieder seines Montagsrats um sich.

Monsieur de Mailly, von der Bürde des Schiffes und in großem Maße von seinem Unbehagen befreit, sprach das Morgengebet, und der König ging voran in sein Ratszimmer.

Nachdem sich die Tür hinter dem König geschlossen hatte, setzte sich Monsieur, sein Bruder, der dem Rat nicht angehörte, den Hut auf und ging zu Madame, seiner Frau, um ihr seine Aufwartung zu machen – ein höchst ungewöhnliches Vorkommnis.

4

Als Paul Damas am Morgen nach Ostern erwachte, hatte er einen Moment lang das Gefühl, losgelöst von Zeit und Raum zu sein. Die Stimme, die ihn geweckt hatte, klang vertraut, aber er konnte sie nicht einordnen. Er lag noch so umfangen in den Untiefen seines Bewusstseins da, dass er zwar die Worte hörte, aber nicht antworten konnte.

Die Stimme rief die Erinnerung an eine andere wach, auch sie in großer Ferne, die sagte: »Rufe zurück die wandernde Seele«, und die erkannte er als die des Priesters, der ihm das Lesen beigebracht, den Katechismus erklärt und ein paar Einblicke in die Antike vermittelt hatte, ein alter Mann in einer Soutane voller Fettspritzer, das Gesicht braun wie eine Nuss, die hohen Wangenknochen apfelrot. An einem Morgen in einem sonnigen Garten hatte der Priester ihm die Idee der alten Griechen erklärt, wonach der schlafende Körper allmählich geweckt werden solle, um dem wandernden Geist genügend Zeit zu geben, in seine fleischliche Hülle zurückzukehren.

Immer wieder rief die Stimme. Es war die eines alten Mannes und erinnerte ihn an erwiesene Freundlichkeiten, und jetzt wusste er auch, dass es nicht die Stimme des Geistlichen sein konnte, denn der war seit gut zehn Jahren tot. Mit großer Anstrengung schlug Paul die Augen auf und sah über sich gebeugt ein vertrautes Gesicht, jedoch nicht das seines Lehrers. Dieses Gesicht war wächsern vor Müdigkeit und von grauen Bartstoppeln übersät. Unter den schwarzen Ringeln der Perücke waren ein paar graue Strähnen über hageren Schläfen gerutscht, und die Augen sahen ihn bekümmert an.

»Ihr Morgen ist gekommen, mein Freund«, sagte der Laternenmann. »Ihr Morgen und meine Nacht, ich brauche mein Bett.«

Paul Damas' Erinnerung wurde aus den umhüllenden Welten des Schlafs plötzlich ans kalte Licht des Tages gezerrt. Er setzte sich im Bett auf und betrachtete besorgt seinen Gastgeber.

»Sie sind müde«, sagte er. »Ich habe bequem geruht, dafür danke ich Ihnen. Ich habe wie ein Toter geschlafen. Aber Sie? War es eine schlimme Nacht?«

»Schlafen denn die Toten gut?«, fragte der alte Mann. »Die Nacht war nicht schlimmer als viele andere. Es ist eher das Alter, nicht das Wetter. Es sitzt in den Knochen, fließt durch die Adern und bringt Kälte in den Körper, nach und nach. Wenn ich mich vorbeuge, dreht sich mir alles. Helfen Sie mir mit den Schuhen.«

»So alt sind Sie gar nicht«, sagte Damas. »Sie brauchen etwas zu essen. Ich besorge Ihnen ein Frühstück.«

Der Laternenmann schüttelte den Kopf. »Um nichts in der Welt klettere ich heute noch einmal die Treppe rauf. Helfen Sie mir ins Bett. Ich muss mich einfach nur hinlegen.«

Ohne Hut und Perücke, ohne die Jacke mit den Spitzen und Polstern wirkte der alte Mann sehr klein und sah aus wie ein gerupftes Huhn. Damas half ihm, sich hinzulegen, band ihm die Nachtmütze aus Baumwolle unter dem spitzen Kinn zu und stopfte die Decken um seine knochigen Schultern fest. Mit leidendem und zugleich dankbarem Blick sah der Alte zu Paul auf.

»Ich hole Ihnen Kaffee.«

»Keinen Kaffee«, sagte der alte Mann fest. »Das ist ein fremdländisches Stimulans. Der König trinkt nie Kaffee.«

»Weinbrand?«

»Nichts, gar nichts. Ich werde schlafen. Schlaf nährt die Kräfte wie nichts sonst. Wenn Sie wiederkommen …« Er brach ab,

81

schloss die Augen und fuhr dann eher undeutlich fort: »Wenn Sie heute Abend wiederkommen – bei Sonnenuntergang bin ich auf der Place des Victoires, in der königlichen Angelegenheit.« Er machte kurz die Augen auf und warf dem jungen Mann einen Blick zu. »Kommen Sie auf den Platz«, sagte er befehlerisch. »Sie werden schon sehen. Ich werde dort sein. Ich bin zäh. Zäh wie eine alte Ratte.« Er schloss wieder die Augen, und ein Grinsen breitete sich langsam durch die Bartstoppeln aus.

»Ist gut«, sagte Damas. »Und herzlichen Dank für die Unterkunft über Nacht.«

Mit geschlossenen Augen und schwachen Lippenbewegungen sagte der alte Laternenmann: »Nicht dafür. Ein kleiner Gefallen von einer zähen alten Ratte.« Noch einmal machte er die Augen auf. »Sie kommen doch zurück, oder?«, fragte er.

»Bestimmt«, sagte Paul. Es war ein Versprechen. Was hätte er sonst sagen können? Aber der Gedanke, dass der Tag, wie immer er verlief, in eine Begegnung am Abend münden würde, war angenehm. Auch, dass er die Sicherheit einer Unterkunft für die Nacht hatte, war angenehm. Ob er an dem Tag jedoch etwas essen würde, stand auf einem anderen Blatt. Als er dem alten Mann den Weinbrand angeboten hatte, war ihm ganz entfallen, dass er am Abend zuvor seine Taschen geleert hatte. An diesem Morgen besaßen der Alte und er zusammen nicht einen einzigen Sou. Aber jetzt, nachdem er ganz wach war, spürte er Hoffnung. Irgendwo in Paris musste es Arbeit für ihn geben.

Er zog sich die Schuhe an und knöpfte sich die Jacke zu, doch dann fiel ihm der Rat des Balladensängers ein – ziehen Sie ein sauberes Hemd an, wenn Sie eins haben –, und er knöpfte die Jacke wieder auf und wechselte das Hemd. Er kämmte sich das Haar, strich mit dem Ärmel über seinen Hut und entfernte, so gut es ging, mit dem Daumennagel die Schlammspritzer von seiner Jacke. Gesicht und Hände konnte er sich nicht waschen, weil im Krug kein Wasser war, aber das würde er später auf der Straße tun, an einem der Springbrunnen, und wenn er zur Rue St. Jacques kam, würde er nicht allzu abgerissen aussehen. Es war ein Glück für ihn, dass der Altmeister der Zunft nicht in der Stadt war und er sich bei dessen Frau vorstellen musste. Sie würde ihm kaum Fragen stellen, auf die eine Antwort schwerfiel.

Bevor er das Zimmer verließ, trat er noch einmal ans Bett, um sich von seinem Gastgeber zu verabschieden, aber der alte Mann schlief tief und fest. Er hatte all seinen Stolz und Widerstand abgelegt und lag gleichmäßig und tief atmend auf dem Rücken, und bei jedem Ausatmen vibrierten seine Lippen entspannt. Doch das Einatmen war mühevoll, und als Paul das sah, befürchtete er, jeder Atemzug könnte der letzte sein. Es würde dem alten Mann jedoch nichts nützen, wenn er neben ihm stehen blieb, und Paul hatte es jetzt eilig loszukommen.

Er tastete sich die Treppe hinunter, an einer geschlossenen Tür nach der anderen vorbei, und die Sorge um den alten Mann begleitete ihn. Als er nach der untersten Biegung den letzten Treppenabschnitt zur Straße hinunterging, sah er, dass die Haustür offen stand. Feuchte, frische Luft stieg ihm entgegen, Nebel füllte die Straße. Eine Frau mit einem Korb am Arm stand im Türrahmen, den sie vollständig ausfüllte. Sie hatte ihm den Rücken zugewandt und sprach mit jemandem auf der Straße, den er nicht sehen konnte. Er beschloss, ihr seine Sorge über den alten Mann mitzuteilen. Wenn sie auch im Haus wohnte, kannte sie ihn wahrscheinlich und wäre bereit, im Laufe des Tages einmal nach ihm zu sehen.

Paul war auf den letzten Stufen und legte sich einen Satz für die Frau zurecht, doch bevor er ihn sagen konnte, drehte sie sich um, verstellte ihm mit ihrem Korb und ihrer Körperfülle den Weg und fragte mit scharfer Stimme: »Was suchen Sie hier?«

Von dem scharfen Ton gekränkt, vergaß Paul seinen Satz und fragte: »Halten Sie mich etwa für einen Dieb?«

»Warum denn nicht?«, antwortete sie. »Sie gehören nicht hierhin.«

»Ich habe hier geschlafen.«

»Ich habe Sie nicht eingelassen.«

»Der alte Mann hat mich eingelassen.«

»Der alte Mann?«

»Der Laternenmann.«

»Ah, der. Sie haben also in seinem Zimmer geschlafen. Er darf sein Zimmer nicht untervermieten. Was hat er Ihnen berechnet?«

»Ich war sein Gast.«

Sie lachte spöttisch. »Er hat Ihnen nichts berechnet? Das ist sehr töricht von ihm, wenn man bedenkt, dass er mir die Miete schuldet.«

»Aber so sieht es aus«, sagte Paul.

»Sehr dumm sieht es aus.«

»Würden Sie mich vorbeilassen?«

Doch sie blieb im Weg stehen. Im Gegenlicht konnte er ihr Gesicht nicht deutlich erkennen, aber ihre Stimme sagte genug über ihre Miene aus.

»Sie können vorbei, wenn Sie mir das Geld für die Übernachtung geben. Das ist nur recht und billig. Ich sammle die Mieten für das Haus ein. Laut Vertrag hat der alte Mann kein Recht, sein Zimmer unterzuvermieten.«

»Das glaube ich Ihnen nicht«, sagte Paul und fügte hinzu: »Außerdem habe ich kein Geld.«

»Ach, sieh an«, sagte sie. »Aber ich soll *Ihnen* glauben. Sie schulden mir Geld, und woher soll ich wissen, dass Sie kein Dieb sind?«

Paul antwortete nicht. Er legte beide Hände auf ihren Korb

und versuchte, die Frau aus dem Weg zu schieben. Sie drehte sich halb zur Seite und hob den Korb über ihre dicke Hüfte, sodass Licht auf ihr Gesicht und den Inhalt des Korbes fiel. Paul sah ein Bund weißer Rüben, lang und kalt und kalkweiß, mit ein bisschen Lila am oberen Rand, und daneben die Zitzen eines Kuheuters, das billigste Fleisch, das man auf dem Markt kaufen konnte. Pauls Blick ging von dem Korb zu ihrem Gesicht, kalkweiß wie die Rüben und mit dem dicken Doppelkinn genauso ungesund. Sie hatte einen schmalen Mund und Augen wie kleine schwarze Knöpfe. Sie widerstand seinem Druck und rief in die Straße hinaus: »Mathilde! Hol die Polizei.«

Ihre Stimme klang nicht alarmiert, und die Frau auf der Straße befolgte ihre Aufforderung nicht.

»Ein Dieb?«

»Bestimmt. Du hast gehört, was er gesagt hat. Er hat in dem Zimmer vom Laternenmann geschlafen, als der Alte draußen war. Hol die Polizei.«

Vielleicht meinte sie es nicht ernst, andererseits klang sie auch nicht freundlich. Paul konnte ihre Absichten nicht einschätzen. Sie hielt den Korb vor ihren Bauch, stemmte sich mit dem Rücken gegen die Wand und sah Paul bockig an. Jetzt drückte er den Korb mit aller Kraft zur Seite und schlüpfte an ihr vorbei auf die Straße. Dort sah er sich einer anderen Frau gegenüber, die überrascht einen Schritt zurückwich und keinen Versuch machte, ihn aufzuhalten.

Die Frau in der Tür verfluchte ihre Bekannte, weil sie den Dieb entkommen ließ. Paul fing an zu rennen und hörte noch Mathildes ironische, unaufgeregte Stimme hinter sich:

»Was könnte er von dem alten Mann schon stehlen? Kerzenstumpen?«

Paul verschwand im Nebel, und erst als er um eine Ecke gebogen war und sich in Sicherheit wähnte, blieb er stehen, denn ihm fiel ein, dass er sich die Straße und das Haus merken musste, wenn er es am Abend wiederfinden wollte – für den ungünstigen Fall, dass der alte Mann nicht zur Place des Victoires kam.

Um drei Uhr nachmittags, als der König seine Verabredung mit La Violette wahrnahm, die Sonne den Nebel weggebrannt hatte und der Himmel über Paris und Versailles gleichermaßen klar und zartblau war, stand Paul Damas in der Rue des Lions in der Küche der Larchers. Es wäre ein Glück für ihn, wenn Larcher ihn einstellte, aber noch hatte er mit Larcher nicht gesprochen.

Der Raum gefiel ihm. In seiner Schlichtheit, der Stille und den kleinen Dimensionen hatte er etwas Provinzielles. Der Steinfußboden, der große Kamin, die Nützlichkeit eines jeden Teils der Einrichtung, das sparsam mit Holzasche umgebene Feuer im Kamin – all das bewirkte, dass er sich zu Hause fühlte. In dem Moment war er Paris nämlich ziemlich leid. Und die Frau, die am Tisch saß, als er eintrat, passte ebenfalls ins Bild. Sie war wie jede einigermaßen gut situierte Bäuerin angezogen, und das einzige Zugeständnis an die gängige Mode waren die aufrechten Rüschen der eng anliegenden Haube. Sie begrüßte ihn in aller Ruhe, nachdem sie zunächst ihren Federkiel in die Sandschale gesteckt und einen Papierbeschwerer auf die Seite ihres Rechnungsbuches gelegt hatte.

An dem Tag trug sie ein braunes wollenes Dreieckstuch, das stramm über die Brust gezogen war und dessen Zipfel im Bund ihrer Schürze steckten. Die mattblaue Schürze reichte bis zum Saum ihres Rocks. Ihre Haut war glatt und hatte die bei Stadtmenschen übliche Blässe, die ihr jedoch gut stand und das Grau ihrer Augen ebenso hervorhob wie ihr dunkles Haar, das unter den Rändern der Haube zu sehen war. Er vermutete, dass sie ungefähr so alt war wie er selbst. Er fühlte sich in ihrer Gegenwart wohl, sie gehörten derselben Klasse an, sie waren beide

Handwerker. Aus dem Augenwinkel sah er hinter ihr den Wasserbehälter, dessen poliertes Kupfer leuchtete wie Eichenblätter zur Herbstzeit, und auf dem Kaminsims fielen ihm die blau und braun getupften Fayenceteller auf.

Er wünschte sich nichts mehr, als hier zu arbeiten, so lange wie möglich. Hier gehörte er hin. Die Welt des Laternenmannes, die des Balladensängers und der dicken Frau mit dem Korb voll weißer Rüben gehörte zu einem befremdlichen Traum.

Er erklärte sein Begehr und bat, den Meister der Werkstatt zu sprechen.

»Er ist da drin«, sagte Marianne und zeigte auf die Tür zur Binderei.

»Wird er mich vorlassen?«, fragte Paul.

»Gehen Sie hinein, fragen Sie ihn«, sagte sie amüsiert mit einem schnellen Lächeln.

Er zögerte immer noch. Sein großer Wunsch, in dieser Werkstatt zu arbeiten, machte ihn übervorsichtig. Er wusste, man konnte in Teufels Küche geraten, wenn man die Tür zu einer Binderei ohne Erlaubnis öffnete. Denn wollte ein Buchbinder Blattgold auf Leder aufbringen, musste die Luft vollkommen still sein. Der kleinste Windhauch … Aber es war unwahrscheinlich, dass Larcher mit Blattgold arbeiten würde, ohne es seiner Frau vorher zu sagen. Trotzdem zögerte Paul und sah Marianne unverwandt an. Angespannt, wie er war, verweilte sein Blick einen Moment zu lange auf ihrem Gesicht, und sie errötete. Dann drehte sie abrupt den Kopf zur Seite und öffnete die Tür zur Binderei.

»Gehen Sie hinein, wenn ich es Ihnen doch sage.« Sie trat zur Seite, um ihn vorbeizulassen.

In der Buchbinderei war es viel heller als in der Küche, sodass Paul einen Moment lang den Eindruck hatte, der Raum sei größer. Aber er war genauso klein und beengt, dabei länger und schmaler, mit den feinen Proportionen altmodischer Eleganz. Auch hier schienen die Dinge ihn willkommen zu heißen, die Heftlade, die Stockpresse, der Schneidetisch, und ganz besonders die Schraubpresse mit den langen Eichenspindeln, dazu der vertraute Geruch, einzigartig in seiner Mischung. Durch die langen Fenster konnte er in den sonnigen Hof blicken.

Jean und Nicolas waren bei der Arbeit, Jean saß an der Heftlade, Nicolas an dem hohen Tisch bei der Tür. Sie sahen auf, als Paul hereinkam. Es konnte keinen Zweifel geben, wer der Meister war. Larchers Alter überraschte Paul. Er hatte angenommen, Marianne sei die Ehefrau des Meister, doch jetzt fragte er sich, ob sie eher die Schwester des Jungen sein konnte, der ganz offensichtlich Larchers Sohn war.

»Bourdon hat ihn geschickt«, sagte Marianne.

Jean stand von der Heftlade auf, und aus Achtung vor dem Namen des Altmeisters seiner Zunft kam er zur Tür, um den Besucher zu begrüßen.

Abermals erklärte Paul sein Begehr. Er machte seinen Beutel auf und holte seinen Gesellenbrief und sein Gesellenstück heraus. Jean hörte zu, ohne ihn zu unterbrechen. Als Paul geendigt hatte, sagte er:

»Ich habe Bourdon nicht um einen Gehilfen gebeten.«

»Ich habe eine Bitte um einen Gehilfen eingereicht«, sagte Nicolas. »Heute Mittag war ich bei Mademoiselle Bourdon.«

Jean sah seinen Sohn stumm an.

»Ich habe keinen Bedarf an einem Gehilfen«, sagte er ruhig, aber bestimmt.

Der Ton hatte etwas Endgültiges, und Paul antwortete nicht darauf. Mit einem Blick nahm er Abschied von den vertrauten Arbeitsgeräten, dem einladenden Raum selbst, den vielen Farben vor der grau-grünen Wand, wo die gefärbten Tierhäute hingen, und wandte sich, die Papiere und sein Gesellenstück in der Hand, zum Gehen. Die Enttäuschung hatte ihm die Sprache verschlagen. Dennoch war er entschlossen, sich würdevoll aus dem Blickfeld der auf ihn gerichteten Augen, besonders Mariannes, zu entfernen. Aber als er sich umwandte, fragte Jean: »Was haben Sie da?«, und nahm Paul nicht den Gesellenbrief, sondern das Buch aus der Hand.

Es war ein schmaler Band, in granatrotes Saffianleder gebunden, mit Goldeinlegearbeit, sowohl auf dem Rücken als auch auf dem Deckel, und Goldschnitt. Larcher strich mit der flachen Hand über das Buch, fuhr mit erfahrenem Finger an den Einbuchtungen zwischen Rücken und Buchdeckel entlang, blätterte die Seiten auf, prüfte die Kapitalbänder, hielt das Buch so in der offenen Hand, dass es sich von selbst aufschlug, und schlug es wieder zu. In den Bewegungen erkannte Paul die Anerkennung des Meisters, wenngleich dessen Miene abweisend blieb.

»Die Vergoldung ist auch von Ihnen?«

»Alles.«

»Es ist gut gemacht.«

Paul atmete tief ein. Larcher würde einlenken.

»Trotzdem können Sie noch dazulernen, was die Kapitalbänder angeht«, sagte Jean und behielt das Buch in der Hand.

»Ich hielt die Heftung für gut.«

»Sehr gute Heftung. Aber sehen Sie hier. Sie haben das Heftband ganz oben am Buchrücken befestigt und das Kapitalband darüber geheftet. Wenn man das Buch vom Bord nimmt, was passiert? Der Finger zieht am Kapitalband, und mit der Zeit lockert sich das Heftband – das, was das Buch zusammenhält.«

»Mir schien es fest«, sagte Paul.

Larcher schüttelte den Kopf. »Ich zeige Ihnen Beispiele. Wir reparieren Bücher ebenso häufig, wie wir neue binden.« Er sah sich in der Werkstatt um. Bevor sein Vater ihn bitten musste, fand Nicolas das Gesuchte und gab es ihm. »Hier, sehen Sie«, sagte Jean zu Paul. »Folgendes passiert. In Paris legen wir das Heftband nicht mehr oben an. In den Provinzen dauert es länger mit den Veränderungen, selbst wenn sie zum Besseren sind. Hier setzen wir das obere Heftband etwas tiefer an und achten auf die sorgfältige Heftung des Kapitalbands. So bleibt das Buch lange heil. Wenn ein Buch einhundert oder zweihundert Jahre halten soll, was ja durchaus möglich ist, sind diese kleinen Dinge wichtig.«

Paul hörte aufmerksam zu und wurde immer zuversichtlicher, dass Larcher seine ablehnende Haltung aufgeben würde, aus dem einfachen Grund, dass er sich Pauls Arbeit angesehen und sie anerkannt hatte. Nicolas stand dabei und hörte sich die ungewöhnlichen Ausführungen seines Vaters mit ähnlicher Zuversicht an. Ohne ein Lächeln, aber mit durchaus freundlicher Miene reichte Jean das Buch zurück, und Nicolas gab Paul mit einem Zeichen zu verstehen, er solle seine Zeugnisse noch einmal zeigen. Jean hatte die Geste gesehen. Ohne besondere Betonung, aber mit seiner bedächtigen tiefen Stimme, in der sich Entschlossenheit ausdrückte, sagte er zu den beiden jungen Männern:

»Trotzdem brauche ich keinen Gehilfen.«

»Du hast gesagt, du würdest es dir überlegen«, sagte Nicolas.

»Richtig«, sagte Jean. Und dann: »Ich habe es mir überlegt.«

»Nein, Jean«, sagte seine Frau. »Nicolas hat vernünftig gehandelt – das musst du zugeben. Und der junge Mann ist in gutem Vertrauen hergekommen. Wir sollten nicht länger seine Zeit beanspruchen. Lass ihn eine Woche bleiben, dann sehen wir, woran wir sind.«

Der unerwartete Protest von zwei Seiten überraschte Paul, jedoch auf eher angenehme Weise. Auch Jean war erstaunt. Er betrachtete die Gesichter vor sich, die Mienen begierig, hoffnungsvoll, vorwurfsvoll, hob dann in einer Geste der Resignation die Hände und wandte sich von seiner Frau, seinem Sohn und von Paul Dumas ab, so als wollte er damit sagen: »Ihr entscheidet«, aber in der Geste lag, so dachte Paul zumindest, eine große, unerklärliche Traurigkeit.

Jean sprach kein weiteres Wort, auch den ganzen Nachmittag über nicht. Er gab Paul eine Arbeit und setzte sich wieder an die Heftlade. Nicolas war es, der Paul zeigte, was er über die Werkstatt wissen musste, der ihn kameradschaftlich anlächelte und von Zeit zu Zeit ein paar Worte mit ihm wechselte; allerdings eröffnete er zu keinem Zeitpunkt ein Gespräch mit ihm. Paul war davon nicht bekümmert, auch fand er das Schweigen in der Werkstatt, während sie zu dritt arbeiteten, nicht bedrückend. Vom Hof waren Geräusche zu hören, Frauenstimmen, das Rollen von Rädern, Hufeklappern und das Klirren von Zaumzeug, als Pferde in die Boxen geführt wurden, dazwischen erregtes Entengeschnatter. Dies hier war nicht das Grab. Aber mehrmals bemerkte er, wie Nicolas mit teils besorgtem, teils prüfendem Blick zu seinem Vater hinübersah, der diese Blicke nicht bemerkte, und er fragte sich, wie lange der Sieg, den Mutter und Sohn über den Vater errungen hatten, halten würde. Am nächsten Morgen oder schon am Abend konnte der Vater auf seine Autorität bestehen, und Paul wäre abermals einer der vielen Menschen ohne Arbeit in Paris.

Das klare Tageslicht verging nach und nach. In den Ecken der Werkstatt begann es zu dämmern, und gegen sieben war es zu dunkel, um deutlich genug sehen und genau arbeiten zu können. Das Läuten von Kirchenglocken in der Nähe und solcher weiter entfernt war im Hof zu hören, und im selben Moment gab Jean Paul ein Zeichen, dass er gehen könne, sprach aber nicht, und sein Gesicht, dachte Paul, sah traurig dabei aus, eher traurig als streng. Die Situation war rätselhaft. Aber da er entlassen worden war, suchte er seine Sachen zusammen und ging in die Küche, wo Marianne ihm freundlich zunickte und einen schönen Abend wünschte.

Als Vorwand, und auch um den Moment, da er auf die Straße trat, hinauszuzögern, wo doch so vieles noch ungeklärt war – sein Lohn, seine Rechte (in Auxerre hatte er beim Meister am Tisch gegessen) –, streckte er die schmutzigen Hände aus und fragte, ob er sie waschen könne. Marianne goss Wasser in eine Schüssel und brachte ihm ein nur wenig zerknittertes Handtuch. Während er sich die Hände einseifte und abspülte, fragte sie:

»Wo ist das Buch, das meinem Mann so gut gefallen hat?« Und als sie das Buch in der Hand hielt, sagte sie: »Es ist sehr hübsch. Solange Sie hier arbeiten, sollten wir es ins Fenster legen. Vielleicht zieht es Kunden an.«

»Haben Sie es gelesen?«, fragte Paul.

Sie warf einen Blick auf den Titel. »Ist das ein Theaterstück? Es gab ein Stück mit diesem Titel.«

»Vielleicht haben Sie es gesehen.«

»Wir gehen nicht ins Theater.«

»Ich bewundere es sehr«, sagte Paul. »Ich habe den großen Wunsch, es auf der Bühne zu sehen.«

Sie schüttelte den Kopf. »Es wird nicht mehr gespielt«, sagte sie. »Niemand spricht mehr davon.«

Noch immer zögerte Paul. Der Tisch war gedeckt, der anregende Geruch von Kichererbsen mit Petersilie und Lauch hing in der Luft. Vielleicht würde sie ihn gleich zum Essen einladen, aber während er beim Fenster verweilte, wo sie das Buch hingelegt hatte, sagte sie:

»Da ist es ganz sicher. Wir sehen Sie morgen früh um sieben.«

Sie hatte ihre Gründe, warum sie ihn aus der Küche haben wollte, denn ähnlich wie Paul konnte sie nicht einschätzen, ob Jean, nachdem ein wenig Zeit vergangen war, seinen Entschluss ändern würde. Wenn er Nicolas Vorhaltungen machen wollte, würde Pauls Anwesenheit es entweder hinauszögern oder provozieren, das konnte sie nicht einschätzen. Käme es aber zu einer Verständigung und Versöhnung, wäre es ebenfalls besser, Nicolas und sein Vater wären allein.

Sie brachte Paul zur Tür, dann rief sie Jean, damit er das Brot schnitt.

Das Essen verging wie immer in Stille. Die Männer waren hungrig, aber als Nicolas seine Schüssel leer gegessen hatte, begann er: »Papa.«

Jean hob die Augen, nicht aber den Kopf.

»Wir sprechen nicht darüber.«

»Aber Papa«, begann der Junge wieder. Marianne stand auf und legte Nicolas zur Warnung die Hand auf die Schulter. Sie füllte seine Schüssel erneut, und er aß, was sie ihm gegeben hatte, aber sie sah, wie seine Anspannung mit jeder Bewegung der Hand zum Mund stieg. Nach dem letzten Löffel stand er, ohne zu fragen, auf, nahm seinen Hut und stürzte förmlich aus dem Raum.

Marianne sah Jean an, und der erwiderte ihren Blick, als wäre nichts geschehen. Er schnitt sich noch eine Scheibe Brot ab und wischte damit die Schüssel aus. Beim Kauen traten seine Kinnmuskeln hervor. Er richtete seinen Blick auf die Mitte des Tisches, ohne etwas zu sehen, und seine Frau sah ihn mit einem Ausdruck von Empörung und Mitleid zugleich an. Schließlich stand auch er auf, nahm Hut und Pfeife und machte sich auf den Weg zu den Tröstungen des Goldenen Pflugs.

Nicolas rannte zum Fluss hinunter. Er hatte keinen Plan, er wollte nur weg von seinen Eltern. Er hatte kein Verständnis für seinen Vater, auch Dankbarkeit empfand er nicht. Es sah zwar so aus, als hätte er die Auseinandersetzung für sich entschieden, aber die finstere Miene seines Vaters trübte den Moment. Und sollte er sich doch nicht durchgesetzt haben und Paul wurde am Ende der Woche oder schon am nächsten Tag entlassen, gab es keinen Grund für Dankbarkeit. Solange sein Vater sich weigerte, mit ihm zu sprechen, wusste er nicht, woran er war. Mit dem Gefühl einer großen Erbitterung bog er von der Rue du Petit-Musc ab und ging quer über den Quai.

Paul Damas saß auf der Brüstung oberhalb von Port St. Paul und sah den Schiffern unten am Ufer zu. Die letzten Passagiere aus der *coche d'eau* von Auxerre gingen an Land und stiegen die steinerne Treppe hinauf; sie verschwanden in den Straßen, die vom Quai abgingen, oder im Eingang zum Wirtshaus La Petite Bastille. Die Marktfrauen hatten die Stände schon längst abgebaut und ihre Körbe weggetragen. Hinter den tief hängenden Wolken schimmerte der Himmel in einem lieblich-goldenen Licht. In den Häusern am anderen Flussufer wurden Kerzen angezündet, und die Männer am Ufer hängten in Bug und Heck ihrer Boote Laternen auf und machten am Kiesstrand ein Feuer. Der Abend war mild, viel milder als der vorangegangene Abend des Ostersonntags. Der Stein, auf den Paul seine Hand stützte, war noch warm von der Nachmittagssonne.

Paul saß, ein Knie angezogen, auf der breiten Brüstung, und seine Freude an dem Bild vor ihm war nur leicht getrübt von dem aufkommenden Hunger, der Frage, wo er die Nacht verbringen würde, und von der Unsicherheit, die seine neue Arbeitsstelle betraf. Seit dem Abend zuvor hatte er nichts gegessen, aber er fand, ein bisschen Fasten hatte noch niemandem geschadet. Im Gegenteil, es klärte die Gedanken. Einen Schlafplatz könnte er bei dem Laternenmann finden, der inzwischen sicher längst mit der Arbeit angefangen hatte, es sei denn, er war ernstlich krank. Dann hatte er sein Zimmer nicht verlassen, und Paul stünde wieder eine Begegnung mit der dicken Frau bevor. Und diesmal konnte er dem alten Mann nichts anbieten, weder Speise noch Trank. Die Aussicht war nicht erfreulich. Er dachte daran, wie Meister Larchers Frau ihn ohne Weiteres aus der Küche geschickt hatte, und ärgerte sich, dass er nicht hartnäckiger gewesen war und um einen kleinen Vorschuss für seine Arbeit gebeten hatte. Überhaupt kein Geld zu haben, war eindeutig eine Unbequemlichkeit. Gerade, als Nicolas ihm in den Sinn kam, entdeckte er den Jungen, der im Sturmschritt, wenn auch nicht rennend, den Quai überquerte, als wäre ihm der Teufel auf den Fersen.

Nicolas hörte den Ruf und blieb sofort stehen. Er war hocherfreut, Damas zu sehen. Einen Moment lang versuchte er, seine Eile zu erklären, doch dann sagte er lachend, er habe sich einfach mal die Beine vertreten müssen. Er sei ohne Ziel und würde sich Paul anschließen, und auf dem Weg könnten sie sich unterhalten. Und so gingen sie eine gute Stunde lang auf dem Uferweg unter den aus Stein gehauenen Fackeln des Arsenals zwischen Arsenal und dem Fluss auf und ab.

Sie unterhielten sich, nicht über das Geschäft oder den Wunsch des Jungen, wegzugehen, auch nicht über Frauen. Nein, sie sprachen über Bücher, und das führte zu einer Diskussion über die *Religion Prétendue Reformée*, die Vorgeblich Reformierte Religion, und von da kamen sie auf Pascals *Briefe in die Provinz* zu sprechen. Paul hatte eine Reihe von Büchern gelesen, die nicht mehr *avec privilège du Roi* gedruckt werden konnten, ohne dass ihn das, was er gelesen hatte, besonders verstört hätte, was aber nicht daran lag, dass er besonders fromm war. Nicolas hatte nur wenig gelesen und griff jede neue Idee mit Leidenschaft auf.

Jetzt wollte er unter anderem wissen, warum er Pascals *Briefe* nicht lesen durfte. Was war mit Jansenismus gemeint, einer Lehre, die Pascal verteidigte und die aus den Männern und Frauen von Port-Royal gewissermaßen Heilige machte? Warum hatten es die Jesuiten und der König auf die Zerstörung von Port-Royal abgesehen? War die Bewegung wirklich für die ketzerischen Ideen der Vorgeblich Reformierten Religion verantwortlich? Und was war mit Molinas und den seltsamen Menschen, die sich Quäker nannten? Obwohl er weder die *Briefe* noch die *Pensées* besaß, hatte er von den Schriften Pascals genug gelesen, um voller Bewunderung für dessen Denken und Geist zu sein. Sie enthielten Sätze, die ihm wie die reine Erleuchtung des Geistes erschienen. Musste er seine Bewunderung für Pascal aufgeben, wenn er als guter Christenmensch und loyaler Untertan gelten wollte? Sollte das der Fall sein, war er sich nicht sicher, ob er das wollte, weder das eine noch das andere. All dies sprudelte aus Nicolas mit, wie Paul fand, gefährlicher Offenheit hervor, schließlich kannten sie sich erst seit ein paar Stunden. Paul, der in seinem Leben immer darauf geachtet hatte, sich keiner Sache vollständig zu verschreiben, fühlte sich von dem Vertrauen des Jungen geschmeichelt. Er war selbst nicht sehr belesen oder gebildet, doch immerhin hatte er einiges mehr gelesen als der Junge und versuchte jetzt, ein paar seiner Fragen zu beantworten. Sie bewegten sich auf heiklem Terrain, das war ihnen beiden klar. Und beiden gefiel es, so frei und unbefangen zu sprechen, als wären sie alte Freunde.

Zwischen ihnen und dem eigentlichen Flussbett lag die Île Louviers, wo frisch geschlagenes Holz ablagerte und die Holzvorräte, die die Stadt zum Heizen brauchte, gelagert wurden. Die Ulmen am Ufer fingen gerade an zu sprießen, und der scharfe, leicht bittere Duft der frischen Blättchen vermischte sich mit dem Geruch von Wasser und frisch geschlagenem Holz.

Unterdessen hatte Marianne einen Besucher.

Jacques Têtu, der Abbé von Belval und Prior von St. Denis de la Chartre, war ein exzentrischer alter Mann. Zu seinen seltsamen Angewohnheiten gehörte es, wie ein gewöhnlicher Pariser durch die Stadt zu laufen, statt in den Kutschen seiner Freunde zu fahren oder sich eine Sänfte zu mieten. Dass er sich keine eigene Kutsche leisten konnte und den größten Teil seines Geldes den Armen gab, war bekannt. Doch niemand vermutete, dass sein karitatives Wirken ihn arm gemacht hatte und er deshalb zu Fuß durch die Stadt ging. Er war gern zu Fuß unterwegs und am liebsten allein. Im Frühjahr des Jahres 1694 verbrachte er viel Zeit damit, das Viertel St. Paul zu durchwandern.

Dass ihm dieses Viertel so gut gefiel, war seinen Freunden unbegreiflich. Seit dreißig Jahren erfreute es sich nicht mehr besonders großer Beliebtheit, der Abbé selbst jedoch war in diesem Winter in Paris durchaus eine beliebte Erscheinung. An seinem »Empfangstag« besuchten ihn vornehme Damen. Und der Stadtteil hatte für ihn einen Charme. Früher war es ein königliches Viertel gewesen. Die Straßennamen erinnerten an die Palastgärten, und der Name der Rue des Lions war alles, was von der Menagerie Karls V. geblieben war. Aber an der Ecke der Straße stand noch eine kleine *tourelle*, die früher zum königlichen Palast St. Pol gehört hatte, und der Abbé hatte Erinnerungen an eine Zeit – seine Erinnerungen reichten weit zurück –, als die Marquise de Sévigné mit ihrem Mann und ihrer kleinen Tochter in der Rue des Lions lebte. Durch diese Straßen zu gehen, vermittelte dem Abbé ein wenig von dem Vergnügen eines Spaziergangs auf dem Lande oder durch herbstlichen Wald, nur dass es ihm noch besser gefiel, weil er trotz seiner Melancholie und des Bedürfnisses nach Einsamkeit ein geselliger Mensch war. Er mochte gern mitten unter Menschen allein sein. Das Viertel lag zudem in günstiger Nähe zur Kathedrale und der Kirche St. Denis de la Chartre.

An diesem Abend bog er von der Rue Beau-Treillis in die Rue des Lions ein und sah in einem Fenster, das er zuvor nicht als Ladenfenster wahrgenommen hatte, etwas Rotes. Er wusste nicht, dass es in der Gegend eine Buchhandlung gab, und da er weder an einer Buchhandlung noch an einer hübschen Frau vorbeigehen konnte, ohne ein zweites Mal hinzusehen, zog das granatrote Buch ihn unwiderstehlich an.

Nachdem Marianne von ihren zwei Männern verlassen worden war, räumte sie die Küche auf und wusch die Schüsseln vom Abendessen ab. Sie öffnete die Tür, um das Spülwasser auszuschütten, und just in dem Moment ging der Abbé an der Tür vorbei. Es war ihr unmöglich, in der Bewegung innezuhalten, und das Wasser, das sich in einem weiten, silbrigen Bogen ergoss, verpasste nur knapp die Füße des Abbé.

Marianne hatte den Abbé schon früher gesehen; man konnte ihn schwerlich übersehen, denn er war der größte und dünnste Mann, der ihr je unter die Augen gekommen war. Allerdings wusste sie nichts über ihn, nur dass er eine Person von Bedeutung war. Sie war überrascht, dass er stehen blieb, und bekümmert, weil sie ihn beinah mit ihrem fettigen Spülwasser übergossen hatte. Sie entschuldigte sich, sie knickste, und der Abbé ging mit Anmut über ihre Verlegenheit hinweg. Er wollte gern in den Laden kommen. Kaum war er drinnen, ging er zum Fenster und nahm, ohne um Erlaubnis zu bitten, das Buch, das seine Aufmerksamkeit erregt hatte, in die Hand und betrachtete es eingehend.

Er strich über das Buch, liebkoste den Ledereinband, wie Jean es getan hatte, und hielt das Buch so in seiner langen knochigen Hand, dass es sich von selbst aufschlug. Dann fragte er: »Haben Sie keine Kerze?«

Genau darauf hatte sie gehofft: dass jemand von dem Anblick des Buches in den Laden gelockt würde. Allerdings hatte sie sich nicht den Besuch eines so außergewöhnlichen Menschen vorgestellt. Als sie die Kerze angezündet hatte, erschien ihr der Abbé noch wundersamer – wie eine wohltätige Erscheinung. Zu sagen, er war dünn, reichte nicht – er war knochendürr. Er trug die kurze schwarze Soutane eines Laienpriesters, wodurch seine Beine in den schwarzen Strümpfen noch länger und staksiger wirkten, und keine Perücke. Sein ehemals blondes Haar war mit den Jahren rostrot geworden und jetzt von Grau durchzogen. Die struppigen, blonden Brauen und die Wimpern leuchteten im Kerzenlicht, und unter der hohen gewölbten Stirn wirkten die Augen ganz versunken. Sein Gesicht, sein ganzer Kopf, war schmal und länglich, und seine hochgezogenen Schultern waren schief. Ein Scherzbold am Hofe hatte gesagt: »Er hat die Form eines Flakons. Immer, wenn er den Hut abnimmt, habe ich den Wunsch, ihm meinen Finger auf den Kopf zu legen, gewissermaßen als Stöpsel.« Wie er dastand, mit Pauls Buch in der Hand, wirkte er auf eigentümliche Weise unbeholfen und entspannt zugleich.

Er begann, still zu lesen. Er blätterte eine Seite nach der anderen um. Marianne sah erwartungsvoll zu. Dann klappte er das Buch mit einem Finger zwischen den Seiten zu und sagte, während er sie aus leuchtenden, tief liegenden Augen ansah: »Es ist empörend, Mademoiselle.«

»Warum, was gefällt Ihnen nicht, Monsieur l'Abbé?«

»Dass in einem so feinen Einband«, sagte der Abbé Têtu, »ein so verderblicher Text gebunden ist.«

Marianne versuchte, sich an Jean Racines *Phädra* zu erinnern, wusste aber nur noch, dass es in der Comédie nicht mehr gegeben wurde, und beschloss wegen ihrer Unwissenheit, nichts zu sagen.

Der Abbé sah sich im Raum um und fragte, ob es die Werkstatt schon lange gebe.

»Aber ja, Monsieur l'Abbé, seit vielen Jahren schon.«

»Dann habe ich es versäumt«, sagte der Abbé mit einem Seufzen, »die Welt um mich herum genau zu betrachten. Hat Ihr Mann den Einband gemacht?«

»Der Gehilfe meines Mannes.«

»Ein ausgezeichneter Handwerker«, sagte der Abbé. »Bedauerlich nur, dass er kein besseres Werk hatte, an dem er seine Fähigkeiten hätte üben können.« Nachdenklich betrachtete er das Buch in seiner Hand und fuhr dann mit Entschiedenheit fort: »Ich werde ihm ein Buch geben, das seiner Mühe wert ist und in meiner Bibliothek ein Schatz sein wird. Sie sind verwirrt, Mademoiselle. Ich will es erklären.«

Er legte seinen schwarzen Hut auf den Tisch und ließ sich auf Jeans Stuhl nieder, dann schlug er die Beine übereinander. »Hören Sie gut zu.« Er öffnete das Buch und begann zu lesen.

Seine Stimme war leise und ungekünstelt und füllte dennoch den ganzen Raum. Sie erinnerte Marianne an Bienengesumm in einem warmen Sommergarten, und der Gegensatz zwischen seinem Erscheinungsbild – ein magerer Mann, vor dem die Krähen davonfliegen würden – und der Stimme, die äußerst kultiviert war, faszinierte sie so sehr, dass sie dem Sinn der Wörter nicht vollständig folgte. In seiner Stimme lag Missbilligung, gleichwohl las er so gut, und die langen Alexandriner glitten so elegant, in so ausgewogenem und gleichbleibendem Ton mit kleinen Nuancierungen vorüber, dass ihr das Zuhören große Freude bereitete, auch wenn sie nicht alles verstand. Dann wiederholte er eine Zeile.

»C'est Vénus toute entière à sa proie attachée.« Er brach ab. »Ist das eine Zeile, die aus der Feder eines Christenmenschen fließen sollte? Wo bleibt in diesem Drama der christliche Wille, den Gelüsten des Fleisches zu widerstehen? Es ist ein Stück, in dem die Lust triumphiert, ohne jede rettende Gnade.« Er legte

das Buch auf den Tisch. »Mademoiselle«, sagte er und hob den knochigen Zeigefinger, um seine Aussage zu unterstreichen, »der Mann, der diese Zeilen schrieb, bereut sie zutiefst. So sehr missbilligt er sie jetzt, dass er dem Drama und dem Theater abgeschworen hat und sich in täglicher Trauer ergeht, weil er einst sein Talent darauf vergeudet hat. Denn dass er Talent hatte, das müssen wir ihm zubilligen. Wenn auch beschränkt. Und hier haben wir sein berüchtigtes Theaterstück, so vorzüglich und liebevoll gebunden, dass es aus dem Buch fast eine Reliquie macht.« Er seufzte und sah an Marianne vorbei in den dunklen Kamin. Als er weitersprach, war seine Stimme ganz leise.

»Eine große Dame meiner Bekanntschaft, selbst Dichterin und in ihrer Jugend eine Schönheit, eine gebildete Dame, hat sich von dem Talent des Monsieur Racine nicht betören lassen. Sie ist tot, vor kaum zwei Monaten ist sie gestorben. Ihr Siechtum hat lange gedauert. Ich werde mir ihre Gedichte von dem Gehilfen Ihres Mann binden lassen, mit der gleichen Sorgfalt, die er auf diese *Phädra* verwendet hat. Und das Buch wird dann tatsächlich eine Reliquie sein. Ich bin ein alter Mann. Ich habe erlebt, wie ihre Schönheit erblühte und dann unter Schmerzen verging. Sie hatte einen Tumor in der Brust, der sie getötet hat. Erfreuen Sie sich Ihrer Jugend, Mademoiselle, denn sie ist wie ein frischer Zweig im Mai.«

»Oh, Monsieur l'Abbé«, sagte Marianne, »ich habe einen erwachsenen Sohn.«

Der Abbé schien sie nicht zu hören. »*Tant qu'on est belle …*«, sagte er sanft und blickte in den dunklen Kamin, dann fuhr er fort: »*Mais on a peu de temps à l'être, et longtemps à ne l'être plus.*«

Er sah sich verdutzt um, nahm seinen Hut und faltete sich beim Aufstehen langsam zu seiner vollen Größe auseinander.

»Ich nehme Ihre Zeit in Anspruch«, sagte er. »Ich kann nicht schlafen. Opium hat keine Wirkung. Ich liege wach, Nacht für

Nacht, und werde von Erinnerungen verfolgt. Morgen schicke ich Ihnen die Gedichte von Madame Deshoulières. Ich möchte, dass ihre Initialen als Monogramm auf dem Einband eingelassen werden, wie hier die von Monsieur Racine.« Er setzte den Hut auf, und gefolgt von seinem Schatten machte der Mann, der in seinem schwarzen Aufzug selbst wie ein langer Schatten aussah, ein paar Schritte auf die Tür zu. Dort blieb er stehen und sagte: »Möglicherweise schicke ich Ihnen zu einem späteren Zeitpunkt ein kleines Drama zu einem biblischen Thema aus eigener Feder.«

Er ging, und Marianne blieb zurück in der Zuversicht, dass Nicolas sein Vorhaben würde umsetzen können und Jean einen Gehilfen, der ihnen einen Auftrag von diesem merkwürdigen, aber distinguierten Abbé eingebracht hatte, nicht fortschicken würde. Sie hatte vergessen, nach seinem Namen zu fragen. Hoffentlich vergaß er im Tumult seiner Erinnerungen nicht, das Buch zu schicken.

Kaum war er gegangen, nahm sein Besuch traumähnliche Züge an. Er hatte Marianne seine Traurigkeit vermittelt, und er hatte eine verwirrende Freude in ihr wachgerufen, eine persönliche Dankbarkeit. »Er hat mich für jung gehalten«, flüsterte sie vor sich hin, als sie die Läden in dem immer noch leuchtenden Zwielicht schloss, »mich, die ich fünf Kinder zur Welt gebracht und vier zu Grabe getragen habe. Die ich einen erwachsenen Sohn habe.«

5

Als Monsieur zu seiner Frau kam, war sie beim Briefeschreiben. Zu ihren Füßen stand ein Korb mit honiggoldenen Spanielwelpen. Um die Schultern trug sie über ihrem Morgenmantel eine Pelzpelerine, die sie vor Jahren, zur Zeit ihrer Vermählung, aus der Pfalz mitgebracht hatte. Ihr Haar war unbedeckt und noch nicht für den Tag zurechtgemacht. Auf das Gesicht hatte sie weder Farbe noch Puder aufgetragen – aber das tat sie nie. Jede Sommersprosse, Pockennarbe und Falte war klar zu sehen, so wie von Gott gedacht. Sie war eine gedrungene alte Frau, eher kompakt als dick, denn sie achtete auf tägliche Ertüchtigung; jetzt begrüßte sie Monsieur ohne eine besondere Bemerkung und erwiderte seine aufwendige Ehrfurchtsbezeigung mit einem offen fragenden Blick. Sie hatte mit seinem Besuch nicht gerechnet, aber selbst wenn, hätte sie den Ablauf der morgendlichen Aktivitäten nicht abgewandelt.

Die Fenster standen weit offen, feuchte Luft strömte ins Zimmer. Monsieur erschauderte, machte aber keine Anstalten, die Fenster zu schließen. Er hatte nicht vor, lange zu bleiben. Neben der Schreibmappe seiner Frau stand ein Silbertablett mit ihrem Frühstück, das ihr vom Küchentrakt gebracht worden war. Monsieur betrachtete prüfend das Tablett, fand aber nicht, was er suchte. Mit gekonnter Lässigkeit sagte er: »Heute Morgen hat der König mit seiner Bouillon ein Pamphlet erhalten.«

»Ach wirklich?«, sagte Madame. »War es das Gleiche wie dieses hier?«

Sie hob ein Blatt hoch, darunter lag das Pamphlet mit dem

Titel *Monsieur Scarron Apparu à Madame de Maintenon*, das sie Monsieur mit ihrer kleinen, festen, sommersprossigen Hand gab, und Monsieur beugte sich gerade lange genug darüber, um den Titel zu lesen.

»Wenn Sie es lesen möchten«, sagte seine Frau, »können Sie es gern haben.«

»Danke«, sagte Monsieur. »Wenn Sie mit Ihrem *petit déjeuner* ein Exemplar bekommen haben, dann bekomme ich sicher auch eins.«

»Es lag in meiner Serviette«, sagte sie, »wie Sie wohl schon vermutet haben. Vermuten Sie denn auch, dass heute Morgen viele dieser Pamphlete ausgeteilt werden?«

Monsieur lächelte. »Da Sie und der König bedacht wurden, warum nicht die ganze Familie?«

»La Reine Scarronique«, sagte Madame und nahm den Federkiel wieder zur Hand, »wird auch daran interessiert sein.« Sie wusste, dass der Besuch vorbei war, tauchte die Feder in die Tinte und las ihren Brief bis zu der Stelle, an der sie unterbrochen worden war. Monsieur verließ das Zimmer und sinnierte darüber, dass die Bezeichnungen, die seine Frau für ihre Feindin hatte, ihm stets als Anzeichen für ihre Stimmung dienten. Sie hatte eine große Auswahl von Begriffen in zwei Sprachen, einer weniger freundlich und geziemend als der andere. Er neidete ihr die sprachliche Erfindungsgabe.

An diesem Morgen saß der König, wie üblich, drei Stunden in der Ratssitzung. Schlag zwölf betrat er die Salle des Glaces und ging, gefolgt von seinem Hofstaat, zur Messe in seine Kapelle. Nach der Messe dinierte er in der Salle du Grand Couvert und blieb danach, da es Montag war, eine weitere Stunde dort, um Petitionen entgegenzunehmen, die von allen im ganzen Land, ob hoch oder niedrig Gestellten, eingereicht werden konnten. Anschließend ging er in sein Schlafzimmer, wo er Jagdkleidung anlegte – Rock, Stiefel, Hut, Perücke, er musste alles wechseln. Bontemps nahm vom König den Morgenrock entgegen und entfernte aus den Taschen das königliche Taschentuch, eine Handvoll heiliger Medaillons und die Schmähschrift. Als der König sie sah, sagte er: »Geben Sie mir das«, und stopfte sie sich in die Tasche seines Jagdrocks, in der Absicht, sie Monsieur de Pontchartrain zu übergeben. In seinem Kopf schwirrten die Fragen umher, die bei der Ratssitzung zur Sprache gekommen waren. Das Pamphlet war nur mehr ein kleines Ärgernis, das er in den nächsten Stunden vergessen wollte.

La Violette hatte dem König gute Jagdbedingungen versprochen, und er hielt sein Versprechen. Immer wieder flogen die Vögel auf, der König schoss und verfehlte nicht einmal das Ziel. Er wurde jedoch mehrmals von Schwindel erfasst und musste das Gewehr sinken lassen, gerade als er Ziel nehmen wollte.

Die Sonne stand noch am Himmel, und die Vögel flogen immer noch auf, als der König kurz vor sechs Uhr die Jagdgründe verließ und noch in Jagdkleidung die Räume der Madame de Maintenon aufsuchte. Er war sehr müde.

Er betrat das Apartment ohne Ankündigung, außerdem früher, als es seine Gewohnheit war, und fand die Bewohnerin in der geschützten Nische zwischen Bett und Kamin. Dass sie vielleicht nicht da sein könnte, um ihn zu empfangen, war ihm nicht in den Sinn gekommen.

Auf ihren Knien hielt sie ein Schreibtablett, überhäuft mit Blättern. Als der König hereinkam, schob sie sie mit einer überraschten Geste zusammen und gab Nanon, die in der Nähe war, das Schreibtablett. Nanon, die Hingebungsvolle, die Unverzichtbare, knickste vor dem König, das Schreibtablett in beiden Händen, und verschwand im angrenzenden Zimmer. Madame de Maintenon stand auf und ging auf den König zu. Der König umarmte sie, und da er vollständig mit seinen eigenen Angelegenheiten beschäftigt war, entging ihm ihr Zögern, und ihre tränenfeuchten Augen bemerkte er nicht. Sie war da, wenn er sie brauchte, so wie immer, ihre weiche Wange, Spitze und Samt, beides ohne Parfum, und nur ein Hauch von Weihrauch, als wäre sie soeben aus der Kapelle gekommen. Er störte sie in der einzigen Stunde des Tages, die sie sich vorzubehalten versuchte.

Obwohl die Stunden in St. Cyr, der von ihr gegründeten Schule für verarmte adlige Töchter, sie mit höchsten Glücksgefühlen erfüllten, war sie dort nie allein, und sie hatte immer etwas zu tun. In Versailles verbrachte sie lange Abende mit dem König, und wenn der König ging, hatte sie Besuche von seinen Höflingen oder von seinen Kindern, für die sie vermittelnd beim König eintrat. Spannungen, Eifersüchteleien, Boshaftigkeit – sie begegnete alldem mit Mildtätigkeit und Vernunft. Immer gab es auch Briefe zu schreiben und Bücher zu lesen. Sie stand um sieben Uhr auf und ging selten vor Mitternacht zu Bett. Sie war fast sechzig – ein paar Jahre älter als der König –, und obwohl sie ein Leben ohne Ausschweifungen führte, forderten die anstrengenden, mit Aufgaben gefüllten Tage ihren Preis. Sie bekam öfter Kopfschmerzen, ihre Neuralgien wurden schmerzhafter.

Sie hatte in die Ehe eingewilligt, weil ihr geistlicher Berater sie überzeugt hatte, dass es ihre Pflicht sei. Sie betete jeden Tag darum, dem König all das zu sein, was er brauchte, aber sie liebte ihn nicht. Kinder liebte sie mit großer Zärtlichkeit, auch die, die ihre Liebe nicht länger verdienten, und alte Diener, aber kein Mann hatte in ihr je eine ähnliche Zärtlichkeit geweckt. Der König war ihre Verantwortung. Sie achtete ihn, sie war ihm dankbar. Besonders dankbar war sie ihm für St. Cyr, denn er hatte es ihr zum Geschenk gemacht, ein Geschenk der Arbeit, das kostbarer war als Geschmeide. Aber die körperliche Hinwendung des Königs empfing sie als eine Art Buße und war erstaunt, dass sie Jahr um Jahr fortdauerte. Ihr war bekannt, dass es geschlechtliche Leidenschaft gab, so, wie ihr bekannt war, dass es das Böse gab. Täglich begegneten ihr Beweise ihrer gewaltsamen Auswirkungen, bei den verschiedensten Personen, und äußerlich wusste sie, wie sie damit umgehen musste, aber verstehen konnte sie es nicht. Sie selbst hatte dergleichen nie erlebt.

Am Abend hatte Nanon Balbien ihr das Schreibtablett gebracht mit den Worten:»Da ist sie, die schreckliche Schmähschrift. Ich hätte sie vernichtet, aber Sie haben mir so oft gesagt, ich solle nichts vernichten und nichts verheimlichen. Oh, Madame, wenn ich früher in ihrem kleinen Topf gerührt habe, war nichts als Freundlichkeit darin. Sie zermartern sich umsonst, wenn ich das sagen darf.«

»Es ist einfach nur klug«, hatte Madame de Maintenon erwidert,»von den Umtrieben der Feinde ebenso Kenntnis zu erhalten wie von denen der Freunde.«

Sie wusste, dass sie verhasst war. Das Pamphlet selbst war keine Überraschung gewesen. Sie hatte die Zeichnung des Standbilds samt den vier Frauen, die den König gefesselt hielten, mit Gelassenheit betrachtet, ja, sogar mit einem Maß puritanischer Befriedigung angesichts der Leiden, die in der Ausführung von Pflichten entstanden. Dass der Geist Scarrons beschworen wurde, hatte sie ein wenig beunruhigt, denn sie erinnerte sich an die tiefe Dankbarkeit, die sie als junges Mädchen Scarron gegenüber empfunden hatte. Weil er ihr die Ehe angetragen hatte, war ihr ein Leben im Kloster erspart geblieben. Das großherzige Schutzangebot eines Mannes in den Vierzigern (zudem eines Krüppels) hatte ihr, einem siebzehnjährigen Mädchen, gegolten. Sie hätte sich gefreut, in der Schrift ein wenig von seinem Witz und Mut zu finden. Aber da war nichts. Auch von seinen genialen Anzüglichkeiten war keine Spur zu finden. Stattdessen handelte es sich um eine langatmige Erzählung, in der einige Charaktere aus Scarrons Romanzen auf- und abtraten, der König einem Gast, der Königin von England, unangemessene Avancen machte und sie selbst eine seltsame Pilgerreise unternahm. Sie wollte die Schrift, nachdem sie die Hälfte gelesen hatte, schon beiseitelegen, als sie auf einen Absatz stieß, der sie mitten ins Herz traf, denn dort las sie, sie würde in der Schule von St. Cyr einer Gruppe wohlerzogener, aber verarmter junger Frauen Unterkunft und Bildung geben, um dann aus deren Mitte für den alternden König Konkubinen auszuwählen. Tränen waren ihr in die Augen geschossen, und sie hatte Nanon zugerufen: »Warum müssen sie St. Cyr angreifen?«

In dem Moment war der König eingetreten, vor seiner üblichen Zeit, als hätte er Nachricht von einem Unglück zu überbringen. Aber nachdem er sie umarmt hatte, warf er sich in seinen Sessel auf der anderen Seite des Kamins und saß schweigend da, während Nanon mit dem Schreibkasten in Händen leichtfüßig die paar Stufen am Ende des Raums hinaufging und gleich darauf mit der Spindel und der Wolle zurückkehrte, womit ihre Herrin sich zu beschäftigen pflegte, wenn der König sich mit ihr besprechen wollte. Der König befand, es sei im Zimmer sehr warm. Er bat Nanon, ein Fenster zu öffnen, und ließ nach Monsieur de Pontchartrain schicken.

Madame de Maintenon saß allein mit dem König zusammen und rührte die Spindel nicht an. Die Tränen, die er nicht bemerkt hatte, trockneten auf ihren Lidern. Gefasst und heiter betrachtete sie den König und fragte sich, ob dies einer der von ihr mittlerweile gefürchteten Abende werden würde, an denen er ihr mit vollendeter Höflichkeit und dabei maßloser Rücksichtslosigkeit schweigend seine düstere Stimmung aufbürdete. An solchen Abenden gab es keinen Ausweg, selbst Kopfweh oder große Müdigkeit vorzuschützen nützte nichts. Der König wartete dann, während Nanon das Bett vorbereitete, und sobald sie in den Kissen ruhte, blieb er in seinem Sessel beim Kaminfeuer sitzen und verhinderte, dass sie schlafen konnte, verweigerte aber auch jeglichen Trost. Doch als Monsieur de Pontchartrain ins Zimmer kam, schüttelte der König diese dunklen Gedanken ab.

Monsieur de Portchartrain, ein schlanker, aufrechter Mann, hockte sich auf den klappbaren Schemel vor den König, breitete seine Mappe auf einem zweiten Schemel aus, und die Arbeit des Abends begann.

Der König unterschrieb Briefe, hörte zu, während der Minister ihm andere Briefe zur Bewilligung vorlas, änderte ab, wies zurück und diktierte Antworten. Um die Augen auszuruhen, schloss er sie, während Monsieur de Pontchartrain ihm vorlas, und wenn er sie öffnete, verschwamm das Zimmer vor ihm im flackernden Kerzenschein. Die geschäftlichen Angelegenheiten nahmen eine gute Dreiviertelstunde in Anspruch. Dann kam Monsieur de Pontchartrain auf ein anderes Thema zu sprechen.

Es erläuterte eine neue Steuer, eine Kopfsteuer, die im ganzen Königreich auf jeden Einwohner, auf der Basis des geschätzten Vermögens des Einzelnen, erhoben und direkt an die Krone abgeführt werden sollte.

»Der Hof benötigt dringend Geld«, sagte Monsieur de Pontchartrain. »Die üblichen Steuerquellen reichen längst nicht mehr aus. Uns bleibt keine Wahl, als Steuern vom Land als Ganzes zu erheben.« Er hatte eine feine Aussprache, seine Sätzen waren wohlformuliert und flüssig. Die Feststellungen aus seinem Munde duldeten keinen Widerspruch. Im Kopf des Königs sprach eine andere Stimme mit ebenso großer Klarheit.

»Frankreich«, sagte die Stimme Fénelons, Hauslehrer des königlichen Enkelsohns, »Frankreich ist zu einem großen, trostlosen Armenhaus verkommen.«

»Und jetzt«, sagte der König zu sich, »soll ich meinen Armen eine weitere Bürde auferlegen.«

Der König warf einen Blick auf Madame de Maintenon, als hätte auch sie die Stimme des jungen Priesters hören müssen. Ihre Augen ruhten auf ihm, ernst, zärtlich, erwartungsvoll. Ihre Hände, die wunderschön geformten, weißen Hände, lagen mit offenen Handflächen auf dem schwarzen Samt ihres Kleides. Auch der Blick Pontchartrains war auf den König gerichtet, nicht unverschämt, aber sehr hell und direkt.

Der König sagte: »Es bleibt die Frage, auch wenn wir dringend Geld brauchen, ob die Krone moralisch berechtigt ist, sich an dem Reichtum des gesamten Königreiches zu bedienen.«

»Aber Sire, das gesamte Königreich gehört der Krone, sie nimmt sich nur einen kleinen Teil von dem, was ohnehin in Gänze ihres ist.«

»Es ist eine Frage für die Kirche«, sagte der König. »Ich wünsche, den Erzbischof von Paris zu konsultieren.«

Pontchartrain verneigte sich. »Ich wage, Sie zu drängen, Sire, das unverzüglich zu tun.« Er klappte seine Mappe zu und wartete darauf, entlassen zu werden.

Der König rührte sich nicht. Plötzlich kam ihm der Gedanke, dass seine Frau sich mit dem jungen Priester verschworen und den Brief in seine Hände geleitet haben könnte, und bei dem Gedanken regte sich in ihm eine solche Eifersucht, vermischt mit einem Gefühl der Verletzung, dass ihm Schweiß auf die Stirn trat. Er verwarf den Gedanken, kaum dass er ihm gekommen war, trotzdem fühlte er sich mit einem Mal sehr elend. Solchen Kummer konnte er ihr nicht vortragen und darauf hoffen, getröstet zu werden. Fénelon gegenüber hatte er sich selbst die Hände gebunden. Noch war er nicht bereit, die Existenz des Briefes anzuerkennen. Er tastete in seiner Tasche nach einem Taschentuch, um sich die Stirn zu trocknen, und dabei stießen seine Finger auf die rauen Ränder der Schmähschrift.

»Bevor Sie gehen«, sagte der König zu seinem Minister,

»schicken Sie bitte eine Nachricht an Monsieur de La Reynie, dass zurzeit ein Pamphlet mit dem Titel *Der Geist des Monsieur Scarron* in Umlauf ist; er soll es unterdrücken. Machen Sie das unmissverständlich klar. Ihr Brief kann nicht stark genug formuliert sein. Das Pamphlet ist ein Angriff auf Madame de Maintenon.« Er richtete den Blick auf seine Frau und sah, wie eine dunkle Röte ihre Wangen, den Hals und die Stirn überzog. Wenn sie allein bei der Erwähnung des Namens Scarron so heftig errötete, wie wäre es erst, wenn er sie der Komplizenschaft mit dem jungen Priester beschuldigte! Aber diese Anschuldigung würde er nie erheben. Er sagte auf seine gewöhnliche, vollendet höfliche Art: »Verzeihen Sie bitte, dass ich diese Angelegenheit in Ihrer Gegenwart erwähne.«

Madame de Maintenon, die sich ihres Errötens peinlich bewusst war – eine Schwäche, die sie nie zu beherrschen gelernt hatte –, antwortete jedoch ohne Verlegenheit: »Nicht meiner Person wegen bin ich erschüttert, aber die Schrift greift St. Cyr an.«

»Ah«, sagte der König und warf Monsieur de Pontchartrain einen bedeutungsvollen Blick zu. Er fuhr fort: »Wenn Sie gehen, senden Sie bitte Nachricht an Bontemps, dass es heute Abend kein Grand Coucher geben wird und ich mich unverzüglich zur Ruhe begeben werde.«

Doch nachdem der Minister gegangen war, blieb der König sitzen und schwieg, und Madame de Maintenon wartete, während langsam die Röte aus ihrem Gesicht wich. Schließlich erhob er sich mit langsamen Bewegungen, als machte es ihm Mühe. Auch sie stand auf und ging ein paar Schritte auf ihn zu. Er hob seine Hände, legte sie ihr auf die Schultern und sagte ernst: »Sie müssen meinetwegen vieles erdulden.«

Nur das, und plötzlich neigte er den Kopf auf seine rechte Hand und legte sein ganzes Gewicht auf ihre Schulter. Die steifen Locken streiften ihre Wange. Sie straffte sich, um sein Gewicht halten zu können, und spürte seine große Traurigkeit, seine Einsamkeit, seine große Verantwortung, und alles lastete allein auf ihr und ihrem Körper.

So standen sie lange. Dann wandte der König sich ab, und sie sah ihm nach, voller Mitleid und zugleich mit großer Erleichterung. Die Tür schloss sich hinter ihm, und sie war frei, ihre Briefe zu schreiben, zu beten und sich hinter den Vorhängen zur Ruhe zu begeben.

6

An diesem Montagabend in Paris gingen Paul Damas und
Nicolas Larcher lange auf dem Uferweg zwischen Fluss und
Arsenal auf und ab. Über den Büscheln frischer Ulmenblät-
ter kamen in blassen Grüppchen die Sterne hervor. Der Geruch vom Fluss überlagerte andere Gerüche der Stadt und des
Tages und löschte sie schließlich ganz aus. Die Kälte des Wassers schien zu ihnen aufzusteigen und ihre Fußknöchel zu um-
spülen. Der Quai war menschenleer und die Anlegestelle unter
ihnen so still, dass die jungen Männer hören konnten, wie das
Wasser gegen die Bootswände schlug. Nicolas fand, es sei Zeit,
nach Hause zu gehen. Er bot Paul an, ihn ein Stück des Wegs zu
seiner Unterkunft zu begleiten, und erst da erfuhr er, dass Paul
keine hatte und auch kein Geld, um eine zu bezahlen.

Paul hatte den alten Laternenmann nicht vergessen, und
das Bild der dicken Frau mit dem Korb stand ihm ebenfalls
lebhaft vor Augen. Im Laufe des langen Gesprächs mit Nicolas war er zu dem Schluss gekommen, dass er den alten Mann
nicht wieder um Obdach bitten wollte. Aber er hatte auch keinen anderen Plan, und als er dem Jungen gestand, dass er nicht
wisse, wo er schlafen werde, geschah das nicht bewusst mit dem
Ziel, ihn um Obdach zu bitten. Aber genau das, eine spontane
Einladung, war die Antwort.

»Kommen Sie mit zu mir«, sagte Nicolas. »Es wird lediglich
ein bisschen eng.«

Und so geschah es, dass Marianne am noch dunklen Diens-
tagmorgen mit der Kerze in der Hand ihren Sohn wecken
wollte und, als sie die Vorhänge an seinem Bett zurückzog, in

das Gesicht von Paul Damas blickte. Nicolas war schon aufgestanden und in den Hof hinuntergegangen.

Paul lag auf dem Rücken und hatte die Augen weit geöffnet, ein Arm lag über der Bettdecke auf seiner Brust. Sein Hemd stand am Hals offen, und als die Kerzenflamme über seine Haut glitt, leuchtete das kurze Haar, und seine Augen, geblendet von der plötzlichen Helle, waren sehr klar und hatten eine rötlich braune Farbe, ein Fuchsrot. Marianne ließ sofort den Vorhang fallen, und Paul sah den Schimmer der Kerze durch den Stoff, als sie aus dem Zimmer ging.

Als Nicolas in die Küche kam, waren die Fensterläden schon aufgeklappt, das Kaminfeuer brannte, und seine Mutter wusch sich mit einem weißen Lappen den Hals. Sie stand vor dem Spiegel, der in einem Kupferrahmen an der Küchenwand hing. Es war ein billiger Spiegel, seine Quecksilberfläche war fleckig. Die schadhaften Stellen hingen wie eine Verletzung zwischen ihrem Spiegelbild und ihrem Gesicht. Das Spiegelglas hatte einen grünlichen Schimmer, und da, wo sie stand, fiel weder Sonnenlicht noch Feuerschein auf ihre Haut, um ihre Blässe zu mildern. Es war kein ermutigender Anblick. In dem Licht sah sie krank aus. Sie hatte ihr Spiegelbild so genau gemustert, weil sie ergründen wollte, warum der seltsame, langgliedrige Abbé sie jung genannt hatte, und während sie ihre Züge betrachtete, fragte sie sich auch, wie ihr verschlafenes, ungewaschenes Gesicht in Pauls Augen ausgesehen haben mochte. Ihr Haar war ungekämmt gewesen.

Seit langer Zeit hatte sie ihre Züge, so wie auch ihren Status, einfach hingenommen. Sie war die Mutter eines erwachsenen Sohnes, also konnte sie nicht mehr jung sein. Als Nicolas hereinkam, gab sie die Musterung auf. Sie senkte den Kopf, hob die Masse dunkler Locken mit einer Hand aus dem Nacken und rieb sich mit der anderen kräftig den Hals. Sie spülte den

Lappen, wrang ihn aus und hängte ihn auf, erst dann nahm sie die Anwesenheit ihres Sohnes zur Kenntnis. »Du nimmst also Logiergäste auf«, sagte sie in spitzem Ton.

Nicolas lächelte und schnitt sich eine Scheibe Brot ab. »Ärgert dich das?«

»Mich nicht, nein. Aber deinem Vater könnte all dies zu schnell gehen. Er hat den jungen Mann nicht eingestellt. Er hat ihm nur erlaubt zu bleiben. Es ist ein bisschen früh, ihn in die Familie aufzunehmen.«

»Damas hatte keine Unterkunft«, sagte Nicolas. »Er hat kein Geld. Er sollte Papa heute Abend um seinen Tageslohn bitten.«

»Bedränge deinen Vater lieber nicht«, sagte Marianne. »Ich gebe Damas einen Tageslohn. Er kann mir das Geld zurückzahlen, wenn dein Vater ihm seinen Lohn gibt. Sag deinem Vater bitte nichts davon.«

Sie wandte sich wieder dem Spiegel zu, kämmte ihr Haar und band sich die Haube um. Sie hielt das Risiko der Abmachung für gering. Wenn der Abbé sein Wort hielt und die Gedichte zum Binden schickte, würde Jean den neuen Mann behalten. Doch je mehr sie über den Besuch des Abbé nachdachte, desto unwahrscheinlicher schien es ihr, dass er noch an sein Versprechen denken würde. Sie hatte vergessen, ihn nach seinem Namen zu fragen, aber der müsste leicht in Erfahrung zu bringen sein. Wenn er das Buch nicht schickte, würde sie ihn aufsuchen und daran erinnern. Sie zählte also die Münzen für Paul ab, und über den Abbé bewahrte sie Schweigen.

Das Erstaunliche war, dass Abbé Têtu sich an die Abmachung erinnerte. Im Laufe des Vormittags brachte ein Diener die Gedichte der Madame Deshoulières in die Buchbinderei Larcher mit der Anweisung, sie seien von dem Gehilfen zu binden.

»Mademoiselle«, sagte der Diener, »weiß über die Einzelheiten Bescheid.«

»Der Abbé Têtu ist persönlich ins Geschäft gekommen?«, fragte Larcher, als der Diener gegangen war. »Aber der Abbé Têtu ist ein enger Vertrauter von Madame de Maintenon.« »Davon hat er nicht gesprochen«, sagte Marianne. »Er sprach von der Dame, die das Buch geschrieben hat.« Doch das, was er über Madame Deshoulières gesagt hatte, und über Racines *Phädra* und sie selbst, behielt sie für sich.

»Es ist eine große Ehre für dich«, sagte Jean zu Paul und zeigte ihm einige Lederstücke, von denen er eins für das Buch des Abbé auswählen sollte. Nicolas zog seine Mutter scherzhaft auf:

»Du hast einen Freund am Hof. Jetzt weißt du, zu wem du gehen musst, wenn du beim König eine Petition einreichen willst.«

»Und du«, erwiderte sie, »hast bekommen, was du wolltest, einen Gehilfen für deinen Vater. Kannst du noch ein paar Tage warten, bevor du dein Bündel schnürst? Die Aussicht, uns zu verlassen, macht dich ja sehr froh.«

Als Paul am Abend das Geld bekam, das Marianne von ihrem Marktgeld abgezweigt hatte, zog er seine eigenen Schlüsse. Er sah es als Mariannes Verdienst, dass der Abbé ihm den Auftrag gegeben hatte, und zählte es als seinen eigenen nicht unbedingt kleinen Verdienst, ihr Interesse an seinen Umständen geweckt zu haben. Er hatte ihr Gesicht über sich gesehen – zärtlich, ungeschützt, ein Blick, der nicht ihm gegolten hatte. Sie war hübscher, als er anfänglich geglaubt hatte. Er war geneigt, den Blick, der nicht ihm gegolten hatte, für sich zu verbuchen, gleichzeitig beschloss er, Vorsicht walten zu lassen. Die Frau in Auxerre hatte ihn hereingelegt. Mit dem Geld in der Tasche und ähnlich frohen Sinnes wie Nicolas machte er sich nach der Arbeit auf den Weg, eine Unterkunft zu finden. Das gelang ihm, weil er einer schmuddeligen Frau, die ihm ein Zimmer so winzig wie das des Laternenmannes und fünf krumme Treppen hoch zeigte, nach Kräften schmeichelte. »Das Zimmer ist dunkel«, sagte sie, »aber was macht das, Sie werden hier ja nicht arbeiten. Vorher habe ich es an eine Näherin vermietet, die es nie verließ und sich ununterbrochen beschwerte.«

»Ich werde mich nicht beschweren«, versicherte Paul und steckte den Schlüssel ein.

»Das glaube ich Ihnen«, gab die Frau zurück, »auch ich werde mich nicht beschweren, mit einem ansehnlichen jungen Mann im Haus.«

Sie sah sich im Zimmer um und wischte den Tisch mit einem feuchten Lappen ab. »Ich stelle Bettwäsche. Auf dem ersten Treppenabsatz gibt es einen Abort. Die Tür zur Straße ist nie abgeschlossen.«

Das Zimmer war über einem Papierwarengeschäft in der Rue des Deux Boules, zwischen dem Grand Châtelet und der Kirche St. Jacques de la Boucherie.

Der König schlief schlecht. Es hatte kein Grand Coucher gegeben, und am nächsten Morgen gab es kein Lever. Fagon erklärte, der König habe das Dreitagefieber, und behandelte ihn mit den üblichen Mitteln. Er verabreichte ihm abwechselnd Chinin und Abführmittel, so lange, bis der König Blut ausschied. Er deckte ihn mit dicken Federbetten zu, bis des Königs Nachthemd schweißnass war. Er verschrieb klare Bouillon und einen schwachen Burgunder, der so alt war, dass er seine volle rote Farbe eingebüßt hatte, und verdünnte ihn mit Wasser.

Der König ertrug die Behandlung heroisch, aber seine große körperliche Erschöpfung bewirkte, dass seine Gedanken in großer Unordnung durch seinen schmerzenden Kopf rasten. Die Nächte verbrachte er zwischen Wachen und Schlafen. Weil er am Tage den Rat nicht einberufen konnte, hatte er plötzlich mehr Zeit, als ihm lieb war. Er hatte Zeit, mit perverser Hingabe über die Schmähschrift nachzusinnen, die er unbewusst in *Der Geist des Monsieur Scarron* umbenannt hatte. Sie enthielt, so schien es ihm, alle möglichen Beleidigungen. Sie griff seine wichtigsten Herzensanliegen an, seine großzügigsten Regungen, seine heiligste Verantwortung. Sie zerrte Leidenschaften und Bekümmernisse aus der Vergangenheit hervor, die er für erledigt gehalten hatte und die er jetzt, in seinem körperlich geschwächten Zustand, nicht von sich weisen konnte.

Abermals durchlebte er die Selbstvorwürfe der Zeit seiner ersterbenden Leidenschaft für Louise de La Vallière, er durchlitt erneut die bitteren Gefechte mit Madame de Montespan und die Angst vor der Giftaffäre. Tiefster Widerwille stieg in ihm auf wie damals, als La Reynie ihm Beweise dafür lieferte, dass Madame de Montespan mit La Voisin gemeinsame Sache gemacht hatte, dass sie mit La Voisin an Schwarzen Messen teilgenommen und dem König eigenhändig eine Mischung aus schmutzigen Substanzen als Aphrodisiakum verabreicht hatte. Auch seine kurze und ihm jetzt unverständliche Leidenschaft für La Fontange kam ihm wieder in den Sinn, die so plötzlich und unverständlich endete, wie sie begonnen hatte, und er fragte sich erneut und voller Ungeduld, warum er sich die Schuld für ihren Tod geben sollte. Er konnte nicht auf Befehl lieben. Sie war im Kindbett gestorben, ohne ein lebendes Kind zur Welt gebracht zu haben, zum Glück, aber daran hatte er keine Schuld. Sie war weder notleidend noch unversorgt gewesen.

Ihm war ein Gerücht zu Ohren gekommen, wonach sie ein von Madame de Montespan gebrachtes Glas vergifteter Milch getrunken hatte, und er war bedrängt worden, eine Autopsie zu veranlassen, um das Gerücht entweder zu entkräften oder zu bestätigen. Die Möglichkeit, dass sich das Gerücht bewahrheitete, war mehr, als er ertragen konnte. Er verlangte keine Autopsie. Er hatte nur den Wunsch, das Mädchen, so schön sie war und sosehr sie ihn verehrt hatte, zu vergessen, aber das gestatteten ihm die Schmähschrift und seine Krankheit nicht. Er hatte alles in seinen Kräften Stehende getan. Er war zu Madame de Maintenon gegangen und hatte sie gebeten, das Mädchen zur Vernunft zu bringen und dem törichten jungen Ding zu erklären, dass die Affäre ein Ende haben musste. Er war überzeugt gewesen, dass Madame de Maintenon sich dem Mädchen mit Freundlichkeit nähern würde. Er hatte gehofft, dass sie La Fontange etwas von ihrer eigenen Besonnenheit vermitteln könnte.

Zwar hatte Madame de Maintenon bei der Fontange nichts erreicht, aber sie bestärkte ihn in seinen eigenen Bemühungen, die Affäre zu beenden. Sie machte ihm keine Vorwürfe, weil er sich mit dem Mädchen eingelassen hatte, noch hielt sie ihn für herzlos, als er die Sache beendete.

Überhaupt hatte sie ihm nie Vorhaltungen gemacht. Aber die Schmähschrift erhob Vorwürfe gegen ihn, genauso wie der anonyme Brief. Weder in literarischer Hinsicht noch sonst ließ sich etwas zugunsten der Schmähschrift sagen, der Brief hingegen hätte, wäre er freundlicher formuliert gewesen, von Wert für ihn sein können. Der Brief wie auch die Schmähschrift warfen ihm die Fortsetzung des Krieges und die Verarmung seines Königreiches vor. Der Brief war ein Angriff auf seine Selbstachtung, die Schmähschrift ein Angriff auf St. Cyr.

Später in derselben Woche, als er endlich mit klarem Kopf, wenn auch körperlich entkräftet, erwachte, hatte er zwei Entscheidungen getroffen. Erstens, der Abbé Fénelon sollte weiter ungehindert seiner Arbeit mit dem jungen Prinzen nachgehen und seine angenehmen Begegnungen mit Madame de Maintenon und ihren geschätzten Freunden genießen, und zweitens

sollten all diejenigen, die an der Veröffentlichung der Schmähschrift beteiligt waren – Verfasser, Drucker, Kupferstecher, Ver-
teiler – bestraft werden.

Noch vor seiner morgendlichen Arbeit mit Monsieur de
Pontchartrain schickte er nach dem Polizeichef von Paris.

Nicolas Gabriel de La Reynie kam nur selten nach Versailles. Als er an einem Tag mitten in der Woche gegen Mittag dort erschien, konnte man mit Sicherheit annehmen, dass
den König etwas bekümmerte. Monsieur, der dem Polizei-
lieutenant am Kopf der Marmortreppe begegnete, zog diesen
Schluss und lächelte, und sein Lächeln drückte eine Selbstge-
fälligkeit aus, für die der Lieutenant, als er sie bemerkte, keinen Anlass sah.

Obwohl La Reynie nur selten nach Versailles kam und der
König so gut wie nie in Paris weilte, standen die beiden immer
in enger Verbindung. Bevor es in Paris zur Gründung einer königlichen Polizei kam, oblag die Aufrechterhaltung der Ordnung in der Stadt den Hausverwaltern der vielen Stadtpaläste,
doch das schuf eher Unordnung, als dass es sie verhinderte. La
Reynie übernahm im Namen des Königs die Kontrolle und
stellte eine Ordnung her, die zwar nicht absolut, aber doch erstaunlich umfassend war. In der Stadtverwaltung veranlasste er
eine Reihe von Reformen, die ihm sowohl in der Stadt als auch
am Hof Respekt einbrachten. Die Beleuchtung und die Reinigung der Straßen waren sein Werk. Diejenigen, die ihn persönlich kannten, aber auch diejenigen, für die er lediglich eine
Legende war, sahen in ihm die wandelnde Verkörperung von
Ehrlichkeit und Gerechtigkeit.

Für den König war er außerdem sowohl Auge als auch Ohr
in der Stadt, die der König zu meiden suchte. Welche Namen in
die Bücher der Gasthäuser eingetragen wurden, welche in den
Unterlagen der Gefängnisse vermerkt waren, welche Bücher

veröffentlicht wurden, welche Lieder an Straßenecken oder in Wirtshäusern gesungen wurden, wie viele Bettler oder Kranke ohne Obdach es gab, wie teuer Weizen und Brot waren – all dies und eine unzählige Reihe ähnlicher Einzelheiten ließ der Polizeichef dem König zukommen. Der Zustand der Stadt zeichnete sich so klar vor ab ihm wie die Linien seiner eigenen Hand. Durch La Reynie konnte er, sollte die Situation es verlangen, das Parlament umgehen, das zugleich der Gerichtshof der Stadt war, und auf diese Weise die persönliche Kontrolle über das Gesetz in der Hand behalten.

Nicht, dass der König und La Reynie in allen Angelegenheiten immer gleicher Meinung waren. Mehr als einmal hatte La Reynie sich im Namen der Prinzipien der Gerechtigkeit den persönlichen Wünschen des Königs hartnäckig widersetzt. In der großen Giftaffäre zum Beispiel hatte der König alle Beweise gegen seine Geliebte nicht nur unterdrückt, sondern auch zerstört sehen wollen. La Reynie hingegen wollte, dass die Beweise vorgelegt wurden. Zwar hatte der König sich in der Hauptsache durchsetzen können, aber die Dokumente wurden nicht zerstört, sondern La Reynies persönlicher Aufsicht übergeben, und die kleine Schatulle, in der diese Papiere hinterlegt waren, stellten zwischen La Reynie und dem König eine dauerhafte Herausforderung und eine Bindung dar.

La Reynie ging auf die siebzig zu. Er hatte dem König seit dem Tod Mazarins gedient, als der König seine Autorität auszubauen begann, und im Laufe der Jahre hatte der König sich mehr und mehr auf La Reynie verlassen. Und im gleichen Maße war La Reynies Hingabe an den König gewachsen.

Nach einer kurzen Besprechung über Dinge, die La Reynie vorausgesehen hatte, überreichte der König ihm das aufrührerische Pamphlet, und als La Reynie den wahren Grund für seine Vorladung verstand, reagierte er ungnädig. Das äußerte er unumwunden, und der König schwieg, zog die Augenbrauen leicht zusammen und wartete auf die Erklärung.

»Ihre Majestät wissen besser als jeder andere«, führte La Reynie ihm taktvoll vor Augen, »wie es zurzeit in Paris aussieht.«

Der König konnte die Brotaufstände der letzten Winter nicht vergessen haben. Einer hatte zu einer Hinrichtung geführt – zwar notwendig, aber doch bedauerlich. Trotz der beachtlichen persönlichen Großzügigkeit des Königs litten die Menschen an Brotmangel. Über dreitausend Menschen lebten ohne Obdach auf den Straßen von Paris. Verständlicherweise, weil sein Krieg große Geldsummen verschlang, war der König nicht in der Lage, die Polizeikräfte der expandierenden Stadt gemäß auszubauen. La Reynies Leuten wurde mehr Arbeit zugemutet, als sie ordentlich versehen konnten, und er konnte niemanden freistellen, um wegen eines Pamphlets eine gründliche Suchaktion in der Stadt durchzuführen. Er bedauerte die gegen Madame de Maintenon gerichtete Beleidigung, und er pflichtete dem König bei, dass eine Beleidigung des Königs einer Blasphemie gleichkam, aber bei allem Respekt war er der Meinung, dass das Pamphlet selbst von geringer Bedeutung war, verglichen mit der Gefahr von Ausschreitungen, zu denen es in Paris kommen konnte.

»Trotzdem«, sagte der König, »ich möchte, dass die Verfasser des Pamphlets verhaftet werden und das volle Ausmaß des Gesetzes zu spüren bekommen.«

La Reynie verneigte sich. »Galeerenstrafe?«, fragte er.

»Tod am Galgen«, sagte der König ausdruckslos.

»Wir werden uns nach Kräften bemühen«, versicherte La Reynie. »Aber Sire, erlauben Sie mir die Bemerkung, dass es äußerst schwierig ist, in einem Heuhaufen eine Nadel zu finden.«

Auf dem Weg zu seiner Kutsche, die beim Ehrenhof auf ihn wartete, kam er wieder an der Stelle vorbei, wo er bei seiner Ankunft Monsieur begegnet war. Nicht, dass Monsieur auf ihn wartete, aber sein von ihm losgelöstes Lächeln schwebte noch im Raum, und als La Reynie sich plötzlich daran erinnerte, kam ihm ein Gedankenblitz. Er glaubte nicht, dass Monsieur dem König mit einem Zaubertrick die Serviette und das Pamphlet überreicht hatte, doch er vermutete, dass derjenige, der die Schmähschrift im Schiff des Königs versteckt hatte, dies im Wissen und Schutz von jemandem getan hatte, der aufgrund seiner hohen Position außerhalb der Reichweite der königlichen Polizei stand. Er konnte nichts gewinnen, wenn er mit seinen Nachforschungen in Versailles anfing. Der König hatte das auch nicht vorgeschlagen. Die Schmähschrift hatte ihren Ursprung in Paris, das glaubte er mit Sicherheit, und in Paris musste die Suche beginnen.

7

Der Titel der Schmähschrift in der Version, die der König an Monsieur de Pontchartrain weitergegeben hatte, war inzwischen auch an Denis Thierry, Drucker des Königs, in der Rue de St. Jacques, übermittelt worden, wo er der Liste der geächteten Veröffentlichungen hinzugefügt wurde. Nach genauer Untersuchung des Pamphlets schickte La Reynie weitere Angaben wie den Namen des Druckers, das Erscheinungsdatum und Angaben zum Format – Duodezformat, 136 Seiten, *y compris la gravure* – und gab die Anweisung, die geänderte Liste möglichst bald zu verteilen. Es kam ihm nicht in den Sinn, den Titel zu korrigieren. Bald traf die Liste auch in der Buchbinderei der Rue des Lions ein, und Jean Larcher wies Paul und Nicolas darauf hin und vergaß sie dann prompt.

Am Samstagabend erhielt Paul seinen ersten Wochenlohn, fünf Livres und zehn Sous, eine gute Handvoll. Eigentlich hätten es sechs Livres sein sollen, aber er hatte ja erst am Montagmittag mit der Arbeit begonnen. Larcher band seine Geldbörse zu und bat Marianne, Wein und Gläser zu bringen. Sie brachte drei Gläser und eine Karaffe Claret.

»Heute Abend sind wir zu viert«, sagte ihr Mann. »Hol ein Glas für dich.«

»Nein, danke, ich bin nicht durstig.«

»Trotzdem, bring noch ein Glas, wir trinken mit Damas.« Er schob die Geldbörse in seine Tasche und goss den Wein ein, und dabei achtete er darauf, jedes Glas gleich voll zu füllen. »Eine Firma ist wie eine Familie«, sagte er, als sie sich zu viert um den Tisch setzten, »deshalb müssen wir alle zusammen trinken.« Sie hoben die Gläser in bewährter Tradition. Larcher lehnte den Kopf zurück und goss sich den Wein mit einem Schwung in die Kehle, Marianne hingegen ließ sich Zeit und hielt das Glas in die Höhe, als bewunderte sie die Farbe oder die Klarheit des Weins. Unvermutet füllte eine überwältigende Traurigkeit ihr Herz bei dieser förmlichen Erklärung einer Entscheidung, von der sie wusste und der sie zugestimmt hatte: Nicolas würde sie verlassen. Der seltsame junge Mann, der ihr, so sagte sie sich, weder sympathisch noch unsympathisch war, würde Nicolas' Platz füllen. Die Entscheidung rechtfertigte nicht ein solches Bedauern. Sie zögerte so lange, dass Larcher zu ihr sagte:

»Nun trink schon. Wegen der Abmachung.«

Sie lächelte und leerte ihr Glas.

Als Larcher sich nach dem Umtrunk abwandte, zahlte Paul das Geld zurück, das Marianne ihm geliehen hatte. Sie nahm die Münzen schweigend und mit verschlossener Miene entgegen, eine verständliche Haltung, denn Jean war noch in der Nähe, und sie hatte wegen des Vorschusses um Verschwiegenheit gebeten. Trotzdem war Paul von ihrer Kühle verstört. Und auch diesmal war er enttäuscht, dass er nicht zum Abendessen eingeladen wurde, obwohl die Enttäuschung nicht lange vorhielt.

Er hatte den Geschmack des Weins noch auf den Lippen, als er aus den schattigen Straßen zum Quai hinunterkam. Der Abend lag vor ihm, unberührt und voll endloser Möglichkeiten. Der Himmel über der Insel und der Kathedrale leuchtete hellgolden.

Er wusste, was er wollte: zuerst etwas essen, dann Gesellschaft, am besten die eines Mädchens. Er wusste, wo er eins finden konnte, bei der Petite Bastille oder am Pont Neuf. Den Gedanken an den Laternenmann, der ihm beim Anblick des goldenen Himmels durch den Kopf schoss, schob er mit dem

125

winzigsten Gewissensbiss zur Seite. Er würde den Alten am nächsten Tag aufsuchen. Sonntag war ein freier Tag.

Im Wirtshaus La Petite Bastille aß er reichlich und gut von einer Rinderpastete. Er trank noch ein Glas Wein, diesmal einen recht schweren Burgunder, und als er am Tisch saß, dachte er an Marianne, wie sie in dem langen Moment des Zögerns das Glas vor sich gehalten hatte. Er sah keine Bedeutung darin. Er erinnerte sich an die Farbe des Weins und den träumerischen Ausdruck ihrer grauen Augen nur deshalb, weil der Anblick ihn erfreut hatte, und die Erinnerung mischte sich mit seiner Zufriedenheit in diesem Moment. »Andererseits«, dachte er, »ist sie nicht besonders hübsch. Sie könnte mehr aus sich machen.« Während der Woche hatte er sie mit natürlicher Neugier beobachtet. Seine Zukunft lag weitgehend in ihren Händen, davon war er überzeugt. Sie wirkte allgemein zurückhaltend, nur Nicolas gegenüber war sie herzlicher. Ihre Kühle, als sie die Münzen von ihm entgegennahm, unterschied sich nicht von ihrem sonstigen Verhalten, und dafür glaubte er, eine Erklärung zu haben: Sie schien mit Larcher zufrieden. »Aber«, dachte er mit einem vom Wein geschürten Übermut, »ich könnte sie mit Leichtigkeit unzufrieden machen. Nur, dass es sich nicht lohnt, den Frieden zu stören.« Er beglich seine Rechnung und machte sich auf zum Pont Neuf, zum Sonnenuntergang.

In der Rue de la Mortellerie verlor er den Fluss aus den Augen, und er begegnete einem Mann, der eine von La Reynies Laternen aufhängte und mit einem Grinsen und makaberer Fröhlichkeit sagte: »Am Seil hängen wir sie auf.« Der Fluss kam wieder in Sicht, als Paul die Place de Grève überquerte. Dahinter erhob sich das lange Schiff der Kathedrale vor einem Himmel, der violett und mit Sternen besprenkelt war. Paul kam am Grand Châtelet vorbei, dem Präsidium von La Reynies Polizei, das mit den alten Wehrtürmen einen unheilvollen Anblick bot und die alte Zufahrt zum Pont au Change bewachte, und als er weiterging, gelangte er zum Fluss.

Jetzt war er am Quai de la Mégisserie, wo er stehen blieb und sich über die Brüstung beugte; er blickte hinunter aufs Wasser und von dort zum Himmel hinauf und erfreute sich an der Schönheit des Abends und seiner eigenen Zufriedenheit. Sein Ziel war der Pont Neuf am westlichen Ende des Quais, von dem Lichter hinüberblinkten und Stimmen gemischt mit Gesang zu ihm drifteten. Links von ihm, auf dem Pont au Change, standen zwei Häuserreihen, ein Haus wie das andere über der Reihe dunkler Brückenbogen, hoch und mit schmalen, spitzen Giebeln. Der Fluss glitt mit kräftiger Strömung unter den Bogen hindurch und setzte das Rad einer Wassermühle am Ufer knarrend und sprühend in Bewegung. Ein paar Kutter mit Abdeckungen aus Segeltuch lagen in der Nähe des Pont Neuf vor Anker, vielleicht sollten sie am Morgen flussaufwärts gezogen werden. Am gegenüberliegenden Ufer gab es weder Boote noch Anlegestellen.

Der Fluss in seinem tiefen Bett strömte gleichmäßig dahin, seine schimmernde Oberfläche war glatt, keine Strudel oder Wellen durchbrachen sie, aber an dem gemauerten Pier des Pont Neuf schlug das Wasser hart an, das wusste Paul. Der Quai war menschenleer und die Luft so weich wie an dem Abend, als er mit Nicolas auf dem Uferweg gegangen war.

Dass der Quai menschenleer war, lag an den vielen Raubüberfällen, worauf die Gegend in Verruf geriet und La Reynie ein Verbot erließ, Stände oder Buden dort aufzubauen, um zu verhindern, dass Wegelagerer dort Schutz finden konnten. Paul in seiner Unwissenheit spürte keine Gefahr. Ihm war lediglich bewusst, dass er auf einen dieser leeren Orte gestoßen war, die es in Paris so häufig gab – ganz in der Nähe von belebten Gegenden, und dennoch abgeschieden und still.

Wasser hatte immer eine Anziehung auf ihn ausgeübt, seine trügerische Natur, seine Wechselhaftigkeit. Er beugte sich über die Brüstung und dachte, dass dies derselbe Fluss war wie der sonnige Strom, die ihn nach Paris gebracht hatte, derselbe Fluss auch, den er inmitten von Landschaft und grünen Ufern gekannt hatte, derselbe und doch anders. So, wie er derselbe junge Mann war, der sich dennoch von dem unterschied, der in Auxerre gelebt hatte und dort von Dingen und Menschen umgeben war, die er aller Wahrscheinlichkeit nach nie wiedersehen würde. In diesem Moment hoffte er, er würde sie nie wiedersehen. Das Leben von damals schien weit zurückzuliegen, dabei waren seither erst wenige Wochen vergangen. Ganz in der Nähe der Stelle, wo er stand, führten Stufen zum Strand. Wenn er wollte, konnte er hinuntergehen und seine Hand ins Wasser halten, das wie er den Weg von Auxerre gemacht hatte. Und das, so sagte er sich, war die einzige noch bestehende Verbindung zwischen seinem alten und seinem neuen Leben, eine Verbindung, die selbst ein Symbol für Auslöschung war.

Er konnte von Glück reden, dass etwas geschehen war, weshalb er Auxerre verlassen musste. Er war hintergangen worden, und das war eine unangenehme Erinnerung. Außerdem hatte er sich unehrenhaft verhalten. Diese Erkenntnis stand plötzlich klar vor ihm, bevor ihm neue Ausflüchte und Entschuldigungen für sein Verhalten einfielen. Sie überraschte ihn im Zustand der Zufriedenheit, als er seinen Selbstschutz einen Moment lang hatte fallen lassen. Er stützte den Kopf in die Hände und die Ellbogen auf die Brüstung und stand in einer Gebetshaltung da, aber er betete nicht. Er wartete einfach darauf, dass die Verbitterung, die wie ein Stich durch ihn hindurchfuhr, nachlassen würde, so, wie er auch darauf warten würde, dass ein Schmerz in seinem Gedärm sich wieder löste und vorüberging. Nach einer

Weile hob er den Kopf und blickte wieder auf den Fluss hinunter. Der Himmel war dunkler geworden, aber die Wasseroberfläche schimmerte noch hell. Er wollte sich gerade abwenden, als er sah, wie die fahle Helligkeit des Wassers von einem kleinen schwarzen Boot durchbrochen wurde, das zwischen den mittleren Pfeilern des Pont au Change hervorglitt. Ein zweites Boot folgte, größer als das erste, und an den Manövern der Boote und der Geschwindigkeit, mit der sie durchs Wasser schossen, glaubte er zu erkennen, dass dies entweder ein Rennen oder eine Verfolgung war. Das Drama erregte sein Interesse, und er blieb stehen.

Im ersten Boot saßen zwei Passagiere, einer, der ruderte, der andere an der Pinne. Das zweite Boot hatte zwei Ruderer, ein weiterer Mann saß am Heck, ein vierter in dem spitzen Bug, und der lehnte sich jetzt vor und versuchte, etwas aus dem Wasser zu heben. Es gelang ihm nicht. Das Boot war zu schnell, und in dem Moment sah Paul etwas, das auf dem Wasser hüpfte. Als das Ding herumwirbelte, spiegelte sich das Licht an seiner flachen Seite. Dann schwamm es, als wäre es in einem unsichtbaren Strudel gefangen, hinter dem kleinen Boot her und überholte es, und in dem Moment gelang es dem Steuermann des kleinen Bootes, es mit beiden Armen zu greifen und triefend ins Boot zu hieven.

Unterdessen versuchten die Ruderer in dem größeren Boot, die Geschwindigkeit zu drosseln und mit den Rudern zu bremsen, um sich sowohl der Strömung als auch der Vorwärtsbewegung des Bootes entgegenzustemmen. Die vier Ruderblätter wirbelten durch die Luft, tauchten ins Wasser und kamen wieder heraus, was in Paul unwillkürlich die Vorstellung von einem Insekt weckte, das hilflos strampelnd auf dem Rücken lag. Jetzt griff auch der Steuermann ein, und es gelang ihm, das Boot so zu drehen, dass es erst vor dem Bug des kleinen Bootes kreuzte und sich dann, wie ein Eisenstab, der von einem Magneten angezogen wird, an seine Seite legte. Die beiden aneinandergepressten Boote begannen, sich zu drehen, während die Strömung sie weiter flussabwärts trieb. Es war deutlich vorauszusehen, dass sie, wenn sie sich nicht entwirren konnten, gegen die Brückenpfeiler prallen und daran zerschmettern würden.

Paul lehnte sich weiter vor, als würde die Auseinandersetzung durch eine Verringerung seines Abstands dazu deutlicher sichtbar. Er konnte nicht genau erkennen, was vor sich ging. Er hörte unterdrückte Ausrufe, als wären die Männer so sehr mit den Booten beschäftigt, dass sie nicht in der Lage waren, laut herauszuschreien. Trotzdem vermittelte sich ihm durch die Dämmerung ihr Zorn und ihre Angst. Ein Boot verlor ein Ruder, Paul sah es davonschwimmen. Die Boote kreisten weiterhin umeinander, bis es dem kleineren der beiden gelang, sich zu befreien und aufs Ufer zuzuhalten. Das größere – es war das Boot, das ein Ruder verloren hatte, das sah er jetzt – kreiselte immer schneller. Einer der Ruderer lag rücklings auf dem Boden des Bootes, der andere versuchte, die Kontrolle darüber zu bekommen, aber für einen Ruderer allein war das zu schwer, und der Steuermann konnte ihm nicht helfen. Eher im Gegenteil. Mit lusterfülltem Entsetzen, das alle Gedanken an seine eigene Lage verdrängte, beobachtete Paul, wie die Strömung das Boot mit größerer Macht erfasste, und wartete darauf, dass es mit einem Brückenpfeiler kollidieren und kentern würde. Doch im allerletzten Moment gelang es dem einzelnen Ruderer, das Boot wieder in die Strömung zu lenken. Pfeilgerade und sicher schoss es unter dem mittleren Bogen hindurch. Dann bemerkte Paul, dass das kleinere Boot, auf das er nicht mehr geachtet hatte, unmittelbar unter ihm am Ufer anlandete. Das Drama ging weiter.

Die Männer stiegen aus, packten das Boot am Bug und zogen es ans Ufer. Das andere Boot war verschwunden. Einer der Männer sagte:»Dann haben sie's also geschafft.« »Verdient haben sie's nicht«, sagte der andere.»Es ist unsers. Wir haben es zuerst gesehen.« »Wer waren die denn?« »Keine Ahnung. Wenn die wieder auftauchen, schlage ich ihnen die Köpfe ein. Wegen denen wären wir beinah abgesoffen.« Er nahm die Mütze ab und wischte sich über die Stirn. Sein Begleiter sagte: »Mal sehen, was wir ergattert haben.« Er griff ins Boot und holte ein Paket heraus, das vielleicht einen halben Meter im Quadrat maß. Er hielt es an die Brust gedrückt, als wäre es ziemlich schwer, dann ging er unterhalb von Paul das Ufer hinauf und legte das Paket hin. Die beiden Männer knieten sich darüber, sodass Paul nicht beobachten konnte, was sie machten. Er hörte, wie sie die Knoten verfluchten, die vom Wasser aufgedunsen waren, und schließlich nahm einer ein Messer heraus. Es dauerte eine Weile, bis die Männer das Paket geöffnet hatten. Paul sah mit wachsendem Interesse zu, als wäre er Zuschauer in einem Theaterstück oder als hätte er sich mit den Männern auf ein Spiel eingelassen. Dann hörte er, wie einer von ihnen angewidert ausrief:»Bücher.« Darauf folgte ein Strom leiser Verfluchungen, der gegen allen Schmutz, besonders den menschlichen Abschaum, gerichtet war.

»Und dafür«, sagte sein Begleiter,»hätte ich mir beinah die Knochen gebrochen. Die hätten sie auch behalten können. Komm, die schmeißen wir wieder ins Wasser.«

In dem Moment rief Paul, ehe er sich besinnen konnte: »Wartet!«, und bevor die Männer sich aus ihren hockenden Positionen erhoben hatten, war er die Stufen zum Ufer hinunter und auf sie zugerannt. Auch aus der Nähe konnte er ihre Züge kaum besser erkennen als vom Quai. Das Leuchten eines Auges, die Linie einer höckrigen Nase, den Umriss eines Kopfes, der turbanähnlich mit einem Tuch umwickelt war. Aber ihr Misstrauen und ihre allgemeine Feindseligkeit spürte er sofort. Warum hatte er nicht bis zehn gezählt, bevor er gerufen hatte? Jetzt war es zu spät, er konnte nicht zurück. Er versuchte, ihnen klarzumachen, dass Bücher großen Wert hatten.

»Wollen Sie die? Können Sie haben«, sagte der Mann mit dem Turban. In der Stimme lag keine Großzügigkeit.

»Nein«, sagte Paul hastig. »Ihr habt sie aus dem Wasser geholt, sie gehören euch. Aber es wäre dumm, sie wegzuwerfen, ohne nachzusehen, was es für Bücher sind.«

»So, wie ich das sehe, sind die alle gleich schlecht«, sagte der Mann mit dem Turban. Der andere hingegen warf mit gedehnter, nasaler Stimme ein:

»Ist bestimmt nicht falsch, was er sagt. Zeig dem Herrn die kleinen stinkigen Bücher.«

Paul sah jetzt, dass das große Paket vier kleinere enthielt, von denen eins aufgerissen war. Einer der Männer nahm das Päckchen in die Hand und zog ein kleines Buch heraus, das kaum dicker war als ein Heft und mit seinen zwölf mal zwanzig Zentimetern bequem in eine Rocktasche passte. Paul nahm es in die Hand und wusste sofort: »Duodezformat.« Auf dem Einband war ein Bild, das er nicht gut erkennen konnte. Der Mann nahm seine Zündhölzer heraus und zündete eins an.

Einen Moment lang sah Paul einen Kupferstich, der das Standbild des Königs auf der Place des Victoires darstellte, allerdings mit einigen Veränderungen. Die Flamme verging, bevor er Zeit hatte, die Namen der Frauen zu lesen. Aber er konnte erraten, was er nicht gesehen hatte.

»Und?«, sagte der Mann mit den Zündhölzern.

»Weiß auch nicht«, sagte Paul ausweichend.

»Strengen Sie sich an«, sagte derselbe Mann. Paul hörte die Drohung in seinem langsamen Tonfall. Nervös erklärte er: »Kommt drauf an, wie ihr zur Polizei steht.«

»Haben Sie uns mal angesehen? Nichts Besonderes, oder? Und ich kann Ihnen sagen, was Sie nicht sehen können: Wir haben großen Hunger.«

»Es gibt Menschen, die für diese Bücher gutes Geld bezahlen würden.«

»Schmähschriften?«, fragte der eine.

»Gegen den König«, sagte Paul.

»Wo findet man diese Leute?«, fragte derselbe Mann, und dann sagte der andere:

»Vielleicht hat der Herr selbst Lust, die Bücher zu erwerben. Wir verlangen nicht viel – nur das, was Sie in Ihrer Börse haben. Sie brauchen die Bücher auch nicht mitzunehmen, wenn das Ihre Sorge ist.«

»Meine Börse«, begann Paul. »Also, mein Geld gebe ich aus, bevor ich es verdient habe. Und diese Schmähschriften –« Er beschrieb ihnen das Titelbild in knappen, anschaulichen Worten. Dann erzählte er ihnen von dem Balladensänger, der, so versicherte er ihnen, die Bücher verkaufen könnte. Er versprach ihnen einen beachtlichen Gewinn und entwickelte eine Redegewandtheit, die er bei sich nicht vermutet hätte, und die ganze Zeit spürte er, wie ihm die Knie zitterten. Um die Männer zu überzeugen, sagte er zum Schluss, er werde persönlich den Balladensänger aufsuchen, und verlangte dann, um dem Angebot größere Glaubwürdigkeit zu verleihen, mit einem Drittel am Gewinn beteiligt zu werden. Zum Glück war den Männern der Balladensänger wohl bekannt, sowohl sein Anblick wie auch sein Ruf, was Paul bei der Argumentation half. Sie waren überzeugt, dass Paul wusste, wovon er redete.

Das Gespräch hatte eine Weile gedauert. Die Männer vom

Fluss waren nicht besonders helle im Kopf. Wegen der Polizei hatten sie keine Bedenken, aber sie kannten sich im Umgang mit Ware wie dieser nicht aus. Außerdem waren sie nicht bereit, ihr ursprüngliches Misstrauen gegen Paul, einen des Lesens kundigen Menschen, aufzugeben. Doch schließlich schienen sie einverstanden, die Hefte an sich zu nehmen und es Paul zu überlassen, den Balladensänger anzusprechen. Anschließend würden sie sich wieder treffen. Paul machte verschiedene Vorschläge, was Ort und Zeit betraf. Der Mann mit den Zündhölzern lehnte jeden dieser Vorschläge ab. Schließlich sagte der andere:

»Ein Treffen – wie sollen wir wissen, dass es keine Falle ist?«

»Das sage ich euch«, sagte Paul. »Zahlt die Polizei manchmal eine Belohnung?«

Zur Antwort auf diese Frage kam es nicht. Der Mann, der das Paket hielt, sah den Feind zuerst und presste es Paul mit solch einer Heftigkeit in die Arme, dass Paul rückwärts taumelte. Ohne nachzudenken, stopfte er sich das einzelne Heft in seiner Hand in die Tasche und hielt das aufgerissene Paket fest. Der Mann vom Fluss hatte jemanden gesehen, der rechts hinter Paul aufgetaucht war. Paul beugte sich über das Paket und wich nach links aus, und der Neue stürzte sich an Paul vorbei auf den Bootsmann, der jetzt die Hände frei hatte und den Neuen mit ein, zwei harten Faustschlägen zu Fall brachte. Der Mann krümmte sich, stolperte über das große Paket und ging zu Boden, und im Fallen hakte er den Arm um die Knie des Bootsmannes. Paul sah es aus dem Augenwinkel, als er selbst herumwirbelte.

Dann bemerkte er zwei weitere Schatten, die aus dem Dunkeln traten und größer wurden, wie Gestalten in einem Albtraum. Es waren die Männer aus dem anderen Boot, die hinter dem Pont Neuf an Land gegangen und am Ufersaum zurückgeschlichen waren. Sie waren nur zu dritt, der Vierte hatte sich von seinem Sturz im Boot noch nicht erholt, somit war es drei gegen drei. Als die beiden Männer aus dem anderen Boot die aufgerissene Packung am Boden sahen – aber das Bündel, das Paul an sich drückte, offenbar nicht bemerkten –, stürzten sie sich gierig darauf. Paul nutzte die Gelegenheit, nach links auszuweichen, und rannte zu den Stufen. Er erreichte sie ungehindert und lief sie wie mit geflügelten Füßen hinauf.

Der Kampf wurde schweigsam ausgetragen, zu hören war nur das Austeilen von Schlägen, ein unregelmäßiger Trommelrhythmus, und Paul zuckte bei jedem Schlag zusammen. Doch dann, als er oben an der Treppe angekommen war, durchschnitt ein Schrei die Luft, scharf, spitz, schmerzerfüllt. Paul blickte auf das Gemenge der miteinander ringenden Gestalten und sah, wie sich ein Arm aus dem Knäuel erhob und herabfuhr. In dem Licht, das dem Fluss ein Leuchten verlieh, sah er das Blitzen einer Messerklinge. Noch ehe er die Straße erreichte, wurde der Schrei von einem Pfiff beantwortet, dünner und spitzer, aber ebenso alarmierend: die Polizei von Pont Neuf.

Paul rannte los, auf die Brücke und die Lichter zu, wo er Sicherheit wähnte. Im gleichen Moment sah er Menschen auf sich zukommen. Er machte kehrt und rannte auf den Pont au Change zu. Doch dann wurde ihm klar, dass dies sein zweiter Fehler wäre, weil die Polizei vom Châtelet herbeieilen würde, und so stürzte er sich in die Straße der Stelle gegenüber, wo er an der Brüstung gestanden hatte – der einzige verbleibende Ausweg.

Er hatte keine Ahnung, wohin er rannte. Eine Laterne über dem Eingang der Straße warf ein schwaches Licht auf das Pflaster. Beiderseits erhoben sich die Mauern senkrecht und fensterlos. Das Haus, in dem er ein Zimmer hatte, lag nördlich des Flusses und ganz in der Nähe. Er vermutete es mehr in Richtung Osten, also nahm er die erste Abzweigung nach rechts, doch dann sah er, dass er unmittelbar auf den Eingang des Gefängnisses For l'Evêque zuhastete.

Wieder machte er kehrt und hatte jetzt den Quai vor sich, wo er eine Meute von Polizisten die Stufen zum Flussufer hinuntereilen sah. Kopflos und von Panik getrieben, rannte er weiter und nahm sich vor, die Richtung zu ändern, sobald er eine Möglichkeit dazu hatte. Und so war er nach kurzer Zeit nicht nur außer Atem, sondern auch völlig orientierungslos. Neben einer hohen Mauer blieb er stehen, lehnte sich schwer keuchend daran und versuchte, sich zurechtzufinden. Als er wieder ruhiger atmete, hob er den Kopf, spürte die kühle, stille Luft auf seinem Gesicht und nahm den Duft von Pflaumenblüten wahr. Beruhigung durchflutete ihn und gab ihm neuen Mut. Er wusste, wo er war. Erst am Morgen, als er sich durch den üblichen Frühnebel auf den Weg gemacht hatte, waren ihm die weißen Blüten aufgefallen, die über die Mauer rankten.

Nachdem er seine Fassung wiedergewonnen hatte, stellte er fest, dass er immer noch das Paket mit den Pamphleten bei sich trug. Er konnte es hier fallen lassen, niemand würde ihn beobachten. Aber gleichzeitig regte sich seine Neugier. Er hatte nur einen flüchtigen Blick auf das Titelbild geworfen und wollte es sich genauer ansehen, schließlich hatte er selbst schon auf der Place des Victoires gestanden. Während er noch zögerte, sah er eine Gestalt mit eiligen Schritten in die Straße einbiegen, aus der er gekommen war. In dem wenigen Licht erkannte er, dass es ein Mann war, weiter nichts, aber auch wenn er sich außer Gefahr glaubte, konnte es sein, dass er verfolgt wurde. Er setzte sich wieder in Bewegung, in die Richtung der Straße, wo seine Unterkunft war. Er hoffte, den Mann hinter sich an der ersten Ecke abzuschütteln, doch der bog ebenfalls ab. Paul wurde von einer Erregung erfasst, sowohl angstbesetzt als auch lustvoll, die er als Kind gekannt hatte, wenn er durch dunkle Gassen gerannt war. Bei dem Gedanken, dass er aufgegriffen werden könnte, weil er in eine Schlägerei verwickelt gewesen war, die mit einem Mord geendet hatte – inzwischen war er sich nämlich sicher, dass es Mord war –, fing er wieder an zu rennen. Auch der Mann hinter ihm rannte jetzt.

Paul wagte es nicht, sich umzudrehen und nachzusehen, ob es wirklich ein Polizist war, der ihm folgte. Als er zur Rue des Deux Boules kam, war der Mann immer noch da. Der Eingang zu seiner Unterkunft war ganz nah. Mit einem plötzlichen Spurt erreichte Paul die Tür, drückte sie auf – dankbar, dass sie nie verschlossen war – und schlug sie fest hinter sich zu. Er rannte in dem stockfinsteren Treppenhaus ein paar Stufen hinauf, blieb stehen, und während das Blut in seinen Ohren pochte, lauschte er auf die Schritte seines Verfolgers. Zu seinem Entsetzen verharrten sie, und jemand rüttelte grob an der Tür, die, nachdem Paul sie zugeschlagen hatte, vorübergehend klemmte. Doch dann flog sie auf, ein Mann kam herein und begann, die Treppe hinaufzugehen. Paul presste sich flach an die Wand und hielt den Atem an.

Es war kaum zu fassen, aber der Mann ging an ihm vorbei und tastete sich an der anderen Wand entlang nach oben. Dann hörte Paul das vertraute Rasseln des Riegels im Abort auf dem ersten Absatz. Eine Tür öffnete und schloss sich. Paul unterdrückte den hysterischen Wunsch zu lachen und stieg, ohne einen Laut, als wäre Angst ihm zur Gewohnheit geworden, die restlichen Treppen zu seinem Zimmer hinauf.

Nachdem er die Tür verriegelt hatte, suchte er in seinen Sachen die Zündhölzer. Er hängte seine Tasche an den Nagel am Kopfende des Bettes, rieb sich gewohnheitsmäßig die Schulter und streifte die Schuhe ab. Müdigkeit überkam ihn. Vor ihm lag das Päckchen, das er aufs Bett geworfen hatte. Dass er ein

Exemplar der Schrift in der Tasche hatte, war ihm entfallen, deshalb zog er eins aus dem Paket, stopfte sich das Kissen in den Nacken und streckte sich auf dem Bett aus. Als er das Bild vom König und den vier ihn gefesselt haltenden Frauen eingehend betrachtet hatte, schlug er das Heft auf und fand einen weiteren Kupferstich, der Madame de Maintenon und den Geist von Monsieur Scarron darstellte.

8

Es war fast schon Mittag am folgenden Montag, dem neunzehnten April, als La Reynies Leute im Verlauf ihrer Suche in
die Rue des Lions kamen. Paul und Nicolas waren allein in der
Binderei, das erste Mal, seit Paul eingestellt worden war. Sie arbeiteten stetig, aber eine Weile, nachdem Jean ausgegangen war,
fing Paul leise an zu pfeifen.

Er rundete den Steg eines Buches. Seine leichten, präzisen
Hammerschläge fielen in einem gleichmäßigen, unveränder-
lichen Rhythmus. Die Melodie, die er pfiff, schwebte über dem
monotonen Takt, sie hörte auf, begann von Neuem, bewegte
sich anscheinend unabhängig von den Schlägen, vermischte
sich aber aufs Glücklichste mit ihnen. Das Buch stand aufrecht
in der Zwinge, sein Rücken war mit Leim bestrichen, der langsam so zäh wurde, dass er biegsam war und Paul ihn zu einer
regelmäßigen Rundung formen konnte. War der Rücken gut
gerundet, würde sich das Buch, sobald es fertig gebunden war,
leicht aufschlagen lassen und flach liegen bleiben. Einen Buchrücken zu runden, war eine Kunst, eine, die Paul vorzüglich beherrschte.

Der Leimtopf stand auf dem Boden hinter ihm, und der Leim
kühlte langsam ab. Die Sonne ging auf den Zenith zu, sie sandte
ihre Strahlen senkrecht in den Hof und verkürzte die viereckigen Sonnenlichtfelder auf dem Fußboden bei den Fenstern.

Seit Paul in Paris war, hatte jeden Tag die Sonne geschienen,
eine ungewöhnlich lange Gutwetterphase. Am Sonntag hatte er
einen langen warmen Nachmittag in den Uferwiesen der Bièvre
verbracht, zusammen mit einem Mädchen, das er vielleicht wie-

dersehen würde, vielleicht auch nicht, gerade wie es ihm gefiel. Sie war einigermaßen hübsch und eine angenehme, wenn auch nicht unbedingt geistessprühende Begleiterin. Er hatte sie auf dem Pont Neuf kennengelernt.

Nach einer guten Nachtruhe hatte er sich vollständig von den Aufregungen des Samstagabends erholt. Sogar seine Gewissheit, dass ein Mord geschehen war, verblasste unter dem Einfluss der Sonne und der weichen Luft. Und das Buch über den Geist des Monsieur Scarron hatte er nach den ersten zehn Seiten langweilig gefunden. Er war darüber eingeschlafen, und als er aufwachte, interessierte es ihn nicht mehr. Während er vor sich hin pfiff und die Hammerschläge ausführte, war er in Gedanken bei dem Mädchen, bei der Wiese, auf der sie gelagert hatten, bei den mit Kätzchen dicht behangenen Weiden. Er dachte leidenschaftslos und eher kritisch an das Mädchen und war froh, dass er den Tag über sein Vergnügen hatte, ohne sich einfangen zu lassen.

Nicolas bereitete einen Stapel Bogen für die Presse vor. Er hatte das Buch seiner Struktur nach aufgebaut: Blechfolie, darauf ein sauberes Blatt Papier, wieder eine Blechfolie, dann die Bogen, ein Blatt Papier, eine Blechfolie, und so weiter, bis alle Lagen zusammengestellt waren und das Buch in die Presse gehen konnte. Es war eine alte, aufrecht stehende Presse mit zwei mächtigen Seitenteilen, die übermannshoch waren, und einem starken Querbalken, alles aus Eichenholz und im Laufe der Zeit von der Benutzung fleckig, dunkel und glänzend geworden. Das Rad, das an drei Knäufen gedreht werden konnte, hob und senkte sich an einer Spindel in der Mitte. So groß und dunkel und voller versteckter Kraft, wie es war, erinnerte es an ein Folterinstrument. Ein Mann wäre imstande, wenn er das Rad drehte, so viel Druck auszuüben, dass er ein Opfer töten könnte. Hier stand es, gezähmt, zwischen den Heftladen, den

Tischen und dem, was bei der täglichen Arbeit auf den Boden
fiel. Nicolas legte den Stapel Bogen in die Presse, Paul hörte auf
zu hämmern und war bereit, ihm zu helfen. Während der Junge
den Stapel anlegte, drehte Paul das Rad. War der Druck der
Presse zu groß, wurden die Buchstaben von einem Blatt zum
nächsten durchgedrückt, war er zu schwach, wölbten und verzogen sich die klammen Blätter. In dem exakten Moment, wenn
der Stapel zu einem festen Block zusammengeschoben war und
bevor der Druck zu groß wurde, nahm Paul seine Hände vom
Rad, hielt sie in der Luft und lächelte Nicolas zu. Dann machte
er mit seiner Arbeit weiter. Sie hatten kein Wort gewechselt.
Doch kurz darauf, so als würde er ein Thema wiederaufgreifen,
sagte Nicolas ernsthaft:

»Natürlich liebe ich meine Mutter!«

»Natürlich?«, wiederholte Paul überrascht. »Was ist so natürlich daran, seine Mutter zu lieben? Ich habe meine nicht
geliebt.« Das war nicht die Antwort, mit der Nicolas gerechnet hatte. Zur Erklärung sagte Paul: »Und sie hat mich nicht
geliebt. Meinen Vater habe ich nicht gekannt. Du sagst, natürlich. Es ist überhaupt nicht natürlich. Du hast einfach großes
Glück.«

»Dann findest du es nicht seltsam oder unnatürlich, dass ich
von zu Hause weggehen will?«

»Ich fand es merkwürdig«, sagte Paul, »als du das erste Mal
davon gesprochen hast.«

»Merkwürdig?«, fragte Nicolas defensiv.

»Alles, was du verlassen willst«, fuhr Paul fort, »ist das, was
ich nie hatte und mir immer gewünscht habe.«

»Essen und Kleidung zu haben, reicht nicht«, sagte Nicolas.

»Und geliebt zu werden?«, fragte Paul in aller Ruhe.

»Ich werde zu sehr geliebt«, sagte der Junge. »Du verstehst
das nicht. Sie sprechen ja nicht davon, sie zeigen es auch nicht.

Aber ich weiß es. Ich werde davon erdrückt. Ich war nicht immer das einzige Kind.«

Paul dachte eine Weile darüber nach, dann sagte er mit einem eher unangenehmen kleinen Lachen:»Wenn ein Mensch vollkommen frei sein möchte, darf er weder lieben noch geliebt werden. Ich bin nie geliebt worden. Jetzt liebe ich niemanden, und deshalb bin ich frei. Es ist nicht unbedingt ein erfreulicher Zustand, obwohl er natürlich viele positive Seiten hat.«

»Außerdem«, sagte der Junge, ohne Pauls Bitterkeit zu beachten.»Erinnerst du dich an die Bücher, über die wir damals beim Fluss gesprochen haben? Hier kann ich sie nicht erwähnen.«

»Es gibt viele Orte, wo man sie nicht erwähnen kann«, sagte Paul.»So gut wie überall.«

»Ich weiß«, sagte der Junge.»Das gehört ja dazu. Alles muss *avec privilège du Roi* gedruckt werden.«

»Das ist überall dasselbe, ob in Paris oder außerhalb, solange du in Frankreich bist.«

»Ich weiß«, sagte der Junge.

»Louis der Große«, zitierte Paul die Inschrift des Standbildes.»Vater und Heerführer dieser Armee. Der allzeit vom Glück Begünstigte.«

»Aber warum muss er bestimmen, was man lesen darf und was nicht?«

»Ohne die feste Autorität des Königs«, sagte Paul sachlich, »würde das Königreich in sich zusammenstürzen.«

»Glaubst du das?«, fragte der Junge.

»So wird es uns beigebracht«, sagte Paul.

In dem Moment hörten sie im Nebenraum Stimmen und Schritte, und Larcher kam mit den Männern herein, die den Auftrag hatten, seine Werkstatt zu durchsuchen.

Larcher war verärgert, fand sich aber mit der Situation ab.

Die Suche sei eine Formalität, erklärten die Männer. Sie kannten Larchers Ruf und rechneten nicht damit, in seiner Werkstatt zensiertes Material zu finden, aber Befehl war Befehl.

»Was wollen sie?«, fragte Nicolas seinen Vater, als wären die Männer nicht da.

»Sie suchen nach irgendwelchen Pamphleten über Scarron«, erklärte Jean. »Als gäbe es davon nicht Massen. Bei seinem Tod haben sich die Verfasser gegenseitig übertroffen.«

»Aber dies ist eine neue Schrift«, sagte einer der Polizisten. »Außerdem ist sie gegen den König und Madame de Maintenon gerichtet. Im Duodezformat«, las er von seinen Papieren ab. »Es umfasst einhundertsechsunddreißig Seiten, einschließlich der Kupferstiche. Wenn Sie mir bitte eine Aufstellung der Bücher, Flugschriften, Kupferstiche und so weiter zeigen könnten —«

»Macht ihr mit eurer Arbeit weiter«, sagte Jean zu den beiden jungen Männern.

Nicolas zog zum Zeichen seiner Empörung die Augenbrauen hoch, gehorchte aber seinem Vater. Als Paul nach dem Hammer griff, konnte er in dem Gesicht des Jungen außer Entrüstung nichts erkennen, keine Furcht; auch in Larchers Gesicht oder Gebaren stand keine Angst. Er selbst hingegen spürte eine deutliche Beklemmung. Als die Worte »Duodezformat« und »einhundertsechsunddreißig Seiten« fielen, kam ihm nicht nur das Päckchen in seinem Zimmer in den Sinn, sondern auch das einzelne Heft, das er sich während des Kampfs am Quai voller Hast in die Tasche gestopft hatte.

Als die Polizisten ihre Nachforschungen in der Buchbinderei abgeschlossen und in der Küche die Rechnungsbücher geprüft hatten, gingen sie nach oben, um das Zimmer zu durchsuchen, in dem Nicolas schlief.

»Und? Wie gefällt sie dir jetzt?«, sagte Nicolas.

»Was meinst du?«

»Die feste Autorität des Königs.«

»Auch nicht besser als dir«, sagte Paul. Er fuhr mit seinen Hammerschlägen fort, aber er war nicht mehr in der Stimmung, die kleine Melodie zu pfeifen. Mehr, um seiner Nervosität Herr zu werden, und weniger, um seine Neugier zu befriedigen, fing er ein Gespräch an.

»Was könnte passieren, wenn sie das Gesuchte fänden?«

Nicolas zuckte die Schultern. »Kommt drauf an. Eine Geldstrafe. Die Bastille. Ich weiß es nicht. Die Witwe Créstien – ihr haben sie die Pressen weggenommen, weil sie eine historische Schrift veröffentlicht hat. Drei Jahre später kämpfte sie immer noch darum, sie zurückzubekommen.«

»Nicht der Galgen?«

»Soweit ich weiß, nicht«, sagte Nicolas mit einem kleinen Lächeln. »Aber ich weiß auch nicht alles.«

»Der Gewinn könnte wohl kaum das Risiko aufwiegen.«

Pauls Anspannung hatte während des Gesprächs nicht nachgelassen. Nicolas, der offensichtlich nicht beunruhigt war, sondern eher Genugtuung empfand, weil das, was er beklagte, so prompt veranschaulicht worden waren, sah Paul mit einem neuen Gefühl der Solidarität an.

»Jetzt verstehst du, was ich meine.«

Paul nickte. »Aber du kanntest diese Männer«, sagte er. »Und sie kennen dich, den Sohn von Larcher, einem ehrlichen Mann. Was ist, wenn sie mich befragen wollten?«

»Mein Vater würde für dich bürgen«, sagte Nicolas.

9

Es war vereinbart worden, dass Nicolas sein Abenteuer selbst
finanzieren würde, und so kam es für ihn an dem Morgen, als er
die Kutsche nach Rouen nehmen sollte und noch ein paar letzte
Dinge in seiner Reisetasche verstaute, völlig überraschend, als
sein Vater ihm zunächst eine in blaue Seide eingenähte Rolle
Münzen in die Hand legte und dann einen fleckigen alten Geldgürtel aus Chamoisleder gab, der um die Schnalle rissig geworden war. Nicolas hatte sich fest vorgenommen, seinen Teil der
Abmachung einzuhalten und für sich allein die Verantwortung
zu übernehmen. Er hatte sich auch gegen die Missbilligung seines Vaters gewappnet.

Es war die Stunde vor Morgengrauen, und obwohl die Läden
zum Hof schon aufgeklappt waren, hatte Nicolas sich im Dunkeln bewegt. Jean stand mit dem Rücken zum Fenster, seine
Miene war nicht zu entschlüsseln, aber das Geschenk, das er
seinem Sohn machte, war so bemerkenswert, dass der Junge ins
Stammeln geriet, als er sich bedankte.

»Zieh dein Hemd hoch und leg den Gürtel direkt am Körper an. Vielleicht brauchst du es nicht. In dem Fall kannst du
es wieder nach Hause bringen.« Und als Nicolas tat, wie sein
Vater gesagt hatte, und die keineswegs sehr große Rolle in dem
Gürtel verstaute und das kalte Leder um seine Mitte schlang,
überraschte Jean ihn abermals, als er sagte: »In Rouen lebte
ein Mann, mit dem ich geschäftlich zu tun hatte. Er hatte zwischen der Kathedrale und St. Ouen ein Buchgeschäft. Er war
ein guter Mann, obwohl er Hugenotte war. Zur Zeit der Widerrufserklärung war er nicht mehr jung, und kurz darauf ist

er gestorben. Seine Witwe, falls sie noch im Geschäft ist, wird rekonvertiert worden sein. Es kann dir nichts schaden, wenn du sie aufsuchst.

»Hinter St. Ouen?«

»Der Name ist Cailloué.«

Der Junge, der vor Überraschung nichts zu sagen wusste, wiederholte nur den Namen. Jean fügte hinzu: »Sie wird sich an mich erinnern.«

Aus Angst vor einer negativen Antwort hatte Nicolas sich nicht getraut, seine Eltern zu fragen, ob sie ihn zu dem Wirtshaus begleiten würden, von dem die Postkutschen in die Normandie abfuhren. Auch wollte er nicht zeigen, dass es ihm wichtig war. Er war bereit, sich an der Tür des Geschäfts zu verabschieden. Er trank die heiße Brühe, die seine Mutter für ihn bereitet hatte, und nahm ein Paket mit Wegzehrung von ihr entgegen, Brot, Käse, eine getrocknete Zwiebel, und als er gehen wollte, sah er, dass sein Vater die Mütze von dem Haken bei der Tür nahm, und das stimmte ihn froh. Jean nahm die Reisetasche. Nicolas erhob Einspruch, aber sein Vater tat, als hätte er nichts gehört, nahm die Tasche auf die Schulter und trat in die Tordurchfahrt.

Das große Tor zur Straße war noch verschlossen und musste auf- und wieder zugeschlossen werden, bevor die drei sich auf den Weg machen konnten. Jean ging voraus. Von der menschenleeren Rue des Lions kamen sie zu den breiteren Straßen und bewegten sich zwischen den Karren und Marktleuten, die auf dem Weg zu Les Halles waren. Gelegentlich wurden Vater und Sohn von Passanten getrennt, trotzdem konnte der Junge vor sich die Reisetasche auf der Schulter seines Vaters sehen, ähnlich wie damals, als er hinter seinem Vater in die entgegengesetzte Richtung durch die Stadt gegangen war, zu seiner Lehrstelle. Seine Mutter war nicht dabei gewesen. Da er

den Weg nicht kannte, hatte seine Sicherheit ganz davon ab-
gehangen, dass er die Reisetasche nicht aus den Augen verlor.
Er drängte die Erinnerung zurück und sagte sich, diesmal sei es
anders und er sei nicht auf die Hilfe seines Vaters angewiesen,
aber als seine Mutter ihm warnend die Hand auf den Arm legte,
weil ein Karren auf sie zusteuerte, schüttelte er sie mit solcher
Heftigkeit ab, dass sie beide überrascht waren.

Als sie die Rue St. Denis und das Wirtshaus Le Cerf erreichten, hob sich seine Stimmung. Die Kühle des Morgens, der
lange forsche Weg, sogar das Stimmengewirr um sie herum – all
das war für den kräftigen jungen Mann erregend. Nachdem die
Reisetasche auf das Dach der Kutsche geschnallt worden war,
kam es Nicolas so vor, als wäre er schon abgereist. Er stand vor
seinen Eltern wie jemand, der sie bereits hinter sich gelassen
hatte. Der Abschied wäre reine Formsache, er würde ihn innerlich nicht berühren. Aber als er sie nebeneinander vor sich sah
und sie auf seine Umarmung warteten, erschien es ihm plötzlich
so, als sähe er sie zum ersten Mal. Ein bisschen erinnerte es ihn
an den Moment in der Küche, als seine Mutter zu ihm über ihre
Jugend und den Anfang ihrer Ehe gesprochen hatte, aber seine
Gefühle hier, im Hof des Wirtshauses, waren andere. Seine
Überraschung über die Großzügigkeit seines Vaters schwang
noch in ihm nach, und dass sein Vater freundlich über einen
Hugenotten gesprochen hatte, fand er verblüffend. Die beiden
Menschen vor ihm, deren Erscheinungsbild ihm so vertraut war
wie ein bequemer Schuh am Fuß, kannte er nicht.

Er hatte immer gemeint, dass sie sich entfernt ähnlich sahen,
so als wäre der Umhang seiner Mutter ein Dreieck von dem
Stoff, aus dem der Rock seines Vaters gemacht war, so als hätten ihre Züge sich aufgrund des langen Zusammenlebens denen
seines Vaters angeglichen. Er wusste natürlich, dass sie verschieden waren, aber sie hatten noch nie so verschieden gewirkt wie

in diesem Moment. Seine Mutter hatte das Kinn in die Höhe gereckt und den Rücken gestreckt. Ihre Augen glänzten, und ihr Blick glitt von seinem Gesicht zu den Aktivitäten hinter ihm, mit einer Erregung, die seiner zu gleichen schien. Das Gesicht seines Vaters war düster. Es gab nichts zu sagen, nichts, was nicht schon zu Hause gesagt worden wäre. Es gab auch keinen Grund, die Sache in die Länge zu ziehen. Die Kutsche füllte sich mit Passagieren. Wenn er einen Sitzplatz haben wollte, musste er jetzt einsteigen.

Er senkte den Kopf und küsste seine Eltern jeweils auf beide Wangen, und plötzlich schnürte sich ihm die Kehle zu. Er wandte sich brüsk ab, und nachdem er einen Platz gefunden hatte und durch die staubige grünliche Scheibe nach draußen blickte, waren sie verschwunden. Entweder waren sie sofort losgegangen, oder die Menge hatte sich zwischen sie und die Kutsche geschoben. Er war allein und auf der Reise, noch bevor der erste Peitschenschlag erklungen war.

Marianne hatte nicht erwartet, dass Jean ihr tröstend den Arm um die Schulter legen und sie aus dem Hof des Wirtshauses führen würde, doch sie hatte gehofft, sie würde ihm die Hand in die Armbeuge legen und Seite an Seite mit ihm gehen können. Doch er war zu schnell. Sie folgte ihm, einer einsamen Gestalt, wie es ihr schien. Seine Schultern waren so kräftig wie eh und je, aber in seinem Gang lag eine Mutlosigkeit. »In der Werkstatt«, dachte sie, »wird es so sein wie immer – kein Wort mehr als nötig, bis Nicolas wieder da ist.« Nach einer Weile dachte sie: »Paul wird natürlich da sein, aber er gehört eher zu Nicolas' Generation, nicht zu meiner. Er hat nichts mit mir zu tun, aber wenigstens wird er in der Werkstatt sein. Seit wir Krieg haben, kommen so wenige Menschen vorbei. Früher war es anders. Wer kommt denn heute noch? Der Verwalter. Die Polizei. Der alte Abbé.« Bei dem Gedanken an den alten Abbé fielen ihr wieder seine Worte ein:»Erfreuen Sie sich Ihrer Jugend, denn sie ist wie ein frischer Zweig im Mai.«

Mit seiner kräftigen Statur und seiner Zielstrebigkeit kam Jean schnell voran. Sie bemühte sich, mit ihm Schritt zu halten, während sie innerlich voller Bitterkeit ausrief:»Meine Jugend! Sie ist mit Nicolas auf dem Weg nach Rouen.« In dem Moment wurden Jean und sie vom Verkehr getrennt. Sie dachte:»Er wartet auf mich.« Aber als sie weitergehen konnte, sah sie ihn zwar vor sich, schaffte es aber nicht, ihn einzuholen, und er wartete nicht.

»Er sollte warten«, sagte sie sich und war verletzt und empört. Weil sie mit Jean Schritt zu halten versuchte, war ihr warm geworden. Voller Trotz richtete sie an Jeans voranstrebende Schultern die Frage:»Ist es etwa schlimm, wenn ein Junge erwachsen wird? Was würde sonst aus der Menschheit werden?«

Danach ging sie in einem ihr gemäßen Tempo weiter und sah sich mit Muße um. Beim Port St. Paul machte sie ein paar Einkäufe für den Tag, handelte und schwatzte ein wenig und war kurz nach sechs wieder in der Rue des Lions. Jean hatte schon mit der Arbeit begonnen. Paul fing erst um sieben an und war noch nicht da.

Sie ließ ihre Einkäufe in der Küche und ging nach oben in die Schlafräume, wo sie Nicolas' Bett abzog. Sie knotete die Tücher zu einem Ball zusammen und warf sie in einen Korb, in dem die schmutzige Wäsche der letzten sechs Wochen lag, dann hängte sie die Decken zum Lüften aus dem Fenster zum Hof. Sie machte das Bett im vorderen Schlafzimmer, öffnete die Läden zur Straße hin, und da es ein schöner Tag war, auch die Fenster. Sie ging wieder in das hintere Zimmer und war dabei, die Schrankfächer gründlich auszuwischen, als sie langsame Schritte auf der Treppe hörte. Jean stieß die Tür auf.

Er kam ins Zimmer, betrachtete das abgezogene Bett und

die Stapel von Büchern und Papieren, die seine Frau aus den Schränken geräumt hatte, während sie arbeitete.

»Das hatte alles seine Ordnung«, sagte er mit großer Missbilligung.

»Ich lege alles wieder so hin, wie ich es vorgefunden habe«, antwortete sie, »nur ohne den Staub.«

»Wirf nichts fort.«

Auf diese überflüssige Anweisung gab sie keine Antwort. Sie glaubte nicht, dass er gekommen war, um sich zu entschuldigen, weil er ihr auf dem Weg vom Hirschen davongeeilt war. Sie fuhr mit ihrer Arbeit fort und wartete, dass er ihr mitteilte, was immer er im Kopf hatte. Aber er blieb lange stehen und sah ihr zu, bevor er es tat.

»Ich werde Damas Kost und Logis anbieten, solange Nicolas fort ist«, sagte er. »Das ziehe ich ihm von seinem Lohn ab. Er macht ein gutes Geschäft dabei.«

»Du meinst, du willst ihn hier einquartieren, in diesem Zimmer?«, fragte Marianne mit einiger Schärfe.

»Ja«, sagte Larcher, und in dem Wort schwang eine gute Portion Ironie, als wollte er sagen: »Wo sonst?«

»Aber das geht nicht. Wir laufen zu allen Tages- und Nachtzeiten durch das Zimmer. Außerdem brauchen wir es als Lagerraum. Und wo soll ich meine Wäsche aufhängen?«

»Das Bett hat doch einen Vorhang. Was wir hier lagern, wird ihn nicht stören.«

»Du willst einen Fremden im Bett deines Sohnes schlafen lassen? Nein, Jean, ich bin dagegen.«

»Ich habe nicht die Absicht«, sagte Larcher in aller Ruhe, »Miete für ein leeres Zimmer zu bezahlen.« Er warf abermals einen Blick auf das ungemachte Bett. »Stell dich darauf ein.«

Ein Tumult der Gefühle tobte in ihr, nachdem Jean wieder in die Werkstatt gegangen war. Sie wusste selber nicht, warum sie die Vorstellung, dass Paul Damas Tür an Tür mit ihr im Bett ihres Sohnes schlafen würde, so sehr störte. Sie war weder prüde noch eine alte Jungfer. Als sie Nicolas hatte wecken wollen und stattdessen ihr Blick beim Licht der Kerze auf Pauls Gesicht gefallen war, hatte darin nichts Anstößiges gelegen, nichts Ungebührliches, es hatte sie nur ein überraschter Blick aus weit offenen Augen getroffen, die von der plötzlichen Helligkeit geblendet waren. Und sie selbst war züchtig bekleidet gewesen, mit einem Schal über dem Nachtgewand. Der Vorfall war unwichtig. Paul das Zimmer zu überlassen, bedeutete lediglich eine winzige Unbequemlichkeit, aber gleichzeitig würden sie alle daran verdienen – dennoch widerstrebte ihr der Vorschlag. Dieses Widerstreben mischte sich mit der Empörung über Jean am Morgen, als er sie auf dem Weg zurück vom Hirschen einfach nicht beachtet hatte, und in diesem aufgebrachten Zustand setzte sie ihre Arbeit fort.

Sie hörte Paul nicht ins Haus kommen, aber als sie hinunterging, um das Mittagsmahl vorzubereiten, sah sie ihn neben Jean stehen, vertieft in seine Arbeit.

Gegen Mittag verließ Jean die Werkstatt, setzte sich die Mütze auf den Kopf und ging mit einem Bündel in der Hand fort. Er sagte nicht, wohin. Wenig später kam Paul in die Küche und ging von dort in den Hof. Als er wieder hereinkam, blieb er bei der Tür zur Binderei stehen. Marianne saß am Tisch, sie hatte ein Wäschestück aus weißem Stoff auf dem Schoß und flickte es. Seit dem Tag, als er anfing, für Larcher zu arbeiten, hatte er kaum zwei Worte mit ihr gewechselt. Er wusste nicht, ob sie ihn mochte oder nicht. Er hatte das Gefühl, dass er es sich selbst und seiner Anstellung schuldete, eine Verständigung mit ihr herzustellen. Auf dem Tisch standen drei Schüsseln und drei Löffel, wie er es bisher jeden Tag gesehen hatte. Heute war ein Gedeck für ihn. Er kam wieder in die Küche und stellte sich vor sie. Sie zog den Faden in voller Länge durch den Stoff, bevor sie zu ihm aufsah, und ihr Blick war weder kalt noch freundlich, sondern fragend.

»Ich wollte Ihnen danken«, sagte Paul, »dass Sie mir Kost und Logis angeboten haben. Es ist ein sehr anständiges Angebot.«

Marianne senkte die Augen wieder auf die Arbeit, und er sah, wie sich ihre Schultern in einem winzigen Zucken hoben.

»Es ist wirklich sehr freundlich von Ihnen«, sagte er und wartete.

Sie sah wieder auf und nahm seinen Dank mit einem abwehrenden Halblächeln entgegen. »Das Angebot kam von Jean.«

»Ich habe dem Meister gesagt, dass ich ein Zimmer miete, nicht so angenehm wie dieses hier, aber ich habe im Voraus bezahlt. Zu wechseln wäre schwierig. Und mit den Mahlzeiten komme ich morgens und abends zurecht, aber es wäre mir sehr recht, die Mittagsmahlzeiten mit Ihnen einzunehmen.« Er lächelte freundlich. »Es wäre eine erhebliche Bürde für Sie, Mademoiselle, einen Logiergast aufzunehmen, und viel zusätzliche Arbeit.«

»Wenn Sie ein eigenes Zimmer haben«, sagte Marianne, »ist es verständlich, dass Sie es behalten wollen. Alles andere wäre kein besonderes Aufhebens.«

Ihre Miene drückte deutliche Erleichterung aus, und trotz seiner eigenen Erklärungen traf es Paul empfindlich, dass sie ihn nicht allzeit als Familienmitglied im Haus haben wollte. Jean war über Pauls Ablehnung des Angebots sichtlich verärgert gewesen. Paul wusste, dass er wieder an die Arbeit gehen sollte, obwohl er bei Marianne nichts erreicht hatte. Er suchte nach einem Thema, mit dem er das Gespräch fortsetzen konnte. Er erwähnte Nicolas und dessen Reise und sah, wie ihr Gesicht sich verschloss. Dann fiel ihm das Pamphlet ein, das er seit

dem Tag der Hausdurchsuchung grundlos bei sich in der Tasche
trug. Weil er neugierig auf ihre Reaktion war, zog er das Heft
hervor und legte es ihr auf die Knie.

Sie steckte die Nadel fest in den Stoff und nahm die Schrift
über den umhergeisternden Scarron ohne sichtliche Erregung
und auch ohne ein besonderes Interesse in die Hand.

Paul beobachtete sie, so, wie Monsieur den König beobachtet
hatte, aber während das Gesicht des Königs unbewegt geblieben war, sah Paul, dass sich in Mariannes Mundwinkel ein Lächeln bildete. Sie betrachtete das Bild, blätterte das Heft durch,
so, wie der König es getan hatte, bezähmte ihr Lächeln und sah
Paul an.

»Warum zeigen Sie mir das?«

»Zu Ihrem Amüsement. Weiß der Himmel, ich bin klug
genug, es dem Meister nicht zu zeigen.«

»Woher haben Sie es?«

»Ich habe es gefunden«, sagte Paul, »im Rinnstein auf dem
Quai beim Pont Neuf.«

»Dafür, dass es im Rinnstein lag, ist es sehr sauber.«

Darauf antwortete er nicht. Er wusste, dass sie ihm nicht
glaubte, aber die Wahrheit war zu kompliziert und würde ihm
nicht mehr nützen als das, was er gesagt hatte. Aber eins konnte
er noch erwähnen.

»Es war an dem Tag, als die Durchsuchung stattfand, in meiner Tasche. Ich bin in kalten Schweiß ausgebrochen, als mir das
einfiel.«

»Das glaube ich«, sagte sie.

»Aber es ist amüsant.«

Sie betrachtete wieder das Bild von dem geketteten König
und dachte, dass es hauptsächlich deshalb amüsant war, weil es
verboten war. Sie fragte sich, ob Jean, wenn er das Heft sähe,
es als seine Pflicht betrachten würde, den Vorfall der Polizei

zu melden, und da sie von seiner Loyalität zum König und zu La Reynie – besonders zu La Reynie – wusste, kam sie zu dem Schluss, dass er es tun würde. Sie hielt Paul das Heft hin. Er schüttelte den Kopf und nahm es nicht.

»Zerstören Sie es für mich.«

»Ich sollte es«, sagte sie, endlich mit einem freien und offenen Lächeln, »meinem Mann zeigen.«

Paul schwieg. Er erwiderte ihr Lächeln und freute sich über den kleinen Triumph. Außerdem sah er erfreut die Farbe und Wärme, die beim Lächeln in ihr Gesicht stieg. Er wusste, dass sie ihn nicht verraten würde. Er ging wieder an die Arbeit, und im nächsten Moment hörte sie ihn pfeifen, so, wie er oft gepfiffen hatte, wenn Nicolas und er allein in der Werkstatt waren. Sie erkannte die Melodie, aber die Worte waren ihr entfallen.

Ihr war klar, dass Paul sich soeben in ihre Hand begeben hatte. Und ihr war auch klar – aber davon hatte Paul keine Ahnung –, dass der lange lächelnde Blick, den sie mit ihm gewechselt hatte und mit dem sie ihm Sicherheit gewährte, ihrer aufgebrachten Haltung Jean gegenüber entsprang, die wiederum darin gründete, dass sie sich am Vormittag doppelt über ihn geärgert hatte. Es war ihre private Rache, die Jean allerdings nicht zum Schaden gereichen würde. Sie stellte sich auf Pauls Seite, gegen Jean, und teilte mit ihm ein Geheimnis.

Das war der Anfang. Paul fügte sich ohne Weiteres in die Gewohnheiten der Larchers ein. Da er von Natur aus höflich und geduldig war und es leichter fand, Dinge zu umgehen, wenn sie ihn störten, statt sich zu beklagen, ertrug er Jeans Wortkargheit und ließ sich nicht anmerken, ob er sie wahrnahm. Am Mittagstisch fiel Larchers Einsilbigkeit mehr auf als bei der Arbeit. Für Marianne war dieses Verhalten ihres Mannes nichts Neues und ein düsteres Schweigen kaum anders als ein nachdenkliches. Doch weil Paul mit am Tisch saß, fiel es ihr stärker auf, und sie beobachtete ihn verstohlen, um zu sehen, wie er damit zurechtkam.

Er machte keine Anstalten, mit Jean oder ihr ein Gespräch anzufangen. Nach ein paar Tagen sprach Jean hin und wieder ein paar Worte zu seinem Gehilfen. Anfangs beredeten sie Dinge, die mit der Werkstatt zu tun hatten und mit anfallenden Aufgaben, aber nach einer Weile kamen sie auf andere Themen zu sprechen, auch auf die Nachrichten des Tages. Selten redeten sie über kontroverse Dinge, wie Paul und Nicolas das auf dem Uferweg unter den Ulmen getan hatten, aber wenn die Sprache doch darauf kam, beugte Paul sich mit dem Wind, ein biegsamer Halm im Gras. Er stimmte mit Jean weniger überein als mit Nicolas, aber er sah keine Veranlassung, die Ideen des einen oder anderen zu verfechten. Er behielt seine Meinungen für sich.

Weder Jean noch Paul bezogen Marianne in die Gespräche ein, und sie fand ihrerseits wenig Interesse daran. Aber nachdem Paul bei seiner ersten Annäherung erfolgreich gewesen war, machte er sich in aller Ruhe daran, um ihre Gunst zu werben.

Er pries ihre Küche. Das Essen war wie immer schlicht und nie verschwenderisch, aber Marianne fing an, sich mehr Mühe mit der Zubereitung zu geben. Es gab kleine Beilagen, Pilze und Kresse waren frisch auf dem Markt, und da Paul sonntags nicht bei den Larchers aß, wurde die beste Mahlzeit der Woche ohne eine Erklärung auf den Samstag verlegt. Manchmal und immer wohl dosiert machte er ihr Komplimente zu einer Haube oder einem Schultertuch, und wenn sich die Wirkung dieses Kompliments ein paar Tage später in einer noch hübscheren Haube oder in einem um den Hals geknoteten Band ausdrückte, freute er sich über seine Macht.

Er hatte nicht die Absicht, diese Macht zu missbrauchen. In einem Moment des Übermuts hatte er sich gesagt, er könne in ihr eine Unzufriedenheit mit ihrem Mann wecken. Dann schwand dieses Gefühl, doch selbst als es zurückkam, wollte er das Gleichgewicht nicht stören. Er würdigte ihre Gutwilligkeit und bemerkte mit Freude, dass sie aufblühte. Die Spitze auf ihrem Haaransatz, das rote Satintuch in ihrem Ausschnitt – solcherlei Dinge machten seine Tage heller. Sie trug runde Ohrringe aus Kupfer, schlichte, kleine Ohrringe, aber wenn das Licht in einem besonderen Winkel einfiel, warfen sie einen kleinen runden Schatten auf ihren Hals oder ihre Wange, je nach Neigung des Kopfes, und das fand er entzückend. Eines Tages wachte er mit der Erkenntnis auf, dass Mariannes glatte, helle Haut mit dem warmen Unterton, die grauen Augen mit den schweren Lidern, der volle Hals und das runde Kinn – dass er all das mit einem Mal sehr verführerisch fand. Den nächsten Sonntag verbrachte er, gleichermaßen als Korrektiv, mit dem Mädchen vom Pont Neuf, aber am Montagmorgen erschien ihm die Frau des Meisters attraktiver. Sie entsprach mehr seinem Geschmack.

Und was Marianne selbst anging, so versuchte sie, sich weiszumachen, dass sie den Rat des Abbé Jacques Têtu befolgte, wenn sie sich ein Band um den Hals knüpfte.

Beim Wasserholen am Brunnen in der Rue St. Antoine hatte sie manches über den Abbé herausgefunden. Die Diener vom Hôtel Carnavalet füllten dort ihre Krüge. Es stimmte, dass der Abbé ein Freund von Madame de Maintenon war, und auch der von mehreren anderen vornehmen Damen mit unbeflecktem Ruf. Sie erfuhr, dass er die Gesellschaft von Frauen liebte und eine Schwäche für hübsche Gesichter und eine gute Figur hatte, aber sie hörte auch von seiner großen Frömmigkeit. Er war ein Mann der Kirche; sie konnte darauf vertrauen, dass sein Rat gut war.

Die sonnigen Tage hielten an, sie hinderten das Wachstum

des Getreides auf den Weizenfeldern von Beauce und wärmten die Bettler in Paris. Die Hausfrauen von Paris trugen ihre schmutzige Bettwäsche zum Fluss und wuschen sie dort. Marianne und das Mädchen, das in der Mansarde über den Larchers wohnte, verbrachten ihren Waschtag zusammen. Zu dritt – die Frauen mit den Wäschekörben und Paul, der die Bottiche trug – gingen sie über die Fußgängerbrücke, die vom Quai des Célestins zur Île Louviers führte.

Die Ulmen oben am Uferweg, die jetzt hoch über ihnen aufragten, standen voll im Blatt. Das Ufer lag abgeschieden. Sie waren auf dem Lande, sie alle drei, und dabei kaum mehr als einen Steinwurf vom Port St. Paul entfernt. Ohne Zögern zog sich Simone, das Mädchen, die Schuhe aus, steckte sich den Rock hoch und watete mit dem Bottich ins Wasser, um ihn zu füllen. Vom Fluss aus rief sie Marianne zu, die am Ufer saß: »Wie langsam Sie sind! Und so faul!« Marianne legte die Arme um die Knie, schützte Erschöpfung vor und wartete darauf, dass Paul ging; der aber verweilte, reckte die Nase in die Höhe wie ein Fuchs und schnüffelte in der süßen Luft.

Weil Jean keinen Lehrling einstellte, hatte Marianne tags zuvor die Arbeit eines Lehrlings versehen und Sektionen zusammengelegt, und in dem stillen Raum hatte jedes Senken des stumpfen elfenbeinernen Falzgeräts wie ein lauter Seufzer geklungen. Paul hatte auf der anderen Seite gearbeitet und sicher eine halbe Stunde lang nicht gesprochen. Es gab keinen Grund, anzunehmen, dass er an sie dachte. Auch sie hatte nicht bewusst an Paul gedacht, doch plötzlich spürte sie sein Begehren. Das Gefühl löste in ihr Schrecken und Lust gleichermaßen aus, es durchflutete sie mit solcher Macht, dass sie zu zittern begann. Mehrere Minuten lang wagte sie es nicht, Paul anzusehen. Als sie endlich den Blick hob, saß er so da, wie sie ihn vorher gesehen hatte – über die Arbeit gebeugt, vertieft und der Welt um sich nicht gewahr. Beim Mittagessen und am Abend, als er wie immer einen Moment verweilte, um sich von ihr zu verabschieden, war seiner Stimme nicht anzumerken, dass er anders an sie dachte als in angenehmer Freundschaft. Danach hatte sie sich Vorwürfe gemacht. In ihrer Einsamkeit war sie einer Illusion erlegen. Sie leugnete ihre Einsamkeit nicht, auch nicht, wenn sie am Abend neben Jean im Bett lag, aber ihrem Gespür wollte sie nicht trauen.

Als Simone sie jetzt vom Fluss her rief, empfand sie eine ähnlich irrationale und extreme Scheu wie bei Pauls Anblick im Bett ihres Sohnes, und dann wieder bei Jeans Vorschlag, Paul als Logiergast aufzunehmen. Sie konnte das Gefühl weder erklären noch ihm nachgeben. Während Paul dabeistand, zog sie sich langsam Schuhe und Strümpfe aus und band den Rock hoch. Es gab keinen Grund, sich zu schämen. Im Gegenteil, sie konnte durchaus ein bisschen eitel sein. Ihre Füße waren klein und sauber und wohlgeformt mit einem hohen Rist. Sie nahm ihren Bottich und ging auf dem sandigen Kies zum Wasser, und dabei spürte sie die Brise um ihre Fußgelenke und vertrieb Paul aus ihren Gedanken. Simone rief zu Paul hinauf:

»Wie schade! Sie müssen heute drinnen arbeiten!«

Als Marianne mit dem triefenden Bottich ans Ufer kam, war Paul schon auf der Brücke.

Gegen Mittag machten die Frauen eine Pause. Marianne streckte sich unter den Weiden aus, und Simone setzte sich neben sie, die angewinkelten Arme auf die Knie und den Kopf auf die Arme gelegt. Sie war sehr jung, vielleicht ein Jahr älter als Nicolas. Seit einem Jahr war sie verheiratet, und jetzt erwartete sie ihr erstes Kind. Ihr Mann war Schiffer und genauso jung wie sie. Die beiden hatten keine Verwandten in der Stadt, und Mariannes Freundschaft mit Simone fiel mit dem Anfang der Schwangerschaft zusammen, als Marianne das Mädchen auf der

Treppe antraf, wo es sich, von Übelkeit überkommen, verwirrt ans Geländer klammerte. Den ganzen nächsten Monat konnte Simone an keinem Fischhändler vorbeigehen, ohne sich übergeben zu müssen. Dann setzten sich ihre robuste Gesundheit und ihr Frohsinn durch. Simone glaubte, Marianne habe den Wandel herbeigeführt, und befragte sie unaufhörlich über die Stadien der Schwangerschaft und den Vorgang der Geburt.

Den Kopf auf die Arme gelegt, sah sie zu, wie die Weidenäste in der Brise schwangen und ihre Schatten das Sonnenlicht in Streifen teilten, sodass es gefiltert zu Boden fiel. Ihr Gesicht, rund und rosig und nicht übermäßig hübsch, aber sehr lieb, drückte große Zufriedenheit aus. Ihr Haar war mit einem blauen Tuch auf den Kopf hochgebunden, und darunter waren die Ohren zu sehen. Ein Lächeln umspielte ihren Mund, wie bei einem Kind, das halb wacht, halb schlummert und aller Gedanken ledig ist. Aus dieser Träumerei und ihrem Wohlbefinden heraus sagte sie unvermittelt und ohne Vorrede:

»Der kleine Damas ist in Sie verliebt.«

Marianne machte die Augen weit auf. »Unsinn«, sagte sie.

»Doch, ist er«, sagte das Mädchen friedlich.

»Er könnte mein Sohn sein«, sagte Marianne.

»Ich könnte Ihre Tochter sein«, stellte Simone richtig, »aber Damas ist viel älter als ich. Er ist bestimmt schon dreißig. Außerdem, was hat das damit zu tun?«

»Alles«, sagte Marianne.

Das Mädchen lachte, und ihre kindhafte Miene nahm einen klugen und verschmitzten Ausdruck an.

»Wie kommt es, meine kleine Simone, dass Sie in Ihrem Alter so weise sind?«

»Ich habe beobachtet, wie er Sie ansieht«, sagte das Mädchen.

Marianne hielt eine Hand als Schutz vor den Sonnenstrahlen

hoch. Es war verblüffend, wie wohl sie sich fühlte, ausgestreckt auf der trockenen Erde liegend, wie leicht sich ihr Körper anfühlte, wie fern der Qualen, die Simone vor Kurzem ausgestanden hatte und die ihr noch bevorstanden, bevor ihr Kind sicher auf der Welt war.

Simone verfolgte die Sache mit Paul nicht weiter. Sie wollte über sich selbst sprechen. Marianne beantwortete ihre Fragen, hatte Verständnis für ihre Befürchtungen und gab ihr die altbewährten Ratschläge, während sie dachte: »Ich war auch einmal so jung wie sie und hochschwanger. Ist es möglich, dass ich vier Kinder zu Grabe getragen und betrauert habe und jetzt hier liege, ohne traurigen Gedanken nachzuhängen? Selbst Nicolas fehlt mir nicht.«

»Versprechen Sie mir, dass Sie an meiner Seite sein werden, wenn meine Zeit kommt?«, fragte Simone.

»Ich bin nicht als Hebamme eingetragen.«

»Aber mir wäre wohler mit Ihnen, statt mit einer Fremden«, sagte Simone.

»Dann verspreche ich es Ihnen«, sagte Marianne.

Sie machte sich über Simone keine Sorgen. Das Mädchen hatte einen guten Körperbau und war gesund wie ein kleines Tier. Bei ihrer Entbindung würde es weder für die Hebamme noch für die junge Mutter Schwierigkeiten geben. Deshalb befasste sie sich jetzt mit sich selbst, mit ihrem neuen, wenn auch nicht fremden Ich. Im Licht von Simones Bestätigung dessen, was sie so ängstlich geleugnet hatte, wurde ihr klar, dass sie sich nicht davor fürchtete, von Paul begehrt zu werden, sondern davor, sich sein Begehren einzubilden. Jetzt verstand sie auch ihre Bestürzung in dem Moment, als sie Paul im Bett ihres Sohnes liegen sah. Das hatte nichts mit Nicolas zu tun, sondern damit, dass sie gleich nebenan schlief. Sie empfand die Situation als unsittlich, weil sie dort nicht allein schlief, sondern mit ihrem

Mann. Diese Gedanken hätten sie warnen müssen. Sie ebneten den Weg ins Unglück. Stattdessen war in ihr eine Heiterkeit, wie sie sie lange nicht erlebt hatte, vielleicht in ihrem ganzen Leben nicht.

Sie setzte sich auf und sah, dass die Ackerwinde im Gras alle Blüten geöffnet hatte und der Sonne entgegenreckte. Das ihre Knöchel umspülende Wasser, das Lichtspiel auf den kleinen Wellen, als sie die Wäsche ins Wasser tauchte und ausspülte, all das erfreute sie. Mit Simones Hilfe wrang sie die Leinentücher aus und breitete sie auf der Wiese zum Bleichen aus. Langsam verging der Nachmittag, und allmählich trat die Wirklichkeit der Situation in neuer Form hervor. Denn ein Bedenken zog sich durch ihr neues Glücksgefühl, wie ein alter Wasserfleck, der auf einer frisch verputzten Wand unvermeidlich zum Vorschein tritt. Als Paul kam, um ihnen zu helfen, die Wäsche nach Hause zu tragen, hatte dieses Bedenken neue Klarheit gewonnen.

Sie gingen über die Brücke und passierten den Abendverkehr auf dem Quai St. Paul. In der Rue des Lions stellten sie die Bottiche im Hof ab, und Paul trug für Marianne den Korb mit der feuchten Wäsche in das Zimmer über der Werkstatt. Sie hatte Wäscheleinen quer durchs Zimmer gespannt und wandte Paul den Rücken zu, um sie auf ihre Festigkeit zu prüfen, als sie ihn plötzlich nah hinter sich spürte. Sie erstarrte und hielt den Atem an, und dann spürte sie einen Kuss, nicht auf dem Hals, wo das Tuch verrutscht und die Haut bloß war, sondern auf der Schulter, auf dem Tuch selbst. Es war ein leichter Kuss. Sie spürte kaum die Berührung. Ein solcher Kuss konnte als gestohlen gelten, als unbemerkt; oder aber, wenn sie wollte, konnte sie ihn bemerken. Sie entschied sich, ihn zu übergehen, und Paul trat einen Schritt zurück.

»Kann ich Ihnen noch etwas helfen?«, fragte er.

Ohne den Kopf zu wenden, dankte sie ihm und lehnte sein Angebot ab. »Sie haben für heute genug getan«, sagte sie mit fester Stimme leichthin und, so glaubte sie, ohne einen Unterton, der zu falschen Schlüssen führen konnte.

Er wünschte ihr einen guten Abend und verließ das Zimmer. Sie hörte, wie er auf der Treppe die kleine Melodie zu pfeifen begann, immer dieselbe Melodie. Sie nahm ein Leinentuch, faltete es auseinander und hängte es über die Leine. Das Tuch war schon fast trocken, und es roch nach Fluss, nach Sonne, sogar nach den Weiden, konnte man meinen. Pauls Pfeifen verklang, und jetzt begann sie, die Melodie zu summen. Plötzlich fielen ihr die Worte ein, und leise sang sie vor sich hin. Es war ein Lied aus Brie. Ein Lied, das die Schwester ihrer Mutter gemocht hatte.

La rose de ton blanc rosier
Est une rose blanche.
J'ai pas demandé un baiser
En découpant la branche.

So war es, er hatte nicht um einen Kuss gebeten. Er hatte einen gestohlen. Sie würde es nie erwähnen, und er auch nicht.

»Nein«, sagte sie sich, »er wird mir keinen Verdruss bringen.«

10

Am selben Tag, als Nicolas nach Rouen aufbrach, stattete Monsieur Robert, Procureur du Roi au Châtelet, Monsieur de La Reynie seinen üblichen Montagsbesuch ab. Er ging an La Reynies Barbier vorbei durchs Vorzimmer und traf La Reynie frisch rasiert, aber noch im Morgenmantel, beim Briefeschreiben an. »An Monsieur le Commissaire de La Marre«, begann der Brief, »am 26. April 1694.

Teilen Sie mir heute noch, und zwar so früh wie möglich, mit, was Sie bezüglich der letzten Schmähschrift herausgefunden haben und welche Beweise wir gegen diejenigen zu finden hoffen, die sie gedruckt haben; denn der König wünscht, dass diese Straftat um jeden Preis geahndet wird. Dies ist nur die erste der Forderungen des Königs, von denen ich Ihnen schreibe. Teilen Sie mir bitte mit, ob Händler verhaftet wurden oder ob es Auskünfte von Händlern gibt, mit Angaben über den Drucker oder auch darüber, ob diese Schrift in Paris gedruckt wurde.«

Er unterbrach sich gerade lange genug, um den Besucher zu begrüßen und zu bitten, Platz zu nehmen, dann beendete er den Brief, versiegelte ihn und gab ihn dem Diener, der für die Zustellung sorgen würde.

Robert war ein alter Freund, und die Montagsbesuche waren eine jahrelange Gewohnheit, denn die Gerichtshöfe des Châtelet kamen dienstags zu ihrer ersten Sitzung der Woche zusammen. Roberts Sohn, ein aufstrebender junger Anwalt, diente dem König als *conseiller du Roi au Châtelet*. Über ihn wechselten die beiden älteren Männer zu Beginn ihres Gesprächs ein paar

Worte. Dann wandten sie sich dem Problem der Brotbeschaffung für die Stadt zu.

Während La Reynie seinen Plan umriss, machte Robert die Beobachtung, dass sein Freund in den letzten zwei Monaten stark gealtert war. Das Morgenlicht strömte ins Zimmer, und so mochte es an der Helligkeit liegen, die jede einzelne Furche im Gesicht seines Freundes aufzeigte, oder daran, dass er selbst kürzlich über sein Alter, ähnlich fortgeschritten wie das von La Reynie, befragt worden war, weshalb er jetzt das vertraute Gesicht so genau musterte und ihm die Anzeichen der voranschreitenden Jahre darin deutlicher auffielen: Zwischen den dichten Augenbrauen stand eine tiefe senkrechte Falte, die Augen hatten einen traurigen Ausdruck, und um die vollen Lippen zeugten Falten von lang währender Bekümmernis.

Monsieur Robert hatte den Beschluss gefasst, seinen Dienst zu quittieren, wann immer La Reynie den König um seine eigene Entlassung bat. Womöglich stand dieser Tag kurz bevor, und Monsieur Robert wäre froh darum, doch es schien ihm nicht zuzustehen, auf diese Entlassung zu drängen.

La Reynie sprach ohne emotionale Regung, als er das Problem zusammenfasste und die praktischen Möglichkeiten erörterte, mit denen ihm zu begegnen sei. Die Besprechung näherte sich ihrem Ende, und Monsieur Robert beugte sich nach seinem Hut, den er neben dem Stuhl auf den Boden gesetzt hatte.

»Noch eins«, sagte La Reynie. »Sie halten im Châtelet bestimmte Gefangene, die während der Brotunruhen verhaftet wurden. Ihr Sohn weiß von meinem Widerstreben, sie schwer bestraft zu sehen.«

»Ich werde ihn daran erinnern«, sagte Monsieur Robert.

»Ich stimme Ihnen zu. Es ist nicht der richtige Zeitpunkt, an ihnen vor dem Volk ein Exempel zu statuieren. Aber da ist noch etwas, beinah hätte ich es vergessen. Am Samstag vergangener Woche haben unsere Leute eine Schlägerei unter ein paar Wasserratten aufgelöst. Ein Mann, der aufgrund seiner Verletzung nicht fliehen konnte, wurde festgenommen. Ich will Sie nicht mit Nebensächlichem belästigen. Die Schlägerei war wie jede andere am Quai, nur dass die Männer in diesem Fall wegen eines Pakets mit Pamphleten in Streit geraten waren. Die Schrift handelt vom Geist Scarrons, der Madame de Maintenon erscheint.«

»Ah«, sagte La Reynie.

»Als ich das erfuhr«, sprach Monsieur Robert weiter, »habe ich meinen Sohn gebeten, die Männer sehr gründlich zu vernehmen. Es war eine besonders unverschämte Schmähschrift.«

»Wir haben eine Suche danach durchgeführt«, erwiderte La Reynie trocken.

»Mein Sohn hatte keine Kenntnis von Ihrer Suchaktion.«

»Der König macht diese Schmähschrift zu seiner persönlichen Angelegenheit«, sagte La Reynie. »Was haben Sie erfahren?«

»Nur, dass die Pamphlete zwischen dem Pont au Change und dem Pont Notre-Dame de la Cité in die Seine geworfen wurden, mehr in Richtung Pont au Change. Die eine Gruppe sah, wie das Paket in den Fluss fiel, und hat es herausgefischt. Die anderen haben versucht, es ihnen abspenstig zu machen. Das Paket wurde vermutlich aus einem Fenster oder von der Passage des Œufs, dem einzigen direkten Zugang zum Fluss an dieser Stelle, ins Wasser geworfen. Der Mann weiß, mit welchem Thema sich die Schrift befasst, kann aber nicht lesen.«

»Dann muss einer seiner Freunde des Lesens kundig sein«, sagte La Reynie. »Vernehmen Sie ihn noch einmal.«

»Leider nicht möglich«, sagte Monsieur Robert. »Bei der Prügelei ist ihm ein Auge ausgestochen worden. Und von der Infektion des Auges hat er Fieber bekommen.«

165

»Lassen Sie ihn von einem kompetenten Arzt pflegen.«

»Zu spät. Er starb gestern.«

La Reynie schwieg darauf so lange, dass Robert sagte: »Die Stadt ist voll von solchen Schmähungen. Lieder, Pamphlete, sogar Schnupftabakdosen. Können wir die alle unterdrücken?«

»Wenn die Menschen Brot hätten, gäbe es diese Bitterkeit in ihren Liedern nicht – auch nicht die Aufwiegelung auf Schnupftabakdosen. Wir täten gut daran, den Geist des Monsieur Scarron zurzeit nicht weiter zu beachten. Aber dies ist der Stand der Dinge: Der König verlangt eine Bestrafung der Täter um jeden Preis. Um jeden Preis, verstehen Sie?«

Monsieur Robert verstand nur zu gut. Er verabschiedete sich und ging, und La Reynie blieb mit seinen Gedanken über den extremen Mangel königlicher Weisheit allein.

Niemand widersetzte sich dem König, aber gewöhnlich hörte der König auf Rat. Gewöhnlich war er vernünftig, und obwohl die Bemerkungen in der Schmähschrift, die Madame de Maintenon betrafen, äußerst kränkend waren, besonders die, in denen sie als Kupplerin für den König und St. Cyr als Serail dargestellt wurde, wo sie angeblich junge Frauen zur Verlustierung des Königs heranzog, erschien La Reynie das Beharren des Königs, die Suche zu verstärken und die Schuldigen, sobald sie gefasst waren, mit dem Tode zu bestrafen, in Anbetracht der Umstände völlig unangemessen.

»In Anbetracht der Umstände«, wiederholte er leise. Und dies waren die Umstände: Die Menschen in der Stadt – nicht die Reichen, sondern die normale Bevölkerung – hatten in den letzten Jahren am Rande einer Hungersnot gelebt. Die Stimmung war aufs Äußerste gereizt. Viel fehlte nicht, um eine Rebellion zu entfachen, und was in Paris geschah, wirkte sich auf das ganze Land aus. An den Galgen zu kommen für einen Scherz, wenn auch für einen hässlichen, konnte der Auslöser sein. Der König wusste über diese Umstände genauso gut Bescheid wie La Reynie.

Nun, er hatte versprochen, das in seiner Macht Stehende zu tun, und da er ein ehrlicher Mann war, würde er sein Versprechen halten. Doch jetzt hatte er andere Sorgen, und eine davon war der Fall des Getreidehändlers Roger.

La Reynie war nämlich der Ansicht, dass die Knappheit an Getreide größtenteils von den Bauern und Getreidehändlern verursacht wurde, die das Getreide horteten. Oder besser gesagt, die Knappheit hatte mehrere Ursachen: Der Wertverfall der Münzwährung war eine, aber auch die ungewöhnliche Trockenheit, starke Regen- und Hagelfälle, die zur Zerstörung von Getreide führten, Behinderungen des Schiffsverkehrs auf dem Fluss aufgrund von Überschwemmungen und Vereisung und – wahrscheinlich die wichtigste Ursache – der Rückgang der Importe als Folge des Krieges.

Im August des vorangegangenen Jahres, als Getreide zu dem unfassbaren Preis von fünfunddreißig Livres pro Sester verkauft wurde, schrieb La Reynie an Monsieur de Harlay, den Ersten Präsidenten der Gerichtshöfe von Paris: »Roger hat ein Schiff am l'École. Er verlangt zweiundvierzig Livres pro Sester.« Der Vorfall war in seiner Erinnerung verankert, weil er am selben Tag den Bericht erhalten hatte, dass in einem Brunnen die Leiche eines Kindes gefunden worden war. Die Eltern hatten das Kind ertränkt, weil sie ihm nichts zu essen geben konnten. Sein Brief an Harlay hatte mit den Worten geendet: »Offenbar hat dieser Mann kein französisches Herz.« Im März 1694 lag Roger wieder am Port de l'École mit Getreide, das er verkaufen wollte, und Monsieur Harlay hatte einen Plan, wie er mit ihm verfahren wollte.

Roger war vormals offiziell als Hugenotte bekannt gewesen. Nach der Aufhebung des Edikts von Nantes, das Mitgliedern der Reformierten Religion – oder der Vorgeblich Reformierten Religion, je nach Sichtweise – schwere wirtschaftliche Strafen auferlegte, hatte er seiner Rekonvertierung zum Katholizismus zugestimmt. Der Erste Präsident der Gerichtshöfe schlug jetzt vor, Roger unter dem Vorwand, ein *mal converti* zu sein, ohne Aussicht auf einen Prozess zu verhaften, denn seine überhöhten Getreidepreise allein waren kein ausreichender Grund. Auf diese Weise würde Roger seine Privilegien als Bürger Erster Klasse verlieren, seine Rechnungsbücher würden überprüft und seine Lager durchsucht werden, ohne dass es eines königlichen Befehls bedurfte.

Weit mehr als der Erste Präsident und auch mehr als der König hatte La Reynie den Wunsch, Roger zur Übergabe seiner versteckten Getreidevorräte zu zwingen. Im vergangenen Herbst war es nämlich vor La Reynies Haus in der Rue Boulloy zu einem Protest aufgebrachter Frauen gekommen. Er war persönlich hinausgegangen und hatte mit ihnen gesprochen. Er hatte ihre erregten Stimmen gehört, er hatte ihre Gesichter gesehen, und er hatte an Harlay geschrieben: »Diese Frauen, die ihre Kinder sterben sehen, waren nicht um ihr eigenes Leben besorgt.« Er konnte ihre Empörung und ihre Gesichter nicht vergessen. Dennoch schrieb er jetzt an Harlay:

»Was Ihren Vorschlag angeht, den Getreidehändler Roger unter dem Vorwand festzunehmen, ein *mal converti* zu sein, um ihm dann seine erhöhten Getreidepreise vorzuwerfen, so kann ich mir nicht vorstellen, woher eine solche Idee stammt, aber es fällt mir nicht schwer (da Sie von mir in diesem Punkt eine Stellungnahme verlangen), deutlich zu antworten, dass ich einem solchen Vorgehen niemals zustimmen werde und mir diese Handhabung um vieles verwerflicher erscheint als das Übel, das man damit aus der Welt zu räumen gedenkt.«

Damit war die Angelegenheit Roger vorerst abgeschlossen,

denn obwohl Harlay als oberster Jurist der Stadt offiziell über La Reynie stand, war es andererseits so, dass La Reynie für den König sprach und einzig und allein dem König Rechenschaft schuldig war.

Das Problem, die Stadt zu ernähren, blieb. Man hatte es mit einer Almosenausgabe aus der Geldbörse des Königs versucht; im Hof des Louvre waren Brotöfen aufgestellt worden. In allen Gemeinden wurde Brot verteilt. Im März 1694 wurde der Getreidepreis erneut festgelegt, was nur dazu führte, dass es so gut wie kein Getreide auf dem Markt gab. Darauf wurde die Preisbegrenzung aufgehoben, und Brot kam wieder auf den Markt, aber zu Preisen, die nur wenige bezahlen konnten.

La Reynie hatte seine Hoffnung auf die kommende Ernte gesetzt, aber als die wolkenlosen Tage zu Wochen wurden, begann diese Hoffnung zu schwinden, und seine Korrespondenz brachte immer öfter seine neue Besorgnis zum Ausdruck. »Wenn Gott keine Hilfe schickt, dann weiß ich nicht, was aus uns werden soll.«

Auch das Volk kam auf die Idee, dass es Zeit sei, Gott um Hilfe zu bitten. Dies war die Stadt der heiligen Geneviève. Schon manches Mal hatte sie sich für die Stadt verwendet. In besonders verzweifelten Stunden, wenn ihr Schrein von der Kirche auf dem Hügel in feierlicher Prozession zur Kathedrale auf der Insel getragen worden war, hatte sie Wunder gewirkt. Jetzt war sie lange Zeit nicht gestört worden. Deshalb musste dies einfach der richtige Zeitpunkt sein, von ihr eine so geringe Gunst zu erflehen wie Regen für die bevorstehende Ernte.

Der Wunsch nach einer Zeremonie ging vom Volk aus und wurde ihm schließlich durch eine Proklamation gewährt.

Aber Angelegenheiten, die umfassender Formalitäten und komplexer Rituale bedürfen, brauchen ihre Zeit. Den ganzen April hindurch und in den ersten Maiwochen trocknete die

Erde überall im Land zusehends aus, und der junge Weizen ließ die Ähren hängen. Erst am einundzwanzigsten Mai kam es zu der öffentlichen Proklamation, in der es hieß: »Seine Majestät, in Seiner umfassenden Güte für Seine Untertanen und in besonderer Zuneigung zu der Bevölkerung von Paris, wünscht, dass es eine feierliche Prozession mit dem Schrein der heiligen Geneviève geben soll, damit die Menschen, im Gebet vereint und durch die Fürbitte der heiligen Geneviève unterstützt, Gott um eine gute Ernte und andere Gnaden bitten können, an denen es dem Königreich gebricht.« Inzwischen war alles so gut vorbereitet, dass auch der Tag für die Zeremonie sowie die Anordnungen der Kirche für die große Prozession, bis hin zum letzten Gebet und Kniefall, veröffentlicht werden konnten. Die Prozession sollte am Donnerstag, den siebenundzwanzigsten Mai, drei Tage vor dem Pfingstfest stattfinden, sodass es von Montag bis Mittwoch davor für die Stadt Gelegenheit gab, sich spirituell darauf vorzubereiten.

Die Ankündigung erfolgte mit Ausruf und Trompetensignal auf jedem Marktplatz der Stadt, vor den Kirchen, auf dem Pont Neuf und unter dem Standbild des Königs auf der Place des Victoires. Das geschah an einem Freitag. Am Samstag erschien die Proklamation zusammen mit den Anweisungen der Kirche auf gedruckten Blättern, die überall in der Stadt ausgehängt wurden und in allen Buchhandlungen zum Verkauf lagen. Am Sonntag wurde sie von jeder Kanzel verkündet und erläutert. Dass jemand über die Prozession nicht Bescheid wusste, war ausgeschlossen.

Am Montag gingen von jeder Kirche – ob Klosterkirche, Abteikirche oder Gemeindekirche – Prozessionen aus, die zunächst zur Kathedrale Notre-Dame führten, und von dort begann der stetige Anstieg zur Kirche St. Geneviève auf dem Mont; dann zurück zur eigenen Kirche. Hinter den Geistlichen, die mit Krummstäben und Weihrauchfässern ausgestattet waren, Bußgesänge intonierten und die heiligen Reliquien ihrer Kirche trugen, gingen die Gemeindemitglieder. Zu jeder vollen und halben Stunde setzte sich eine Prozession in Bewegung, von jeweils zwei Kirchen in verschiedenen Bezirken der Stadt, und da die Wege oft lang waren und die Prozessionen nur langsam vorankamen, konnte es sein, dass eine Prozession auf dem Weg vom Mont herunter einer anderen begegnete, die gerade von ihrer Kirche aufgebrochen war, und all die Tage, vom Morgengrauen am Montag bis zur Dämmerung am Mittwoch, war unablässig der Gesang der Prozessionsteilnehmer zu hören. Er vermischte sich mit den anderen Straßengeräuschen – mit dem Schlagen von Hammer und Meißel und den Rufen der Händler, mit Tierschreien und dem Quietschen ungeölter Achsen.

Vor der Kathedrale sowie vor der Kirche der Heiligen war ständiger Gesang zu hören, und die Kirchenglocken läuteten unaufhörlich. Jede Prozession begann mit dem *Exsurge Domine*. Bei der Kathedrale wurde zunächst die Heilige Mutter Gottes angefleht, danach wurden die anderen Schutzheiligen der Stadt Paris, St. Denis und St. Marcel, angerufen. Auf dem Montagne Sainte-Geneviève intonierten die Menschen in der Prozession: *»Parce Domine, parce populo tuo; ut dignis flagellationibus castigatus, in tua miseratione respiret, per Christum.«* Wenn die Menschen sich niederknieten, konnten sie zu dem Schrein aufsehen, der, noch verhüllt, auf einem sehr hohen Podest stand. Sie konnten die Jaspissäulen und die geschnitzten Cherubim sehen, und sie versuchten, sich den Sarkophag vor Augen zu rufen, so, wie sie ihn vor langer Zeit gesehen hatten oder wie man ihn beschrieben hatte, eine kleine Kiste, kaum einen Meter lang, mit einem spitzen Dach, wie eine kleine Kirche aus Silber, mit Gold überzogen und von Edelsteinen besetzt, ein Sarg von fabelhaftem

Wert. Darin lag die Asche der Heiligen, die ein guter, einfacher Mensch gewesen war, eine Schäferin, und in ihrer sterblichen Existenz nie Edelsteine getragen hatte.

Ein Ablass von vierzig Tagen wurde von der Kirche all denen gewährt, die an den Prozessionen teilnahmen, und damit niemandem, weder Mann noch Frau, diese Vergünstigung vorenthalten wurde, oblag es dem Procureur Général, die Armen der Stadt, also diejenigen, die von der Kirche oder der Krone Almosen empfingen und auf Kosten der Stadt im Hôpital des Petites Maisons wohnten, in einer Prozession anzuführen. Um zu gewähren, dass alles seine Richtigkeit hatte, teilten die Commissaires de Police den Einwohnern ihrer jeweiligen Gemeinde mit, sie müssten am Dienstag zur Stelle sein, den Rosenkranz in der Hand und bereit, an der Prozession teilzunehmen, sonst würden ihnen zur Strafe die Almosen für einen Monat entzogen.

Am Dienstag um vier Uhr, angeführt von dem Küster, der das Kreuz trug, und unter der Obhut der Commissaires, setzte sich die Prozession der Armen in Bewegung, erst die Männer, jeweils vier nebeneinander, dann die Frauen, danach die wenigen Geistlichen der Armenhäuser. Die Route war festgelegt und die Prozession so geplant, dass sie um sieben Uhr bei der Kathedrale ankommen würde. Jeder Teilnehmer hatte am linken Unterarm eine Markierung, zum Beweis, dass er bei der Prozession dabei war. Sie marschierten in der vorgeschriebenen Reihenfolge ihrer Gemeinden, eine lange Prozession. Vor der Heiligen stellten sie das lebende Zeugnis der Bedürftigkeit ihrer Stadt dar, sie trugen keine kostbaren Reliquien und keine Weihrauchfässer, und die wenigen Geistlichen der Armenhäuser am Ende des Zuges fielen kaum auf, sodass es eine Prozession allein der Armen und der Polizei zu sein schien.

Der Mittwoch wurde zum Fastentag erklärt, und am Mittwochabend hatten die Umzüge ein Ende. Die heiße, rote Sonne hing als riesiger Ball am Horizont und ergoss ihr feuriges Licht über das Wasser der Seine.

In der Rue du Boulloy zog sich Monsieur de La Reynie früh zurück. Bei der Zeremonie am nächsten Tag kam ihm eine wichtige Rolle zu, die seine Kräfte in Anspruch nehmen würde. Aber er war froh über die Gelegenheit, nicht nur, weil der Himmel angerufen wurde, sondern auch, weil er einen Beitrag leisten würde.

»Aber all dies«, so machte er sich klar, als er seine Perücke und den Rock ablegte, »bedeutet nicht mit Sicherheit, dass es Regen geben oder die Ernte gerettet wird. Mir mangelt es nicht an Vertrauen an die gute Heilige, aber Gott wird den Menschen seine Gnade gemäß seinen unerforschlichen Ratschlüssen zuteilwerden lassen oder verweigern. Sollte die Prozession keinen Regen bringen, darf ich keine Bitterkeit in mein Herz einlassen, weder dem Herrn gegenüber noch seiner Heiligen. Und trotzdem …«

11

Jean Larcher und seine Frau nahmen am Dienstag an der Wallfahrt der Gemeinde St. Paul teil. Sie gingen um elf Uhr von der Rue St. Paul los, marschierten unter wolkenlosem Himmel und kamen am späten Nachmittag erschöpft wieder in der Rue des Lions an. Paul Damas, der sich eher der Gemeinde des Viertels zugehörig fühlte, wo er arbeitete, als der, wo sein Zimmer war, ging neben Jean. Seit seiner Ankunft in Paris war er nicht einmal bei der Beichte gewesen.

Am Mittwoch lag Marianne noch lange nach Sonnenuntergang wach. Es lag nicht an der Hitze, dass sie nicht schlafen konnte, denn so heiß war es gar nicht. Jean schlief, er schnarchte leise und gab manchmal ein gurgelndes Geräusch von sich, und nach einer Weile stupste sie ihn an, worauf er sich auf die Seite drehte und leise weiterschlief. Die sonnigen Tage hatten die Luft erwärmt, und nach drei mit Gebeten, Gesängen und Glockenläuten gefüllten Tagen war die Stadt überflutet von Emotionen. Die Prozession am Dienstag und Mariannes eigene Bemühungen, vor dem verhangenen Schrein zu beten, hatten in ihr eine Sehnsucht bestärkt, die weit in ihre Jugend zurückging, aber auch in die trübe, monotone Zukunft reichte.

Sie lag neben Jean, lang ausgestreckt und still, und dachte an ihre ersten Regungen von Liebe in ihrer Jugend, die niemanden im Sinn hatten, sondern nur vom erwachenden Begehren herrührten. Dann hatte sie geheiratet, und die Liebe verlor alles Geheimnisvolle und Übermächtige; sie wurde eine Bürde, ein Gewicht auf ihrer Brust, aber auch eine Schulter, an der sie in kalten Nächten Schutz fand. Den Kindern hatte sie ihre Kräfte gewidmet, ihnen hatte sie ihre Zärtlichkeit geschenkt. Sie hatte immer sehr viel gearbeitet. Die Werkstatt, die Küche, die Marktgänge, wieder die Kinder, Krankheit und Tod, ihre Aufgaben, wenn auch nicht ihr Beruf, als Hebamme hatten die Tage gefüllt. Sie hatte nicht die Zeit gehabt, ihre Kinder wirklich zu betrauern; auch keine Zeit, genauer über das Wesen der Liebe nachzudenken. Sie hatte sich nie gefragt, ob sie in ihren Mann verliebt war. Sie hatte angenommen, dass es so war. Jean war ein guter Ehemann, ein sehr guter sogar, nach gängigen Vorstellungen. Aus dieser Gewissheit heraus und auch in dem Bewusstsein, dass sie ihm eine gute Ehefrau war, hatte sie keinen Grund gesehen, warum sie sich nicht an Pauls unausgesprochener Zuneigung erfreuen sollte. Hier zeigte sich die Liebe mit einem Gesicht, das sie nie zuvor gesehen hatte. Die Süße der Gefühle, die sie in ihr weckte, war schier überwältigend.

Sie war nicht so naiv, anzunehmen, dass es immer so weitergehen konnte. Ihr eigenes Leben verlief in festen Bahnen; dass sich das ändern könnte, kam ihr gar nicht in den Sinn. Aber Paul würde sich ändern, das war ihr bewusst, und da er bei ihr nicht weiterkommen würde, müsste er sich zurückziehen. Schon wenige Tage, nachdem er ihren Schal mit den Lippen berührt hatte, begann dieser Rückzug. Sie hatte kleine Zeichen davon wahrgenommen, und das machte sie traurig.

Unter dem Schrein in der Kirche der Heiligen kniend, hatte sie versucht, für das Wohl Frankreichs und für Nicolas' Sicherheit zu beten, aber es war ihr schwergefallen, sich auf das Gebet zu konzentrieren. Ständig wanderten ihre Gedanken zu dem jungen Gehilfen ihres Mannes, der in einiger Entfernung neben Jean kniete. Und während sie von der Andacht der Männer und Frauen um sich herum, die ihre Köpfe im Gebet gesenkt hielten, ebenso bewegt war wie von ihrem eigenen religiösen Empfinden, spürte sie zugleich ein Verlangen in sich aufsteigen, das sich damit vermischte und von derselben Heftigkeit war wie die Qualen der Jugend, mit denen sie längst abgeschlossen zu haben glaubte.

Da sie nicht schlafen konnte, setzte sie sich auf und schlang die Arme um die Knie. Jean regte sich nicht. Sie stieg aus dem Bett, ging zum Fenster und öffnete es. Ein Sternenzelt spannte sich über den Dächern der Nachbarschaft. Die Stadt schien verlassen, alles war still. Alles wartete auf den Morgen, auf das Wunder.

Sie lehnte sich hinaus und stützte die Hände auf den Fensterrahmen, dessen abblätternde Farbe taufeucht war, und als sie die sanfte Luft einatmete, nahm sie einen Duft wahr, unvertraut und sehr süß, von einer nachtblühenden Pflanze in einem der ummauerten Gärten in der Nähe. Auf dem Lande müsste in einer so warmen und stillen Nacht wie dieser eine Nachtigall singen. Ihr Verlangen schien unerträglich. Sie zog die Schleife an der Nachthaube auf, nahm sie ab und schüttelte ihr Haar. Sie lockerte das Nachthemd am Hals, damit die frische Luft ihre klamme Haut erfrischen konnte. Am liebsten hätte sie sich das Nachthemd ausgezogen und die Luft an ihren Körper gelassen. Mit den überall geschlossenen Fensterläden war die Straße so privat wie ein leeres Zimmer. Aber selbst in dieser Einsamkeit würde Nacktheit als sittenlos betrachtet. Ihr fiel eine Geschichte über die Landmädchen in Brie ein, von denen gesagt wurde, sie würden »den März willkommen heißen«, indem sie am ersten Märztag beim Morgengrauen zur Haustür kamen und sich den Rock über den Kopf warfen. Zweifellos standen auch die jungen Männer beim ersten Licht auf und beobachteten das Treiben durch die Ritzen der geschlossenen Läden. Eine gute, freimütige Sitte, dachte sie mit einem gewissen Neid.

Am anderen Ufer des Flusses, auf dem Hügel, den die Pariser

den Berg der heiligen Geneviève nannten, hielten die Priester des Ordens in der Abteikirche Wache.

Die Mitternacht zog vorüber. Nach den Nones trat der Abbé in bischöflichem Ornat an den Altar und erteilte, nach Liturgie und Confiteor, seinen Priestern die Absolution, als wäre es Aschermittwoch. Als das Dankgebet gesprochen war, zogen zwei Priester in Messhemden und Stolen die Verhüllung vom Schrein. In dem Moment begannen alle Glocken der Abtei zu läuten, der Chor stimmte auf Knien das *Beata Virgo Genova* an, und das Läuten wie auch der Gesang erklangen, während der Schrein an Seilen auf die Schultern der vier ältesten Priester gesenkt wurde, die sich im Voraus mit Gebeten und Fasten auf diese große Ehre vorbereitet hatten.

Das war zwischen drei und vier Uhr morgens. Das Glockengeläut erschallte über der Stadt, und der sanfte Wind trug die hellen Klänge bis aufs Land hinaus. Marianne hörte es nicht, da sie inzwischen fest schlief, aber in Kapellen überall in der Stadt wussten die Frommen, während sie Wache hielten, was auf dem Mont vonstattenging.

Beim Morgengrauen hielt die Kutsche von Monsieur de La Reynie auf dem Platz vor den Kirchen St. Geneviève und St. Étienne-du-Mont, und als er aus der Kutsche stieg, entließ er seinen Kutscher mit dem Auftrag, ihn um sechs Uhr abends am Palast des Erzbischofs abzuholen. Ein langer Tag lag vor ihm.

In seiner roten Robe, ohne Hut, aber mit Perücke, überquerte er den Platz vor den beiden Kirchen. Im Garten der Abtei sang ein gemischter Chor aus Amseln, Drosseln und Buchfinken. Die Sonne war noch nicht am Horizont aufgestiegen, aber der helle Himmel verhieß wiederum einen klaren Tag. Auf den Pflastersteinen glitzerte der Morgentau. Die Fassaden der Kirchen erhoben sich schattenlos vor ihm, Schulter an Schulter eine Einheit bildend, und doch sehr unterschiedlich. Die Fassade von St. Geneviève war alt und in ihrer Schlichtheit streng, die von St. Étienne reich verziert im Stil der Renaissance.

Eine Gruppe von Herren, alle in roten Roben wie er selbst, erwartete ihn am Portal der Kirche St. Geneviève. Das war die offizielle Delegation vom Châtelet, darunter auch sein Freund Robert und Monsieur Lamoignon der Jüngere, der an diesem Tag während der Abwesenheit des Schreins als Unterpfand des Châtelet zurückbleiben würde. Auch ein Kanoniker von Notre-Dame, ein Ratsmitglied des Parlaments von Paris und ein Meister des Rechnungshofes würden zurückbleiben. Als La Reynie näher kam, hob er seinen Blick von den rot gekleideten Gestalten vor dem Portal zu der Steinstatue der Heiligen darüber; sie stand aufrecht und schmal wie eine Säule, eine junge Frau, ein Buch in der einen Hand, in der anderen eine brennende Kerze, und über ihre Schultern blickten auf der einen Seite ein Dämon, der die Kerze zu löschen versuchte, und auf der anderen ein Engel, der sie schützte. Die Heilige stand lächelnd und von dem himmlischen Streit an ihren Schultern nicht bekümmert. La Reynie grüßte sie still, bevor er sich seinen Freunden zuwandte. Als er das letzte Mal gekommen war, um ihren Schrein zu übernehmen, war er um einiges jünger und seine Gesundheit robuster gewesen. Die Heilige war so jung wie eh und je.

Er und seine Gruppe verneigten sich vor dem Abbé, worauf der sie zu dem Schrein führte, auf dass sie ihm ihre Ehrerbietungen zeigten. Dann erhielt La Reynie vom Abbé, wie schon bei den vorherigen Malen in mündlicher und schriftlicher Form, die Zusage, dass ihm von dieser Stunde an bis zu dem Zeitpunkt, da der Schrein wieder auf sein hohes Podest gesetzt wurde, die Vormundschaft dafür überlassen wurde. Er wie auch seine Begleiter schworen, die heilige Reliquie nicht aus den Augen zu lassen und sich allzeit in ihrer Nähe aufzuhalten. Monsieur de Lamoignon trat seine Rolle als Unterpfand an. Nachdem die

Dokumente unterschrieben waren, wurden sie in sichere Verwahrung gegeben, und die Herren des Châtelet nahmen ihre Plätze beim Schrein ein.

Um sieben traf die Abordnung des Parlaments ein, auch sie in roten Roben. Die Männer huldigten dem Schrein und bekamen Plätze in der Nähe der Polizeiabordnung. Um neun waren es die Geistlichen von Notre-Dame, die mit Schätzen aus der Kathedrale eintrafen, Reliquien, die in der Abteikirche bleiben würden, bis der Schrein wieder an seinem Platz war. Zu guter Letzt wurde der Schrein des heiligen Marcel, getragen von Vertretern der Goldschmiedezunft, mit allen Ehren am Kirchenportal empfangen, und somit wurde die alte Zusage eingehalten, dass die heilige Geneviève ihren Platz erst dann verlassen würde, wenn der heilige Marcel zu ihr gekommen war.

Um zehn war die Prozession so weit, dass sie sich in Bewegung setzen konnte. Dies war eine Prozession der Geistlichkeit, des Parlaments, der Magistraten der Stadt sowie der Altmeister der Zünfte, und das Volk stellte das Publikum dar.

Endlich zogen sie los. Der Abt von St. Geneviève in weißem Gewand und barfuß, eine Gestalt von Gnade und Demut, ging inmitten seiner Priester und erteilte, während er voranschritt, mit ausgestreckter Hand seinen Segen. Der Erzbischof von Paris, ein alter gebrechlicher Mann, wurde in einer Sesselsänfte getragen, die mit purpurrotem Samt ausgeschlagen und mit goldenen bourbonischen Lilien bestickt war. Sein Haupt wurde von der weiß-goldenen Bischofsmütze niedergedrückt. Ein Diener ging hinter ihm und hielt einen Sonnenschirm über ihn. Die Sänfte schwang sanft beim Tragen, und der Bischof ebenfalls, während er zu beiden Seiten seinen Segen erteilte. Hinter ihm wurden die Schreine der beiden Heiligen unter dem Geleit einer doppelten Ehrengarde aus Geistlichkeit und Polizeibeamten getragen.

Die Menge war stumm, als die Prozession näher kam. Außer dem monotonen Gesang der Geistlichen vor ihm konnte La Reynie das Klicken von Rosenkränzen und ein Gebetsmurmeln hören, doch als die Menschen den Schrein mit der Krone und dem Kreuz, beides im Sonnenlicht funkelnd, erblickten, hörte er ekstatisches Stöhnen, das sich zu einem lang gezogenen Seufzer verband und an ihm vorbei nach vorn rauschte, so wie eine schaumbesetzte Welle unter dem Bug eines durchs Wasser gleitenden Bootes. Auf der ganzen Länge der Rue St. Jacques hörte er dieses ekstatische Seufzen, das hin und wieder durchbrochen wurde von einem spitzen Schrei der Verehrung oder Anbetung.

Die Prozession kam nur langsam voran. Der Weg schien länger als damals, vor vielen Jahren. Damals hatte die Sonne nicht die ganze Zeit auf sie niedergebrannt, und es war um besseres Wetter gebetet worden. Mit Erleichterung sah er, dass sie endlich zu dem kleinen Vorplatz von Notre-Dame kamen, und er wusste, dass sie gleich in die kühle gotische Höhle Einzug halten würden, wo er eine Weile ruhen konnte.

Jean und Marianne Larcher waren in der Menschenmenge, die in Sichtweite der Kathedrale kniete und auf den Heiligenschrein wartete. Sie hatten früh ihre Plätze eingenommen und lange gewartet. Jean hatte mehrmals den ganzen Rosenkranz gebetet. Sie hatten gar nicht versucht, Platz in der Kathedrale zu finden, obwohl sie so riesig war. Sie warteten draußen, während drinnen die Messe gefeiert wurde, dann erhoben sie sich steif und gingen zurück in die Rue des Lions.

Marianne hatte Paul zuletzt am Abend zuvor gesehen. Der Tag war für alle ein Feiertag, deshalb gab es keinen Grund, warum er zur Werkstatt kommen sollte. Aber da er mit ihnen zusammen an der Wallfahrt teilgenommen hatte, hoffte sie, er würde mit ihnen zur Prozession kommen. Sie hatte sich mit besonderer Sorgfalt gekleidet, wie es sich für ein solches Ereignis geziemte. Sie war zufrieden mit dem, was sie im Spiegel in der Küche sah, und enttäuscht, dass Paul nicht gekommen war, als es Zeit war, aufzubrechen.

Sie hielt in der Menge nach ihm Ausschau, erspähte ihn aber weder auf dem Weg zur Kathedrale noch in der Menge auf dem Vorplatz. Als Jean und Marianne sich auf den Rückweg machten, sah Marianne in einiger Entfernung Simone und ihren Mann Jules. Sie winkte dem Paar zu und bat Jean, auf die beiden zu warten, aber Jean wollte, durch die dichte Menschenmenge hindurch, so schnell wie möglich nach Hause. Marianne verlor die jungen Leute aus dem Blick, bevor sie selbst die Île de la Cité verlassen hatte.

Marianne und Jean waren noch nicht lange zu Hause, da hörten sie Simones Stimme an der Tür. Simone kam herein, bevor Marianne sie bitten konnte, und zog Jules mit sich. Die beiden waren prächtig angezogen und voller Staunen und Aufregung. Sie hatten den Schrein gesehen, sogar ganz aus der Nähe. Simone war gesegnet worden. Sie hatte das sichere Gefühl, vom Erzbischof persönlich den Segen empfangen zu haben, sie hatte praktisch unter seiner Hand gestanden. Jules hatte ihr Gebäck und eine Orange gekauft. Jetzt würde Jules mit ihr eine Flussfahrt machen. Jules war so lieb zu ihr, er würde bestimmt ein guter Vater werden, nicht wahr? Während dieses Redeschwalls stand Jules still mit einem stolzen Ausdruck dabei. Wenn fleißige Arbeit und ein großzügiges Herz ausreichten, um einen guten Vater aus ihm zu machen, dann würde er es schaffen. Als Simone einen Moment innehielt, sagte Jules zu Jean, von Mann zu Mann:

»Ich habe Ihren Freund, Monsieur Bourdon, in der Prozession gesehen.«

Larcher nickte.

»Er sah aus, als wäre ihm sehr heiß«, sagte Jules.

Er wartete, und die Frauen warteten, dass Jean zu dem Gespräch beitragen würde. Jean sah Simones aufgeregtes Gesicht freundlich an. Dann erwiderte er:

»Ich habe Monsieur de La Reynie gesehen. Ein bedeutender Mann.«

Der Satz beendete mit seiner Sachlichkeit das Gespräch. Jules kam keine angemessene Antwort in den Sinn. Jean wandte sich ab, und Simone fiel wieder ein, dass Jules und sie eine Bootsfahrt machen wollten, hinaus aufs Land. Sie hatten die Küche schon verlassen, als Simone die Tür noch einmal aufmachte, den Kopf ins Zimmer steckte und Marianne zurief:

»Ich habe ihm gesagt, wenn meine Zeit kommt, werden Sie sich meiner annehmen. Das hat ihn sehr gefreut.«

Dann verschwand sie, und mit ihr die runden blauen Augen, das rosige Gesicht, das junge Lächeln, und Marianne machte sich daran, das Abendessen vorzubereiten. Eine Stunde später, als sie gegessen hatten und Marianne abgeräumt und die Küche ausgefegt hatte, kam Jean aus der Werkstatt und sah, dass Marianne immer noch ihre Festkleidung trug.

»Gehst du zu noch einer Prozession?«

»Es könnte jemand kommen.«

Jean sah sie skeptisch an, sagte aber nichts weiter.

Sie wollte ihren Feststaat nicht ablegen und damit den Feiertag beenden. Die große Zeremonie war für sie vorbei. Die Tage der Erwartung und der Gebete hatten ihren Höhepunkt erreicht, als sie den Schrein an den knienden Menschen hatte vorbeigleiten sehen, und doch war bisher kein Wunder geschehen. Auch in ihr hatte nichts zu einer Lösung gefunden.

In den vornehmen Häusern würde es festliche Diners geben, sobald die Zeremonien vorbei waren. Die Wirtshäuser wären zum Bersten voll mit Familien und Gruppen, und überall auf den Wiesen würden die Menschen Picknick machen. Wie hatte

Paul den Festtag verbracht? Sie wusste die Antwort. Auf den Flusswiesen der Bièvre, wo an warmen Nachmittagen die Plätze zwischen den Hecken voller Pärchen waren. Auch das Haus, in dem sie wohnten, war jetzt halb leer. Langsam ging sie in den Hof und stieg die Treppe hinauf. Langsam zog sie die Bänder auf, öffnete die Haken und zog die spitzenbesetzte Haube ab und das Taftkleid aus. Das Kleid hatte sie schon zu ihrer Hochzeit getragen. Selbst damals war es nicht neu gewesen. Es bestand aus einem knisternden Stoff mit gewebten Streifen, ein roter Streifen, so hell wie Blut, zwischen schmaleren grünen Streifen, auf den ein breiterer schwarzer Streifen folgte. Der Stoff wurde allmählich brüchig, entlang der Falten entstanden kleine Risse. Sie musste es bald wieder anziehen, wenn sie noch etwas davon haben wollte. Sie wünschte sich, Paul hätte sie darin gesehen. Und dann wünschte sie sich, sie müsste nicht so viel an Paul denken. In einem Kleid aus blauer und brauner Baumwolle und schlichtem Leinen ging sie wieder in die Küche.

Eine gute Stunde lang rang sie mit ihrer Rastlosigkeit. Dann verließ sie, ohne klares Ziel, aber aus dem großen Bedürfnis nach Bewegung, die Werkstatt und ging hinaus auf die Straße. In der Straße war niemand außer einer alten Frau und einem kleinen Jungen, vielleicht zehn Meter entfernt von ihr. Marianne passierte die beiden und wechselte mit der Frau einen Blick des Einvernehmens. Sie kannte die Frau nicht, die sicher auch an der Zeremonie teilgenommen hatte. Und immer noch blieb das Wunder aus. Die Luft war stickig und schwül.

»Vielleicht haben wir nicht genug gebetet«, dachte sie. »Vielleicht waren unsere Gebete nicht rein genug. Ich selbst war in Gedanken kaum bei meinen Gebeten. Ich darf nicht so viel an Paul denken. Er denkt bestimmt nicht die ganze Zeit an mich, und bald kommt der Tag – hoffentlich möglichst bald –, dann hört er ganz auf, an mich zu denken.«

Plötzlich schien es ihr eine gute Idee, wieder zu der Kirche auf dem Mont zu gehen und noch einmal zu beten, diesmal darum, von ihrer Eitelkeit befreit zu werden.

Beim Pont Marie überquerte sie den Fluss und ging über die Fußgängerbrücke zur Île de la Cité. Schon jetzt fühlte sie sich besser. Die Luft schien frischer. Die Menschenmenge, die auf dem Vorplatz der Kathedrale zusammengeströmt war, hatte sich verlaufen. Nachdem der Bereich am Tag für den Verkehr gesperrt worden war, fuhren jetzt wieder ein paar Kutschen. Vor dem Kirchenportal und bei den Buden am Rande des Vorplatzes schlenderten einige Fußgänger umher, manche standen in kleinen Gruppen zusammen, so wie Bienen, die vereinzelt zurückbleiben und den Ast umschwirren, nachdem ein Schwarm aufgeflogen ist. Ein paar weiße Wolken zogen hoch über den Türmen. Eine Brise war aufgekommen.

Als Marianne den Vorplatz überquerte, bemerkte sie auf den Pflastersteinen ein Band, ein paar welke Blumen – Kornblumen – und eine spiralförmige Apfelsinenschale. Ein Junge kam herbeigelaufen, klaubte die Schale vor ihren Füßen auf und rannte davon. In sicherer Entfernung blieb er stehen, drehte sich triumphierend lächelnd um, rannte weiter und biss in seine Beute hinein. Einmal hatte sie gesehen, wie eine Ratte an einem Stück Schale wie dieser nagte.

Der Wind wurde stärker, als sie in die Rue St. Jacques kam, er zerrte an den Bannern, die noch aus den Fenstern hingen. Die Sonne schien unvermindert, und die Hitze war drückend.

Der stetige Anstieg ermüdete sie. Sie kam an vertrauten Schildern vorbei, an Läden, die sie kannte, aber alles wirkte fremd, unbekannt. Mit den Bannern, den Girlanden, der Stille und ohne den Verkehr wirkte es wie eine andere Welt. Sie hatte schon fast vergessen, warum sie den langen Weg unternommen hatte, allein, erhitzt, müde, und als sie endlich den Mont erreichte und in das Dunkel der Kirche eintrat, hatte sie Mühe, ihre Gedanken zu sammeln und sich ihre Absicht ins Gedächtnis zu rufen.

Sie war nicht allein in der Kirche. Andere knieten in der Dunkelheit. Beim Altar an der Spitze des langen Schiffes brannten Kerzen. Der Schrein stand wieder auf seinem hohen Podest, und die Männer, die sich als Unterpfand verpflichtet hatten, waren gegangen, aber der Schrein war noch unverhüllt. Sie begann ihre Gebete mit dem Vaterunser, wie vor zwei Tagen zusammen mit Jean. Unwillkürlich drehte sie sich zu der Stelle um, wo Jean und Paul am Vortag gekniet hatten. Dann begann sie mit den Fürbitten, die sie sich vorgenommen hatte: Regen für die Felder, Sieg für die königlichen Armeen, für Nicolas eine sichere Rückkehr und für sich selbst ein reines Herz, ein ruhiges Herz, ein Herz frei von Eitelkeit, frei von den Qualen der Begierde. Sie betete mit Hingabe. Sie empfand großen Trost, und nachdem sie ihren Rosenkranz zum letzten Mal geküsst hatte, erhob sie sich und bewegte sich vorsichtig zwischen den knienden Gestalten zum Ausgang. Dann trat sie ins Freie hinaus, in den Sonnenschein.

Kaum war sie draußen, wurde sie von einer starken Windbö erfasst, die sich wirbelnd vor dem Kirchenportal fing. Marianne ging ein paar Schritte, dann drehte sie sich noch einmal um und sah, wie sich die beiden Kirchenfassaden weiß vor den schwarzen Wolkenungetümen abhoben, denselben Wolken, die zuvor schneeweiß über den Türmen von Notre-Dame dahingeschwebt waren. Über dem Portal ihrer Kirche stand wie immer die heilige Geneviève, angestrahlt von der westlichen Sonne hielt sie still ihr Buch und die brennende Kerze und lächelte geheimnisvoll. Während Marianne sie ansah, wurde das dunkle Wolkengebilde von einem mächtigen Blitz zerrissen. Ein paar Tropfen fielen auf das Pflaster, Donner grollte durch den Himmel, wurde vom Wind weitergetragen und hallte als Echo von den Pflastersteinen unter ihren Füßen zurück.

Auf dem Lande und in den Vorstädten hatte der Regen schon eingesetzt, und im nächsten Moment, so schien es, erreichten die Regenwolken auch den Mont. Die Kirchtürme verschwanden, die Wolken trieben tief, und die westliche Sonne hatte sich verfinstert. Marianne stand plötzlich im Dunkeln und im strömenden Regen.

Es kam ihr nicht in den Sinn, in der Kirche Schutz zu suchen. Überrascht, fast verängstigt, dann hochbeglückt von diesem überwältigenden Wunder raffte sie ihre Röcke und fing an, den Hügel hinunterzurennen, nach Hause. Blitze schossen durch den Himmel, Donner krachte und rumpelte laut. Die Gnade Gottes glich seinem Zorn.

Die Kühle, das plötzliche Nachlassen der Spannung in der schwülen Luft belebten sie. Voller Glück spürte sie den Regen auf ihrem Gesicht, auf ihren bloßen Armen, spürte, wie er ihre Kleidung durchdrang. Sie rannte. Der Wind zerrte an ihrer Haube. Im Schutz eines Türeingangs blieb sie stehen und zog die Haube ab, und als sie zurückblickte, sah sie die Straße von Regenwasser überspült, ein flacher Strom, der in kräuselnden Wellen die Mittelrinne hinunterfloss. Der Regen prasselte jetzt mit solcher Macht herab, dass jeder einzelne Tropfen beim Aufprall in die Höhe sprang und alle Tropfen zusammen eine Vielzahl winziger Fontänen bildeten.

Sie war bis auf die Knochen nass und fing an zu zittern. Der Regen würde sicher ein paar Stunden lang anhalten. Wieder raffte sie die Röcke und rannte weiter. Bevor sie an der Place Maubert zum Fluss kam, stellte sie sich abermals unter, um Atem zu schöpfen. Es machte sie glücklich, bei diesem Wetter draußen zu sein. Seit Beginn der Prozessionen hatte sie sich innerlich nicht so leicht gefühlt, und da sie ohnehin völlig durchweicht war, spielte es keine Rolle, ob sie noch nasser wurde. Sie war froh, dass sie ihren Feststaat abgelegt hatte. Während sie außer Atem in dem Türeingang stand und sich ihr durchweichtes Haar aus dem Gesicht strich, flog die Tür des Wirtshauses auf der anderen Straßenseite auf, und ein junger Mann stürmte wagemutig über die Straße. Es war Paul. Er drückte sich neben sie in den Eingang.

»Was für ein herrliches Wunder!«, rief er laut, den prasselnden Regen übertönend.

Sie sagte nichts darauf, sondern lächelte ihn an, und vor Überraschung vergaß sie, ihre Freude zu verbergen. So hatte er sie noch nie gesehen, ihre Haut so frisch, ihr Blick so frei. Er legte eine Hand auf ihre nasse Schulter, beugte sich herab und küsste sie auf den Mund. Es war ein langer Kuss. Ein bisschen schmeckte er nach Honig. Er spürte, wie ihre Lippen unter seinen nachgaben. Dann hörte der Kuss auf, und Paul lehnte sich zurück, um sie anzusehen. Sie war nicht verärgert – das hatte er auch nicht erwartet. Dafür hatte sie seinen Kuss zu deutlich erwidert. Aber er wollte ihre Augen sehen. Die Pupillen waren erweitert, sodass die graue Iris fast ganz verschwand. Langsam senkten sich die schweren weißen Lider. Sie erblasste, und einen kurzen Augenblick lang dachte er, sie würde ohnmächtig. Sie schwankte, ihr Mund war leicht geöffnet. Er nahm ihre Hände, die kalt und nass waren wie ihr Gesicht. Er wusste nicht, was er tun sollte.

Dann schlug sie die Augen auf, zog ihre Hände aus seinen und warf ihm einen Blick zu, den er nicht deuten konnte. Sie drückte sich an ihm vorbei, sprang von der hohen Stufe auf die Straße und rannte in Richtung Fluss, durch den Regen und durch die Dunkelheit.

12

Es regnete die ganze Nacht, den ganzen nächsten Tag und den Tag darauf. Die Stadt wurde rein gewaschen wie seit Monaten nicht mehr. Der Pfingstsonntag dämmerte in einer erfrischten Welt heran, und in den Kirchen wurde verkündet, dass genau an dem Tag und zu der Stunde, da der Schrein vom Podest genommen wurde, der königlichen Armee in Katalonien ein großer Sieg gelungen war.

In tiefer Dankbarkeit bat der König den Erzbischof von Paris, am neunten Juni in Notre-Dame ein *Te Deum* erklingen zu lassen. Am selben Tag würde der König der Kathedrale die sechzehn spanischen Flaggen überreichen, die der Duc de Noailles ihm aus Katalonien zu schicken gedachte. Am Vorabend zu dem Festtag sollten in der ganzen Stadt Freudenfeuer angezündet werden und die Menschen in den Straßen tanzen.

Am Nachmittag des neunten Juni konnte Paul sein Bedürfnis, mit Marianne allein zu sprechen, kaum noch bezähmen. Was für ihn als Spiel begonnen hatte, als Probe seiner Geschicklichkeit und Einfallsgabe, war mit dem Kuss im Regen zu einer Leidenschaft geworden, die ihm tatsächlich Leiden verschaffte. Jetzt fand er keinen Trost mehr in der Gesellschaft des Mädchens vom Pont Neuf. Seine Gefühle für Marianne wischten die Erinnerung aus an das, was er für die Frau seines Meisters in Auxerre empfunden hatte, doch wann immer es sich ergab, dass er und Marianne allein waren, mied sie ihn nach Kräften und berief sich auf ihre Position als Herrin der Werkstatt, und das erinnerte ihn an die Frau in Auxerre, und die Bitterkeit der früheren Zurückweisung gab seiner neuen Erbitterung Auftrieb.

Weil Marianne seinen Kuss erwidert hatte, gab er ihr die Schuld an seinem Leiden. Seinem Gefühl nach verdiente er eine Erklärung, aber er hatte nie genug Zeit mit ihr allein, um seinen Vorwurf zu erheben. In der Gegenwart ihres Mannes fand sie Schutz vor ihm. An dem Abend im Regen war sie vor ihm davongelaufen, sie war vor einer Selbsterkenntnis davongelaufen. Aber sie war kein unerfahrenes junges Mädchen. Er hatte ihr Zeit gegeben, ihre Fassung wiederzugewinnen. Jetzt sollte sie gestatten, dass er sich ihr näherte. Sie sollte ihre Leidenschaft ehrlich anerkennen. Und wenn sie sich zu schade war, seine Liebe anzunehmen, dann sollte sie wenigstens stehen bleiben und sich seine Vorwürfe anhören.

Tagelang ersann er Ansprachen, mit denen er sie zu einer Aussage zu bringen hoffte. Dann beschloss er, Gleiches mit Gleichem zu vergelten und ihr mit Schweigen und Verweigerung zu begegnen. Er konnte sich von ihr lossagen. Sie war nicht die attraktivste Frau, die er je gesehen hatte. Er hatte die Absicht, und daran hielt er fest, sich Ärger vom Hals zu halten. Sie hatte den Kuss geradezu herausgefordert, wie sie da gestanden hatte, das Haar offen, das durchweichte, eng an ihre Brüste geschmiegte Mieder und das wilde Lächeln. Aber der ihm in Auxerre zugefügte Betrug wirkte wie ein Gift in ihm, bis er von dem verunsichert war, was er am sichersten zu wissen glaubte. Er musste sie noch einmal berühren, musste sich vergewissern, dann konnte er sie lassen. Es kam ihm überhaupt nicht in den Sinn, dass sie mit Jean über ihn sprechen könnte.

Am Mittwochabend, Jean arbeitete noch in der Werkstatt, erfand Paul einen Vorwand, um in die Küche zu gehen, und bevor Marianne ihm ausweichen konnte, sagte er:

»Sie wissen, wo ich wohne?«

»Ich weiß den Namen der Straße.«

Er machte eine ungeduldige Handbewegung, als wollte er sagen, das sei nicht ausreichend.

»Ich warte heute Abend auf der Place de Grève auf Sie. Ich werde den ganzen Abend da sein.«

Das Wetter war so wie an Pfingsten, die Luft hell und rein, der Sonnenschein strahlend. Weiße Wolken waren über die Stadt hinweggesegelt, und bei Sonnenuntergang waren es graue, denen der zartgoldene Himmel einen Strahlenkranz verlieh. Die Luft war weich. Die Pflastersteine der Stadt strahlten Wärme aus wie ein gesundes Tier. Paul ging immer wieder über die Place de Grève. Er wusste nicht, aus welcher Straße sie kommen würde, falls sie kam. Er berechnete die Zeit, die sie brauchte, um Jean das Abendessen zu richten, dann die Zeit für ihr Zögern, für einen Zwischenfall, für eine Begegnung mit einer Nachbarin auf dem Weg. Er selbst hatte keinen Appetit. Er schritt von einem Ende des Hôtel de Ville zum anderen, blickte zum Fluss hinunter und an der Breitseite der Kathedrale vorbei, die über den Giebeln der Häuser aufragte, sah das große Kreuz an der Stelle, wo für Hinrichtungen der Galgen aufgebaut wurde, drehte um und ging zu seinem Ausgangspunkt zurück.

Wenn er daran dachte, wie sie ihn die ganze Woche nicht beachtet hatte, glaubte er, sie würde nicht kommen. Dachte er aber daran, wie ihre Lippen den seinen begegnet waren, war er ganz sicher, dass sie kommen würde. Er wusste nicht, wie er es aushalten sollte, am nächsten Tag in die Werkstatt zu gehen, wenn sie nicht kam. Dann könnte er nicht weiter bei Larcher arbeiten. Doch im nächsten Moment wurde ihm klar, dass es ganz gleich war, ob er bei Larcher arbeitete oder anderswo, seine peinigende Ungewissheit bliebe bestehen, wenn sie nicht kam.

Für die Freudenfeuer war Holz aufgeschichtet worden. Ein

Mann mit einer Musette saß auf den Stufen des Kreuzes und spielte ein paar Melodien. An der Ecke der Rue de la Mortellerie hingen Ankündigungen an einem Pfosten und flatterten im Wind, der vom Fluss heraufzog. Sie waren vom Wetter gezeichnet, denn sie hingen seit dem Tag der Prozession dort. Weil Paul nichts Besseres zu tun hatte, blieb er stehen und begann zu lesen.

Er erinnerte sich sofort daran, dass er an dem Tag allein durch die Stadt gestreift war und die Mitteilung gehört hatte, als sie mehrmals und in allen Stadtteilen mit Trompetenbegleitung ausgerufen worden war. Es war La Reynies neuester Versuch, die Obdachlosen aus der Stadt zu vertreiben. In der Mitteilung hieß es, dass alle Bettler, die gesund und arbeitstüchtig waren, aber keine Arbeit hatten und nicht in der Stadt ansässig waren, diese innerhalb der nächsten drei Tage verlassen und an ihren Ursprungsort zurückkehren müssten. Wer sich diesem Befehl nicht fügte und nach drei Tagen in der Stadt aufgegriffen wurde, käme beim ersten Vergehen ins Hôpital Général, das städtische Armenhaus, und würde im Gegenzug für Kost und Logis zu Arbeiten in der Stadt herangezogen. Sollte jemand ein zweites Mal in der Stadt aufgegriffen werden, würde er zu drei Jahren Galeerenstrafe verurteilt. Diese Strafandrohung galt für Männer. Frauen würden beim ersten Vergehen so behandelt wie die Männer, und beim zweiten Mal würden sie kahl geschoren, ausgepeitscht und für zwei Stunden an den Pranger gestellt.

Gott sei Dank betraf der Erlass nicht ihn, dachte Paul. Wie viele Bettler es wohl schafften, das Armenhaus und die Galeeren zu vermeiden, fragte er sich, und als er sich gerade abwenden wollte, spürte er eine Hand auf der Schulter. Er fuhr herum und erwartete, Marianne zu sehen, stattdessen fand er sich einem großen, dürren Mann mit einem hageren, aufrichtigen Gesicht gegenüber. Er hatte das Gesicht schon einmal gesehen – die breite Stirn, die tief liegenden Augen, darüber ein staubiger, breitkrempiger Kastorhut –, wusste aber nicht, wo.

»Erinnern Sie sich nicht an mich?«, fragte der junge Mann mit einem Lächeln, bei dem zwei halbmondförmige Falten um die Mundwinkel sichtbar wurden. »Der Drucker aus Lyon? Die Werkstatt der Witwe Charmot, Rue de la Vieille Bouclerie? Ich bin Rambault. Pierre Rambault.« Hoffnungsvoll nannte er die Einzelheiten, eine nach der anderen, aber Paul starrte ihn nur an und konnte seine Enttäuschung kaum verbergen. »Sie sind der junge Buchbinder aus Auxerre. Sie sind zu uns gekommen, auf der Suche nach Arbeit. Ich sehe, dass Sie welche gefunden haben. Sie sind gepflegt und wohlgenährt. Das freut mich für Sie. Ehrlich gesagt, haben Sie mir an dem Tag richtig leidgetan.«

Natürlich, jetzt erinnerte Paul sich an ihn: der einzige Mensch, der vor dem Laternenmann freundliche Worte für ihn gehabt hatte, sein erster Bekannter in Paris. Er habe ihn nicht vergessen, erklärte er. Er sei nur so überrascht. Er unterdrückte seine Enttäuschung und bemühte sich um Herzlichkeit.

»Ich bin auf dem Weg zu einem Freund«, sagte der hagere junge Mann. »Kommen Sie doch mit, wir trinken ein Gläschen zusammen. Er ist auch Drucker, auch aus Lyon. Ich kannte dort seinen Bruder.«

»Ich warte hier auf jemanden«, sagte Paul.

»Er kann auch mitkommen. Chavance hätte nichts dagegen.«

»Ich warte auf eine Frau.«

»Dann bringen Sie die mit. Das wäre doch eine Bereicherung.«

»So eine ist sie nicht.«

»Na gut …«, sagte der Drucker aus Lyon. »Dann warte ich mit Ihnen, bis sie kommt. Erzählen Sie mir von Ihrer Arbeit.«

»Sie werden sie in Verlegenheit bringen«, sagte Paul. »Seien Sie so gut, gehen Sie bitte und suchen Sie Ihren Freund auf.«

»Sie braucht nicht in Verlegenheit zu geraten. Wofür halten Sie mich? Für einen Rüpel? Chavance ist auch ein guter Kerl. Er hat Verbindungen – die besten. Er wohnt sogar bei den Mönchen.«

»Ein andermal«, sagte Paul bittend.

»Sie sollten ihn kennenlernen.«

»Ein andermal. Ich komme bei Ihnen vorbei, dann kann ich Ihren Freund kennenlernen.«

»Er heißt Chavance.«

»Und ist aus Lyon«, sagte Paul. »Ich muss jetzt gehen, da drüben ist meine Bekannte.«

Er hatte weder Marianne noch jemanden gesehen, der ihr ähnelte, aber mit dieser Ausflucht konnte er sich von dem Drucker entfernen. Als er den Platz halb überquert hatte, warf er einen Blick zurück. Der hagere Mann aus der Werkstatt der Witwe Charmot war nicht mehr zu sehen.

In der Rue des Lions sagte Marianne zu Jean:

»Bald werden die Freudenfeuer angezündet. Sollen wir sie uns ansehen?«

»Mir ist der Goldene Pflug lieber«, erwiderte Jean, »statt schon wieder stehen zu müssen. Ich habe in meinem Leben schon viele Freudenfeuer gesehen.«

»Dann begleite ich dich zum Pflug«, sagte Marianne. »In der Rue St. Antoine wird es ein riesiges Feuer geben. Das können wir vom Eingang des Wirtshauses sehen.«

»Wie du möchtest.« Er nahm ein paar Stränge Tabak, seine Pfeife und einige Späne vom Kaminsims.

Sie ging mit ihm die Straße entlang und sagte sich: »Wenn er mich bittet, mit ihm in den Pflug zu kommen, bleibe ich den ganzen Abend bei ihm.« Aber als sie zur Tür des Pflugs kamen, warf er einen Blick zu St. Antoine hinüber und sah, dass die Feuer noch nicht angezündet waren.

»Da wirst du noch ein bisschen warten müssen«, sagte er und
ließ sie auf der Straße stehen.

Merkwürdigerweise empfand sie Enttäuschung. Sie biss sich
auf die Lippe und sah ihm hinterher. Hätte er sie gebeten, mit
hineinzukommen, wäre ihre Enttäuschung eine andere gewesen, eine rebellische vermutlich, gepaart mit einer bitteren Zufriedenheit darüber, dass sie das tat, was sie tun sollte, wie sie
wusste. Auch jetzt hinderte sie nichts daran, zu ihm in den Pflug
zu gehen, nichts, nur ihr Gefühl, missachtet worden zu sein, und
das war ein starkes Gefühl. Sie reckte das Kinn und machte sich
auf den Weg zur Rue St. Antoine.

Die Feuer waren noch nicht angezündet, aber die Menschen hatten sich erwartungsvoll versammelt. Musik wurde gespielt, Posaunen und Fiedeln erklangen, der Geruch von Wein
schwebte in der Luft, als hätte jemand eine Flasche zerbrochen.
Zu ihrer Rechtfertigung sagte sie sich, sie habe Jean gefragt,
ob er mitkommen wolle, außerdem habe sie ihm die Gelegenheit gegeben, sie mit in den Pflug einzuladen, auf die er –
zweimal – nicht eingegangen war. An einem Abend wie diesem
hätte sie nicht still zu Hause sitzen können, und sie wäre auch
nicht damit zufrieden gewesen, zwei Stunden in dem rauch-
erfüllten Schankraum des Goldenen Pflugs zu verbringen. Die
Rastlosigkeit in ihr, die so sehr der Rastlosigkeit an dem heißen Nachmittag vor dem Gewitter ähnelte, wurde nicht von
der Musik ausgelöst. Sie war durch Pauls hastige Worte entstanden und hatte mit schrecklicher Macht Besitz von ihr er-
griffen. Sie wusste ganz genau, was passieren würde, wenn sie
sich jetzt mit ihm traf, und sie wusste auch, dass sie trotz ihres
Zögerns und Zauderns und ihrer Ausflüchte zu ihm gehen
würde.

Nach dem Abendessen hatte sie sich das Haar gebürstet und
das Gesicht gewaschen. Sie hatte das rote Satinband schon in

der Hand gehabt und wollte es sich um den Hals binden, als ihr Jeans Bemerkung einfiel.

»Gehst du zu noch einer Prozession?«, hatte er gefragt.

Mit einem Bedauern hatte sie das Band zwischen den Fingern hindurchgezogen, es dann glatt zusammengerollt und in ihre Rocktasche gesteckt. Das war der erste Betrug. Als sie jetzt auf der Rue St. Antoine zu dem Brunnen vor der Jesuitenkirche kam, holte sie es aus der Tasche und band es sich um den Hals. Dann ging sie weiter zur Place de Grève.

»Es hat keinen Sinn, von hier aus den Feuern zuzusehen«, sagte sie sich ganz vernünftig. »Vor dem Hôtel de Ville wird natürlich viel mehr los sein.« Sollte sie gefragt werden, warum sie ihr eigenes Viertel verlassen hatte, würde sie das zur Antwort geben. Es war doch nur natürlich. Aber niemand hielt sie an, niemand beachtete sie auch nur, als sie an den vertrauten Gebäuden vorbeiging und von einer Macht vorangezogen wurde, die ihr ganz und gar fremd war, sich aber nicht abweisen ließ. Dann kam sie zur Place de Grève, und traf Paul, der auf sie wartete.

Auf der Place de Grève brannten drei riesige Feuer, und eine große Menschenmenge hatte sich darum versammelt. Der Mann, der die Musette spielte, hatte sich mit ein paar Fiedlern zusammengetan, und ein Orangenverkäufer, ein Mann mit Aquavit und einem Gürtel über der Schulter, an dem mehrere kleine Becher hingen, sowie ein Gebäckverkäufer waren da und machten ihre Geschäfte. Die dünnen Eiserkuchen, die, solange sie heiß waren, dicht mit Zucker bestreut und zu Hörnchen gedreht wurden, hießen bei manchen *oublies*, aber beliebter war der Name *plaisirs*. Als Marianne und Paul den Platz verlassen wollten, wurde ihnen der Weg von dem Verkäufer versperrt, der ihnen sein Tablett entgegenhielt und sein übliches Lied sang:

Voici le plaisir, Madame, voici le plaisir.
N'en mangez-pas, Madame. Ça fait mourir.

Das Gebäck duftete köstlich, wie das Aroma von Robinien an einem warmen Sommerabend. Der Gebäckverkäufer war sich seines Geschäfts sicher. Aber Paul nahm Marianne fest bei der Hand und führte sie weiter. Der Verkäufer lachte laut.

»Sie hat Angst zu sterben!«, rief er den beiden nach. Neue Kunden waren sofort zur Stelle.

In dem fensterlosen Treppenaufgang roch es auf dem ersten Absatz nach Urin, auf dem zweiten nach gedünstetem Kohl. Marianne ging voran, Paul war hinter ihr und sagte: »Noch ein bisschen weiter, gleich sind wir da«, und dann: »Da sind wir.«

Sie betrat ein Zimmer, das den ganzen Tag nicht gelüftet worden war, und die Wärme von den Ausdünstungen seines Bewohners hielt sich darin wie in einem Mantel oder einem Hemd. Für Marianne war es ein sinnlicher Geruch. Das Zimmer umfing sie, bevor Paul es tat.

Er musste erst die Tür verschließen. Sofort fühlte sie sich in Sicherheit. Sie wandte sich zu ihm um, fand seine Hände und spürte, wie sie erwartet hatte, seine Lippen auf ihren. Was sie nicht erwartet hatte, war die enorme Befreiung von der Rastlosigkeit, die sie in den letzten Stunden getrieben hatte, war die Aufhebung der Zweifel und der fast körperlichen Schmerzen, die sie in der letzten Woche gequält hatten. Es blieb das Begehren, und das erfüllte sie wie ein warmer Strom von Lebendigkeit und Entzücken. Ohne das geringste Gefühl, eine Todsünde zu begehen, ließ sie sich von Paul umarmen.

Sie hatte sich vor Jean ausgezogen und ihre Sachen ordentlich gefaltet zur Seite gelegt. Jetzt erlaubte sie Paul, ihr das Schultertuch abzuziehen, es auf den Boden fallen zu lassen, das Mieder zu öffnen. Im Zimmer war es dämmrig. Seine Hände ertasteten, wonach er sich gesehnt hatte, und führten sie zu dem Bett, das sie nicht gesehen hatte. Nach einem letzten Stöhnen, einem unterdrückten Aufschrei der Verwunderung lag sie friedlich da. Paul rollte sich von ihr herunter, ließ aber die Hand auf ihrer Schulter liegen, als wollte er sich ihrer Gegenwart vergewissern, und war im nächsten Moment eingeschlafen. *Voici le plaisir, Madame. Ça fait mourir.* Genau das ist mit Sterben gemeint, dachte sie. Das ist mit Lieben gemeint. Bei dieser ersten Berührung eines anderen Mannes hatte sie an ihren Ehemann gedacht, aber sie hatte mit so einem unpersönlichen Gefühl, mit so einer Ferne an ihn gedacht, dass sich die eine Erfahrung nicht mit der anderen vermischt hatte. So unterschiedlich waren die Erfahrungen, dass sie Jean im nächsten Moment vollständig vergessen hatte, so, wie sie auch sich selbst, die Stunde, den Tag und das Jahr vergessen hatte. Was in diesem Augenblick der großen Zufriedenheit blieb, war die Verwunderung. Ihr Leben lang hatte sie dieses erstaunliche Ausmaß von Leidenschaft unbeachtet gelassen. Dabei hatte sie sich einst als glücklich verheiratet betrachtet. Oder wenigstens einigermaßen glücklich.

Es kam ihr vor, als wäre sie in einer neuen Existenz lebendig geworden, doch sie erinnerte sich immer noch an die Einzelheiten ihrer alten Existenz; dies war kein Traum, die Wirklichkeit war immer noch da.

Paul regte sich. Er war wach, obwohl er nicht gesprochen hatte. Sein Atem hatte sich verändert. Draußen war es dunkler geworden, und durch das schmutzige Fenster, das auf das steile Dach des Nebenhauses ging, kam nur noch ein schwacher Lichtschimmer. Zeit war vergangen. Sie wusste nicht, wie viel.

»Ich muss gehen.«

»Warum?« Pauls Stimme war ganz weich.

»Wie spät wird es sein, meinst du?«

»Die Zeit existiert nicht. Wir haben sie überwunden.«

»Ich muss zu Hause sein, bevor Jean aus dem Pflug kommt. Hast du Jean vergessen?«

»Nein. Manchmal wünsche ich mir, er wäre tot. Oder einfach, er würde nicht existieren.«

»Er ist ein guter Mann.«

»Ja.«

»Wir schaden ihm nicht.« Davon war sie überzeugt.

Pauls Hand glitt von ihrer Schulter über ihre Brüste. »Ich nehme ihm nichts, was ihm gehört. Das stimmt doch, oder?«

Sie bestätigte es, hob seine Hand an ihre Lippen und legte sie sanft aufs Bett, dann richtete sie sich auf. Sie sah sich um. Der Fußboden war staubig und voller Schatten.

»Wo sind meine Sachen? Ich muss gehen.«

»Du bist so vernünftig«, sagte er mit einem Seufzer und fügte dann charmant hinzu: »Aber das ist auch gut so.«

Er stand von dem niedrigen Bett auf und suchte nach seiner Zündschachtel, und während er zwischen Waschkrug und Waschschüssel nach dem eisernen Kerzenhalter tastete, nahm er sich fest vor, sie einmal in solch eine Ekstase zu versetzen, dass sie ihre Vernunft vergaß, und dann würde er sie daran erinnern, dass es an der Zeit war zu gehen.

13

In den Wochen darauf lernte Marianne viele Arten von Betrug. Die meisten waren einfach. Sie lernte, Paul in Jeans Gegenwart so anzusehen, dass ihre Gefühle ihrem Gesicht nicht abzulesen waren. Sie lernte, wenn sie nicht allein waren, Pauls Nichtbeachtung ihrer Person stolz zu akzeptieren, sie kannte ja den Grund. Und sie lernte, mehr Gelegenheiten zu schaffen, in denen sie mit Paul allein sein konnte.

Das Leben war nicht mehr eintönig. Jeden Moment konnte es zu einer Begegnung kommen, die in ihrem ganzen Körper ein lustvolles Prickeln auslöste. Und da jeder Moment sie auch verraten konnte, sei es durch eine zufällige Geste oder einen plötzlichen Wechsel der Gesichtsfarbe, musste sie ständig auf der Hut sein, musste sich selbst und andere genau beobachten.

Schon einige Wochen zuvor hatte sie begonnen, mehr Mühe bei der Zubereitung der Mahlzeiten aufzuwenden und sich sogfältiger anzuziehen. Jetzt wollte sie beim Kehren oder Wischen singen. Das tat sie nicht, aber sie bewegte sich freier und glücklicher, sodass auch Jean ihr erfreut zusah, wenn sie durch die Räume ging. Für ihn schien alles zusammenzugehören, das Wohlergehen der Werkstatt, seit der junge Gehilfe hinzugekommen war, das Wohlergehen der Stadt, seit das Wunder geschehen war. Er sah, dass nicht nur der Abbé Têtu, sondern auch andere die Arbeit seiner Werkstatt würdigten. Das Geschäft ging besser, trotz der schweren Zeiten. Und als seine Niedergeschlagenheit wegen der Abwesenheit seines Sohnes nachließ, fand er Gefallen daran, sich auf seine typisch lakonische Art mit Paul zu unterhalten.

Was Paul betraf, der war glücklich. Fast zufrieden sogar. Betrugsmanöver waren ihm nichts Neues, aber er vermutete, dass sie für Marianne neu waren, und beobachtete mit einem kleinen hinterlistigen Vergnügen, wie leicht sie sich darin übte. Er bemerkte, dass die Gefahr, bei einem Kuss überrascht zu werden, ihre Lust daran erhöhte. Das Wissen, dass er eine ehrliche Frau verführt hatte, erhöhte sein Triumphgefühl. Als er sie das erste Mal nach ihrem Besuch bei ihm umarmte, während sie in der Küche stand, zwischen dem Tisch, wo sie die Mahlzeiten auftrug, und dem Herd, wo sie sie zubereitete, empörte sie sich.

»Nicht hier in meiner Küche«, protestierte sie, umgeben von all den Jahren ihrer nie infrage gestellten Treue.

»Warum nicht?«, fragte Paul. »Ist die Sünde geringer, wenn man sich auf der Straße oder im Treppenhaus küsst?«

»Hier bin ich die Ehefrau von Larcher«, hätte sie geantwortet, wenn ihr in ihrer Verwirrung die Worte eingefallen wären, aber sie blieb stumm, und Paul fuhr fort:

»In meinem Zimmer war es dir nicht peinlich, aber mein Zimmer ist in deinen Augen ein unwürdiger Ort. Ein Rattenloch, das nach Armut stinkt. Für dich ist es das, denn du schläfst in einem großen Bett mit roten Vorhängen und reinen, weißen Leinentüchern, die nach Sonne und Luft duften, das Bett, in dem du mit deinem Mann schläfst.« Er war belustigt und grausam, achtete jedoch darauf, nicht zu weit zu gehen. »Aber in meinem Zimmer warst du schön«, sagte er, womit er geschickt den Vorwurf des Ehebruchs vermied, der ihm beinah entschlüpft wäre. Er küsste sie unters Kinn, sie lächelte, und er sagte: »Sie sind eine gute Ehefrau, Mademoiselle. Es gefällt mir, dass Sie Lavendel zwischen Ihre Betttücher legen. Ich mag es, wie Sie Ihre Kupfertöpfe polieren. Wenn ich Jean schon beneiden muss, dann möchte ich ihn wegen allem beneiden.«

Theoretisch war es eine ausgezeichnete Situation, von der alle drei einen Nutzen hatten. Die Theorie war Pauls, und er erklärte sie Marianne. Die Situation enthob Jean der Verantwortung, für die Zufriedenheit seiner Frau zu sorgen, und gleichzeitig hatte er eine Ehefrau, die im Bett wie auch in der Küche mehr um sein Wohl bemüht war als vor dem neunten Juni. Paul selbst arbeitete gewissenhafter denn je zuvor. Er gab sich alle Mühe, freundlich zu Jean zu sein.

In der Sichtweise bestärkt, dass sie ihrem Mann kein allzu großes Unrecht zufügte, brachte sie es leichten Herzens fertig, ihrem Mann zu erklären, sie würde nicht mit ihm zur Frühmesse kommen. Ein wenig später ging sie allein aus dem Haus, aber nicht zur Messe, sondern zu Pauls stickigem kleinen Zimmer, aus dem sie mit blanken Augen und frischer Farbe im Gesicht zurückkehrte. Es schien, als könnten die Dinge in diesem feinen Gleichgewicht immer so weitergehen. Dann war es Marianne selbst, die in ihrer neuen Selbstgewissheit etwas unvorsichtig wurde.

Als Paul und Marianne an einem Tag im Sommer allein in der Werkstatt waren, sagte Paul, ihm sei an seinem Hemd ein Knopf abgegangen. Marianne erbot sich, den Knopf wieder anzunähen.

Es schien ein harmloser Vorgang, besonders in Anbetracht ihrer Beziehung. Sie erledigte die Aufgabe schnell und geschickt, dann sah sie sich nach einer Schere um, mit der sie den Faden abschneiden konnte. Die Schere war nicht zur Hand, und Marianne sagte zu Paul: »Gib mir dein Messer«, dann: »Ach, lass mal«, und sie beugte sich vor und biss den Faden ab, und dabei lag ihr Kopf fast an seiner Brust. Vielleicht verharrte sie in dieser Position einen Moment länger als nötig, zumindest kam es Paul so vor, denn als er aufsah, begegnete er dem überraschten Blick seines Meisters. Jean war in die Werkstatt zurückgekehrt, nicht unbedingt um einen besonders leisen Schritt bemüht und auch nicht in der Absicht, jemanden zu überraschen, aber weil Marianne und Paul vollauf mit sich selbst beschäftigt waren, hatten sie weder das Öffnen der Tür noch die nahenden Schritte gehört. Marianne spürte Pauls Erstarren und wusste, dass etwas im Argen war. Sie hob den Kopf und sah Paul an, dann folgte sie seinem Blick und gewahrte ihren Mann.

Es war um die Mittagszeit mitten im Sommer, die Luft war nach einem morgendlichen Schauer warm und feucht. Marianne hatte die Haube und das Schultertuch abgenommen, die Ärmel hochgeschoben, und ihre Arme waren fast bis zu den Schultern entblößt. Die Stimmung, der entspannte Moment, die beiden Gestalten, die in einem Viereck von Sonnenlicht verschmolzen dastanden – all das zusammen vermittelte Jean einen Eindruck von dem, was die Wahrheit war. Der Moment selbst jedoch war unschuldig.

Eine Erkenntnis ergriff ihn, Hunderte bis dahin unangezweifelter Gesten, Blicke, Andeutungen kamen ihm in den Sinn. Diese beiden waren ein Liebespaar. Er hatte seine Frau beim Ehebruch ertappt. Das Wissen traf ihn wie ein schwerer Schlag auf die Stirn. Er blieb wie angewurzelt stehen. Dann entspannte sich der Moment auf natürliche und undramatische Weise. Marianne kam auf ihn zu und reckte den Mittelfinger der rechten Hand mit dem silbernen Fingerhut empor, zwischen Daumen und Zeigefinger hielt sie Nadel und Faden.

»Ich hatte meine Schere verlegt«, sagte sie, »und habe den Faden abgebissen.«

Jean starrte sie an, ohne die Verbindung zwischen ihren Worten und dem, was er gerade gesehen hatte, zu erfassen. Er stand unter dem Schock des Erlebten, das sich ihm als Gewissheit präsentierte.

»Ihm war ein Knopf am Hemd abgegangen«, erklärte sie.
»Das musste in Ordnung gebracht werden.«

Paul begann, die Knöpfe an seinem Hemd, wo gerade noch
ihr Kopf geruht hatte, zuzuknöpfen. Er grinste verlegen.
»Ich habe kein zweites sauberes Hemd«, sagte er. »Ich
dachte, es würde nicht besonders auffallen.«

Larcher stand immer noch in der Tür zur Küche, und Marianne, die an ihm vorbeiwollte, schob ihn mit der Hand zur
Seite. Auch das war eine normale Geste. Sie ging an ihm vorbei
und streifte dabei seinen Körper mit ihrem, wie sie es unzählige
Male zuvor getan hatte und wozu sie als seine Frau das Recht
hatte. Und angesichts seines benommenen Blicks sagte sie:
»Ich konnte ihn schlecht bitten, das Hemd auszuziehen, wie
ich es bei dir mache, wenn ich einen Knopf annähen möchte.«

Das, was Jean befürchtete und wusste, kehrte sich um und
wandelte sich in eine Illusion. Nichts war geschehen. Die Menschen, denen er vertraute, waren seines Vertrauens nach wie
vor wert. Erleichterung durchflutete ihn, dann Reue. Er sagte
nichts, sondern zog den Rock aus, band sich die Schürze um
und ging wieder an die Arbeit.

Aber als er an diesem Abend im Pflug saß, seine Pfeife stopfte
und den Tabak mit dem kleinen Finger festdrückte, ging er in
Gedanken noch einmal zu seinem entsetzlichen Verdacht zurück. Ein Verdacht, der ihm jetzt so unbegründet schien, wie er
plötzlich und, fügte er in Gedanken zu seiner eigenen Beruhigung hinzu, flüchtig gewesen war. Aber wie bei einem Blitz, dem
sein Verdacht ähnelte, blieb das, was er so krass erhellt hatte, in
der anschließenden Dunkelheit als Eindruck erhalten. Jean ver-
gegenwärtigte sich zur genauen Überprüfung noch einmal alle
Gesten, jedes Lachen jenseits der Tür, die kleinen Anzeichen, die
ihm im Moment des Geschehens wie Warnungen vorgekommen
waren, die er aber nicht beachtet hatte. In der neuerlichen Be-

trachtung schienen sie ihm so unschuldig wie zu dem Zeitpunkt, da sie sich ereignet hatten. Sie waren ihm aufgefallen, das war alles. Sie waren ihm aufgefallen, weil er eifersüchtig war, so war es. Aber es gab keinen Grund für seine Eifersucht. Dass Marianne mehr als zuvor um sein Wohlbefinden bemüht war, schien ihm kein Grund für den Verdacht, sie könnte die Liebe eines anderen Mannes empfangen. Und weil seine Eifersucht unbegründet war, gab es auch keinen Grund, den kleinen, nichtigen Vorkommnissen, die deshalb in sein Bewusstsein getreten waren, eine Bedeutung beizumessen. Bevor er seine Pfeife angezündet hatte, waren seine Gedanken einmal im Kreis gegangen.

Nach außen wirkte er so ruhig wie eh und je. Er sah auf, bat um seinen üblichen Weinbrand und sank hinter der Rauchwolke entspannt auf die Bank. Seine Gedanken waren einmal im Kreis gegangen, und was blieb, war das Gefühl, seine Frau zu Unrecht verdächtigt zu haben. Das war angenehmer als der Argwohn, dass sie ihm Unrecht getan hatte. Er errichtete eine feste Mauer der Entschlossenheit zwischen sich und der Angst vor einer solchen Katastrophe. Er rauchte seine Pfeife und trank seinen Weinbrand, dann bezahlte er und verließ den Pflug viel früher, als es sonst seine Gewohnheit war.

In Anbetracht von Larchers festen Gewohnheiten hatten Paul und Marianne sich an warmen Abenden wie diesem oftmals getroffen, manchmal ganz in der Nähe ihrer Wohnung, auf dem Uferweg unterhalb des Arsenals. Manchmal auch auf der Île Louviers. Wer in der Abenddämmerung auf die Île ging, nahm keine Notiz von anderen Paaren. Am Fluss hörte man, wie auf der anderen Seite der Insel das Vieh und die Pferde zur Tränke geführt wurden, und manchmal konnte man das Rufen und Lachen von Badenden hören. Froschgesang tönte aus den feuchten Gräben. Aber an diesem Abend hatte Paul nicht um ein Rendezvous gebeten.

Die Werkstatt war still, die Läden waren geschlossen. Auch in der Buchbinderei war es dunkel. Jean sah Licht in dem Zimmer oben. Auf dem Treppenabsatz blieb er stehen, er hörte Mariannes Stimme hinter der Tür. Ein letzter Zweifel bedrückte sein Herz, doch dann hörte er die antwortende Stimme. Beruhigt öffnete er die Tür und sah vor sich Simone und Marianne.

»Ich will ihr ein Kleid leihen, mit dem sie sich und das Kleine unter ihren Rippen bedecken kann«, sagte Marianne. »Unter diesem Rock habe ich Nicolas getragen. Mit einer sauberen Schürze darüber wird er so gut wie neu aussehen.«

Er ging durch das Zimmer zu ihrem Schlafzimmer, zog sich aus und legte sich ins Bett; die Bettvorhänge ließ er offen. Er zog das Betttuch halb über den Körper und blickte in die dunklen Ecken des Betthimmels. Er hörte die Stimmen nebenan, konnte aber nicht verstehen, was gesprochen wurde, und als die Stimmen verstummten, hörte er das Öffnen und Schließen der Schranktüren. Simone war sicher wieder nach oben gegangen. Marianne war mit ihren eigenen Sachen beschäftigt, nicht mit seinen. Sie brauchte eine ganze Weile.

Der Rock, unter dem sie Nicolas getragen hatte – er konnte sich nicht richtig daran erinnern. Ein blauer, ziemlich verschossener Stoff. Niemals hätte er ihn an Simone wiedererkannt. Frauen hatten ein Gedächtnis für solche Dinge. Jetzt versuchte er jedoch, sich Marianne in der Zeit vorzustellen, als sie diesen Rock getragen hatte – der Saum vorn etwas höher, die Schürze darüber, unmittelbar unter ihrer Brust gebunden. Ihre Brüste waren größer geworden. Es war gar nicht so lange her, achtzehn Jahre oder noch nicht einmal. Sie hatte sich nur wenig verändert. Es hatte ein paar schwierige Jahre gegeben, in denen sie zu altern schien, aber in letzter Zeit war die Arbeitslast geringer geworden, und ihre Erscheinung schien verjüngt.

Er hatte seine Familie gut versorgt. Dass er sich so gewissenhaft um seine Schwiegereltern gekümmert hatte, erfüllte ihn mit Stolz, und ihnen ein ordentliches Begräbnis gegeben zu haben, verschaffte ihm Zufriedenheit. Was Nicolas anging, so war er stolz, ihm einen Anteil in einem ehrlichen, etablierten Betrieb anbieten zu können. Bei dem Gedanken an Nicolas schlich sich ein Gefühl der Verletzung ein und minderte seine Zufriedenheit mit dem, was er im Leben erreicht hatte. Er wollte an der Zufriedenheit festhalten. Marianne wusste, was er gegen alle Widrigkeiten erreicht hatte, und später würde auch sein Sohn das begreifen. Er rief sie zu sich.

»Komm zu Bett, Marianne.«

»Gleich.«

Er wartete. Sie war sehr still. Auf der Straße gingen zwei Menschen vorbei und redeten laut. Über ihm verrückte jemand einen Stuhl oder ein anderes Möbelstück. Nach einer Weile kam Marianne ins Zimmer und setzte sich am Fußende auf die Bettkante. Sie faltete die Hände auf den Knien und sah ihn an.

»Mach die Läden zu und komm zu Bett.«

»Es ist so heiß«, sagte sie, ohne sich zu rühren.

Im Zwielicht sahen sie einander deutlich. Sie betrachtete ihn geduldig und aufmerksam, wie ein Kind, oder wie eine Dienerin, die auf seine Bitte hin gehorsam gekommen war. Er hatte das Nachthemd nicht angezogen, und sie sah seine breite Brust nackt im Schatten des Bettes. Das Skapulier und die Kordel, an dem es hing, lagen auf seinem dunklen Brusthaar. Es war das Skapulier der Karmeliten, der Heiligen Mutter Gottes gewidmet, ein Viereck aus braunem Stoff, in das Bilder oder Gebetstexte, sie wusste es nicht, sorgfältig eingenäht waren, ein braunes Quadrat, dunkel von Schweiß, die Ecken blank gerieben. Seit sie ihn kannte, trug er es. Zweifellos würde er damit zu Grabe getragen. Er wirkte mächtig, wie er auf den Kissen lag, Hals und Brust frei, mächtiger als angezogen und aufrecht stehend. Sie sah ihn an, weder Widerwille noch Lust regte sich in ihr, und sie wartete, dass er sprechen würde.

»Die Engländer haben Dieppe angegriffen«, sagte er, »und die Stadt in Brand gesetzt. Die ganze Stadt ist zerstört. Es ist ein entsetzlicher Gedanke, dass all die Menschen, die ihre Häuser verloren haben, obdachlos umherirren.«

Sie sagte nichts darauf, ihr schien, es gab dazu nichts zu sagen. Das Beängstigende war fern. Es berührte nicht ihre innere Gewissheit, noch hatte es, soweit sie sehen konnte, etwas mit Jeans früher Rückkehr aus dem Pflug zu tun. Sie wusste genau, wie es für ihn ausgesehen haben musste, als er am Vormittag hereingekommen war und Paul und sie so vorgefunden hatte; auch die Bedeutung von Pauls kühlem Abschied am Abend, in Jeans Hörweite, war ihr nicht entgangen. Sie wartete auf eine Beschuldigung von Jean und hatte ihre Antwort bereit. Als keine kam, versuchte sie, das Thema zu wechseln.

»Geht es dir nicht gut?«, fragte sie.

»Ich mache mir Sorgen um Nicolas.«

»Rouen ist doch unberührt«, sagte sie.

»Wir wissen nicht, ob er noch in Rouen ist.«

»Wollte er denn nach Dieppe?«

»Wenn er in Rouen keine Arbeit gefunden hat«, sagte Jean, »ist er sicher weitergezogen.«

»Wenn er keine Arbeit findet und ihm das Geld ausgeht, kann er doch nach Hause kommen.«

»Für Jungen seines Alters hat der Krieg eine Anziehung.«

Er sprach mit düsterer Stimme. »So, wie er redet«, dachte Marianne, »ist der Junge schon tot.« Sie selbst spürte keine Besorgnis um Nicolas, sie wusste nicht, warum das so war. Nicolas war jung und lebenstüchtig. Sie glaubte nicht, dass er sich zur Armee melden würde, aber wenn doch, konnte er auf sich selbst achtgeben. Ihr Mangel an Besorgnis kam ihr nur natürlich vor, und gleichzeitig wunderte sie sich darüber. Er entsprach dem Gefühl an dem Tag kürzlich, als sie mit Simone unter den Weiden gelegen hatte, ihre Überraschung, dass Nicolas' Abwesenheit ihr so wenig Kummer bereitete. Aber natürlich liebte sie ihren Sohn. Und Jean tat ihr leid.

Sie hatte eine Anschuldigung erwartet. Da sich das Gespräch jetzt von ihr abgewandt hatte, bemühte sie sich, auf Jeans Stimmung einzugehen.

»Diese Leute in Rouen, vielleicht können die dir eine Auskunft geben. Warum schreibst du ihnen nicht?«

»Den Cailloués? Seit der Aufhebung des Edikts von Nantes habe ich jede Korrespondenz mit ihnen vermieden.«

»Du hättest Nicolas nicht zu ihnen geschickt, wenn du geglaubt hättest, er wäre da in Gefahr.«

»Wenn sie ihr Geschäft noch haben, dann sind sie rekonvertiert«, sagte Jean. »Aber ich weiß nicht einmal, ob sie noch im Geschäft sind.«

»Schreiben kann nicht schaden.«

»Der alte Mann ist zu Hause in seinem Bett gestorben, unbehelligt – so viel weiß ich«, sagte Jean langsam. Das hatte er im April auch zu Nicolas gesagt. »Du hast recht. Ich schreibe ihnen gleich morgen früh.« Er zog seine Hände hinter dem Kopf hervor und streckte eine Hand mit offener Handfläche nach seiner Frau aus. »Komm zu Bett, Marianne«, sagte er mit zärtlicher Stimme.

Am Morgen schickte er den Brief und empfand Erleichterung. Aber das Gewicht einer Anschuldigung, die er nicht gemacht hatte, bedrückte ihn und verlangte Genugtuung. Als er am Mittagstisch saß, vor sich das schmackhafte, von Marianne zubereitete Essen, wanderte sein Blick von einem Tischnachbarn zum anderen – so hatte er zuvor Nicolas und Marianne angesehen, besorgt, väterlich.

»Du hast gesagt, du willst heute nach Pincourt gehen.«

»Noch über Pincourt hinaus. Ich möchte Honig holen. Der Onkel meiner Mutter – inzwischen ist er ja sehr alt – hat dort ein paar Bienenstöcke. Er hat mir eine Mitteilung zukommen lassen, dass er sie heute öffnet und ich Honig von ihm haben kann, wenn ich möchte. Natürlich nicht geschenkt, aber ich würde bei ihm weniger bezahlen als anderswo.«

»Ich habe in Pincourt Leder bestellt. Es würde mir den Weg ersparen, wenn du es mitbringen könntest. Es ist kaum ein Umweg.«

Sie wollte Bedenken äußern. »Sicher, Jean, aber …«

Jean wandte sich Paul zu. »Sie hat recht. Das kann sie nicht allein tragen. Gehen Sie mit. Und ich möchte Sie bitten, die Häute genau zu prüfen, bevor sie verpackt werden, und darauf zu achten, dass sie uns keine fehlerhaften geben.«

Paul war sofort bereit. Marianne sagte:

»Aber es wird spät. Mein Onkel öffnet die Stöcke erst bei Sonnenuntergang, wenn alle Bienen zurück sind.«

»Das spielt für mich keine Rolle, Mademoiselle. Ich habe am Abend nichts vor.«

»Aber wir müssen vor Sonnenuntergang in Pincourt ankommen.«

»Das lässt sich doch einrichten«, sagte Jean. »Ihr geht etwas früher los. So kannst du ein bisschen Zeit bei deinem Onkel – Großonkel – verbringen.« Als wären sie seine Kinder, sah er sie beide mit wohlwollendem Blick an und beendete das Thema.

Sie verbrachten ziemlich viel Zeit in dem Geschäft des Lederhändlers, prüften die Häute, verglichen Rottöne und Grüntöne und wurden schließlich handelseinig. Paul nahm das Bündel auf die Schulter, und sie gingen weiter, durch die engen Gassen der Vorstädte zwischen Ménilmontant und dem Fluss.

Kurz vor Sonnenuntergang erreichten sie einen umschlossenen Garten. Er war lang und schmal wie ein Pfad, in dem auf einer langen, nach Osten ausgerichteten Bank strohbedeckte Bienenstöcke standen, und entlang einer hohen Mauer wuchsen Obstbäume am Spalier. In dem Garten roch es nach reifem, gärendem Obst und Levkojen.

Paul und Marianne setzten sich in einiger Entfernung der Bienenstöcke auf eine Bank, und der Onkel hob einen Pfirsich auf, schüttelte die Bienen ab und gab ihn Marianne.

»Sie nehmen sich von mir, was sie können«, sagte er und bückte sich wieder, um einen zweiten Pfirsich für Paul zu suchen.

Es waren Pfirsiche mit weißem Fleisch, eine frühe Sorte; der Saft rann Marianne übers Handgelenk, als sie hineinbiss, und sie beugte sich vor, um ihren Rock nicht zu bekleckern.

»Sobald sie den Schatten spüren, hören sie mit all dem hier auf«, sagte der Onkel. »Dann sind sie wieder in ihrem Stock, und ich gebe ihnen etwas, damit sie schlafen können.«

»Werden Sie nie gestochen?«, fragte Paul.

»Nie. Ich verstehe die Bienen, außerdem bin ich alt. Meine Haut ist trocken. Das reizt sie nicht. Wenn Sie sich zwischen den Bienen bewegten«, sagte er zu Marianne, »würden Sie mit Sicherheit gestochen. Ihre Haut ist jung und straff.« Er lächelte und ließ ein paar gelbe Zahnstummel sehen. Seine graugrünen Augen lagen im Schatten eines breitkrempigen Strohhuts. Den grauen Bart hatte er mit der Schere so kurz wie möglich gestutzt. Marianne erwiderte sein Lächeln und zog ein Taschentuch aus der Rocktasche, mit dem sie sich Stirn und Wangen abwischte.

»Bei dem Wetter gerät man leicht ins Schwitzen«, sagte sie, »besonders auf einem langen Weg.« Und dann zu Paul: »Er ist wirklich erstaunlich. Ich habe selbst gesehen, wie er mit der bloßen Hand in den Bienenschwarm gegriffen und nach der Königin gesucht hat.«

»Es ist ein gutes Handwerk, die Imkerei, aber man muss gebildet sein und eine entsprechende Verfassung dafür haben.« Er verließ sie einen Moment, um sich für die Honigernte umzuziehen.

Seit dem Moment, da sie aus der Rue des Lions aufgebrochen waren, hatten sie sich so sittsam verhalten, als wären sie ständig unter Jeans Aufsicht. Und obwohl sie jetzt allein waren und völlig unbeobachtet, wie sie es sich besser nicht hätten wünschen können, hielten sie an ihrem tugendhaften Verhalten fest.

Marianne, mit dem Pfirsichkern in der Hand, sagte, wenn sie ein kleines Stück Land hätte, würde sie den Kern einpflanzen, und nach ein paar Jahren hätte sie einen fruchttragenden Baum, und darauf lächelte Paul sie glücklich an, machte aber keinen Versuch, sie zu berühren. Sie dachte an die vielen Male, als sie Jean vorgeschlagen hatte, mit seinem gehorteten Geld ein Haus zu kaufen, was er immer abgelehnt hatte, aber sie erwähnte es nicht. Sie legte den Kern zwischen sich und Paul auf die Bank und wischte sich wieder mit dem Taschentuch über Gesicht und Hals. Als sie das Taschentuch in die Rocktasche steckte, spürte sie die Perlen ihres Rosenkranzes, und das erinnerte sie an die große Prozession und das Unwetter, und daran, dass Paul ihr begegnet war, und sie sah ihn glücklich an, während sie eine halbe Stunde lang friedlich in zwei Welten lebte, in der einen Welt mit Paul und in der anderen Welt mit ihrem Mann. Ihr schien, dass es zwischen beiden keine große Reibung gab.

Die Sonne kroch langsam die Mauer hinauf, und wie der alte Mann gesagt hatte, flogen die Bienen vom Erdboden auf und von den vergärenden Früchten, die Schadstellen hatten und vom Baum abgefallen waren, bevor achtsame Hände sie retten konnten. Der Himmel veränderte langsam seine Farbe, das

Licht wurde sanfter. Paul nahm den Hut ab und legte ihn auf das Lederbündel.

»Sobald der Mond aufgeht, fangen die Nachtigallen an zu singen«, sagte er.

Dann wären sie wieder in der Stadt und in ihren Wohnungen. Der alte Mann kehrte in seiner Ausrüstung zurück, um den Honig zu ernten. In der Hand hatte er ein Kupfergefäß, vorne mit einer langen Tülle und hinten mit einer Art Blasebalg. Das Gefäß war mit Kohlenglut gefüllt, über die ein paar Lumpen, feuchtes Stroh und Blätter gestopft waren. Der Alte trug immer noch seinen Hut. Seine Hände waren unbedeckt, aber er hatte die Ärmel seines Hemdes an den Handgelenken zugebunden und den Hemdsaum in den Gürtel gestopft, und um den Hals hatte er sich ein großes, rotes Tuch geknotet. All das sollte verhindern, dass die Bienen ihm unter die Kleidung krabbelten. Seine Hose schloss unter den Knien eng ab, und er trug dicke genähte Strümpfe.

In der Dämmerung waren nur wenige Bienen zu sehen, die jetzt die Eingänge der Stöcke umflogen. Der Alte kam gemächlichen Schrittes zu der langen Bank, drückte auf den Blasebalg seines Rauchtopfs und blies in jeden der Stöcke ein bisschen Rauch, während er an der Reihe entlangging, ein Zauberer, der ein praktisches Wundermittel benutzte. Er legte das Gefäß beiseite und ging ins Haus, und als er wieder herauskam, hatte er Schalen aus Kupfer und Keramik dabei, die er in der Nähe der Bienenstöcke aufstellte. Jetzt klopfte er sachte gegen die Stöcke, schüttelte sie ein bisschen und lauschte dann. Wenn er Bewegung unter dem Stroh hörte oder zu hören meinte, blies er noch ein bisschen Rauch hinein und wartete auf eine Wirkung.

Marianne und Paul sahen ihm aus sicherer Entfernung zu. Nach einer Weile lüftete der alte Mann die Strohabdeckung eines Stocks, hob den Honig in eine der Schalen, nachdem er die Wabe von dem Gerüst aus Weidenruten abgebrochen und alte, verschmutzte Wabenteile beiseitegelegt hatte. Anschließend stellte er das Gerüst zurück und setzte dem Stock die spitze Strohmütze auf.

Als ihm seine Gäste wieder einfielen, brach er kleinere Stücke aus der Wabe und reichte sie ihnen, für jeden ein Stück. Eine Biene krabbelte dem alten Mann über die Hand, aus der Marianne ihr Wabenstück entgegennahm. Auch auf seinen Ärmeln und Schultern saßen Bienen. Sie machten keine Anstalten wegzufliegen, sondern saßen benommen auf seiner Kleidung, und der Alte versuchte nicht, sie abzuschütteln. Der Geruch von Rauch umschwebte den alten Mann und blieb bei ihm, als er wieder zu seinen Bienenstöcken ging, und auch die Honigwabe schmeckte nach Rauch. Das Wachs war in der Sonnenwärme weich geworden, und der Honig schmeckte kräftig und süß und blumig.

Auf dem Weg zurück in die Stadt, es war schon beinah dunkel, trug Marianne ihr Gefäß mit Honig, Paul hatte das Lederbündel auf der Schulter, und so kamen sie zur Porte St. Antoine, wo sie einen Moment verweilten und dann die Brücke über dem Stadtgraben überquerten. Von dem morastigen Grund stieg der Geruch von Wasserpflanzen und Schlick auf, ein Geruch, den sie oft um sich gehabt hatten, wenn sie sich im Gras der Île Louviers umarmten. Auf der anderen Flussseite sahen sie das mächtige Gemäuer der Bastille – ein riesiger schwarzer Schatten mit gezacktem Rand. Dahinter lag das Viertel, in dem Marianne wohnte und Paul arbeitete. Den ganzen Tag hatten sie sich wie brave Kinder betragen und waren seltsam glücklich gewesen.

»Er hat uns einen schönen Ausflug geschenkt«, sagte Paul.

»Er macht sich Sorgen um Nicolas und den Krieg«, sagte Marianne, als wäre das die Antwort auf eine Frage.

»Aber er hat uns nicht deshalb zusammen losgeschickt«, gab Paul zurück.

»Große Sorgen«, beharrte sie. »Er hat nach Rouen geschrieben und um Nachricht gebeten.«

»Er weiß das mit uns«, sagte Paul leise. »Er weiß es und will es nicht wissen.«

14

Mitte August kam ein Brief aus Rouen von Mademoiselle Marianne Cailloué.

»Da meine Mutter aufgrund ihres fortgeschrittenen Alters sehr schwach ist, möchte ich ihr die Anstrengung ersparen und erlaube mir, Ihre Frage bezüglich Ihres Sohnes selbst zu beantworten. Bedauerlicherweise waren wir nicht in der Lage, ihm Arbeit zu geben, da unser Geschäft sehr klein ist und Monsieur Jean Dumesnil, der Geschäftspartner meiner Mutter, die Arbeit größtenteils allein erledigen kann. Er hat dabei auch die Hilfe seines Bruders Jacques. Wir haben Ihren Sohn gern bei uns aufgenommen. Er hat mehrere Abende im Gespräch mit Monsieur Jean Dumesnil verbracht, bevor er Rouen wieder verließ. Obwohl ich an den Gesprächen nicht teilgenommen habe, kann ich Ihnen versichern, dass Monsieur Dumesnil von dem netten jungen Mann, dessen langes Schweigen Ihnen natürlich große Sorgen machen muss, sehr beeindruckt war. Es tut mir von Herzen leid, dass ich Ihnen keine weiteren Auskünfte über ihn oder sein Reiseziel geben kann, seit er Rouen verlassen hat.«

»Er hat in seinem ganzen Leben noch keinen Brief geschrieben«, sagte Marianne. »Und selbst wenn es ihm jetzt einfiele, würde er sich sagen, es lohnt sich nicht mehr, da er ohnehin bald nach Hause kommt.«

»Wie bald?«

»Im Herbst. Das hat er gesagt. Der Sommer ist fast vorbei.«

Jean faltete den Brief zusammen und steckte ihn in seine Westentasche. Sein Miene war unglücklich, und er sah weder den Brief an, als er ihn faltete, noch seine Frau.

In diesem Sommer bezog der Abbé Têtu Räume in der Rue Neuve St. Paul. Diese Straße verlief, wenn man vom Fluss kam, hinter der Rue des Lions und war wie diese einst Teil der königlichen Gärten gewesen. In den stattlichen Hôtels, die früher die Stadtpaläste der Aristokraten gewesen waren, wohnten jetzt Juristen und reiche Bürger. Die Marquise de Brinvilliers hatte dort gewohnt, und das war noch gar nicht so lange her. Ihre Giftskandale, Ehebrüche und Morde waren in der Erinnerung der Bekannten des Abbé noch frisch. Weil sie so bewegend Reue gezeigt hatte, betrachtete das gemeine Volk sie nach ihrer Hinrichtung als Heilige. Nachdem ihre Leiche verbrannt worden war, rangelten die Menschen miteinander um eine Handvoll ihrer Asche, die sie horteten wie eine heilige Reliquie. Als die Flammen erloschen waren und von La Brinvilliers nichts außer ihrer Asche und ein bisschen Rauch geblieben war, hatte die Marquise de Sévigné gesagt: »Jetzt ist sie in der Luft. Wir atmen sie ein.«

Noch vor dem Wunder der heiligen Geneviève verließ Madame de Sévigné Paris und siedelte in die Provence über; sie erklärte sich glücklich, den Ort all dieser unseligen Ereignisse zu verlassen. Aber selbst im Paradies – »dieses Leben ist zu süß, die Tage fliegen zu schnell dahin, und wir tun keine Buße« – verlangte Madame de Sévigné nach Neuigkeiten von ihren Freunden in Paris, und ihr Cousin, der Monsieur de Coulanges, lieferte sie ihr in allen Einzelheiten. Er berichtete über die Krankheit seiner Frau, über den italienischen Arzt, der sie zu heilen versuchte, und von dem Umzug des Abbé Têtu.

»Monsieur Abbé Têtu ist nach wie vor ein außergewöhnlicher Mensch. Er hat in der Rue Neuve St. Paul ein Haus gemietet … Madame de Coulanges hat eine schlechte Nacht verbracht, aber die Medikamente, die sie nimmt, können keine Heilung über Nacht bringen. Wir müssen uns in Geduld üben.

Am ehesten wird es noch den Abbé Têtu dahinraffen, der weder die Anwesenheit noch das Gespräch von Carette ertragen kann, weshalb er das Haus der Coulanges verlassen hat, denn Carette kommt fast jeden Tag hierher und verbringt unendlich viel Zeit mit Madame des Coulanges, die im Übrigen derselben Meinung ist wie der Abbé, aber wenn das Leben selbst auf dem Spiel steht … Der Abbé bewundert Madame de Coulanges nach wie vor und zürnt ihr innerlich, weil sie die Carette nicht wegschickt … Überdies missbilligt der Abbé, dass sie einen Orangenbaum in voller Blüte auf ihre Galerie gestellt hat; kurzum, er ist ein außergewöhnlicher Mensch, und ich befürchte, dass er bei seinem nächsten Umzug in das Haus der Unheilbaren kommt – um den richtigen Namen des Heims, in dem er enden wird, zu ummänteln.«

Die Missbilligung des Monsieur de Coulanges bedeutete dem Abbé keinen Verdruss. Ihm gefiel sein Haus, die Miete lag im Rahmen seiner Möglichkeiten; allerdings bekümmerte ihn das selbst auferlegte Exil von dem Salon der Madame des Coulanges sehr, und er vermisste die Gesellschaft der Madame de Sévigné. Seine Schlaflosigkeit wurde schlimmer. Das Laudanum, das er nahm, um schlafen zu können, verursachte ihm in seinen wachen Stunden eine tiefe Melancholie, und wenn sie besonders schlimm war, kehrte er Paris den Rücken und fuhr zur Abbaye de la Trappe, wo er einige Bußestunden mit Monsieur de Rancé verbrachte.

Im Frühling und Sommer dieses Jahres, als die königliche Armee von einem Sieg zum nächsten eilte, folgte ein *Te Deum* auf das andere. Mit ähnlicher Häufigkeit kamen die Ankündigungen neuer Steuern. Als Ende Mai ein Erlass veröffentlicht wurde, wonach alle Menschen ohne Obdach und Arbeit die Stadt zu verlassen hatten, mussten an den Stadttoren Wachen postiert werden, um den Rückstrom dieser unglücklichen Menschen zu verhindern. Zu Fronleichnam kamen die Bettler in solchen Scharen nach Versailles, wo sie sich Almosen und Brocken von den Tischen des Hofes erhofften, dass sie zu einem Gesundheitsproblem wurden. In Paris grassierten Krankheiten. Fagon befürchtete, eine Epidemie könne unmittelbar unter den Fenstern des Königs ausbrechen. Auf sein Drängen wurden am Tag nach dem Feiertag die Straßen und Höfe in einer großen Säuberungsaktion ausgespritzt. Der König beobachtete die Fronleichnamsprozession von seinem Fenster aus und hielt in seiner Privatkapelle die Andacht.

Unterdessen begann die Ernte. Um spekulative Transaktionen zu unterbinden, erließ der König im Juni einen Befehl, der den Verkauf von noch ungeerntetem Weizen verbot; aber als die Weizenähren reiften, stürmten die aus Paris Vertriebenen und die hungernden Landmenschen auf die Felder, rissen die Körner von den Halmen und aßen sie aus der Hand, so, wie es einst die Jünger Jesu von Nazareth am Sabbat taten.

Der Kornhändler Roger betrieb am Port de l'École weiter seine Geschäfte, was sowohl Monsieur de La Reynie als auch Monsieur de Harlay mit Missmut zur Kenntnis nahmen. Harlay, der sich mit Entscheidungen schwertat und von den ständigen Mahnungen des Monsieur de Pontchartrain bedrängt wurde, der seinerseits im Namen des Königs Taten verlangte, beschloss im Juli, in der Sache Roger tätig zu werden. Da er diesmal durch La Reynie nichts erreichen konnte, ging er über dessen Kopf hinweg direkt zum König. Er reichte ein Gesuch ein und bekam von Pontchartrain folgende Antwort:

»Hier ist der von Ihnen gewünschte Befehl für die Verhaftung von Roger. Seien Sie versichert, dass Ihnen alles, was Sie für die Umsetzung brauchen, umgehend zur Verfügung gestellt wird. Aber erlauben Sie mir, als Ihr alter Freund das bereits Gesagte mit noch größerem Nachdruck zu wiederholen, nämlich dass der König mit Verdruss und Ungeduld einen Mangel an Aktivität feststellt. Handeln Sie, in Gottes Namen! Verwenden Sie, wen Sie möchten. Nutzen Sie Ihre Überlegenheit. Alle Beamten unterstehen Ihnen, der Rahmen Ihrer Befugnisse wird für diesen Fall ausgeweitet. Alles hängt von Ihnen ab. Ob Dank oder Schuldzuweisung, sie gelten Ihnen.«

Also wurde Roger verhaftet. La Reynie blieb nichts übrig, als sich zu fügen. An Harlay schrieb er:»Der Befehl des Königs wurde heute Morgen ausgeführt, und Roger ist ins Châtelet verbracht worden. Seine Unterlagen sind beschlagnahmt – Rechnungsbücher, Kalender, Konnossements und vieles andere mehr, sodass eine genaue Untersuchung seiner Getreidegeschäfte eingeleitet werden kann. Durch die Überprüfung seiner Papiere kommt, so hoffen wir, Licht in die Sache; vielleicht wird auch mit der Festnahme seiner Person ein Exempel statuiert.«

Das war am sechsten Juli.

In der Zeit danach beobachtete Monsieur de Pontchartrain eine gewisse Kühle zwischen La Reynie und Harlay. Die Verhaftung Rogers änderte an der Sache im Grunde nichts. Der König empfand weiterhin Verdruss und Ungeduld, und am Samstagmorgen erhielt Monsieur de Harlay zwei weitere Mitteilungen von Monsieur de Pontchartrain. In der ersten hieß es:

»Beziehen Sie Monsieur de La Reynie in den Fall ein. Beachten Sie, dass ich Sie zwar auffordere, Monsieur de La Reynie einzubeziehen, aber ich sage nicht, dass damit alles getan ist.«

In der zweiten Mitteilung hieß es:

»Der König befiehlt, dass Sie sich morgen um Punkt zwei Uhr am Trianon einzufinden haben. Der Zweck des Treffens ist es, den Mangel an Kontrolle über die Brot- und Getreidevorräte sowie die öffentliche Redefreiheit in Paris zu besprechen, welche Dinge, wie Sie feststellen werden, seine starke

Missbilligung finden. Der König hat außerdem befohlen, dass ich Monsieur de La Reynie und den Vorsteher der Kaufmannsgilde ebenfalls einbestelle; jedoch wird er zuvor mit Ihnen unter vier Augen sprechen.«

So kam es also, dass La Reynie und der Vorsteher der Kaufmannsgilde von Paris am Sonntagnachmittag den marmornen Säulengang auf- und abschritten und warteten, bis der König seine Privatbesprechung mit dem Premier Président beendet hatte. Jenseits der rosafarbenen Säulen, in Richtung Osten, lagen der Wald und die Rasenflächen träumend in der Sonne. La Reynie war wegen der Verhaftung Rogers sehr ungehalten. Er mäßigte seine Ungeduld und hoffte, beim König Einspruch dagegen erheben zu können.

Die Unterredung mit dem König begann pünktlich um drei. Sie bereitete La Reynie einige Genugtuung. Es störte ihn nicht, zu hören, dass dem Premier Président bestätigt wurde, alles liege in seiner Hand, denn die Pläne, die der König vorlegte, waren die von La Reynie. Harlay und der Vorsteher der Kaufmannsgilde wurden verpflichtet, sich um deren Umsetzung zu bemühen.

Nachdem die anderen entlassen worden waren, behielt der König La Reynie noch bei sich.

»Ich höre, dass die Verhaftung gegen Ihr besseres Urteil vorgenommen wurde.«

»Es missfällt mir, Sire, jemanden aus falschen oder vorgetäuschten Gründen zu verhaften.«

Der König lächelte. »Der Zweck heiligt nicht die Mittel?«

»So ist es, Sire.«

»Im Prinzip pflichte ich Ihnen bei. Aber wir mussten Harlay stärken. Nun, was können Sie mir über den *Geist des Monsieur Scarron* sagen?«

15

Die stille Freude, die Paul in dem ummauerten Garten mit den
Bienenstöcken gefunden hatte, war trügerisch. Als er den süßen
Honig schmeckte und Marianne an seiner Seite betrachtete,
glaubte er, sich selbst und seine Leidenschaft beherrschen zu
können. Er hatte einen sinnlichen Genuss gegen einen anderen
getauscht, er hatte einen Nachmittag lang seiner Selbstverliebt-
heit gehuldigt und sich wie ein ehrenhafter Mann verhalten.
Er glaubte, er könnte seiner Liebe entsagen oder frönen, ganz
nach eigenem Belieben, und obwohl seine Begierde am nächsten Morgen so frisch und stark wie zuvor zurückkehrte, war er
dennoch überzeugt, weiterhin diese Freiheit zu haben.
    Die Stunde in dem Garten hatte noch etwas anderes in ihm
bewirkt. Sie hatte in ihm eine Sehnsucht geweckt, mit Marianne
in der frischen Luft, im Sonnenschein, auf den frischen Wiesen zusammen zu sein. Er stellte es sich herrlich vor, mit ihr in
der Gesellschaft anderer zu sein, nicht verstohlen, sondern triumphierend. Er wollte seine Eroberung vorzeigen. Sein kleines
Zimmer, die warme, stickige Luft darin und mehr noch das zer-
trampelte Gras auf der Île Louviers erschienen ihm im höchsten Grade unbefriedigend. Er bedrängte sie, mit ihm einen Ausflug aufs Land zu machen. Er sprach so oft und so eloquent von
diesem neuen Wunsch, dass Marianne allmählich ebenfalls eine
Abscheu vor seinem kleinen Zimmer und dem stinkenden Treppenhaus in der Rue des Deux Boules empfand. Zunächst erhob sie den Einwand, dass es unpraktisch sei. Sie könne keinen
Grund nennen, warum sie so lange von zu Hause fortbleiben
müsse. Jean würde wissen wollen, was sie vorhabe, besonders an

einem Sonntag. Aber nach einer Weile gelang es Paul mit seinem Drängen, in ihr, die in der Stadt aufgewachsen war und sich selten aus ihr herausgewagt hatte, eine Sehnsucht nach den unerforschten Pfaden jenseits von Pincourt zu wecken, und da fiel ihr ein, dass sie ihrem Onkel das Gefäß, in dem er ihr den Honig gegeben hatte, zurückbringen musste. Außerdem kam ihr die Idee, dass die Eier vom Lande schmackhafter und billiger waren als die in der Stadt, und Jean erlaubte ihr, frische Eier ausfindig zu machen. An einem Sonntag Ende August, dem Sonntag vor dem Bartholomäustag, machte sie sich allein auf den Weg, sie klopfte allein bei ihrem Onkel an und gab ihm das Gefäß zurück. An der ersten Wegkreuzung hinter seinem Haus traf sie Paul.

Innerlich jubilierend, dass sie seinem Wunsch stattgegeben hatte, und im Triumph seiner eigenen Macht, gab Paul sich nach außen bescheiden, während er alle bekannten Tricks aus der Schmeichelkiste anwandte. Marianne hatte ihn noch nie so glücklich, seine Augen so leuchtend gesehen. Sein Beutel, den er sich wie gewöhnlich über die Schulter gehängt hatte, enthielt Brot und Käse sowie eine Flasche guten Weins. Sie würden ein Picknick im Freien machen, vielleicht am Fluss. Er reckte das Kinn in einer Bewegung, die ihr inzwischen vertraut war – wie ein Fuchs, der in die Luft schnüffelt. Einmal, damals war sie noch ein kleines Mädchen gewesen und mit ihren Eltern in die Wälder von Meudon gegangen, hatte sie einen Fuchs gesehen. Ihr blieb nur die Erinnerung an die Farbe und die Bewegung. Sie war zu jung gewesen, um sich zu fürchten.

»Die Getreideernte hat begonnen«, sagte er. »Die Erde riecht gut, wie das Brot selbst. Bald werde ich deine Haube abbinden und dein Haar in der Sonne und auf der Erde ausbreiten. Und wenn du heute Nacht im Bett liegst, riecht dein Haar immer noch nach Erde. Das wird Jean gefallen«, fügte er plötzlich mit einem Anflug von Gehässigkeit hinzu.

Sie legte ihm protestierend die Hand auf den Arm.
»Ich bin dir gut«, sagte sie sanft. »Du brauchst mich nicht zu quälen.«

Sie nahm die Hand wieder weg, kam aber näher an seine Seite, sodass ihr Arm gelegentlich seinen Ärmel streifte oder seine Hand die ihre berührte. Sie war ihm so nah, dass es in ihrer Empfindug einer Umarmung gleichkam. Paul bemerkte es und wusste, er konnte das Gefühl wecken oder auslöschen, ganz wie ihm beliebte.

Sie ließen die Stadt weit hinter sich, so weit, wie Marianne noch nie gewesen war. Überzeugt, dass niemand sie erkennen würde, fragte sie in einem Haus nach Eiern. Im Schatten einer Mauer fand sie eine Handvoll wilder Pilze; an einigen waren die weißen Membranen zwischen Kopf und Stamm noch ganz heil, die Lamellen rosa, die Pilzköpfe so groß wie Eier. Jean würde sich darüber freuen, dachte sie, besonders, da sie nichts gekostet hatten. Der Tag blieb bis zum Nachmittag sonnig, doch als sie sich der Stadt wieder näherten, wurden sie von einem Schauer überrascht, der über die südlichen Felder herbeigeweht kam. Lachend rannten sie, um sich unterzustellen, und zufälligerweise war es die Tür zu einem Wirtshaus.

Sie setzten sich an einen freien Tisch, die Bank stand an der Wand, sodass sie nebeneinander saßen und den Raum vor sich hatten. Sie sahen, wie eine Taufgesellschaft, die im Garten gefeiert hatte, vom Regen in den Raum getrieben wurde – Eltern, Großeltern, Onkel und Tanten, Nichten und Neffen und dazu die Amme mit dem Säugling, und alle redeten auf einmal. Die Wirtin beeilte sich, für alle Platz zu finden, setzte andere Gäste um und schob mehrere Tische zu einer langen Tafel zusammen. Ein großer junger Mann, der mit einem nicht ganz so großen Mann zusammensaß, wurde von der Wirtin von seinem Platz vertrieben, und die beiden setzten sich zu Paul und Marianne an den Tisch.

Der große junge Mann schob den Hut aus der Stirn, einen schwarzen Kastorhut mit breiter Krempe, und streckte seine langen Beine unter den Tisch. Paul erkannte Rambault, den Drucker aus Lyon, an dem hageren Gesicht und dem breiten, freundlichen Mund, und Rambault erkannte Paul im selben Moment auch.

»Der Buchbinder aus Auxerre! Ich habe Sie seit dem Tag der Prozession nicht mehr gesehen. Ein wunderbarer Zufall. Meinen Sie nicht auch, Chavance?«

»*Mirabile visu*«, sagte sein Freund. »Und zudem *mirabile dictu*. Insgesamt außergewöhnlich.«

»Ich habe Ihnen ja erzählt, dass er bei den Mönchen wohnt. Es schlägt sich in seiner Sprache nieder. Dies ist der Mann, den ich Ihnen vorstellen wollte. Mein Freund Chavance, der klügste Mann, den ich kenne. Sagen Sie etwas, Chavance.«

»*Laus propria sordet*«, sagte Chavance nachsichtig. »Eigenlob stinkt.«

»Ich lade Sie ein, Sie und Ihre hübsche Freundin.« Rambault gab der Wirtin ein Zeichen, bevor Paul ihn hindern konnte, und sagte, indem er sich Marianne zuwandte: »Als ich Damas das erste Mal begegnete, war er eine traurige Gestalt. Sie hätten sofort Mitleid mit ihm gehabt. Halb verhungert, ohne Obdach und Arbeit, ein Fremder in Paris – ganz abgesehen von einem anderen Unglück, das ihm schwer zu schaffen machte. Es ging mir sehr nah, Mademoiselle, da ich mich früher auch einmal so gefühlt hatte, wie er aussah. Jetzt hat seine Situation sich gewandelt. Ihm ist alles Glück der Welt zugeflossen, wie deutlich zu sehen ist.« Die wie Klammern geschwungenen Falten um seine Mundwinkel vertieften sich, wenn er mit geschlossenem Mund lächelte. Zu Chavance sagte er: »Er arbeitet bei Larcher, in der Rue des Lions. Ich kenne den Mann nicht, aber er hat einen gefestigten Ruf als ehrlicher Mann, wenn auch als

Pfennigfuchser. Ein Königstreuer. Zweifellos ein guter Meister. Habe ich recht, Damas?«

Paul stimmte der allgemeinen Beschreibung zu. Um das Thema zu wechseln, sagte er zu Chavance: »Was gibt es Neues vom Tage?«

Chavance zog die Augenbrauen hoch und antwortete im Stil der *nouvellistes* in den Jardins des Tuileries.

»Monseigneur geht im Wald von Sénart auf Wolfsjagd. Und der König ist nach St. Cyr gefahren, wo er sich mit seiner alternden Geliebten in ihrem Serail trifft.«

Rambault unterbrach ihn:

»Pauls Meister würde Ihre Haltung niemals billigen, mein Freund.«

Chavance zuckte die Schultern und begann mit einer sachlichen Darstellung der Nachrichten vom Tage. Unter anderen Umständen hätte Paul ihm gern zugehört. Bevor die beiden Männer an ihren Tisch gekommen waren, hatte er den Arm um Mariannes Schulter gehabt. Jetzt hatte er ihn zurückgezogen, und Marianne saß, die Hände vor sich gefaltet, in einer Pose intensiver Zurückhaltung. Ihre leuchtende Ausstrahlung ließ sich jedoch nicht verhehlen, der Eindruck erfüllter Sinnlichkeit einer Frau, die glücklich verliebt war. Paul wusste, zu welchem Schluss Rambault gekommen war, und konnte ihm das kaum vorwerfen. Die nächste Viertelstunde wurde ihm zur Qual.

Marianne hatte den Blick auf die Tür gerichtet. Als sie sah, dass der Regen aufgehört hatte und die Sonne wieder hervorkam, stand sie auf und nahm ihren Korb.

»Wir müssen aufbrechen«, sagte sie.

Paul hatte seinen Wein noch nicht ausgetrunken. Rambault wollte, dass sie blieben. Aber sie war entschlossen.

»Es ist schon spät.«

Marianne ging zur Tür, während Rambault noch mit Paul

sprach. Sie hörte, wie sie ein weiteres Treffen vereinbarten. Rambault sagte zu Paul: »Ich stöbere Sie in der Rue des Lions auf.« Sie hörte, wie Paul erwiderte, Larcher sei Besuchern gegenüber nicht sehr aufgeschlossen, und ging zur Tür, wo sie die Worte der Männer nicht verstehen konnte. Dort blieb sie stehen und wartete. Vor ihr lag die Straße, in den Pfützen spiegelte sich das Blau des Himmels. Vögel sangen, als wäre es früher Morgen. Sie war von der Begegnung mit Pauls Freunden zutiefst verstört, beinahe so, als wären sie in der Werkstatt erschienen. Sie hatte geglaubt, weit von Paris entfernt zu sein. Das Wirtshaus war eine Falle. Sie wollte zurück. Da sagte eine Stimme laut und deutlich:

»Guten Tag, Mademoiselle Marianne.«

Sie drehte sich um und sah eine Frau, die an einem Tisch bei der Tür saß. Marianne kannte sie vom Sehen, sie war eine große, grobknochige Frau, flachbrüstig und schmalhüftig, mit einem langen Gesicht und einem ausgeprägten Kinn. Ihr Mund war breit und schmal und hatte einen grausamen Ausdruck. Sie hatte rötliches Haar und einen auffallenden Oberlippenbart. Beim Lächeln zeigte sie ihre großen starken Zähne.

»In letzter Zeit sind Sie viel draußen unterwegs«, sagte sie, als suchte sie ein freundliches Gespräch.

Marianne sah sie misstrauisch an.

»Auf dem Lande bekomme ich bessere Eier«, sagte sie.

»Das stimmt. Das finde ich auch. Und was bekommen Sie in der Rue des Deux Boules?«

Marianne spürte eine eiskalte Beklemmung, aber sie antwortete mit gleichbleibender Stimme:

»Ist es möglich, dass Sie das Schreibwarengeschäft in der Rue des Deux Boules nicht kennen? Ich kann es nur empfehlen. La Règle d'Or.«

Die Frau lächelte und brach ein Stück Brot ab. Sie hatte

kräftige Hände, mit denen sie das Brot entzweiriss wie mit den Krallen eines Falken. Immer noch lächelnd, die raubgierigen Hände auf dem Brot, sagte sie:

»Über dem Règle d'Or kann man Zimmer mieten, richtig?«

Die Anspielung war eindeutig. Marianne antwortete darauf nicht, sondern trat auf die Straße, wo sie auf Paul wartete. Als das Wirtshaus ein Stück hinter ihnen lag, sagte Paul:

»Wer war die Frau?«

»Die Haushälterin von Monsieur Pinon.«

»Wohnt sie in eurem Viertel?«

»In der Rue des Lions«, sagte Marianne. »Sie ist sehr von sich überzeugt, weil sie bei einem Mann dient, der im Grand Conseil des Parlaments einer der Vorsitzenden ist. Sie ist eine Klatschbase – am Brunnen, auf dem Markt, im Pflug. Ich nenne sie nicht meine Freundin.«

»Was kann sie schon erzählen?«, fragte Paul. »Dass sie dich einmal außerhalb der Stadt gesehen hat und ein andermal in der Rue des Deux Boules.«

»Sie hat mich mit dir gesehen. Sie kann Dinge andeuten.«

»Wer würde ihr glauben?«

»Oh, das könnte dich überraschen.«

»Sie würde nicht mit Jean sprechen.«

»Wie kannst du dir da sicher sein?«

»So, wie ich deinen Mann kenne, glaube ich nicht, dass die Haushälterin eines Ratspräsidenten sich trauen würde, ihn aufzusuchen, bloß um verletzende Andeutungen über seine Frau zu machen. Nein, sie wird nicht mit Jean sprechen.«

»Sie wird mit allen anderen Frauen in unserem Viertel sprechen«, sagte Marianne, »und ich werde ihnen überall begegnen.«

»Du hast Freundinnen.«

»Solange ich geachtet bin, habe ich Freundinnen. Auch du

hast Freunde, so wie es aussieht. Was machst du, wenn dein Freund, der Drucker, plötzlich in der Werkstatt steht? Wie würde es dir dann ergehen?«

»Ach«, sagte Paul, »er denkt sich nichts Schlimmes.«

»Er glaubt«, sagte Marianne, »ich bin deine Hure.« Sie hatte einen Moment gezögert, bevor sie das Wort sagte, ein Wort, das Männer benutzten, und sprach es dann deutlich und mit Bitterkeit aus. Paul lächelte. Sie sah das Lächeln.

»Das bist du auch«, sagte er, »keine *putain*, aber eine Ehebrecherin. Ist das so schlimm? Madame de Maintenon ist es auch, nach allem, was man so hört.«

»Für dich ist das ein Scherz«, sagte sie aufgebracht. »Niemand wird schlecht von dir denken, wenn es herauskommt. Deinen Freunden kannst du es als lustige Geschichte erzählen. Es wird keinem etwas ausmachen, nur Jean, vielleicht.«

Darauf wurde er ernst.

»Aber Jean weiß Bescheid«, fuhr er fort. »Das habe ich dir schon gesagt. Er weiß es, und es kümmert ihn nicht.«

»Er hatte einen Verdacht«, korrigierte sie ihn, »und dann hat er beschlossen, uns zu vertrauen.«

»Er braucht mich in der Werkstatt«, sagte Paul. »Er liebt dich nicht. Er ist ein alter Mann.«

Das war eine Beleidigung. Sie wollte einwenden, dass ihr Mann sie sehr wohl liebte, aber dann begriff sie, in welcher verdrehten Lage sie war, Geliebte oder Mätresse zweier Männer, und hielt die Worte zurück. In Pauls Miene sah sie lediglich den Wunsch, ihr wehzutun.

»Wenn er es herausfindet —«, begann sie.

»Er wird es nicht durch Klatsch und Tratsch im Viertel herausfinden«, wandte Paul kalt ein.

»Du meinst, ich —«, sagte sie, konnte aber nicht fortfahren. Sie sahen sich mit einem Ausdruck an, der an Hass grenzte.

Dann wandten sie sich voneinander ab und gingen wortlos weiter, bis sie auf die Straße stießen, die zur Porte St. Antoine führte.

Auf dem Rückweg ließ Mariannes heftiger Gefühlsaufruhr allmählich nach, was blieb, war kalte Angst. Wozu Simones freundschaftliches Necken und Jeans mit Nachsicht vermengter Argwohn nicht in der Lage gewesen waren, schaffte die scharfe Zunge der Haushälterin von Monsieur Pinon umso wirkungsvoller. Und Paul, dem zuliebe es zu diesem Ausflug gekommen war, hatte in ihr eine Abscheu vor allen Vorwänden und Heimlichkeiten geweckt. Jetzt war die Angst vor der Entdeckung stärker als jedes Begehren. Pauls grausame Bemerkungen machten ihr deutlich, dass sie allein auf sich gestellt war. Sie musste selbst etwas zu ihrer Rettung unternehmen, das verstand sie. Sich von ihm Hilfe zu erhoffen, hatte keinen Sinn. Lauter Ideen gingen ihr durch den Kopf, plausible und unwahrscheinliche, und sie verwarf sie alle nacheinander, während sie mit gesenktem Kopf weiterging, den Korb schwer an ihrem Arm. Paul neben ihr war ein Fremder, eine feindliche Präsenz. Sie war sich all seiner Bewegungen bewusst, spürte aber zugleich, dass die Verbindung zwischen ihnen durchtrennt war. Nie würde sie unglücklicher sein als in diesem Moment, und wenn sie einhundert Jahre alt würde.

Als sie die Vorstadt St. Antoine erreichten, hatte sie ihre Entscheidung getroffen. Auf der Brücke vor dem Stadttor blieb sie in der halbkreisförmigen Ausbuchtung stehen, wo sie auch auf dem Rückweg vom Haus ihres Onkels haltgemacht hatten. Sie stellte ihren Korb auf die Brüstung. Paul drehte sich mit dem Rücken zum Tor. Ein Karren fuhr rumpelnd vorbei, die Hufe der Ochsen schlugen auf den Steinen einen gemessenen Takt. Paul wartete darauf, dass sie etwas sagte. Sie legte die Hände auf dem Korb zusammen und sagte, ohne ihn anzusehen:

»Es ist Zeit, es zu beenden.«

»Was meinst du damit?«

»Ich werde mich nicht mehr mit dir treffen, nur, wenn es unumgänglich ist.«

»Du schickst mich weg?«

»Aus der Werkstatt? Nein. Aber Jean würde dich wegschicken, wenn er es wüsste.«

»Soll das heißen«, sagte er ungläubig, »dass ich in denselben Räumen, wo du bist, arbeiten soll, und dass es zwischen uns nichts mehr gibt, keine —« Er zögerte. Sie beendete den Satz für ihn:

»Keine Liebe. Es wird so sein wie vor dem Gewitter. Es hätte sowieso nicht lange so weitergehen können. Jetzt ist es vorbei.«

»Hast du den Verstand verloren?«

Sie schüttelte den Kopf. »Es ist vorbei, so oder so.«

»Es ist nicht vorbei«, sagte er erregt.

»Du hast es selbst beendet, vor nicht einmal einer Stunde.« Er wies das mit einem Ausruf zurück, aber sie fuhr fort: »Ich werde meine Arbeit, wo immer nötig, verrichten und dir keine Beachtung schenken. Wenn du unter diesen Umständen nicht arbeiten kannst, stelle ich es dir frei, woanders Arbeit zu suchen.«

Er war sich ihrer so sicher gewesen, er hatte geglaubt, uneingeschränkte Macht über sie zu haben; das war die Hauptquelle seiner Freude. Jetzt stand sie vor ihm und sagte ihm in aller Ruhe, sie komme ohne ihn zurecht. Er glaubte das nicht; nein, er würde das nicht hinnehmen. Er sah sie unverwandt an und bemerkte ein winziges Flackern der Unsicherheit in ihren Augen; dann schloss sie die Lider, und damit war er kurz aus ihrem Blick ausgeschlossen, wie bei einem kleinen Tod. Als die Lider sich wieder öffneten, sah er, dass ihre Augen voller Tränen standen. Seine eigenen Augen wurden schmal.

»Also gut«, sagte er so ruhig, wie sie selbst gesprochen hatte, »wenn es das ist, was du willst, dann machen wir es so.« Er drehte sich auf dem Absatz um und ging davon.

Sie sah ihm nach, als er durch das Tor ging und dann aus ihrem Blick verschwand.

»Es gibt keinen anderen Weg«, sagte sie zu sich und nahm den Korb. »Wenn ich es nicht beende, wird Jean davon erfahren, auf die ein oder andere Weise. Dann wird Jean ihn entlassen, und das ist noch das Mindeste.« Während sie Paul nachsah, hatte sie das Gefühl, als hätte sie ihn zerstört, als würde sie ihn nie wiedersehen.

16

Am Montagmorgen kam Paul um die übliche Zeit zur Arbeit. Er wirkte etwas grau und müde, als hätte er die Nacht nicht gut geschlafen. Mittags, als er sich mit Marianne und Jean zu Tisch setzte, war er so höflich wie immer zur Frau seines Meisters und mehr als sonst interessiert an dem, was sein Meister zu sagen hatte. Es gab keine heimlichen Blicke, kein Lächeln von einem zum anderen, und Marianne hatte das Gefühl, wie schon auf dem Weg zur Porte St. Antoine, dass zwischen ihnen eine Kluft bestand, die durch nichts zu überwinden war.

Sie dachte an die besondere Erregung, die sie noch vor Kurzem gespürt hatte, wenn Paul das Zimmer betrat, in dem sie sich aufhielt, ungeachtet, ob er sie ansah oder nicht. Es war, als empfing sie eine Ausstrahlung, als berührte sie ein Entzücken, ohne Worte oder Gesten. Jetzt war da nichts. Sie existierte für ihn nicht mehr.

In den nächsten Tagen gewann seine Farbe wieder die alte Frische, er wirkte erholt und fast übermütig. Genau das hatte sie sich gewünscht. Anscheinend bekam ihm die Trennung. Ihr Mitleid vom Sonntagabend war verschwendet gewesen. Tatsächlich arbeitete er so gut, mit solchem Fleiß und solcher Präzision, dass Jean ihn lobte und später das Lob vor Marianne wiederholte.

»Er kann mit den Fingerspitzen sehen. Ich bezweifle, dass es in der Stadt jemanden mit ähnlichen Fähigkeiten gibt.«

»Du würdest ihn nicht gern verlieren«, sagte Marianne.

»Ich habe nicht die Absicht, ihn zu verlieren«, sagte Jean. »Wenn Nicolas zurückkommt, werde ich über eine Partnerschaft sprechen.«

Dass Nicolas zurückkommen würde, hatte sie fast vergessen, dabei hatte sie sich nie eine Zukunft ohne ihn vorgestellt, auch nicht ohne Jean, auch keine Zukunft, in der sie der Haushälterin von Monsieur Pinon und allen anderen Nachbarn nicht mit erhobenem Kopf begegnen konnte. In der Woche darauf verbrachte sie mehr Zeit mit Simone. Simones runde blaue Augen, so freundlich und zutraulich, waren für Marianne ein Trost. Beim Brunnen vor der Jesuitenkirche traf sie, wie es unvermeidlich war, die grobknochige Haushälterin. Ihr wurde klar, dass Paul recht gehabt hatte, als er sagte, die Frau könne lediglich Andeutungen machen. Ihre Anschuldigungen entbehrten jeder Grundlage. Sicher in dem Wissen, dass die Affäre vorbei war, dazu in der Gewissheit, dass sie selbst sie beendet hatte, trat Marianne ihrer Widersacherin selbstbewusst gegenüber.

Da Nicolas' Rückkehr bevorstand, unterzog sie sein Zimmer einer gründlichen Reinigung. Sie wischte alle Schränke aus, wie sie es auch nach seiner Abreise getan hatte, und räumte auf, außerdem erstellte sie für Jean ein neues Verzeichnis seiner Materialien. Danach hatte sie immer noch Zeit, deshalb ging sie in die Kirche um die Ecke in der Rue St. Paul, weil sie beichten wollte. Seit Pfingsten war sie weder bei der Beichte noch beim Abendmahl gewesen.

Sie kniete lange in dem halbdunklen Kirchenraum und versuchte, sich auf die schwierige Beichte vorzubereiten. Sie erinnerte sich daran, wie sie in der Abteikirche von St. Geneviève um Frieden in ihrem Herzen gebetet und geglaubt hatte, ihr Gebet sei erhört worden. Dann dachte sie an Pauls ersten Kuss, damals im Regen. Ihre Entschlossenheit, ihn aufzugeben, war unumstößlich, aber mit den Erinnerungen kam auch ein Aufbegehren. Dass sie ihn geküsst hatte, konnte sie nicht bereuen, auch nicht, in seinen Armen geschlafen zu haben. Was sie bereute, war ihr Verlust nach dem Ende der Affäre, und den empfand sie so stark, wie Paul es sich nur wünschen konnte. Sie verließ die Kirche mit dem Gefühl, gesündigt zu haben, weil sie keine Reue zeigte, denn dass die Liebe eine Sünde sein sollte, konnte sie nicht empfinden.

Sie versuchte, sich müde zu arbeiten, schlief trotzdem schlecht und wachte am Morgen mit fest zusammengebissenen Zähnen und schmerzenden Kiefern auf. Gegen Ende der Woche hatte sich der Schmerz in einem Backenzahn konzentriert, der ihr schon manches Mal Ärger gemacht hatte. In der Nacht zum Montag schlief sie wegen der Schmerzen kaum, und am Morgen wachte sie mit sichtbar geschwollener Backe auf.

»Lass ihn dir ziehen«, sagte Jean, als sie im Bett saß und sich die Backe hielt.

»Er wird sich von selbst heilen«, erwiderte sie. »Das hat er schon öfter getan.«

»Ich habe dir meinen Rat gegeben«, sagte Jean.

»Ich möchte den Zahn nicht verlieren.«

»Wenn du zu feige bist, einen kurzen Schmerz zu erdulden, musst du vielleicht lange leiden«, sagte Jean.

Sie bereitete eine Kompresse aus Salz und Nelkenöl, steckte sie sich in die geschwollene Backe und sagte sich, dass der Schmerz nachlassen und bald ganz verschwunden sein würde. Sie hatte ihn selbst verursacht, weil sie die Zähne so fest zusammengebissen hatte. Sie würde sich ein paar Nächte ein geknotetes Taschentuch zwischen die Zähne legen. Ihre Angst vor Zahnärzten war verständlich, außerdem war es ein Zeichen des beginnenden Verfalls, wenn man zum ersten Mal einen Zahn verlor. Es war der Anfang des Altwerdens. Dabei ließ sie außer Acht, dass die meisten Frauen ihres Alters schon längst mehrere Zähne verloren hatten, und selbst Simones Lächeln zeigte eine Lücke in der Reihe der Backenzähne. Sie betrachtete sich im

Spiegel in der Küche und befand, dass die Schwellung in keinem Verhältnis zu ihrem Schmerz stand. Das befriedigte ihre Eitelkeit, und zur Mittagszeit war sie bereit, mit Paul und Jean am Tisch zu sitzen, obwohl sie den Kopf so drehte, dass Paul die Schwellung nicht sehen konnte.

Der Tag war warm, aber bewölkt. Jean lehnte sich, nachdem er gegessen hatte, auf seinem Stuhl zurück, drückte das Kinn auf die Brust und verspürte keine Lust, aufzustehen. Paul, der seine Schüssel geleert und sein Brot gegessen hatte, sprach weiter zu Jean. Es schien nichts Wichtiges zu sein, soweit Marianne verstehen konnte. Etwas über spanische Ketzerei und die Liebe zu Gott. Dann sagte Paul:

»Gestern habe ich versucht, das einem Mädchen zu erklären. Sie hatte ihre eigenen Vorstellungen davon.«

Er hielt einen Brocken Brot hoch, betrachtete ihn eingehend von links und rechts, ließ ihn dann auf den Tisch fallen und spielte damit, ohne etwas Bestimmtes im Sinn zu haben.

Seine Gedanken kehrten zu dem Mädchen zurück. Er hatte im Gras gelegen, seinen Kopf in ihrem Schoß. Sie hatte ihm das Haar aus der Stirn gestrichen, und ihr Gespräch hatte sich, weiß der Himmel, wieso, dem Thema von Sünde und Beichte zugewandt.

»Was soll ich dem Priester sagen?«, hatte sie in Antwort auf seine Frage gesagt. »Dass ich im Fleische gesündigt habe und es mir leidtut. Das stimmt ja. Dann erteilt er mir die Absolution. Wie könnte ich ohne sie zur Messe gehen und an der Kommunion teilnehmen?«

»Aber du änderst deinen Lebenswandel nicht«, sagte er.

»Wie auch? Soll ich etwa stehlen? Ein Mädchen muss leben. Was ich tue, fügt niemandem Schaden zu. Sicher, es missfällt Gott, und das tut mir auch leid. Das tut mir aufrichtig leid – und ich meine es ehrlich, wenn ich bei der Beichte bin. Aber es würde ihm noch mehr missfallen, wenn ich mich in der Seine ertränkte.«

Paul wandte sich an Jean.

»Sie sagte, sie würde Gott lieben, und das sei doch die Hauptsache. Ich konnte damit nicht viel anfangen.«

»Die ketzerische Idee von Molinos«, sagte Jean, »könnte nicht knapper zusammengefasst werden. Was haben Sie mit dem Brotbrocken gemacht? Ist das ein Porträt des Mädchens?«

»Eher unbeabsichtigt. Es wird ihr nicht gerecht.« Er hielt das Stückchen für Jean hoch.

»Recht hübsch«, sagte Jean.

Paul betrachtete, was er modelliert hatte.

»In gewisser Weise«, sagte er, »wird es ihr mehr als gerecht. Ihre Haut ist voller Pockennarben, und die Narben haben ihre Züge entstellt. Sie hat hübsche Augen, kornblumenblau, aber ihre eigentliche Schönheit liegt in ihrem Lächeln, und das kann ich nicht modellieren. Ihre Zähne sind wie die eines kleinen Mädchens – klein, weiß, ebenmäßig –, und nicht einer fehlt. Aber sonst …« Er umschloss den Brotklumpen mit der Hand und zerdrückte jegliche Ähnlichkeit mit einem Kopf.

»Da fällt mir ein«, sagte Jean. »Meine Frau hat Zahnschmerzen.« Und zu Marianne: »Wirst du meinen Rat befolgen?«

»Natürlich«, sagte sie mit einer Stimme voller Bitterkeit, bei der er zusammenschrak. »Deine Ratschläge sind immer gut.«

Sie stand vom Tisch auf und zögerte einen kleinen Moment, als wollte sie noch etwas sagen, dann verließ sie rasch die Küche.

Sie zog die Filzpantoffeln aus und ihre Lederschuhe an, und nachdem sie sich überzeugt hatte, dass das Geld in der Rocktasche für den Zahnarzt reichen würde, machte sie sich auf den Weg zum Pont Neuf. Sie war auf beide Männer wütend, und Tränen stiegen ihr in die Augen. Sie war eifersüchtig. Wahre

Eifersucht hatte sie bisher nicht gekannt, und jetzt begriff sie, wie viel schmerzhafter sie war als Zahnschmerzen. Jean hatte Paul sicher schon am Vormittag von ihren Zahnschmerzen erzählt, und Paul hatte sie mit seinen Bemerkungen kränken und ihr zu verstehen geben wollen, dass sie alt sei, dass es in der Welt junge Frauen mit perfekten Zähnen gebe.

Sie ging mit schnellen Schritten, benommen von ihrem Kummer. Sie sah Pauls Hände vor sich, die geschickten Hände, die, wie Jean gesagt hatte, mit den Fingerspitzen sehen konnten und das Brot geformt hatten. Sie kannte diese Hände, kannte sie auf ihrem Hals, auf ihren Brüsten, seine Finger, die in der zärtlichen Berührung sehen konnten. Warum war er so grausam und quälte sie mit der Geschichte von einer anderen Frau? Er musste doch wissen, wie sehr sie litt. Hatte er die Geschichte mit dem Mädchen erfunden? Bestimmt nicht. Was sollte er an einem Sonntagnachmittag sonst tun, wenn sie nicht bei ihm war, als mit einer anderen Frau einen Ausflug aufs Land zu machen? Seine Hände suchten immer etwas zu tun. Er rauchte nicht. Er hatte weder Pfeife noch Tabak, womit seine Hände sich beschäftigen konnten. Sie dachte an Nicolas' Hände, wie sie mit dem Messer, das er von seinem Vater bekommen hatte, gespielt hatten, und an die Hände des Druckers in dem Wirtshaus, der beim Sprechen sein Weinglas in der Hand gedreht hatte. Es waren eindeutig die Hände eines Druckers, große Hände mit langen Fingern und dicken Knöcheln, und alle Poren und Hautrisse von Druckertinte durchzogen. Wie oft er auch die Hände wusch, die Tinte würde sich nicht abwaschen lassen.

Bei dem schnellen Gehen wurde ihr warm, und das Blut pochte in dem Nerv des Zahns. Das Zahnweh wurde schlimmer, ein bohrender Schmerz, der jetzt auch in ihren Kopf stieg. Sie konnte nicht klar denken. Alles war Gefühl. Aber was waren das für Ideen gewesen, von Sünde und Beichte, von der Liebe zu Gott, über die Paul mit einer anderen Frau gesprochen hatte, mit einem jungen Mädchen?

Auf dem Quai de la Misère gab es einen Zahnarzt, einen Monsieur Carmelline. Sein Schild hing an einem Fenster im Obergeschoss, wo hochgestellte Personen ihn aufsuchten. An der Place Dauphine, an der Spitze der Île de la Cité, gab es noch einen Monsieur Carmelline, seinen Onkel, der von den Adligen frequentiert wurde. Zwischen diesen beiden berühmten Zahnärzten an entgegengesetzten Enden des Pont Neuf gab es die wandernden Zahnzieher, die nicht nur von Stadt zu Stadt zogen, sondern sogar von Land zu Land. Sie trugen auffällige Kleidung und umgaben sich mit Geheimnissen. Marianne hatte sie immer mit Skepsis und Misstrauen betrachtet, ganz abgesehen von der Angst vor körperlichen Schmerzen, die sie zufügen konnten. Sie hatte nicht vor, einen der beiden Carmelline aufzusuchen, sie wären unerschwinglich. Sie musste sehen, was sich ihr auf der Brücke bot.

An dem ersten Zahnzieher, den sie sah, ging sie vorbei, aus dem einzigen Grund, dass er nichts zu tun hatte – eine schlechte Empfehlung. Er trug ein aufsehenerregendes Kostüm aus grünem Samt mit goldenen, gedrehten Tressen auf den Schultern und einem langen rot-goldenen Fransenschal, und auf dem Kopf einen Turban, als wäre er Türke oder sonst ein Gottloser. Sein Diener war ein Mohrenjunge, schlank und mädchenhaft von Gestalt, der an seinen Meister gelehnt stand, der seinerseits an der Brüstung lehnte und die Vorübergehenden mit seinen schwarzen Augen musterte, als könnte er sich gleich auf ein Opfer stürzen. Marianne fand nichts an ihm, das ihr gefiel, weder sein extravaganter Aufzug noch sein Geierblick, und auch nicht die servile, hingegossene Haltung des jungen Mohren.

Auch der nächste Zahnzieher auf der Brücke gefiel ihr nicht besonders, aber vor seinem Stand warteten ein kleiner Junge und eine alte Frau. Das Gesicht des Jungen war tränenüberströmt. Die Alte hockte inmitten ihrer weiten Röcke, wischte dem Jungen das Gesicht trocken und ermahnte ihn, mannhaft zu sein. Der Zahnzieher wusch sich hinter seinem Tisch stolz die Hände und kippte das Wasser aus der Schüssel aufs Pflaster. Er nahm ein winzig kleines Ding vom Tisch und hielt es zwischen Daumen und Zeigefinger in die Höhe.

»So ist's recht, schön tapfer sein, *mon petit bonhomme*«, sagte er. »Jetzt ist es ja vorbei, und du brauchst keine Angst mehr zu haben, da kannst du tapfer sein. Und guck hier, das kannst du deinen Freunden zeigen, mit dem ganzen Blut dran. Du hast bestimmt nicht viele Freunde, die einen so blutigen Zahn vorzeigen können.«

Er hatte kleine Augen, die tief versunken zwischen dicken Augenbrauen und fleischigen Wangen saßen. Der kurz gestutzte Schnurrbart, grau und borstig, ließ die Lippen frei. Seine Zähne waren eckig und klein und standen weit auseinander, es waren die Zähne eines Bauern, der in seinem Leben keine Zahnschmerzen gekannt hatte. Sein Aufzug war weit weniger auffällig als der seines Konkurrenten und bestand aus einem dunklen Überrock mit einem gefransten roten Gurt um die Mitte und einer Fellmütze mit grüner Kuppe – ein Aufzug, der zwar seinen Beruf anzeigte, aber nicht völlig überdreht war. Seiner Sprache nach kam er aus dem Burgund.

Das Kind schluckte und nahm den Zahn entgegen. Der Zahnarzt wandte Marianne seine kleinen, leuchtenden Augen zu und bemerkte ihre geschwollene Backe.

»Kommen Sie«, sagte er. »Sie werden nicht weniger tapfer sein als das Kind.«

Sie erlaubte ihm, ihren Mund zu öffnen und den Zahn mit seinem großen Finger zu befühlen.

Auf der Brücke herrschte lebhafter Nachmittagsverkehr, der

die Fahrspur zwischen zwei Gehwegen einnahm. Dies waren die einzigen Gehwege in der ganzen Stadt. Als Marianne den Kopf in den Nacken gelegt hatte, wo der Gehilfe ihn wie in einer Zwinge festhielt, hörte sie die Verkehrsgeräusche als dauerhafte Dissonanz, die hin und wieder von den lauten Rufen der Straßenverkäufer durchbrochen wurde. Der Zahnarzt stocherte mit einem scharfen, spitzen Gegenstand in ihrem Mund herum. Dann nahm er ein anderes Gerät, schwerer als das erste, sie konnte nicht sehen, was es war. Ein Balladensänger näherte sich auf dem Gehweg und begann, mit kräftigem Bass ein Madrigal zu singen, so laut, dass es den Verkehrslärm übertönte und das Rauschen zur Begleitung wurde.

»Sous Fouquet, qu'on regrette encore,
On jouissait du siècle d'or.
Le siècle d'argent vient ensuite —«

Um sich von dem abzulenken, was in ihrem Mund geschah, versuchte Marianne, den Worten des Balladensängers zuzuhören. Er ging so nah an ihr vorbei, dass sie unter ihren Augenwimpern einen Blick auf ihn erhaschte. Und der Sänger richtete aus reiner Neugier und ohne sein Lied zu unterbrechen seinen Blick auf das Opfer des Zahnarztes, sodass Marianne das Gesicht sah, dunkel und von Falten durchzogen und auf heroische Weise attraktiv, wäre da nicht die Krebsgeschwulst an dem einen Auge gewesen, die sich als rote, offene Wunde über die Wange ausgebreitet hatte. Der Anblick war so abscheulich, dass sie den Schmerz, der ihr angetan wurde, vergaß.

In einem Anflug von Schwindel schloss sie die Augen. Das Kreischen der Karrenräder, Eisen auf Stein, dröhnte in ihrem Kopf und vereinte sich mit dem Kreischen der Zange an ihrem Zahn. Es fühlte sich an, als würde ihre Backe entzweigerissen.

Die Hände des Gehilfen legten sich fester über ihre Ohren und den Nacken und hielten den Kopf in der Zwinge. Selbst so, mit bedeckten Ohren, konnte sie den Balladensänger hören, seine klare, klangvolle Stimme. Dass ein Mann mit einem so entsetzlichen Gesicht eine so schöne Stimme haben konnte, schien ihr außerordentlich.

Dann nahm die Gewalttätigkeit des Zahnarztes zu und verdrängte die Stimme des Sängers. Marianne konnte nicht schlucken, sie schrie: »Ah!«, und die riesigen Hände und riesigen Instrumente wurden von ihrem Mund genommen. Auch die Hände, die ihren Kopf von hinten umfassten, ließen los. Sie stand schwankend allein da und hörte in der Ferne den Balladensänger, klar und deutlich:

»*Et la France aujourd'hui sans argent et sans grain,*
Au siècle de fer est réduite
Par le turbulent Pontchartrain.«

»Bitte sehr, Mademoiselle«, sagte die Stimme mit dem burgundischen Akzent, »Sie haben Glück und ich auch. Sie haben mich ins Schwitzen gebracht. Der Zahn ist abgebrochen, aber die Wurzel war heil.« Dann sagte er, als wäre es weder für sie noch für ihn von Belang, sondern einfach eine natürliche Bemerkung: »Eines Tages wird der Sänger Ärger bekommen.« Er wischte seine Stirn mit einem Tuch trocken und fing an, sich die Hände zu waschen.

Mariannes Schwindelgefühl verstärkte sich. Sie stützte beide Hände auf den Tisch und ließ den Kopf nach vorn fallen.

»Das Auge«, sagte sie mit schwerer Zunge, »von dem Auge ist mir schlecht geworden.«

»Das ist freundlich von Ihnen, dass Sie seinem Auge die Schuld geben, und nicht mir«, sagte der Zahnarzt. »Das kostet nur ein Livre, Mademoiselle, denn Sie waren eine vorzügliche Patientin. Wenn alle Frauen so gerade Zahnwurzeln hätten, bräuchte ein Zahnarzt nur halb so viel Geschick. Aber an Ihrem Zahn war eine Entzündung, Mademoiselle, eine Entzündung erster Güte. Sie sind gerade rechtzeitig zu mir gekommen.«

Der Gehilfe gab ihr ein Glas Wasser.

»Spucken Sie ruhig aufs Pflaster aus«, sagte er.

Die schwarze Wolke vor ihren Augen verzog sich. Sie sah auf, und der Zahnarzt lächelte sie an, als hätte er nicht gerade versucht, sie zu erdrosseln.

»Ich empfehle Ihnen«, sagte er, »ein winziges Glas Weinbrand möglichst bald. Waschen Sie den Mund mit warmem Salzwasser aus. Essen Sie zwei Tage lang möglichst wenig.«

Eine kleine Gruppe hatte sich versammelt und der Operation zugesehen. »Auf dem Pont Neuf«, dachte Marianne, »passiert nichts ohne eine Menge von Schaulustigen.« Sie drängte sich an den Menschen vorbei und stieß im nächsten Moment auf einen Weinbrandverkäufer, der einen guten Geschäftssinn hatte. Er hatte auf sie gewartet, sein Krug schwebte schon über dem winzigen Zinnbecher.

Sie schaffte es bis zur Pumpstation Samaritaine auf dem Pont Neuf, dann gaben die Beine unter ihr nach. Sie sank auf den staubigen Gehweg und lehnte den Rücken an die Brüstung neben dem Pumphaus, und dort saß sie, die Knie unters Kinn gezogen, den Kopf gesenkt, das Gesicht verborgen, aber nicht aus Scham. Es war ihr vollkommen gleichgültig, ob sie beobachtet wurde oder nicht. Beine gingen an ihr vorbei, gelegentlich wurde sie von einem Kleidungsstück gestreift, aber niemand störte sie. Noch eine kranke Frau, eine Betrunkene, eine Bettlerin, der vor Hunger schlecht geworden war – für die Menschen war es alles eins. Unterhalb hörte sie die Rufe der Schiffer, die vom Wasser und den Brückenbogen widerhallten. Über ihr drehten sich die Zahnräder der Samaritaine. Es schlug drei Uhr. Die Maschinerie, die das Wasser aus der Seine schöpfte, kreischte und knirschte unablässig. Marianne hob den Kopf nur, um das Blut auszuspucken, das sich in ihrem Mund gesammelt hatte. Ihre Backe tat höllisch weh. Die freundlichen Worte des Zahnarztes hatten keine Wirkung auf sie. Sie fühlte sich entstellt, verstümmelt, ausgestoßen. Sie fühlte sich alt.

17

»Du hast ihn dir also ziehen lassen«, stellte Jean fest, als Marianne nach Hause kam. »War auch Zeit. Deine Augen sehen aus wie zwei in eine Wolldecke gebrannte Löcher.«

Am nächsten Morgen hatte sie sich körperlich erholt. Die Schwellung war fast vollständig abgeklungen. Das Loch in ihrem Kiefer hatte aufgehört zu bluten. Niemand würde ihr die Tortur vom Vortag ansehen. Dennoch blieb das Gefühl der Trostlosigkeit. Sie war unerschütterlich in ihrem Entschluss, nie mehr etwas mit Paul zu tun zu haben, aber die Vorstellung, dass er so schnell Ersatz gefunden hatte, quälte sie.

Sie ging früh zum Markt, wie immer. Da sie wegen der Ausgabe auf dem Pont Neuf am Vortag etwas knapp war, Jean aber nicht um Geld bitten wollte, reichte es nur für ein Dutzend Hühnerschlegel. Es dauerte eine Weile, bis sie die Stücke für den Suppentopf vorbereitet hatte, eine ungeliebte Arbeit. Wenn man die Schlegel einen Moment lang in kochendes Wasser hielt und dann abkühlen ließ, konnte man die hornige Haut, die bei einer jungen Henne dünn und halb durchsichtig war, und schuppig und gelb bei einer alten, abziehen wie einen Handschuh. Wurden die Schlegel anschließend mit Kräutern und Salz langsam gekocht, ergaben sie eine reiche und sehr nahrhafte gallerthaltige Brühe, und oft war an den Knochen ein bisschen Fleisch, das man abnagen konnte. Es war ein guter Eintopf, Jean mochte ihn gern.

Diesmal waren etliche der Hühnerklauen voller Schmutz, der sich im heißen Wasser nicht löste, sie waren außerdem lang gewachsen und hässlich verbogen, weil sie in harter Erde gekratzt hatten. Sie erschienen ihr grausam und brutal, und die Bewegung, mit der Marianne die äußerste Klaue abriss, um die schuppige Haut von dem sauberen Fleisch zu entfernen, schien ihr ebenfalls grausam. Von der schmutzigen, harten Haut befreit war die Klaue sauber und heil und in ihrer Form unverändert – an jedem krummen Finger ein Nagel, dazu die gepolsterte Innenfläche, erkennbar als Tierfuß, aber gereinigt. Es war fantastisch: so unschuldig in der neuen Reinheit und Hilflosigkeit, jedoch grausam in der alten, unverändert sichtbaren Klauenform. Während Marianne die alte Haut von einem Schlegel nach dem anderen abriss, drückte sie ihre eigene Verfassung in der Bewegung aus – die grausame Geste entsprach der grausamen Tatsache. Sie gestattete sich mit den toten Vögeln genauso wenig Mitgefühl wie mit ihrem eifersüchtigen Herzen.

Während sie so beschäftigt war, kam Jean in die Küche und goss sich an der kupfernen Wasserurne einen Becher Wasser ein. Dann klopfte er gegen den Behälter, und da der fast leer zu sein schien, nahm er zwei Eimer und ging hinaus, offenbar, um den Behälter aufzufüllen. Das war immer Nicolas' Aufgabe gewesen. Jetzt holte auch Marianne gelegentlich Wasser, aber hauptsächlich hatte Jean die Aufgabe übernommen, die Wasserurne zu füllen. Der Behälter fasste acht Eimer; wollte man ihn bis obenhin füllen, musste man also viermal zu dem Brunnen in der Rue St. Antoine gehen. Vor einem Monat, sogar noch vor zehn Tagen, wäre Jeans Gang zum Brunnen ein Signal für Paul gewesen, in die Küche zu kommen und Marianne zu umarmen. Diesmal machte sie sich darauf gefasst, dass Paul nicht erscheinen würde.

Doch dann ging die Tür von der Werkstatt auf. Marianne wusste, ohne den Kopf zu heben, dass Paul in die Küche gekommen war und vor ihr stand. Sie sah nicht auf; er ging nicht weg. Er sagte mit leiser Stimme:

»Ich leide.«

Sie hatte diese Worte schon einmal von ihm gehört, konnte sich aber nicht mehr erinnern, wann. Sie glaubte ihm. Sie sah zu ihm auf, sah das Flehen in seinen Augen, und ihre Entschlossenheit schmolz dahin, als hätte sie nie existiert.

Als Jean mit zwei vollen Wassereimern zurückkam und sie in der Tordurchfahrt absetzte, um die Tür zur Küche zu öffnen, war Marianne immer noch mit den Hühnerschlegeln beschäftigt, und Paul war wieder in der Werkstatt. Aber Marianne spürte Pauls langen Kuss auf ihren Lippen. In der Umarmung seines schlanken, geschmeidigen Körpers hatte sie die Heftigkeit seiner Leidenschaft und seines Triumphs gespürt. Nichts anderes war wichtig. Nichts anderes war wirklich.

Jean goss das Wasser in den Kupferbehälter, nahm die leeren Eimer in eine Hand und machte sich wieder auf den Weg.

»Immer noch nicht fertig«, sagte er zu Marianne, warf einen Blick in den Topf mit den Hühnerbeinen und auf die Schüssel mit den noch ungehäuteten Schlegeln in ihrem Schoß.

»Es ist eine langwierige Arbeit«, sagte sie.

Er nickte und ging wieder los, und kaum war er gegangen, kam Paul aus der Werkstatt, und Marianne legte die Arbeit hin. Und so weiter, wie in einer Komödie, während Jean unverdrossen noch dreimal den Weg zum Brunnen vor der Jesuitenkirche machte. Sobald er aus dem Haus war, nahm Paul Marianne in den Arm und flüsterte ihr mit heftigen Worten zu, was sie tun mussten, oder er lief in der Küche auf und ab, kam zu ihr und drückte ihre Hände an sein Herz, an seine Lippen. Er argumentierte und erklärte, und wenn sie die Schritte vor der Tür hörten und das Geräusch von zwei Eimern, die auf den Boden gesetzt wurden, verschwand Paul, wie der Kuckuck in einer Kuckucksuhr, in der Werkstatt; sobald Jean die Küche verlassen hatte, kam Paul wieder heraus.

Er erklärte, die Situation sei unhaltbar, Marianne habe recht gehabt, sie zu beenden; sie aber zu beenden, während sie in denselben Räumen arbeiteten und sich dabei gegenseitig wie Luft behandelten, sei ebenfalls unmöglich. Es sei wie langsame Folter und werde ihn umbringen. Er könne das nicht aushalten.

Marianne ihrerseits erklärte, sie habe sich geirrt, alles könne wie zuvor weitergehen, ihre Befürchtungen seien grundlos gewesen, Jean hege keinen Argwohn, es gebe also keinen Grund, solange sie achtsam und vorsichtig waren, warum Jean nicht auch in Zukunft so blind und zufrieden wie jetzt sein würde. Darauf antwortete Paul:

»Jean ist vielleicht blind, aber was ist mit Nicolas? Ist der auch blind? Stell dir vor, dein Sohn beobachtet dich. Stell es dir nur einmal vor. Könntest du das ertragen?«

Darauf hatte Marianne die Hände vor die Augen geschlagen, und Paul, der ihr die Hände von den Augen zog und fest in seinen hielt, fuhr fort:

»Es gibt nur eine Möglichkeit. Ich gehe.«

»Nein«, sagte Marianne. »Nein.«

»Warum nicht? Das wäre immerhin ehrenhaft.«

»Ich könnte nicht ohne dich leben.«

»Ah«, sagte Paul, atmete tief ein und umschloss ihre Hände noch fester, »dann musst du mit mir kommen.«

»Wie kann ich das tun?«, sagte sie.

Zu guter Letzt überzeugte er sie, dass Flucht die einzige Möglichkeit sei und dass es, da man in Zeiten wie diesen unmöglich ohne Geld fliehen konnte, kein Verbrechen wäre, aus Jeans gehortetem Reichtum eine Summe zu nehmen, die dem Betrag ihrer Mitgift entsprach. Es war mehr, als er zu erreichen gehofft hatte. Ja, es war mehr, als er zu versuchen geträumt hatte. Das Gefühl seiner Macht über sie – dass er ihr Leid verursachen, sie zum Lächeln bringen, zum Gehorsam zwingen konnte – war ihm zu Kopf gestiegen. Als Jean das vierte Mal mit den vollen Eimern hereinkam und sie in den Wasserbehälter geleert und damit das Gespräch zwischen Marianne und Paul auf groteske Weise beendet hatte, kehrte Paul zu seiner Arbeit an der Heftlade zurück, erstaunt über das, was er verlangt und bewilligt bekommen hatte, und im Unklaren darüber, was sein nächster Schritt sein würde.

Während Paul einen Plan zu entwerfen versuchte, arbeitete er Seite an Seite mit Jean. Ihm war kein Hass auf Jean bewusst. Der Plan sollte seinem eigenen Überleben dienen. Er hatte tatsächlich gelitten, in den zehn Tagen, die er als verlassener Geliebter zugebracht hatte. Er litt nicht nur, weil Marianne ihn schnöde abservierte, sondern er durchlebte aufs Neue den Betrug, der ihm in Auxerre zugefügt worden war. Er hatte in stündlicher Angst gelebt, Marianne könnte ihn, in einer Wiederholung der alten Geschichte, an Jean verraten. Schließlich wurde er Herr seiner Angst, weil er sich sagte, dass Marianne Verrat an sich selbst begehen würde, wenn sie ihn verriet, und dazu glaubte er sie nicht imstande. Die Frau in Auxerre hingegen war es gewesen. Sie hatte die Tatsachen umgeordnet, wie, wusste er nicht genau, und sich selbst in eine stärkere Position manövriert. Er war außerstande, die Ereignisse und spontanen Handlungen, die ihn zu diesem Moment geführt hatten, zu bedauern. Der innere Zwang, Marianne allein und uneingeschränkt zu besitzen, ließ ihm offenbar keine andere Wahl.

Es gab zwei Probleme. Sie konnten nicht zusammen weggehen, und Marianne durfte nicht, wie sie vorgeschlagen hatte, das Geld aus der Truhe nehmen, wenn sie den Schlüssel dazu hatte. Nein, er selbst würde zunächst mit einer plausiblen Entschuldigung die Stadt verlassen. Nach einer Weile würde er unbemerkt zurückkommen und das Geld stehlen. Aber damit kein Verdacht auf Marianne fiele, müsste er das Schloss aufbrechen, und zum selben Zeitpunkt müsste Marianne mit Jean zusammen sein. Nach einem sicheren zeitlichen Abstand würde sie sich mit ihm an einem Ort außerhalb der Stadt treffen. Das Geld wäre verschwunden, und Jean wüsste, dass Marianne es nicht genommen hatte. Er würde die Polizei informieren. Die Suche der Polizei bliebe erfolglos, denn Paul hätte die Stadt bereits verlassen, und Jean würde bezeugen, dass Paul einige Zeit vor dem Diebstahl weggegangen war. Wenn Marianne Wochen später aus der Stadt verschwände, gäbe es keinen Grund, das mit dem Diebstahl in Zusammenhang zu bringen. Sie durfte nichts mitnehmen, nicht einmal ein Halsband, nichts außer ihrem leeren Marktkorb, damit es so aussah, als wäre ihr ein Unglück zugestoßen, ein Unfall, wie er in der Stadt häufig passierte. Ihre Leiche würde nie gefunden. Jean würde sich für einen Witwer halten. Vielleicht würde er eine Haushälterin einstellen. Er würde die Werkstatt weiter betreiben. Abends würde er, so wie jetzt auch, im Pflug seine Pfeife rauchen. Nicolas käme zurück und würde an der Seite seines Vaters arbeiten. Marianne und er hingegen würden sich in einer Provinzstadt weit von Paris entfernt unter neuen Namen ein neues Leben aufbauen, und dort würde er mit Mariannes Mitgift seinen Meisterbrief erwerben, so, wie Jean es getan hatte. Dann wäre er endlich Meisterbuchbinder.

Er entwickelte den Plan in den verbleibenden Stunden des Tages bis ins Detail, es war der letzte Augusttag. Seit einiger Zeit sprach Jean von Nicolas' Rückkehr, als stünde sie unmittelbar bevor. Im September, hatte Jean gesagt, rechnete er mit Nicolas. Aus diesem Grund, aber auch, weil er Marianne keine Zeit geben wollte, sich anders zu besinnen, beschloss Paul, den Plan umgehend umzusetzen, so schnell wie möglich, noch am bevorstehenden Wochenende. Er war kein ausgebuffter Verbrecher. Gewisse Details bereiteten ihm Kopfzerbrechen. Zum Beispiel wusste er nicht, wie man ein Schloss aufbrach. Außerdem wurde ihm klar, dass er auf Mariannes Komplizenschaft rechnete und von ihr verlangte, eine Rolle der geschickten Täuschung zu spielen, denn ihm war klar, dass sie ihn, sollte sie nach einem gewissen Punkt der Ausführung wankelmütig werden, an den Galgen bringen konnte.

Es war ein großes Risiko für einen großen Preis. Ginge er das Risiko nicht ein, weil er nicht genügend Vertrauen in seine Macht über Marianne hatte, würde ihn auf Dauer die innere Demütigung zermürben. Ging das Risiko aber auf, bekäme er alles, was er wollte: Liebe, Geld, die stolze Bestätigung seiner eigenen Macht.

An diesem Abend und dem nächsten Tag brütete er über den Einzelheiten und überprüfte den Plan, ob er wasserdicht war. Am Tag darauf musste er sich mit Marianne besprechen. Der Plan wäre erst vollständig, wenn sie ihm zugestimmt hatte. Aber an dem Tag war Jean ungewöhnlich gesellig. »Was ist mit ihm?«, dachte Paul. »Er weicht mir nicht von der Seite.« Dennoch lag in Jeans ständiger Anwesenheit kein Anflug eines Verdachts. Anscheinend war es einfach so, dass seine Arbeit sich aufs Engste mit der Aufgabe überschnitt, die er Paul hingelegt hatte.

Den ganzen Tag ergab sich keine Möglichkeit für Paul, mit Marianne allein in der Werkstatt zu sprechen. Erst gegen Ende des Nachmittags fand er einen Moment, in dem er ihr Ort und Stunde für ein Treffen nannte. Nachdem Jean in den Pflug gegangen war, wartete sie am Eingang von St. Paul. Sie war ängstlich, falls ein Nachbar die Kirche betreten würde, und nervös, weil die Kirche in Kürze abgeschlossen würde.

Sie musste nicht lange auf Paul warten. Von seinem versteckten Platz auf der anderen Straßenseite, in der Passage de Charlemagne, sah er sie kommen. Er versicherte sich, dass ihn keiner, der ihn kannte, beim Betreten der Kirche sah. Schon jetzt wandte er die Vorsichtsmaßnahmen an, die er einhalten müsste, wenn er für den Diebstahl zurückkam.

Da ihre Augen sich an das dämmrige Licht gewöhnt hatten, sah sie ihn, bevor er sie entdeckte, und streckte die Hand nach ihm aus, als er an ihr vorbeigehen wollte. Besorgt, dass unbemerkt von ihnen andere Augen sie beobachteten, standen sie in einiger Entfernung nebeneinander, wie sie es auch auf der Straße tun würden. Paul erläuterte in aller Kürze seinen Plan. Abweichungen waren nicht möglich, alles war klar entschieden. Sie musste einfach die für sie vorgesehene Rolle übernehmen. Er wünschte, er könnte ihr Gesicht sehen. So musste er darauf vertrauen, dass sie keinen Sinneswandel erlebt hatte und widerspruchslos mit dem einverstanden war, was er ihr vortrug.

»Du siehst«, sagte er abschließend, »es ist logisch. Es wird klappen. Aber du musst mir die Truhe beschreiben – wo ich sie finden kann und wie Jean das Geld darin verstaut.«

»Es bekümmert mich, dass wir ihm sein Geld nehmen«, sagte sie sanft. »Es bedeutet ihm so viel.«

»Immer denkst du zuerst an ihn«, sagte er mit leiser Stimme, diskret zwar, aber voller Erbitterung, die seiner Angst entsprang. »Bedenke, was es mir bedeutet. Uns. Aber nein, du kannst Jean nicht vergessen. Du hattest recht. Es ist ganz und gar unmöglich. Ich war töricht, anzunehmen, dass du zu Leidenschaft fähig bist. Lass uns einen Schlussstrich ziehen. Ich gehe aus Paris weg, und ob ich lebe oder sterbe, braucht dich nicht zu kümmern.«

»Paul«, flehte sie ihn mit gedämpfter Stimme an, »lass mich nicht allein. Ich tue alles, was du sagst.«

»Verzeih«, sagte er, und diesmal sprach er aufrichtig. »Du könntest mich so leicht hintergehen, Marianne, siehst du das nicht? Zwei Worte, und ich wäre zerstört. Ich liebe dich so sehr, dass es mir gleichgültig ist, ob du mich jetzt wegschickst oder später an den Galgen lieferst. All die Monate war ich lediglich der Gehilfe in der Werkstatt. Für dich stand an erster Stelle immer der Meister. Mir fällt es schwer, zu glauben, dass du mich mit der gleichen Leidenschaft liebst wie ich dich. Jean ist der Meister. Jean schläft mit dir in dem großen Bett mit den roten Vorhängen. Oh, ich habe es durch die Tür gesehen. Ich bin nie in dem Zimmer gewesen. Zehn Jahre meines Lebens würde ich geben, könnte ich mich mit dir in dem Bett der Lust hingeben.«

»Sieh dich vor«, sagte sie, »sieh dich vor. Man könnte uns hören.« Sie machte einen Schritt auf ihn zu und wollte ihn trösten, aber er wich zurück und wahrte den Abstand zwischen ihnen. »Was soll ich tun? Ich tue alles, was du willst.«

Eine große Gestalt in langer Robe ging leise an ihnen vorbei. Marianne nahm den Geruch von ungewaschener Haut, Wollsachen, Bienenwachs und Weihrauch wahr. Ein Priester.

»Hat er uns gehört?«

»Er weiß nicht, wovon wir sprechen.«

»Das Geld, so viel wie meine Mitgift, liegt in zwei Rollen in der Mitte der Truhe, unter einem Leinenhemd.«

Vom Kirchenportal erklang die tiefe Stimme eines Priesters, die bis in die letzten Nischen reichte:

»Wir schließen.«

Andere Kirchgänger kamen aus den Kapellen und hinter den dicken Säulen hervor. Eine gebeugte Gestalt verdunkelte einen Moment lang das Ewige Licht im Altarraum. Die Menschen gingen zum Ausgang. Draußen fiel Zwielicht auf sie, auf einen nach dem anderen, als sie die Kirche verließen.

»Geh du zuerst«, sagte Paul.

18

Paul begann mit seinen Vorbereitungen. Sie waren einfach.
Am Mittwoch kaufte er auf dem Weg von der Arbeit zu seinem
Zimmer einen Meißel. Am Donnerstagabend machte er einen
Umweg über Les Halles, wo er vor den Mauern des Beinhauses
von St. Innocents fand, was er suchte: einen Schreiber, dem er
einen Brief diktierte. Noch am selben Abend gab er den Brief
zur Post und ging dann, zuversichtlich, dass alles in Ordnung
sei, zu Bett. In den folgenden zwei Tagen mied er Marianne noch gründ-
licher als zuvor. Am Freitagmorgen begann er auf eigenen
Wunsch mit einem Auftrag, der ihn eine ganze Woche in Anspruch nehmen würde, eine privilegierte Aufgabe, die den Ent-
wurf und die Vergoldung eines neuen Bandes umfasste. Der
Geruch von Leim und Leder umhüllte ihn, während er arbeitete, das Fenster stand offen, und er hörte das Schnattern der
Enten im Holzbottich, die Schritte der Haushaltshilfen im Hof,
und hin und wieder das Wiehern eines Pferdes in den Ställen.
Es war ein rundum friedlicher Morgen, ein in keiner Weise auf-
fälliger Tag. Er fing an zu pfeifen, »Die Rose an deinem weißen
Rosenbusch«, aber nach ein paar Takten brach die Melodie ab,
und Paul verstummte. Das Gefühl, dass er sich von Sekunde zu
Sekunde mehr in Gefahr begab, ohne dass er sich vom Fleck
rührte, beherrschte ihn den ganzen Morgen. Kurz vor Mittag
traf der Brief ein.
Marianne kam in die Werkstatt und gab ihn Larcher.
»Der ist für Paul«, sagte er und reichte den Brief weiter. Paul
sah den Brief neugierig an und wirkte überrascht.

»Ich erkenne die Schrift«, sagte er. »Zumindest gleicht sie der des Priesters in Auxerre, der mir Latein beigebracht hat. Was er mir wohl zu sagen hat.«

»Machen Sie den Brief doch auf«, sagte Jean.

Paul erbrach das Siegel – einen Umschlag gab es nicht – und las den Brief. Dann reichte er ihn ohne ein Wort dem Meister.

»Mein liebes Kind, ich nutze die Gelegenheit, dir ein paar Worte zukommen zu lassen. Ein Mann, der morgen von Auxerre nach Paris fährt, nimmt den Brief für mich mit, und wenn er ihn nicht persönlich abgeben kann, wird er ihn in der Stadt zur Post geben, was immer noch schneller ist. Ich habe dir eine traurige Mitteilung zu machen, aber das wird dich nicht überraschen. Dein Vater liegt im Sterben. Grund ist die alte Verletzung, von der du weißt und die ihm in den letzten Jahren große Schmerzen bereitet hat. Ich muss dich ganz dringend bitten, nach Hause zu kommen, damit du ihn ein letztes Mal siehst. Er fragt unablässig nach dir. Ich habe keinen Zweifel, dass es dir in Paris gut geht. Alles, was du deiner Mutter von deinem Meister geschrieben hast, klingt gut. Aber wenn dein Vater nicht mehr ist, sollten wir deiner Mutter zuliebe versuchen, dich hier in Auxerre zu behalten. Sie wird nicht die Kraft haben, dir in die Ferne zu folgen. Viel Büchermachens ist kein Ende, wie es im Prediger heißt, und ich habe keinen Zweifel, dass wir dir Bücher zum Binden finden können. Und viel Studieren macht den Leib müde, könnte ich hinzufügen, aber das ist mein Los, nicht deins. Ich bitte dich, ohne jeden Aufschub zu kommen. Ich schenke dir meinen Segen. Hébert. Auxerre, Ende August.«

»Das ist eine traurige Sache«, sagte Jean.

»Es bekümmert mich in mehrerlei Hinsicht«, sagte Paul. Er fuhr sich mit der Hand über die Augen, als würde ihm das helfen, seine Gedanken zu sammeln.

»Was ist geschehen?«, fragte Marianne besorgt. Pauls Kummer schien aufrichtig empfunden. Jean sagte zu Paul: »Sie gestatten«, und gab ihr den Brief. Die Schrift war elegant und klar, ein bisschen zittrig, als wäre die Hand alt, und beim Lesen dachte sie: »Wie seltsam, dass dieser Brief gerade jetzt kommt, wo Paul sowieso weggehen will.« Doch als sie den Brief zur Hälfte gelesen hatte, erinnerte sie sich, dass Nicolas einmal gesagt hatte, Paul habe keinen Vater mehr, oder er habe seinen Vater nie gekannt, was davon wusste sie jetzt nicht mehr genau.

»Aber ich dachte, dein Vater –«, begann sie.

Paul nahm die Hand von den Augen und sah sie mit einem kalten, warnenden Blick an. Sie stockte mitten im Satz.

»Was hast du gedacht?«, fragte Jean, der Pauls Blick nicht bemerkt hatte.

»Nichts. Ich habe etwas verwechselt. Etwas, das ich gehört habe – jetzt fällt mir ein, dass es Simones Vater betraf.« Sie las den Brief weiter und hörte Jean sagen:

»Es ist bedauerlich, aber es bleibt Ihnen keine Wahl.«

»Ja, ich muss sofort abreisen«, bestätigte Paul. »Dabei war ich nirgendwo je so zufrieden wie hier.«

»Ihre Arbeitskraft wird mir fehlen«, sagte Jean.

»Ich weiß«, sagte Paul.

»Aber Ihnen bleibt keine andere Wahl.«

»Nein.« Er nahm Marianne den Brief ab, sah sie aber nicht an und blieb unentschlossen stehen. »Ich kann die Tagesarbeit noch zu Ende machen«, sagte er. »Vor morgen früh werde ich nicht reisen.«

In dem Gespräch hatte Jean sich wiederholt, was noch nie vorgekommen war, soweit Paul wusste. Als sie alle zusammen um den Mittagstisch saßen, verriet Jean abermals das Ausmaß seiner Besorgnis, indem er in bekümmertem Tonfall zum dritten Mal sagte, dass Paul in der Sache keine Wahl habe. »Die *coche d'eau* nach Auxerre fährt am Samstag«, sagte er.

»Ich weiß«, erwiderte Paul.

»Kaufen Sie sich heute noch ein Billet, sonst müssen Sie unter Deck sitzen.«

Paul nickte. Billets gab es in der Rue St. Paul bei der Ville de Joigny. Aber er hatte kein Geld mehr. Er hatte alles für seine Vorbereitungen ausgegeben. Das erwähnte er Jean gegenüber, der sich darauf mit seiner Frau besprach. Paul solle am selben Abend seinen Lohn bekommen, wurde beschlossen, es fehle ja nur ein Tag an der vollen Woche. Marianne sagte, im Küchenschrank – wo sie das Haushaltsgeld aufbewahrten – sei nicht genügend Geld, und Jean gab ihr quer über den Tisch einen Schlüssel.

»Nimm auch das, was du für den Markt brauchst«, sagte er.

»Der Mieteneinsammler kommt dieser Tage wegen der Quartalsmiete«, erinnerte sie ihn.

»Das Geld für ihn finden wir, wenn er da ist.«

Paul und Jean blieben schweigend sitzen, bis Marianne zurückkam und ihrem Mann den Schlüssel und das Geld gab. Er zählte die Münzen für seinen Gehilfen in einem Stapel ab und in einem zweiten Stapel die für seine Frau. Dann steckte er sich ein Livre in die Tasche. Marianne hatte für Paul einen vollen Wochenlohn gebracht. Jean stand auf und ging wieder an die Arbeit. Sein Nicken, bevor er die Werkstatt betrat, verstand Paul so, dass er frei sei, zur Ville de Joigny zu gehen und sein Billet zu kaufen.

Der Tag endete, ohne dass etwas Unvorhergesehenes geschah, was seinen Plan verdorben hätte. Er nahm seinen Beutel von dem Haken, an dem er in den letzten vier Monaten an jedem Arbeitstag gehangen hatte, und legte sich den Riemen über die Schulter. Dann schüttelte er Jean die Hand und verbeugte sich vor Marianne. Als er sich zum Abschied in der Küche umsah, bemerkte er sein Gesellenstück, das in rotes

Leder gebundene Buch *Phädra*, das immer noch im Fenster lag. Einen kurzen Moment lang wollte er es zurückfordern, doch dann nahm er stumm Abschied davon und ließ es zurück, als Zeichen seiner guten Absichten und als Opfergabe für seine Leidenschaft und seinen Plan.

»Ich komme so schnell wie möglich wieder«, sagte er zu Jean. »Aber was ist mit Ihrer Mutter?«

»Ist ein Sohn in der Ferne, der Arbeit hat, nicht besser als ein Sohn, der zu Hause ist und nichts verdient? Hébert, mein alter Freund, ist sehr optimistisch, was den Buchhandel in Auxerre angeht. Ich komme zurück —« Er zögerte, als wollte ihm der Satz: »Wenn mein Vater gestorben ist«, nicht über die Lippen kommen. Stattdessen sagte er: »Sobald ich kann«, ohne besondere Betonung, aber mit guter Wirkung.

Als er gegangen war, sagte Jean: »Wer weiß, wie lange ihn die Angelegenheit festhält. Unter Umständen muss ich diesen Band selbst fertigstellen.« Das sagte er mit einem mutlosen Ausdruck.

In der Nacht wachte Paul oft auf, weil er befürchtete, das Schiff zu verpassen. Als die Glocken von St. Jean de la Bouchérie um vier Uhr schlugen, stand er auf. Er besaß nicht viel und hatte schnell gepackt. Im Laufe des Sommers hatte er nur ein paar Schuhe und ein Hemd gekauft. Er zog die neuen Schuhe an und packte die alten ein. Als er den Schrank ausräumte, fiel ihm das Päckchen mit den Pamphleten in die Hand, die er im April dort versteckt und dann vergessen hatte. Da konnte er sie nicht lassen. Das Zimmer würde durchsucht werden, sobald Jean den Diebstahl meldete. Wären sie ihm eher eingefallen, hätte er sie dort in den Fluss geworfen, wo sie herausgefischt worden waren. Er wollte sie nicht mitnehmen, wusste aber nicht, was sonst damit tun, also nahm er seine alten Schuhe wieder aus dem Beutel, warf sie in die Ecke, wo die Polizei sie finden würde, und packte stattdessen die Pamphlete ein.

Als er in die Rue des Deux Boules trat, sah er über dem Frühnebel noch die Sterne. Am Port St. Paul wurde der Himmel hell, der Nebel löste sich auf. Mitten auf der Place de Grève fiel ihm auf, dass er einen wichtigen Punkt in seinem Plan übersehen hatte. Denn nur wenn Jean ihn tatsächlich in die *coche d'eau* einsteigen sah, konnte er Pauls Abreise auch bezeugen. Jean mochte zwar glauben, dass Paul die Stadt verlassen hatte, aber als Zeugenaussage wäre das schwach, sehr schwach. Warum war ihm das nicht eher eingefallen? Er musste erreichen, dass Jean vor fünf Uhr an den Port St. Paul kam.

Paul kam zum Quai, wo die Fähre schon beladen wurde. Er bog in die Rue St. Paul ein, so als würde er zur Werkstatt gehen. Vielleicht müsste er Jean aus dem Bett holen. Er brauchte einen überzeugenden Grund, warum Jean zum Hafen kommen sollte. Bisher war ihm nichts Gutes eingefallen, nichts, was nicht konstruiert klang und Jeans Misstrauen erregen würde. Während er die vertraute Straße entlangging, erfand und verwarf er alle möglichen Erklärungen. Unter dem kleinen Turm an der Ecke der Rue des Lions traf er auf Jean Larcher selbst, der ihm eine Hand auf die Schulter legte und ihn wieder in die andere Richtung drehte. Es war eine väterliche Geste.

»Sie gehen in die falsche Richtung«, sagte Larcher. »Das ist der Weg zum Fluss. Hatten Sie Ihr Gesellenstück vergessen? Ich habe es bei mir.«

Tatsächlich hatte Paul es vergessen, es war der perfekte Grund. Aber er wollte das Buch nicht mitnehmen, in seinem Beutel war kein Platz.

»Ich habe es absichtlich dagelassen«, sagte er. »Sie werden besser darauf aufpassen als ich. Nein, ich wollte mich noch einmal verabschieden und hatte gehofft, Sie wären schon auf.«

»Ich habe Ihnen auch Reiseproviant mitgebracht.« Er gab Paul ein Päckchen. Paul dankte ihm verlegen. Was war geschehen? War er in Jeans Augen Nicolas, nur für einen Tag? Er verstand diesen Mann nicht, der ihm am Abend zuvor einen Tageslohn von seinem Verdienst abgezogen hatte, weil Paul einen Tag nicht arbeiten würde, und der ihm jetzt dieses väterliche Geschenk machte. Als sie zusammen zum Anleger gingen, versuchte Paul, Jeans Miene zu ergründen. Aber er sah nur die Bartstoppeln auf der Wange, eher weiß als grau und von ein paar Tautropfen benetzt, und die Schulter in dem ebenfalls taufeuchten Rock.

Sie überquerten den Quai, wo der Samstagsmarkt schon begonnen hatte, und stiegen zusammen die breiten Treppenstufen zum Wasser hinunter. Am Rand der Menge, die über die Planke zur *coche d'eau* drängte, drückte Larcher seinem Gehilfen fest die Hand.

»Wir werden dafür sorgen, dass Sie Ihre Rückkehr nicht bereuen«, sagte er.

Paul sah hinter Jean her, der die Stufen hinaufging, sah den breiten, starken Rücken und die sicheren Schritte. »Ich werde ihn nie wiedersehen«, dachte Paul. An Deck wand er sich durch die Menge der Passagiere zu einer Stelle, von der aus er den Hafen und den Quai überblicken konnte. Unten im Boot, auf Wasserhöhe, hatte man praktisch keinen Blick auf den Quai. Eigentlich müsste Larcher schon längst den Quai überquert haben und in der Rue du Petit-Musc verschwunden sein, aber er stand geduldig am Kopf der Treppe und sah dem Treiben zu. Paul hob die Hand zum Abschied, und Jean erwiderte die Geste. Dann wandte er sich um und wurde sofort von der Menge verschluckt.

Jean hatte Paul das Schiff besteigen sehen, genau wie Paul es sich gewünscht hatte, und er müsste eigentlich zufrieden sein und zuversichtlich, dass alles wie vorgesehen verlief. Stattdessen war er aufgebracht, ein Gefühl, das durch die Erinnerung von Jeans Händedruck noch verstärkt wurde. Er kannte diese Aufgebrachtheit. Im Verlauf des Sommers hatte er sie immer wieder gespürt und dabei bemerkt, wie sie sich mit seiner wachsenden Eifersucht vermischte. Er mochte den Mann. Er hasste ihn nicht; er wollte einfach nur das sein, was Jean war – Meister in seinem eigenen Geschäft und Ehemann von Marianne. Er war ein besserer Handwerker als sein Meister, auch ein besserer Liebhaber. Selbst Larchers Duldung, durch die Pauls Affäre mit seiner Frau ermöglicht wurde, war zu einem Grund der Aufgebrachtheit geworden. Jean war genauso verantwortlich für den gegenwärtigen Stand der Dinge wie die beiden Liebenden.

Paul fand Platz auf einer Bank und wartete darauf, dass das Schiff von der Quaimauer abgestoßen wurde. Der Anblick der kräftigen Gestalt am Kopfende der Treppe stand ihm noch vor Augen. Die Stoffstrümpfe, der Rock aus grober Wolle, der schlichte Filzhut sowie der freundliche Blick unter der Hutkrempe – all das blieb ihm klar im Gedächtnis, weil es kannte, klarer sogar, als er es durch den Nebel gesehen hatte.

Er konnte Larcher seine Freundlichkeit nicht verzeihen.

Das Schiff setzte sich flussaufwärts gegen die starke Strömung in Bewegung. Am Pont de Bercy wurden die Treidelleinen auf das linke Flussufer getragen. Die Île de la Cité mit den sich um die Kathedrale kauernden Gebäuden, die Île Notre-Dame mit ihren feinen Stadtpalästen sowie die grüne, baumbestandene Île Louviers zogen langsam vorüber. Der Nebel lichtete sich. Nachdem sie die Île de Bercy passiert hatten, waren sie zwischen Feldern. Der Mann neben Paul nahm sein Frühstückspaket aus dem Korb zu seinen Füßen und begann zu essen. Paul spürte ebenfalls Hunger, er legte seine Skrupel und aufgebrachte Stimmung beiseite und packte das Brot aus, das Larcher ihm gebracht hatte.

In Choisy-le-Roi, wo die Ochsen gewechselt wurden, stieg

Paul aus, und als das Schiff weiterfuhr, blieb er in einem Wirtshaus zurück. Zwar hatte er ein Billet nach Auxerre gekauft, aber es gab keinen Grund, warum jemand seine Abwesenheit bemerken sollte. Er war nur wenige Fußstunden von Paris entfernt. In diesem Moment seines Abenteuers empfand er ein starkes Gefühl der Befreiung, und bevor er das Wirtshaus verließ, fragte er sich, ob er an der Affäre festhalten wollte. Noch war er nicht zu sehr verstrickt. Er hatte keinerlei Unrecht begangen. Er konnte auf die Straße treten und in Richtung Orléans gehen, oder in jede andere Richtung außer Auxerre, und sich ein neues Leben aufbauen. Er konnte die Fesseln seiner Leidenschaft und seiner Ambition abstreifen und als freier Mann gehen. Während er den Stiel des Weinglases zwischen den Fingern drehte und die letzten Tropfen Rotwein betrachtete, schien ihm das eine überaus verlockende Möglichkeit. Er bezahlte, legte sich den Riemen über die Schulter und machte sich auf den Weg zurück nach Paris.

Er ging in einem bequemen Tempo. In Ivry überquerte er den Fluss. Er beabsichtigte, beim Eintritt in die Stadt die Rue St. Jacques, wo man ihn erkennen könnte, zu meiden. Er machte einen langen Umweg und kam zur Dämmerstunde von Norden her, durch die Porte St. Martin.

Er sagte sich, dass er am ehesten in der Menge untergehen würde und Paris sicherer sei als ein Dorf. Aus demselben Grund hatte er Marianne die Anweisung gegeben, sich in drei Wochen, von diesem Samstag an gerechnet, mit ihm in Fontainebleau zu treffen. Bis dahin wäre der Hof des Königs dorthin umgesiedelt. Viele Menschen würden ihm folgen, und in der Woche würde die *coche d'eau* jeden Tag von Paris fahren, um sie alle zu befördern. Niemand würde Marianne an einem solchen Tag an der Anlegestelle St. Paul beachten oder sich etwas dabei denken, wenn sie mitfuhr. Und in Fontainebleau, wo sie sich beide in der Menge verstecken konnten, würde er sie ausfindig machen.

Er ging direkt zur Place des Victoires, denn er war zu der Überzeugung gelangt, dass der sicherste Ort in Paris für ihn das Bett des Laternenmanns sei. Es war Zeit, sein Versprechen von damals einzulösen. Er hatte immer vorgehabt, den Alten wieder aufzusuchen, nur dass er es jede Woche auf die nächste verschoben hatte. Aber jetzt wollte er den alten Mann zu einem fürstlichen Mal einladen. So würde auch der Abend schneller vergehen.

Diesmal kam er aus nördlicher Richtung auf den Platz. König und Victoria wandten ihm den Rücken zu. Die vier Laternen brannten, und darunter hatte sich die übliche Menge von Bettlern, Händlern und Schmarotzern versammelt. Am anderen Ende wurde eine Sesselsänfte über den Platz getragen, und ein Fackelträger rannte nebenher. Seine Fackel brannte rußig gelb. Links von Paul stieg der Mond über den Dächern und Schornsteinen auf, er war fast voll, riesig und gelb in der herbstlichen Luft. Alles war so, wie er es beim ersten Mal gesehen hatte, alles außer der Jahreszeit und ihm selbst.

Er begann, um den Platz zu gehen und nach dem alten Mann Ausschau zu halten. Er umrundete den ganzen Platz, konnte aber die hagere Gestalt mit dem alten Rock und der Perücke nicht entdecken. Alle Gefühle dieses Tages – Eifersucht, Aufgebrachtheit, selbst seine Achtung vor Jean, die er besonders schwer erträglich fand – verquickten sich und spitzten sich, ohne dass es Paul bewusst wurde, zu dem Wunsch zu, den alten Mann zu finden und ihn großzügig einzuladen. Nach einer erfolglosen zweiten Runde gab er auf und machte sich auf die Suche nach dem Wirtshaus, wo er damals mit dem Laternenmann gespeist hatte, und wenn er ihn dort nicht fand, würde er zu dem Haus gehen, wo der Alte logierte.

Der Mond stieg stetig höher, wurde blasser und leuchtender und verlor, als er sich über die Häuserdächer hob, an Größe.

Paul kam zu der Haustür des alten Mannes, oder zumindest zu einer ganz ähnlichen, bevor er das Wirtshaus fand, denn er erinnerte sich an einen Spitzgiebel mit einer halbmondförmigen Verstärkung aus Holz. Er trat unter die Auskragung des ersten Stocks und wollte die Tür öffnen. Sie gab nicht nach. Er rüttelte am Griff, dann klopfte er mit der Faust an die Tür. Nach mehreren Minuten, in denen er abwechselnd geklopft und gerüttelt hatte, öffnete sich die Tür, und vor ihm stand eine kleine dicke Gestalt, eine Frau. Möglicherweise dieselbe, die ihm damals im April den Weg versperrt hatte. Im Dämmerlicht konnte er sie nicht deutlich erkennen.

»Der alte Mann, alle nennen ihn den Laternenmann«, begann er.

»Der ist oben. Seit drei Tagen ist er krank.« Ihm fielen die knopfartigen schwarzen Augen wieder ein, die Rüben und die Kuheuter, und er war auf der Hut.

»Aber die Laternen des Königs brennen. Wer hat sie angezündet?«

»Woher soll ich das wissen? Vielleicht die Männer von La Reynie. Ist der Alte der Einzige, der ein Licht anzünden kann? Sie glauben mir also nicht. Gehen Sie rauf. Er ist da. Er ist krank.«

»Was für eine Krankheit hat er?«, fragte Paul und stellte sich den Alten in einem Zustand der Erschöpfung und halb verhungert vor.

»Ein Fieber. Woher soll ich wissen, was für eins? Ich sage Ihnen das nur zur Warnung, falls Sie schnell Fieber kriegen. Sie können gern raufgehen, wenn Sie wollen.«

Seine Unentschlossenheit sprach Bände. »Ich kann es mir nicht leisten, krank zu werden«, dachte er, und bevor er etwas sagen konnte, redete sie weiter:

»Ich gehe manchmal rauf zu ihm, aber ich habe schon alle

Krankheiten gehabt. Ich bringe ihm eine Schüssel Suppe und ein Stück Brot, was immer ich entbehren kann. Ich bin nicht reich, aber es wäre unmenschlich, ihn verrecken zu lassen und sich nicht um ihn zu kümmern.«

Halb glaubte er ihr.

»Ist er wirklich so krank?«

»Sehr krank, das auf jeden Fall. Vielleicht wird er wieder. Diese sehnigen alten Männer kriegt man nicht so leicht tot. Wenn er ordentliche Kost bekäme, würde er eher wieder gesund. Ich kann ihm nicht alles geben, was er braucht. Aber wenn Sie sein Freund sind, könnten Sie mir ein bisschen Geld dalassen, dann würde ich ihm etwas Gutes zubereiten.«

Jetzt glaubte er ihr nicht mehr. Er wandte sich zum Gehen, und sie rief ihm hinterher:

»Gehen Sie ruhig rauf! Sehen Sie doch selbst und legen Sie ein paar Deniers in seine alte Hand.«

Er gab keine Antwort. Wie damals im April wollte er ihr möglichst schnell entkommen. Eilenden Schrittes ging er zurück zum Platz. Sein Wunsch, sich großzügig zu zeigen, war vereitelt, stattdessen rangen Misstrauen und sein eigener Argwohn seinem Misstrauen gegenüber miteinander. Er ging noch einmal über die Place des Victoires, fand den Alten aber nicht. Er war überzeugt, dass die Frau log, gleichzeitig konnte er nicht wissen, ob der alte Mann krank war oder nicht. Gäbe er der Frau Geld, würde das niemals dem alten Mann zugutekommen, aber er hatte nicht den Mut, den Laternenmann persönlich aufzusuchen.

»Ich kann es nicht riskieren, jetzt Fieber zu bekommen, ganz gleich, wie krank er ist, oder selbst wenn er stirbt«, sagte Paul sich, doch auch mit dieser Entscheidung wurde er nicht ruhiger. Er hatte sich den Abend in lebhaften Farben ausgemalt, in Gesellschaft, in der die Stunden des Wartens schnell vergehen würden, und mit einem sicheren Ort, wo er schlafen und sich verstecken konnte, bis es Zeit war, seinen Plan auszuführen. Den Abend allein zu verbringen, war ihm unvorstellbar. Ihm fiel das Mädchen vom Pont Neuf ein, das Mädchen mit der pockennarbigen Haut und den hübschen Zähnen. Sie hieß Louise Pijart, und so unwahrscheinlich es auch war, er fand sie, nachdem er beide Abschnitte der Brücke überquert hatte und gerade die Stufen zum Quai de Conti hinuntergehen wollte. Sie speisten üppig in einem Lokal, das er sich nicht leisten konnte, und kehrten zum Pont Neuf zurück, wo sie eine Weile dem Treiben der Quacksalber zusahen. Danach nahm sie ihn mit in ihr Zimmer, wo er sie – zu ihrem Erstaunen – leidenschaftlich liebte.

Am nächsten Morgen schliefen sie lange. Louise wachte vor Paul auf, zog die Bettvorhänge zurück, und als sie das Fenster öffnete, sah sie den Regen draußen. Es war ein warmer, langsamer Regen, der die Luft im Zimmer erfrischte, ohne sie abzukühlen. Sie ging auf bloßen Füßen leise zum Bett und sah Paul an, seine geschlossenen Augen, das zerzauste Haar, eine nackte Schulter, ein Arm über den Kopf geworfen, das Achselhaar dunkler, eher kastanienbraun, als das an der Stirn. Der Mund war geschlossen, sein Ausdruck entspannt, aber beherrscht, und an dem beherrschten Ausdruck erkannte sie, dass er den Schlaf nur vorschützte.

Sie legte ihm eine Hand auf die Brust, beugte sich vor und wartete, dass er die Augen öffnete, und als er sie aufschlug, beugte sie sich weiter vor, sodass das Erste, was er an diesem Sonntagmorgen sah, das Blau ihrer Augen war. Sie küsste ihn nicht, sondern zog ihren *peignoir* aus, den sie, während sie nackt vor Paul stand, um den Bettpfosten wand. Dann hob sie die Decke an und schlüpfte neben ihm ins Bett.

Er sah ihr interessiert, aber leidenschaftslos zu und betrachtete ihren wohlgeformten, weißen Körper, den die Pocken, im

Gegensatz zu ihrem Gesicht, verschont hatten. Er verglich sie nicht mit Marianne. Er schob alle Erinnerungen an Marianne zur Seite. Er wollte Marianne nicht mit seinen Zufallsabenteuern vermischen, aber beim Aufwachen war er ganz von ihr erfüllt gewesen, auch von dem Wissen, dass dies der Tag war, an dem er das Geld stehlen würde. Er war ausgeruht. Sein Verstand war klar. Das Geräusch der eisernen Vorhangringe, die auf der Stange über seinem Kopf zurückglitten, hatte ihn geweckt.

Louise legte den Kopf auf seine Schulter und die Hand unter sein Kinn. Mechanisch nahm er sie in den Arm. Er streichelte die glatte Haut und blickte in den Betthimmel.

»Gestern Abend«, sagte Louise, »hast du so mit mir geschlafen, als würdest du mich lieben.«

»Vielleicht tue ich das«, sagte er.

»Es war das erste Mal. Warum musst du jetzt weggehen?«

»Ich habe es dir gesagt. Ich muss da leben, wo ich Arbeit habe.«

»Gibt es in Paris keine Arbeit?«

»Nicht für mich.«

Sie seufzte. »Was wollen wir heute machen?«, fragte sie. »Wenn es nicht regnen würde, könnten wir einen Ausflug machen. So wie letztes Mal. Aber wenn es weiter regnet, müssen wir drinnen bleiben.«

»Mir wäre es recht, den Tag hier im Zimmer zu verbringen.«

»Du bist nett«, sagte sie, und Paul, der wusste, welche Rolle er zu spielen hatte, hob mit seiner freien Hand ihr Handgelenk und küsste gewissenhaft einen Finger nach dem anderen.

Eine Stunde später streckte sie sich, hob den Kopf und befreite sich langsam aus Pauls geistesabwesender Umarmung. Sie zog sich ein paar Unterröcke an und ihren *peignoir* darüber und verließ das Zimmer. Als sie gegangen war, stand Paul auf und zog sich an. Der Regen fiel leise vor dem offenen Fenster. Nah und fern schlugen die Glocken die Mittagsstunde, so wie sie schon den ganzen Sonntagmorgen jede Stunde geschlagen hatten. Er hörte die Glockenschläge in dem Bewusstsein, dass er noch einen langen Nachmittag vor sich hatte.

Louise hatte nach einem gebratenen Hähnchen und einer Flasche Wein geschickt. Pauls Rock, seine Weste und sein Beutel hingen über dem Betpult – diese junge Frau hatte ein Betpult, wie eine feine Dame –, und Paul war in Hemdsärmeln und Louise in ihrem *peignoir*, als sie sich zum Picknick hinsetzten.

Der Nachmittag zog sich in die Länge. »Wollen wir Karten spielen? Soll ich dir meine Kleider zeigen? Ich ziehe mein neues Kleid für dich an.«

Paul sah ihr zu, wie sie sich mit Creme, Puder und Rouge zu schaffen machte. Sie drapierte ihre Locken mit Spitzenstreifen und Bändern und befestigte sie mit Drähten auf dem Kopf. Sie zog das neue Kleid an, schritt wie ein Pfau vor ihm auf und ab und zog das Kleid wieder aus. Er sah ihr zu, und das einzige Gefühl, das sich in ihm regte, war eine wachsende Ungeduld, weil die Zeit so langsam verging. Sie schloss das Fenster, als eine Brise die Regentropfen ins Zimmer trieb. Die Luft wurde schnell stickig. Der Regen trommelte an das Fenster, und Paul streckte sich auf dem einzigen Lehnstuhl aus, faltete die Hände hinter dem Kopf und starrte an die Decke.

Louise hatte das Kleid, das sie anziehen wollte, halb über dem Kopf und blieb vor ihm stehen.

»Paul, was hast du? Du bist so verändert.«

»Ich mache mir Sorgen«, sagte er.

»Was für Sorgen?«

»Um Geld. Weil ich keins habe.«

»Aber du hast gesagt, du triffst dich mit einem Mann, der dir Geld schuldet. Und dann bekommst du die neue Stelle.«

»Wenn ich ihn aber verpasse?«, sagte Paul. »Was dann? Was ist dann mit meiner neuen Stelle?«

»Soll ich dir Geld geben?« Sie zog sich mit ein paar Verrenkungen das Kleid an. Paul stand unwillig auf und half ihr, indem er hier und da ein bisschen zog. Seine Hände verweilten nicht auf ihren Schultern.

»Würdest du das tun? Würdest du mir Geld geben?«

»Ich bin eine Närrin«, antwortete sie. »Ja, ich würde dir Geld geben.«

»Ich kann zu Fuß gehen«, sagte er. »Ich kann die ganze Strecke bis Amiens laufen und auf dem Weg um Brot betteln.«

Er zog den Rock an, hängte sich den Beutel über die Schulter und sah sich nach seinem Hut um. Sie gab ihm den Hut, und er nahm ihn wortlos entgegen. Er hatte genug von diesem Zimmer.

»Kommst du heute Abend zurück?«

»Wenn ich das Geld bekomme, ja.«

»Du und das Geld. Denkst du an nichts anderes?« Als er schon auf der Treppe war, rief sie mit scharfer Stimme hinter ihm her: »Du kannst gern wiederkommen, aber wundere dich nicht, wenn ich anderen Besuch habe.«

19

Der Wind, der den Regen vorangetrieben hatte, blies schließlich den Himmel frei. Eine Weile lang gurgelte das Wasser in den Abflüssen und tropfte von den Balken. Mit der Dämmerung senkte sich wie immer der Abenddunst. In der Küche der Rue des Lions sagte Marianne nach dem Abendessen zu Jean:

»Was suchst du?«

»Meine Pfeife und den Tabak.«

Er fuhr mit der Hand über den Kaminsims, als könnte er das ertasten, was er nicht gesehen hatte. Die Zunderschachtel, die eisernen Kerzenhalter, das kupferne Blasrohr für das Kaminfeuer, all das war da. Pfeife und Tabak hätten auch da sein sollen.

»Sie sind bestimmt oben.«

»Ich dachte, ich hätte sie mit nach unten gebracht«, sagte er.

»Ich bin mir sicher, dass ich sie im Schlafzimmer gesehen habe.«

»Merkwürdig«, sagte er.

»Warum ist das merkwürdig? Du nimmst sie jeden Abend, wenn du den Rock ausziehst, aus der Tasche.«

Sie saß beim Fenster und nähte einen Knopf an ein Hemd. Jean wandte sich vom Kaminsims ab und sah, wie Marianne die Nadel durch den Stoff stieß, den Faden hindurchzog und nach mehreren raschen Stichen den Kopf senkte und den Faden abbiss. Eine Erinnerung stieg in ihm auf und wurde zurückgewiesen.

»Es ist merkwürdig, dass ich vergesse, was ich getan habe«, sagte er langsam. »Es muss am Alter liegen.«

»Du hast nichts vergessen. Du hast geglaubt, heute etwas ge-

tan zu haben, was du gestern und jeden Tag davor getan hast.«
Sie erbot sich nicht, Pfeife und Tabak für ihn zu holen, sondern
faltete das Hemd zusammen und sagte:

»Das wirst du nie wieder tragen. Du bist in den Schultern
zu breit geworden. Es ist feines Leinen. Wir könnten es verkaufen.«

»Heb es für Nicolas auf«, erwiderte er.

Er verließ die Küche, und sie wartete, bis er oben an der
Treppe angekommen war. Dann folgte sie ihm und erreichte
mit ihm zusammen das Schlafzimmer.

»Gib mir den Schlüssel zur Truhe, damit ich es hineinlegen
kann.«

Der Schlüssel drehte sich sauber im Schloss. Sie schob die
Gobelindecke zur Seite und klappte den Deckel hoch. Als Erstes sah sie den Taftrock. Sie legte das Hemd darauf und tastete
dann mit der Hand in einer Ecke.

Jean blieb nicht stehen, um ihr zuzusehen. Er hatte den Tabak und die Tonpfeife an sich genommen und war schon im
Nebenzimmer, zweifellos auf dem Weg in den Pflug. Aber er
musste bleiben, damit er sah, dass sein Geld in Sicherheit war,
wenn sie die Truhe wieder verschloss.

»Jean«, rief sie erregt.

Er war sofort bei der Tür.

»Wo ist die grüne Rolle – die lange?«

»Dort, wo ich sie hingelegt habe, bei den anderen«, sagte er
und kam näher.

Sie kramte umständlich in der Truhe, schob die grüne Rolle
aus dem Blickfeld und nahm dann die restlichen Rollen, eine
nach der anderen, heraus und legte sie auf das weiße Hemd.

»Die blaue, die zweite blaue; die kurze mit den Pistolen – die
ist ziemlich schwer; der weiße Drell. Aber die grüne kann ich
nicht finden. Hast du sie woanders hingelegt?«

»Wo soll ich sie denn hingelegt haben?«, fragte Jean sachlich. »Sie muss da sein. Was ist mit dir?«

»Ich dachte, ich hätte sie obenauf gelegt, damit du morgen schneller drankommst. Morgen brauchst du sie doch, hast du das vergessen? Der Mieteneinsammler kommt. Und jetzt finde ich sie nicht. Aber du hast bestimmt recht, sie muss hier sein.«

»Guck noch mal nach«, sagte Jean.

Jetzt galt seine ganze Aufmerksamkeit ihr. Sie fuhr mit der Hand über den Boden der Truhe und brachte die grüne Rolle zum Vorschein. »Wie sie da wohl hingekommen ist?«, sagte sie mit einem nervösen Lachen. »Habe ich das etwa gemacht? Es ist wie mit deinem Tabak.«

Er sah ihr zu, während sie die Rollen wieder verstaute, die Ausbeute seines Lebens, das harte Korn in kleinen Beuteln, alle Rollen gut versteckt in der Truhe, alle außer der grünen, die jetzt obenauf lag, unter dem weißen Hemd.

»Jetzt wissen wir beide, dass sie da sind«, sagte sie, als sie ihm den Schlüssel gab. Sie sah ihn mit einem entschuldigenden Lächeln an. »Das hat mir einen Schreck eingejagt. Ich komme mit dir in den Pflug. Ich könnte einen Weinbrand gebrauchen.«

Auf dem Treppenabsatz vor dem Lagerraum tat sie so, als würde sie die Tür abschließen, unterdessen ging Jean ihr voran langsam die Treppe hinunter.

»Bei der Feuchtigkeit klemmt das Schloss«, sagte sie, als sie bei ihm ankam. Gemeinsam klappten sie die Fensterläden in der Küche zu, verriegelten die Tür und schlossen alles ab, dass es gesichert war, alles außer der Tür oben am Treppenabsatz.

»Mademoiselle Marianne«, begrüßte die Wirtin im Pflug sie, »wir sehen Sie selten genug. Gibt es etwas zu feiern? Haben Sie Nachrichten von Ihrem Sohn?«

»Heute ist der Geburtstag des Königs«, sagte Jean und überging die Frage nach seinem Sohn.

»Richtig, stimmt«, sagte die Wirtin. »Na, da er selbst so wenig Notiz davon nimmt, wird man es uns nachsehen, wenn wir ihn vergessen. Früher war das anders.«

»Ganz anders«, sagte Jean. Er hatte seine eigenen Gründe, warum er an den Geburtstag des Königs dachte. Er und der König waren im selben Jahr geboren. Gemeinsam gingen sie aufs Alter zu, der König, wegen seiner Gicht, in einem dreirädrigen Wagen, Larcher auf seinen eigenen zwei Füßen, wofür er Gott dankte.

Mittlerweile war Paul in der Rue des Lions angekommen, und da er weder oben noch unten Licht sah, vermutete er, dass Marianne alles für ihn vorbereitet hatte. Die Tür auf dem Treppenabsatz öffnete sich bei seiner leichten Berührung. Er ging durch das Zimmer, wo er mit Nicolas geschlafen hatte, und betrat zum ersten Mal das dunkle Schlafzimmer dahinter. Statt ein Licht anzuzünden, öffnete er den Fensterladen einen Spalt. Das Schloss der Truhe aufzubrechen, war nicht so leicht, wie er gehofft hatte. Er musste das Holz spalten, bevor er den Meißel weit genug hineinstoßen konnte, dass eine Hebelwirkung entstand, und während er damit beschäftigt war, bemerkte er durch den Spalt im Fensterladen den langsam aufgehenden Mond. Den Mond hatte er vergessen. Sein Licht würde in den Hof fluten und besonders die Seite erhellen, wo die Tür zur Werkstatt war. Endlich gab der Deckel der Truhe nach. Paul legte seine Hand auf das glatte Leinen des Hemdes und ertastete darunter die Münzrolle, genau wie Marianne ihm versprochen hatte. Aber er war neugierig. Er hatte das Bedürfnis, die anderen Bekleidungsstücke – Jacken, Schultertücher, Unterröcke – in die Hand zu nehmen, Jeans und Mariannes Garderobe. Diese Verletzung ihrer Privatsphäre bereitete ihm Lust. Er tastete in den Ecken der Truhe, brachte Dinge absichtlich in Unordnung und stieß dabei auf eine Sammlung weiterer Rollen. Hier lag mehr Geld, als er vermutet hatte. Sie hatte gesagt, dass unter dem Hemd eine Rolle mit der Summe liegen würde, die ihrer Mitgift entsprach. Sie erwartete nicht, dass er mehr als die eine Rolle nehmen würde, das war ihm klar. Aber was für ein Dieb wäre er, wenn er rücksichtsvoll nur eine Geldrolle entwendete? Es würde ihren Plan verraten, wenn er es bei der Summe von Mariannes Mitgift beließe. Plötzlich überkam ihn eine große Gier nach all den Münzen, die da so sorgfältig eingerollt lagen. Was für Münzen es waren, konnte er nicht wissen, ob Louisdor oder einfach nur Livres. Er machte seinen Beutel auf und steckte sie hinein.

In dem Moment stand fest, wie er weiter vorgehen würde. Da er die Pamphlete nicht weggeworfen hatte, musste er sie jetzt hier zurücklassen. In seinem Beutel war nicht genug Platz für beides, die Pamphlete und das Geld. Und die schweren Rollen in der Rocktasche zu tragen, war unmöglich.

Er klappte den Deckel der Truhe zu und legte die Gobelindecke wieder darauf. Dann schloss er sorgfältig den Fensterladen, damit das Mondlicht, das die Straße erhellte, nicht hereinfiel, und tastete sich ins nächste Zimmer.

Die Geldrollen nahmen zwar weniger Platz ein als die Pamphlete, waren aber schwerer, und der Riemen seines Beutels schnitt ihm in die Schulter. Paul hielt die Pamphlete im Arm, und als er zwischen Tür und Bett stand, erinnerte er sich an einen Wandschrank zu seiner Linken, in dem Jean seine Arbeitsmaterialien aufbewahrte. Er öffnete eine Klappe, stellte sich auf Zehenspitzen und stopfte die Pamphlete hinter einen Stapel Papier, so weit oben wie möglich, damit es aussah, als wären sie versteckt.

Jetzt wusste er auch, was er zu seiner Rückendeckung tun konnte. Er würde einen Brief an die Polizei schreiben, der gleichzeitig mit Jeans Diebstahlmeldung oder kurz davor eintreffen und eine Durchsuchung der Werkstatt auslösen würde, und wenn die Pamphlete gefunden waren, würde Jeans Anliegen aus dem Blickfeld geraten.

Ein Monat Gefängnis, die vorübergehende Schließung der Werkstatt, eine kleine Geldbuße – das würde Paul schützen und Larcher kaum Schaden zufügen. Sobald Jean verhaftet war, konnte Marianne unbemerkt aus Paris weggehen. Paul wunderte sich, dass ihm das nicht eher eingefallen war. Fast schien es, als hätte er es unbewusst so geplant. Mit Marianne hätte er das nicht besprechen können, und eigentlich hatte er vorgehabt, die Pamphlete in den Fluss zu werfen. Zum Glück war der rechte Zeitpunkt dafür nie gekommen.

Larchers solider Ruf würde ihm sicher zugutekommen, und seine Strafe würde kaum sehr schwer ausfallen. Doch selbst sein Ruf könnte nicht verhindern, dass eine Menge Staub aufgewirbelt würde, und wenn der sich gelegt hatte, wären Paul und Marianne in Sicherheit. Paul fuhr mit dem Daumen unter dem Riemen entlang und trat zuversichtlich ins Mondlicht hinaus.

Im Pflug trank Marianne einen Weinbrand, Jean las den *Mercure*. In Abständen legte er die Zeitung hin und beschäftigte sich mit seiner Pfeife. Einmal fragte er, ob sie noch einen Weinbrand wolle. Er sprach mit ihr nicht über das, was er las. Dass dem König das *Dictionnaire* überreicht worden war und welche Argumente in dem andauernden Streit der *Anciens* und der *Modernes* ausgetauscht wurden, interessierte ihn nicht besonders und wäre für Marianne sicher noch weniger interessant gewesen.

Marianne hörte die Stimmen um sich herum, versuchte aber nicht, den Gesprächsbrocken einen Sinn zu verleihen. Ihre Gedanken kreisten nur um das eine: War Paul in die Rue des Lions gekommen, war er in ihr Schlafzimmer eingedrungen, hatte er es geschafft, die Truhe zu öffnen? Oder hatte etwas ihn gehindert, seinen Plan auszuführen? Es war so lange her, seit sie ihn gesehen hatte, zwei Nächte und zwei Tage. Sie vermisste ihn.

Sie gab Jean Feuer, nahm sein Angebot für einen zweiten Weinbrand an und dachte, wie merkwürdig es doch sei, dass sie beide so friedlich zusammensaßen, während er ausgeraubt wurde. Sie empfand nichts, wenn sie an ihn dachte, weder Schuld noch Zuneigung. Er hatte für sie alle Bedeutung verloren, und obwohl sie das verwunderte, konnte sie an ihrer Gleichgültigkeit nichts ändern.

Den Tag über hatte sie sich mit Verrichtungen beschäftigt, die ihn zufrieden machten. Sie hatte einen Knopf an ein Hemd genäht, das Nicolas tragen würde, wenn er zurückkehrte, nur dass sie nicht da wäre, um ihn in dem Hemd zu sehen. Früher hätte der Gedanke ihr das Herz gebrochen. Jetzt ließ sie ihn ohne Gefühlsregung zu. Sie hatte aufgehört, als Jeans Frau oder Nicolas' Mutter zu existieren, stattdessen bangte sie mit jedem Herzschlag um Pauls Sicherheit. Sie wünschte sich, sie könnte bei ihm sein. Ihre Sehnsucht nach ihm hatte etwas von Wahnsinn. Aus ihrer Sehnsucht heraus machte sie eine unwillkürliche Bewegung, streckte den Arm aus und seufzte dabei. Larcher hob den Kopf und sah sie merkwürdig an.

»Bist du müde? Sollen wir gehen?«

»Müde? Nein. Warum sollte ich müde sein?«

»Es ist spät«, sagte Jean, und kurz darauf faltete er die Zeitung zusammen und klopfte seine Pfeife aus.

»Meinetwegen müssen wir nicht gehen«, sagte sie. Aber er stand auf und ging ohne ein weiteres Wort zur Tür. Sie folgte ihm. Es hatte noch nicht zu Abend geläutet. Sie hatte Angst, Paul könnte noch im Haus sein, und folgte Jean mit zögernden Schritten, aber Jean wartete nicht auf sie. Als sie zu ihrem Haus in der Rue des Lions kamen, war der Concierge gerade dabei, die äußeren Türen zu schließen. Der Mond stand hoch über den Dächern, im Hof war es taghell. Marianne ging als Erste die Treppe hinauf, damit sie vorgeben konnte, die Tür, die sie unverschlossen gelassen hatte, aufzuschließen.

Die Zimmer waren leer, das spürte sie, als sie hineinging, nirgends eine Spur von Pauls Anwesenheit, und während sie wartete, dass Jean den Fensterladen öffnete – warum sollte er eine Kerze anzünden, wenn der Mond so hell schien? –, schoss ihr ein entsetzlicher Gedanke durch den Kopf: Paul hatte den Plan aufgegeben. Er hatte sie verlassen. Er war nicht gekommen.

Jean machte den Fensterladen auf. Im Schlafzimmer sah alles so aus wie immer, auf der Truhe lag die Gobelindecke, an der Wand hingen die Porzellanmuschel und der Rosenkranz, der Stuhl stand im gleichen Winkel wie immer, alles war fahl, aber deutlich im Mondlicht zu erkennen.

Zusammen mit Jean begann sie, sich auszuziehen. Sie hatte erst Haube und Schultertuch sowie Mieder und Rock abgelegt, als Jean sich schon im Bett ausstreckte. Sie hängte ihre Sachen über die Stuhllehne, zögernd, müde. Der Gedanke, dass Paul sie verlassen haben könnte, raubte ihr alle Energie. Im Unterrock setzte sie sich auf die Truhe, um Schuhe und Strümpfe auszuziehen.

Noch glaubte sie nicht wirklich, dass Paul sie verlassen hatte, aber die Möglichkeit bestand. Für Paul wäre es besser. Es würde ihnen allen eine Menge Ärger ersparen. Am Morgen, wenn Jean die Truhe aufschloss, würde er sein Geld finden. Vielleicht würde Paul in sechs Wochen oder so zurückkehren, und sie würde ihn kurz treffen, bevor er sich anderswo Arbeit suchte. Sie beugte sich vor, um einen Schuh auszuziehen, und dabei fuhr sie mit der Hand unter ihr Knie, unter die Gobelindecke, und tastete nach dem Truhenschloss. Ihre Stirn lag auf dem Knie, und ihre Finger berührten einen Holzsplitter. Es war, als hätte sie Pauls Hand berührt. Eine Welle unsäglicher

Freude durchfuhr sie, und sie begann zu zittern. Sie war froh, dass ihr Gesicht verborgen war, und dachte, dass sie es weder geglaubt noch sich hätte vorstellen können, wenn jemand ihr vor sechs Monaten ein solches Gefühl beschrieben hätte.

»Mach den Fensterladen zu und komm zu Bett«, sagte Jean.

Sie schlief unruhig, wachte vor Jean auf und konnte nicht liegen bleiben. Der Tag begann. Wie immer ging sie früh auf den Markt. Als sie das Nachtgeschirr nach unten trug, wechselte sie im Hof ein paar Worte mit Simone. Dem Moment, wenn Jean die Entdeckung machte, sah sie mit Bangen entgegen. Für sie wäre das der schlimmste Teil, obwohl es einem Mann doch möglich sein musste, den Verlust einer Geldrolle, wenn er noch vier andere hatte, zu verschmerzen. Sie wünschte sich, es wäre vorbei. Am späteren Vormittag sah sie den pünktlichen Mieteneinsammler durch den Hof und zur hinteren Wohnung gehen. Sie sagte Jean Bescheid.

»Danach kommt er zu uns.«

Jean nickte, legte die Arbeit hin und wusch sich die Hände.

»Er kommt zu einem ungünstigen Zeitpunkt«, sagte sie nervös. Jean nickte wieder.

»Mach den Leimtopf zu«, sagte er und ging hinauf.

Das tat sie, und bevor sie die Werkstatt verließ, sah sie sich um, ob noch etwas zu tun sei. Alles war in Ordnung. Ein großer Stapel loser Blätter lag auf dem Tisch neben ihr. Sie nahm einen Papierbeschwerer und legte ihn darauf, als erwartete sie, dass im nächsten Moment ein mächtiger Windstoß durch die Werkstatt fegen würde.

In der Küche ging sie auf und ab und presste die Hände zusammen.

»Ich muss etwas tun«, sagte sie sich. »Ich muss arbeiten. Was wollte ich gerade machen, als ich den Mieteneinsammler im Hof sah?«

Ihr Marktkorb stand auf dem Tisch, noch unausgeräumt. Sie nahm das kupferne Blasrohr vom Kaminsims und kniete sich vor den Herd, um dem Feuer Leben einzuhauchen. Gleich wollte sie das Gemüse putzen und kochen. Sie legte ihre Lippen um das Rohr und blies. In dem Moment hörte sie Jeans Stimme.

»Ich bin beraubt worden«, sagte er und trat in die Küche. Seine Stimme war heiser. Hinter ihm war Simone. Sie hatte sein Gesicht gesehen, als er die Treppe herunterkam und in die Werkstatt gehen wollte, und war ihm gefolgt. Ihr Einkaufsnetz pendelte wild an ihrem Arm.

»Wir sind am Ende«, sagte Jean. »Am Ende.«

Marianne streckte die Hände nach ihm aus, um Protest und Mitleid zu bekunden.

»Nein«, sagte sie, »nein.«

»Es ist alles weg.«

»Nein«, sagte sie. »Es muss noch etwas da sein.«

Er schüttelte den Kopf. »Nichts«, sagte er. »Sieh selbst.« Er schob Simone vorsichtig aus dem Weg und ging voraus, die Treppe nach oben. Am Treppenfuß sagte Marianne noch zu Simone: »Bleiben Sie hier«, und dann folgte sie ihrem Mann.

Ihre Bestürzung, als sie seine Feststellung bestätigt fand, war fast so groß wie seine. Sie hatte sich vorgenommen, überrascht und entsetzt zu reagieren, aber sie musste nichts vortäuschen.

»Ich kann es nicht glauben«, sagte sie, nachdem sie jedes Kleidungsstück ausgeschüttelt hatte. »Wie sollen wir essen? Wovon die Miete bezahlen?«

»Wir müssen wieder nach unten gehen«, sagte Jean, der langsam die Fassung wiedergewann. »Es ist niemand in der Werkstatt. Verriegel die Tür, Marianne.«

Am Fuß der Treppe wurden sie von einer kleinen Gruppe erwartet: Simone, der Stalljunge, die Köchin, die mit einer Schüssel Apfelschalen für die Enten in den Hof gekommen war, und ein Mann im flaschengrünen Rock, der Mieteneinsammler. »Schlechte Nachrichten verbreiten sich schnell«, sagte er. »Wie ich höre, können Sie Ihre Miete nicht bezahlen.«

Jean weigerte sich, etwas zu sagen, bis sie zu dritt – er, Marianne und der Mieteneinsammler – in der Küche waren und die Tür vor dem Klatsch verschlossen hatten. Jean sah den Mieteneinsammler mit einem Ausdruck der Verzweiflung an.

»Wir können die Miete heute nicht bezahlen. Bitte verstehen Sie. Wir waren mit den Zahlungen nie im Verzug. Aber wir sind beraubt worden. Was haben wir in dem kleinen Schrank, Marianne?«

»Das Marktgeld. Es ist nicht viel.«

»Sie verstehen, Monsieur l'Agent. Wer hätte das ahnen können?«

»War es eine erhebliche Summe?«, fragte der Mieteneinsammler. »Dann müssen Sie die Polizei unterrichten. Vielleicht kann die das Geld wieder auftreiben. Oder einen Teil davon. Wenn es eine erhebliche Summe war, lohnt es sich, zur Polizei zu gehen. Monsieur le Commissaire de La Marre ist ein energischer Mann. Sie können meinen Namen erwähnen.«

»Glauben Sie wirklich?«, fragte Jean. »Dass das Geld wieder aufgetrieben werden kann? Monsieur le Commissaire ist einer von La Reynies hoch geachteten Männern. Ich setze große Hoffnung in ihn.«

Ohne ein weiteres Wort nahm Jean seinen Hut vom Haken und machte sich unverzüglich auf den Weg zum Châtelet. Bevor er zur Place de Grève kam, sagte er sich: »Es geht nicht um einen kleinen Diebstahl. Es geht um meine Lebensersparnisse. Warum sollte ich den Commissaire de La Marre aufsuchen, wenn ich ebenso gut mit La Reynie selbst sprechen kann?«

Danach ging es ihm besser. Außer dem König schien ihm kein anderer Mann im Frankreich so mächtig wie La Reynie.

In der Rue du Boulloy musste er warten. Monsieur de La Reynie war in einer Besprechung. Im Vorzimmer saß außer Jean niemand. Er nahm den Hut ab und wischte sich mit seinem Taschentuch über den Kopf. Dann ordnete er seine Gedanken in Vorbereitung auf das Gespräch.

Er war überzeugt, dass der Diebstahl das Werk professioneller Einbrecher war. Die Tür zur Treppe war geöffnet worden, aber das Schloss war unversehrt. Das Schloss der Truhe hingegen, das älter war und vielleicht deshalb ein bisschen ungewöhnlich, hatte den Einbrechern mehr Schwierigkeiten bereitet. Sie waren von der Straße gekommen und mussten rechtzeitig vor dem Abendläuten verschwunden sein, deshalb hatten sie es eilig gehabt. Folglich hatten sie das Schloss aufgebrochen, statt es zu öffnen. Sie waren auf die Truhe nicht vorbereitet gewesen und wussten also auch nichts von dem Geld darin; ihr Fund musste sie erstaunt haben. Wenn sie das Geld ausgeben wollten, würde ihr plötzlicher Reichtum sie verraten. Die Mitglieder der Schlosserzunft waren eingeschworen, aber vielleicht gab es Abtrünnige darunter, die aus der Zunft ausgeschlossen worden waren oder die Geheimnisse der Zunft verraten hatten. Monsieur de La Reynie wüsste solche Männer aufzuspüren.

Die Tür zum Empfangsraum ging auf, und ein Mann kam in das Zimmer, in dem Larcher saß. In Alter und Größe entsprach er ungefähr La Reynie. Larcher stand auf und wurde mit einem äußerst aufmerksamen Blick gemustert, dem Blick eines Mannes, der schon ein Leben lang auf die wesentlichen Details achtete. Larcher hatte La Reynie gelegentlich gesehen, jedoch jedes Mal in zermoniellem Aufzug. Von dem Stich, den Nanteuil nach einem Porträt von Mignard angefertigt hatte, kannte Jean die Züge von La Reynie. Jeder kannte den Stich. Er wurde in allen Buchhandlungen verkauft, so wie die Porträts des Königs auch, und zeigte einen Mann auf dem Höhepunkt seiner beruflichen Laufbahn und im Vollbesitz seiner körperlichen und geistigen Kräfte. Der Mann, der vor Jean stand, war nicht der Lieutenant-Général. Jeans Miene drückte Enttäuschung aus. Hinter ihm sagte eine Stimme:

»Ihre Kutsche steht bereit, Monsieur Robert.« Der Herr wandte seinen Blick sofort von dem Handwerker ab. Er ging, und der Diener sagte zu Jean: »Monsieur de La Reynie wird Sie jetzt empfangen.« Die montägliche Konferenz war beendet.

Der Mann, der Larcher empfing, trug keine Perücke. Die lag auf dem Tisch vor ihm, zwischen Papieren neben einem Tintenfass. Der Schädel des Mannes war wohlgeformt und mit grauem Haar bewachsen, und sein Gesicht hatte tiefe Falten. Das Gesicht entsprach nicht exakt dem Stich von Nanteuil, aber es war zweifellos das von Nicolas Gabriel de La Reynie. Jetzt saßen sich La Reynie und sein hingebungsvoller Bewunderer an einem Intarsientisch von Boulle gegenüber. Larcher fasste sich ein Herz und erzählte seine Geschichte. La Reynie hörte zu, ohne ihn zu unterbrechen.

»Sie glauben also, ich kann Ihnen das Geld wiederbeschaffen«, sagte er, als Jean geendet hatte.

»Wenn nicht Sie, wer dann?«

»Der Diebstahl war brutal.«

»Monseigneur, er war ein Affront gegen die Polizei.«

La Reynie nahm einen Federkiel, drehte ihn in der Hand und runzelte dabei die Stirn.

»Ihr Name ist mir aus irgendeinem Grunde bekannt«, sagte er.

»Ich habe Arbeiten für Monsieur Bultault ausgeführt, der gewissermaßen Ihr Nachbar ist. Ich habe Bücher für ihn repariert.«

»Sie sind also Buchbinder«, sagte La Reynie nachdenklich. »Veröffentlichen Sie auch Bücher?«

»Ein gründlich erlerntes Handwerk reicht für einen Mann«, sagte Jean.

»Die Summe, von der Sie sprechen, ist sehr groß.«

»Monseigneur, ich habe lediglich die Wahrheit gesagt.« La Reynie legte den Federkiel auf den Tisch und gab seinem Diener ein Zeichen.

»Wo ist der Brief, den Monsieur Robert mir heute Morgen gebracht hat?«

»Auf Ihrem Tisch, Monsieur.«

La Reynie schob die Blätter umher, hob die Perücke hoch und fand, was er suchte. Dann las er den Brief aufmerksam. Er zog ein Blatt Papier heran, tauchte den Federkiel in die Tinte und schrieb drei Wörter auf das Blatt. Während er wartete, dass die Tinte trocknete, sprach er mit seinem Diener. Der Mann beugte seinen Kopf herab, und La Reynie sagte ihm etwas ins Ohr, das Larcher nicht verstand. Der Mann verneigte sich und ging. Wieder las La Reynie den Brief vor sich, betrachtete das Blatt, auf das er gerade geschrieben hatte, faltete beide Bögen mit einem Bedauern, so schien es Larcher, zusammen und legte sie zur Seite. Larcher glaubte, er sei vergessen worden. Doch dann sah La Reynie ihn an.

»Wir werden alles dafür tun, dass Ihnen Gerechtigkeit widerfährt«, sagte er ernst. »Ich habe nach Beamten aus dem Châtelet geschickt. Sie werden Sie nach Hause begleiten. Erzählen Sie ihnen, was Sie gerade mir erzählt haben. Wir müssen auf das Beste hoffen.«

In der Rue des Lions schnitt Marianne den Kohl in Streifen, putzte die Mohrrüben und setzte den Topf aufs Feuer. Simone war bei ihr und redete unentwegt. Marianne schickte sie nicht fort. Die Ablenkung war ihr angenehm. Immer wieder erschauderte sie, der Schauder verflog und kam zurück. Am besten verhinderte sie das Zittern der Hände, indem sie sie benutzte. Sie war nicht in Gefahr. Jean tat ihr leid.

»Ich kann mir nicht vorstellen, wie jemand in das Zimmer gekommen ist«, sagte Simone. »Vielleicht hat sich gestern jemand ins Haus geschlichen und unter dem Bett versteckt. Oder im Kamin. Aber wie ist er geflohen? Stand das Fenster offen?«

»Das Fenster war geschlossen«, sagte Marianne.

»Es kann niemand aus unserem Haus sein. Das sind alles ehrliche Menschen.«

»Wie wollen Sie das wissen?«, sagte Marianne.

»Bisher ist nie etwas gestohlen worden.«

»Es gibt immer ein erstes Mal.«

»Aber an wen denken Sie? Was denkt Paul? Wo ist er überhaupt?«

»Er ist auf dem Weg nach Auxerre. Am Freitag ist er aufgebrochen.«

»Alles passiert auf einmal«, sagte Simone.

Jean kam mit zwei Polizisten zurück. Er brachte sie in die Küche und bat Marianne, ihnen je ein Glas Wein einzuschenken.

Der erste Polizist zögerte, das Glas anzunehmen.

»Das ist gegen die Regeln«, sagte er.

»Sie hatten einen langen Weg«, erwiderte Jean, »und ich hatte eine böse Überraschung. Trinken Sie.« Als er sein leeres Glas absetzte, ließ er es sich nicht nehmen, zu Marianne zu sagen: »Monsieur de La Reynie hat mir versichert, dass alles getan wird, um uns zu helfen.«

»Der Ort des Vergehens ist im Obergeschoss, wenn ich das richtig verstehe«, sagte der Polizist. »Sollen wir nach oben gehen?«

»Lassen Sie mich erst die Situation beschreiben«, sagte Jean.

Seine Schilderung war knapp und präzise. Die Polizisten schienen damit zufrieden. Sie bahnten sich einen Weg durch die Schaulustigen, die sich im Hof eingefunden hatten und ihnen die Treppe hinauf folgten. Marianne schloss die Tür auf. Das Ehepaar Larcher und die beiden Polizisten traten ein.

»Ich werden Ihnen jetzt zeigen«, sagte Jean, »wo das Geld war.«

Aber einer der Polizisten hatte die beiden Blätter, die La Reynie ihm gegeben hatte, aufgefaltet. Er beriet sich mit seinem Begleiter, der daraufhin Jean nicht ins Schlafzimmer folgte, sondern einen Schemel holte, ihn vor den Schrank neben Nicolas' Bett stellte, darauf kletterte und anfing, die oberen Borde abzusuchen. Im nächsten Moment reichte er ein Paket herunter. Der Polizist, der die Papiere in der Hand hielt, faltete sie grob und stopfte sie sich in die Tasche. Er nahm das Paket entgegen, das bereits aufgerissen war, dann riss er es weiter auf und nahm ein ungebundenes Heft im Duodezformat heraus. Larcher sah zunächst verärgert, dann besorgt zu. Als der Polizist ihm das Heft gab und er den Titel las, wich alle Farbe aus seinem Gesicht. Ein Schuldbewusstsein hätte sich nicht deutlicher abzeichnen können. Dennoch schaffte er es zu sagen:

»Das hat mit meiner Beschwerde nichts zu tun. Ich bin bestohlen worden.«

»Kennen Sie dieses Pamphlet?«

»Ich habe davon gehört.«

»Geben Sie zu, dass es sich in Ihrem Besitz befindet?«

»Das tue ich auf keinen Fall.«

»Warum ist das Paket dann in Ihrem Schrank?«

»Das weiß ich nicht.«

»Wer schläft hier?«

»Mein Sohn.«

»Wo ist Ihr Sohn?«

»Das weiß ich nicht, er ist auf Reisen.«

»Ist es möglich, dass Ihr Sohn diese Pamphlete in dem Schrank zurückgelassen hat?«

»Nein«, sagte Larcher.

»Ganz und gar unmöglich?«, fragte der Ordnungshüter mit einem leichten Lächeln.

»Wir verschwenden nur unsere Zeit«, sagte der jüngere der beiden Polizisten. »Das hier ist ja keine Gerichtsverhandlung. Wir sollen ihn mitbringen, wenn wir die Pamphlete finden, und die haben wir jetzt.«

»Aber mein Geld —«, sagte Jean.

»Das spielt erst mal keine Rolle. Mein Freund, Sie sind verhaftet.«

»Aber das ist unmöglich«, sagte Jean.

Zur Antwort zog der Polizist die beiden Blätter aus der Tasche, faltete sie auseinander und hielt eins Jean hin, damit er es las; es war das Blatt, auf das La Reynie drei Wörter geschrieben hatte. Vor seinem geistigen Auge sah Larcher wieder die Feder, die sich nach jedem Wort hob. *Jean François Larcher.* Sein Name. Mehr nicht. Der Verhaftungsbefehl war schon im Voraus ausgestellt und vom Minister des Königs unterschrieben worden.

»Marianne!«, rief Jean.

Aber Marianne hatte die Hände vors Gesicht geschlagen und weigerte sich, ihn anzusehen. Sie wusste so sicher, als hätte sie es selbst gesehen, wer die Pamphlete in den Schrank gelegt hatte, und sie glaubte, dieses Wissen stünde ihr deutlich im Gesicht.

Jean atmete tief ein und merkte dann, dass er das Pamphlet noch in der Hand hielt.

»*Der Geist des Monsieur Scarron*«, sagte er still. »Eine böse Erscheinung.« Er gab dem Polizisten das Heft zurück. »Es ist ein Irrtum«, fuhr er mit Würde fort, »und wird sich im Châtelet

285

aufklären lassen. Also gut. Worauf warten wir? Marianne, pass auf die Werkstatt auf, bis ich zurück bin.«

Der jüngere Polizist riet ihm aus reiner Freundlichkeit und ohne die Absicht, ihm zu drohen:

»Verabschieden Sie sich lieber richtig von Ihrer Frau. Es könnte sein, dass Sie länger fort sind, als Sie jetzt denken.«

Aber Larcher schüttelte den Kopf.

»Monsieur de La Reynie hat mir Gerechtigkeit versprochen, und ich vertraue ihm.«

Trotzdem küsste er Marianne, als sie ihm die Wange hinhielt.

20

In Lyon und Rouen stand der Buchhandel unter Dauerverdacht. Seit Beginn der Herrschaft Louis' XIV. hatten sich beide Städte einer langen Liste von Vergehen schuldig gemacht, Lyon schon deshalb, weil es so nah an der Grenze lag, und Rouen, weil es eine Hafenstadt war und einst vielen Hugenotten Zuflucht geboten hatte. Im August, nach der Verhaftung von Lebrun, einem kleinen Buchhändler in Rouen, sandte Monsieur de Pontchartrain einen Ermittler von der Präfektur in Paris dorthin, der dem Direktor des königlichen Gefängnisses in Rouen, La Berchère, Bericht erstatten und sämtliche Buchhändler der Stadt nennen sollte, deren Aktivitäten fragwürdig waren.

Schon zuvor hatte Pontchartrain sich genötigt gesehen, einen Brief an die Vertreter des Königs in Lyon zu schreiben, der einen langen Absatz mit Vorwürfen im Namen des Königs gegen die Polizei in Lyon enthielt, wegen ihrer nachlässigen Haltung gegenüber dem Buchhandel. Der Anlass für den Brief war die Konfiszierung und Unterdrückung des Buches *Les Intrigues Galantes de la Cour de France*. Es war heimlich in Paris gedruckt worden, und auf der Titelseite wurde der mysteriöse P. Marteau in Köln als Verleger genannt. In Lyon hingegen war es öffentlich und ohne das Privileg oder die Erlaubnis des Königs gedruckt worden. Der Brief sollte eine Durchsuchung aller in Misskredit geratenen Werkstätten in Gang setzen und zur Überprüfung derjenigen Handwerker im Buchhandel führen, die in letzter Zeit nach Paris übergesiedelt waren.

Die nach Jean Larchers Verhaftung durchgeführte Untersuchung seiner Rechnungsbücher in der Werkstatt hatte nichts ergeben, aber in seiner Rocktasche wurde ein Brief gefunden und an Leclerc, den Ermittler in Rouen, geschickt. Bis zum elften September hatte der Commissaire de La Marre dem Lieutenant-Général La Reynie die Namen einer Reihe von Verdächtigen in Paris und den beiden anderen Städten genannt und stand bereit, sie zu verhaften, sobald er den Befehl dazu erhielt.

La Reynie hatte den Bericht aufmerksam gelesen. In seiner Antwort schrieb er, was der Commissaire ihm mitteile, sei von beträchtlicher Bedeutung, jedoch habe er nicht erwähnt, welche Beweise, schriftlicher oder sonstiger Natur, er »gegen die Komplizen in den Provinzen wie auch in Paris« in der Hand halte. Sollte er der Meinung sein, die Beweise seien sicher oder ließen sich bei näherer Prüfung erhärten, werde der König zweifellos zustimmen, die Komplizen dort, wo sie waren, zu verhaften und zur Gerichtsverhandlung nach Paris zu bringen. La Reynie erschienen die Beweise des Commissaire de La Marre beklagenswert dürftig. Er konnte sich der Zusammenarbeit mit dem Commissaire jedoch nicht verweigern. Selbst ein vager Verdacht konnte zu etwas führen, und der Druck, den der König unvermindert durch Pontchartrain ausübte, wurde in direkter Linie über Monsieur de La Reynie und Monsieur Robert vom Châtelet an den Commissaire de La Marre weitergegeben. Der König hatte sie alle fest im Griff. De La Marre führte seine Verhaftungen durch.

Am dreiundzwanzigsten September schickte der König ein Dokument von Fontainebleau nach Paris, das eine Aufstellung aller Verdächtigen enthielt und die Durchführung der Gerichtsprozesse von sämtlichen Verhafteten an Monsieur de La Reynie übertrug, womit allen anderen Gerichtshöfen und Richtern die Durchführung der Prozesse untersagt war, »ungeachtet aller Widerstände oder Einsprüche von Einzelpersonen oder anderweitiger Art«.

»Nachdem wir Informationen erhalten haben«, hieß es in dem Dokument weiter, »dass die hier genannten Personen – François Larcher, Buchbinder, Pierre Rambault, Buchbinder, Jean Chavance, Buchhändler, Simon Vers, Drucker, und Charles Charon, Händler – mit verschiedenen Schmähschriften und verbotenen Büchern Handel getrieben und einige davon in unserer Stadt gedruckt haben, während andere in Lyon gedruckt wurden, und dass diese Bücher in Paris wie auch in den Provinzen und sogar außerhalb des Landes verkauft und verbreitet wurden, haben wir diese Personen verhaftet und halten sie in unserer Burg von Vincennes sowie in den Gefängnissen le Grand Châtelet und le Petit Châtelet und im For l'Évêque in Gewahrsam.«

Im selben Dokument wurde Monsieur Robert angewiesen, Monsieur de La Reynie bei der Durchführung der Prozesse uneingeschränkt zu unterstützen, worauf er am selben Tag an Monsieur le Commissaire de La Marre einen Brief mit folgendem Wortlaut schrieb:

»Monsieur de La Reynie erweist mir die Ehre zu betonen, dass die Überprüfung der Beweise im Prozess gegen Chavance vorangetrieben werden müsse, und um diese Überprüfung abzuschließen, müsse die Frau von Larcher vernommen und, falls sie eine Anschuldigung macht, eine Gegenüberstellung veranlasst werden; die von mir dafür benötigte Ermächtigung kann der Gerichtsschreiber erst ausfertigen, wenn das Protokoll der Vernehmung, an dessen Abschrift er arbeitet, fertig ist. Ich bitte Sie deshalb, falls es noch nicht geschehen ist, die Abschrift ins Reine machen zu lassen, damit ich morgen früh die Ermächtigung erhalte und versenden kann.

Ich lege einen langen Brief von Chavance bei, der wichtiges Beweismaterial enthält. Suchen Sie die Witwe Roblinel auf und bitten Sie sie, im Namen von Chavance, um seinen Rock, seine

Betttücher, einen Louisdor und anderes mehr, wonach er fragt. Sie können ihr den Brief zeigen, dürfen ihn ihr aber auf keinen Fall aushändigen.«

Anschließend machte er sich daran, die sieben Richter auszusuchen, die, La Reynies Einwilligung vorausgesetzt, den Vorsitz bei den Verhandlungen führen sollten.

Gefangene wurden auf Kosten des Königs und ihrem sozialen Status gemäß eingesperrt. Die Unterbringung eines Handwerkers kostete fünfzehn Sou am Tag, in einigen Fällen nur zehn. Zusätzliche Leistungen wie Brennholz oder bessere Verpflegung als die vom Gefängnis bereitgestellte konnten gekauft werden, wenn der Gefangene ein bisschen Geld hatte. Ob er in Einzelhaft gehalten wurde, hing von seinem Vergehen und der Beweislage gegen ihn ab, oder vom Wunsch des Königs. Insgesamt wurden Gefangene nicht unter unmenschlichen Bedingungen gehalten. Die Gefangenen des Königs hatten es besser als die meisten anderen.

Falls es zu einer Verhandlung kam – nicht immer wurde das für notwendig erachtet –, gab es zunächst den *procès-verbal*, eine Zusammenstellung der Fakten gegen den Gefangenen. Erschien die Beweislage unvollständig oder war der Gefangene nicht willens, eine Aussage zu machen, wurde die *question* angewendet. Dazu wurde ein Bein des Gefangenen zwischen schweren Planken eingekeilt, die dann mit Ketten zusammengezurrt wurden, und wenn alles so fest wie möglich war, wurden Keile unter die Ketten geschoben, was die Fesselung noch enger machte. Es gab acht Keile, nicht mehr, aber oft reichten zwei oder drei, um den Gefangenen zu einer Aussage zu bewegen.

Es gab zwei Varianten der *question*, einmal die, die dem Urteil vorausging, und die danach, die so begründet wurde, dass ein Verurteilter zwar nicht mehr darauf hoffen konnte, durch Verweigerung der Aussage seiner Strafe zu entgehen, aber aus dem

Wunsch, Schmerzen zu vermeiden, zu Angaben bereit war, die dann zur Verurteilung anderer führen konnten.

Die Einfügung der ersten vier Keile wurde *question ordinaire* genannt, die der letzten vier *question extraordinaire*. Verglichen mit der Folter, die noch ein halbes Jahrhundert zuvor üblich gewesen war, galt diese Form als harmlos. Sie wurde routinemäßig angewandt, und obwohl La Reynie dem König mehr als einmal erklärt hatte, dass einer Aussage, die nach dem fünften Keil gemacht wurde, nicht zu trauen war, kam der *brodequin*, oder auch Stiefel, täglich zum Einsatz.

Marianne wusste nicht, in welches Gefängnis ihr Mann gebracht worden war. Sie wusste, dass man ihn in einer Kutsche abgeführt hatte, das hatte sie vom Fenster aus gesehen. Das bedeutete, er war ein Gefangener des Königs. Kein Gefangener ging auf eigenen Füßen in die Bastille, das wusste sie, und so konnte sie annehmen, dass er dorthin gebracht worden war, aber das war keineswegs die einzige Möglichkeit.

Simone und Jules warteten im Hof, als Marianne nach unten kam. Simone war fest von Jeans Unschuld überzeugt.

»Nicht Jean«, sagte sie und schüttelte entschieden den Kopf. »Jean würde solche Schmähschriften niemals anrühren. Jemand muss sie dort hingelegt haben.«

»Nach Nicolas' Abreise habe ich den Schrank ausgewischt«, sagte Marianne, »und dann wieder am Samstag. Die Pamphlete waren nicht da, das weiß ich.«

»Ich glaube auch nicht, dass Nicolas das getan hat«, sagte Simone schnell. »Wenn er bloß hier wäre und Ihnen helfen könnte.«

»Wenn er hier wäre«, sagte Jules, »würde er auch verhaftet.«

»Meinst du?«, fragte Simone. »Dann hat Paul ja Glück, dass er nicht mehr da ist.«

»Paul wird vielleicht da verhaftet, wo er gerade ist«, sagte Jules. »Wenn sie erst mal anfangen, die Leute zu verhaften, hören sie so schnell nicht auf.«

»Aber Paul war am Freitag zum letzten Mal in der Werkstatt. Er ist am Samstagmorgen ganz früh nach Auxerre gefahren. Jean hat ihn zum Schiff gebracht. Und am Samstagnachmittag habe ich den Schrank ausgewischt.«

»Ich beschuldige ihn ja nicht«, sagte Jules, »aber ich an seiner Stelle wäre besorgt.«

»Sie sollten ihn warnen«, sagte Simone.

»Wie kann ich das tun?«

»Es ist viel besser«, sagte Jules, »wenn er wirklich verhaftet wird, dass er von alldem hier nichts weiß.«

»Sie werden ihn nicht finden«, sagte Marianne in einem unbedachten Moment.

»Oh, wenn sie ihn verhaften wollen, können sie ihn jederzeit aus der *coche d'eau* holen.«

»Wie sollen sie aber wissen —«

»Jean wird es ihnen sagen. Die Polizei wird nach Paul fragen, da können Sie sicher sein.«

»Aber ich kann ihm ein Alibi geben.«

»Vorausgesetzt, die Polizei akzeptiert Ihre Aussage. Ihrem Mann können Sie auch ein Alibi geben.«

»Ja«, sagte Simone. »Das stimmt, Jules. Wie klar du denken kannst.«

»Aber es wäre besser, jemand wäre dabei gewesen, als Sie die Schränke ausgewischt haben.«

»Wie hätte ich das wissen können?«

»Ich war doch bei Ihnen, oder?«, sagte Simone. »Bin ich nicht reingekommen, als Sie bei der Arbeit waren? Oder war das am Tag davor? Nein, ich bin mir sicher, ich war bei Ihnen.«

»Sei dir nicht zu sicher, mein Schusselchen«, sagte Jules mit

292

einem Lächeln. »Die von der Polizei sind nicht auf den Kopf gefallen.«

»Dann werden sie Marianne glauben«, sagte das Mädchen.

»Auf jeden Fall glauben sie Jean.«

»Jean glaubt«, sagte Marianne langsam, »dass ihm Gerechtigkeit widerfahren wird.«

»Dann brauchen wir uns um ihn keine Sorgen zu machen«, sagte Simone. »Und um Paul auch nicht.«

»Um Paul würde ich mir auf keinen Fall Sorgen machen«, sagte Jules mit einem merkwürdigen Blick auf Marianne. »Es sei denn, sie behalten Jean in Gewahrsam.«

Die Polizisten kamen noch am selben Nachmittag wieder und beschlagnahmten die Rechnungsbücher, dann verschlossen und versiegelten sie die Tür zur Werkstatt. Keine Geschäfte, erklärten sie, dürften in Jeans Namen getätigt werden, solange er ein Gefangener des Königs sei. Die Männer teilten Marianne außerdem mit, dass sie demnächst verhört werde und sich dafür bereithalten solle, sie dürfe auf keinen Fall die Stadt verlassen.

All das schien nicht darauf hinzudeuten, dass Jean bald freigelassen werden würde. Am nächsten Tag kam der Mieteneinsammler wieder und erklärte, dass die Mietzahlungen so lange gestundet würden, wie Jean auf seinen Prozess wartete. Da der Mietvertrag in Jeans Namen sei, könnten weder Jean noch seine Frau der Wohnung verwiesen werden, solange Jeans Fall nicht entschieden sei.

»Wenn er freigelassen wird«, sagte der Mieteneinsammler und klopfte auf seine Schnupftabakdose, »sprechen wir über eine Fristverlängerung für die rückständige Miete. Sollte er aber verurteilt werden, müssen wir die Kosten vom Erlös seines Nachlasses begleichen.« Marianne sah ihn verständnislos an. »Vom Verkauf seiner Arbeitsgeräte, der Möbel, seiner persönlichen Dinge.«

»Aber er ist unschuldig«, sagte Marianne. »Er muss freikommen. Warum reden Sie von Verurteilung?«

»Darüber weiß ich nichts«, sagte der Mieteneinsammler mit einer Handbewegung. »Ich wollte nur sagen, dass Sie sich im Moment keine Sorgen wegen der Mietzahlungen zu machen brauchen.«

Eine Woche lang erwartete sie jeden Tag, dass jemand sie holte oder dass Jean zurückkam. Am Ende der Woche waren alle Vorräte verzehrt und alles Geld ausgegeben. Kein Sou war mehr übrig. Mit Erlaubnis der Polizei ging sie zum Bureau des Recommanderesses in der Rue de la Vannerie und fragte nach Arbeit.

Sie war wütend auf Paul, aus zweierlei Gründen. Zum einen hatte er mehr Geld von Jean genommen als die zwischen ihnen vereinbarte Summe. Zwar hatte sie ihm kein Versprechen abgenommen, das restliche Geld nicht anzurühren, aber er wusste, dass sie nur ein Anrecht auf das Geld von ihrer Mitgift zu haben glaubte. Sie fühlte sich hintergangen. Zum anderen hatte sein Handeln die Nachforschungen der Polizei ausgelöst, die sich gegen sie richteten, und ihnen nicht, wie geplant, nützlich waren.

Warum hatte er das getan? Ihm musste klar sein, dass der Verdacht auf ihn genauso fiel wie auf Jean. Die einzige Erklärung dafür, dass er die Pamphlete in der Wohnung versteckt und zudem alles Geld genommen hatte, kam ihr gleich zu Beginn der Woche, und sie wünschte sich, sie wäre ihr nicht eingefallen. Wenn Paul die Absicht hatte, nicht zurückzukommen, auch nicht zu dem verabredeten Rendezvous in Fontainebleau, wären seine Chancen, das Königreich unauffällig zu verlassen, umso größer, je mehr Verwirrung in der Rue des Lions herrschte. In dem Moment wurde ihr klar, dass sie ihm nie richtig vertraut hatte. Sie hatte ihn geliebt, nicht wegen seiner

Tugenden, sondern weil sie nicht anders konnte. Und das Seltsamste war, dass sie ihn immer noch liebte. Nüchtern wog sie die Möglichkeit, dass er sie im Stich lassen würde, nachdem er das Geld jetzt hatte, gegen die Verzweiflung und Leidenschaft in seiner Stimme ab, als er glaubte, sie zu verlieren, und da war sie überzeugt, dass er am Fünfundzwanzigsten in Fontainebleau sein würde. Sie würde ihm Vorwürfe machen und Erklärungen fordern, und dann würde sie in seiner Umarmung alles vergessen.

Sie bat um Arbeit als Gehilfin einer registrierten Hebamme oder, falls es keine freie Stelle gab, als Haushälterin, aber sie konnte nicht warten, bis sich eine gute Stelle bot. Sie musste nehmen, was sofort frei war, und akzeptierte ohne Widerspruch eine Stelle als Küchenmagd in einem Haus auf der Île de la Cité. Das Haus lag in der Nähe der Werkstatt, was für sie günstig war, allerdings glaubte sie, dass sie nicht lange dort arbeiten würde.

Monsieur Fieubet, dem der große Stadtpalast an der Ecke des Quai des Célestins und der Rue du Petit-Musc gehörte, starb am zehnten September auf seinem Landsitz. Der Eingang des Palastes auf der Seite zum Quai wurde schwarz verhängt, und als Marianne bei der Rückkehr von der Arbeit den Trauerflor sah, betrachtete sie ihn als böses Omen, obwohl sie den Mann, für den er aufgehängt worden war, nie gesehen hatte. Sie bekreuzigte sich, und in diesem Moment fiel ihr ein, dass sie lange nicht bei der Beichte gewesen war. Sie fragte sich, ob es wirklich so war, dass die Seele verdorrte, wenn ihr die Hostie vorenthalten wurde. Vielleicht stimmte es. Sie fühlte sich verändert. Die Sünde, die ihre Leidenschaft für Paul Damas war, hatte in ihrem Empfinden jetzt weniger Wirklichkeit als damals, als sie ihn in seinem Zimmer besuchte. Ihr Bedürfnis, ihn zu sehen, hingegen hatte große Wirklichkeit für sie.

Die zweite Woche verstrich, und der größte Teil der dritten.

Noch zwei Tage, dann würde Marianne ihn in Fontainebleau wiedersehen.

Seit sie außerhalb des Hauses arbeitete, hatte sie Simone nur selten gesehen, doch jetzt trafen sich die Frauen im Hof, und Simone fragte nach Neuigkeiten.

»Keine Neuigkeiten«, sagte Marianne.

»Jules sagt –«, fing das Mädchen an und verstummte dann.

»Was sagt er?«

»Er sagt, es sei merkwürdig, dass die Polizei Sie noch nicht vernommen habe.«

»Ich finde das auch seltsam.«

»Er glaubt, dass sie Paul vielleicht gefunden haben. Und er glaubt – ich kann Ihnen nicht alles erzählen, was er gesagt hat, aber ich bin mir sicher, er irrt sich, er irrt sich bestimmt.«

Mehr wollte sie nicht sagen, aber sie warf Marianne die Arme um den Hals und küsste sie auf die Wange.

Als Marianne in der Nacht allein in dem großen Bett lag, grübelte sie weniger darüber nach, was Jules gesagt haben mochte, als darüber, ob Paul verhaftet worden war. Würde man ihm die *question* androhen, könnte er es nicht aushalten. Er würde alles erzählen und käme wegen des Diebstahls an den Galgen. Zwar durfte sie laut polizeilicher Anweisung die Stadt nicht verlassen, aber anscheinend hatte die Polizei sie vergessen. Sie musste zu dem verabredeten Ort gehen, ganz gleich, ob sie von der Polizei hörte oder nicht. Wie würde sie sonst erfahren, was mit Paul passiert war?

Am vierundzwanzigsten September erhielt Monsieur Robert von dem Kopierer des Châtelet den von ihm angeforderten Befehl, und bei Einbruch der Dunkelheit bekam Marianne die Aufforderung, sich früh am nächsten Morgen im Châtelet einzufinden.

Sie gehorchte der Aufforderung. Die Gewohnheit, Folge zu

leisten, und die Furcht vor Autorität waren stark in ihr verwurzelt. Doch während sie im Vorzimmer saß und wartete, dass sie aufgerufen würde, zählte sie an den Fingern die Stunden bis zu ihrem Rendezvous mit Paul, und wenn die Polizei sie nicht zu lange festhielt, dachte sie zuversichtlich, könnte sie es schaffen, sogar noch rechtzeitig.

Stunden später wurde sie in einen viereckigen Raum in den Tiefen des Grand Châtelet geführt, der fern der runden Türme mit den Verliesen war und durch ein hohes Fenster nur schwach erhellt wurde. Für den Gerichtsschreiber und den Verhörleiter standen Kerzen auf dem Tisch. Es gab einen Kamin, in dem kein Feuer brannte, gegenüber der Tür, durch die sie gekommen war, noch eine Tür und in einer Ecke allerlei Krempel – Holzplanken, Ketten, zwei umgedrehte Eimer. Hätte sie sich aufmerksamer umgesehen, hätte sie auch einen Stapel von Holzkeilen und einen Holzhammer gesehen.

»Dies ist keine Gerichtsverhandlung«, sagte der Verhörleiter, »und ich bin kein Richter. Sie können frei zu mir sprechen. Ich stelle Nachforschungen zum Wohle des Angeklagten als auch des Königs an. Sie verstehen, dass es für den Angeklagten, sofern er unschuldig ist, zum Vorteil gereicht, wenn die ganze Wahrheit bekannt wird.«

Sein Ton war freundlich, aber der Raum flößte Marianne Angst ein. Wenn sie nur wüsste, wo Jean war und ob sie ihn zu Gesicht bekommen würde. Sie fing an, die Fragen zu beantworten, mit denen sie gerechnet hatte. Sie erklärte, dass sie den Schrank seit der Abreise ihres Sohnes zweimal ausgewischt habe, dass ihr aber keine Exemplare der Pamphlete aufgefallen seien.

Der Ermittler nickte. Dann fragte er: »Haben Sie mal ein Exemplar der Pamphlete gesehen?«

»*Der Geist des Monsieur Scarron*? Ja«, sagte sie, ohne nachzudenken.

»Und wo war das?«

»Es war nur ein Exemplar, Monsieur. Ich habe es gefunden.«

»Wo?«

»Im Rinnstein am Quai de la Mégisserie.«

»Und was haben Sie damit gemacht?«

»Ich habe es verbrannt.«

»Haben Sie es jemandem gezeigt – haben Sie es Ihrem Mann gezeigt, bevor Sie es verbrannt haben?«

»Nein, Monsieur.«

»Und warum haben Sie es verbrannt, statt es uns zu melden?«

»Ich hatte Angst, Monsieur.«

»Ihr Mann sagt, er habe das Pamphlet nie gesehen, aber er hat es auf Anhieb erkannt.«

»Aber Monsieur, wir waren gewarnt worden.«

»Gewarnt?«

»Es stand auf der Liste.«

»Natürlich, natürlich«, sagte der Ermittler. Er las in den Papieren auf dem Tisch, und sie drehte unter ihrer Schürze nervös die Hände. Dann sagte er: »Ich möchte Sie bitten, vier Männer zu identifizieren. Wenn Sie einen davon einmal gesehen haben, und sei es auch nur kurz und auch, wenn Sie ihn namentlich nicht kennen, dann müssen Sie das sagen.«

Es gab eine Unterbrechung, und sie versuchte, ihre Augen von dem Holz in der Ecke abzuwenden. Falls sie Paul aufgegriffen hatten, würde man sie auffordern, ihn zu identifizieren. Der erste Mann kam in den Raum. Zu ihrer Erleichterung war es jemand, den sie noch nie gesehen hatte. Auch die nächsten beiden hatte sie, soweit sie wusste, nie zuvor gesehen. Der dritte Mann bekam einen schlimmen Hustenanfall, als er vor ihr stand, und musste sich vornüberbeugen. Die drei Männer hatten eins gemeinsam: Sie alle humpelten.

Der Verhörleiter war aufgestanden und stellte sich so hin, dass er sowohl Mariannes Gesicht als auch das Gesicht des Mannes, der ihr gegenüberstand, sehen konnte. Während dieser Gegenüberstellung stellte er keine Fragen. Er nahm lediglich ihre Antwort zur Kenntnis und gab dem Gefängniswärter ein Zeichen, den nächsten Mann zu bringen.

Der vierte Mann, der den Raum betrat, war groß, und wie die anderen drei humpelte er. Er trug keinen Hut, seine Bekleidung war zerknittert, und auf seinen Wangen standen Bartstoppeln. Trotzdem erkannte Marianne die langen, hageren Züge, die tief liegenden Augen und die gewölbte Stirn sowie den breiten Mund mit den geschwungenen Falten um die Mundwinkel – es war Pauls Freund, der Drucker aus Lyon. Sie hatte ihn in dem Wirtshaus außerhalb von Paris gesehen, als Paul neben ihr saß und draußen ein Sommerschauer niederging. Auch er erkannte sie, gab aber kein Zeichen der Begrüßung. Er richtete einfach seine überraschten, ehrlichen Augen in einem intensiven Blick auf sie. Er wurde abgeführt, dann stellte der Verhörleiter die erste Frage.

Sie könne nicht leugnen, ihn schon einmal gesehen zu haben, aber seinen Namen kenne sie nicht. Sie wisse auch nichts über ihn. Sie glaube, er sei Drucker, »wegen der Hände«. Er sei jemand, der an einem Tag Ende August in einem Wirtshaus ihr gegenübergesessen habe. Den Tag könne sie benennen, aber den Namen des Wirtshauses habe sie vergessen. Ihr wurde noch eine weitere Frage gestellt:

»War Ihr Mann an dem Tag bei Ihnen?«

Nein, sie war allein.

Der Verhörleiter setzte den Ellbogen auf den Tisch und legte den Kopf so in die Hand, dass die Finger seinen Mund bedeckten. Er sah auf seine Papiere vor sich, und Marianne konnte unmöglich erraten, was er dachte.

Jetzt nahm er die Hand vom Mund und fragte in einem Ton, als führte er ein normales Gespräch mit ihr:

»Halten Sie es für möglich, dass der Mann, den Sie gerade gesehen haben, zu irgendeinem Zeitpunkt in die Werkstatt Ihres Mannes gekommen ist und die Pamphlete in den Schrank gelegt hat, in dem sie gefunden wurden?«

»Das wäre schwierig gewesen.«

»Aber nicht unmöglich?«

»Wahrscheinlich nicht unmöglich«, sagte sie widerstrebend, »aber —«

»Aber«, hakte er nach, immer noch in einem leichten, fast freundlichen Ton.

»Ich glaube nicht, dass er es getan hat.«

»Warum nicht?«

»Weil er mir ein ehrlicher Mann zu sein scheint.«

»Aber ehrliche Menschen nehmen sich manchmal Dinge heraus, für die sie keine Erlaubnis haben, wie das Drucken und Verbreiten von Büchern, die den König beleidigen. Sie vergessen, dass der König von Gott gesalbt ist.«

»Mein Mann hat das nie vergessen«, sagte Marianne rasch.

»Sie stehen fest zu Ihrem Mann, Mademoiselle. Versuchen Sie bitte, sich zu erinnern. Sie haben gesagt, dass am Samstagnachmittag keine Pamphlete in dem Schrank waren. Könnten Sie sich womöglich geirrt haben? Sie haben die Pamphlete nicht gesehen. Gut. Sie waren fest verpackt, und die Packung glich anderen Paketen mit Büchern oder Blättern oder Ähnlichem. Sie hätten das Paket vielleicht nicht bemerkt. Es hätte schon tagelang in dem Schrank liegen können, richtig? Wochen- oder sogar monatelang? Es lag da, als gehörte es dahin.«

So, wie er es sagte, ergab es einen Sinn. Er sprach freundlich, sie wollte ihn nicht verärgern. Sie stimmte ihm zu. Zu spät erkannte sie, wohin ihre Zustimmung führte.

»Ihr Sohn Nicolas ist ein junger Mann mit unkonventionellen Ideen, richtig? Er hatte Freunde, die vielleicht ihren Spott mit dem König trieben.«

»Aber Nicolas –«, begann sie. Er fuhr im selben Ton fort:

»Und dann war da der Gehilfe Ihres Mannes, der häufig Zugang zu den oberen Zimmern hatte.«

Bei dem Satz erstarrte sie, und der Verhörleiter, der mehr daran interessiert war, eine Ebene des Vertrauens herzustellen, statt ihr Informationen zu entlocken, die er ohnehin schon hatte, ließ dieses Thema fallen.

»Sprechen wir über Ihren Sohn. Sie erwarten ihn in Kürze zurück, soweit ich verstanden habe. Wir haben Anlass zu glauben, dass er nicht mehr in Frankreich ist. Wir glauben, er ist in England. Sie sind überrascht. In Rouen hat er sich einigen Männern angeschlossen, die ihn, so scheint es, stark beeinflusst haben. Ist es nicht möglich, dass er auch in Paris Freunde hatte, von denen Sie nichts wussten? Oder kannten Sie seine Freunde?«

Sie sah ihn mit wachsendem Unverständnis an. Er beugte sich vor, kreuzte die Arme und legte sie vor sich auf den Tisch.

»Folgendes müssen Sie verstehen. Ihr Mann ist der *question* unterzogen worden, *ordinaire* und *extraordinaire*. Er sagt uns nichts. Er besteht darauf, dass er allein für alles, was in der Werkstatt geschah, verantwortlich war. Wenn er uns den Namen desjenigen nicht sagt, der die Pamphlete in den Schrank gelegt haben könnte, oder wenn Sie uns nicht helfen, indem Sie uns sagen, was Sie wissen, müssen wir Ihren Mann notgedrungen für schuldig halten. Und in dem Fall, das sage ich Ihnen zur Warnung, wird es hart mit ihm zu Gericht gehen.«

»Sie würden ihn ins Gefängnis sperren?«, fragte sie voller Entsetzen. »Sie würden die Werkstatt beschlagnahmen?«

»Es wäre noch viel schlimmer.«

»Aber er ist ein ehrlicher Mann, Monsieur. Er hat eine solche Strafe nicht verdient.«

Aber Monsieur Robert der Jüngere war mit ihr fertig. Er antwortete nicht. Er gab ihr mit einem Zeichen zu verstehen, dass sie gehen könne.

21

Marianne stand vor dem Portal des Grand Châtelet, zu benommen, um sich zu erinnern, in welche Richtung es zur Place de Grève ging. Es war heller Tag. Sie schätzte die Zeit auf frühen Nachmittag, aber nach dem langen Warten, dem Dämmerlicht des Verhörraums und dem endlos langen Weg durch die Flure nach draußen, an die frische Luft, hatte sie jegliche Orientierung verloren. Als Passanten an ihr vorbeikamen, folgte sie ihnen und sah, dass dieser Weg zum großen Schlachthaus führte. Sie machte kehrt, ging wieder unter dem Bogen des Châtelet her und kam zur Place de Grève.

Das Entsetzen, das Monsieur Roberts letzte Ermahnungen in ihr ausgelöst hatten, und die furchtbare Vorstellung, dass Jean gefoltert worden war, förderten in ihr, als sie sich wieder frei bewegen konnte, einen anderen Gedanken zutage: Paul war nicht verhaftet worden. Weder Paul noch Nicolas waren im Gefängnis. Die Hoffnung, dass Paul an diesem Tag in Fontainebleau auf sie wartete, wandelte sich zur Gewissheit. Sie beeilte sich, um die nächste *coche d'eau* nicht zu verpassen und sich nicht noch mehr zu verspäten, als es ohnehin der Fall war.

Sie schaffte es nicht, den ganzen Weg zum Port St. Paul zu rennen, und ging eine Weile langsamer, bis sie wieder zu Atem gekommen war. Dann rannte sie erneut ein Stück und wechselte ab zwischen Rennen und Gehen. Die Menschen, die ihr begegneten, beachtete sie nicht. Sie kam von der Rue de la Mortellerie oberhalb des Port zum Quai, so wie Paul vor ein paar Wochen, und sah sofort, dass die Fähre noch am Anleger lag und Passagiere aufnahm. Sie wusste immer noch nicht, wie spät es war, aber auf keinen Fall wollte sie Zeit vergeuden, indem sie wieder in die Rue des Lions ging. Sie bestieg die *coche* so, wie Paul es ihr geraten hatte, in ihrer einfachsten Bekleidung und ohne jeden Schmuck; in der Tasche hatte sie das bisschen Geld, das sie von ihrem Tageslohn gespart hatte. Es würde für die Fahrt reichen. Aus Gewohnheit dachte sie an die Küche in der Rue des Lions und daran, wie sie sie am Morgen verlassen hatte. Sie hatte keine Zeit gehabt, das Feuer zu schüren. Die Kohlen waren mit Asche aufgeschüttet, die Glut konnte bis zum Abend halten, aber wahrscheinlich nicht bis zum nächsten Morgen. Im Topf war noch eine Portion Suppe, die über Nacht sauer werden würde. Sie hatte weder das Bett gemacht noch den Nachttopf im Schlafzimmer geleert, aber das alles war nicht wichtig. Sie würde die Zimmer in der Rue des Lions nie wiedersehen.

Der halbe Nachmittag war um, als sie zu den Toren des Château von Fontainebleau kam. Sie war umgeben von Menschen in Feiertagsstimmung, aber auch von Bettlern, die dem Hof von Versailles hierher gefolgt waren, so, wie sie dem König überallhin folgten und die Abfälle aus seiner Küche verzehrten. Auch die Quacksalber, die Höker und die Balladensänger vom Pont Neuf waren hier. Um sie herum war ein einziges Stimmengewirr. Da hörte sie nah bei sich die Stimme eines Gebäckverkäufers.

»*Voici le plaisir, Madame, voici le plaisir.*«

Die Stimme war so kratzig wie die damals, als sie zusammen mit Paul diesen Ruf auf der Place de Grève gehört hatte, aber vielleicht war es nicht derselbe Mann. Alle Gebäckverkäufer waren heiser wie Krähen.

»*N'en mangez pas, Madame. Ça fa mourir.*«

Sie wandte sich von ihm ab. Der Tod, von dem er so krächzend sang, war nicht der Tod, der Paul drohte, wenn sie die Warnung des Verhörleiters im Châtelet befolgte, auch nicht der

Tod, für den am Quai des Célestins mit Trauerflor geschmückt worden war, aber die Erwähnung war ein böses Omen, wie die schwarzen Tücher. Oder vielleicht war es doch dasselbe. Liebe, Tod, Liebe als tödliche Sünde, der Tod der Seele, wie sollte sie all das auseinanderhalten? Sie musste Paul finden. Dann würde sie sich wieder lebendig fühlen und könnte klarer denken.

Er war nicht am Eingang. Das wunderte sie nicht. Sie kam ja nicht pünktlich, auch wenn es nicht ihre Schuld war. Vielleicht war er kurz fortgegangen, es gab viele Gründe, warum er das getan haben konnte. Aber er würde zurückkommen. Sie war bereit, auf ihn zu warten.

Innerhalb der Tore harkten Gärtner den Kiesboden. Menschen wie sie, gewöhnliche Menschen, kamen durch die Tore, gingen über den Kies zum Château und betraten es. Kutschen fuhren an ihr vorbei, Männer auf Pferden passierten sie. Die Menge zog sich auseinander, verdichtete sich wieder, blieb stehen, aber niemand beachtete sie. Sie hätte unsichtbar sein können.

Sie war froh über diese Pause. Sie hatte sich so sehr nach Paul gesehnt, und jetzt fürchtete sie sich vor dem Gefühl, das sie überfluten würde, sollte er plötzlich vor ihr stehen. Einmal dachte sie, sie hätte ihn gesehen, seinen Arm, seine Schulter, einen Teil seines Gesichts, und ihr Herz stockte kurz und schlug dann so heftig weiter, dass es wehtat. Der Nachmittag verging langsam. Sie wurde sehr müde. Sie hatte den ganzen Tag nichts gegessen und war seit Stunden auf den Beinen, aber sie wollte ihren Standort beim Tor nicht verlassen, aus Angst, sie könnte ihn verpassen.

Sie hörte die Glocken der Kapelle die Stunden schlagen. Langsam kam sie zu der Überzeugung, dass er nicht kommen würde. Oder, dass er zur Mittagszeit da gewesen und jetzt für alle Zeiten weggegangen war. Sie versuchte, sich an die genauen

Worte des Verhörleiters zu erinnern. Was hatte ihr die Gewissheit gegeben, dass Paul nicht verhaftet worden war? Und während sie ihre Erinnerung durchforschte, fiel ihr mit großer Klarheit all das wieder ein, was über Jeans mögliches Schicksal gesagt worden war. Jean war gefoltert worden, und ihm drohte etwas, das schlimmer war als eine Gefängnisstrafe oder der Verlust der Werkstatt. Was konnte das sein? Die Galeerenstrafe? Es schien ihr unfassbar, dass er wegen einer solchen Kleinigkeit so streng bestraft werden konnte. Er war stark, aber er war nicht mehr jung. Fünf Jahre Galeerenstrafe waren genug, um einen kräftigen Mann umzubringen. Die Strafe wäre Jeans sicherer Tod. Das hatte Paul mit Sicherheit nicht beabsichtigt, als er die Schmähschriften in den Schrank gelegt hatte.

Sie verstand, was sie tun musste. Der Mann im Châtelet hatte das deutlich gemacht. Aber sie konnte Paul nicht verraten. Ihr war nicht klar gewesen, was sie Jean antaten. Jetzt wusste sie es, und wenn er bei der Galeerenstrafe starb, würde sein Leiden und sein Tod ihr Leben lang und darüber hinaus auf ihrer Seele lasten, und Paul, der die Ereignisse, diese entsetzliche Wendung, nicht hatte voraussehen können, konnte nicht halb so viel Verantwortung aufgebürdet werden.

Ihr ursprünglicher Zorn auf Paul flackerte erneut auf, auch ihr ursprüngliches Misstrauen. Paul hatte all dies verursacht. Er hatte nie die Absicht gehabt, zu ihr zurückzukehren. Doch selbst im Moment ihres Zorns wusste sie, dass sie all dies vergessen würde, sollte er plötzlich durch die Menge auf sie zukommen. Sie würde mit ihm fortgehen und nicht daran denken, dass Jean in Gefahr war. Sie wartete und hoffte, dass Paul kommen würde, und dann war es an der Zeit, die letzte *coche* zurück nach Paris zu besteigen. Am nächsten Morgen müsste sie auf der Île de la Cité zur Arbeit erscheinen, deshalb ging sie mit den letzten Ausflüglern zum Fluss hinunter.

Auf der *coche* war es ungeheuer voll. Marianne saß an Deck und sackte in sich zusammen, zwischen einem sehr müden Priester, der im Sitzen einschlief, und einer kleinbürgerlichen Familie, die zwar wohlhabender war als sie selbst, aber derselben Schicht angehörte. Die Menschen hatten ihr mitgebrachtes Essen für die Rückfahrt aufgehoben, holten es jetzt aus den Körben und verzehrten es. Hätte Marianne sich ihnen gegenüber freundlich gezeigt, wäre ihr etwas zu essen angeboten worden. Die Familie war sehr gesprächig. Eine weitere Stimme wäre willkommen gewesen. Aber sie fühlte sich der Menschheit entfremdet und von Paul im Stich gelassen, und gleichzeitig war sie diejenige, die Jean seinem Schicksal auslieferte. Ein Bissen Brot wäre ihr in der Kehle stecken geblieben. Unwillkürlich hörte sie das Gespräch mit an, und so machte sie sich ein Bild von dem Nachmittag, den die Familie verbracht hatte.

Sie waren früh zum Château gekommen. Den König hatten sie nicht gesehen, wohl aber die Prinzen, als sie von der Jagd kamen. Der König war, zusammen mit den Prinzessinnen, in der Kutsche bei der Jagd zugegen gewesen. Und sie hatten, was besonders beeindruckend war, Madame de Maintenon mit nur einer Begleitung in einer geschlossenen Kutsche eintreffen sehen und waren über die Unzahl von Schals und Tüchern erstaunt, in die sie an diesem warmen Tag gehüllt war. Marianne hingegen hatte während ihres Aufenthalts in Fontainebleau außer den Menschen, die sie jederzeit auf dem Pont Neuf antreffen konnte, niemanden gesehen. Und vor ihrem inneren Auge hatte sie nur eine Gestalt wahrgenommen, einen schlanken jungen Mann in braunem Rock und rotbrauner Weste und mit einem abgewetzten Beutel an einem Riemen über der Schulter. Wäre sie ihm begegnet, wäre sie aller Entscheidungen enthoben gewesen. Ob falsch oder richtig, sie hätte ihre Wahl getroffen und wäre nicht mehr allein. Jetzt musste sie die schwierige Frage weiter in ihrem Kopf wälzen. Sie konnte sie nicht vergessen.

Die einfachste Lösung für ihre Qualen war die, zu dem Mann im Châtelet zu gehen und ihm alles, was sie von Paul wusste, zu erzählen. Von ihrem Plan, ihrer Affäre mit ihm. Dann würde ihr Mann freikommen. Wenn Paul sie im Stich gelassen hatte, wäre er jetzt außer Landes und außerhalb der Reichweite der Polizei. Er war ihnen drei Wochen voraus. Ihr Geständnis würde ihm kaum Schaden zufügen. Was sie selbst anging, so würde sie vielleicht wegen ihres Anteils an dem Plan mit dem Tode bestraft. In diesem Moment schien ihr das nichts, wovor sie sich fürchtete. Sie würde nie wieder mit Jean zusammenleben können. Nie wieder würde sie ihm in die Augen sehen können. Und wenn Paul sie im Stich gelassen hatte, nachdem sie durch ihn in diese Lage gebracht worden war und ihre Seele wegen ihrer Liebe zu ihm für immer verdammt war, wollte sie ohnehin nicht mehr leben. Wenn sie am Galgen starb, hätte sie wenigstens vorher die Beichte abgelegt. Aber sie konnte es in ihren Überlegungen nicht hierbei belassen.

Sie bezweifelte immer mehr, ob Paul verhaftet worden war. Jules hatte recht. Die Polizei war nicht dumm, auch wenn ihr Vorgehen undurchschaubar war. Der Verhörleiter hatte das Gespräch erst auf Paul gebracht und das Thema dann fallen lassen, als wüsste er mehr über Paul, als sie ihm sagen konnte. Aber die Polizei hatte gegen sie keinen Verdacht, sonst hätte man sie nicht auf freien Fuß gesetzt. Das bedeutete doch, so überlegte sie, dass weder Jean noch Paul gegen sie ausgesagt hatten. Wenn Paul im Gefängnis war, konnte sie ihm nicht vorwerfen, dass er sie verlassen hatte, und wenn sie ein Geständnis ablegte, würde sie Paul dem Henker ausliefern. Solange sie darauf gehofft hatte, er würde zu dem Treffpunkt kommen, stand für sie fest, dass sie ihn nicht verraten würde, ungeachtet, wem

das Leiden brachte und wie groß es sein mochte. Sie wäre nur
dann frei, ihn zu verraten, wenn sie wüsste, dass er in Sicherheit
war. Und wie sollte sie das wissen? Würde er ihr eine Nachricht
schicken? Aus Holland oder aus Spanien? Paul hatte gesagt, Jean »wüsste« das mit ihnen. »Er weiß es
und will es nicht wissen.« In ihrem gegenwärtigen Unglück
war es mit ihrer Selbstzufriedenheit vorbei. Wie sie je hatte
glauben können, Jean wüsste nicht, dass er betrogen wurde, er-
staunte sie jetzt. Sie war es, die blind gewesen war, nicht Jean.
Jean konnte sich seinen Reim machen. »Dann soll Jean uns
beschuldigen. Soll Jean doch Paul beschuldigen, es ist Jeans
Sache, nicht meine«, dachte sie und verbarg ihr Gesicht auf
den Knien.

Der Familienvater neben ihr machte eine respektlose Bemerkung über Madame de Maintenon, worauf seine Schwiegermut-
ter hässlich lachte und seine Frau protestierte.

»Benutz nicht dieses Wort«, sagte sie. »So darfst du sie nicht
nennen. Sie ist eine gute Frau, alle wissen das, und sehr wohl-
tätig.«

Der Ehemann lachte und sang ein paar Zeilen aus einer Bal-
lade:

»Die Maintenon, tra la tra la,
Schickt unseren Louis in den Krieg.«

»Du bringst mich aus dem Takt«, warf er ein.

»Sie hält ihn an der kurzen Leine
Und lässt uns in Armut darben.«

»Das ist sehr ungerecht von dir«, sagte die Frau, »wo du doch
eine so gute Flasche Wein hattest und ein Hühnchen, das auch

zart genug für den König gewesen wäre, und wo wir einen so angenehmen Tag verbracht haben.«

Es wurde weiter gescherzt, aber Marianne nahm keine Notiz davon. Sie musste anderes aus der Erinnerung hervorholen. Einmal hatte Paul gesagt: »Aber das bist du doch. Eine *putain*.« Dieser Paul! Wenn sie ihn nur hassen könnte!

Dann fiel ihr ein, dass der Abbé Têtu ein Freund von Madame de Maintenon war, und dieser Gedanke bot ihrem gequälten Verstand einen Ausweg. Der ganze Ärger wegen der Schmähschriften führte zurück zu Madame de Maintenon. Am Port St. Paul stieg Marianne zutiefst erschöpft aus, aber auch mit neuer Entschlossenheit. Sie würde nicht mehr über ihre Lage nachdenken, sondern den Abbé aufsuchen.

Sie schloss die Tür zu der kalten Küche auf und sagte leise: »Morgen gehe ich zum Abbé.« Aber nachdem sie einen Becher Wasser getrunken und sich das Gesicht gewaschen hatte, konnte sie vor innerer Unruhe nicht schlafen. Also nahm sie die Haube ab und bürstete sich vor dem Spiegel mit dem Kupferrahmen die Haare, und das Gesicht, das sie sah, war das einer Fremden. Sie ordnete ihre Kleidung, so gut sie konnte, und rieb sich die Wangen, um ihnen Farbe zu geben, dann ging sie um die Ecke in die Rue Neuve St. Paul.

22

Am Nachmittag des fünfundzwanzigsten September bekam Jacques Têtu eine schwere Migräne. Eigentlich hatte er zur Komplet in die Kathedrale gehen wollen, so aber nahm er in der Kirche St. Paul ganz in der Nähe seiner Wohnung an der Abendmesse teil. Als er zurückkam, war ihm nicht nach dem Abendessen zumute, das seine Haushälterin für ihn vorbereitet hatte. Er nahm eine Dosis Laudanum, setzte sich vor das Kaminfeuer und wartete auf die Wirkung der Tropfen. Als die Frau des Buchbinders aus der Rue des Lions angekündigt wurde, wusste er nicht gleich, wer das war, was zu gleichen Teilen an den Kopfschmerzen und dem Opium lag. Er war nie wieder in der Buchbinderei gewesen, und von seinem Abend dort war ihm kaum mehr als seine eigene Rezitation von Madame Deshoulières Versen in Erinnerung geblieben. Ihm hatte das Buch gefallen, das der Buchbinder für ihn gemacht hatte, der Name Larcher sagte ihm etwas, und da die Frau nach der Auskunft seiner Haushälterin in einem Zustand großer Anspannung war, willigte er ein, sie zu empfangen.

Als Marianne das Zimmer betrat, erhob er sich und begrüßte sie mit ungewöhnlicher Höflichkeit. Er hatte ohne Kerzenlicht beim Feuer gesessen. Das Abendlicht, das durch die kleinen hellgrünen und violetten Buntglasscheiben fiel, erhellte den Raum nur schwach. Têtu ließ seinen Blick auf Marianne ruhen und erkannte die Züge der zierlichen Frau, die ihm manchmal auf der Straße zugelächelt und vor ihm geknickst hatte, und dieser Gruß hatte ihm Freude bereitet, auch wenn er nicht genau wusste, wer sie war. Sie war ihm glücklich und jung erschienen, und er hatte sich an ihrer glücklichen Erscheinung wie an einem vorüberwehenden Parfum erfreut. Jetzt war sie verändert, zutiefst verändert.

»Wie kann ich Ihnen behilflich sein, Mademoiselle?«, fragte er. Seine Stimme war so, wie sie sich daran erinnerte – melodiös und tief. Seine Höflichkeit rührte sie. Sie wusste nicht, wo sie anfangen sollte, und als sie noch die richtigen Worte suchte, sagte er: »Schulde ich Ihnen Geld? Leider werde ich immer vergesslicher. Falls ich Ihnen Geld schulde, lässt sich das schnell in Ordnung bringen.« Er ahnte, dass es nicht um Geld ging, aber er sprach weiter, um ihr Zeit zu geben, sich zu sammeln. »Es ist ein altes Gebrechen, Mademoiselle. Ich kann nicht schlafen. Schlafmangel wirkt sich langfristig auf den Verstand aus. Ich vernachlässige so manches. Bitte verzeihen Sie mir, wenn ich meinen Verpflichtungen in Bezug auf Ihren Mann oder die Werkstatt nicht nachgekommen bin.«

»Die Werkstatt ist geschlossen, Monsieur l'Abbé.«

»Das tut mir leid. Aus Krankheitsgründen?«

»Von der Polizei.«

Der Abbé zog die rötlichen Augenbrauen zusammen und neigte überrascht und ungläubig den Kopf. Er legte die Hände im Rücken zusammen, wodurch sich seine Schultern hoben und er noch größer und schmaler wirkte, als er ohnehin war.

»Das sind merkwürdige Neuigkeiten«, sagte er und wartete auf ihre Erklärung. Von Jeans Verhaftung hatte er nichts gehört. Deshalb musste sie ihm die ganze Geschichte von Anfang an erzählen, und als sie damit fertig war, bat er sie, ihm die Schmähschrift zu beschreiben. Was sie über das Pamphlet sagte, schien auf ihn eine ähnlich starke Wirkung zu haben wie ihre Erzählung, dass Jean Larcher ein Gefangener des Königs war und ihm die Gefahr einer Galeerenstrafe drohte. Der Abbé wandte sich von ihr ab und begann, mit den Händen hinter dem

312

Rücken im Zimmer auf und ab zu gehen, und dabei schüttelte er gelegentlich den Kopf und murmelte aufgebracht vor sich hin. »Infam«, hörte sie ihn sagen, als er auf sie zukam, und wieder: »Infam«, als er sich umdrehte.

Schließlich machte er vor ihr halt, schüttelte streng den Kopf und sagte:

»Es tut mir sehr leid, dass Ihr Mann in diese Angelegenheit verwickelt ist. Wenn er schuldig ist, hat er die Galeerenstrafe verdient.«

»Sie kennen seinen Ruf, Monsieur l'Abbé. Sie wissen, dass es nicht seinem Wesen entspricht, den König zu verleumden.«

»Der Charakter eines Mannes wird an seinen Taten gemessen, nicht umgekehrt. Man muss die Taten eines Menschen kennen, erst dann kann man seinen Charakter beurteilen.«

»Sein ganzes Leben —«, begann sie, dann hob sie die gefalteten Hände unter ihr Kinn und sagte: »Ich flehe Sie an zu glauben, dass Jean mit den verruchten Schmähschriften nichts zu tun hat.«

Der Abbé litt unter Zuckungen, durch die in Momenten emotionaler Erregung oder großer Ermüdung die Mundwinkel zu den Ohren hochgezogen wurden, sodass sein Gesicht in Einzelteile zu zerfallen schien. Seine Freunde kannten dies, aber ihm war bewusst, dass Marianne, unvorbereitet, wie sie war, mit Entsetzen reagierte. Als sie die gefalteten Hände vor den Mund hob, sah er in ihrer Bestürzung seine eigene Grimasse gespiegelt. Hilflos streckte er die Hände aus. Dann wandte er ihr abrupt den Rücken zu. Er trat ans Fenster und blickte durch die Buntglasscheiben in den Garten hinaus. Er war nicht Herr über das Zucken. Nach einer Weile sagte er, immer noch mit dem Rücken zu ihr:

»Nehmen wir an, Mademoiselle, dass ich Ihnen zustimme. Und dass Ihr Mann unschuldig ist. Was kann ich für Sie tun?

Nichts. Sie begreifen das volle Ausmaß der Schändlichkeit dieses Pamphlets nicht. Es ist nicht nur blasphemisch. Es greift den König in seinen besten und tiefsten Regungen an. Es beschmutzt eine Dame, die kein Unrecht getan hat, eine große und gute Frau, die keinerlei Schmähung verdient hat. Es ist verständlich, dass die Polizei ihr Äußerstes tun muss, um solche Verleumdungen zu bestrafen.«

»Ach, Monsieur l'Abbé«, sagte Marianne, »wenn Sie ein Wort für meinen Mann bei jemandem einlegen könnten, der höher steht als die Polizei.«

Der Abbé drehte sich zu ihr um, und indem er die Hand an die zuckende Wange legte, sah er sie mit milder Überraschung an.

»Mein liebes Kind, ich habe beim König keinen Einfluss.« Seine Stimme bekam einen bitteren Ton. »Ich bin nicht Père Lachaise. Der König schätzt mich nicht genug, um mich zum Bischof zu ernennen. Ich darf mir nicht anmaßen, ihm geistlichen Rat zu erteilen.«

»Wenn Sie bei Madame de Maintenon ein Wort einlegen könnten, würde sie sich beim König verwenden. Es ist doch so, dass Sie zu ihren Freunden zählen?«

»Das ist so«, sagte der Abbé sanft.

Er setzte sich auf den Platz, auf dem er gesessen hatte, als Marianne hereingekommen war. Zu dem Zeitpunkt war er sehr müde gewesen und hatte große Schmerzen gehabt. Jetzt war der Schmerz weniger akut, aber seine Müdigkeit hatte zugenommen, was auf die entspannende Wirkung der Droge zurückzuführen war. Er war verwirrt. Seine alte Verbitterung, weil ihm der heiß ersehnte Bischofssitz verweigert worden war, schob sich in den Vordergrund seines Denkens und verdrängte seine bessere Regung, nämlich das Mitgefühl mit der Frau des Handwerkers, ja, sie überschattete sogar die Empörung, die er wegen der

Beleidigung von Madame de Maintenon empfand. Er kämpfte dagegen an. Das quälende Zucken hielt an. Er legte die Hand auf die Wange und versuchte, sich in Gedanken auf Madame de Maintenon zu konzentrieren.

»Ich kannte Françoise d'Aubigné schon«, sagte er, »als sie eine sehr junge Frau war und in Reichtum und Rang weit unter dem Platz stand, an dem sie heute steht. Ich habe sie in Gesellschaft gesehen, in der die Tugendhaftigkeit einer jeden Frau auf die Probe gestellt worden wäre, und ich habe erlebt, dass ihr Verhalten nicht nur von Tugendhaftigkeit, sondern auch von Diskretion geprägt war. Ich habe gewisse Beweise dafür, dass ihre Wertschätzung meiner Person noch gilt, obwohl wir, wenn wir uns begegnen, was heute seltener geschieht als früher, aus alter Gewohnheit in einen bestimmten scherzhaften Plauderton verfallen und über Lehre oder Politik oder andere ernste Dinge nicht sprechen. Über diese Dinge korrespondieren wir. Nein, aus meiner Sicht spricht nichts dagegen, dass ich mich bei ihr für Ihren Mann verwende. Wenn Ihr Mann unschuldig ist und die Polizei die Wahrheit nicht entdecken kann, müssen wir uns auf einfache Freundlichkeit besinnen.«

Er sprach so leise, dass sie ihn kaum verstand.

»Ich werde ihr schreiben«, schloss er mit kräftigerer Stimme. »Ich werde ihr auf der Stelle schreiben.«

Marianne fiel neben seinem Stuhl auf die Knie, nahm die lange, knochige Hand, die auf der Stuhllehne lag, und küsste sie voll Dankbarkeit. Die Haut war zart und weich – die Haut eines alten Mannes. Er zog die Hand ohne Verlegenheit zurück.

»Wenn Sie das Haus verlassen, liebes Kind«, sagte er, »seien Sie so freundlich, und bitten meine Haushälterin, dass sie Kerzen bringt. Und noch eins.« Mit einem langen Finger suchte er in der Tasche seiner Soutane und brachte eine Goldmünze zum Vorschein. »Nehmen Sie dies.«

»Ich hatte nicht um Almosen gebeten, Monsieur l'Abbé.«

»Sei's drum. Nehmen Sie es. Betrachten Sie es als Leihgabe. Das würde mir gefallen.«

Er nahm die schützende Hand vom Gesicht und war imstande, sie mit einem Lächeln einzigartiger Milde anzusehen.

Lange, nachdem sie gegangen war, saß er noch da und sah dem Feuer zu. Vor den Fenstern wurde es dunkel. Die Kerzenflammen spiegelten sich in den Scheiben. Im Kamin kletterten kleine Flammen wie Ranken an den Ästen eines frischen Holzscheits entlang. Er blickte in die Flammen, sie hatten eine hypnotische Wirkung, ähnlich der Droge zuvor, und er spürte, wie er in eine warme Trägheit sank. Er war wach, der Schmerz hinter seinen Augen war verschwunden. Vielleicht hätte er sich rühren können, aber jede Bewegung hätte große Anstrengung erfordert. Es war eine Lust, zu spüren, dass er sich nicht regen konnte, als wäre er von seinem Körper getrennt, sein Kopf frei, sein Körper rastend. Im letzten Winter war die Dosis, verglichen mit der vom Anfang, verdreifacht worden, und immer noch konnte er nicht schlafen. Doch dieser Zustand behagte ihm mehr als Schlaf. Er konnte denken, mehr noch, er konnte sich erinnern, und in seiner Erinnerung waren die Bilder von herrlicher Deutlichkeit.

Seinen Brief an Madame de Maintenon würde er mit einer Stellungnahme gegen das obszöne Pamphlet beginnen, dann würde er die Freundlichkeit Madame de Maintenons preisen. Ihre Freundlichkeit, die gab es tatsächlich. Er erinnerte sich an zahllose Beispiele. Am meisten bewunderte er ihre Herzensgüte. Den Brief zu Papier zu bringen, wäre nicht schwierig, aber die gegenwärtigen Umstände erlaubten ihm nicht, dass er ihn an diesem Abend schrieb. Er würde ihn am Morgen verfassen, wenn er einen klaren Kopf hatte.

Unterdessen saß er mit ausgestreckten Beinen vor dem Kaminfeuer, seine Hände entspannt auf den Armlehnen, und sein Kopf hing herab. Er wusste nicht mehr, wann er Françoise d'Aubigné zum ersten Mal begegnet war. Seine erste deutliche Erinnerung an sie stammte aus der Zeit nach ihrer Eheschließung mit Scarron, zu Beginn der Ehe, denn er erinnerte sich an sie in einem Gewand aus gelber Taftseide, eine Farbe, die einen perfekten Kontrast zu ihrem dunklen Haar und den dunklen Augen bot. Ihre Haut war warm und weich, und sehr weiß, was ungewöhnlich war bei Frauen mit dunklen Haaren und Augen wie ihren, und leuchtete mit jugendlicher Frische. Sie errötete leicht, und es war wunderbar gewesen zu sehen, wie die Röte von ihrem blassen Dekolleté in ihr Gesicht stieg. Nur dadurch verriet sie, wenn ihr die Gespräche und das Verhalten der Freunde ihres Mannes peinlich waren.

Er kannte sie besser aus der Zeit, als sie beide oft im Hôtel d'Albret zu Gast waren, wo die Gespräche kaum weniger frivol waren als im Hause Scarron. Nach dem Tod ihres Mannes trug sie nie wieder Farben, aber ihr Verstand war hell und ihre Gefasstheit unvergleichlich, dabei war sie kaum mehr als ein junges Mädchen. Am besten kannte er sie in der Gesellschaft von Madame de Sévigné und Madame de Coulanges. Wenn er im Haus der Madame de Coulanges speiste – Monsieur de Coulanges, ein unverbesserlicher Hallodri, war oft aushäusig – und mit der blonden Marquise auf der einen Seite und der dunkeläugigen Madame Scarron auf der anderen bei Tisch saß, war er in der Gesellschaft, die am meisten nach seinem Geschmack war. Damals war sie noch Madame Scarron, obwohl sie schon mit ihrer Arbeit als Gouvernante für die Bastardkinder des Königs angefangen hatte, denn er erinnerte sich an einen Abend, als er mit den drei Damen gespeist hatte und später mit ihnen zu dem Haus an der Straße nach Vaugirard gefahren war, wo Madame Scarron mit ihren königlichen Zöglingen wohnte.

Sie hatten Madame Scarron dort abgesetzt und waren dann zur Rue des Tournelles gefahren, wo das Ehepaar Coulanges damals wohnte, und auf dem ganzen Weg waren die geistreichen Bemerkungen und Komplimente hin und her geflogen, Empfindungen und Ideen waren ausgetauscht worden, und ihm wurden Komplimente wegen seiner gebildeten Konversation gemacht, die an weniger kultivierte Gesprächspartner oft verschwendet war. Das war ein Abend, an den er sich gern erinnerte. Auf dem Weg nach Hause hatte Madame de Sévigné ihre Freundin gelobt und sich über ihr Glück gefreut. An dem Abend war es die Kutsche der Madame de Sévigné gewesen, aber kurz darauf hatte Madame Scarron ihre eigene. Damals wurde sie als Madame de Maintenon bekannt, jetzt war sie die Ehefrau des Königs. Der Abbé Têtu war sich dessen so sicher, als hätte er selbst die Eheurkunde gesehen. Bei all den glücklichen Entwicklungen hatte sie ihren alten Freunden trotzdem die Treue gehalten. Und ihre Freunde blieben ihr treu, obwohl es nur noch selten zu Begegnungen kam. »Wie könnten wir uns sehen?«, dachte er. »Sie ist immer an der Seite des Königs, und der König mag mich nicht.«

Über seine Reminiszenzen hatte er die Frau des Buchbinders nicht völlig vergessen, und die Erinnerung, dass der König ihn nicht mochte, war ihm eine Warnung, den Brief, den er schon im Kopf entworfen hatte, noch einmal abzuändern. Es wäre Larcher nützlicher, wenn Madame de Maintenon ihre Bitte vortrug und den Namen Jacques Têtu dabei nicht erwähnte. Er überlegte, wie er diesen Vorbehalt ausdrücken konnte, ohne dass er als Kritik am König verstanden wurde oder als übertriebene Betonung seiner eigenen Enttäuschung. Sein Geisteszustand, der ihn nachts am Schlafen hinderte, erlaubte ihm jetzt nicht, zusammenhängende Gedanken zu fassen.

Seine Betrachtungen wanderten von dem beabsichtigten

Brief zu seinem alten Groll. Ob der König von Klatsch beeinflusst war, als es zu der unangenehmen Affäre mit dem Duc de Richelieu kam, oder ob er die Vorzüge eines gebildeten literarischen Stils nicht zu würdigen wusste, konnte der Abbé nicht sagen. Jedenfalls hatte Richelieu, der zu extremer Eifersucht neigte, ihn von der Gastfreundschaft des Hôtel d'Albret ausgeschlossen, und der König hatte ihn gemaßregelt. Der König, ein Mann ausufernder und faktischer Galanterie, verurteilte einen Mann, der sich lediglich des Stils der Galanterie bediente, und das nur bei seltenen Gelegenheiten. Die literarischen Vorlieben des Königs waren beklagenswert. Er verehrte Racine. Das traf im Übrigen auch auf Madame de Maintenon zu. Der Abbé hatte Freunde, er hatte Triumphe gefeiert. Seit 1665 war er Mitglied der Académie, Fauteuil numéro 27, und sein Ruf war etabliert, lange bevor Boileau-Despréaux und La Fontaine aufgenommen wurden. Das sollten sie lieber nicht vergessen.

La Fontaine hatte er kürzlich auf der Straße gesehen. Ein von Krankheit und Alter gezeichneter Mann. Er war, so erzählte man sich, sehr fromm geworden. Man erzählte sich auch, dass Despréaux mittlerweile so taub war, dass er nicht mehr zum Hofe kam.

Der Abbé rückte seine mageren Glieder im Lehnstuhl zurecht. Seine Lippen bewegten sich, aber Worte kamen keine aus seinem Mund. Er dachte an Madame de Coulanges, die Koliken, an denen sie seit Langem litt, und die Heilmittel des italienischen Quacksalbers, mit denen sie sich weiteren Schaden zufügte, er dachte an Madame de Sévigné und ihren Rheumatismus. Er dachte an Françoise d'Aubigné, ihre neuralgische Schulter, die Kopfschmerzen, die seinen ähnelten, aber weniger schwer waren. Das Alter zeichnete sie alle, seine alten Freunde, ihn selbst. Wie war es dazu gekommen? Er hatte sich mit seinen Schriften beschäftigt, seinen Andachten, seinen Freundschaften, und plötzlich war er gealtert, und seine ganze Generation mit ihm. Es war, als hätte jemand einen Zaubertrick ausgeführt, als er selbst einen Augenblick den Rücken gekehrt hatte. Madame Deshoulières und Madame de Lafayette waren bereits verschwunden. Er würde sich glücklich schätzen, könnte er ihnen nachfolgen, bevor sein Verstand sich vollends auflöste, so, wie er sich gerade aufzulösen schien, in seinem Wachschlaf, in dem er Mühe hatte, zwischen Vergangenheit und Gegenwart zu unterscheiden. Er musste sich zusammenreißen. Am Morgen musste er an Madame de Maintenon schreiben.

Am nächsten Morgen, einem Sonntag, erinnerte der Abbé sich an sein Vorhaben, wurde jedoch gehindert, es auszuführen. Denn zwischen der Frühmesse und dem Mittagessen hatte er wieder einen Besucher, den Juristen Antoine Bruneau. Noch zwei Jahre zuvor war dieser Mann lediglich *huissier* im Grand Châtelet gewesen. Jetzt hatte er Verbindungen zum Parlament in Paris. Seit ihm das Privileg zuteilgeworden war, die rote Robe gegen die schwarze auszutauschen, trieb sein Ehrgeiz ihn voran. Er hatte sich geflissentlich der Formalitäten und Höflichkeiten bedient, mit denen man höhergestellte Personen von der eigenen Existenz in Kenntnis setzt, und seinen Wunsch, gehorsam zu Diensten zu stehen, deutlich gemacht. Nach einer Weile wurde er zum *avocat au Parlement* befördert. Jetzt war er darauf bedacht, denjenigen Besuche abzustatten, die ihm weiterhelfen konnten.

Am sechsundzwanzigsten September machte er Monsieur Pinon in der Rue des Lions seine Aufwartung. Anschließend sprach er bei Monsieur Feydeau de Brou, dem Président du Grand Conseil, in der Rue Neuve St. Paul vor und fand es dann angemessen, da er praktisch vor dem Haus des Abbé stand, Jacques Têtu einen Besuch abzustatten. Obwohl Jacques Têtu der Ruf des Exzentrikers anhaftete, war er in Häusern gern gesehen, zu denen Antoine Bruneau so sehr Einlass begehrte, dass er ohne Weiteres bereit wäre, sich dafür die rechte Hand abschneiden zu lassen.

Der Abbé empfing Bruneau mit zerstreuter Höflichkeit. Der neue Tag hatte für ihn mit einer Depression begonnen, der Nachwirkung auf die Droge. In solchen Momenten neigte er zu der Ansicht, dass in Anbetracht der anschließenden Niedergeschlagenheit die Erleichterung durch die Tropfen zu teuer erkauft war. Gleichzeitig wusste er, wenn die Migräne ihn wieder heimsuchte oder Schlaflosigkeit ihn quälte, würde er abermals zu dem Fläschchen greifen, und diese Erkenntnis erhöhte nicht unbedingt sein Selbstwertgefühl. Überdies schien es ihm beim Licht des Tages zweifelhaft, ob der Brief, den er zu schreiben beabsichtigt hatte, dem Fall des Buchbinders wirklich dienlich sein würde.

Diese Zweifel halfen natürlich nicht, als er die einführenden Sätze zu formulieren versuchte. Er legte die noch trockene Feder hin, setzte sich ans Fenster mit Blick in den ummauerten Garten und ließ den Besucher reden.

Antoine Bruneau sprach mit unmodulierter Stimme über dies und jenes. Er war gut informiert, dieser humorlose, beflissene, willfährige Mann. Er drängte sich den Menschen im Palais de Justice auf, wo er nichts zu suchen hatte. Seine Methode war der Austausch von Neuigkeiten. Manchmal erfuhr er mehr, als er vermittelte. Aus seiner Sicht war das ein Gewinn.

Der Abbé hörte ihm zunächst zerstreut, dann gelangweilt zu, doch dann wurde ihm bewusst, dass dieser Mann eine Verbindung zu den Gerichtshöfen hatte, und er stellte ihm eine vorsichtige Frage zu dem Thema, das ihm zuvörderst im Kopf war. Der Jurist legte die Hände breit auf die Knie und antwortete mit Selbstgewissheit, dass er alles, was es über die Verleumdungsklage, die *libelle sanglant*, gegen den König und Madame de Maintenon sowie über die damit im Zusammenhang stehenden Prozesse zu hören gab, gehört hatte.

»Können Sie mir dann sagen«, fragte der Abbé mit einer Zurückhaltung, die im Gegensatz zu Bruneaus Selbstgewissheit stand, »wie der Fall für die Angeklagten aller Voraussicht nach ausgehen wird?«

»Zunächst kann ich Ihnen sagen, dass das Parlament mit dem Fall nichts zu tun hat. Schon in der ersten Woche ging ein Brief vom Châtelet ein, mit dem die gesamte Angelegenheit in die Hände von Monsieur de La Reynie gelegt wurde, sodass Milde seitens des Parlaments ausgeschlossen ist.«

»Ist das nicht ungewöhnlich?«

Bruneau hob abwehrend die Hand.

»In Verleumdungsfällen hat Monsieur de La Reynie immer für den König gehandelt.«

»Sie sprachen von möglicher Milde seitens des Parlaments.«

Wieder die abwehrende Hand und ein Schulterzucken von Bruneau.

»Das Parlament handelt für die Stadt Paris. Es sichert den Einwohnern Gerechtigkeit zu. Zum Beispiel können Vertreter der Zünfte vor dem Parlament angehört werden. La Reynie hingegen ist die Marionette des Königs und wird exakt so viel Milde walten lassen, wie der König wünscht.«

Der Abbé nickte nachdenklich. Bruneau fuhr fort:

»Sie verstehen, dass ich für La Reynie, auch wenn ich ihn die Marionette des Königs nenne, den größten Respekt habe. Gleichwohl missbilligt das Parlament, dass ihm Macht genommen wird.«

»Die Frage der Milde.« Der Abbé brachte ihn zum Thema zurück.

»Der Fall verdient keine Milde. Das Parlament hätte ein angemessenes Urteil gefällt. Wir erkennen Blasphemie durchaus.«

»Aber in dem Fall, dass einer oder vielleicht mehrere der Beschuldigten unschuldig sind«, gab der Abbé sanft zu bedenken. »Ihnen würde Gerechtigkeit widerfahren. Haben Sie ein besonderes Interesse an dem Fall, Monsieur l'Abbé?«

Der Abbé gab das zu und erklärte, er sei um einen Mann in der Nachbarschaft besorgt, der einen guten Leumund habe.

»Sie halten ihn für unschuldig?«

»Offen gestanden, ja.«

»In dem Fall, Monsieur l'Abbé, würde ich mir an Ihrer Stelle keine Sorgen um ihn machen. Denn was immer sonst man über Monsieur de La Reynie sagen kann, es hat noch nie jemand behauptet, er sei inkompetent oder handle voreilig. Er verkörpert die Gerechtigkeit. Glauben Sie mir, wenn der Mann, von dem Sie sprechen, unschuldig ist, wird ihm nichts geschehen.«

»Es werden also bestimmte Dinge über Monsieur de La Reynie gesagt?«

»Nur, dass seine Macht die des Parlaments schwächt. Wie Ihnen sicher bekannt ist, hat es zwischen dem König und gewissen mächtigen Elementen in Paris ein paar, nun, nennen wir es, Differenzen gegeben. Bitte verstehen Sie mich nicht falsch. Meine Loyalität gegenüber dem König ist uneingeschränkt. So wie Ihre auch. Wie der große Bossuet sagte: ›*O rois, vous portez sur vos fronts un caractère divin.*‹«

Der Abbé nickte zustimmend, und der Jurist, in der Überzeugung, dass er mit diesem Zitat einen guten Eindruck gemacht hatte, und in dem Wunsch, sich zu übertrumpfen, fuhr fort:

»Wenn Sie wirklich so besorgt sind, können Sie dem Mann am wirkungsvollsten helfen, indem Sie sich an den König selbst wenden.«

»Ihr Vorschlag ist interessant, aber impraktikabel«, sagte der Abbé kalt.

Bruneau wusste, wann ihm die Tür gewiesen wurde; in seiner Laufbahn der Aufdringlichkeit war er so oft weggeschickt worden, dass er den Stimmfall zu erkennen gelernt hatte. Er erhob sich und absolvierte die Gesten und Sätze der zeremoniellen Verabschiedung. Er war ins Fettnäpfchen getreten, gerade als er glaubte, alles liefe so gut für ihn. Was er falsch gemacht hatte, wusste er nicht.

Der Abbé blieb in tiefer Verbitterung zurück. »Ich bin Priester. Warum sollte ich mich in die Angelegenheiten von La Reynie einmischen?« Aber der eigentliche Grund für seine Verbitterung lag tiefer. Er ertrug es nicht, daran erinnert zu werden – auch nicht von einem schwatzhaften Dummkopf –, dass der König keinen Nutzen für ihn hatte. Der alte Kampf zwischen seiner Eitelkeit und der Demut, die er Gott schuldete, flackerte auf und ging, aufgrund seiner Niedergeschlagenheit, für die Demut schlecht aus.

23

Als das Wochenende kam, hatte der Abbé den Brief immer noch nicht geschrieben. Allerdings hatte er den Gedanken, ihn zu schreiben, auch nicht ganz aufgegeben. Sein Versprechen war gegeben, und obwohl es ausreichend Gründe gab, weshalb er sich davon lossagen konnte, waren sie seinem skrupulösen Denken zufolge nicht ausreichend genug.

Der Oktober brachte goldenes, heiteres Wetter, die Luft wurde von Schauern versüßt, die vorüberzogen und gelbe Blätter auf dem Boden zurückließen, wo die Sonne sie trocknete. Madame de Maintenon hatte Racine um einen Lobgesang für ihre Schülerinnen in St. Cyr gebeten. Am Freitagabend, dem ersten Oktober, las Racine dem König und Madame de Maintenon seinen Text vor, eine Paraphrase aus Paulus, die er für diesen Tag verfasst hatte.

Mon Dieu, quelle guerre cruelle!
Je trouve deux homme en moi.
L'un veut qu plein d'amour pour Toi
Je Toi sois sans cesse fidèle;
L'autre à Tes volontés rebelle,
Me soulève contre Ta loi.

Mein Gott, welch grausamer Krieg!
Zwei Menschen finde ich in mir.
Der eine will, dass ich mich dir
in steter Liebe treu verschreibe.

Der andere, deinem Willen zum Trotz,
Erhebt sich gegen dein Gesetz.

Madame de Maintenon, die Hände still im Schoß, den mit
schwarzer Seide umhüllten Kopf an den roten Damast ihres
Sessels gelehnt, hörte aufmerksam zu und gab den Versen ihre
Billigung. Der König ging einen Schritt weiter. Er fuhr sich mit
der Hand über die Augen, als wollte er eine Träne wegwischen,
und sagte tief bewegt:

»Ah, diese beiden Menschen. Ich kenne sie nur zu gut.«

Racine hätte keine größere Genugtuung finden können. Madame de Maintenon bat den Dichter, die Verse noch am selben
Abend an Monsieur Moreau zu übergeben, damit er unverzüglich zu komponieren beginnen konnte. Moreau machte sich an
die Arbeit, und am Samstagabend war die Komposition fertig.
Abermals wurde Madame de Maintenons Armsessel aus ihren
Räumen in das Gemach des Königs getragen und am Kopfende
seines Bettes platziert. Sechs Lakeien trugen das Cembalo herein. Die Musiker – zwei Geiger, zwei Flötisten, ein Cellist und
vier Sänger von der Pariser Oper – trafen ein. Jean Baptiste Moreau kam mit den Noten in der Hand.

Am Morgen hatte der König auf seinem stark geschwollenen Gichtfuß nicht stehen können. Deshalb blieb er im Bett.
Der König und der Hof waren in Trauer, zum einen wegen der
Tochter des Duc du Maine, die im Alter von zwei Wochen gestorben war, zum anderen wegen des Bruders der Königin von
England. Der englische König hatte sich in die Abtei La Trappe
zurückgezogen, die Königin in das Kloster von Chaillot. Alle
Festlichkeiten in Fontainebleau waren abgesagt worden, aber
ein geistliches Konzert mochte angehen. Die Uhr schlug drei.

»Wo ist Racine?«, fragte der König.

Das konnte ihm niemand sagen. Moreau hielt eine kleine An-

sprache, in der er von den Mängeln seines Werks sprach, von
der Eile, in der er es komponiert hatte, und von seiner Hoffnung, dass der König und seine Dame ihm mit ihren kritischen
Bemerkungen helfen würden, es zu verbessern. Die Musiker
gruppierten sich um das Cembalo. Bontemps schloss die Tür
zum Vorzimmer.

»Wo bleibt nur Racine?«, fragte der König wieder. »Was
sagen Sie dazu, Madame? Racine lässt uns warten. Das wird in
die Geschichte eingehen.«

Racine war im Park. Nach einem bescheidenen Mahl von
dem gedämpften Sonnenlicht beglückt, war er unablässig zwischen den Platanen und dem stillen Wasser des Kanals auf und
ab gegangen.

Der königliche Historiograf und zugleich Madame de Maintenons Dichter wünschte, er wäre zu Hause bei seiner Frau und
seinen Kindern, oder in Auteuil bei seinem Freund Boileau. An
einem Tag wie diesem wäre der Garten ein Bild der Vollkom-
menheit. Am Morgen würde er an Boileau schreiben und ihm
eine Kopie seiner Zeilen schicken. Er würde die kritischen Bemerkungen seines Freundes willkommen heißen, nicht, weil er
seinem eigenen Urteil misstraute, auch nicht, weil Despréaux,
obwohl stocktaub, in Frankreich immer noch das genaueste
Ohr für die Feinheiten der Sprache hatte, sondern um das Gespräch über die Tage und Entfernung, durch die sie getrennt
waren, fortzusetzen.

Vor gut sieben Jahren hatte der König alles sehr freundlich
eingerichtet. Racine und Boileau sollten beide weiterhin die
Historiografen seiner Herrschaft sein, aber Boileau war aufgrund seiner Gebrechen von der Pflicht enthoben, dem König von Ort zu Ort folgen. Racine hingegen sollte den König
begleiten, wo immer er hinreiste, und seine Aufzeichnungen
machen. Die wurden anschließend an Boileau geschickt, der sie

für die Historiografie bearbeitete. Zweifellos war Boileau in seinem Haus in Auteuil glücklicher als Racine in seiner Rolle als Höfling und Begleiter auf königlichen Feldzügen. Trotzdem bekümmerte es Racines Gerechtigkeitssinn, dass er selbst viertausend Pfund im Jahr bezog, verglichen mit den zweitausend, die Boileau erhielt. Racine war einer der Kammerdiener, Boileau hingegen ein tauber alter Mann, der in einem kleinem Dorf lebte.

Was die Feldzüge des Königs betraf, so waren die für Racine kein Vergnügen. Der Anblick von Männern in Todesgefahr war aufwühlend, zweifellos, aber nicht vergnüglich. Racine war dankbar, dass der König in diesem Jahr nicht an Feldzügen teilnahm. Selbstverständlich bedauerte er die Gebrechen, die den König am Reisen hinderten, aber der königliche Historiograf war auch nur ein Jahr jünger als der König.

Er beendete seinen Spaziergang rechtzeitig, so glaubte er, für das Konzert, und schlug die Richtung zum Château ein. Doch als er durch das Portal trat, schlug es drei Uhr. Entweder hatte der verzauberte Nachmittag sein Zeitgefühl verwirrt, oder er hatte für den Weg am Kanal viel länger gebraucht als noch letzten Herbst. Der bohrende Schmerz in seiner rechten Seite, im Bereich der Leber, erschwerte das schnelle Gehen. Doch als er die Glockenschläge hörte, beeilte er sich. Er war außer Atem, als er im Vorzimmer ankam, hörte aber keine Musik. Eilends durchquerte er das Vorzimmer. Die Schweizergarde stand beiseite. Bontemps öffnete die Tür für ihn, und der König sagte:

»Hier ist ja unser Dichter.«

Racine entschuldigte sich und verneigte sich, dann legte er die Hand in die Seite, weil ihn plötzlich der Schmerz stach, und die spontane Geste war für Madame de Maintenon eine bessere Entschuldigung als seine Worte.

Die Musik begann, sie war klar und elegant, für junge Damen

bestens geeignet. Racine hörte gespannt zu, als ihm die eigenen Worte zurückgegeben wurden, und hoffte, dass Monsieur Moreaus Klänge die Musik seiner Worte nicht zerstörten, sondern eher verstärkten. Der König hinter seiner bourbonischen Miene machte sich ebenfalls zu aufmerksamer Andacht bereit. Auch ihm war nicht entgangen, wie Racine die Hand in die Seite gelegt hatte. Racine machte sein Alter und seine Schmerzen geltend. Madame führte ihre schmerzende Schulter an und entschuldigte sich von Ausfahrten in seiner Kalesche. Sie litten. Litt er nicht auch? Er behielt seine Schmerzen für sich. Am Morgen hatte Pontchartrain ihm eine Nachricht von La Reynie gebracht. Vor gut einer Woche hatte er La Reynie die Vollmacht gegeben, mit den Verfassern der Schmähschrift *Der Geist des Monsieur Scarron* hart zu verfahren. Er hatte geglaubt, die Sache sei so gut wie erledigt. Aber jetzt, nachdem La Reynie die Verdächtigen verhört und ihre Schuld erwogen hatte, schlug er vor, die Gefangenen mit einer leichten Strafe zu entlassen und den Fall abzuschließen. Wäre dem König der Vorschlag von La Reynie persönlich in einer Privataudienz unterbreitet worden, hätte er ihn vielleicht, wenn auch unwillig, in Betracht gezogen, da er ihm aber von Pontchartrain in der Gegenwart von Madame de Maintenon vorgetragen wurde, sah sich der König außerstande, ihn zu akzeptieren. Er erkannte das als eine Schwäche. Sein anfänglicher Zorn gegen das Pamphlet war verschwunden, aber er hatte die Angelegenheit vor Madame de Maintenon und La Reynie aufgebauscht. Er sah nicht, wie er sich von dieser Position zurückziehen konnte.

Die beiden Menschen in Racines Text forderten ihn auf, in sein Inneres zu schauen. Eine hohe junge Stimme, die sich wie ein Vogel über die lang gezogenen Töne der Geige erhob, und die leichten Anschläge auf dem Cembalo besänftigten ihn. Er hielt es für möglich, mit La Reynie doch noch zu einer Einigung zu kommen, was das Schicksal der Verleumder anging. Ein Herrscher zeigte seine Weisheit darin, dass er Rat annehmen konnte.

Erst im Alter hatte er die wahre Tugend christlicher Demut erkennen gelernt und den Wunsch verspürt, sie zu üben. Er schmückte seinen Mantel nicht mehr über und über mit Diamanten, aber dass er auf das Symbol der Sonne verzichtete, war undenkbar. Die Gedankenkette, eher assoziativ statt einer Logik folgend, brachte ihn zu dem Standbild auf der Place des Victoires. Anfangs hatte der Platz ihm gefallen, aber seit Jahren gab er ihm Anlass zu Selbstvorwürfen und Unbehagen. Mittlerweile war seine Abscheu vor der Statue so groß, dass sie sich auf La Feuillade, den Stifter, erstreckte, der längst tot war. Er war sich der Kälte des Königs bewusst gewesen und als enttäuschter Mann gestorben. La Feuillade, befand der König, war zu weit gegangen. Das Verbrennen von Weihrauch, die Inschrift am Fuß der Statue, *Viro Immortali*, dem Unsterblichen – das war zu viel. Das konnte nur ein Affront gegen Gott sein. Kein Sterblicher sollte so verehrt werden. Niemand ist unsterblich. Aber die Inschrift war immer noch da, mit Gold unterlegt, und der König brachte nicht den Mut auf, sich von dieser Schmeichelei öffentlich zu distanzieren. Die Laternen brannten immer noch jede Nacht. Der König hatte die Spottverse über die Laternen gehört.

La Feuillade, faudis, je crois que tu me bernes,
De placer le soleil entre quatre lanternes.

»*Tu me bernes, en effet, La Feuillade*«, dachte der König. »Du machst mich tatsächlich zu einem Narren vor Gott, und zu einem Sünder obendrein.« Dann fiel ihm die Häme ein, mit der die Statue auf dem Titelblatt des Pamphlets verschandelt worden war, und er konnte keinen Grund erkennen, warum er denen gegenüber, die dafür verantwortlich waren, Milde walten lassen sollte.

Auch Madame de Maintenon dachte an die beiden Menschen, die miteinander rangen, und verfiel unter den Klängen der unschuldigen Musik in eine Träumerei. Sie war voller Traurigkeit wegen des Todes der kleinen Mademoiselle du Maine, sie trauerte mit dem jungen Vater, den sie liebte. Ihr Herz musste nicht von der Musik erweicht werden. Sie trauerte auch um den König. Die von ihm angeordnete Trauer war ungewöhnlich für ein so kleines Kind, ein Kind, das kaum gelebt hatte. Das hatte zu Protesten geführt, die ihr, nicht aber dem König, zu Ohren gekommen waren. Sie hatte den König immer als zartfühlenden Vater gekannt. Ihre Gedanken wandten sich der ersten Zeit zu, als Madame de Montespan, ihre Freundin, ihr die Freundlichkeit erwiesen und sie dem König empfohlen hatte; sie dachte an die Tumulte, in denen die Freundschaft zerbrochen war, an ihre eigenen Anstrengungen, sie zu retten. Ihre Gedanken wanderten schwerelos von einem Moment in der Erinnerung zum nächsten, bis sie mit einem Mal zu Marie Angélique de Scorailles kamen, die für kurze Zeit die Duchesse de Fontanges gewesen war. Sie erinnerte sich an den Tag, als der König voller Verzweiflung zu ihr gekommen war und sie gebeten hatte, mit Fontanges zu sprechen. An einem Nachmittag im Frühling hatte sie zwei Stunden lang versucht, das Mädchen zur Vernunft zu bringen und es zu überreden, die Zurückweisung des Königs als endgültig hinzunehmen und ihre unglückliche Leidenschaft für ihn zu beenden. Sie wusste nicht mehr, welche Argumente sie benutzt hatte. Sie war voller Mitgefühl für das Mädchen gewesen und sehr geduldig. Das Mädchen hatte sich der Vernunft nicht zugänglich gezeigt, es war ein einfaches, aufrichtiges, zärtliches Mädchen, das schon, aber strohdumm. Am

Ende all der Vernunftgründe, die sie vorgetragen hatte, war das Mädchen mit einer Lebhaftigkeit, die nicht zu ihrem üblichen Temperament passte, aufgebraust und hatte gesagt: »Aber Madame, Sie sprechen davon, dass ich eine Leidenschaft ablegen soll, als wäre sie ein Hemd!«

Sie sah vor sich den Schopf rotgoldener Locken, die blauen Augen, die in der Gefühlswallung dunkel waren, und die weiße Haut, weißer noch als Milch, und dachte überrascht: »Wie komme ich dazu, jetzt daran zu denken, an diesem Nachmittag?« Hatte es damit zu tun, fragte sie sich, als die Musik endete und sich die Spur ihrer Gedanken verlor, dass am Vormittag das skurrile Pamphlet erwähnt worden war, auf dessen Titelbild sie mit den früheren Geliebten des Königs dargestellt wurde, mit La Vallière, Montespan und Fontanges?

24

Auch das milde Oktoberwetter, bei dem sich die bunten Blätter auf dem Boden im Wald von Fontainebleau häuften, verhinderte nicht die Zunahme von Krankheiten. Schon vor dem ersten Oktober war die Angst vor Ansteckung so groß, dass gewisse Damen darum baten, dem Messebesuch in den Kirchen fernbleiben zu dürfen. Der Erzbischof erteilte ihnen Erlaubnis, die Messe in Privatkapellen zu zelebrieren. Die Ernte war gut gewesen, trotzdem stiegen die Brotpreise. Wie im Frühling waren die Straßen voller Bettler, aber diesmal war es nicht das Landvolk, das in die Stadt kam, sondern es waren Menschen, die in der Stadt lebten und keine Arbeit finden konnten. Kurz, nachdem Marianne den Abbé Têtu aufgesucht hatte, verlor sie ihre Stelle auf der Île de la Cité. Eine Erklärung erhielt sie nicht. Das wäre auch unwichtig gewesen, wenn sie schnell eine andere Arbeit hätte finden können. Aber jedes Mal, wenn sie im Bureau des Recommanderesses einem möglichen Arbeitgeber Auskunft über sich gab, endete das Gespräch an dem Punkt, an dem sie Fragen über den Beruf ihres Mannes und seinen Aufenthaltsort beantworten sollte.

Schließlich fand sie Arbeit in einem Haushalt, wo die Hälfte der Familie am Fieber erkrankt und niemand sonst bereit war zu arbeiten. Die Arbeit bestand darin, das Haus zu reinigen und die Kranken zu versorgen. Seltsamerweise gab diese Arbeit ihr Trost. Sie war damit zu ihrer alten Tätigkeit zurückgekehrt, und darin fand sie sich wieder, die Frau, die sie früher gewesen war, in einer Zeit, bevor Paul in die Rue des Lions gekommen war. Gleichzeitig war es eine Art Buße.

In der Zeit, als sie ohne Arbeit war, verkaufte sie ein paar Habseligkeiten, anstatt die Goldmünze des Abbés anzubrechen. Sie veräußerte ihren Feststaat und ihren silbernen Fingerhut. Von den Patres der Zölestiner wurde täglich Suppe an die Bedürftigen ausgegeben, aber ihr Stolz, der sie daran hinderte, Hilfe von Bourdon, dem Zunftmeister, zu erbitten, hinderte sie gleichermaßen daran, sich der Schlange der Bettler anzuschließen. Auch ging sie nicht wieder zum Abbé. Sie hatte ihn um einen großen Gefallen gebeten, das war genug. Sie vertraute darauf, dass er den Brief geschrieben hatte, denn dass er es tun würde, hatte er ihr gesagt. Sie konnte nur warten.

An dem Tag, als sie mit der Fähre nach Fontainebleau gefahren war, hatte sie keinen einzigen Gedanken für Simone gehabt, der sie versprochen hatte zu helfen, wenn ihre Zeit kam, doch jetzt, in ihrer Einsamkeit, dachte sie wieder an das junge Mädchen und wechselte täglich ein paar Worte mit ihr, gewöhnlich gegen Abend. Gegen Ende September begann sie, sich Sorgen zu machen. Entweder hatte Simone sich in ihrer Berechnung geirrt, oder das Kind würde verspätet zur Welt kommen. Inzwischen hatte Marianne ihre neue Arbeit gefunden und bereits mehrere Tage in dem Haus der Fieberkranken gearbeitet, als sie bei ihrer Rückkehr in die Rue des Lions Licht im Fenster über ihrem sah. Ohne erst in ihre Küche zu gehen, stieg sie die Treppe zur Wohnung im Dachgeschoss hinauf. Jules öffnete die Tür. Sie fragte nach Simone und erwartete, dass er sie hineinbitten würde.

»Ich habe sie aufs Land gebracht«, sagte er.

»Ihr Stichtag ist verstrichen«, sagte Marianne. »Ich mache mir Sorgen.«

»Das verstehe ich«, sagte Jules. »Aber auf dem Land ist die Luft reiner. Man wird sich gut um sie kümmern.« Er trat auf den schmalen Treppenabsatz und zog die Tür hinter sich zu.

Marianne konnte seinen Gesichtsausdruck nicht erkennen. Sie wusste nicht, warum er sie nicht hineinbat. Log er?

»Aber ich sollte ihr bei der Entbindung helfen«, sagte sie.

»Ich weiß, wo Sie arbeiten«, sagte er als Antwort. »Und von Simone weiß ich ein bisschen über Ihr Leben.« Er sprach langsam und in einem etwas förmlichen Ton. Marianne bemerkte, dass er absichtlich nicht die derbere Sprache der Menschen vom Fluss verwandte. Er benutzte einfache Worte und sprach mit einem Ernst, der im Widerspruch zu seiner Jugendlichkeit stand. »Ich bin nicht reich«, sagte er, »aber ich habe genug Geld, um meine Frau für die Entbindung aus der Stadt zu bringen. Das konnte ich tun. Sie verstehen das, Mademoiselle Marianne, ich liebe meine Frau. Ich möchte sie vor jeder Ansteckung schützen.«

25

Am späten Nachmittag des achtzehnten Oktobers bog eine Kutsche aus Rouen von Osten her in die Rue St. Antoine ein und hielt an der schmalen Pforte zur Bastille. Der Kutscher präsentierte seine Papiere, die Tore wurden für ihn und die Kutsche geöffnet und dahinter geschlossen. Am Ende der Einfahrt schwenkte die Kutsche scharf nach links, fuhr über die erste Zugbrücke und durchquerte den Hof des Gouverneurs. Der Weg führte über eine zweite Zugbrücke, im rechten Winkel zur ersten, und endete zwischen den zwei runden Türmen am südlichen Rand der Festung. Die Hufe der Pferde und die mit Eisen beschlagenen Kutschräder klangen hohl auf den Holzplanken der Brücke und machten auf den Steinen der überdachten Passage ein kratzendes Geräusch. Der Kutscher zog die Zügel an und rief seinen Pferden einen Befehl zu. Er warf die Zügel einem Diener zu und kletterte vom Kutschbock. Als er unten stand, schnaubte er sich als Erstes, indem er die Finger zu Hilfe nahm, den Rotz aus der Nase. Die Pferde warfen die Köpfe zurück und zerrten am Zaumzeug, dann senkten sie die Köpfe und traten auf der Stelle. Der Kutscher war steif vor Müdigkeit. Er wischte sich die Finger an seinem Taschentuch ab, das er in die Manteltasche steckte, und öffnete die Tür der Kutsche.

Der Erste, der ausstieg, war ein Beamter des Königs, Girard Letellier, der einer jungen Dame die Hand reichte und beim Aussteigen half. Dann reichte er seine Hand einer viel älteren Dame, doch die schlug sie aus. Sie hielt sich mit einer weißen, von blauen Adern durchzogenen Hand am Türrahmen fest, mit der anderen Hand hob sie die schweren Röcke an und setzte den Fuß auf die Stufe der Kutsche, und so stieg sie würdevoll und ohne jede Hilfestellung aufs Pflaster. Sie war eine kleine Frau, schlank und aufrecht. Zuletzt stieg ein junger Mann von Anfang dreißig aus, der in einfache und ein wenig schäbige, dunkle Kleidung gehüllt war und keine Perücke trug. Der Kutscher schlug die Tür zu und kletterte wieder auf den Bock. Die Pferde legten sich ins Geschirr und zogen die Kutsche in den riesigen Hof des Gefängnisses. Girard Letellier führte seine drei Gefangenen ins Büro des Gouverneurs der Bastille. Baismaux saß in einem Sessel vor einem hell brennenden Kaminfeuer. Auf dem Tisch bei seinem Ellbogen standen brennende Kerzen. An einem zweiten, etwas größeren Tisch saß ein Beamter, der beim Eintritt der Gefangenen aufstand und Baismaux einen Stapel Papiere brachte.

Die Mutter, die die Hand des Kutschers verweigert hatte, nahm den Arm ihrer Tochter an. Nebeneinander stehend, waren sie fast gleich groß, die Tochter ein klein wenig größer. In den Kapuzenumhängen ähnelten sich ihre Gestalten. Auch ihre Gesichter ähnelten sich insofern, als dass das eine die Zukunft des anderen andeutete. Ihr Reisebegleiter, der junge Mann, stand seitlich hinter ihnen und beobachtete die Frauen, als wäre er um sie, nicht um sich selbst, besorgt.

Baismaux betrachtete die Frauen. Die jüngere war sicher noch keine dreißig, vielleicht sogar jünger, wirkte aber reif in ihrer gefassten Haltung. Ihr Blick war direkt, ihre Farbe gesund, die Haut frisch und straff. Als sie die Kapuze von der Stirn zurückschob, war ihr schwarzes Haar zu sehen, glatt und glänzend, das ohne modische Allüren von einer schlichten Leinenhaube bedeckt war. Ihr Gesicht zeugte von Energie und Intelligenz, ihre Züge waren voller Entschlossenheit und stark ausgeprägt, der Mund drückte Entschlossenheit aus, war aber nicht verkniffen. Das Gesicht der Mutter glich dem der Tochter, nur dass ihre

Haut blass war, leicht vergilbt wie alte Seide, und straff über die Wangenknochen gezogen. Ihre Kiefer waren klar definiert und stark. Die Augen, so dunkel wie die ihrer Tochter, lagen in tiefen Höhlen, ihr Blick war ruhig, und in dieser Ruhe lag eine Intensität, die den Gouverneur veranlasste, einen Moment bei ihnen zu verweilen. Er las die Papiere in seiner Hand, prüfte sie flüchtig, und wandte sich dann der jüngeren der beiden Frauen zu.

»Sie sind Mademoiselle Marianne Cailloué aus Rouen?«

Sie nickte zur Antwort.

»Und das ist Ihre Mutter, die Sie aus freien Stücken begleiten?«

Wieder ein zustimmendes Nicken.

»Ihre Mutter ist Witwe und besitzt in der Stadt eine Buchhandlung, die sie zusammen mit einem gewissen Jean Dumesnil führt.«

»Ich bin Jean Dumesnil«, sagte der junge Mann.

»Zu Ihnen kommen wir gleich«, sagte Baismaux. »Mademoiselle, Sie verstehen, dass Sie nicht unter Arrest stehen, nur Ihre Mutter und Dumesnil sind unter Arrest. Ich habe keinen Befehl vorliegen, Sie zu empfangen.«

»In Rouen wurde ich in La Berchère vorgelassen«, sagte Marianne Cailloué mit tiefer, klarer Stimme und einem leicht normannischen Akzent. »Vom ersten Moment der Gefangennahme meiner Mutter durfte ich an ihrer Seite sein. Sie sehen selbst, Monsieur le Gouverneur, sie ist nicht mehr jung. Sie war sehr krank. Sie braucht mich.«

»Es ist gegen die Regeln«, sage Baismaux.

»Monsieur le Gouverneur«, sagte die Witwe Cailloué und sprach zum ersten Mal, »wenn Sie mir die Barmherzigkeit der Anwesenheit meiner Tochter erlauben würden. Das muss nicht zulasten des Königs sein. Ich bin bereit und in der Lage, für ihre Unterkunft hier zu bezahlen.«

Der Gouverneur zögerte einen Moment.

»Das wird nicht nötig sein«, sagte er, »es sei denn, der König weigert sich explizit, für ihre Kosten aufzukommen. Wichtig ist, dass sie frei ist zu gehen.« Darauf sagte Marianne Cailloué nichts, und der Gouverneur wandte sich Letellier zu. »Monsieur d'Ormesson hat mit den Gefangenen keine Papiere geschickt?«

»Nein, Eure Exzellenz.«

»Nun gut. Sie können gehen.«

»Wenn Eure Exzellenz so gut sein mögen, den Empfang der Gefangenen zu quittieren.«

Der Beamte, der Baismaux zuvor die Papiere gebracht hatte, brachte ihm jetzt Feder und Tinte. Baismaux unterschrieb die Bescheinigung, die Letellier ihm vorlegte, dann sagte er zu den Gefangenen: »Ich übergebe Sie jetzt Monsieur du Junca«, und schien sich ab sofort nicht mehr für sie zu interessieren. Er zog ein kleines Buch aus der Tasche, richtete sich vor dem Kaminfeuer ein, schlug es auf den Knien auf und begann zu lesen.

Nachdem Letellier den Raum verlassen hatte, kamen zwei Wachen der Festung herein und stellten sich rechts und links von der Tür auf. Sobald sie ihre Plätze eingenommen hatten, nahmen sie die Hüte ab und hielten sie sich vors Gesicht. Marianne Cailloué beobachtete das mit Erstaunen.

Du Junca schlug auf dem langen Tisch ein Buch auf.

»Sie sind aufgefordert, sich anzumelden«, sagte er.

Als die drei ihre Namen in das Buch geschrieben hatten, zeigte Marianne Cailloué auf die Wachen und sagte:

»Warum bedecken sie ihre Gesichter? Bieten wir einen schändlichen Anblick?«

»Sie sind Gäste des Königs«, sagte Monsieur du Junca. »Wenn Sie das Gebäude verlassen, werden Sie unbeobachtet sein, so, wie Sie gekommen sind. Auf Ihre Namen wird kein Schatten fallen, und von Ihrem Aufenthalt hier werden nur wenige vertrauenswürdige Menschen Kenntnis haben. Jetzt muss ich Sie bitten, mir alle Wertgegenstände auszuhändigen, die Sie bei sich tragen. Beim Verlassen können Sie diese Gegenstände zurückfordern. Ich erstelle ein Verzeichnis, das Sie unterschreiben. Möchten Sie jedoch, zu Ihrem eigenen Komfort oder dem Ihrer Mutter, über das hinaus, was der König für Ihren Aufenthalt bereitstellt, bestimmte Dinge erwerben, werden die Kosten dafür von der Summe abgezogen, die Sie mir aushändigen. Zu Ihrer Information kann ich Ihnen sagen, dass der König einen Betrag von dreizehn Sous pro Tag für den Aufenthalt Ihrer Mutter bereitstellt.«

Er leerte den Inhalt des Beutels, den Marianne Cailloué aus Rouen mitgebracht hatte, auf dem Tisch aus und legte die Dinge mit geübter Hand zurecht. Es waren ein paar Kleidungsstücke, eine Geldbörse mit Münzen, einige Bücher. Er nahm die Bücher nacheinander in die Hand und begutachtete sie genauestens.

»Sie gehören also der Vorgeblich Reformierten Kirche an«, sagte er. »Ich werde die Bücher überprüfen lassen, und wenn sie gestattet werden, händige ich sie Ihnen wieder aus. Ich werde außerdem unseren Beichtvater zu Ihnen schicken.«

Die Münzen wurden gezählt, die Summe notiert, die Bekleidungsstücke abgetastet und wieder in den Beutel gesteckt. Anschließend wurde das, was Jean Dumesnil bei sich trug, auf ähnliche Weise geprüft. Der Vorgang schien ihn nicht besonders zu interessieren. Seine Augen waren auf Marianne Cailloué gerichtet, und einmal gelang es ihm, ihren Blick in einer raschen gegenseitigen Verständigung auf sich zu ziehen.

Während du Junca mit seiner Prüfung fortfuhr, kamen zwei weitere Männer herein und warteten unauffällig. Nachdem alles geprüft und die Aufstellung unterschrieben war, winkte du Junca die Männer zu sich.

»Saint-Roman«, sagte du Junca zu einem von ihnen, »Sie bringen die Frauen in den ersten Stock des Tour de la Chapelle und übernehmen fortan die Verantwortung für die beiden. Bequet, der Mann kommt in den Tour du Coin und bleibt in Ihrer Obhut.«

Einer der Gefängniswärter trat hinzu. Marianne Cailloué rührte sich nicht vom Fleck.

»Wir wissen immer noch nicht, welcher Vorwurf gegen uns erhoben wird«, sagte sie.

»Das weiß ich auch nicht«, antwortete du Junca.

»Das ist eine harte Behandlung für eine Frau im Alter meiner Mutter.«

»Da widerspreche ich Ihnen nicht«, sagte du Junca.

»Wann werden wir eine Erklärung für das Ganze hier bekommen?«

»Später«, sagte Monsieur du Junca.

Es blieb ihnen nichts anderes übrig, als dem Gefängniswärter zu folgen. Dumesnil und Bequet waren vorausgegangen. Sie gingen durch einen Tunnel und kamen zu einem riesigen Innenhof, einem freien Platz, um den herum acht runde, mit Mauern verbundene Türme standen. Die Mauern waren gerade, ihre Höhe rundum einheitlich, und sie waren mit Zinnen besetzt. Die Kutsche war bei Tageslicht in Paris angekommen, und während des Gesprächs mit Baismaux und seinen Leuten war die Sonne untergegangen. Ein Hauch von Licht blieb in den vorbeiziehenden Wolken. Vor dem bewölkten Himmel und den zinnenbesetzten Mauern wirkte der Wachmann sehr klein.

Dumesnil und sein Wärter hielten mit forschen Schritten auf die rechte äußerste Ecke des umschlossenen Platzes zu und verschwanden aus dem Blickfeld, bevor Saint-Roman und seine Schützlinge, die wegen der Witwe Cailloué langsamer vorankamen, den Tour de la Chapelle erreicht hatten. Der Turm stand neben dem Tour du Coin, beide gehörten zum östlichen Teil der Festungsanlage.

Saint-Roman machte keine Anstalten, sie zur Eile zu treiben, und als die beiden Frauen vor der offenen Tür anhielten, wartete er geduldig. Die Treppe war steil, und die Frauen, besonders die ältere, waren sicher müde. »Aber«, dachte er, »sie alle schaffen die Treppe, wie alt sie auch sein mögen.« Die Frauen hoben die Gesichter zum Himmel. Dann traten sie durch die Tür, und er schloss hinter ihnen ab.

Im ersten Stock schloss er die Tür zu einem kreisrunden Zimmer auf. »Wie Sie sehen«, sagte er, »ist für alle Grundbedürfnisse gesorgt. Für ein kleines Zusatzgeld können Sie ein Kaminfeuer haben. Ebenfalls gegen einen geringen Betrag wird es Ihnen ermöglicht, dass Sie sich Ihre eigenen Mahlzeiten zubereiten.«

Die beiden Frauen standen in der Mitte des Raumes. Er war nicht sehr groß und nur schwach beleuchtet. In dem schräg einfallenden Zwielicht konnte Marianne den Kamin erkennen sowie ein niedriges Bett, einen Tisch, einen Stuhl und einen Schemel. Das Fenster hatte weder Scheibe noch einen Laden, es war eine lange, schmale Öffnung in der dicken Mauer und mit senkrechten Stäben vergittert.

»Niemand außer uns ist in dem Raum?«, fragte Marianne Cailloué.

»Ein, zwei Mäuse, vielleicht. Möchten Sie ein Feuer im Kamin haben?«

»Wenn Sie so freundlich wären.«

Vom Treppenhaus sah Saint-Roman durch die vergitterte Öffnung in der Tür noch einmal nach seinen Gefangenen. Die beiden Frauen hatten sich nicht bewegt. Sie hielten sich umschlungen, als wären sie eine Person, und sprachen nicht. Als er die Treppe hinunterging, hörte er keine Stimmen, nur seine eigenen Schritte.

Als die Schritte verklungen waren, sagte Marianne Cailloué zu ihrer Mutter: »Du musst dich hinlegen«, und als die alte Frau sich auf der Strohmatratze ausgestreckt hatte, deckte die Tochter sie mit ihren beiden Reisecapes zu, dann setzte sie sich neben das Bett und stopfte ihrer Mutter die dicken Wollumhänge zärtlich um die Schultern.

»Gleich können wir ein Feuer anzünden«, sagte sie. »Auch ein kleines Feuer wird den Raum wärmen.«

Ihre Mutter öffnete die Augen.

»Ich kann mir kein Feuer vorstellen, das diese Mauern wärmen würde.«

Sie warteten schweigend. Marianne Cailloué dachte, ihre Mutter sei eingeschlafen, doch dann sagte die alte Frau, ohne die Augen zu öffnen:

»Es ist feucht und riecht nach Marsch. Sind wir in der Nähe von Marschland?« Die Tochter konnte das nicht beantworten. Nach einer Weile sprach die Mutter wieder. »Du hast für mich an den Vater des Jungen geschrieben, aber dein eigener Vater ist seit acht Jahren tot, Friede seiner Seele. Außerdem war der Vater des Jungen, soweit ich weiß, nie einer von uns. Es wäre sehr spät für eine Nachfrage wegen der Widerrufserklärung. Aber ich weiß nicht, warum sie uns sonst belästigen würden.« Sie schwieg. Das Sprechen ermüdete sie, aber nach einer Weile begann sie wieder: »Hast du etwas in deinem Brief gesagt, einen Ausdruck benutzt, den sie missverstanden haben können?«

Die Tochter überlegte.

»Ich habe den Brief sehr sorgfältig formuliert«, sagte sie schließlich. »Ich glaube nicht, dass etwas darinstand, das uns Schwierigkeiten bereiten könnte.«

Abermals senkte sich Schweigen auf die beiden. Die Mauern

schienen keine Geräusche einzulassen. Die Tochter konnte den Atem der Mutter hören. Dann regte sich die Mutter und öffnete wieder die Augen, die sehr dunkel waren in ihrem weißen Gesicht, umrahmt von dem weißen Haar.

»Ich wünschte, wir hätten uns mit Jean besprechen können. Dein Vater hat ihm vertraut. Ich auch. Jean Dumesnil ist ein aufrichtiger Mensch. Aber er ist auch störrisch. Manchmal denke ich, es wäre besser für ihn gewesen, wenn er nach England gegangen wäre, mit anderen unseres Glaubens. Aber er hatte eigene Ideen. Er sagte, er würde in Frankreich gebraucht.«

Marianne Cailloué lächelte. Sie fand auch, dass Dumesnil störrisch war. Er hatte darauf bestanden, dass er gebraucht wurde, nicht nur in Frankreich, sondern in Rouen. Er wollte sie heiraten und hatte den Wunsch noch nicht aufgegeben. Er war geblieben, um ihr bei der Fürsorge um ihre Mutter zu helfen. Auch die Hugenotten hatte er nicht aufgegeben. Obwohl er nie darüber sprach, wusste sie genau, welche Beziehungen er zu manchen Fischern unterhielt, die ihren Fang nach Rouen brachten und mit anderer Fracht nach Le Havre zurückkehrten und die der Reformierten Religion gegenüber aufgeschlossen waren. Sie hatte beobachtet, wie schnell eine Freundschaft zwischen Jean und dem jungen Mann aus Paris entstanden war. Manchen Abend waren sie, in Gespräche vertieft, am Fluss gegangen, damals im April, als die Dämmerung später einbrach und der Wind auf dem Fluss reich von dem Geruch frischer Blätter und Gräser war. Als sie nach der abrupten Abreise des Jungen gefragt hatte, ob er, wie er es vorgehabt hatte, nach Cambrai gereist sei, hatte Jean sie mit besonders zufriedener Miene angelächelt und ihr geantwortet: »Nein, ich glaube, nicht nach Cambrai. «

Sie war zu diskret gewesen, um ihm weitere Fragen zu stellen. Zu ihrer Mutter sagte sie nachdenklich:

»Nicolas Larcher war keiner von uns.«

»Aber er hätte uns nicht schaden wollen«, sagte ihre Mutter.

»Wie hätte er uns schaden können? Nein, offenbar ist es sein Vater, der in Schwierigkeiten steckt. Aber warum das uns betreffen sollte, ist mir unbegreiflich.«

»Mir auch«, sagte ihre Mutter mit einem langen Seufzer. »Wir sind sehr vorsichtig gewesen. Wir haben uns nichts zuschulden kommen lassen. Anders wäre es gewesen, wenn wir alle Entscheidungen Jean Dumesnil überlassen hätten. Wie du weißt, habe ich ihn mehr als einmal daran erinnern müssen, dass wir bestimmte Bücher nicht veröffentlichen können, wie hervorragend sie auch seien oder seitens der Religion dringend benötigt. Das müssen diejenigen tun, die außer Landes gegangen sind. Ich habe lediglich den Wunsch, ein ruhiges Leben zu führen, meinem Glauben anzuhängen und in aller Stille in meinem eigenen Bett zu sterben, wie dein Vater.«

Marianne Cailloué kam eine Frage in den Sinn, die zu stellen sie aber unterdrückte. Derselbe Gedanke entstand offenbar auch bei ihrer Mutter, denn die sagte mit einem schwachen Lächeln:

»Jean Dumesnil hätte ein solches Buch nicht ohne mein Wissen veröffentlicht. Er ist dickköpfig, aber er ist ehrenwert. Er hat mir sein Wort gegeben. Deshalb kann ich immer noch nicht verstehen, warum wir hier sind.«

26

Allerheiligen kam und ging. In den Kirchen wurde Trauerflor aufgehängt, für die Toten brannten Kerzen, und von den Sohlen der Kirchgänger blieben im Raureif des frühen Morgens schwarze Abdrücke, erst einzelne, dann einander überlappende, bis schließlich alle Abdrücke eine Fläche bildeten.

In St. Paul, ihrer alten Kirche, zündete Marianne Larcher Kerzen an, wie sie es jedes Jahr getan hatte, für ihre Eltern, für ihre toten Kinder, und versuchte zu beten. Mit Worten, die sie gelernt hatte, betete sie für die Toten. Als sie versuchte, für die Lebenden zu beten, geriet sie mit sich selbst in Widerstreit, immer in denselben Widerstreit. Sie erhob sich und verließ die Kirche, und beim Verlassen würdigte sie den Beichtstuhl keines Blickes und zog den Schal fest um den Kopf; ob die Nachbarn sie gesehen hatten, wusste sie nicht, es war ihr gleichgültig. Seit dem Gespräch mit Jules sah sie alle Menschen im Viertel, zusammen mit der Haushälterin von Monsieur Pinon, als gegen sie vereint. Sie sah keinen Grund, warum die Frau ihren böswilligen Tratsch für sich behalten haben sollte, und wenn selbst Simones freundliches Geplauder in Jules Argwohn geweckt hatte, war es ein Leichtes, zu erraten, was für Geschichten gegen sie im Umlauf waren.

In Versailles legte der König den Kranken die Hand auf, und die königlichen Ärzte verzeichneten eine große Anzahl von Heilungen. In Paris war der Brotpreis immer noch hoch. Gerüchten zufolge wurde Weizen für die Armee des Königs zurückbehalten. Allen Erlassen zum Trotz stieg die Anzahl der Armen in der Stadt täglich. Sie zogen durch die Straßen und schlossen sich in kleinen Banden zusammen, in denen sie nicht die Wärme geteilten Leids erfuhren, sondern lediglich in ihrem Unglück aneinander hafteten. Wenn Marianne nach Einbruch der Dunkelheit nach Hause kam, begegnete sie solchen Gruppen, die, wie auch im Winter zuvor, in den Eingängen zu den Häusern der Reichen Schutz suchten. In zerlumpte Decken, alte Gehröcke und zerschlissene Mäntel gehüllt, die Füße mit Lumpen umwickelt, standen sie auf der Straße und schrien ihre Not heraus. Sie waren nicht gewalttätig. Sie standen einfach da und füllten die Dunkelheit mit ihren Klagen. Marianne musste auf ihrem Weg durch diese Gruppen hindurch. Die Menschen belästigten sie nicht. Wenn ein Lichtschimmer auf eins der Gesichter fiel, sah sie keine Feindseligkeit in den Augen, auch keine Neugier. Sie hätte eine von ihnen sein können.

An einem regnerischen Abend stieß sie in ihrer Straße, vor dem Hôtel d'Aubricourt, auf eine solche Gruppe, und im selben Moment stürzte sich ein Polizeitrupp mit Fackeln und Stöcken auf die Menschen. An dem Abend verriegelte sie die Küche von innen und zündete im Kamin ein kleines Feuer an, sie setzte sich davor, trocknete sich die nassen Füße und rieb sie warm.

Ihre Lederschuhe waren auseinandergefallen. Sie hatte kein Geld, sie flicken zu lassen, und in den Holzschuhen, die sie jetzt jeden Tag trug, wurden die Füße kalt. Der Unterschied zwischen ihrem Leben und dem der Obdachlosen auf der Straße verringerte sich von Tag zu Tag. Sie sah sich in der Küche nach etwas um, das sie verkaufen konnte; es war kaum etwas übrig. Früher, dachte sie, war der Raum voller Wärme und gutem Leben gewesen, und Verzweiflung überkam sie. Viel länger konnte sie nicht mehr warten, sei es auf Jeans Entlassung oder auf Nicolas' Rückkehr, oder auf ein Wort von Paul – etwas, das ihre ausweglose Lage veränderte. Viel Zeit war verstrichen, seit der Abbé Têtu seinen Brief geschrieben hatte. Madame de

Maintenon musste sehr hartherzig sein, oder sie hatte weniger Einfluss beim König, als die Lieder und Schmähschriften glauben machen wollten.

Sie hoffte unablässig auf Jeans Freilassung, doch wie ihr gemeinsames Leben danach weitergehen sollte, überstieg ihre Vorstellungskraft. Vielleicht war es möglich, dass Jean und Nicolas zusammen wieder einen einträglichen Betrieb aufbauen würden, sie selbst jedoch passte nicht in das Bild. Da Paul als greifbarer Mensch aus ihrem Leben verschwunden war und die Erinnerung daran immer weiter in die Vergangenheit rückte, kam es ihr an manchen Tagen so vor, als wäre sie aus einer Trance erwacht, oder aus einem verzauberten Zustand, der sie der Fähigkeit, normal zu denken und zu fühlen, beraubt hatte. Doch manchmal träumte sie von Paul, und beim Aufwachen musste sie sich wieder vor Augen führen, dass er sie verlassen hatte. Eines blieb jedoch ein Ding der Unmöglichkeit: Sie konnte ihn nicht beschuldigen, auch nicht, um Jean vor der Galeerenstrafe zu bewahren. Sie hielt an ihrer Hoffnung auf den Brief des Abbé fest, der ihr die Entscheidung abnehmen würde.

Trotz alldem dachte sie immer seltener an Paul und immer häufiger an Jean und Nicolas, nicht daran, wie sie bei ihrer Rückkehr sein würden, sondern wie sie früher waren. Sie suchte Trost in der Erinnerung, als sie ihrem Sohn die Haare gekämmt und geschnitten hatte, als sie die Ärmel an seinen Hemden ausgelassen hatte, weil er gewachsen war. Sie erinnerte sich an Jeans Barchentmantel, der die Falten behielt, auch wenn Jean ihn ausgezogen hatte, und vom Wesen des Mannes zeugte, der ihn getragen hatte. Sie dachte an Nicolas und die anderen Kinder, die auf dem Fußboden der Werkstatt gespielt hatten, und an Jean, der über sie hinweggestiegen war, so, wie ein Pferd sorgfältig die Hufe hebt, um nicht auf die Stallkatzen zu treten. Bis zum letzten Frühjahr hatte sie in diesen Räumen nie etwas verrichtet, das nicht in einer Verbindung mit Nicolas oder Jean gestanden hatte. Jetzt leisteten ihre Gewohnheiten ihr Gesellschaft in den menschenleeren Räumen.

Während sie sich vor dem mageren Feuer die Füße rieb, fand sie es verwunderlich, dass sie immer noch diese große Anstrengung machte, am Leben zu bleiben, und dass sie sich dort, wo sie arbeitete, nicht angesteckt hatte. Auch bei der Pflege ihrer eigenen Kinder hatte sie sich nie angesteckt. Sie hatte keine Zeit, krank zu werden. Erst, wenn alle Fragen, die sie sich täglich stellte, beantwortet waren, hätte sie Zeit, krank zu werden, und dann würde man sie ins Krankenhaus St. Lazare bringen, wo sie sterben konnte. Jetzt jedoch wrang sie das Wasser aus ihren Wollsocken und breitete sie vor dem Feuer zum Trocknen aus, dann ging sie barfuß durch den Hof und die kalte Treppe hinauf zu ihrem Bett. Als sie am nächsten Morgen zur Arbeit ging, spürte sie, wie der vereiste Schlamm im Rinnstein unter ihren Schritten brach wie festes Wachs.

Kurz nach Allerheiligen wurde sie von dem Haus, in dem sie arbeitete, zum Wasserholen geschickt, und sie hängte sich die zwei Holzeimer an einem Holzjoch über die Schultern. Sie füllte die Eimer in der Rue St. Antoine, vor der düsteren Prachtfassade der Jesuitenkirche. Das Wasser war kalt. Die vollen Eimer schienen schwerer als sonst, als hätte die Kälte des Wassers ihr eigenes Gewicht. Sie hängte die Eimer an das Joch und bückte sich, um es sich über die Schultern zu hängen, und als sie sich unter ihrer Last aufrichtete und vom Brunnen abwandte, sah sie die Frau, die sie von allen am meisten meiden wollte, die Haushälterin von Monsieur Pinon, dem Ratsmitglied. In letzter Zeit hatten sie einander nicht beachtet, aber jetzt kam die Haushälterin auf Marianne zu.

»Haben Sie von Ihrem Mann gehört?«, fragte sie ohne eine Begrüßung.

Marianne sah die kleinen grünlichen Augen, so kalt und glänzend, und den schweren Kiefer, und den Mund, der immer schon einen bösartigen Zug gehabt hatte. Jetzt lächelte der Mund, als beabsichtigte er Freundlichkeit. Das Lächeln war voller Selbstgewissheit.

»Dann könnte Sie das interessieren«, sagte die Haushälterin auf Mariannes Kopfschütteln hin. »Einem Gerücht zufolge wird morgen eine Sträflingskolonne zu den Galeeren in Toulon geschickt. Sie werden früh losziehen, um möglichst wenig Aufmerksamkeit zu erregen. Wenn Sie sich frühzeitig bei La Tournelle einfinden, haben Sie vielleicht die Möglichkeit, mit Ihrem Mann zu sprechen.«

»Aber er ist nicht verurteilt«, sagte Marianne.

»Er ist auch nicht freigekommen«, erwiderte die Haushälterin mit Häme. »Eine Sträflingskolonne. Ist er dabei, dann ist er verurteilt worden. Das können Sie dort erfahren.«

»Stimmt das wirklich?«

»Es ist ein Gerücht. Wie gesagt. Ich bekomme nichts mitgeteilt, aber ich höre alles, und im Haus von Monsieur Pinon erfahre ich interessante Dinge. Natürlich macht die Polizei nicht bekannt, wann eine Sträflingskolonne aufbricht. Zu viel Aufsehens, ein Menschenauflauf, in Zeiten wie diesen –« Sie zuckte die Schultern, die sich breit und kantig unter dem dicken Schal abzeichneten. »Es braucht nicht viel, um einen Aufruhr auszulösen. Ich sage Ihnen das aus Freundlichkeit. Ich nehme an, Sie bewahren eine Zuneigung für Ihren Mann.«

Die Frau ging, und es war nicht ihre Schuld, dass eine andere, die zum Brunnen wollte, gegen einen von Mariannes Eimern stieß, sodass ein Schwall eisiges Wasser ihr über Knöchel und Rist schwappte.

La Tournelle war kein Gefängnis im strengen Sinne. Es war ein Gefängnis, in das Männer nach ihrer Verurteilung verbracht wurden, und sie verließen es nur, um ihre Strafe abzuarbeiten. Es stand unter Aufsicht der Polizei, aber die Priester von St. Nicolas du Chardonnet hatten hier die Machtbefugnisse, nicht die Polizei. Vor einer Generation hatte Vincent de Paul um Erlaubnis gebeten, die alte Befestigungsanlage an der Porte St. Bernard benutzen zu dürfen. Sie diente als Unterkunft für Männer, die zu einer Galeerenstrafe verurteilt waren und so lange in den feuchten Verliesen der Conciergerie untergebracht wurden, bis genug Verurteilte für eine Sträflingskolonne beisammen waren. Damals wurden im Durchschnitt zweimal im Jahr Sträfingskolonnen von der Conciergerie nach Marseille geschickt, und nach dem qualvollen Gefängnisaufenthalt starben viele der Männer auf dem Marsch, manche waren zuvor schon im Gefängnis gestorben, und nur wenige überlebten und dienten auf den Galeeren. Um ihre Körper für den langen Marsch in den Süden zu kräftigen, aber auch um ihre Seelen zu stärken, gab der gute Monsieur Vincent ihnen in La Tournelle geistlichen Trost und eine bessere Versorgung als bisher. Sein Werk wurde vielfach geachtet, und als die alte Porte St. Bernard abgerissen wurde, weil zu Ehren des jungen Königs ein neues Tor errichtet werden sollte, blieb der alte Turm stehen. Die Priester von St. Nicolas setzten Monsieur Vincents Werk fort, und an Sonn- und Feiertagen wurde hier, wie in allen geweihten Kapellen, die Messe gehalten.

Marianne kam vor Tagesanbruch zu La Tournelle. Einerseits misstraute sie dem Rat der Haushälterin von Monsieur Pinon, andererseits wagte sie nicht, ihn zu missachten. Marianne traute der Frau zu, sie für nichts und aus reiner Böswilligkeit durch die dunklen Straßen zu treiben. Andererseits war es möglich, dass die Frau im Haus des Ratsmitglieds eine wahre Information aufgeschnappt hatte. Marianne hatte die Goldmünze des Abbé bei sich. An dem Abend war keine Zeit gewesen, etwas aus ihrer Küche zu verkaufen, und sie wagte es nicht, etwas anderes als

Geld zu bringen. Sie glaubte, Jean würde keine Gaben entgegennehmen dürfen. Seine Pfeife und sein Tabak lagen nach wie vor auf dem Kaminsims, wo er sie gelassen hatte.

Bei der Tür zu La Tournelle stand schon eine alte Frau, die sich an die Mauer drückte. Sie musterte Marianne neugierig und sagte:

»Sie machen noch nicht auf.«

Marianne fragte die Frau, warum sie so früh gekommen sei. Kannte sie die Gepflogenheiten des Gefängnisses? Die Frau antwortete:

»Das hier ist mein Platz. Ich war zuerst hier.«

Sie hatte keine Zähne mehr, nur ein paar Stummel im Unterkiefer, und die Wörter kamen lispelnd und undeutlich artikuliert. Marianne drehte ihre Hände fester in den Schal und lehnte sich neben der Alten an die Tür. Der Dunst vom Fluss war kalt und dicht, er breitete sich in den Straßen vor dem alten Turm aus und kroch unter den Schal. Sie hörte es vom Bogen über ihnen tröpfeln. La Tournelle selbst wirkte verlassen, innen und außen dunkel, aber durch die Porte St. Bernard floss der Verkehr in einem dünnen steten Strom in die Stadt. Die Laternen auf den Kutschen leuchteten verschwommen. Menschen mit geheimnisvoll verschnürten Bündeln kamen zu Fuß durch die Dunkelheit, im Vertrauen auf den heller werdenden Himmel über ihnen.

Marianne fing an zu zittern. Beim Gehen war ihr warm gewesen, aber jetzt stand sie still und konnte die Kälte kaum aushalten. Um sich aufzuwärmen, machte sie ein paar Schritte und ging durch den Torbogen. In einem Relief an der Decke des Torbogens war der König in der Pose eines jungen griechischen Gotts am Bug eines kleinen Schiffes dargestellt, umgeben von Nymphen, die aus den Wellen stiegen und ihn grüßten, während die Mächte der Luft ihm aus den Wolken freudig zuwink-

352

ten. Marianne sah sich an einem Strand, wo Männer an heißen Sommertagen badeten, während elegante Damen in ihren Kutschen auf der Straße oberhalb anhielten und zuschauten.

Auf dem anderen Ufer lag die Île Louviers, unsichtbar im Nebel. Während Marianne wartete, überlegte sie, was sie zu Jean sagen sollte, falls sie ihn sah. Sie wusste nicht: Wollte sie ihn sehen, damit die lange Ungewissheit ein Ende hatte, oder fürchtete sie sich davor, ihn zu sehen, weil ihr dann das Leiden, das sie ihm zugefügt hatte, deutlich vor Augen geführt würde. Hätte sie bei seinem Anblick den Mut, ein Geständnis abzulegen? Was würde ihm das jetzt nützen? Wäre es nicht besser, sie würde einfach den Kopf an seine Schulter legen und ihm die Münze des Abbé geben? Schließlich war es möglich, dass er ihr noch vertraute. Wenn er sie sah, wüsste er zumindest, dass sie nicht weggelaufen war, obwohl er das kaum ihr selbst anrechnen konnte. Falls er ihr noch vertraute, wäre es dann nicht freundlicher, ihn so, getäuscht, gehen zu lassen? Eine Frage jedoch kam ihr nicht in den Sinn, nämlich die, ob es nicht besser wäre, fortzugehen, bevor das Tor geöffnet wurde. Eine gute halbe Stunde ging sie am Ufer auf und ab, kam dann zu La Tournelle zurück und wartete weiter.

Inzwischen hatten sich noch einige Frauen eingefunden, und es wurden mehr, bis ein gutes Dutzend versammelt war. Es musste einen Grund geben, warum sie alle hier waren, dachte Marianne. Die Frauen warteten geduldig, sie unterhielten sich nicht, standen auf der Stelle, stampften mit den Füßen, um sich warm zu halten.

Um sieben Uhr erschien ein Priester aus St. Nicolas und eilte die Rue de la Tournelle entlang, und die Frauen wichen zurück, um ihn passieren zu lassen, nur die Alte nicht, die als Erste da gewesen war. Sie zupfte ihn am Ärmel, als er durch das Tor gehen wollte, und Marianne hörte ihn sagen:

»Heute nicht. Nein. Wie kann ich es im Voraus sagen, wenn ich selbst es nicht erfahren habe? Heute nicht, morgen nicht. Wenn Sie mir vertrauen mögen, gebe ich ihm Ihr Päckchen.«

Bei seinen ersten Worten waren die Frauen vom Tor zurückgetreten. Marianne drängte sich zwischen sie, und als der Priester den Griff der alten Frau von seinem Arm lösen wollte, rief sie:

»Hochwürden, ist mein Mann unter den Gefangenen?«

»Der Name?«, sagte der Priester.

»Larcher.«

Der Priester schüttelte den Kopf.

»Jean François Larcher.«

»Kein Larcher dabei«, sagte er, und nachdem er die Hand der Alten von seinem Ärmel entfernt hatte, ging er durch das Tor und schloss es hinter sich.

Marianne stand allein neben der Alten, deren Lippen in einem unangenehmen, verstehenden Lächeln in ihre fast zahnlosen Kiefer sanken. Jetzt, bei Tageslicht, sah Marianne, wie schmutzig die Frau war. Die Haut unter den Augen war grünlich-gelb verfärbt, wie von einem Bluterguss, und um den Mund hatte sie braune Flecken. Als die schmalen, unangenehm lächelnden Lippen sich wieder öffneten, sagte die Alte:

»Vielleicht hat er seinen Namen geändert, Ihr Mann. Wenn er hier sitzt, wird gut auf ihn aufgepasst. Da müssen Sie sich nicht Tag und Nacht sorgen, wo er ist. Und es wird darauf geachtet, dass er seine Gebete sagt.«

»Ist Ihr Mann auch hier?«, fragte Marianne mit Widerwillen, aber auch Mitleid. Ein heiseres Lachen kam aus dem fleckigen Mund.

»Mein Mann? In meinem Alter? Mein Sohn. Und soll ich Ihnen sagen, warum er hier ist? Diebstahl. Nichts zu essen. Nichts zum Anziehen. Auch nichts, was man weiterverkaufen könnte, ohne Ärger zu bekommen. Eine silberne Tabakdose.

354

Mit Initialen. Eine bodenlose Dummheit. Und glauben Sie, ich bin hier, um ihn noch einmal zu sehen und zu umarmen? Oder, dass ich ihm Brot und Käse für die Reise mitgebracht habe? So dumm bin ich nicht. Sie haben den Priester gehört. Er bekommt gut zu essen. Besseres Essen als ich. Und ich muss sehen, wo ich bleibe, in meinem Alter. Nein, ich bin hier, um ihn anzuspucken. Haben Sie das gehört? Ihn anzuspucken!«

Die Ungewissheit ging weiter. Der November schritt voran, die Tage wurden kürzer, die Nächte kälter. Am Ende der zweiten Novemberwoche verlor Marianne ihre Arbeit. Täglich kam sie in die Rue de la Vannerie und zum Bureau des Recommanderesses, um nach neuer Arbeit zu suchen. Sie veräußerte die letzten Keramikschalen mit der getupften Glasur, um sich ein paar Leberbällchen zu kaufen.

Von der Werkstatt war das Polizeisiegel nie entfernt worden, und die Rechnungsbücher und andere Unterlagen waren ihr nicht zurückgegeben worden. Das Geld, das Jean geschuldet wurde, konnte sie nicht einfordern. Andererseits wohnte sie mietfrei, aber der Gedanke, dass sich in der Werkstatt Feuchtigkeit ausbreitete, dass die Werkzeuge, die Laden und Pressen, Schimmel und Rost ansetzten, all die Dinge, die jahrelang so gut gepflegt worden waren, bekümmerte sie. Seit dem Tag ihrer Vernehmung hatte die Polizei ihr keinerlei Beachtung geschenkt, und es war, als hätte sie aufgehört zu existieren.

Am neunzehnten November sah sie, als sie durch die Rue St. Paul ging, eine Gruppe von Männern einen Anschlag an der Kirchentür lesen. Einer der Männer war der Apotheker, dessen Laden der Kirche unmittelbar gegenüberlag. Er machte gerade kehrt und überquerte die Straße, als Marianne sich näherte. Da er sie bemerkte, blieb er stehen.

»Das geht Sie etwas an«, sagte er und zeigte auf den Anschlag.

Sie war von seiner ernsten Miene verstört. Ohne ihm zu antworten, ging sie schnell zur Kirchentür. Die Männer machten ihr wortlos Platz. Sie erkannten sie. Das Blatt, das oben und unten mit Nägeln befestigt war, flatterte im Wind. Sie hielt es fest und las.

Es war in förmlicher Sprache gehalten, aber klar zu verstehen, und kündigte an, dass am Freitag, dem neunzehnten November, um sechs Uhr abends auf der Place de Grève der Buchbinder Larcher und der Drucker Rambault im Namen der Gerechtigkeit des Königs hingerichtet würden. Den Namen Rambault las sie gar nicht, auch nicht die Namen derjenigen, die das Dokument unterschrieben hatten. Sie drehte sich um und rannte stolpernd zur Rue Neuve St. Paul, zu dem Hôtel, wo der Abbé Têtu logierte. Es war nach drei Uhr.

»Monsieur l'Abbé ist aufs Land gefahren«, sagte die Haushälterin. »Er hat nicht gesagt, wann er zurückkehrt.«

Die Haushälterin musterte Marianne genau, denn die Frau, die nach dem Abbé fragte, war blass und von außergewöhnlicher innerer Aufruhr getrieben. Als Marianne hörte, dass der Abbé nicht anwesend war, vedunkelte sich ihr Blick, und sie ging davon, ohne ihr Begehr zu erklären oder eine Nachricht abzugeben.

»Dabei habe ich höflich mit ihr gesprochen«, sagte die Haushälterin später zu dem Apotheker. »Natürlich wusste ich nicht, worum es ging.«

Marianne kehrte in die Rue des Lions zurück und schloss, obwohl es heller Tag war, die Fensterläden. In der dunklen Küche ging sie auf und ab, sie hatte keine Ruhe, sie ertrug das Wissen nicht, das am Ende all ihrer Fragen stand.

27

Gegen sechs Uhr kam ein böiger Wind auf, in dem die Fackeln am Fuße des Galgens auf der Place de Grève flackerten. Das riesige, lang gestreckte Schiff der Kathedrale auf der Île de la Cité erhob sich über den dichten Dächern der Häuser und bildete am Himmel eine dunkle Linie unter dunklen Wolken. Um den Galgen hatte sich eine Menschenmenge versammelt. Die Bogenschützen der Garde machten einen Weg frei für den Karren des Scharfrichters. Ein paar Regentropfen zischten in den Flammen, aber die Regenwolken waren ziemlich weit entfernt. Als der Karren beim Galgen ankam, hörte der böige Wind auf. Auch die eben noch unruhige Menge wurde still. Die Klappe hinten am Karren wurde mit einem lauten Krachen heruntergelassen, dann hörte man, aber nur leise, die Stimme des Priesters.

Auf dem Karren waren vier Menschen: der Scharfrichter, der Priester und die beiden Gefangenen.

Paul Damas stand in der Menge. Nachdem er Marianne in Fontainebleau nicht gefunden hatte, war er der Stadt ferngeblieben. Er war zur verabredeten Zeit dort gewesen und hatte unter den Menschen vor dem Château den einäugigen Balladensänger getroffen. Der Balladensänger hatte Paul von hinten erkannt und ihm auf die Schulter getippt, und als Paul sich umdrehte, erblickte er das stolze Gesicht mit dem krebszerfressenen Auge. Von ihm hatte Paul erfahren, mit welcher Unnachgiebigkeit seit Larchers Festnahme nach den Vertreibern der Pamphlete gesucht wurde.

»Sie haben bei Larcher gearbeitet«, sagte der Balladensänger und zwinkerte mit seinem guten Auge. »Es sei Ihnen eine Warnung.«

Dass der Balladensänger über ihn Bescheid wusste und ihn mühelos erkannt hatte, erfüllte Paul mit Sorge. Seit dem Abend mit dem Laternenmann war er dem Sänger ein paarmal begegnet und jedes Mal mit herablassender Freundlichkeit von ihm behandelt worden, sehr zu Pauls Verärgerung. Aber in Fontainebleau dankte er seinem Glücksstern, dass der Balladensänger seinen Weg gekreuzt hatte, und beeilte sich, der Stadt den Rücken zu kehren. Doch nachdem er wochenlang unterwegs gewesen war, erst in Orléans, dann in Blois, kam er, weil er Neues erfahren wollte, wieder nach Paris und suchte den Balladensänger. Er fand ihn auf dem Pont Neuf, wo er wie immer seine Lieder über alle Weltanschauungen und Denkrichtungen vortrug.

Paul hatte sich neu ausgestattet mit Rock und Weste in einem sehr dunklen Grün und einem großen grauen Fellhut; seinen Lederbeutel, Behältnis für seine Werkzeuge und persönlichen Dinge, hatte er weggeworfen. Er trug jetzt einen Geldgürtel.

Er hatte die Ankündigung der Hinrichtung gelesen, die an allen Kirchentüren, Straßenecken und Brückenpfeilern im Wind flatterte. Es war ihm unbegreiflich, wie ein solches Urteil für ein so kleines Vergehen gefällt werden konnte, und er wollte nicht glauben, dass es ausgeführt würde. In einem Zustand des Entsetzens war er zur Place de Grève gekommen, um sich von der Wahrheit der gedruckten Worte zu überzeugen.

Die Schaulustigen schoben sich nah an den Karren des Scharfrichters, und Paul wurde gegen seinen Willen mitgezogen. Er versuchte, sich aus der Menge zu entfernen, aber es gelang ihm nicht. Er zog sich den Hut tiefer in die Stirn und senkte den Kopf, während er unversehens bis zum Karrenrad nach vorn geschoben wurde. Die Bogenschützen hielten die Menge zurück, und Paul sah weniger als zwei Meter vor sich die breiten Schultern und den grauen Kopf seines Meisters. Larcher stand mit dem Rücken zu ihm. Sein Kopf war kahl geschoren, und in dem beißenden Wind trug er keinen Rock, sondern nur ein weißes Hemd. Neben Larcher sah Paul den Scharfrichter, und ihm gegenüber standen der Priester, der in Schwarz gekleidet war, und Rambault mit ebenfalls geschorenem Kopf, wodurch sein Gesicht noch hagerer wirkte als sonst. Keine Spur eines Lächelns zeigte sich um den breiten, ehrlichen Mund. Er sah Paul unmittelbar ins Gesicht, gab aber kein Zeichen des Erkennens. Erleichtert begriff Paul, dass von dem grellen Licht der Fackeln ein rußiger Sichtschutz zwischen den Gefangenen auf dem Karren und der Menge auf dem Platz entstand.

Es stimmte also. Larcher sollte sterben. Es war ungeheuerlich, aber wahr. Paul überkam eine große Übelkeit und zugleich ein wilder Hass auf alle Menschen um ihn herum, auf die in Machtpositionen und auf die, die gekommen waren, um sich an den Hinrichtungen zu ergötzen. Die Galgenbäume überragten die Fackeln und wurden von ihnen erleuchtet. Der Priester sprach, aber seine leisen Worte waren, obwohl die Menge still war, nicht zu verstehen. Paul machte eine heftige Bewegung mit Ellbogen und Schulter und schuf eine Lücke zwischen denen, die ihn einkeilten. Die Menschen wichen ein wenig zur Seite, und Paul gelang es, sich zwischen ihnen hindurchzuschieben, weg von dem Karren. Mit weiterem Schieben und Drängen und mit der Kraft, die seine Abscheu ihm verlieh, schaffte er es, an den Rand der Menge zu gelangen, wo er nichts mehr sah außer den Galgenbäumen und dem Fackellicht und der Menge den Rücken kehren konnte.

Die Tür des Wirtshauses am Anfang der Rue de la Mortellerie stand weit offen. Der Wirt wusste, dass starke Gefühle die Menschen durstig machten, und er stand in der Tür und wartete auf das Ende der Geschehnisse.

Paul stürzte sich in die dunkle Straße. Plötzlich fiel ihm ein anderer Abend ein. Damals hatte einer von La Reynies Leuten eine Straßenlaterne mit einem Seil hinaufgezogen. »Am Seil hängen wir sie auf«, hatte der Mann grinsend gesagt, und Paul hatte das Grinsen erwidert. Da oben hing die Laterne. Sie war dunkel. Das Glasgehäuse war zerbrochen. Paul blieb stehen, drehte sich zur Mauer und übergab sich. Als er sich den Mund abwischte, hörte er von der Place de Grève das *Salve Regina*, was nur bedeuten konnte, dass die Hinrichtungen vollzogen worden waren. Er brauchte sich lediglich umzudrehen und zum Anfang der Straße zurückzukehren, dann würde er die Leichen von Pierre Rambault und Jean Larcher im Licht der Fackeln am Galgen hängen sehen. Mit schwankenden Schritten ging er weiter in Richtung Port St. Paul. Einen Moment lang trieb der Wind die Stimmen von ihm fort und dämpfte sie, dann, als er abflaute, wurden sie lauter; sie waren rau und erfüllt von Trauer, aber in dem plötzlichen Aufwallen klangen sie auch unangemessen triumphierend.

Paul drückte die Klinke zur Buchbinderei in der Rue des Lions hinunter. Die Tür war nicht verschlossen. Er öffnete sie und sah in der dunklen Küche eine Frau vor einem fast heruntergebrannten Feuer sitzen, die Beine gespreizt, die Füße flach auf dem Steinboden und die Arme auf die Knie gelegt. Der Kopf war gesenkt, sodass ihr Gesicht nicht zu sehen war. Es war eine Haltung der äußersten Erschöpfung, ohne jede Anmut, eine Haltung, wie Bauersfrauen sie einnahmen oder Frauen auf der Straße. Pauls Blick streifte rasch durch die Küche. Sie war verändert, geplündert. Auf dem Fußboden waren Lehmspuren. Der kupferne Wasserbehälter war fleckig, und das Kaminfeuer spiegelte sich nicht darin. Der Wind rüttelte an den Fensterläden. Marianne hob den Kopf, und als sie Paul bei der Tür sah, starrte sie ihn mit leerem Blick an. Er verriegelte die Tür und kam näher, zögernd, fragend, unsicher, wie er empfangen würde. Nachdem er sie so dringend zu finden gehofft hatte, wusste er jetzt nicht, ob dies die Frau war, die er gesucht hatte. Doch dann stand sie leicht schwankend auf und kam mit ausgestreckten Händen auf ihn zu.

Sie hatte dunkle Ringe unter den Augen. Die Sachen, in denen er sie kannte, die weiße Haube und das weiße Schultertuch, waren verschwunden. Sie war in dunkle Tücher gehüllt. Sie hätte an einer Straßenecke sitzen können, im Schatten, nach Almosen heischend. Aber sie lächelte, und bevor er sie genauer ansehen oder etwas sagen konnte, lag sie in seinen Armen. Er senkte die Wange auf ihren Kopf und hielt sie fest an sich gedrückt, und alle Gefühle – Zweifel, Furcht, Schuld –, die sie beide so viele Monate lang gequält hatten, mündeten in das Verlangen, das sie vereinte, und sie hielten sich in dem dunklen Raum umklammert. Nach einer Weile gab es gemurmelte Fragen und Geständnisse, undeutlich, kaum vernehmbar, den Mund an die Wange des anderen gepresst. Es war unvermeidlich, dass sie sich ihrer Situation wieder bewusst wurden. Marianne sagte:

»Weißt du, was geschehen ist?«

»Ich habe ihn auf dem Karren gesehen.«

Sie wich zurück, entzog ihm aber nicht die Hand.

»Aber du hast es dir nicht angesehen?«

»Nein. Aber es ist vorbei. Ich habe das *Salve Regina* gehört. Du nicht?«

Sie schüttelte den Kopf. »Ich habe um sechs die Glocken gehört«, sagte sie und nahm ihre Hände aus seinen.

»Woher hätte ich wissen sollen, dass sie ihn hängen würden?«, sagte Paul. »Er hat selbst gesagt, dass die Pamphlete keine große Gefahr darstellen. Daran kannst du dich doch erinnern, oder? Und Nicolas – Nicolas hat es auch gesagt.«

361

»Warum hast du das getan, Paul? Warum?«

»Ich weiß es nicht. Es war falsch. Doch, ich weiß, warum. Ich wollte, dass er nicht mehr da ist. Er hat uns nie allein gelassen. Es war falsch, aber ich konnte nicht voraussehen – woher hätte ich wissen sollen, dass sie aus einer kleinen dummen Schmähschrift ein solches Verbrechen machen?«

Er verteidigte sich gegen den Vorwurf in ihrem Blick. Er konnte sich nicht herausreden, und das war umso schwerer zu ertragen, da sie ohne Widerstand vor ihm stand. Auch er hatte in den letzten Monaten schwere Stunden erlebt, und das war der Grund, warum er sich nicht über die Grenze zur Schweiz in Sicherheit gebracht hatte, aber dieser Moment war schlimmer als alles Vorherige. Er hatte davon geträumt, mit ihr in diesen Räumen allein zu sein. Jetzt waren sie allein. Nichts hielt sie davon ab, in das Zimmer mit dem Bett im Obergeschoss zu gehen, aber schon der Gedanke war entsetzlich. Um sie beide aus der Erstarrung zu rütteln, sagte er:

»Wir können hier nicht bleiben. Sie werden nach mir suchen. Von Anfang an haben sie nach mir gesucht.«

»Er hat uns nie beschuldigt«, sagte sie und blieb stehen, wo sie stand. »Er hat uns geschützt.«

Als sie »uns« sagte, spürte er, dass er wieder Herr über sie werden würde.

»Wir müssen hier weg«, sagte er noch einmal. »Oder bist du nicht um mich besorgt?«

Er musste ihr die Hand auf die Schulter legen und sie leicht schütteln, bevor sie reagierte. Dann suchte er ihren Umhang, legte ihn ihr um und führte sie zur Tür.

»Wohin gehen wir?«, fragte sie mit wildem Ausdruck.

»Ich habe ein Zimmer. Komm.«

28

Der Tour de la Chapelle hatte Morgenlicht, wenn der Tag mit Sonnenschein begann. Der Turm stand über dem Stadtgraben und dem Garten von Monsieur Baismaux am Rand der Befestigungsanlage. Die Dächer und Türme der Vorstadt St. Antoine wären für die im Turm sichtbar gewesen, wenn die Fenster der Zellen, eine auf jeder Etage, nicht so hoch und so schmal gewesen wären. Die Witwe Cailloué und ihre Tochter konnten außer einem Streifen des östlichen Himmels nichts sehen.

An dem Freitag, als Jean Larcher und Pierre Rambault hingerichtet wurden, schien die Sonne morgens nicht. Der Tag war auch im weiteren Verlauf dunkel und kalt, und der Wind fuhr pfeifend und ächzend in die breiten Schornsteine des Tour de la Chapelle und blies unvermittelt Asche aus dem Kamin in den Raum hinein. Um Mitternacht ließ der Wind nach, Regen kam auf, und die Luft im Raum wurde feucht. Auch der Samstag war dunkel und kalt, und wenn am Sonntag die Sonne anderswo schien, so blieb das den Bewohnern des Tour de la Chapelle verborgen. Am frühen Sonntagnachmittag saß Marianne Cailloué neben dem Bett, in dem ihre Mutter lag. Sie hielt ihr die Hand und streichelte sie, wärmte sie mit ihrer eigenen Hand und manchmal mit dem Mund. Sie hatte fast alle Stunden der letzten beiden Tage auf diesem Platz verbracht.

Am frühen Morgen war die Hand ihrer Mutter kalt, und ihr schmächtiger Körper zitterte unter den Decken im Schüttelfrost, obwohl die Tochter alles Holz auf das Feuer legte, das Saint-Roman ihnen brachte. Nachmittags, wenn die Hand ihrer Mutter heiß und trocken wurde, schob die alte Frau die Decken von sich, worauf die Tochter sie sanft, aber bestimmt wieder über sie legte. Das tat sie jedes Mal.

»Das kommt vom Fieber. Du verkühlst dich noch mehr, wenn du dich der kalten Luft aussetzt.«

Wenn Saint-Roman an das Gitter schlug und ihnen das Essen brachte, verließ sie die Bettstatt ihrer Mutter gerade lange genug, um das Essen entgegenzunehmen und seine Nachfragen zu beantworten:

»Es geht ihr recht gut, aber sie ist müde, und das Bett ist der einzige Ort, wo sie es warm hat.«

Das hatte sie am Freitagabend gesagt, und dann wieder am Samstag. Sein Angebot, einen Arzt zu holen, lehnte sie ab, bat aber um mehr Holz. Am Sonntagmittag hatte sie wieder gesagt:

»Sie ist nicht krank, sie ruht.«

Der Wärter fragte nicht weiter nach, und dafür dankte sie ihm von Herzen. Er war den ganzen Monat lang viel freundlicher gewesen, als sie es sich erhofft hatte, und hatte ihr mehrmals erlaubt, in dem großen Innenhof frei umherzugehen; allerdings durfte sie keine anderen Gefangenen treffen und auch niemanden sehen. Diese Momente unter dem Himmel, wenn sie sich bewegen konnte, manchmal im Sonnenschein, hatten ihr geholfen, den Mut nicht zu verlieren und neue Kraft zu schöpfen. Ihr Wärter erklärte ihr, dass sie Gefangene auf eigenen Wunsch sei. Monsieur du Junca habe ihr ein Privileg zugestanden, das er auch manchen Gefangenen zugestehe, denn das liege im Ermessen von Monsieur du Junca. Ihre Mutter hingegen komme nicht in den Genuss dieses Privilegs. Die alte Dame lächelte, als sie das hörte, und sagte, sie hätte dieses Privileg, wäre es ihr zugestanden worden, auch nicht genutzt, und das aus verschiedenen Gründen, die Treppe zum Hof sei nur einer davon. Das Lächeln war ohne Bitterkeit, enthielt aber eine Spur von Ironie und einen großen Anteil Stolz. La Veuve Cailloué, das verstand ihre Tochter genau, lehnte die ihr von ihren Feinden zugebilligten Vergünstigungen ab. Sie wollte keine Sonderbedingungen, auch in dieser düsteren Festung nicht. Sie akzeptierte ihre Einkerkerung wie eine religiöse *retraite*.

Möglicherweise rührte Saint-Romans Freundlichkeit von einer Summe Geldes her, die Monsieur du Junca verwahrte und von der Saint-Roman einen Anteil bekam. Hätten seine Gefangenen Widerstand oder Gewalt gezeigt, hätte er das sicher mit Gewalt erwidert. Aber zwei Frauen gegenüber, die, wenn auch keine Damen, so doch ruhig, gebildet und anständig waren, zeigte er eine natürliche Rücksicht. Er selbst war nicht gebildet. Er kannte seine Arbeit. Er war Diener in einem merkwürdigen Wirtshaus, ein zuverlässiger und aufs Praktische gerichteter Diener. Das Gefängnis, für alle, die es von außen sahen, ein Ort des Schreckens und voller Geheimnisse, war für ihn äußerst banal. Er interessierte sich für die Menschen in seiner Obhut, und an dem Sonntag schien es Marianne Cailloué, dass er ein besonderes Feingefühl zeigte, als er keine weiteren Fragen stellte.

Tatsächlich war ihre Mutter sehr krank. Da machten sich die beiden Frauen nichts vor. Am Freitagabend, als der Wind sich im Schornstein so seltsam aufgeführt hatte, mal ächzend wie ein Tier, mal pfeifend wie ein Irrer, hatte ihre Mutter gesagt:

»Ich kann viel ertragen. Ich kann alles ertragen, was nötig ist, aber den Gedanken, mit einem Priester diskutieren zu müssen, ertrage ich nicht. Wenn die Leute vermuten, dass ich im Sterben liege, schicken sie einen Jesuiten.«

»Ich sorge dafür, dass sie nichts vermuten«, sagte die Tochter und streichelte die zarte Hand.

Am frühen Sonntagnachmittag lag ihre Mutter entspannt unter den Decken. Der morgendliche Schüttelfrost hatte aufgehört, und das Nachmittagsfieber war noch nicht gestiegen. Ihre

Mutter schien zu schlafen, und Marianne ließ ihre Hand nicht los, hörte aber auf, sie zu streicheln, und ruhte selbst. Sie saß mit vornübergeneigten Schultern vor dem Bett und betrachtete die Hand, die in der ihren lag, die Durchsichtigkeit der Haut straff über den angeschwollenen Knöcheln, die knochigen Finger, die früher rund und schlank wie ihre eigenen gewesen waren, und sie dachte, dass der Verlauf der Dinge seit ihrer Reise von La Berchère nach Paris für sie beide von Anfang klar gewesen war. Trotz aller Zartheit zeigte die Hand ihrer Mutter eine Stärke, wenn auch nicht die Stärke, die eine lange Reise, sonnenlose Tage der Einkerkerung oder die körperlichen Auswirkungen stets gegenwärtiger Angst aushalten konnte. Es war unmöglich, hinter diesen massiven Steinmauern zu leben, ohne Angst zu verspüren, so klar das eigene Gewissen und so groß das Vertrauen in Gott auch sein mochten.

Die Kräfte ihrer Mutter hatten schon in Rouen nachgelassen, noch bevor sie festgenommen worden war, und Marianne Cailloué versuchte, sich zu überzeugen, dass die Todesstunde ihrer Mutter auch ohne die Erschöpfung und den Schock der Verhaftung fast zum gleichen Zeitpunkt genaht wäre. Ohne diese Überzeugung wäre ihre Bitterkeit zu Gift geworden, zu einer Zersetzung des Geistes.

Niemand hatte sie bisher unterrichtet, welche Vorwürfe gegen ihre Mutter erhoben wurden. Es hatte einen Besuch von Monsieur du Junca und einem Beamten des Châtelet von Paris gegeben, und die Herren hatten die Witwe über ihr Geschäft und ihre Beziehung zu Jean Dumesnil befragt und ihr ein Verzeichnis aller Bücher und Druckschriften in ihrem Geschäft und ihrer Privatbibliothek vorgelegt, das sie bestätigen sollte. Die Witwe Cailloué hatte die Liste genau studiert. Es war erstaunlich, wie gut ihre Augen trotz des Alters waren. Sie brauchte keine Brille. Sie ging die Liste Punkt für Punkt durch, und als sie am Ende angekommen war, hob sie ihre dunkel leuchtenden Augen zu den Beamten und erklärte, dass die Aufstellung in Gänze korrekt sei.

»Sie müssen jedoch verstehen, Monsieur«, sagte sie abschließend, »dass die auf dem letzten Blatt aufgeführten Bücher nicht zum Verkauf in meinem Geschäft standen oder dort ausgestellt waren. Das sind Bücher, die meinem Mann gehörten, ich habe sie ihm zu Ehren und allein zu meinem Gebrauch aufgehoben.«

»Sie können einen entsprechenden Vermerk machen«, sagte der Beamte, »und dann möchte ich Sie bitten, die Liste zu unterzeichnen.«

Nachdem sie unterschrieben hatte und die Beamten gegangen waren und die Papiere sowie ihre Federn und die Tinte mitgenommen hatten, sagte sie:

»Dann haben sie also die Bücher deines Vaters gefunden. Damit sind wir wieder im Jahr der Widerrufung des Edikts.«

Später am Abend sprach sie aus einem langen Schweigen heraus noch einmal:

»Selig seid ihr, so euch die Menschen hassen und euch absondern und schelten euch und verwerfen euren Namen als einen bösen um des Menschensohnes willen.«

Danach äußerte sie nie wieder Erstaunen über ihre Verhaftung, noch stellte sie Mutmaßungen zu den Ursachen an. Die Tochter hatte ihre eigenen Vermutungen, was sie in diese Lage gebracht haben mochte, aber die teilte sie ihrer Mutter nicht mit. Dass die Bücher ihres Vaters gefunden worden waren, könnte eine ausreichende Erklärung dafür sein, warum ihre Mutter jetzt als Gefangene des Königs gehalten wurde, aber in all den Jahren seit dem Tod ihres Vaters war niemandem je eingefallen, seine Bibliothek zu überprüfen. Jean Dumesnils Beziehungen zu den hugenottischen Auswanderern standen auf einem anderen Blatt; schon seit geraumer Zeit gaben sie ihr

Anlass zur Sorge. Als Nicolas Larchers Name erwähnt wurde, bestätigte sie das in ihrem Verdacht, der auch dadurch nicht gemindert wurde, dass die Polizeiermittlungen sich gegen den Vater Larcher richteten, und nicht gegen den jungen Mann.

Die Verbitterung, mit der sie rang, als sie neben ihrer sterbenden Mutter saß, richtete sich nicht gegen Jean Dumesnil. Ihre Sympathien lagen bei denen der Reformierten Religion, die aus dem Königreich fliehen wollten, und sie hatte große Bewunderung für Jean, der diesen Menschen half und sich damit in große Gefahr brachte. Sie hatte darauf geachtet, dass sie nicht genau wusste, was er tat. Wenn seine »Aktivitäten« sie alle drei in die Bastille brachten, wäre das ein merkwürdiger Zufall des Schicksals. Sie würde ihm nicht die Schuld geben. Jedes Mal, wenn sie in den Hof hinabstieg, hatte sie gehofft, einen kurzen Blick auf Jean Dumesnil zu erhaschen, und mit jedem Mal, da ihre Hoffnung durchkreuzt wurde, empfand sie die Enttäuschung umso schärfer. Sollte das Schicksal ihm erlauben, ihr einen sechsten Heiratsantrag zu machen, nachdem sie fünf abgelehnt hatte, würde sie ihn überglücklich annehmen, das begriff sie mit der Zeit.

Nach dem Besuch von Monsieur du Junca und dem Beamten zog sich ihre Mutter immer häufiger in lange Tagträume zurück, bei denen ihr Gesicht einen solchen Ausdruck von Exaltiertheit und Heiterkeit annahm, dass die Tochter darauf achtete, diese nicht zu unterbrechen. Dennoch, sosehr sie dieses ausgedehnte Schweigen respektierte und so dankbar sie dafür war, ihre Mutter von der Leidenschaft ihres Glaubens getröstet und getragen zu wissen, blieb doch sie, die Tochter, allein zurück, und in einer so kargen Existenz, dass sie ihre Einsamkeit kaum ertragen konnte.

Sobald sie die kleinen ritualisierten Haushaltsaufgaben erledigt hatte, gab es für den Rest des Tages nur wenig zu tun.

Sie hatte weder Feder noch Papier, sie hatte weder Bücher noch einen Blick auf die Außenwelt. Sie konnte nicht stundenlang stillsitzen, wie ihre Mutter, die Hände im Schoß gefaltet, den leuchtenden, exaltierten Blick auf die Schatten jenseits der Feuerstelle gerichtet. Sie wäre zu fast allem bereit gewesen, sagte sie sich, um dem Raum zu entkommen, zu allem, nur dazu nicht, ihre Mutter zu verlassen. Sie war die Gefangene ihrer siechen Mutter.

Unterdessen war die Stunde gekommen, in der die Mutter sich anschickte, ihre Tochter zu verlassen. Ihre Augen waren geschlossen. Auf ihren Wangen zeigte sich ein wenig Farbe; ihr Körper wurde nicht länger von Schüttelfrost gepeinigt, sondern entspannte sich in der Wärme des wiederkehrenden Fiebers. Es war die Vortäuschung von Genesung.

Wie wenig sie doch über die Frau wusste, neben der sie saß, dachte die Tochter. Das Gesicht, das ihrem eigenen ähnelte, war das einer Fremden; mit den gestrafften Zügen und dem heiteren Ausdruck unterschied es sich von ihrem. Den Körper kannte sie gut, sie hatte ihn während der Krankheit gepflegt. Den Verstand kannte sie in der Stärke seiner Überzeugungen, auch in bestimmten Vorlieben und Abneigungen, von denen viele unwichtig waren, aber von der Jugend ihrer Mutter oder von den Tagen ihrer eigenen Kindheit, als sie an den Rockschößen der Mutter gehangen hatte, wusste sie nur wenig.

Ihre Mutter hatte einen ausgeprägten Geruchssinn. Sie mochte den Geruch von medizinischen und heilenden Kräutern wie Raute, Wachholder, Rosmarin. Sie mied Menschenansammlungen und verbrachte viel Zeit auf den Kreidefelsen oberhalb des Flusses, im Frühling, aber auch im Herbst bei Wind und Wetter, und von diesen Ausflügen kehrte sie jedes Mal mit einem Korb voller Wildkräuter, Blätter und Wurzeln zurück, oder im Herbst mit den Hagebutten der Heckenrosen.

Sie hatte einen eigenen kleinen Kräuter- und Gemüsegarten, der aber kaum groß genug war für all die Pflanzen, die sie für ihre Heilmittel brauchte – das sagte sie zumindest. Ihre Tochter vermutete, dass sie auf den einsamen Wegen mehr Heilung für ihren unermüdlichen Geist fand als in den Heilkräutern, die sie sammelte.

Sie erinnerte sich an ihre Mutter, wenn sie von solchen Ausflügen zurückkehrte, der Umhang feucht vom Abenddunst und von einem kräftigen Kräutergeruch umschwebt, ihr Gesicht hell, der Saum des Rocks befleckt und bisweilen eingerissen, und wenn ihr Mann sie mahnte, sie würde draußen in der feuchten Witterung ihre Gesundheit gefährden, hatte sie nur gelächelt.

Das Umherschweifen hatte sie nach dem Tod ihres Mannes aufgegeben. Das Alter machte sich deutlicher bemerkbar, die Kräuter aus dem kleinen Garten hatten nicht gereicht, es aufzuhalten.

Die Tochter kannte den Namen des normannischen Dorfes, aus dem die Mutter stammte, den Geburtsnamen der Mutter sowie den Beruf des Großvaters. Nur selten hatte die Mutter von ihrer Kindheit gesprochen, und nie von der Zeit, als sie ihren zukünftigen Mann kennenlernte. Marianne Cailloué wusste nicht, ob ihre Mutter es war, die ihrem Mann die Leidenschaft für die Reformation nahegebracht hatte, oder ob umgekehrt sie von ihm beeinflusst war. Klar hingegen war eins: Ihre eheliche Liebe und ihre Religion waren eng miteinander verwoben.

Sie erinnerte sich an einen Familienrat im Jahr '85, kurz nachdem die Widerrufung des Edikts bekannt gegeben worden war; Jean Dumesnil und sein Bruder Jacques waren anwesend. In dem kleinen Zimmer hinter der Werkstatt mit den hohen, von Schnitzwerk verzierten Schränken aus Nussholz hatten sie um den runden Tisch gesessen und die Hände auf die Tischplatte vor sich gelegt, dass es aussah wie ein Stern, und sie hatten zum ersten und letzten Mal darüber gesprochen, ob sie das Geschäft verkaufen und Frankreich verlassen sollten. Jacques hatte stark dazu gedrängt, nach England zu gehen. Ihre Mutter hatte nicht gesprochen. Nach ausführlicher Diskussion hatte ihr Vater gesagt:

»Meine Religion bedeutet mir viel, aber mein Land auch. Ich habe nicht den Wunsch, Frankreich zu verlassen. Ich weigere mich zu glauben, dass meine Landsleute es mir nicht gestatten, meinem gewählten Glauben in Ruhe nachzugehen und darin zu sterben, solange ich niemanden zu bekehren versuche. Wir sind kein intolerantes Volk. Als der König ein junger Mann war, hat er bestimmte Aussagen im Sinne seines Großvaters gemacht. Die scheint er jetzt aufgegeben zu haben, aber ich glaube, er wird zu ihnen zurückkehren, zu der darin enthaltenen Toleranz. Das wäre sehr zu seinem Vorteil. Es würde ihm einen Krieg mit England ersparen. Was denkst du?«, sagte er zum Schluss und sah ihre Mutter an, und ihre Mutter hatte geantwortet:

»Ich denke dasselbe wie du.«

Damit war das Gespräch beendet gewesen. Die Brüder Dumesnil waren der Entscheidung ihres Vaters gefolgt, und wegen dieser Entscheidung waren ihre Mutter, sie selbst und Jean jetzt die Gefangenen des Königs.

»Ich denke dasselbe wie du.«

Ihre Mutter hatte nie wieder von dieser Entscheidung gesprochen, aber sie hatte sie bestimmt nicht vergessen, und dass sie sie nicht bereute, davon war die Tochter überzeugt.

Der Klang der Glocken, der durch die schmalen Fenster kam, sagte ihr, dass es ein Uhr war. Eine gute halbe Stunde später rührte sich ihre Mutter, seufzte und öffnete die Augen. Mit schwacher Stimme sagte sie:

»Lies mir vor.«

»Hast du vergessen, Maman? Sie haben unsere Bücher behalten.«

Ein spöttisches Leuchten trat in die dunklen Augen.

»Wir brauchen keine Bücher. Lies mir den Psalm Davids.« Sie atmete tief ein, dann begann sie mit fester, wenn auch sehr leiser Stimme: »Der Herr ist mein Hirte, mir wird nichts mangeln.« Aber sie konnte nicht fortfahren. Sie hatte den Blick auf das Gesicht ihrer Tochter geheftet, und ihre Lippen bewegten sich stumm, während ihre Tochter sprach. Die tröstlichen Worte erklangen leise zwischen ihnen: das finstere Tal, Stecken und Stab. »Du bereitest vor mir einen Tisch im Angesicht meiner Feinde«, sagte Marianne Cailloué. Bevor sie fortfahren konnte, unterbrach ihre Mutter sie, und sie stützte sich ein wenig auf die Kissen und sagte mit starker und klarer Stimme:

»Herr, schaffe mir Recht; denn ich bin unschuldig … Ich sitze nicht bei den eitlen Leuten und habe nicht Gemeinschaft mit den Falschen. *Fais-mois justice, O Éternel, fais-moi justice.*«

Sie brach ab und sank erschöpft und mit geschlossenen Augen in die Kissen. Sie atmete schwer, und nach einer Weile machte sie die Augen noch einmal auf, diese dunklen Augen, die in ihrem bleichen Gesicht leuchteten, und lächelte. Es war eher ein Lächeln des Triumphs als der Zärtlichkeit, doch zugleich vermittelte es Wärme und ließ ein tiefes geheimes Wissen ahnen. Danach schlief sie ein, und gegen zwei Uhr sah Marianne Cailloué, dass der Mund ihrer Mutter, deren Kopf auf der Seite lag, leicht hing. Und im selben Moment bemerkte sie auch, dass die Hand der Mutter noch ruhiger als im Schlaf in der ihren lag. Marianne hob sie an und legte sie der Mutter auf die Brust, die andere Hand legte sie darüber.

Als Saint-Roman auf seiner Abendrunde zu den oberen Zellen an ihrem Gitter vorbeikam, sprach sie mit ihm, und eine Weile später kam er mit Monsieur du Junca wieder.

»Es war gegen zwei Uhr«, sagte die junge Frau.

»Sie hätten mir eher Bescheid sagen sollen«, sagte Monsieur du Junca. »Hätte ich gewusst, dass ihre Mutter krank ist, hätte ich einen Beichtvater geholt.«

»Am Ende ging es sehr schnell«, sagte Marianne Cailloué.

»Bedauerlich, dass sie gestorben ist, ohne die Beichte abzulegen«, sagte Monsieur du Junca. »Wir haben eine Regel, an die wir uns halten müssen: Wer ohne Beichte stirbt, kann nicht in geweihter Erde beigesetzt werden. Saint-Roman, das ist Ihnen klar. Haben Sie etwas bemerkt?«

»Mademoiselle hat immer gesagt, ihre Mutter ruhe nur«, antwortete der Wärter.

»Nach der Regel«, sagte der Majordomo pedantisch, »wird, wer in dieser Bastille stirbt, auf dem Friedhof von St. Paul, der früheren Gemeinde des Königs, beigesetzt. Die Beerdigung findet immer am Abend statt. Um den Hinterbliebenen Unannehmliches zu ersparen, wird ein angenommener Name ins Register eingetragen. Der wahre Name steht in meinem Register. Alles folgt den Regeln. Für Ihre Mutter kann es, weil sie vor dem Tod das Sterbesakrament nicht empfangen hat, nur die Beisetzung in den Kasematten des Château geben. Das verstehen Sie, ja? Innerhalb der Gefängnismauern. Sie kann das Gefängnis nicht verlassen.«

»Ihr Wunsch war es, nach ihrer Religion zu sterben«, sagte Marianne Cailloué.

Monsieur du Junca nahm den Hut ab und rieb sich nachdenklich den Nacken. Er betrachtete die Frau vor sich, hilflos in seinem Unverständnis.

»Wenn es Ihnen kein Bedauern ist, Mademoiselle«, sagte er und setzte sich den Hut wieder auf, »warum sollte ich dann pro-

373

testieren? Wir werden die Verstorbene morgen Abend um acht Uhr in den Kasematten der Festung beisetzen. Weiter gibt es wohl nichts zu besprechen.«

»Meine Abreise«, sagte Marianne Cailloué. »Ich möchte nach der Bestattung meiner Mutter so schnell wie möglich nach Rouen zurückkehren. Ich werde auf eigene Kosten reisen.«

»Was das angeht«, sagte Monsieur du Junca, »so bleibt das abzuwarten. So einfach ist das nicht.«

»Ich bin keine Gefangene. Ich wurde nicht festgenommen.«

»Wohl wahr«, sagte Monsieur du Junca, »trotzdem, Sie müssen verstehen, dass Sie mittels einer *lettre de cachet* eingelassen wurden. Ohne einen Befehl des Königs kann Monsieur de Baismaux Sie nicht entlassen. Der Tod Ihrer Mutter und die Tatsache, dass sie ohne Sterbesakramente gestorben ist, könnte beim König eine Verzögerung bewirken. So könnte er der Meinung sein, dass Sie der religiösen Unterweisung bedürfen. Ich an seiner Stelle würde das denken.«

29

Am zwanzigsten Dezember sollte es wieder eine Hinrichtung geben. Kurz vor sechs Uhr abends versammelten sich die Menschen vor dem Grand Châtelet. Der Galgen war auf der Place de Grève aufgebaut. Es wurde vermutet, dass zwei Männer hingerichtet würden, beide, weil sie an der Veröffentlichung und Verbreitung von Schmähschriften beteiligt waren. Von den Anwesenden auf dem Platz wusste niemand Näheres über die Art der Schmähschriften. Schnee fiel in der frühen Dunkelheit. Er blieb auf den grob behauenen Steinen liegen, auf den Schultern der Männer und Frauen, und an den Straßenecken, wo keine Schritte gingen, entstanden kleine weiße Wehen.

Der Karren des Henkers fuhr auf den Platz. Wie bei anderen Gelegenheiten zogen die duldsamen Pferde ihn zum Portal des Gefängnisses. Die Bogenschützen stellten sich um den Karren auf und formten eine Wand von Fackeln. Das Tor des Châtelet wurde geöffnet, und alle, die nah genug standen, sahen in dem gewölbten Eingang einen armen Teufel in weißem Hemd, der humpelnd zwischen einem Priester in schwarzer Robe und einem Beamten ging. In dem Moment erreichte mit laut klappernden Hufen ein berittener Bote das Tor. Die Menschen stoben zurück, der Reiter sprang vom Pferd und kam unmittelbar an der Schwelle zum Gefängnis, vor dem Priester, dem Gefangenen und dem Beamten, zum Stehen.

Es gab eine Konsultation, Dokumente wurden präsentiert, und die Pforte zum Châtelet wurde geschlossen. In leisem Murmeln wurde von denen, die gleich bei der Pforte standen, zu den weiter hinten Stehenden diese Neuigkeit weitergetragen:

eine Begnadigung. Begnadigung durch den König. Der Karren wurde fortgezogen. Die Menge zerstreute sich. Die Wachen trugen ihre Fackeln weg. Jean Chavance würde in dieser Nacht nicht sterben. Folgendes war geschehen.

Nachdem Larcher und Rambault hingerichtet worden waren, verstärkte die Polizei ihre Ermittlungen gegen Chavance, den Freund Rambaults. Von Larcher hatten sie nichts erfahren, auch nicht bei den Folterungen nach der Verurteilung. Sie hatten ihn als alten Mann betrachtet, aber sein Widerstand war hart wie ein Fels. Charon, der Händler, war zur gleichen Zeit wie Larcher verurteilt worden, aber zur Galeerenstrafe, nicht zum Tod am Galgen. Er wurde in La Tournelle eingesperrt, wo er erkrankte. Am neunten Dezember veranlasste der König durch Pontchartrain, dass der Händler aufgrund seiner Erkrankung nicht der Sträflingskolonne, die gerade zusammengestellt wurde, zugeteilt, sondern in ein anderes Gefängnis verlegt wurde. Auch Chavance hatte die Aussage verweigert, und da von ihm kein Geständnis vorlag, hatte die Polizei seinen Bruder in Lyon und seine Freunde Capol und Binet verhaftet. Die Suche nach dem Urheber der Schmähschrift gegen Madame de Maintenon und den König war zu einer Untersuchung der Quellen aller möglichen Vergehen ausgeweitet worden. Ein Händler namens Friquet, der entweder aus Arras oder aus Amiens stammte, die Polizei konnte es nicht mit Gewissheit sagen, wurde ebenfalls verhaftet, und der Sohn eines protestantischen Pfarrers in Rouen mit Namen La Roque war zur gleichen Zeit wie Chavance verhaftet und verurteilt worden.

Unterdessen hatte Monsieur de La Reynie am Tag nach Larchers Hinrichtung folgende Anweisung von Pontchartrain erhalten:

»Le Roi m'ordonne de vous écrire qu'encas que Chavance, libraire de Lyon, soit condamné à la mort, Sa Majesté désire que vous fassiez surseoir l'execution du jugement jusqu'à nouvel ordre.«

Die Ermittlungen gegen Chavance dauerten den ganzen November und bis in die dritte Dezemberwoche an. Dann erhielt Monsieur Robert auf seine verständnislose Anfrage hin einen Brief aus Versailles. Im Namen des Königs schrieb Pontchartrain:

»Der König beabsichtigt nicht, Chavance für den Fall, dass er verurteilt wird, die Schmerzen der Folter zu ersparen; Seine Majestät wünscht lediglich, dass man die Todesstrafe, falls Chavance zum Tode und zur Folter vor dem Tode verurteilt wird, in eine Galeerenstrafe umwandelt. Sie sollten die Anwendung der Folter nicht unterlassen und die Vollziehung der Strafe bis zu dem Moment vorbereiten, da er zum Galgen geführt wird; erst dann wird Monsieur de La Reynie den Befehl vorlegen, den ich ihm zur Aufhebung der Todesstrafe schicke.«

Der Widerstand von Chavance brach bei der letzten Folter, und er legte ein Geständnis ab. Er habe Exemplare des Pamphlets gegen Madame de Maintenon verbreitet. Die restlichen Exemplare seien im Kloster der Franziskanerobservanten versteckt, wo einer der guten Mönche ihn gelegentlich aufnehme. Père Lefief heiße der Mann.

La Reynie erhielt einen Befehl des Königs, an den Abt des Klosters adressiert, in dem um Erlaubnis ersucht wurde, die Polizei das Kloster betreten und die Bücher beschlagnahmen zu lassen. Die Bücher wurden an genau der Stelle gefunden, die Chavance beschrieben hatte. Sie wurden der Polizei ausgehändigt und vernichtet.

Der Jurist Antoine Bruneau nahm in seinem privaten Tagebuch diesen Eintrag über die Umstände der Aufhebung der Urteilsvollstreckung vor:

> *»Chavance eût la question et jasa, accusant les moines. La potence fût plantée à la Grève, et la charrette menée au Châtelet. Survint un ordre de surseoir l'exécution, et au jugement de La Roque, fils d'un ministre de Vitré et de Rouen, qui a fait la préface de ces livres impudents. On dit que Chavance est parent ou allié du Père Lachaise, confesseur du Roi, qui a obtenu la surséance.«*

Seine Quelle beruhte auf Hörensagen; er hatte keinerlei Beweise, dass Père Lachaise sich für Chavance verwendet hatte, und die Schmähschriften, für die La Roque verantwortlich gemacht wurde, waren nicht die, für die Rambault und Larcher hingerichtet worden waren.

Falls Chavance in seinem Geständnis zu irgendeinem Zeitpunkt den Namen von Monsieur, dem Bruder des Königs, erwähnte, so behielt La Reynie das für sich. Doch als La Reynie später mit Monsieur Robert zusammentraf, sagte er:

»Lassen Sie uns annehmen, dass wir den Geist des Monsieur Scarron endlich ausgetrieben haben. Wir brauchen nie wieder von ihm zu sprechen.«

30

Es war ein Tag im Januar, dunkel und größtenteils bewölkt. Um die Mittagszeit waren aus den schweren Wolken einzelne Schneeflocken gefallen und in den Straßen Londons zu einem schmuddeligen Schneematsch zerstampft worden. Auch am Tag der Beerdigung von Queen Mary hatte es zaghaft geschneit, und die Flocken waren auf den rot-goldenen Begräbniswagen gefallen, während ihre Untertanen mit eisigen Füßen im Matsch gestanden hatten, um ihn auf dem Weg nach Westminster vorbeiziehen zu sehen. Nicolas Larcher war da gewesen. Viele Menschen, das war ihm aufgefallen, hatten geweint, und da es ihm nicht die Gewohnheit der Engländer zu sein schien, ihre Gefühle offen zu zeigen, berührten ihn die unwillkürlich und unverhohlen fließenden Tränen. Er selbst hatte nicht geweint, aber er hatte das schwere Gewicht der öffentlichen Trauer gespürt. Als Queen Mary in der Weihnachtswoche starb, kamen alle Festlichkeiten zum Erliegen, nicht durch königlichen Erlass, sondern wegen der aufrichtigen und allseits spürbaren Trauer der Menschen. Für William, so sagte man, sei der Verlust ein Schlag, von dem er sich nicht erholen werde. Er hatte sich noch nicht wieder in der Öffentlichkeit gezeigt. In beiden Häusern des Parlaments so wie in der City ging das Leben seinen Gang, aber über allem schwebte eine Düsterkeit, und das Wetter blieb bedeckt. Es war das Jahr 1695.

An diesem Tag mussten in dem Geschäft, wo Nicolas arbeitete, schon mittags Kerzen angezündet werden. Es war ein recht großes Unternehmen. Außer ihm arbeiteten hier zwei weitere Gesellen und ein halbes Dutzend Lehrlinge unterschiedlichen

Alters, dazu der Meister, ein Engländer, der den jungen Franzosen auf die Empfehlung eines Freundes eingestellt hatte. Seit Nicolas Rouen verlassen hatte, bewegte er sich auf einem fest etablierten Weg und wurde von den Mitgliedern der Reformierten Religion aufgenommen und, dank seiner Einführung in Rouen, als einer der ihren behandelt. In der Werkstatt gab es außer ihm keine Franzosen, allerdings hielten sich nach allgemeinen Schätzungen in London gut sechzigtausend Flüchtlinge aus Frankreich auf. Ihm mangelte es also nicht an Bekanntschaften mit Landsleuten. Unterkunft hatte er bei einem alten Auswanderer aus Nantes gefunden, einem Monsieur Bouquet, der ihn in der englischen Sprache unterwies und in die englische Lebensweise einführte. Monsieur Bouquet war als Uhrmacher in der Charing Cross Road angestellt, und manchmal verabredeten sich die beiden am Ende des Arbeitstages, bevor sie nach Hause gingen, in einem Kaffeehaus in der Nähe der Kathedrale St. Paul. Auch für diesen Abend hatten sie eine Verabredung.

In der Ausübung seines Handwerks hatte Nicolas seit seiner Ankunft in London nicht viel Neues gelernt, sondern im Gegenteil festgestellt, dass er größere Fähigkeiten besaß als die meisten seiner englischen Kollegen. Sein englischer Meister hatte ihn gern eingestellt, denn er erkannte sofort den gut ausgebildeten Handwerker. Die meisten alten Bücher wurden dem jungen Franzosen zur Reparatur anvertraut, und während die Lehrlinge geschickt die Bögen für neue Publikationen falteten, nahm Nicolas in seiner Ecke die alten Bücher auseinander und setzte sie wieder zusammen, so, wie sein Vater es getan hatte. Was seine Arbeit anging, so konnte er, dachte er manchmal, genauso gut zu Hause sein, aber überall sonst stieß er auf Unterschiede. An diesem Nachmittag hatte man ihm wie nebenbei ein Buch zum Neubinden gegeben, und bevor er zu seiner Verabredung mit Monsieur Bouquet ging, schlug er das Buch auf und las noch einmal das Titelblatt. Er wollte diese Erfahrung voll auskosten.

»The History of the Sabbath, by Pet. Heylan, London, Printed by Henry Seile, and are to bee solde at the Sign of the Tyger's-Head in Saint-Paul's churchyard, 1636.«

Nicolas lächelte, was nichts damit zu tun hatte, dass es den Tyger's Head immer noch gab, nach fast sechzig Jahren, und er am Abend, auf dem Weg zu dem Treffen mit seinem Freund, an dem Schild vorbeikommen würde. Es lag vielmehr daran, dass diese *History of the Sabbath* die ketzerische Idee einer kleinen religiösen Gruppe vertrat, die es ablehnte, den ersten Tag der Woche der christlichen Andacht zu widmen, und stattdessen zu der judaistischen Gepflogenheit und den Gesetzen Moses zurückkehrte, nach denen der siebte Tag der Woche als heilig begangen wurde. Nicolas hatte das Buch überflogen und die meisten Argumente vernünftig gefunden, bis auf die Missachtung der Lehre des Paulus. Aber allein, dass er das Buch ohne ein Gefühl der Angst in der Hand hielt und es in der Werkstatt, als es gebracht wurde, keinen Alarm ausgelöst hatte, und dass die Sekte, von deren Existenz das Buch ja zeugte – sicher eine kleine und nur von wenigen gebilligte –, nicht verfolgt wurde, fand er staunenswert. Hier war der eigentliche Grund, warum er nach England gekommen war und dort auch bleiben wollte.

Er war nicht immer glücklich. Er mochte weder das Essen noch das Wetter, und oft war er einsam. Er verdiente nicht mehr, als er in Frankreich verdient hätte, und manchmal wurde er mit eingeschnittenen Münzen bezahlt, was aber nicht die Schuld des Meisters war, sondern daran lag, dass die Währung absichtlich beschädigt wurde. Trotzdem, er hatte hier die Freiheit gefunden, nach der er sich gesehnt hatte, und deshalb war er bereit, sich noch eine Weile mit pappigem Essen und nasskaltem Wetter abzufinden.

Sein Freund Bouquet hatte ihm erzählt, dass es auch in England eine Art Pressezensur gebe. Sie sei in den Lizenzgesetzen festgeschrieben und regle hauptsächlich den Geschäftsverkehr. Sie werde eher als Ärgernis und weniger als Bedrohung betrachtet. Laut den Bestimmungen durften im Ausland gedruckte Bücher auch weiterhin nur über den Londoner Hafen ins Land kommen, außerdem galt es als strafbar, wenn das Zollamt eine Sendung Bücher ohne die Anwesenheit eines Pressezensors öffnete. »Und wie, bitte schön«, fragte Monsieur Bouquet, »sollen die armen Kerle im Voraus wissen, was in der Kiste ist, wenn der Inhalt nie außen vermerkt ist!« Außerdem seien die Zensoren oft säumig in der Ausübung ihres Amtes, was bedeutete, dass wertvolle Büchersendungen manchmal in Hallen lagerten, bis das Papier zu schimmeln begann.

Sein Freund, der Uhrmacher, hatte noch weitere Einblicke für Nicolas, denn die Lizenzgesetze erlaubten die Durchsuchung von Privaträumen mit einem allgemeinen Durchsuchungsbefehl, eine Praxis, die in den Augen des alten Landesflüchtlings viel bedeutender war als der bloße Verlust von Waren durch Schimmelbefall.

»Die Werkstatt Ihres Vaters ist durchsucht worden, richtig?«

Nicolas bejahte.

»Ohne einen Durchsuchungsbefehl, vermute ich.«

Nicolas lachte. »Niemand würde von der Polizei verlangen, einen Durchsuchungsbefehl vorzulegen.«

»So ist es«, sagte der alte Bouquet. »Die Polizei hat das Recht zur Durchsuchung. Oder sie hat einen Befehl des Königs. Für den Einzelnen gibt es weder eine Sicherheit noch eine Wahrung der Privatsphäre. Die Lizenzgesetze hier in England könnten genauso rücksichtslos angewendet werden. Zum Glück ist während der Herrschaft von König William niemand auf diese Idee gekommen. Jetzt erzähle ich Ihnen noch etwas. Im

Unterhaus sitzen genügend Männer mit gesundem Menschenverstand, die in der letzten Sitzung die Lizenzgesetze praktisch in die Vergessenheit gewählt haben. Leider haben sie nicht vorausgesehen, wozu das führen könnte. Zurzeit sind sie keine Bedrohung. Am besten, man würde die Gesetze außer Kraft setzen, solange sie ruhen.«

Anderntags, sie saßen in einem Kaffeehaus, sagte er: »Anscheinend will sich das Oberhaus über die Entscheidung des Unterhauses hinwegsetzen und die grässlichen Lizenzgesetze wiederbeleben. Das gibt Streit, das können Sie mir glauben. Sie und ich«, sagte er vertraulich und schloss den jungen Mann in seine klugen Reden ein, »wir wissen, wie es ist, in einem Land zu leben, wo die Freiheit der Gedanken in der Wiege unterdrückt wird.«

»Es stimmt, ich hatte das Gefühl, zu ersticken«, sagte Nicolas scheu.

»Genau. Man muss gar nicht Hugenotte sein, um so ein Gefühl zu haben. Ich betrachte die Welt mit wissenschaftlicher Neugier, und diese Neugier wurde in Frankreich, wie Sie sagen, erstickt. Frankreich, *mère des arts* – ja, sicher. Aber jetzt brennt das Licht der Wissenschaft am hellsten in Ländern wie England, Holland und der Schweiz.« Er seufzte. »Ich liebe mein Heimatland. Ich würde es sehr gerne wiedersehen. Aber ich könnte dort nicht leben, ohne zu sterben.«

Er war ein kleiner Mann, schlank und dunkel, mit einer spitzen Nase und einem fliehenden Kinn, wodurch seine Unterlippe sich etwas vorwölbte. Sein linkes Auge, in dem er ein Monokel trug, war von Natur aus kurzsichtig, und er hatte sich angewöhnt, es halb zu schließen und die umliegenden Muskeln, die das Glas festhielten, anzuspannen, auch wenn er nicht arbeitete. Mit dem halb geschlossenen Auge, der vorgeschobenen Unterlippe und dem Lächeln, das seine brüchigen Zähne nicht entblößte, hatte sein Gesicht einen Ausdruck von selbstgefälliger Böswilligkeit. Dabei war er nicht böswillig, sondern schlau. Er lächelte Nicolas zu. Sein rechtes Auge sah traurig aus.

Der nostalgische Ausdruck weckte in Nicolas eine ähnliche Nostalgie, von der er sich nie ganz frei machen konnte.

Dachte Nicolas an Frankreich, war sein erster Gedanke der an Rouen, an seine Ankunft dort in der Kutsche, bei einbrechender Dunkelheit, und an den golden leuchtenden Ginster auf dem brachliegenden Land. Danach kam die Erinnerung an seinen letzten Blick auf Frankreich, die Abreise bei Sternenlicht vor Tagesanbruch, an den Sonnenaufgang über dem Wasser und an die Küste, die zu einem grüngrauen Streifen am Horizont verging. Auf dem kabbeligen Meer war er seekrank geworden. In Rouen hatte er seine erste wichtige Freundschaft geschlossen, aber seit seiner Abreise aus Rouen waren von Jean Dumesnil keine Nachrichten gekommen, auch nicht aus Paris, abgesehen von dem, was er in den holländischen Zeitschriften las.

Als er frisch in London eintraf, stürzte er sich begierig auf eine von einem hugenottischen Herrn herausgegebene Zeitschrift, die angeblich »Einblicke in die Eleganz des Kontinents« bot. Doch dann war er enttäuscht, weil sie noch im November eingestellt wurde. Für Nachrichten lernte er, auf das Postschiff aus Holland zu warten, das jeden Monat *Le Mercure Historique et Politique* nach England brachte. Aus dieser kleinen Zeitschrift, kleiner als seine Handfläche, erfuhr er viele Neuigkeiten, und die bestätigten ihn in dem Argwohn, dass ein ehrlicher Mensch in Frankreich nur wenig über den Zustand des Landes oder das Kriegsgeschehen erfahren konnte, es sei denn, er wagte es und hatte die Möglichkeit, die verbotenen ausländischen Publikationen zu lesen.

In dem Kaffeehaus, wo er sich mit Monsieur Bouquet traf, konnte man diese Zeitschriften für einen kleinen Betrag ausleihen, und nachdem er den *Mercure de Hollande* entdeckt hatte, bat er um zurückliegende Nummern und verbrachte viel Zeit damit, über die Ereignisse des vergangenen Jahres nachzulesen, diesmal aus einer neuen Perspektive.

Er las von der Hungersnot in Frankreich, die viel verbreiteter war, als er gewusst hatte, und von Aufständen in Toulouse und der Bretagne. Mit Erstaunen las er, dass der König in dem Frühling keinen Feldzug unternommen hatte, weil zu befürchten stand, es könnte ein Anschlag auf sein Leben verübt werden, wenn er die Sicherheit des Palastes verließe. Er las Nachrichten aus Rom und Italien, aus der Türkei und Deutschland, aus Polen und dem Norden Europas, aus Spanien und Frankreich, Nachrichten aus Köln und Lüttich, aus den Niederlanden, und er las die Kommentare und Reflexionen der Herausgeber zu den verschiedenen Nachrichten. Die Kommentare wollte er mit einer gewissen Skepsis betrachten, aber insgesamt erschienen sie ihm vernünftig, und die Berichterstatter schienen so gut informiert, dass er immer größeres Vertrauen in sie setzte. Kurzum, er erwarb Kenntnisse, die Monsieur de La Reynie, dem König und auch dem Balladensänger vom Pont Neuf wohlbekannt waren. Endlich glaubte er sich gebildet.

Wenn der Wind aus Westen kam und das Postschiff aus Holland Verspätung hatte, fühlte er sich beraubt, und seine Erwartung stieg mit jedem Tag. In diesem Monat war es zu einer Verspätung gekommen. Er hoffte, an dem Abend nicht nur seinen Freund, den Uhrmacher, anzutreffen, sondern auch den *Mercure* aus Den Haag vorzufinden.

Er legte die *History of the Sabbath* zur Seite, damit würde er am Morgen weitermachen. Er zog sich den warmen Rock an, den er auf der Cheapside von einem Händler für gebrauchte Bekleidung gekauft hatte, wünschte den Jungen, die die Werkstatt ausfegten, einen guten Abend und trat in den Londoner

Schneematsch hinaus. Es hatte aufgehört zu schneien, und ein schwarzer dichter Nebel lag auf der Stadt. Ohne Sterne und Kompass machte Nicolas sich auf den Weg nach Ludgate.

Der alte Mann aus Nantes wartete schon, als Nicolas das Kaffeehaus betrat – ein junger Mann, das Gesicht glühend von der feuchten Winterluft, die Gestalt aufrecht und gut gekleidet, der erhobene Kopf von Selbstvertrauen und Gesundheit zeugend.

Der Franzose hatte für seinen Landsmann einen Platz an seiner Seite frei gehalten, und als der junge Mann zwischen den Tischen hindurchging, spürte der alte Mann einen Anflug von verzeihlichem Vaterlandsstolz.

Das Lokal war von Pfeifenrauch und dem Geruch nach feuchter englischer Wolle und Kaffee erfüllt. Nicolas hatte gelernt, Kaffee zu mögen. Der Uhrmacher gab ihm eine kleine Broschüre, sechs mal fünfzehn Zentimeter groß, die das gesamte Europa enthielt und Nachrichten aus den Westindischen Inseln obendrein.

»Ich habe sie gelesen«, sagte Monsieur Bouquet. »Sie können sie reinen Gewissens für sich haben.«

Angesichts der Freude des jungen Mannes lächelte er wohlwollend. Mit einer Geste tat er so, als wollte er die Broschüre wieder an sich nehmen oder Nicolas an der Lektüre hindern, doch Nicolas hatte sie vor sich auf den Tisch gelegt und beide Hände schützend darüber gebreitet. Unter der Titelzeile las er: »*Contenant l'Etat présent de l'europe, ce qui se passe dans toutes les cours, l'intérêt des princes, leurs brigues, et généralement tout ce qu'il y a de curieux pour le Mois de Décembre 1694.*« Darunter das verschnörkelte Monogramm: »*A La Haye.*« Und darunter wiederum, in schlichterer Schrift: »*Chez Henri van Bulderen, Marchand Libraire, dans le Pooten, à l'Enseigne de Mézeray. M DC XCIV. Avec privilège des Etats de Holl. et Westf.*«

»Dieser Henri van Bulderen, das ist ein guter Mann«, sagte Nicolas. »Ich verdanke ihm so viel. Es wäre ein Vergnügen, für ihn zu arbeiten.«

»Das bringt mich auf eine Frage«, sagte Monsieur Bouquet. »Ich habe mich schon manchmal gefragt, warum Sie sich England für Ihr Exil ausgewählt haben, und nicht Holland.«

»Bin ich denn im Exil?«, fragte Nicolas und beantwortete dann seine Frage selbst. »Wahrscheinlich schon, zumindest vorübergehend. Es war reiner Zufall. Ich wollte nach Holland. Mein Vater hatte mich zu einem Kollegen nach Rouen geschickt.« Ihm fiel ein, dass er Vorsicht walten lassen sollte, aber da er um sich herum nur freundliche Gesichter sah, erzählte er von seinen Abenteuern, und beim Erzählen sah er sich wieder in dem Wirtshaus am Flussufer.

Er hörte die Stimme von Jean Dumesnil, die sagte: »Dieser Mann hier, seine Frau kann Seezunge auf eine Weise zubereiten, wie Sie sie noch nie gegessen haben«, und der Fischer neben ihm griff das Stichwort auf und fragte Nicolas freundlich: »Mögen Sie Seezunge mit Venusmuscheln, Pilzen und Weißwein, ein bisschen Thymian dazu, ein bisschen Petersilie? Kommen Sie zu uns zum Essen. Erst, wenn Sie die normannische Seezunge meiner Frau gegessen haben, wissen Sie, was Leben ist.« Der Besitzer des Wirtshauses hatte Apfelschnaps in Dumesnils Glas gefüllt und schweigend gelächelt. Und so hatte Dumesnil es geplant – hatte die Bezahlung geklärt, die Menschen miteinander bekannt gemacht, sich abgesichert. Nicht nur hatte der Fischer eine Frau, die eine wunderbare Köchin war, er hatte auch einen robusten Kutter, in dem man den Ärmelkanal sicher, wenn auch nicht mit viel Komfort, überqueren konnte.

Nicolas vermutete, dass Mademoiselle Cailloué über Dumesnils Aktivitäten unterrichtet war. Beim Abschied hatte sie ihm seltsam zugelächelt. Er war überzeugt, dass ihre Mutter nichts davon wusste. Jetzt dachte er mit tiefer Dankbarkeit an alle drei. Sie hatten ihn in einem Zimmer untergebracht, von dem man in einen kleinen, ummauerten Garten blickte. Sie hatten ihn wie einen Sohn behandelt. Die alte Frau hatte ihm Claret zu trinken gegeben, in den rote Rosenblätter getaucht waren. Lächelnd hatte sie gesagt, dies sei für seine Gesundheit, aber ihm schien es eher eine Geste römischer Gastfreundschaft. Er hatte sie seltsam schön gefunden, mit ihrem mageren, alten Gesicht und den dunklen Augen darin. Auch die Tochter war schön. Dumesnil war in sie verliebt.

»Ich weiß nicht, warum sie so freundlich zu mir waren«, sagte er zum Schluss. »Sie kannten meinen Vater gar nicht.«

»Ihr Vater hat Sie also zu diesen Menschen geschickt«, sagte Monsieur Bouquet. »Und dann sind Sie in einem spontanen Entschluss, nach den Gesprächen mit Dumesnil, nach England gekommen.«

»In einem spontanen Entschluss«, bestätigte Nicolas.

»Und Ihr Vater, der Sie ja gut kennt, hatte diesen spontanen Entschluss zweifellos vorausgesehen.«

»Dass ich nach England gehen würde?«

Der Uhrmacher nickte.

»Nie im Leben«, sagte Nicolas. »Er wollte nicht, dass ich aus Paris weggehe.«

»Wenn ich einen Sohn hätte«, sagte der alte Mann, »aber leider habe ich keinen, dann hätte ich ihn nach England geschickt, falls es mir nicht möglich gewesen wäre, mit ihm zu reisen.«

»Oh, aber Sie sind anders. Sie gehören der Reformierten Religion an und betrachten den König als Feind.«

»Und Ihr Vater? Ist der mit dem König und all seinen Taten einverstanden?«

»Er ist katholisch bis ins Mark und hängt dem König uneingeschränkt an«, sagte Nicolas mit Überzeugung. Dann fügte er hinzu: »Er versteht mich kein bisschen. Er liebt mich einfach nur.«

Monsieur Bouquet erlaubte sich ein Lächeln, das amüsiert und erleichtert zugleich war.

»Na, das ist zumindest etwas«, sagte er. »Ich bin froh, dass Ihr Vater mit Louis le Grand zufrieden ist. Im *Mercure* stehen Neuigkeiten, die Sie besonders interessieren dürften, über Ihre Handwerkerkollegen in Paris.«

Er nahm Nicolas den *Mercure* aus der Hand, überblätterte die Seiten mit Nachrichten aus der halben Welt, bis er zu denen aus Frankreich kam, und gab Nicolas die geöffnete Zeitschrift zurück.

»Hier«, sagte er, »lesen Sie das in aller Ruhe, und freuen Sie sich, dass Sie in London sind.«

»Vor ungefähr drei Monaten«, begann der Artikel, »wurden in Paris fünf Handwerker, als da sind Drucker, Buchhändler und Buchbinder, verhaftet, weil sie gewisse Schmähschriften entweder verbreitet oder deren Verbreitung ermöglicht hatten. Am Achtzehnten vergangenen Monats wurden zwei von ihnen zur Galeerenstrafe verurteilt und zwei zum Tode durch den Strang. Unter Folter beschuldigten die letzten beiden mehrere andere, die daraufhin festgenommen wurden. Diese und die anderen wurden verurteilt, aufrührerische und skandalöse Satiren gegen die Regierung und sogar gegen den König gedruckt und verbreitet zu haben. Durch einen Erlass des Staatsrats wurde Monsieur de la Reynie, Lieutenant der Polizei, für diesen Fall als Richter der letzten Instanz ernannt, und mehrere Räte des Châtelet wurden ihm zur Seite gestellt, womit der Pariser Gerichtshof von Einblicken in den Fall ausgeschlossen war, sowohl durch Berufung als auch über die normalen Wege der Rechtsprechung. In Paris werden jeden Tag Menschen verhaftet.

Am Fünfundzwanzigsten desselben Monats wurde Monsieur Larroque verhaftet, Sohn von Larroque, dem früheren Minister in Rouen, der für seine Schriften bekannt ist.«

Nicolas las den Artikel, erst in großer Hast, dann noch einmal langsam, und dann sagte er ernst:

»Sie haben befürchtet, mein Vater könnte einer dieser Männer sein.«

Monsieur Bouquet stimmte still zu.

»Ich versichere Ihnen, es gibt in Paris niemanden, bei dem es weniger wahrscheinlich ist, dass er in diese Dinge verwickelt war.«

»Ich beglückwünsche Sie. Das heißt, ich beglückwünsche Sie in diesem einen Punkt.«

»Ich verstehe«, sagte Nicolas. »Aber obwohl mein Vater und ich nicht in allen Fragen einer Meinung sind, freue ich mich darauf, nach Hause zu kommen. Er hat mich schon vor drei Monaten zurückerwartet. Aber ich habe meine Rückreise hinausgezögert. Mir gefällt es hier.«

»Und Ihre Mutter? Lebt sie?«

»Aber ja«, sagte der Junge und lächelte.

»Erzählen Sie mir von ihr.«

»Sie ist wie alle Mütter, könnte man sagen.«

»Hat sie sich bei Auseinandersetzungen mit Ihrem Vater auf Ihre Seite gestellt«, sagte der Uhrmacher, »und Ihnen hinterher Vorwürfe gemacht, weil Sie Streit angefangen hatten.«

»Woher wissen Sie das?«, fragte Nicolas und fügte dann hinzu, obwohl es ihn verlegen machte, aber er wollte ehrlich mit sich sein: »Ich vermisse sie. Ich vermisse beide. Damit hatte ich nicht gerechnet.«

Der alte Mann sah ihn an.

»Sie sind noch jung, vielleicht zu jung, um selbst eine Familie zu gründen. Aber das sollten Sie tun, wenn Sie Ihre Eltern vermissen. Eine Familie gründen. Wir müssen eine Gefährtin im richtigen Alter für Sie finden.«

Nicolas errötete unter seinem aufmerksamen Blick. Er sagte störrisch:

»Ich sollte zurückgehen. Ich weiß es.«

»Das ist leichter gesagt als getan.«

»Warum?«

»Obwohl Sie viele gefunden haben, die bereit waren, Ihnen bei der Überfahrt nach England zu helfen, werden Sie Mühe haben, jemanden zu finden, der Ihnen bei der Rückkehr nach Frankreich hilft. Solange der Krieg dauert, sind Sie hier besser aufgehoben, und das wissen Ihre Freunde.«

»Ich habe Geld«, sagte Nicolas.

»Geld allein reicht nicht. Sobald Louis und William sich geeinigt haben, können Sie zurückgehen.«

31

Es dauerte zwei lange Jahre, fast drei, bevor Louis und William zu einer Einigung kamen. Im Mai 1697 trafen sich die Generalbevollmächtigten der Alliierten und Frankreichs im Schloss zu Rijswijk und begannen mit den Verhandlungen.

Eine endlose Reihe von Einzelheiten musste entschieden werden, bevor die eigentlichen Friedensgespräche beginnen konnten. Im April des Jahres war Karl XI. von Schweden gestorben, und alle Welt erfuhr davon, aber der schwedische Gesandte brauchte bis Mitte Juli, bis er sein Gefolge, seine Kutschen und Pferde mit Trauerflor versehen hatte und den Versammelten den Tod seines Königs in aller Form mitteilen konnte. Anschließend verzögerte sich der Beginn der Verhandlungen abermals, weil die Vertreter der Alliierten und die Frankreichs für sich und ihr Gefolge angemessene Trauerausstattung besorgen mussten.

Der Juni war fast vorbei, und nichts war erreicht worden, außer dass viel Zeit und viel Geld für ausgiebige Zeremonien aufgewendet worden war.

Doch in den letzten Junitagen trafen sich der ehrenwerte Lord of Portland und der Maréschal de Boufflers als alte Freunde in einem Obstgarten bei Hal, einer Stadt in der Nähe von Brüssel, und es gelang ihnen in fünf Gesprächen zwischen Obstbäumen und Petersilienbeeten, die Eckpunkte einer Vereinbarung zwischen Frankreich und England zu schaffen. Im September nahmen die Generalbevollmächtigten in Rijswijk das Wesentliche dieser Gespräche in den Vertrag auf, und der Friede wurde endlich erklärt.

Nachdem die Nachricht von dem Vertrag in Paris bekannt

geworden war, kehrte Marianne Larcher zum ersten Mal seit ihrer Flucht in das Viertel zurück, wo sie so lange gelebt und gearbeitet hatte. In der Dämmerung ging sie durch feinen Nieselregen zum Haus von Jacques Têtu.

Sie erkannte die Frau, die ihr die Tür öffnete, ebenso wenig, wie die Marianne erkannte. Die Haushälterin erklärte, dass der Abbé Besuch von einer Dame habe, und sobald die gegangen sei, werde sie Marianne ankündigen, und sie bezweifle nicht, dass der Abbé sich Zeit für sie nehmen werde.

»Er ist so freundlich, der Arme, er ist einzig in der Welt.«

»Ich weiß«, sagte Marianne demütig.

»Kommen Sie ins Trockene«, sagte die Haushälterin. »Sie können hier warten.«

Marianne setzte sich auf den ihr zugewiesenen Stuhl, und die Haushälterin ging wieder an ihre Arbeit. Sie war eine alte Frau mit einem breiten Gesicht. Möglicherweise hatte sie einmal einen leichten Schlaganfall erlitten, denn der linke Mundwinkel hing ein wenig, und eine dünne Speichelspur rann ihr fortwährend übers Kinn, die sie sich immer wieder mit dem Saum der Schürze abwischte. Marianne wusste nicht, ob es dieselbe Frau war, die sie schon einmal zum Abbé vorgelassen hatte und die ihr an dem entsetzlichen Novembertag vor fast drei Jahren ausgerichtet hatte, sie könne den Abbé nicht sprechen, da er verreist sei. Ihr schien es unwahrscheinlich, dass sie ein Gesicht völlig vergessen konnte, aber möglich war es. Beide Male hatte sie unter solchen Qualen gestanden, dass sie keinen Gedanken für andere gehabt hatte. Sie fragte nicht: »Sind Sie schon lange im Dienst des Abbé?« Sie war es zufrieden, nicht erkannt zu werden.

In der Küche waren drei kleine Kinder, alles Mädchen, die ihre Aufmerksamkeit zwischen der alten Frau und der Fremden aufteilten. Die Alte nahm drei Eier aus einem Topf mit heißem

Wasser, der auf dem Herd stand, und gab sie in eine Schüssel. Dann riss sie ein Stück Brot in Stücke und vermischte es mit dem Ei. Sie nahm einen Löffel in die eine Hand, die Schüssel in die andere und setzte sich auf einen Schemel beim Herd. Die Kinder stellten sich dicht an ihre Knie, und das Jüngste, das nur eine Schürze vorgebunden hatte, sodass der kleine runde Po und die pummeligen Beinchen nackt im Feuerschein zu sehen waren, stützte sich mit dem Ellbogen auf den Oberschenkel der alten Frau und legte den Kopf in den Nacken. Das Kind lächelte mit halb geschlossenen Augen und leicht geöffnetem Mund, und es stand da, völlig unschuldig, in einer Haltung reiner Verführung. Die braunen Locken fielen ihm von der glatten Stirn über den Rücken, der Feuerschein berührte die Spitze des erhobenen Kinns und die ringförmigen Linien am kindlichen Hals. Die alte Frau füllte den Löffel mit der Mischung aus Brot und Ei und schob ihn dem ältesten Mädchen in den Mund, füllte ihn abermals und gab ihn dem mittleren Kind. Das Jüngste stand wartend, es hatte den Mund jetzt offen und die Augen immer noch halb geschlossen. Vor dem Herdfeuer drehte sich langsam ein Hühnchen am Spieß, und auf dem Herd lagen mehrere Bratäpfel. Als die Haut an einem der Äpfel platzte, lief zischend heißer Saft heraus. Das Fett vom Hühnchen tropfte in den Topf darunter.

»Das sind die Kinder meiner Tochter«, sagte die alte Frau. »Sie arbeitet jetzt woanders. Sie ist Zimmerfrau im Haushalt Pomponne. Da kann sie mehr Geld verdienen. Und ich habe hier mehr Arbeit. Schließlich bin ich die einzige Frau hier.«

Richtig, dachte Marianne. Die Frau, die sie wiedererkannt hätte, arbeitete jetzt bei den Pomponne. Die Alte fütterte die Kinder reihum und wartete, bis sie alles heruntergeschluckt hatten. Dann sagte sie:

»Der König hat also den Krieg beendet. War auch Zeit. Können Sie feststellen, dass es seit dem Frieden mehr Fröhlichkeit unter den Menschen gibt? Ich nicht. Es ist zu spät.«

Als die Schüssel leer war, stellte die Frau sie auf den Boden, und fing an, den Kindern die Sachen auszuziehen. Draußen war das Flackern von Fackeln zu sehen. Die Haushälterin ging zur Tür und sah auf die Straße, den Schürzenzipfel an den Mund gedrückt.

»Das sind die Träger mit der Sänfte. Die Dame wird gleich aufbrechen. Ich kündige Sie an. Warten Sie hier bei den Kindern, und achten Sie darauf, dass sie nicht an die Äpfel gehen. Die sind für Monsieur l'Abbé.«

Für Jacques Têtu hatte sich das Leben in den letzten drei Jahren nur wenig verändert. Auch wenn er nicht wusste, warum, hatte sich seine Gesundheit eher verbessert. Der Tod von Madame de Sévigné hatte ihn sehr getroffen. Aber er genoss jetzt wieder die Gesellschaft von Madame de Coulanges, weil der italienische Arzt fort war. In ihrer Trauer um die unvergleichliche Marquise trösteten sie sich gegenseitig, indem sie so oft wie möglich von ihr sprachen. Er ging mit Monsieur de la Trappe in *retraites*. Er arbeitete an seinen Versen. Er »empfing« Gäste.

In seinem kleinen Salon hing noch der Duft der letzten Besucherin, als die Haushälterin hereinkam. Im Kamin brannte ein Feuer, die Kerzen waren angezündet und die Vorhänge vor dem unwirtlichen Abend zugezogen. Auf dem Tisch stand ein Silbertablett mit einer Kristallkaraffe und zwei zarten langstieligen Gläsern. Die Haushälterin sah sich im Zimmer um und fragte den Abbé, ob er etwas wünsche, erst dann erwähnte sie die Frau, die in der Küche wartete. Sie sagte, sein Essen sei in einer halben Stunde fertig. Und dann fügte sie hinzu:

»Draußen sitzt die Witwe Larcher, die Sie gern einen Moment sprechen würde. Als sie mir ihren Namen sagte, habe ich mich gefragt: ›Kann das dieselbe Frau sein, deren Mann vor drei Jahren hingerichtet wurde, gerade als das kalte Wetter anfing?‹ Ich habe ihr gesagt, Sie würden sie empfangen.«

»Drei Jahre!«, sagte der Abbé. »Ist das schon drei Jahre her! Ja, ich spreche mit ihr.« Als die Haushälterin aus dem Zimmer gegangen war, sagte er wieder zu sich: »Drei Jahre. Ich habe den Brief nie geschrieben. Jetzt kommt sie, um mir Vorwürfe zu machen.« Er versuchte, sich zu erinnern, warum er das Versprechen nicht eingehalten hatte; es hatte eine Zusage gegeben, dass Larcher, sollte er unschuldig sein, Gerechtigkeit widerfahren würde. Da er hingerichtet wurde, musste er für schuldig befunden worden sein. »Trotzdem«, dachte er, »ich hätte etwas tun, um eine Strafmilderung bitten sollen. Aber jetzt erinnere ich mich. Als es passierte, war ich in La Trappe. Ich habe zu spät davon erfahren.«

Doch diese Erklärung reichte nicht einmal vor seinem eigenen Gewissen aus, um ihn von den Vorwürfen zu befreien. Der Abend hatte seinen Charme verloren. Er legte die Hand ans Gesicht und spürte eine Vorwarnung, dass gleich das Zucken einsetzen würde, und als Marianne ins Zimmer kam, stand er zur Begrüßung nicht auf, sondern blieb versunken in seinem Sessel sitzen. Ihr erster Gedanke war, dass ihm nicht wohl war, ihr zweiter, dass ihm ihr Besuch ungelegen kam. Sie trug die kleine Rede vor, die sie sich im Kopf zurechtgelegt hatte.

»Monsieur l'Abbé, ich bringe Ihnen das Geld zurück, das Sie mir so freundlich geliehen haben.«

Sie hielt ihm die Münze hin, und als er keine Anstalten machte, das Geld entgegenzunehmen, legte sie es auf den Tisch neben das Silbertablett. Dann trat sie einen Schritt zurück und faltete ihre Hände unter der Schürze. Der Abbé wartete auf ihre Vorwürfe. Sie war nicht ärmlich gekleidet, und sie war nicht in Trauer. Er fragte sich, ob sie wieder geheiratet hatte.

»Ich wollte von meinem Sohn sprechen«, sagte sie.

Bei der Anstrengung, sich zu erinnern, zog er die Stirn kraus.

»Der junge Mann, der mein Buch gebunden hat?«, fragte er.

»Das war der Gehilfe meines Mannes. Mein Sohn ist auf Reisen. Ich weiß nicht, wo er ist. Aber jetzt, da Frieden ist, könnte es sein, dass er nach Paris zurückkommt.«

»Ist er ins Ausland gegangen?«, fragte der Abbé.

»Das weiß ich nicht. Ich glaube einfach, dass er bald zurückkommen wird. Wenn er zu Ihnen kommt, Monsieur l'Abbé, würden Sie ihm eine Nachricht übergeben?«

»Warum sollte er zu mir kommen?«, fragte der Abbé.

Darauf senkte sie den Kopf, als wäre die Antwort auf diese Frage zu schwierig.

»Aus demselben Grund, weshalb ich jetzt zu Ihnen gekommen bin. Monsieur l'Abbé ist für seine Güte bekannt.«

Der Abbé nahm die Hand vom Gesicht. »Und die Nachricht?«

»Dass Paul Damas, der ehemalige Gehilfe seines Vaters, jetzt bei Villery im Sternzeichen in der Rue de la Vieille Bouclerie arbeitet.«

Aus reiner Dankbarkeit, weil sie den ungeschriebenen Brief nicht erwähnt hatte, griff der Abbé nach Feder und Papier und notierte sich die Nachricht. Diesmal würde er sie nicht enttäuschen. Außerdem war es immer gut zu wissen, wo man einen guten Buchbinder finden konnte.

Marianne ging über die Seine-Insel in das Viertel auf der linken Uferseite, wo sie mit Paul in einem Zimmer wohnte, das nicht größer und auch nicht heller war als das Zimmer in der Rue des Deux Boules. Sie bezahlten für eine Kochgelegenheit in einem anderen Haus.

Als ihnen das Geld auszugehen begann, waren sie nach Paris zurückgekommen. In den Provinzen war Arbeit schwer zu finden. Weil Paul von der Angst umgetrieben wurde, dass die

Polizei nach ihm suchte, hatte er nie den Mut gefunden, den Meisterbrief zu erwerben und sich selbstständig zu machen. Eine Werkstatt hätte in diesen schweren Zeiten ohnehin kaum überleben können. Er hatte Marianne nicht überzeugen können, Frankreich zu verlassen. Sie sah Schwierigkeiten und Gefahren voraus. Wer würde ihnen über die Grenze helfen? Was sollten sie in einem Land tun, wo sie die Sprache nicht sprachen? Das Geld würde nicht für alle Zeiten reichen. In Wahrheit aber wollte sie die Hoffnung, Nicolas wiederzusehen, nicht aufgeben, und ein Wiedersehen wäre nur in Paris möglich.

Sie erfuhren, dass die Polizei den Fall abgeschlossen hatte. Zwei Männer waren hingerichtet worden, zwei zur Galeerenstrafe verurteilt, man hatte etwas gegen die Beleidigung des Königs unternommen. Sogar die Befürchtung, dass Jean sie im letzten Moment verraten haben könnte, wurde schwindend gering und verlor an Bedeutung. Nachdem Paul ein paar Monate in der Rue de la Vieille Bouclerie gearbeitet hatte, fühlte er sich so sicher, wie es ihm möglich war. Natürlich gab es Dinge, an die er sich nicht zu erinnern wünschte.

Zwischen der Île Notre-Dame und der Île de la Cité gab es eine Fußgängerbrücke, die zu den Klöstern hinter der Kathedrale führte. Sie war oft von den Fluten zerstört und ebenso oft wieder aufgebaut worden, jedes Mal aus Holz. Auf dieser Brücke, auf halbem Weg zwischen dem Viertel, wo sie als Larchers Frau gelebt hatte, und dem, wo sie jetzt lebte, blieb Marianne stehen, um sich zu sammeln. Leichter Nieselregen benetzte ihr Gesicht und ihre Hände, die sie auf das hölzerne Geländer gelegt hatte. Sie blickte in das bewegte Wasser hinab. Der Regen war so zart, dass die Tropfen auf der Wasseroberfläche nicht zu sehen waren. Auch die tiefere Strömung durchbrach die Ruhe der Oberfläche nicht, aber da, wo die Flussarme wieder ineinanderflossen, hinter der Teilung bei der Île Notre-Dame, konnte man denken, die Wasserfläche habe eine doppelte Beschaffenheit, wie doppelt gewebte Seide.

In den Jahren der Hungersnot und des großen Krieges hatten sich viele Menschen von dieser Brücke in die Fluten gestürzt. Mit seiner Tiefenströmung hatte der Fluss sie an der Île de la Cité vorbei, unter dem Pont Neuf hindurch, weiter am Louvre vorbei, wo der Fluss bei Chaillot eine sachte Biegung machte, bis zum Ufer von Chaillot getragen, wo er die Leichen anschwemmte und weiterfloss. Die Polizei sammelte die Toten ein und entledigte sich ihrer. Selbstmord war eine große Sünde. Marianne hatte gesehen, wie die Leiche eines Selbstmörders auf ein Gitter gebunden und von Pferden durch die Straßen gezogen worden war, als abschreckendes Beispiel und Warnung. Die Leichen, die bei Chaillot angeschwemmt wurden, galten jedoch nicht als Selbstmorde. Tod durch Ertrinken wurde als Unfall betrachtet, und die Leichen wurden still entsorgt, so wie der Müll der Stadt. Das Wasser war eine Versuchung, es lockte mit dem Vergessen, aber als sie an die Leiche an dem Gitter dachte, erschauderte sie, und sie spürte wieder den Regen auf ihrem Gesicht und das nasse Holz unter ihren Händen. Sie war noch nicht bereit zu sterben. Zunächst musste sie mit ihrem Leben Frieden machen.

Sie hatte Paul nicht geheiratet. Das Ehesakrament verlangte die Beichte, und sie war nie wieder zur Beichte gegangen. Sie liebte Paul immer noch, aber mit einer Bitterkeit, die sie nie für möglich gehalten hätte. Eigentlich hätte die Bitterkeit ihre Liebe zerstören müssen, oder die Liebe die Bitterkeit, aber beide existierten nebeneinander. Paul hatte ihre Bitterkeit gespürt, das wusste sie. Manchmal ging er fort, zu anderen Frauen, das musste er ihr nicht sagen, aber er war immer wieder zu ihr zurückgekehrt. Er war so endgültig an sie gebunden wie sie an ihn, nicht nur durch ihre Leidenschaft, sondern auch durch das

399

Wissen von ihrer Schuld, das sie teilten. Wäre Paul tot, könnte sie die Beichte ablegen, glaubte sie, vielleicht auch Buße tun. Aber was für eine Buße wäre das in den Augen Gottes? Eine Erlassung der Sünden und die Hoffnung auf den Himmel, wie fern auch immer, nach den lang währenden Qualen des Fegefeuers? Darauf würde Gott sich niemals einlassen, denn sie hatte das getan, was sie wollte, und wäre erst umgekehrt, als es keinen Preis mehr zu entrichten gab.

Vor langer Zeit, es war zwischen den Kriegen gewesen, als die Menschen auf dem europäischen Festland frei reisen konnten, war ein seltsamer deutscher Priester in die Werkstatt der Rue des Lions gekommen. Der Orden, dem er angehörte, war ihr unbekannt. Er war ohne Empfehlung gekommen, sondern hatte die Bücher im Fenster gesehen, so wie der Abbé die *Phädra*, das von Paul gebundene Buch. Sie erinnerte sich nicht mehr, was er gekauft hatte, aber nachdem der Kauf abgeschlossen war, nahm er ein Messbuch in die Hand, das auf dem Tisch lag, und begann, darin zu blättern. Dann legte er es mit der Bemerkung wieder hin, dass die Lehre vom Ablass im Hinblick auf geringfügige Vergehen angehen mochte, wo es sich aber um eine richtige Sünde handle, eine Sünde, die die Seele schwärzte, da könne sie nur durch den Opfertod Christi gesühnt werden. Wir haben, hatte er mit den Worten des heiligen Paulus gesagt, die Erlösung durch sein Blut, die Vergebung der Sünden. Er hatte sein eigenes zerlesenes Exemplar der Heiligen Schrift aus seinem Gewand gezogen und ihr die Worte gezeigt, ganz und gar unabweisbar. Er hatte ihr noch andere Passagen gezeigt. Sie habe gelernt, das Blut Christi sei für alle Sünder vergossen worden, war ihre Antwort gewesen, und darauf hatte er voller Hohn erwidert, der heilige Paulus rate den Menschen, für ihre Sünden selbst Abbitte zu leisten. Er war ein Ketzer gewesen, davon war sie überzeugt. Sie hatte sich bemüht, ihn zu vergessen, aber jetzt konnte sie seine Stimme hören, seinen schweren Akzent, und im Dämmerlicht sah sie deutlich sein Gesicht, die groben Züge, die schlecht rasierten Wangen, die hellblauen Augen, leuchtend mit einer beängstigenden Überzeugung. Er hatte von Auspeitschungen gesprochen, von Opfertoden. Er hatte sie an das Märtyrertum erinnert. Dann war er gegangen. Hätte sie sich jetzt nur nicht an ihn erinnert, dachte sie.

32

Gegen Abend löste sich die Bewölkung auf, und die französische Küste kam in Sicht. Sie erschien perlgrau, rosig, weiß, schwach grün und golden gefleckt, so als würden alle Farben von der Abendsonne hervorgebracht. Es war die Küste der Normandie oberhalb von Le Havre, und das Rosa war, wie Nicolas wusste, die Farbe der Kreidefelsen. Der Anblick bewegte ihn mehr, als er erwartet hatte.

»Sie können nach Frankreich zurückkehren«, hatte der alte Uhrmacher gesagt, »aber es wird Ihnen nicht gefallen.« Das war der Abend, an dem in den Wirtshäusern und auf den Straßen Londons die Nachricht vom Frieden mit Straßenfeuern und ausgelassenen Freudenfesten gefeiert wurde. Später, als Nicolas und Monsieur Bouquet in dem Kaffeehaus beim Friedhof von St. Paul saßen, kam das Thema von Nicolas' Rückkehr nach Frankreich wieder auf.

»Sie haben sich an ein anderes Klima gewöhnt«, sagte Monsieur Bouquet, »und damit meine ich nicht das englische Wetter mit Regen und Nebel. Sie haben sich eine neue Art zu sprechen angewöhnt, und auch da meine ich nicht Ihr sorgfältiges Englisch. Nein, Sie sagen, was Ihnen in den Sinn kommt, ohne erst einen Blick über die Schulter zu werfen. Sie lesen, worauf Sie Lust haben. Wir haben miterlebt, was geschah, als die alten Lizenzgesetze abgeschafft wurden, ohne dass Tränen vergossen wurden. Innerhalb eines Monats, nein, schon nach zehn Tagen sprossen Zeitungen aller erdenklichen Art und Größe hervor wie Unkraut nach dem Regen.«

»Ich vermisse meine Familie.«

»Ich habe Ihnen schon gesagt: Gründen Sie eine eigene.«

Nicolas errötete und schüttelte den Kopf. Der alte Mann kniff die Augen zusammen und hielt das unsichtbare Monokel fest, sein Lächeln mit fest geschlossenem Mund wirkte böswillig, war aber freundlich.

»Dann gehen Sie, aber warten Sie bis zum Frühling. Da ist die Überfahrt angenehmer. Vielleicht gelingt es Ihnen, mit Gesandten zu reisen und auf diese Weise britischen Schutz zu haben, was in Ihrem Fall kein schlechter Vorteil wäre. Gebildete Herren werden ins Ausland reisen wollen. Der Verkehr über St. Germain und die Romney Marshes wird aufhören, aber studierte Menschen werden ebenso reisen wollen wie die Vertreter von König William. In England besteht große Neugier, die Menschen wollen wissen, was in den letzten sieben Jahren auf dem Gebiet der Wissenschaften in Frankreich erreicht worden ist. Auch mich hat große Neugier gepackt. Nicht alle unsere Landsleute haben sich mit Kanonen und Gewehren beschäftigt.«

»Kommen Sie doch mit«, sagte Nicolas halb im Scherz.

»Ah, wenn ich das könnte – als Engländer reisen und die Laboratorien in Paris aufsuchen! Was für eine Versuchung! Aber ich habe Aufgaben hier, meine Tochter, die Kinder meiner Tochter … Trotzdem –« Er brach ab, ein Licht trat in seine Augen und tanzte über sein Gesicht wie Wetterleuchten im Sommer, und dann sagte er mit einem schlauen Lächeln zu seinem jungen Freund: »Warten Sie noch ein paar Monate, dann komme ich mit.«

Das meinte er natürlich nicht ernst. Er hatte vor langer Zeit alle Brücken hinter sich abgebrochen, und das, was er über neue astrologische Theorien und die Eigenbewegung der Sterne wissen wollte, würde ihn über die Publikationen der wissenschaftlichen Gesellschaften erreichen. Trotzdem war Nicolas ein paar

Stunden lang überredet worden, bis zum Frühling zu warten. Aber dann, ohne dass es Anzeichen gegeben hätte, zog Monsieur Bouquet sich eine Erkältung zu, kurz darauf bekam er Fieber, und binnen einer Woche war er tot.

Sein Tod traf Nicolas wie eine Warnung. Wenn der Tod seinen Freund so plötzlich fortraffen konnte, galt das Gleiche auch für seinen Vater und seine Mutter. Plötzlich ergriff ihn die Angst, sein Vater könnte sterben, bevor es zu einem Wiedersehen gekommen war. Er hatte das Versprechen, das er seinem Vater gegeben hatte, nicht eingehalten und würde bestraft werden.

Ohne weitere Umstände ging er zu seinem Meister und bat um seine Entlassung. In London gab es ein paar Verzögerungen, dann weitere an der Küste, wo er auf den Fischer wartete, der ihn damals nach England gebracht hatte, aber noch vor Ende Oktober sah er von demselben Kutter aus, auf dem er damals Le Havre verlassen hatte, die Küste Frankreichs. Es war eine große Vergewisserung. Das, woran er sich erinnerte, gab es noch.

In Rouen erkundigte er sich nach seinen Freunden. Er war nicht überrascht, wenn auch betrübt zu erfahren, dass die Witwe Cailloué gestorben war. Schon damals, als er sie kennenlernte, war sie gebrechlich gewesen. Der Wirt in dem Wirtshaus am Ufer stützte seine dicken, nackten Arme auf die Theke und sagte mit einem seltsamen Ausdruck:

»Und die Tochter, die ist im Kloster der Neuen Katholiken.« Er führte das nicht weiter aus, und sein Gesichtsausdruck lud nicht zu Fragen ein. »Jean Dumesnil führt die Werkstatt, zusammen mit seinem Bruder Jacques.«

»Ich würde Jean gern sehen.«

»Das können Sie nur, wenn Sie ein paar Wochen in Rouen bleiben, denn er ist auf Reisen.« Er richtete sich auf und wandte Nicolas den Rücken zu.

Nicolas gingen die Warnungen von Monsieur Bouquet nicht aus dem Kopf, trotzdem sagte er: »Richten Sie ihm aus, ich hätte nach ihm gefragt«, und legte eine Münze neben sein Glas.

Als Nicolas sich am nächsten Tag in der Kutsche Paris näherte, gingen seine Gedanken zu seinen Eltern und weilten weniger bei seinen Freunden in Rouen. Er freute sich, bestimmte Wegabschnitte, bestimmte Baumgruppen zu erkennen. Das Land der Umgebung, mit seinen braunen Wäldern, den frisch gepflügten Feldern, den mit Schilf bestandenen Teichen unter mildem grauen Himmel, war ihm ein erfreulicher Anblick. Er fand die Luft leichter als in England. Ihm fielen verschiedene kleine Dinge in der Werkstatt in ihrem Viertel St. Paul ein, an die er mehrere Jahre nicht gedacht hatte. Seine Gedanken wanderten zu Paul Damas, der als Freund in seiner Erinnerung neben Jean Dumesnil und dessen tieferer Freundschaft verblasst war. Er fragte sich, ob Damas noch bei seinem Vater arbeitete. Mit Paul hatte er offener gesprochen als mit sonst jemandem in Paris, aber er hatte in Paul eine Skepsis und einen Mangel an Überzeugung gespürt, und das war der Grund, warum sich zwischen ihm und Paul keine engere Freundschaft entwickelt hatte. Trotzdem, Paul war bestimmt kein schlechter Kerl. Er hoffte, ihn in der Werkstatt wiederzusehen.

Was den Klimaunterschied anging, vor dem Monsieur Bouquet ihn gewarnt hatte, so glaubte Nicolas, er könnte damit leben, nachdem er eine Weile fort gewesen war und sich innerlich gefestigt fühlte. Jetzt könnte er seinem Vater zustimmen, dass die Werke Pascals gefährliche ketzerische Ideen enthielten. Er hatte ein paar neue englische Münzen bei sich. Vielleicht würden sie seinen Vater interessieren, und der Gedanke war nicht von Bitterkeit getrübt, weil sein Vater eine Liebe zum Geld hatte. Geld war eine gute Sache und schwer zu bekommen. Für seine Mutter hatte er kein Geschenk, aber er konnte mit ihr ins Palais gehen und dort etwas Schönes für sie kaufen. Im Hof von Le Cerf verließ er die Kutsche und ging dann in die Rue St. Denis, seine Reisetasche hatte er sich über die Schulter gelegt, und die Anblicke und Gerüche von Paris lösten Entzücken in ihm aus. Wie gut es war, seine Sprache überall um ihn herum zu hören und nicht nach dem Weg fragen zu müssen, und die Gerüche der Stadt, die von Straße zu Straße andere waren, schienen ihm das reinste Parfum. Es war Sonntag. In der ganzen Stadt läuteten die Glocken zum Abendgebet. Die Rue St. Denis, so schmutzig wie immer, war nichts im Vergleich mit dem Schmutz in den Straßen Londons. Er schlug die Richtung zur Rue des Lions ein und nahm beim Gehen wie nie zuvor die Schönheit der Portale der großen Hôtels wahr, die Mauern aus grauem Stein, die Türme, die überall in die Höhe ragten.

Die Rue des Lions war unverändert. Die Fensterläden der Werkstatt waren geschlossen, aber das Tor zum Hof stand offen, und der steinerne Kinderkopf darüber, mit Haaren, die wie Sonnenstrahlen um das Gesicht standen, blickte lächelnd von seinem Sims herunter. Nicolas trat in die Toreinfahrt und klopfte an die Tür. Er hörte drinnen kein Geräusch. Aber es war Sonntag. Seine Eltern wären oben oder im Pflug. Auf gut Glück klopfte er noch einmal, und während er wartete, kam ein Junge von zehn oder elf Jahren von hinten aus den Ställen und zog einen Besen hinter sich her. Neugierig sah er den jungen Mann an, der seine Reisetasche noch auf der Schulter balancierte, und gab ungefragt Auskunft:

»Die Leute sind aufs Land gefahren.«

»Wann kommen sie zurück?«

»Das haben sie nicht gesagt. Zum Abend bestimmt.«

Nicolas blieb unschlüssig stehen. Er kannte den Jungen nicht, und seine Erscheinung flößte ihm nicht gerade Vertrauen ein.

Das Gesicht hatte etwas Verschlagenes, die Augen blickten unstet.

»Ich komme später noch einmal«, sagte er.

»Soll ich auf Ihren Koffer aufpassen?«, fragte der Junge.

»Nein, danke.«

»'ne Nachricht für sie?«

Nicolas schüttelte den Kopf. Er wollte die Überraschung nicht verderben. Er ging zum Pflug, wo er bequem warten und außerdem eine Kleinigkeit essen konnte. Er war ausgehungert. In zwei Schritten, so schien es ihm, war er an der Ecke der Rue du Petit-Musc und Rue St. Antoine. Während seiner Abwesenheit waren die Entfernungen geschrumpft. Aber das Schild hing noch, so, wie er es in Erinnerung hatte, und die breite Tür in den Keller, die steinerne Rampe in die Dunkelheit, der kleine Hof – alles war unverändert. Selbstbewusst betrat er das Wirtshaus, setzte sich und stellte seine Reisetasche neben sich. Die Wirtin sah ihn flüchtig an, als sie seine Bestellung aufnahm, und dann, nach einem zweiten Blick, schien sie verdutzt, überrascht. Er wartete darauf, erkannt zu werden.

Der Wirt selbst brachte ihm das Essen, eine heiße Pastete und eine Karaffe Wein. Seine Frau kam mit ihm an den Tisch. Umständlich und mit Bedacht stellte der Mann den Teller vor Nicolas auf den Tisch, dann trat er einen Schritt zurück und sagte zu seiner Frau wie auch zu Nicolas:

»Ich wollte es nicht glauben, aber es stimmt. Es ist der Junge. Sie waren lange fort, mein junger Freund.«

»Er ist ein erwachsener Mann«, sagte seine Frau, »deshalb war ich mir erst nicht sicher.«

In ihrem Verhalten lag eine Zurückhaltung, so schien es ihm, ein Mangel an Herzlichkeit, und das verstand er nicht. Sehr gut hatte er die Leute nicht gekannt. Sie waren die Besitzer des Pflugs und hatten deshalb einen tieferen Eindruck in ihm hinterlassen als er bei ihnen, denn schließlich war er nur einer der Jungen aus der Nachbarschaft. Trotzdem hatte er sich etwas anderes erwartet. Aber immerhin, sie hatten ihn erkannt, und jetzt blieben sie an seinem Tisch stehen, als gäbe es mehr zu sagen, als sie bereits gesagt hatten.

Nicolas erklärte: »Meine Eltern erwarten mich nicht. Der Laden ist geschlossen. Deshalb würde ich gern, mit Ihrer Erlaubnis, hier warten, bis sie nach Hause kommen.«

»Sie können gern so lange hier sitzen, wie Sie wollen«, sagte der Wirt. »Aber«, fuhr er dann fort und sah seine Frau mit einem gequälten Ausdruck an, bevor er weitersprach: »Ist es möglich, dass Sie nicht wissen, was sich in jenem Winter nach Ihrer Abreise zugetragen hat?«

Sie taten ihr Möglichstes, der Wirt und die Wirtin, um Nicolas zu trösten, nachdem sie ihm alles erzählt hatten. Die Frau goss ihm einen Weinbrand ein, der Mann setzte sich neben Nicolas und legte ihm einen Arm um die Schultern. Er sagte, er sei der beste Freund seines Vaters gewesen und wolle jetzt Nicolas' bester Freund sein. Die Wirtsleute hatten nur Gutes über Larcher zu sagen. Sein Verbrechen war für sie kein Verbrechen, sondern ein Unglück. Die Geschichte von dem Diebstahl, die sich anfangs wie wild im Viertel verbreitet hatte, war inzwischen vergessen. Sie war in Zweifel gezogen worden, denn es schien völlig unglaubwürdig, dass Larcher eine so große Summe Geldes besessen hatte und ausgeraubt worden war. Es war einfach nur eins der Gerüchte, wie sie bei einem Unglück entstehen.

Nicolas konnte das Ausmaß des erlittenen Schlags nicht fassen. Er beharrte darauf, dass seine Mutter nicht einfach verschwunden sein konnte, ohne ihm eine Nachricht hinterlassen zu haben. Irgendjemand in der Rue des Lions müsse doch eine Nachricht für ihn haben.

Die Wirtin schüttelte den Kopf.

»Das wüssten wir. Im ganzen Viertel wurde einen Monat über nichts anderes geredet. Ich vermute, obwohl ich das nicht gerne sage, dass die ganze Angelegenheit über ihre Kräfte gegangen ist.« Nicolas hob den Kopf und sah ihr in die Augen. »Ja«, sagte sie als Antwort auf seinen Blick, »der Fluss. Was sonst?«

Aber Nicolas war jung. Er konnte das nicht akzeptieren. Er dachte an Paul. Was war aus dem Gehilfen seines Vaters geworden?

»Wie wir schon gesagt haben, er war in seine Heimat zurückgekehrt, bevor das alles begann. Er könnte Ihnen auch nicht mehr erzählen, selbst wenn ich den Namen seines Dorfes noch wüsste.«

»Aber mein Vater«, sagte der Junge. »Es muss doch eine Nachricht von ihm für mich geben.«

»Das ist möglich«, sagte der Wirt, dem dieser Ansatz von Trost willkommen war. »Wenn Sie den Priester finden könnten, der ihm die letzte Beichte abgenommen hat —«

»In der Bastille sind es die Jesuitenpater, die die Beichte abnehmen«, sagte seine Frau.

»Aber war Larcher denn in der Bastille?«, fragte der Mann. »Nicht so wichtig. Fragen Sie bei den Jesuiten, wer an dem Abend im Châtelet die Beichte abgenommen hat.«

Nicolas brauchte keine weitere Aufforderung. Er war schon aufgesprungen und an der Tür.

»Er macht mir Angst, der Junge«, sagte der Wirt. »Das kam alles zu plötzlich. Stell dir vor, er wusste es nicht! Wenigstens können wir auf seine Reisetasche aufpassen, bis er zurückkommt.«

Der Weg zum Jesuitenkloster, immer geradeaus die Rue St. Antoine entlang, war kurz. Atemlos kam Nicolas dort an. In dem Kloster hinter der prächtigen Kirche stellte er seine Frage und erzählte in wirrer Unordnung die Geschichte. Die Patres besprachen sich leise. Nicolas hörte ein paar Brocken: »Pater Bourdaloue hält jetzt die Messe. Was ist mit Pater Broussemin? Ich weiß nicht, wo er zur Stunde ist. Hat Pater Broussemin '94 in der Bastille die Beichte abgenommen? Aber war der Mann überhaupt in der Bastille? Oder in Vincennes? Vielleicht im Châtelet?« Dann sagten sie zu Nicolas: »Wir müssen nachfragen. Wäre es in der Zwischenzeit nicht sinnvoll, wenn Sie zu Sanson gingen? Wir können Ihnen sagen, wo er zu finden ist.«

»Wer ist Sanson?«, fragte Nicolas.

»Der Scharfrichter.«

Sanson saß mit seiner Frau und den Kindern beim Essen, als Nicolas angekündigt wurde. Er warf einen Blick auf Nicolas und sagte zu seiner Frau:

»Bring die Kinder fort«, und zu Nicolas sagte er: »Setzen Sie sich.«

Der Raum war anheimelnd, Wandteppiche an den Wänden, wärmendes Licht vom Feuer. Die hohen Lehnstühle waren mit rotem Stoff bezogen, und rote Fransen hingen von den Messingknöpfen. Auf dem Tisch lag eine Decke aus weißem Damast, die bis zum Boden reichte und die ordentlichen Rechtecke der Bügelfalten aufwies. Sanson selbst war kräftig und wohlgenährt, ein rotgesichtiger Mann mit ruhigen grauen Augen. Er sah nicht wie ein Henker aus. Aber in seinem Verhalten lag eine Präzision, seine Anordnungen hatten eine Sicherheit, dass Nicolas keinen Zweifel hatte – dies war der Mann, mit dem er sprechen musste.

Während Nicolas seine Geschichte erzählte, faltete Sanson seine große Serviette akkurat und sorgfältig zusammen und legte sie neben den Teller auf den Tisch. Dann faltete er die Hände über dem Bauch, und nachdem Nicolas fertig war, saß er eine Weile still da und ging in seiner Erinnerung zurück zu einem Moment, der von anderen, bedeutungsvolleren Ereignissen überlagert war. Nach einer Weile nickte er, sein Kopf war kantig und mit grauem, borstigem Haar bedeckt.

»Ich weiß nicht mehr, wer Ihrem Vater die Beichte abgenommen hat, aber dass ich mich an ihn erinnere, hat einen besonderen Grund. Als der Priester gegangen war und ich die Galgenschlaufe vorbereitete, nahm er ein kleines Skapulier von seinem Hals. Auf dem Weg vom Châtelet, der nur kurz ist, aber wegen der großen Menschenmenge lange dauerte, sah ich, dass er seine Hand darauf legte, und auch, wie aufgeregt, ja unentschlossen, er bei dem Gespräch mit dem Priester wirkte. Ich sagte mir: ›Dieser Mann ist schuldig und kann seine Sünde nicht beichten, nicht einmal in seiner Todesstunde.‹

Jetzt denke ich nicht mehr so übel von ihm. Alle Menschen sind mit Schuld beladen, mehr oder weniger, und nicht alle sterben unbedingt wegen ihrer größten Schuld. Aber als ihr Vater starb – ob schuldig oder nicht, und aus meiner Sicht, das müssen Sie verstehen, war er schuldig, sonst wäre er nicht verurteilt worden –, als er also starb, dachte er nicht an sich selbst, sondern an seinen Sohn. Er muss im Grunde ein guter Mensch gewesen sein, dass er bereit war, ohne sein Skapulier in den Tod zu gehen.« Er hob die Hand, damit Nicolas ihn nicht unterbrach.

»Das Skapulier Ihres Vaters hätte ihm – das glaubte er, so wie ich, ich habe ein ganz ähnliches – die Sicherheit gegeben, dass seine Seele nicht in alle Ewigkeit verloren wäre.« Er öffnete den obersten Hemdknopf und berührte das kostbare Ding, während er darüber sprach. »Niemand«, sagte er mit großem Ernst, »niemand erwartet, dass ihm die Qualen des Fegefeuers erspart bleiben, aber es ist ein Trost, der letzten Erlösung gewiss zu sein. Ihr Vater nahm sein Skapulier ab und gab es mir, und er bat mich, es seinem Sohn zu geben, wenn sich die Möglichkeit ergäbe. Das ist der Grund, verstehen Sie, warum ich mich an ihn erinnere. Und ich hatte die Hoffnung schon aufgegeben, dass Sie kommen und es sich holen würden.«

Er stemmte sich mit einer entschlossenen Bewegung aus dem Lehnstuhl, so als würde das Gewicht seiner mächtigen Schultern ihn aus dem Gleichgewicht bringen, ging an Nicolas vorbei zu einem Sekretär und schloss ihn auf. Aus einer Innenschublade holte er ein in Papier gewickeltes Päckchen, öffnete es und nahm die beiden, an einem fleckigen Leinenband hängenden kleinen Quadrate aus braunem Stoff heraus, die Nicolas so vertraut waren. Sanson legte dem Jungen das Andenkenstück in die zitternden Hände.

»Es täte Ihnen gut, mit einem Priester zu sprechen«, sagte er.

Wieder auf der Straße, blieb Nicolas stehen und küsste das Skapulier, die Vierecke, auf die der Name der Mutter Gottes gestickt war. Die Straße war leer. Die Dunkelheit senkte sich, aber die Straßenlaternen waren noch nicht angezündet. Als er allein unter den Fenstern der Wohnung des Scharfrichters stand, hätte er ungestört weinen können, aber die Tränen wollten nicht kommen. Er setzte sich wieder in Bewegung, weil man nicht einfach auf der Straße stehen blieb. Aus alter Gewohnheit ging er wieder in sein altes Viertel und sprach beim Gehen ein Ave Maria, in der Hand das Skapulier, als wäre es ein Rosenkranz. Später hängte er es sich um den Hals und knöpfte das Hemd darüber zu.

Sanson hatte ihm geraten, einen Priester aufzusuchen. Bei den Jesuiten war er schon gewesen, die hatten ihn zu Sanson geschickt, und er hatte nicht den Wunsch, zu ihnen zurückzukehren. Auch in die Kirche, in der er als Junge gebeichtet hatte, wollte er nicht gehen. Er brauchte nichts zu beichten. Er brauchte Rat. Als er an St. Paul vorbeikam, fiel ihm in einem Ansturm von Erinnerungen der Abbé Têtu ein. Er ging zu der alten Adresse, an die sie das von Paul gebundene Buch geliefert hatten, und dort erfuhr er, dass der Abbé umgezogen war. In der Rue Neuve St. Paul fand Nicolas ihn sofort, und zu seiner Überraschung sagte der Abbé, bevor Nicolas etwas sagen konnte:

»Ich habe Sie erwartet.«

Im ersten Moment dachte Nicolas, Sanson hätte den Abbé auf seinen Besuch vorbereitet, nachdem er Nicolas geraten hatte, einen Priester aufzusuchen. Dann wurde ihm die Absurdität dieses Gedankens bewusst, aber er verstand trotzdem nicht, wer den Abbé über seine Rückkehr nach Paris hätte unterrichten können. Der Abbé, der den gequälten Ausdruck des Jungen sah, begann sehr vorsichtig:

»Ihre Mutter —«

Die Wörter kamen für Nicolas wie ein Schock, und der Abbé wollte nicht fortfahren, solange es so schien, als würde der junge Mann ihn nicht verstehen.

»Man hat mir gesagt, sie sei tot«, sagte Nicolas. »Sie habe sich ertränkt.«

Der Abbé war entsetzt.

»Mein armer Junge«, sagte er, »welch ein Kummer das für Sie ist, was für eine traurige Rückkehr! Das tut mir unaussprechlich leid. Wären Sie ein paar Wochen früher gekommen, wäre Ihnen das womöglich erspart geblieben. Noch vor wenigen Wochen —« Er brach ab und versuchte, sich an das Datum von Mariannes Besuch zu erinnern, aber er wusste nur noch, dass es lange vor dem Namenstag des heiligen Franziskus gewesen war. »Ich bin mir sicher, es ist keine vier Wochen her«, sagte er dann. »Sie kam zu mir, weil sie voller Sorgen um Sie war.«

»Vor vier Wochen war sie noch am Leben?«, fragte Nicolas.

»Ja, und sie stand hier in diesem Zimmer«, sagte der Abbé. »Sie ist eine gute Frau.«

»Aber dann irren die Leute sich!«, rief der Junge aus. »Die

Leute glauben, sie hätte sich nach der Hinrichtung meines Vaters ertränkt.«

Der Abbé schüttelte traurig den Kopf.

»Eine bedauerliche Sache«, sagte er. »Wirklich bedauerlich, dass Ihr Vater in diese Angelegenheit verstrickt war.«

»Mein Vater wurde für ein Verbrechen hingerichtet, das er nicht begangen hat«, sagte Nicolas heftig.

Der Abbé zog die buschigen sandfarbenen Augenbrauen hoch.

»Haben Sie dafür Beweise?«, fragte er.

»Ich kenne meinen Vater«, sagte Nicolas. »Sicher, ich verstehe, er ist vor Gericht gestellt und für schuldig befunden worden, sonst hätte er nicht hingerichtet werden können. Das hat Sanson mir so erklärt. Aber ich weiß, dass er nicht schuldig war. Wir sollten seinen Tod bedauern, nicht sein Verbrechen.«

Der Abbé war freie Reden dieser Art von dem Sohn eines Handwerkers nicht gewöhnt. Dem Gebaren des jungen Mannes nach hätte man denken können, er spreche mit einem Gleichgestellten. Zum Glück dachte er rechtzeitig daran, dass dies ein junger Mensch war, dessen Welt in Trümmern lag, und er hielt seine tadelnde Bemerkung zurück. Ihm fiel auch wieder ein, dass er damals den Brief nicht geschrieben hatte.

»Ihre Mutter kam mit einer Nachricht für Sie. Ich habe sie aufgeschrieben. Wo habe ich das Blatt nur hingelegt?«

Er wandte sich von Nicolas ab und suchte auf seinem Schreibtisch. Er spürte den Beginn des Zuckens in seinem Mundwinkel. Wie jedes Mal versuchte er, die Muskeln zu beherrschen, aber auch jetzt war es vergeblich. Er konnte den Zettel mit der Adresse des Buchbinders nicht finden und wandte sich wieder Nicolas zu, das Gesicht verzerrt. »Woran ich mich erinnere, ist dies: Der Gehilfe Ihres Vaters, der auf meine Bitte die Gedichte der Madame Deshoulières gebunden hat, arbeitet jetzt bei einem Villery, in der Nähe der Rue St. Jacques.«

»Villery?«, wiederholte Nicolas. »Aber dessen Geschäftspartner Moette wurde in die Bastille gesperrt, als ich noch ein Lehrling war.«

»Vielleicht ist es ein anderer Villery«, schlug Têtu freundlich vor.

»Er wurde verhaftet, weil er mit verbotenen Veröffentlichungen zu tun hatte«, sagte Nicolas. »Er wurde zur Galeerenstrafe verurteilt. Damals wusste ich das nicht. Jetzt weiß ich es.«

»Sie müssen nach einem Villery suchen«, sagte der Abbé beharrend. »Vielleicht gibt es mehrere mit dem Namen Villery. Ihr Freund arbeitet für einen von ihnen.«

»Ich werde ihn finden«, sagte Nicolas, und ohne ein Wort des Danks oder der Entschuldigung stürmte er aus dem Haus. Der Abbé hatte noch sagen wollen: »Kommen Sie wieder, wenn Sie Ihre Mutter gefunden haben. Vielleicht kann ich behilflich sein«, aber dafür war keine Zeit. Er seufzte und drehte sich wieder zu seinem Schreibtisch um. Es tat ihm leid, dass er den Zettel mit der Adresse nicht gefunden hatte.

Die Jahre in England, das Klima, von dem Monsieur Bouquet gesprochen hatte – Nicolas war davon geprägt. Er konnte sich mit dem Tod seines Vaters nicht abfinden. Es empörte ihn, dass sein Vater unter falscher Beschuldigung gestorben war. Er musste seine Mutter finden. Sie könnte ihm berichten, was wirklich passiert war. Er fasste den großen Entschluss, den Namen seines Vaters zu läutern. Aber zuerst musste er Damas finden. Er kannte die Werkstatt Sternzeichen in der Rue de La Vieille Bouclerie. Vielleicht war es die richtige, vielleicht nicht. Er meinte, sich zu erinnern, dass es einmal am Quai des Augustins einen Villery gegeben hatte. Auf jeden Fall musste er die Insel überqueren. Fast rennend, kam er beim Quai an, von dem die Rue de Vieille Bouclerie abging. Er konnte den Pont Neuf vor sich sehen, die Lichter auf der Brücke und deren Widerschein im Wasser. Die Rue de la Vieille Bouclerie lag im Dunkeln, an allen Fenstern waren die Läden geschlossen. Er fand die Werkstatt und klopfte an die Tür. Keine Antwort. Er klopfte wieder, mit aller Kraft. Er konnte sich nicht von einer verschlossenen Tür abhalten lassen.

Immer wieder pochte er mit der Faust gegen die Tür; dann zog er einen Schuh aus und schlug mit dem Absatz dagegen. Er rief. Auf der anderen Seite der Straße machte ein verärgerter Nachbar ein Fenster im ersten Stock auf, doch bevor er etwas sagen konnte, hörte Nicolas Bewegung im Sternzeichen und zog sich den Schuh wieder an. Die Tür wurde von einem Lehrling geöffnet. Nicolas erklärte, er müsse den Meister in einer dringenden Angelegenheit sprechen.

Er folgte dem Lehrling in die Werkstatt und ging an Tischen vorbei, auf denen Stapel von Büchern lagen, mit Papier gegen Staub abgedeckt, in das Wohnzimmer dahinter, wo eine kleine Gesellschaft beim Kartenspielen saß. Er sah eine ältere Frau und eine jüngere sowie mehrere Männer und wandte sich an den ältesten von ihnen. Wegen der Dringlichkeit seines Anliegens kam er sofort zur Sache.

»Wo ist Paul Damas?«, fragte er.

Der Mann lächelte leicht.

»Machen Sie deswegen so einen Lärm, als wollten Sie die Toten wecken?«

»Wo ist er?«, beharrte Nicolas.

»Wie soll ich das wissen?«

»Ich muss ihn finden.«

»Kommen Sie morgen früh wieder«, sagte der Mann.

»Arbeitet er hier?«

»Aber nicht am Sonntagabend.« Der Mann gab dem Lehrling ein Zeichen. »Schick den Verrückten wieder raus.«

Nicolas rührte sich nicht vom Fleck.

»Ich muss ihn heute Abend noch finden. Er weiß, wo meine Mutter ist. Wo wohnt er? Es geht um –« Er atmete tief ein und sagte dann das, was für ihn die schlichte Wahrheit war. »– um Leben und Tod.«

Die beiden Frauen am Tisch begannen, sich für ihn zu interessieren. Hier entspann sich ein Drama. Der Mann, den Nicolas für Villery hielt, sah bedauernd auf seine Karten, legte sie umgekehrt auf den Tisch und bedeckte sie mit den Händen.

»Es geht mich nichts an, wo Damas wohnt«, sagte er, »und über den Aufenthaltsort Ihrer Mutter, wer immer sie sein mag, weiß ich nichts.«

»Sie ist die Witwe Larcher«, sagte Nicolas. Als er die Worte sprach, wurde ihm kalt ums Herz, aber in Villery brachten sie keine Reaktion hervor. Die junge Frau hingegen sprach.

»Sie kennen sie. Die Frau, die mit Damas zusammenlebt.«

»Er hat nicht nach der Frau von Damas gefragt.«

»Das ist dasselbe – könnte man sagen.«

»Nein«, sagte Nicolas und wurde weiß vor Wut. »Das ist nicht dasselbe.«

»Doch, ist es.«

»Unmöglich«, sagte der Junge.

»Was ist unmöglich?«, fragte die junge Frau langsam. »Dass Ihre Mutter wieder geheiratet hat? Sie haben gesagt, sie sei Witwe, richtig? Was quält Sie? Wissen Sie über Ihre Mutter nicht Bescheid?«

»Ich habe sie seit drei Jahren nicht gesehen«, sagte Nicolas. Er sah in die erwartungsvollen Gesichter. Einige hofften auf eine amüsante Wendung. Er nahm sich zusammen und bat höflich: »Ich möchte einfach, dass Sie mir sagen, wo ich Damas heute Abend finden kann.«

»Vielleicht ist sie gar nicht seine Mutter«, sagte die ältere Frau pikiert. »Was geht uns das an?« Und zu Nicolas: »Kennen

Sie dieses Viertel? Kommen Sie. Ich zeige Ihnen, wo er wohnt.«
Sie zeichnete mit dem Finger auf den Tisch. »Das ist die Rue de
Seine, das die Rue Dauphine. Hier ist eine Nebenstraße. Und
hier ist das Haus. Er wohnt ganz oben. Brechen Sie sich auf der
Treppe nicht das Genick. Wenn er zu Hause ist, wird er Ihnen
aufmachen. Wenn nicht, können Sie ihn morgen früh hier antreffen.«

Nicolas dankte ihr. Er entschuldigte sich für die Störung und
wandte sich zum Gehen. Villery seufzte, nahm seine Karten auf
und spielte sie so aus, wie er es vorgehabt hatte. Nicolas ging
wieder zum Fluss und von dort zur Rue Dauphine. Der Gedanke, dass seine Mutter Damas geheiratet haben könnte, war
ihm ebenso entsetzlich wie der, dass sie tot war. Das eine entsprach, wie sich herausgestellt hatte, nicht der Wahrheit, das
andere konnte ebenfalls eine Lüge sein; eine Lüge, um ihn zu
quälen, weil er ein Kartenspiel unterbrochen hatte. Je schneller
er seine Mutter fand, desto eher würde er die Wahrheit erfahren, und aus ihrem Munde. Aber die Lüge war vergiftet. Sollte
seine Mutter Damas wirklich geheiratet haben, dann wollte er
sie nie wiedersehen. Sie wäre nicht mehr seine Mutter.

Zum Glück kannte er sich in dem Viertel gut aus. Er fand das
Haus, das man ihm beschrieben hatte, stieß die Tür auf und begann, sich an dem losen Geländer festhaltend, die Stufen nach
oben zu steigen. Er kam an einen Absatz, wo die Treppe sich
gabelte, dann wieder an einen Absatz. Zuletzt erreichte er eine
Stiege, die steil war wie eine Leiter, und in dem Moment, da er
sie zu erklimmen begann, ging unter ihm eine Tür auf und der
Kopf eines Mannes mit Nachtmütze erschien.

»Da oben ist niemand«, sagte er.

Nicolas blieb stehen.

»Das ist eine Tatsache«, erklärte der Mann und verschwand.
Nicolas kletterte die restlichen Stufen hinauf und klopfte

hart an die Tür. Das Echo seines Klopfens hallte aus dem Zimmer hinter der Tür zurück. Er packte die Türklinke – sie gab nicht nach. Er klopfte erneut und rief, klopfte wieder und rief. Dann tastete er sich Stufe für Stufe zur Etage darunter. Seine Schritte hallten auf den blanken Dielen, und als er zu der Tür kam, wo er den Mann gesehen hatte, ging sie wieder auf, und sein Kopf mit der Nachtmütze schoss grotesk hervor.

»Die Mühe hätten Sie sich sparen können. Ich habe es Ihnen ja gesagt.«

»Wer wohnt da oben?«, fragte Nicolas.

»Das sollten Sie wissen.«

»Ist es Paul Damas?«, fragte er weiter, weil er sich unbedingt versichern wollte.

»Das sollten Sie wissen«, gab der Mann spöttisch zurück. »Würden Sie die vielen Stufen da raufklettern, wenn Sie es nicht wüssten?«

33

Das Einzige, was Nicolas mit Sicherheit wusste, als er abermals auf der Straße stand, war dies: Der Mann mit der Nachtmütze hatte nicht abgestritten, dass Damas da oben, hinter der verschlossenen Tür, wohnte. Immer wieder verschlossene Türen, immer wieder Verzögerungen, Enttäuschungen, immer wieder war er von einem zum anderen geschickt worden. Jedes Mal hatte man ihm neue Hoffnung gemacht und ihm neuen Grund für Kummer gegeben, für Ungewissheit – und der Tag, der mit solch hohen Erwartungen begonnen hatte, endete in einem leibhaftigen Albtraum.

Was sollte er jetzt tun? Musste er bis zum Morgen warten, bevor er Paul sehen und mit seiner Mutter sprechen konnte, bevor er sich von dieser letzten quälenden Unsicherheit befreien konnte? Er ging weiter, ohne Ziel, allein aus dem Bedürfnis, in Bewegung zu bleiben, nicht zu erstarren. Er bemerkte, achtete aber nicht weiter darauf, dass sein Gesicht und seine Schläfen feucht waren. Er hatte keine Kopfbedeckung. Er wusste nicht, wo er seinen Hut liegen gelassen hatte, ob im Goldenen Pflug oder im Haus des Scharfrichters, ob beim Abbé oder vielleicht sogar in der Werkstatt in der Rue de la Vieille Bouclerie. Er erinnerte sich deutlich, dass er den Hut abgenommen hatte, als er den Raum betrat, wo Sanson zu Tisch saß. Aber er wusste nicht mehr, wie er das Haus des Abbé verlassen hatte. Wenn er die Kartenspieler nicht nur atemlos, sondern auch hutlos gestört hatte, musste er ziemlich ungehobelt gewirkt haben, was erklären würde, weshalb sie so feindselig waren. Warum sonst hätte die junge Frau ihm die Schande seiner Mutter mit solcher Boshaftigkeit ins Gesicht geschleudert? Während er blicklos durch die Straßen hastete, stellte er entsetzt fest, dass er alle ihre Andeutungen schon als wahr akzeptiert hatte. Er wehrte sich dagegen, aber es war zu spät. Das Bild hatte sich in seinem Kopf festgesetzt. Seine Abscheu blieb, aber der Wunsch, seine Mutter zu sehen, war stärker als zuvor. Er musste sie sehen, und sei es, um ihr Vorwürfe zu machen.

Unwillkürlich hatte er den Weg zum Fluss eingeschlagen, dann weiter am Quai entlang und in Richtung des Viertels St. Paul. Als er den Pont de la Tournelle erreichte, fiel der benommene Zustand von ihm ab, und er wusste, wo er war, aber er hatte keine Erinnerung daran, wie er dorthin gekommen war. In dem Moment beschloss er, nicht noch länger zu warten, bis er seine Mutter sah. Er würde umkehren und wieder zu dem Haus gehen, wo sie mit Paul in Schande zusammenlebte, und er würde vor der Tür warten, bis sie von ihrem Abend, den sie wer weiß wo verbracht hatten, zurückkehrten. Erst da fragte er sich, wie spät es war. Es war nach dem Abendläuten.

Hinter Fenstern, die auf Straßenniveau vergittert und mit Läden verschlossen waren, hörte er Fiedel- und Flötenklänge in einem fröhlichen, streng rhythmisierten Takt. Offiziell waren die Lokale geschlossen, aber hinter den dunklen Fassaden ging der Betrieb noch lange weiter. Gut möglich, dass seine Mutter und Paul in einem davon saßen. Er versuchte, sich zu erinnern, in welchen Wirtshäusern die Gesellen der Rue St. Jacques die Abende verbracht hatten, als er selbst Lehrling gewesen war. Er dachte an das Kaffeehaus beim Friedhof der St.-Pauls-Kathedrale in London, und in diesem Moment spürte er wieder den Verlust, den der Tod von Monsieur Bouquet ihm bedeutete. Seine Schuldgefühle, weil er so lange von zu Hause weggeblieben war, und die abergläubische Überzeugung, dass der Tod seines Freundes den des Vaters vorausnahm – was sich inzwischen bewahrheitet hatte –, vermischte sich mit Erbitterung wegen des Betrugs, den seine Mutter und der Geselle, den er auch noch selbst in die Rue des Lions gebracht hatte, an seinem Vater verübt hatten. Es ging ihm nicht um das Recht seiner Mutter, wieder zu heiraten. Aber sie hatte kein Recht, Paul zu heiraten.

Ihm fiel ein Lokal ein, das einmal sehr beliebt gewesen war, und so ging er über die Brücke zur Île de la Cité. Er fand das Haus, und als er vor der Tür stand, versuchte er, sich vorzustellen, dass die beiden Menschen, die er suchte, in dem Raum dahinter waren und er sie konfrontieren würde. Aber es wären auch andere Menschen dort. Und er ertrug den Gedanken nicht, dass er Fragen beantworten und Erklärungen abgeben müsste, falls die beiden Gesuchten nicht in dem Raum wären.

Er wandte sich von der Tür ab, darauf bedacht, möglichst nicht aufzufallen. Bei der Rue Dauphine bog er nicht zu Pauls Haus ab. Er hielt sich an den Quai und schob die Begegnung, die er suchte, hinaus, weil er meinte, dass er sich noch darüber klar werden müsse, was genau er zu seiner Mutter sagen wollte, und dass seine Mutter und Paul ohnehin noch nicht zurückgekehrt wären. Er ging bis zum Pont Neuf, wo er sich unter die Nachtschwärmer mischte, die keine Notiz von ihm nahmen und ihn, so glaubte er, auch nicht beobachteten. Dann ging er wieder zum Quai und kam zum Kloster Grands Augustins. Er näherte sich dem Portal der Klosterkirche.

Wie immer stieg Nebel vom Fluss auf, und Nicolas fröstelte. Sein ungestümes Herz, das unverzügliches Handeln und eine unverzügliche Entscheidung begehrt hatte, war bei dem vielen Gehen ein wenig ruhiger geworden. Als er vor dem Kirchenportal stand, spürte er in seinem Herzen eher Trauer als Ungestüm. Wäre die Tür unverschlossen gewesen, hätte er die Kirche sicher betreten und auf Knien einen Teil seines Entsetzens und Schmerzes herausgeschluchzt. Aber das Portal war fest verschlossen, das wusste er. Er versuchte nicht einmal, die Klinke zu drücken. Um seine Hände zu wärmen, steckte er sie in den Rock und unter das Hemd, kreuzte sie unter dem Kinn und senkte den Kopf. In alten Bildern von Christus und Johannes dem Täufer war dies die Haltung der nackten, vor Kälte bebenden Taufkandidaten. Er hatte das Gefühl, krank zu sein. Er dachte: »Die Seele spiegelt den Körper, und meine Seele ist krank.« Seine Finger berührten das Viereck des Skapuliers, das er sich vor mehreren Stunden um den Hals gehängt hatte. Als er mit den Fingerspitzen darüberstrich, meinte er, an einer Kante eine Rauheit zu spüren, die ihm zuvor nicht aufgefallen war. Er wollte sich das Skapulier genauer ansehen und zog es unter dem Hemd hervor. Seine Neugier war nicht sehr groß. Vielmehr trieb ihn sein Wunsch, eine Nähe zu seinem Vater herzustellen, dessen Anwesenheit zu beschwören, sich gewissermaßen mit ihm zu verständigen, als könnte ihm das Ding, das so viele Jahre am Herzen seines Vaters geruht hatte, Rat und Stärke geben. Aber als er im trüben Licht das Viereck aus braunem Stoff betrachtete, sah er, dass sich an einer Kante der Saum gelöst hatte. Die Stiche waren aufgegangen, vielleicht hatte jemand sie durchgebissen. Nicolas konnte einen Finger durch das kleine Loch schieben, und als er das tat, ertastete er ein gefaltetes Stück Papier. Plötzlich war er sehr erregt. Die Vorstellung, es könnte eine Nachricht von seinem Vater für ihn sein, war so mächtig wie sein Bedürfnis danach stark, und noch bevor es ihm gelang, das winzige Zettelchen hervorzuziehen, war er überzeugt, dass dies die sehnlichst gewünschte Nachricht war.

Er faltete den Zettel auf und las fünf Buchstaben, in schwarzer Tinte klar geschrieben. DAMAS. Vor seinem inneren Auge sah er seinen Vater, allein mit Feder und Tinte, der die Namen der Mittäter aufschreiben sollte. Stattdessen hatte er den Namen seines Verräters aufgeschrieben – und dann nicht den Mut gehabt, die Nachricht dem einzigen Menschen zu schicken, dem er vertrauen konnte. Bis zu dem Moment, als er auf Sansons Karren saß, erst da hatte er den Mut gefunden.

Nicolas zitterte vor Kälte und Erregung, und gleichzeitig schienen ihm Stirn und Wangen in Flammen zu stehen.

Bis er wieder zu Pauls Wohnung kam, hatte er sich eine Geschichte zusammengereimt, die der Wahrheit sehr nahe kam. Und bevor er oben an der Treppe angekommen war, hatte er einen Plan.

Er musste warten, während Paul eine Kerze anzündete und sich die Hose über das Nachthemd zog. Durch die Tür hörte er das Erstaunen in Pauls Stimme, dann Ausrufe der Begrüßung und Freude. Nicolas kam der Ton falsch vor, aber noch gab es keinen Grund, warum Paul, als er endlich die Tür öffnete, nicht mit einem Lächeln und der Kerze in der Hand vor ihm stehen sollte. Das Lächeln schwand schnell, als Paul den Ausdruck von Nicolas' Gesicht sah.

Paul reagierte mit einem erschreckten Ausruf. Nicolas sah an ihm vorbei ins Zimmer: die Ecken einer Dachschräge, ein Vorhang, der von einem Bord hing und einen Schrank abteilte, ein Bett, um das ebenfalls ein Vorhang gezogen war. Es brannte kein Feuer im Kamin. In dem Zimmer war es so kalt wie im Treppenhaus. Weiter als bis zum Bett konnte Nicolas nicht sehen. Gab es einen Tisch, einen Stuhl, einen Hinweis auf weibliche Gegenwart? Er spürte einen Hoffnungsschimmer, dass es doch nur Paul war, mit dem er zu tun hatte, aber er konnte sich nicht sicher sein. Paul überschüttete ihn mit Fragen: Woher er so plötzlich komme? Wo er all die Jahre gewesen sei? Nicolas beachtete sie nicht.

»Meine Mutter«, sagte er, »wo ist sie?«

Seine Mutter antwortete, indem sie seinen Namen sagte. Nicolas ging an Damas vorbei, zum Bett, und zog den Vorhang zur Seite. Die Ringe kratzten schrill über die Stange, ein Geräusch, das in der folgenden Stille nachhallte. Marianne setzte sich im Bett auf, zog die Knie an und schlang die Arme unter der dunklen Decke darum. Ihr Ausdruck war erwartungsvoll und ohne eine Spur von Scham. Aber das Haar hing ihr lose um die Schultern. Sie sah Nicolas erfreut an, und er wich einen Schritt zurück.

»Colas«, sagte sie wieder und benutzte seinen Kindernamen, »wie hast du uns gefunden? Warst du beim Abbé?«

»Wie ich euch gefunden habe?«, wiederholte er. »Die ganze Rue St. Jacques weiß, dass du mit dem Mörder meines Vaters zusammenlebst.« Er drehte sich zu Paul um und hielt ihm das Skapulier entgegen, das er noch in der Hand hatte. »Willst du es etwa leugnen? Sieh selbst. Mein Vater schickt mich zu dir.«

Paul starrte das Skapulier an und dann den Jungen mit einem fassungslosen und ungläubigen Ausdruck. Er beachtete das Skapulier nicht weiter, aber bevor er seine Antwort richtig bedacht hatte, sagte er:

»Dein Vater hat niemanden beschuldigt. Niemanden, verstehst du?«

»Sieh selbst«, sagte Nicolas. »Kannst du lesen? Kannst du deinen Namen lesen?«

Jetzt streckte Marianne die Hand aus.

»Zeig es mir, Nicolas. Woher hast du das?«

»Von Sanson.«

Er gab es nicht aus der Hand; er ließ sie es lesen, und nachdem sie es gelesen hatte, wiederholte sie in einem verzweifelten Flüstern: »Von Sanson.«

Paul sprach, und seine Stimme war, für Nicolas unerklärlich, eisig, verächtlich und triumphierend zugleich.

»Dann war er also doch nicht so großzügig.«

»Was meinst du damit?«, fragte Nicolas.

Aber Paul sprach zu Marianne.

»Und er hat uns doch nicht bis zum Ende geschützt.«

Nicolas sah, wie seine Mutter den Kopf auf die Knie senkte und ihr Gesicht verbarg. Mit immer noch scharfer, kalter Stimme fragte Paul Nicolas:

»Was hast du damit vor?«

»Ich werde dich an den Galgen bringen.«

Paul lachte.

»Dazu ist es zu spät. Ein Skapulier mit einem Namen, das ist kein Geständnis.«

»Dann wirst du mir ein Geständnis schreiben«, sagte Nicolas.

»Für wie dumm hältst du mich?«, sagte Paul. Mit der freien Hand versuchte er, Nicolas das Skapulier zu entreißen, aber Nicolas war schneller. Er riss die Hand zurück, brachte sie außerhalb von Pauls Reichweite und schüttelte die Faust, in der das Skapulier fest umschlossen war. In den vergangenen drei Jahren war er größer geworden, und jetzt tobte in ihm der wilde Wunsch nach Rache. Er war der Stärkere der beiden, und Paul erkannte seine Unterlegenheit. Deshalb beschloss er, sich gefügig zu zeigen und auf Zeit zu spielen.

»Stell die Kerze hin und hol Papier und eine Feder.«

Beim Bett stand ein Tisch. Paul tat, was Nicolas ihm befahl. Er fand Tinte und eine Feder. Die Spitze der Feder war abgebrochen.

»Such eine andere«, sagte Nicolas. »Du schreibst, was ich diktiere.«

Aber Paul konnte keine zweite Feder finden.

»Lass mich erzählen, wie es passiert ist, ganz genau«, bat er. »Danach wirst du es verstehen. Es war nicht unsere Schuld. Du darfst uns nicht zu streng beurteilen.«

Hätte er gesagt: »Es war nicht meine Schuld«, hätte es vielleicht eine Möglichkeit für eine Fortsetzung des Gesprächs gegeben, aber er hatte Marianne unbedacht, so, wie es ihr auch einmal passiert war, als Komplizin miteinbezogen.

»Spitz die Feder an«, sagte Nicolas mit steinerner Miene. Er gab Paul sein Messer. Marianne hob den Kopf, sie erkannte das Messer, den Griff aus geschnitztem Elfenbein in der Form eines Krokodils, das seinen Schwanz unter dem Bauch einrollt. Das letzte Mal hatte sie das Messer gesehen, als sie Nicolas den Mann erklären wollte, den sie selbst nicht richtig verstand – seinen Vater. Wie ein folgsamer Schüler nahm Paul das Messer, schärfte die Spitze, legte das Messer hin, tauchte die Feder in die Tinte und wartete. Nicolas ließ ihn warten.

»Es ist scharf«, bemerkte Paul nervös mit einem Blick auf das Messer.

Mit ruhiger Stimme sagte Nicolas:

»Mein Vater und ich halten unsere Werkzeuge in Ordnung.« Dann: »Schreib«, und mit bestimmter Stimme fuhr er fort: »Ich, Paul Damas, gestehe hiermit –«

»Wozu soll das gut sein?«, fragte Marianne.

»Mehr brauche ich nicht«, sagte Nicolas. »Das bringe ich zu Sanson, der wird wissen, was damit zu tun ist. Es wird den Namen meines Vaters läutern. Es wird mir den Vater zurückgeben. Es wird dich von deiner Schande befreien.«

»Du verstehst das nicht«, sagte seine Mutter. »Ich trage genauso viel Schuld wie Paul.«

Nicolas hatte nach dem Messer gegriffen und hielt es in der Hand, ohne es richtig zu bemerken. Er hatte es wieder ins Futteral stecken wollen, aber jetzt stand er wie angewurzelt da und starrte seine Mutter an.

»Du hast Paul geheiratet«, sagte er schließlich mit erstickter Stimme, »aber du hast nicht meinen Vater ermordet.«

»Ja. Nein«, erwiderte sie voller Verzweiflung und schob sich das Haar mit beiden Händen aus dem Gesicht. »Ich habe Paul nicht geheiratet. Es ist einfach passiert.« Und dann erzählte sie alles von Anfang an, vom ersten Betrug, der ihr so harmlos erschienen war, von dem törichten Plan ohne jede Absicht, großes Unrecht zu begehen, dann von Pauls Fehler, als er die Pamphlete in den Schrank legte, und von ihrer anhaltenden Verwirrung während der Zeit des Wartens, als sie nicht wusste, wo Paul war, was Jean tun würde, was sie selbst tun sollte. Paul hörte mit hängendem Kopf zu, in der Hand die Feder mit der trocknenden Tinte an der Spitze. Nicolas hörte zu, ohne sich vom Fleck zu rühren, aber als sie von ihrer Verunsicherung sprach, weil sie nicht wusste, was Jean unter Folter aussagen würde, rief er mit ungläubiger und von Entsetzen erfüllter Stimme:

»Du hast zugelassen, dass er gefoltert wurde?«

»Was sollte ich tun? Sie hätten Paul hingerichtet.«

Darauf stieß Nicolas einen Schrei aus, einen Schrei, kein Wort, und hob den Arm gegen seine Mutter. Er hatte das Messer in der Hand. Er zielte auf ihren Körper, und das Messer wäre in ihre Brust eingedrungen, wenn sie sich nicht in dem Moment, als sie seine erhobene Hand sah, zur Seite gedreht hätte, sodass die Klinge sie am Hals traf, unmittelbar unter dem Ohr. Ein starker Blutstrahl schoss hervor und ergoss sich über seine Hand, bevor er sie zurückziehen konnte, und in einem breiten, im Kerzenlicht glänzend roten Strom über ihr weißes Nachthemd. Er ließ das Messer fallen und nahm seine Mutter in die Arme, sein Ausdruck so überrascht wie ihrer, als sie sich ihm zuwandte.

In dem Versuch, das Blut zu stillen, presste er die Hand an ihren Hals. Als Kind hatte er einmal ein junges Kätzchen vor einem Hund gerettet. Er hatte es in seinen Händen gehalten und nach Wunden abgesucht, die die Zähne des Hundes ihm zugefügt haben mussten, fand unter dem weichen, hellen Fell aber keine. Er hatte das Tier gehalten und geglaubt, es würde sich gleich erholen, während es sich in seinen Händen wand. Und als er es noch beruhigte und streichelte, kam plötzlich die rosafarbene Zunge aus dem Mäulchen, und das Tier erschlaffte in seinen Händen. Dieses Erlöschen, das vollständige Ausgehen des kleinen Lebenswillens, hatte ihm den Abgrund der Endlichkeit aufgetan. Es war seine erste Begegnung mit dem Tod. Und während er seine Mutter hielt, zuckte sie einmal, wie damals das Kätzchen, streckte sich dann und erschlaffte in seinen Armen.

Er ließ sie aufs Bett fallen und drehte sich, blutüberströmt, wie er war, zu Paul um. Sein Gesicht war versteinert. Paul sah darin seinen eigenen Tod geschrieben und wollte nach dem Messer greifen, das auf den blutigen, zerdrückten Laken lag. Nicolas reagierte sofort. Die Männer stürzten sich auf die Matratze, richteten sich auf und standen, die Hände im Ringen um das Messer verkeilt, neben dem Bett. Es gab keinen Zweifel, wer den Kampf gewinnen würde. Nicolas war der Jüngere, noch dazu wurde er von einem übermächtigen Zorn befeuert. Er ließ Paul, nachdem er viele Male auf ihn eingestochen hatte, über Mariannes Knie gestreckt liegen. Dann ging er.

Die Kerze brannte herunter, bis sie schließlich im flüssigen Talg ertrank, der in dem kalten Zimmer schnell erhartete.

Nicolas stieg die Treppe sehr langsam, sehr vorsichtig hinunter und trat auf die Straße. Die Laterne an der Kreuzung brannte noch, ein Nebelkranz lag um das Licht. Auf schwankenden Beinen ging Nicolas langsam weiter, unter der Laterne her, und bog zum Fluss ab.

Seine Hände waren klebrig von Blut, seine Wange gespannt, wo das Blut trocknete. Seine Lippen waren starr. Er fuhr sich mit der Zunge darüber und schmeckte Blut. Ein einziger Gedanke trieb ihn: die Hände und das Gesicht waschen. Hinter dem Pont Neuf gab es ein *abreuvoir*, erinnerte er sich, wo

Pferde und Vieh am Fluss getränkt wurden. Er ging am Quai des Augustins an der Brücke vorbei, bis er zu der gepflasterten Rampe kam, auf der er unter dem Brückenbogen und immer noch bedächtigen Schrittes, zum Fluss hinunterging.

Wie köstlich wäre es, sich das Gesicht mit dem kältesten Wasser zu waschen. Unter der trocknenden Blutschicht brannte die Haut. Er hörte im Dunkeln das leise Schwappen des Wassers, kniete sich auf den feuchten Kies und tauchte die Hände ins Wasser. Es war so kalt, wie er es sich vorgestellt hatte, und die Luft war kalt, aber selbst nachdem er sich das Gesicht in all der Kälte gewaschen hatte, spürte er noch das Brennen, so als stünde er in Flammen. Weder Feuerschein noch Sterne spiegelten sich im Wasser. Es strömte jenseits des Saumes, wo er kniete, in gleichmäßigen Wellenbewegungen dahin. Auf dem Wasser war eine Brise zu spüren. Vielleicht war es die Morgenbrise, denn die Île de la Cité ragte östlich von ihm als steinerne Masse vor einem nicht mehr ganz dunklen Himmel auf. Über den Dächern und Türmchen konnte er die beiden stumpfen Türme der Kathedrale sehen.

Dort, am Uferrand, wurde er von Pferdeknechten gefunden, die ihre Kutsche im Kutschhaus abgestellt hatten und die Pferde zum Trinken zum Wasser führten. Sie kamen in den frühen Morgenstunden mit brennenden Fackeln und lautem Hufgeklapper, redend und lachend und Bruchstücke von Spottliedern singend, und es schien ihnen merkwürdig, dass der Mensch keinerlei Notiz von ihnen nahm. Sie zogen ihn schließlich hoch und drehten ihn um. Und da sahen sie das Blut auf seiner Kleidung, die feucht von Wasser und Schlamm war, und von der schwarzen öligen Substanz, die dort, wo er gelegen hatte, durch den Kies sickerte.

Er konnte nicht erklären, woher die Blutflecken kamen. Er konnte sich an nichts erinnern.

Mehrere Wochen lag er mit Hirnfieber im Krankenhaus St. Lazare. Während dieser Zeit kam seine Erinnerung nur einmal zurück, für wenige Stunden, und er sprach von Sanson und dem Zimmer, in dem er Paul und seine Mutter gefunden hatte, aber er starb, bevor er eines Verbrechens beschuldigt werden konnte.

Eine unwiderstehliche Mischung
aus Anschauung und Imagination

Nachwort von Julia Encke

Janet Lewis wurde 1899 in Chicago geboren und ging im westlichen Vorort Oak Park zur Schule, wo sie und ihr Mitschüler
Ernest Hemingway beide Texte für die Literaturzeitschrift der
Highschool schrieben. Ihre Geburtstage liegen nur einen knappen Monat auseinander. Wie er schrieb sie in ihren Kurzgeschich-
ten über die Sommer »oben in Michigan«. Doch ihre Leben hätten unterschiedlicher nicht verlaufen können: Hemingway, der
Reporter und Kriegsberichterstatter, Abenteurer, Hochseefischer
und Großwildjäger; einer der bekanntesten Schriftsteller seiner
Generation, Nobelpreisträger, der seinem von Depressionen
und Alkohol begleiteten Leben 1961 ein Ende setzte. Und Janet
Lewis, die an der Universität in Chicago französische Literatur
studierte, 1926 den Dichter und Literaturkritiker Yvor Winters
heiratete, mit ihm nach Los Altos in Kalifornien ging, dort wie er
an der Uni lehrte, Lyrik und Romane veröffentlichte, ohne dabei
große Bekanntheit zu erlangen, zwei Kinder großzog, und auch
nach dem Tod ihres Mannes bis zu ihrem Lebensende in Los
Altos blieb. Sie starb 1998 im Alter von 99 Jahren.

Sieht man aber genau hin, gibt es eine weitere Gemein-
samkeit. Denn beide gingen nach dem Ersten Weltkrieg nach
Paris: Janet Lewis nach ihrem Studienabschluss 1920 für sechs
Monate; Hemingway 1921 zusammen mit seiner ersten Frau

Hadley Richardson als Auslandskorrespondent für den ›Toronto Star‹. Er lernte dort Scott Fitzgerald, Ezra Pound und Gertrude Stein kennen. Lewis dagegen fand in den Künstler- und Schriftstellerkreisen keinen rechten Anschluss, kehrte nach Chicago zurück, wo sie schwer an Tuberkulose erkrankte und Jahre in Sanatorien verbrachte. Und während Hemingway den literarischen Stil entwickelte, der ihn berühmt machte und der vor allem im Weglassen bestand – kurze Hauptsätze, wenige Adjektive –, verband Janet Lewis Gegenwärtiges mit Vergangenem und veröffentlichte zwischen 1941 und 1959 drei historische Romane, die auf spektakulären Kriminalfällen beruhen.

Ihr Mann Yvor Winters hatte ihr ein Buch mit dem Titel ›Famous Cases of Circumstantial Evidence‹ geschenkt, 1874 zusammengestellt von Samuel March Phillipps (1780–1862), einem britischen Staatsbeamten und juristischen Kommentator. Sie ließ sich von diesen Fällen – es handelte sich um Urteile nicht nach eindeutiger Beweislage, sondern nach Indizien – inspirieren, und gleich zwei ihrer auf der Grundlage dieser Fälle entstehenden Bücher spielen in Frankreich: ›The Wife of Martin Guerre‹ (auf Deutsch 2018 bei dtv unter dem Titel ›Die Frau, die liebte‹ erschienen) und ›The Ghost of Monsieur Scarron‹: ›Verhängnis‹, das ihr politischstes Buch wurde und für das die Autorin 1950 mit einem Stipendium nach Paris zurückkehrte, um es dort recherchieren und schreiben zu können. Es geht ihr darin um nicht weniger als um die Macht des Wortes, die Menschenleben auf das Spiel setzt. ›Verhängnis‹ spielt zur Zeit Ludwig XIV. in Paris im Milieu der Buchdrucker. Was gedruckt ist, ist in der Welt und nur noch schwer zu kontrollieren. In den Straßen von Paris kursiert ein Pamphlet, das Ludwig XIV. und seine Mätressenwirtschaft diffamiert. Und nicht nur das. Auf François Fénelon, den Erzieher des Enkels Ludwig XIV., geht ein an den König adressierter Brief zurück, der die Kriegswirtschaft des Königs und das Verarmen der hungernden Bevölkerung anprangert. Der Brief stellt die Frage nach der moralisch richtigen Art des Regierens. Er stellt den idealen Monarchen als denjenigen dar, der großzügig sei und sich um den wirtschaftlichen Wohlstand, den Frieden, aber auch um die Bereinigung von Ungerechtigkeiten sorge: »Frankreich ist zu einem großen, trostlosen Armenhaus verkommen«, schreibt Fénelon anklagend. Der König zeigt sich von beidem – dem Brief wie dem Pamphlet – gekränkt, lässt Fénelon dennoch im Amt, während er von seinem Polizeipräfekten Nicolas de la Reynie, dem ersten Generalleutnant der französischen Polizei, verlangt, die Urheber des Pamphlets aufzuspüren, festzunehmen und sie nicht zu einer Galeerenstrafe, sondern zum Tode zu verurteilen.

Janet Lewis zeichnet durch ihre unwiderstehliche Mischung aus Anschauung und Imagination, den zuweilen erstaunlichsten mentalitätshistorischen Details und einem Echo von Stendhals ›Rot und Schwarz‹ und Maupassants ›Bel Ami‹ ein lebendiges Bild von Paris gegen Ende der Regentschaft des Sonnenkönigs. Das gilt zum einen für die festen Rhythmen in der Lebensführung Ludwig XIV., dem streng eingeteilten Tagesablauf: dem »Lever« zwischen halb acht und halb neun, in dem der diensthabende Kammerdiener das Himmelbett öffnet und den König zu der von ihm bestimmten Zeit weckt (»Sir, voilà l'heure!«). Der Prüfung seines Gesundheitszustands, dem Morgengebet, der Wahl der Perücken für den Tag, dem Ankleiden, dem »ersten Eintritt«, der Rasur, dem Frühstück. Lewis kennt die Regeln und Routinen des Hofs genauso wie die verwickelten Beziehungen und das Personal der höfischen Welt. Beinahe noch beeindruckender aber sind ihre Kenntnisse des Lebens auf der Straße in Paris und in den Armenvierteln, wo jeder, der das Flusswasser trinkt, von Durchfall heimgesucht wird; wo an jeder Straßenecke Reklametafeln stehen, die Mittel gegen Geschlechtskrankheiten anpreisen; wo die Kutschen vorbeidonnern und dabei den Straßenschmutz hochschleudern, der den Passanten, wenn sie nicht achtgeben, auf Wange und Schulter klatscht. Sie weiß, dass die Kerzen für den König in Versailles mit Spermazet hergestellt werden; sie kennt die Hausmittel, die gegen Zahnschmerzen eingesetzt werden (eine Kompresse aus Salz und Nelkenöl), und ist der Orte kundig, wo an den entgegengesetzten Enden des Pont Neuf in Paris die wandernden »Zahnzieher« stehen, die aufsehenerregende Kostüme aus Samt tragen, oft mit Fransenschal und Turban, und die mit spitzen scharfen Gegenständen in den Mündern ihrer Patienten herumstochern.

»Der Buchbinder Jean Larcher saß mit seiner Frau und seinem Sohn beim Abendessen. Es war Ostersonntag, der in diesem Jahr des Herrn, dem Jahr 1694, und dem einundfünfzigsten Jahr der Herrschaft Louis' XIV., auf den elften April fiel«, heißt es im ersten Satz des Romans, in dem Zeit und Ort bestimmt sind. Der mit weißem Leinen gedeckte Tisch der Larchers steht in der Rue des Lions, ganz in der Nähe der im vorausgegangenen Winter zugefrorenen Seine. Die Stadt, »die über den Fluss versorgt wurde«, hatte in einer Art Belagerungszustand ausharren müssen, und die noch größere Knappheit in einer Zeit des Kriegs, in der es schon lange an Getreide und Brot fehlte, brachte weiteres Leid über die Bevölkerung. Larcher ist als ehrenwerter Mann angesehen. Er ist ein Königstreuer und als solcher bekannt. Seinen Sohn Nicolas dagegen treibt es von zu Hause fort. Es ist die Ungeduld der Jugend, es ist das Gefühl, von den Eltern »zu sehr geliebt« zu werden. Aber es ist auch eine Rebellion gegen die Autorität des Königs: »Warum muss er bestimmen, was man lesen darf und was nicht«, fragt Nicolas den jungen Paul Damas, der als begabter Handwerker aus der Provinz nach Paris gekommen ist und sich als Buchbinder in der Werkstatt seines Vater bewirbt – und der bleiben wird, als Nicolas das Elternhaus und Paris schließlich verlässt. »Ohne die feste Autorität des Königs würde das Königreich in sich zusammenstürzen«, antwortet ihm Paul. »Glaubst du das?«, fragt Nicolas und verleiht seinem Zweifel so Ausdruck.

Ihre Unterhaltung wird allerdings durch die Stimmen von Männern unterbrochen, die gekommen sind, um die Werkstatt des Buchbinders Larcher nach jener Schmähschrift zu durchsuchen, deren Urheber vom König bestraft werden sollen: ›Der Geist des Monsieur Scarron‹ lautet ihr Titel. Paul – aber das wissen die Larchers nicht – besitzt ein paar Drucke dieser Schmähschrift im »Duodezformat«, ein kleines Schreibheft- und Buchformat, bei dem ein Papierbogen in zwölf Blätter gebrochen wird. Es sind diese Drucke, die ihnen allen zum »Verhängnis« werden.

Was Janet Lewis beschreibt, ist eine Zeit des Umbruchs am Ende des Jahrhunderts, in der das Regime des Sonnenkönigs Risse zeigt. Da sind der königstreue Vater und der freiheitsliebende Sohn. Da ist auf der einen Seite der alte Laternenmann an der Place des Victoires, der jede Nacht dafür sorgt, dass das Standbild des Königs, des Sonnenkönigs, niemals im Dunkeln steht. Und auf der anderen Seite der Balladensänger, der den Abgesang auf den Regenten längst angestimmt hat: »Wird Zeit, dass wir den Titel ändern. Die Sonne scheint längst nicht mehr so hell wie einst. Der Sonnenkönig wird zum König der vier Laternen.« Und nicht zuletzt ist da am Hof die Figur des Fénelon, den der König als Autor des kritischen Briefes sofort ausmacht, obwohl dessen Name als Absender nicht verzeichnet ist: »Der Brief war nicht unterschrieben, dennoch hatte der Schreiber ganz offensichtlich weder seine Schrift noch seinen Stil zu verstellen versucht. Die Wörter waren ihrem Duktus nach der Stimme des Verfassers so ähnlich, als wäre er selbst im Zimmer.

Es handelte sich eindeutig um den jungen Abbé Fénelon, den Hauslehrer des kleinen Dauphin, Enkel des Königs.«

François de Salignac de La Mothe-Fénelon hatte sich 1687 im ›Traîté de l'éducation des filles‹ für ein Gleichgewicht zwischen theoretischer und praktischer Erziehung und eine harmonische Entwicklung der geistigen und seelischen Anlagen ausgesprochen. Dies hatte ihm das Amt des Prinzenerziehers eingetragen. Janet Lewis' Roman spielt 1694. Vier Jahre später wird am Hof das Manuskript von Fénelons berühmtem Roman ›Les aventures de Télémaque‹, ›Die Abenteuer des Telemach‹, kursieren, den er für den Enkel des Königs schreiben wird. Darin knüpft Fénelon an die ›Odyssee‹ an und zeigt seinen Titelhelden auf der Suche nach seinem Vater. Es wird eine Reise, auf der die Göttin Athene in Gestalt des Erziehers Mentor ihrem Schutzbefohlenen Lehren in Politik, Recht, Moral, Geschichte, Wirtschaft, Theologie oder Hygiene erteilt, um ihn zum idealen Herrscher, einem *sage roi* und *roi pacifique* heranzubilden. Indirekt prangert Fénelon dabei Kriegspolitik, Machtmissbrauch, Justizwillkür und den übersteigerten Luxus Ludwig XIV. an. Hatte der Brief, den Janet Lewis erwähnt und den es tatsächlich gegeben hat, für den Absender noch keine Folgen, verscherzte Fénelon es sich mit ›Télémaque‹ endgültig beim König. Anfang 1699 verlor er seinen Erzieherposten, und als im April ›Télémaque‹, zunächst anonym und ohne seine Zustimmung, im Druck erschien, wurde er vom Hof verbannt.

In der Rue des Lions endet im Roman noch eine andere Ära. Es ist die des königstreuen Buchhändlers Larcher. Der Sohn sucht das Weite und geht seinen eigenen Weg bis nach England. Der ihn in der Werkstatt ersetzende Paul Damas hintergeht Larcher mit dessen Ehefrau Marianne und kann das von ihm entfesselte Drama aus Kalkül, Leidenschaft und Habgier schon bald nicht mehr kontrollieren. Seine Waffe ist die Schmähschrift im Duodezformat, ›Der Geist des Monsieur Scarron‹. Nimmt man Samuel March Phillipps ›Famous Cases of Circumstantial Evidence‹ zur Hand und vergleicht den Roman mit der Fallgeschichte, die Janet Lewis ihm zugrunde gelegt hat, ›Case of a bookbinder‹ lautet der Titel, dann spielt der Betrug, der in ›Verhängnis‹ zum Fehlurteil und zur Hinrichtung des unschuldigen Buchhändlers führt, hier nur ganz zum Schluss eine kurze Rolle: Der Sohn der Buchbinders habe nach seiner Rückkehr aus England entdeckt, dass seine Mutter gleich nach der Hinrichtung des Vaters dessen Gehilfen geheiratet habe. Und es sei dieser Gehilfe, den der Vater für schuldig hielt.

In Janet Lewis' ›Verhängnis‹ wird die Liebes- und Betrugsgeschichte zwischen der Ehefrau des Buchbinders und dem jungen Gehilfen, Paul Damas, dagegen zu einer tragenden Säule ihrer hoch spannenden erzählerischen Konstruktion. Der Sohn des Buchbinders lässt Damas in seinem Bett schlafen, da dieser, neu in Paris, zu Beginn weder eine Unterkunft noch Geld hat. So kommt es zu der morgendlichen Szene, in der die Mutter, Marianne, eigentlich den Sohn wecken will, im Bett des Sohns aber Damas erblickt – eine klassische Szene des *coup de foudre*, der Liebe auf den ersten Blick: »Paul lag auf dem Rücken und hatte die Augen weit geöffnet, ein Arm lag über der Bettdecke auf seiner Brust. Sein Hemd stand am Hals offen, und als die Kerzenflamme über seine Haut glitt, leuchtete das kurze Haar, und seine Augen, geblendet von der plötzlichen Helle, waren sehr klar und hatten eine rötlich braune Farbe, ein Fuchsrot. Marianne ließ sofort den Vorhang fallen, und Paul sah den Schimmer der Kerze durch den Stoff, als sie aus dem Zimmer ging.«

Sie sei beides, »traditionell und feministisch«, hat Janet Lewis' US-amerikanischer Verleger Kevin Haworth einmal über seine Autorin geschrieben und dabei auf ihre besondere Sensibilität für weibliche Figuren hingewiesen. In ›Verhängnis‹ zeigt sich diese in der psychologisch vielschichtigsten Figur der Marianne, deren neu entfachte Leidenschaft zu Damas, der ihr Sohn sein könnte, ihr zu Beginn Ähnlichkeit mit Madame de Rênal verleiht, dem weiblichen Ideal in Stendhals ›Rot und Schwarz‹, der Bürgermeisterfrau aus der Provinz, die sich gegen ihren Willen in den obskuren Hauslehrer Julien Sorel verliebt, ihre Leidenschaft aber nach einer Erkrankung ihres Sohnes niederringt. Doch ringt Marianne ihre Leidenschaft nicht nieder. Stendhal hat in seinem berühmten Essay *De l'amour* über die vier verschiedenen Arten der Liebe geschrieben: die aus Leidenschaft, Galanterie, Sinnlichkeit und die Eigenliebe. Er beschrieb diese aus der Sicht des Mannes. Bei Lewis dominiert, gerade wo beim Liebesdrama ›Rot und Schwarz‹ von Stendhal oder ›Bel ami‹ von Mauspassant anklingen, dagegen der weibliche Blick.

Ihr Buch, das am Ende des siebzehnten Jahrhunderts spielt, liest sich auf diese Weise auch als eine Hommage an die französische Literatur des neunzehnten Jahrhunderts – aus einer weiblichen Perspektive heraus. Es ist nicht nur ein Buch über das Milieu der Buchbinder; eines über die Macht gedruckter Wörter, mit denen Fakten geschaffen, Kritik geäußert oder unterhalten wird; Wörter, die instrumentalisiert und als Indizien zur Waffe werden können. Es ist auch ein Buch über Bücher, das nun, nachdem bereits ›Die Frau, die liebte‹ und ›Der Mann, der seinem Gewissen folgte‹ erschienen sind, auch bei uns entdeckt werden kann. Janet Lewis' Schulkamerad Ernest Hemingway war schon zu Lebzeiten weltberühmt, Janet Lewis selbst war es nicht. Aber sie kann es jetzt werden. Sie hat es verdient.

Anmerkungen

Im englischen Original arbeitet die Autorin bewusst mit französischen Zitaten, um ihre direkten historischen Quellen zu markieren, und diese bleiben in der deutschen Übersetzung ebenfalls auf Französisch erhalten. Zum besseren Verständnis sind im Folgenden längere Zitate unter Angabe der Seitenzahl mit Übersetzung angegeben.

S. 58:
Le Roi te touche, Dieu te guérisse.
Der König legt die Hand auf, Gott heilt.

S. 67:
Le pouvoir des rois est absolu; ils font ce qu'ils veulent.
Die Macht der Könige ist absolut. Sie tun, was sie wollen.

S. 77:
Monsieur Scarron Apparu à Madame de Maintenon et les Reproches qu'il lui fait sur ses amours avec Louis le Grand. A Cologne chez Jean le Blanc. MDCXCIV.
Monsieur Scarron erscheint der Madame de Maintenon, und die Vorwürfe, die er ihr wegen ihrer Liebesaffäre mit Louis dem Großen macht. Veröffentlicht in Köln von Jean le Blanc, 1694.

S. 100:
»C'est Vénus toute entière à sa proie attachée«.
»Kein heimlich schleichend Feuer ist es mehr, mit voller Wut treibt mich der Venus Zorn.«
(Jean Racine, Phädra, I, 3, dt. von Friedrich Schiller)

S. 101:
»Mais on a peu de temps à l'être, et longtemps à ne l'être plus.«
»Man lebt nur kurze Zeit und ist lange Zeit tot.«

S. 162:
La rose de ton blanc rosier
Est une rose blanche.
J'ai pas demandé un baiser
En découpant la branche.
Die Rose an deinem weißen Rosenbusch
Ist eine weiße Rose.
Ich habe keinen Kuss erbeten,
Als ich den Zweig abschnitt.

S. 196:
Voici le plaisir, Madame, voici le plaisir.
N'en mangez-pas, Madame. Ça fait mourir.
Hier ist das Plaisir, Madame, hier ist das Plaisir.
Essen Sie nicht davon, Madame. Es bringt den Tod.

S. 240:
»Sous Fouquet, qu'on regrette encore,
On jouissait du siècle d'or.
Le siècle d'argent vient ensuite —«
»Unter Fouquet, den wir immer noch vermissen,
haben wir das goldene Jahrhundert genossen.
Darauf folgte das silberne Jahrhundert —«

S. 241:
»Et la France aujourd'hui sans argent et sans grain,
Au siècle de fer est réduite
Par le turbulent Pontchartrain.«

»Und jetzt ist Frankreich ohne Silber und ohne Korn,
Im Jahrhundert des Eisens angekommen
Durch die Machenschaften von Pontchartrain.«

S. 323:
O rois, vous portez sur vos fronts un caractère divin.
O König, Ihr tragt auf Eurer Stirn ein göttliches Zeichen.

S. 330:
La Feuillade, faudis, je crois qu tu me bernes,
De placer le soleil entre quatre lanternes.
La Feuillade, du falscher Hund, du willst mich wohl verspotten,
Wenn du die Sonne zwischen vier Laternen platzierst.

S. 377:
»Le Roi m'ordonne de vous écrire qu'encas que Chavance, libraire
de Lyon, soit condamné à la mort, Sa Majesté désire que vous fassiez
surseoir l'execution du jugement jusqu'à nouvel ordre.«
»Auf Befehl des Königs schreibe ich Ihnen, dass Seine Majestät
für den Fall, dass Chavance, Buchhändler aus Lyon, zum Tode
verurteilt wird, wünscht, dass Sie die Hinrichtung so lange auf-
schieben, bis ein neuer Befehl eintrifft.«

S. 378:
»Chavance eût la question et jasa, accusant les moines. La potence
fût plantée à la Grève, et la charrette menée au Châtelet. Survint
un ordre de surseoir l'exécution, et au jugement de La Roque, fils
d'un ministre de Vitré et de Rouen, qui a fait la préface de ces livres
impudents. On dit que Chavance est parent ou allié du Père Lachaise,
confesseur du Roi, qui a obtenu la surséance.«
»Chavance wurde gefoltert, er hat ausgepackt und die Mönche
beschuldigt. Auf der Place de Grève war schon der Galgen auf-

443

gebaut, und der Karren war auf dem Weg zum Châtelet. Da traf ein Befehl ein, in dem die Vollstreckung der Hinrichtung aufgehoben wurde, desgleichen die Verurteilung von La Roque, dem Sohn eines protestantischen Pfarrers von Vitré und Rouen, der das Vorwort zu der Schmähschrift verfasst hat. Es heißt, Chavance sei entweder ein Verwandter oder ein enger Freund von Père Lachaise, dem königlichen Beichtvater, der die Aufhebung erwirkt habe.«

S. 386:

»*Contenant l'Etat présent de l'europe, ce qui se passe dans toutes les cours, l'intérêt des princes, leurs brigues, et généralement tout ce qu'il y a de curieux pour le Mois de Décembre 1694.*« Below the enlaced monogram: »*A La Haye.*« And below that, in modest type, »*Chez Henri Van Bulderen, Marchand Libraire, dans le Pooten, à l'Enseigne de Mézeray. M DC XCIV. Avec privilège des Etats de Holl. et Westf.*«

»Die alles über den Zustand des gegenwärtigen Europas enthält, mit Nachrichten von allen Höfen, den Umtrieben der Fürsten, ihren Intrigen, und allgemein über alles, was es im Monat Dezember 1694 Kurioses zu berichten gibt.« Darunter das verschnörkelte Monogramm: »In Den Haag.« Und wieder darunter, in schlichterer Schrift: »Von Henri van Bulderen, Buchhändler, Dans le Pooten, à l'Enseigne de Mézeray. M DC XCIV. Mit Privileg der Staaten Holland und Westfalen.«